HEINZ G. KONSALIK

DER ARZT VON STALINGRAD

Roman

W0337067

WILHELM HEYNE VERLAG
MÜNCHEN

HEYNE-BUCH Nr. 847
im Wilhelm Heyne Verlag, München

22. Auflage

Ungekürzte Taschenbuchausgabe mit freundlicher Genehmigung der
Lichtenberg Verlag GmbH, München
Copyright © 1956 by Lichtenberg Verlag GmbH, München,
und 1976 by Interlit Jost AG, Zollikofen
Printed in Germany 1982
Umschlaggestaltung: Atelier Heinrichs, München
unter Verwendung eines Standfotos aus dem Film »Der Arzt von Stalingrad«
Gesamtherstellung: Ebner Ulm

ISBN 3-453-00181-8

GEDULD IST DIE KUNST,
ZU HOFFEN
Vauvenargues

Dieses Buch soll kein Aufruf sein. Keine Anklage und kein Mahnmal. Es soll nicht Haß zwischen den Völkern säen und Zwietracht in die Herzen. Es soll keine alten Wunden aufreißen und keine neuen Wunden schlagen. Es soll nichts sein als ein Hoheslied der Menschlichkeit — der Roman vom einsamen, gläubigen, hoffenden, duldenden Menschen.

FÜR ALLE, DIE NICHT ZURÜCKKEHRTEN
FÜR ALLE, VON DEREN SCHICKSAL NIEMAND WEISS ...

VORWORT

Als vor wenigen Jahren ein Arzt aus der sowjetischen Kriegsgefangenschaft zurückkehrte, geschah etwas fast Unerklärliches: Ein Mensch, der nicht über sich sprach, der keinen anderen Wunsch hatte, als zu seiner ärztlichen Berufsarbeit zurückzukehren, war plötzlich im Munde aller Menschen. Schon seit Jahren war über 3000 Kilometer Entfernung, über die Zone des Schweigens und den Eisernen Vorhang hinweg, die Nachricht nach Deutschland gedrungen, daß ein Arzt sich für seine Kameraden in der Gefangenschaft aufopferte, ein Mann, dessen Namen noch niemand gehört hatte.
Jetzt war er wieder in der Heimat. Das ist er, sagten die Menschen, das ist der Mann, der in einzigartiger Weise, aus menschlicher und ärztlicher Verpflichtung heraus unermüdlich für seine Kameraden tätig war und der durch die Kunde von seinen fast unglaubhaften Operationen auch tausend anderen half, die er gar nicht kannte, die sich jedoch an dem Beispiel, das er gab, aufrichteten, Glaube und Hoffnung wiederfanden, um die Entbehrungen und die Vereinsamung in den Weiten Rußlands durchzustehen. Sein Beispiel wirkte nicht nur auf Hilfsbedürftige, sondern auch auf andere Ärzte, die unter dem Eindruck dessen, was sie von ihm hörten, angespornt wurden.
Dieses Buch, das »Der Arzt von Stalingrad« heißt, will nicht den Anspruch erheben, als eine Biographie dieses Arztes angesehen zu werden. Aber es ist entstanden nicht im luftleeren Raum, sondern aus dem schier unerschöpflichen Material, das in den Berichten und den Überlieferungen zahlreicher Zurückgekehrter dem Autor vorlag. Dieser hat es verdichtet und in freier Gestaltung geschaffen. Wenn er auch nicht imstande war, das Lebensbild und das Wirken jenes Arztes nachzuzeichnen, so waren doch sein Beispiel und sein Geist federführend, ohne daß er von der Entstehung dieses Buches wußte.
Die Namen sind aus Rücksicht auf noch lebende Personen geändert oder frei erfunden. Etwaige Übereinstimmungen von Personen, Orten, Erlebnissen und Vorkommnissen sind ungewollt und nicht beabsichtigt.

DER VERLAG

ERSTES BUCH

AUS DEM TAGEBUCH DES DR. SCHULTHEISS: LAGERARZT IN STALINGRAD

Alles riecht heute wieder nach Kohlsuppe.

Die Baracke, das enge Zimmer, das Bett, die dicken gesteppten Jacken, die Pelzmütze, die Handschuhe, der blecherne Eßnapf, die tausendfach gestopften Socken ... alles, alles!

Sogar die Primel vor dem Fenster des Zimmers 3, dem Zimmer unseres Oberarztes Dr. von Sellnow. Woher sie kam, diese Primel ... keiner weiß es. Sie war plötzlich da, stand auf dem schmalen Fenstersims und sah hinaus auf die unendliche Weite der Wolgaebene. Der Wind von Stalingrad flüsterte in ihren Blättern, ihre Blüten wiegten sich leicht, und oft standen wir davor, hatten die Hände um diese blaßrote Blüte gelegt und träumten von den Primeln zu Hause ... Überall gab es diese Blume in der Heimat, sie wurde hier ein Stück Deutschland, heimatlos wie wir, verpflanzt und doch lebend ... Mein Gott, wie dumm sind die Gedanken, wenn man Heimweh hat ...

Hinter meinem Rücken ging der Oberarzt hin und her. Seine kurzen, stämmigen Beine stampften den Dielenboden, als wolle er die Nägel einzeln festtreten. In seinem Gesicht, dem breiten Gesicht mit den weit auseinanderstehenden Augen und der hohen Stirn, sah ich Ratlosigkeit und tiefes Entsetzen.

»Ein Saustall, Schultheiß«, schrie er aufgebracht und schlug wütend mit der Faust gegen die Wand. »Ein Saustall, aber kein Lazarett. Keine Medikamente, keine Spritzen, keine Instrumente — nicht mal ein Chirurgenmesser. Womit sollen wir behandeln, womit sollen wir operieren? Ein paar alte dreckige Lappen als Verbandszeug, vier alte verrostete Gefäßklemmen, mit denen der Iwan offenbar Kerzen geschneuzt hat und die der Pelz dann vom Müllhaufen herunterholte — das ist so ungefähr das ganze Inventar dieses sogenannten Lazaretts!«

Er nahm seinen Marsch durchs Zimmer wieder auf. »Ich sage Ihnen, Schultheiß, bei den Arbeitsbedingungen, die unsere Männer hier haben, werden wir Krankheiten und Unfälle am laufenden Band haben. Zertrümmerungen und Quetschungen und Knochenbrüche, ansteckende Krankheiten, Gelbsucht und ›Dystrophie‹ — wie man hier so schön sagt, wenn einer drauf und dran ist, vor Hunger zu krepieren!«

Er pflanzte sich vor mir auf und schrie mich an: »Aber ich werde mich weigern, Schultheiß! Ich werde den Teufel tun, ich werde nein schreien und dieser russischen Ärztin, diesem Weibsstück, ins Gesicht schlagen. ›Ihr Deutsche seid doch Genies‹, grinste sie mich an, ›was braucht ihr teure Medikamente und Instrumente, das Genie behandelt mit der Improvisation . . .‹ — das sagt mir dieses Mistvieh! Und wir müssen die Schnauze halten, wir müssen kuschen, wir müssen es schlucken, wir verdammten, rechtlosen, stinkenden Plennis. Aber ich werde hier nicht den Arzt spielen, Schultheiß!«

Ein Klopfen an der Tür unterbrach ihn.

»Herein!« rief Sellnow mit Stentorstimme, und unser Sanitäter Pelz trat in den Raum.

»Tschuldjen Se, Herr Oberarzt, der Chef nicht hier?« rief Pelz aufgeregt: »Mit Nummer 4583 steht es sehr schlecht . . . er hat große Schmerzen, und det Opium hilft nischt mehr!«

»Da haben wir's«, schrie Sellnow, »ich habe ja von Anfang an gesagt, daß diese konservative nicht chirurgische Behandlung der Blinddarmentzündung ein Quatsch ist, jetzt haben wir die Bescherung . . .«

»Glauben Sie, Herr Oberarzt«, fragte ich leise und erschrocken, »daß der Appendix durchgebrochen ist?«

»Was haben Sie denn gedacht?« schrie mich Sellnow an. »Selbstverständlich ist das eine Perforation, der Mann muß sofort operiert werden.« Und dann schlug er sich mit der Faust gegen die Stirn und schrie: »Aber womit, Schultheiß, womit, wir haben noch nicht einmal ein lausiges Skalpell!«

Sein Gesicht war knallrot angelaufen. Er sah geradezu beängstigend aus. Ich wollte etwas Beruhigendes sagen, als sich die Tür öffnete: Dr. Fritz Böhler, unser Chef, mußte sich etwas bücken, um mit dem Kopf nicht an den oberen Balken zu stoßen. Sein langes, schmales Gesicht mit der überhohen Stirn, den mandelförmigen Augen, der langen Nase mit dem engen Sattel und dem zusammengekniffenen dünnlippigen Mund trug deutlich den Stempel, den ihm Jahre der Kriegsgefangenschaft aufgeprägt hatten. Das an den Schläfen ergraute Haar hatte die peinliche Ordnung verloren, auf die er so großen Wert legte. Seine schmutzige Wolljacke stand über der Brust offen, das Hemd darunter war zerknittert und feucht von Schweiß.

»Gehen Sie hinüber, Pelz«, sagte er leise, »und bereiten Sie den Patienten auf die Operation vor.«

Der Sanitäter sah ihn erstaunt an und ging hinaus.

»Und womit wollen Herr Stabsarzt operieren?« fragte Sellnow und machte nicht einmal den Versuch, den Hohn in seiner Stimme zu unterdrücken.

»Natürlich mit dem Messer, Herr von Sellnow«, antwortete Böhler ungerührt.

Sellnow hob die Hand mit einer Geste, die »wohl verrückt geworden« bedeuten konnte, dann besann er sich und ließ die Hand sinken. Er trat an Böhler heran und fragte heiser: »Mit welchem Messer?« Böhler griff in die Tasche und zog dann die Hand wieder heraus. Als er sie öffnete, lag ein Taschenmesser darin. Ein gewöhnliches, altes, zweiklingiges Taschenmesser, wie wir es alle als Jungen in billigen Geschäften kauften.

»Einer unserer Leute hat es mir gegeben«, lachte Dr. Böhler, »der gute Kerl hat es verstanden, es vor allen Filzungen durch die Russen zu retten.«

Während wir den Gang entlanggingen, vorbei an den drei großen Zimmern, in denen über siebzig Kranke und Verletzte lagen, vorbei auch an den drei Zimmern, in denen die russische Ärztin, Dr. Alexandra Kasalinsskaja, arbeitete, stieß mich Sellnow an.

»Wer assistiert?« fragte er leise.

»Ich nehme an, Sie.«

»Ich habe keinen Mut mehr, Schultheiß. Mit einem Taschenmesser ein perforierter Appendix! Wenn ich jemals in die Lage kommen sollte, das im alten Deutschland zu erzählen, halten sie mich für einen wüsten Aufschneider. Mir ist lieber, Sie assistieren und ich mache die Narkose.«

»Aber ... ich habe nicht viel Übung, und es wird sicher schwierig werden.«

»Das wird weder sehr schwierig noch sehr langwierig«, prophezeite Sellnow düster.

Wir betraten den »Operationssaal«. Es war ein etwas größeres Zimmer mit einem weißbezogenen Tisch. Auf ihm lag schon der Patient Nummer 4583. Emil Pelz stand neben dem Tisch und sprach leise auf den Kranken ein. Als wir eintraten, kam er uns entgegen und sagte nur für uns verständlich:

»Puls klein und ziemlich schnell, Herr Stabsarzt, schwankt zwischen hundertzwanzig und hundertvierzig, sieht nicht jut aus!«

Dr. Böhler wandte sich den auf einem Tisch stehenden Waschschüsseln zu. Pelz half ihm aus der Jacke, und Böhler begann sich zu waschen.

»Legen Sie dem Patienten einen Sandsack, oder was Sie sonst haben, unter die rechte Hüfte«, sagte er, »und reinigen Sie das Operationsgebiet, rasieren nicht vergessen ...«

Sellnow war an den Kranken herangetreten und tastete behutsam mit beiden Händen die Gegend des rechten Unterbauchs ab. Der Kranke begann sofort vor Schmerz zu stöhnen. Sellnow ließ augenblicklich von ihm ab, sprach ein paar beruhigende Worte und trat dann ebenfalls an die Waschschüssel.

»Ich übernehme die Assistenz«, sagte er heiser vor Wut, »und machen Sie die Narkose«, fügte er, zu mir gewandt, hinzu. Mit heftigen Gebärden trug er sich grüne Schmierseife auf Hände und Unterarme auf, feuchtete sie an, griff sich aus einem Behälter eine Handvoll Sand und begann sich mit diesen primitiven Mitteln zu waschen. Pelz hatte die Instrumente, die für die Operation zur Verfügung standen, in einen Kessel mit Wasser gesteckt, der auf einem Petroleumkocher summte. Es war kläglich, was ich da sah: Ein paar Gefäßklemmen, ein paar Stücke Draht, die zu Wundhaken zurechtgebogen waren, und das klägliche Taschenmesser, sonst nichts. Mich schauderte.

Plötzlich wurde mir siedend heiß. Ich trat zu Pelz, der das Operationsfeld gereinigt hatte und die Umgebung mit alten, zerschlissenen Baumwollfetzen abdeckte. »Mensch, Pelz«, sagte ich, »wir haben ja kein Nähmaterial, weder Catgut noch Seide.«

»Lassen Sie man, Herr Doktor«, grinste Pelz, »dafür ha ick schon jesorcht. Ick hab der Bascha, dem Küchentrampel, ihren seidenen Schal jeklaut und uffjerebbelt. Wir ham jetzt ein paar Kilometer prima Seidenjarn ... was wir für de Operation brauchen, kocht da drüben in dem Topp.«

Ich hatte eben das, was wir stolz unser Instrumentarium nennen durften, auf ein Tablett ausgebreitet und auf einen Stuhl neben den Operationstisch gestellt, als die Kasalinsskaja den »Operationssaal« betrat.

Ihre erdbraune Uniformjacke war über der Brust geöffnet und ließ die rote Bluse, die sie darunter trug, sehen. Die langen, schwarzen Haare hingen ihr auf die Schultern und die breiten Schulterstücke. Sie trug flache, dick besohlte Sportschuhe und Seidenstrümpfe. Außerdem rauchte sie eine süß duftende türkische Zigarette.

Sellnow trat auf sie zu und schrie sie an: »Was machen Sie denn hier?! Und auch noch rauchen, im Operationszimmer! Wohl verrückt geworden, was?!«

Die russische Ärztin sah Sellnow groß an und warf die Zigarette in den Eimer, der für blutige Verbände, herausgeschnittene Organe und andere Abfälle dienen sollte. Sie schob mit ihrer kleinen, etwas gelben Hand den Oberarzt zur Seite und trat zu Böhler, der, die gereinigten Arme vorsichtig vor sich hinhaltend, Pelz Anweisungen bei der Lagerung und Festschnallen des Patienten gab. Pelz bediente sich dabei alter Lederriemen und zerschnittener Koppel.

Die Kasalinsskaja blickte auf den Patienten und nickte.

»Appendizitis«, sagte sie. Sie besaß eine schöne Stimme. Dunkel, schwingend, eine Stimme mit Melodie. Ihre Lippen öffneten sich beim Sprechen, als sei jedes Wort ein Kuß, und in ihre Augen trat ein Glanz, der sie fast schön machte — wenn man vergessen konnte, daß sie die Ärztin war, die jede Woche von Außenlager zu Außenlager fuhr und dort rücksichtslos die Männer in die Wälder, Steinbrüche, Bergwerke und auf die Bauten nach Stalingrad jagte, mit dem stereotypen Wort: »Gesund!« Gesund auch dann, wenn sie vor Hunger und Entkräftung schwankten, wenn Furunkel ihren Körper bedeckten, wenn das Fieber sie schüttelte und sie sich kaum noch auf den Beinen halten konnten . . . rabotat nada . . . dawai . . . dawai . . .

Ihr habt Stalingrad zermalmt . . . ihr habt die schöne Stadt an der Wolga pulverisiert . . . nun baut sie wieder auf . . . und wenn es sein muß, mit euren Knochen! Mit eurem Blut als Mörtel, mit eurem Fleisch als Steine, mit euren letzten Seufzern als Richtspruch!

Dr. Böhler sah zu mir herüber. »Fertig mit den Instrumenten?«

»Der Stiel hat sich durch das kochende Wasser vom Schaft gelöst«, antwortete ich leise.

»Macht nichts«, meinte Dr. Böhler, »wenn der Holzstiel weg ist, können wir es wenigstens besser sterilisieren — soweit hier von Sterilität überhaupt die Rede sein kann«, fügte er, traurig lächelnd, hinzu.

Er drehte sich nach Sellnow um, der noch immer mit dem Reinigen seiner Hände beschäftigt war, und rief: »Sind Sie fertig, Sellnow?« und dann zu mir: »Beginnen Sie mit der Narkose, Schultheiß.« Während ich unsere kostbare Ätherflasche öffnete und die aus Draht und Mullbinden behelfsmäßig angefertigte Narkosemaske an mich nahm, sprach Böhler einige tröstende Worte zu unserem Patienten.

»Nur mit der Ruhe, mein Junge«, sagte er, »das kriegen wir schon hin, in vierzehn Tagen sind Sie wieder auf dem Damm . . .« Er machte mir ein Zeichen mit dem Kopf, und ich setzte die Maske vor Mund und Nase des Kranken.

»Tief und ruhig atmen«, sagte ich zu ihm, »und von hundert rückwärts zählen, hundert, neunundneunzig, achtundneunzig und so weiter, verstanden?«

In diesem Augenblick trat die Kasalinsskaja heran und nahm mir die Ätherflasche aus der Hand. »Lassen Sie mich«, sagte sie hart und dann, gewollt gebrochen in ihrem sonst guten Deutsch: »Du geh zu Chef.«

Ich blickte auf und in das Gesicht Sellnows. Seine Augen verschlangen die Kasalinsskaja. Der Haß in seinem Blick war unverkennbar, aber auch die Bewunderung für dieses Weib mit der wunderbaren Figur.

»Haben Sie kein Skalpell?« fauchte er sie an. Sie schüttelte den Kopf. »Kein Instrument?« fuhr er fort. Sie schüttelte den Kopf.

»Womit operieren Sie denn dann?«

»Ich bin Internistin, ich operiere nie.« Die Kasalinsskaja lächelte, wirklich, sie lächelte Sellnow an und begann dann ungerührt, den Äther auf die Maske zu tropfen.

Der Kranke hatte aufgehört zu zählen und fing plötzlich an, heftig zu zucken und sich aufzubäumen.

»Exzitation«, sagte Dr. Böhler ruhig. »Schultheiß und Pelz, halten Sie ihn fest — und Sie«, er machte eine Kopfbewegung zur Kasalinsskaja, »tropfen Sie schneller.«

Der Zwischenfall war in Sekunden vorüber. Der Kranke lag, ruhig atmend, da. Ich griff zum Puls und meldete: »Hundertzwanzig.« Nicht einmal eine Uhr hat man oder wenigstens ein Sandglas, um den Puls richtig zählen zu können, dachte ich — da hatte Böhler schon das Messer in der Hand, legte die Linke spannend auf die Haut des Operationsfeldes und zog einen raschen Schnitt.

Während Sellnow die improvisierten Wundhaken aus Draht ansetzte und die Wunde weiter auseinanderzog, tupfte der Chirurg das Blut auf. Dem Sanitäter Pelz, der beim Tablett mit den Instrumenten stand und sie Böhler zureichte, rief er anerkennend zu: »Schneidet tadellos, das Messer«, und Pelz, der es geschliffen hatte, grinste geschmeichelt. Die Wunde klaffte nun weit, und wir konnten alle sehen, wie sich das gespannte Bauchfell hineinwölbte. Ich beobachtete die Gesichter. Böhler war ruhig und gefaßt, Sellnow erregt, und die Kasalinsskaja hatte offensichtlich Angst. Die Ätherflasche in ihrer Hand zitterte.

»Klemmen«, befahl Böhler, und ich zuckte zusammen. Schnell reichte ich ihm zuerst die eine Klemme, die er an das Bauchfell ansetzte. Vorsichtig schüttelte er sie, um das Bauchfell von den darunterliegenden Därmen zu trennen, und reichte sie dann Sellnow. Ein paar Zentimeter entfernt, setzte er die zweite Klemme an. Sellnow hob jetzt beide Klemmen leicht an, und Böhler fuhr mit dem Messer über die entstehende Falte des Bauchfells. Es klaffte auseinander, und nun sahen wir die Bescherung. Grüngelber, stinkender Eiter füllte den Teil der Bauchhöhle, den wir übersehen konnten.

Wir alle wußten, was das zu bedeuten hatte. Das war eine Bauchfellentzündung, zumindest in der Blinddarmgegend und offensichtlich von diesem ausgehend. Bisher hatten Böhler und Sellnow ohne besondere Eile gearbeitet, jetzt änderte sich das augenblicklich. Ich reichte dem Chirurgen einen gewöhnlichen Eßlöffel, und er holte damit den Eiter aus der Tiefe der Wunde. Dann tupfte er mit angefeuchtetem Läppchen und Tupfern die Bauchhöhle aus, so gut es ging.

Sellnow griff mit beiden Händen in die Wunde und legte den Wurmfortsatz, den Appendix, frei. Das Gebilde war dick geschwollen und an mehreren Stellen aufgerissen, perforiert.

»Machen Sie das Eisen glühend«, sagte Böhler zu Pelz. Er nahm mit der Linken den Wurmfortsatz hoch, setzte eine Klemme an, und Sellnow unterband mit einem Stück Seide. Böhler durchtrennte das Gebilde und warf es in den Abfalleimer.

Pelz reichte ihm an einer gewöhnlichen Zange einen dicken, glühenden Nagel. Böhler griff, die Hand mit einem Tuch geschützt, um sie sauberzuhalten, nach der Zange und tupfte mit dem heißen Eisen auf den Operationsstumpf. Es zischte und roch scharf nach verbranntem Fleisch. Eigentlich hätte man dieses Sterilisieren des Stumpfes mit einem Thermokauter oder einem Desinfektionsmittel vornehmen müssen, aber es mußte hier auch so gehen.

Wie hatte Sellnow vorhin zu mir gesagt? »Das wird weder schwierig noch langwierig.« Wie sollte dieser Kranke jemals die Bauchfellentzündung überstehen, ohne alle pflegerischen Möglichkeiten und ohne herzstützende Medikamente? Es sah wirklich verzweifelt aus, obgleich man sagen konnte, daß die Operation soweit gelungen war. Der Chef war damit beschäftigt, den Stumpf zu übernähen. Sellnow hatte ihm in eine gewöhnliche Nähnadel Seide eingefädelt, und Böhler mußte ohne Nadelhalter die Naht durchführen. Ich schaute ihm wie gebannt zu, wie er in höchster Eile, aber dennoch mit großer Präzision die Nähte zusammenzog, und schreckte förmlich auf, als er die Kasalinsskaja anschrie:

»Zum Donnerwetter, nehmen Sie die Maske weg, wollen Sie den Patienten umbringen!«

Jetzt sah ich es auch. Die Wunde war blau angelaufen. Die Kasalinsskaja hatte zuviel Äther aufgeträufelt. Die blauen Lippen und das fahle Gesicht des Patienten deuteten darauf hin, daß er in Gefahr war, zu ersticken. Ich griff nach dem Puls und schätzte mindestens hundertsechzig Schläge. Sellnow knurrte mich an:

»Nehmen Sie dem Weibsstück die Ätherflasche weg, und führen Sie die Narkose weiter. Zu nichts Vernünftigem sind diese Bestien zu gebrauchen.«

Ich tat wie befohlen. Die Ärztin überließ mir willenlos Maske und Tropfflasche. Schwankend verließ sie den Operationssaal. Sie hatte offensichtlich vollkommen schlappgemacht.

Die beiden Chirurgen standen abwartend da und beobachteten. Sie konnten nichts tun. Man mußte der Natur ihren Lauf lassen und hoffen, daß der Kranke sich von selbst erholen würde. Ich machte zusammen mit Pelz künstliche Atmung.

Wir hatten Glück. Die blauen Lippen und das fahle Gesicht färbten sich wieder, und der Puls beruhigte sich.

»Ich glaube, Sie können weitermachen, Herr Stabsarzt«, meldete ich.

»Dräns!« befahl Böhler, und Pelz brachte einen Topf, auf dessen Grund einige dünne Schläuche aus Kunststoff lagen. Es waren ursprünglich Kabelisolierungen gewesen, die der findige Böhler sich zum Dränieren bei Operationen »organisiert« hatte.

Er war damit beschäftigt, zwei Schläuche in die Wunde einzunähen, als plötzlich die Tür zum Raum aufgerissen wurde und die Kasalinsskaja hereintrat. Sie hielt ein Päckchen in der Hand, reichte es mir hin und rief:

»Da habt ihr, gutt für Peritonitis!« worauf sie sich umwandte und wieder hinausging. An der Tür wandte sie sich noch einmal zurück und rief: »Verdient habt ihr es nicht!«

Ich hatte gerade wieder die Maske aufgesetzt und für den Verschluß der Wunde wieder Narkose gegeben. Verblüfft nahm ich die Tropfflasche zurück und starrte auf das Päckchen, das ich in der linken Hand hielt. »Penicillin« stand darauf und eine englische Gebrauchsanweisung. Es handelte sich offenbar um ein amerikanisches Präparat.

»Was ist denn los?« herrschte mich Böhler ungeduldig an, »machen Sie schon mit der Narkose weiter.«

»Es ist Penicillin-Pulver«, antwortete ich, »offenbar geeignet zur lokalen Behandlung der Bauchfellentzündung bei Operationen.«

»Ach — das sagenhafte Penicillin«, meinte Böhler. »Pelz, öffnen Sie das Päckchen, schaden können wir damit ja wohl nicht.«

Er ließ Sellnow reichlich Penicillin-Pulver in die Wunde streuen und nähte dann mit der Hausfrauennadel und den seidenen Fäden aus dem Schal des Küchenmädchens Bauchfell und Muskulatur zusammen. Die aus der Wunde herausragenden beiden Dräns sicherte er über der Haut mit Sicherheitsnadeln.

Eine knappe Stunde hatte die Operation gedauert. Das Schicksal des Kranken lag jetzt in Gottes Hand. Pelz und zwei Leichtkranke trugen ihn hinaus in ein kleines Zimmer am Ende des Ganges, in dem die Schwerkranken lagen.

Vor meinem Zimmer verabschiedete ich mich von dem Oberarzt.

»Bis nachher«, sagte er. »Und kochen Sie weiter unser Taschenmesser gut aus . . .«

Ich nickte. Müdigkeit überfiel mich plötzlich. Ich spürte, wie die Anspannung der vergangenen Stunde sich in meinem Körper in eine grenzenlose Schlaffheit auflöste. Ich schwankte zu meinem Bett und fiel auf den Strohsack. Dann fühlte ich, wie mein Blick starr wurde, ungläubig, fassungslos.

Auf dem Tisch lag ein Skalpell. Ein richtiges Skalpell. Es glänzte in der Sonne, die durch das Fenster flutete. Und neben dem Skalpell drei Nadeln, Catgut, eine Schere, ein kleiner Wundspreizer, sechs Wundhaken . . .

Ich fuhr in die Höhe, riß die Tür auf, rannte, laut rufend, durch den Gang... Sellnow stürzte aus der Tür... Böhler kam aus dem kleinen Todeszimmer und sah mich an... »Ein Skalpell!« schrie ich. »Wir haben ein Skalpell! Und Wundhaken und Catgut! Wir haben alles, alles!«

Und dann heulte ich wie ein kleiner Junge, lehnte mich an die Schulter Sellnows, der mein Gesicht streichelte.

Dr. Böhler war in mein Zimmer gelaufen und kam nun wieder heraus, das Skalpell in der Hand.

»Wir müssen uns bei ihr bedanken«, sagte er leise und sah Sellnow fragend an. »Wollen Sie das übernehmen, Sellnow?« Und ich sah, wie der Oberarzt rot wurde und sich schnell entfernte. Die Kasalinsskaja . . . die verhaßte russische Ärztin, das Weib mit den wilden Locken und der schönen Stimme, die in den Haufen der Plennis hineinschrie: »Dawai! Dawai!«

Nun bin ich wieder allein.

Nummer 4583, der junge Oberfähnrich, schläft.

Und alles riecht heute wieder nach Kohlsuppe.

Alles.

Ich werde meine Suppe heute mittag an drei Kranke geben. Ich kann nicht essen.

Wir haben ein Skalpell . . .

Das Lager 5110/47 liegt außerhalb Stalingrads, nordwestlich der Wolga in einer bewaldeten Niederung. Es ist ein Lager wie alle anderen . . . hohe Stacheldrahtzäune, niedere Hütten und Baracken, langgestreckt und eingeteilt in Blocks, am Zaun die halbhohen hölzernen Wachttürme, auf denen die Maschinengewehre stehen, die Scheinwerfer und die russischen Soldaten in ihren erdfarbenen Uniformen.

Ein großes Tor führt auf eine von den Gefangenen ausgebaute Straße. Neben dem Tor liegt das Haus der Wachttruppen, des Kommandanten und des Lagerdistriktarztes. Etwas außerhalb der Wohnblocks erstreckt sich die lange Krankenbaracke mit ihren vielen Fenstern, dem überdachten Eingang und der Zentralküche, die einen besonderen kleinen Ausgang durch den Drahtzaun besitzt, an dem ein schmales Postenhäuschen steht.

Der Boden des Lagers ist festgestampfte Erde. Ab und zu sieht man zwischen den Baracken einen kleinen Garten, liebevoll gepflegt und umrahmt von heimlich in den Taschen mitgebrachten Steinen von den Bauplätzen in Stalingrad. Solch ein kleiner Garten ist der Mittelpunkt der Sommerabende – und damit der Grund eines verbissenen Kampfes von Leutnant Piotr Markow gegen die ausgehungerten Plennis. Siebenmal war in der Nacht von Unbekannten die Gartenanlage zerstört worden, und achtmal wurde sie wieder aufgebaut, wurden weiße Ziersteine gestohlen, durch die schärfsten Kontrollen geschmuggelt, wurden Knollen und Stauden beschafft, ja, beim achtenmal gab es in dem heißen Sommer 1947 sogar herrliche rote und gelbe Tulpen, von denen keiner wußte, wie ihre Zwiebeln durch die Lagerkontrolle zu den Baracken gekommen waren.

Piotr Markow tobte und zertrat die Tulpen. »Das ist Revolution!« schrie er Major Worotilow an. »Rebellion! Ich lasse die Kerle auspeitschen!« Aber Worotilow winkte ab und sagte sinnend: »Warum, Genosse Leutnant? Ich liebe Blumen. Ich komme aus Kasan, der Rosenstadt . . .«

In Baracke II, Block 7, saßen an diesem Sommerabend Karl Georg, Julius

Kerner, Peter Fischer, Hans Sauerbrunn und Karl Eberhard Möller auf einer Pritsche zusammen und spielten mit selbstgezeichneten Karten Skat. Andere standen in Gruppen herum. Beißender Qualm der Machorka-Zigaretten oder des getrockneten Tees, den viele in der geschnitzten Pfeife rauchten, durchzog den langen Raum. Ein ewiges Halbdunkel herrschte hier, ein Zwielicht, umwölkt von Gestank und Stimmen, verbaut durch Betten und Spinde, Kleider und Menschen.

»Wenn du noch mal falsch gibst, tret' ich dir in den Arsch!« sagte Julius Kerner und stieß Peter Fischer in die Seite. »So blöd bin ich noch nicht, um nicht zu sehen, daß du zwei Asse unten läßt und dir zuschusterst.«

Peter Fischer wollte protestieren und legte die Karten hin. »Kinder!« schrie er. »Ich spiele seit der Muttermilch Skat! Mein Vater war Skatmeister!«

»Und meiner Weihnachtsmann! Gib schon, Idiot!«

Die schmutzigen Karten mit den rührend naiven, gemalten Bildern flogen über den Tisch. Möller, in der Liste Möller 75, was er immer zu hören bekam, wenn ihn jemand anredete, drehte sich aus Zeitungspapier und getrockneten Pfefferminzblättern eine Zigarette.

»Der will uns vergiften«, stellte Sauerbrunn fest. Dabei schielte er auf die dicke Zigarette. »Als ob es hier nicht genug nach den Schweißquanten Kerners stinkt!«

Im Hintergrund polterte es, die Tür nach außen wurde aufgestoßen, jemand, der ihr am nächsten lag, brüllte »Achtung!«, und ein russischer Offizier betrat die Baracke. Er hatte seine Tellermütze in den Nacken geschoben. Bösartig musterte er die Männer, die sich lässig erhoben und so etwas wie Haltung mimten.

»Der Markow!« flüsterte Sauerbrunn. »Was haben wir denn wieder in den Garten gepflanzt?«

»Vergißmeinnicht«, grinste Karl Georg, der Gärtner der Baracke.

Hinter Piotr Markow schob sich eine schmächtige Gestalt vorbei und baute sich vor dem Tisch auf, der vor den ersten Betten stand. Der Mann trug eine abzeichenlose Uniform, sein fettes, schwarzes Haar glänzte matt. Über seinen dicken Lippen trug er einen buschigen, schwarzen Schnurrbart.

»Was will denn der Aaron hier?« flüsterte Kerner. »Wenn der mitkommt, ist immer dicke Luft . . .«

Jakob Aaron Utschomi, ein Jude, der als Dolmetscher für die Lagergruppe diente und aus Moskau kam, sah sich um und blickte dann Piotr Markow an, der ihm zunickte.

»Herhören!« brüllte er. »Gestern nacht ist der Küchenhilfe Bascha Tarrasowa ein seidener Schal gestohlen worden!«

»Geschieht dem Trampel recht!« flüsterte Kerner Fischer zu.

Irgendwo im dunklen Hintergrund lachte jemand meckernd.

»Schnauze dahinten!« Utschomi drehte an seinen Fingern und sah zu Markow zurück. »Der Lagerkommandant hat angeordnet: Wenn der Schal nicht bis morgen mittag bei Bascha Tarrasowa ist, erhält das ganze Lager eine Woche lang 100 Gramm Brot weniger!«

»Au Backe!« Kerner sah sich um. »Wegen einem Schal müssen ein paar tausend Mann hungern! Man sollte diesen Markow im Scheißhaus ersäufen wie eine Katze!«

»Wer da redet?!« brüllte Leutnant Markow. »Vortreten!«

Julius Kerner zögerte. Sauerbrunn stieß ihm auffordernd in die Rippen. »Geh schon! Oder wir bekommen noch mal 100 Gramm Brot abgezogen.«

Als Kerner vortrat, stürzte sich Markow auf ihn. Er faßte ihn am Hemdkragen und zog ihn zu sich heran. »Was du sagen?« schrie er wild. Sein Atem roch nach Wodka und Tabak. Er war betrunken. Kerner sah es an dem starren Blick seiner Augen.

»Ich habe gesagt, daß wir den Dieb suchen, Herr Leutnant.«

Piotr Markow stieß Kerner gegen einen Tisch. Die Kante krachte gegen seine Leiste ... Kerner verzog schmerzhaft das Gesicht, aber er schwieg.

»Das gutt!« schrie Markow. »Suchen! Alle suchen! Wer Dieb findet, ein Glas Wodka! Wenn nicht findet, kein Brott!«

Er drehte sich um und verließ den Raum. Jakob Utschomi blieb noch einen Augenblick zurück und blickte in das Halbdunkel der Baracke. Er sah die Gesichter wie Schemen ... aber er sah die Augen, und sie waren voll Haß und Elend.

»Der Schal ist weg, und ihr findet ihn nie! Legt zusammen und gebt Bascha ein paar Rubel für einen neuen Schal! Dann ist ja alles gut. Aber sagt es nicht Markow ...«

Dann eilte er wieselgleich dem draußen vor der Baracke III brüllenden Leutnant nach.

»So ein Sauschwein!« schrie Sauerbrunn, als sich die Tür hinter Jakob Utschomi schloß.

»Der Aaron ist selbst einer der Getretenen, der kann nichts dafür. Der muß wie die Oberen pfeifen!« Kerner rieb sich stöhnend die Leiste. »Aber woher sollen wir die Rubel nehmen?«

»Ein Schal kostet bestimmt 300 Rubel!«

Fischer winkte ab. »3, 30 oder 30000 — für uns ist jeder Rubel ein Vermögen!«

Karl Georg nahm die Karten vom Tisch und legte sie zusammen. »Eine Woche lang 100 Gramm Brot weniger! Und dann im Wald arbeiten oder auf dem Bau oder in der Grube? Das halte ich nicht aus ...«

Seine Stimme schwankte. Er sah sich um und blickte in starre, verfallene Gesichter. »Welches Schwein mag wohl den verdammten Schal geklaut haben?!«

Er sprach aus, was Tausende Gefangene dachten ...

In der Lazarettbaracke saß Dr. Böhler hinter seinem Tisch und las die Krankenblätter durch, die er gewissenhaft von jedem Patienten angelegt hatte. Das Papier hatte er von Dr. Sergej Basow Kresin, dem Distriktsarzt, bekommen, der Dr. Böhler einen dreckigen Beamten nannte, es aber doch hergab.

Dr. Sellnow und Unterarzt Dr. Jens Schultheiß standen am Fenster und blickten hinaus in die Abendsonne, die dort unterging, wo Tausende von Kilometern entfernt die Heimat lag.

»Jetzt ist in Berlin sonniger Nachmittag«, meinte Sellnow düster. »Und bei Ihnen in Köln, Dr. Böhler, gehen sie jetzt im Stadtwald bummeln. Schöne Frauen flirten mit netten Männern in teuren englischen Maßanzügen und können es nicht erwarten, bis der Abend kommt ... Und wir hier? Es ist zum Kotzen!«

»Sind das Ihre ganzen Sorgen, Werner?« Dr. Böhler sah von den Papieren auf. »Dann sind Sie glücklich ...«

»Seit drei Jahren habe ich keine Frau mehr gesehen! Wenn das nicht verrückt macht!«

»Ich habe Ihnen da nichts voraus, Werner ...«

»Sie!« Sellnow winkte ab. »Sie wirken auf mich wie ein Heiliger. Wie der selige Franziskus, der sich in einen Ameisenhaufen setzte, um seine fleischliche Lust abzutöten! Ihr Ameisenhaufen ist das Lazarett, sind die Operationen, sind Ihre schreienden Patienten. Sie haben das Zeug zu einem Einsiedler in sich ... ich aber bin ein verdammt normaler Mensch, so verflucht normal, daß ich an mich halten muß, um dieses Biest von Kasalinsskaja nicht wie ein Tiger anzufallen ...«

Dr. Böhler schüttelte den Kopf und schob die Krankenpapiere zur Seite. »Sie sollten sich zusammennehmen, Werner! Ich verstehe nicht, daß Ihnen die Kohlsuppe die fleischlichen Lüste nicht besser austreibt als ein Ameisenhaufen. Unter den Hunderttausenden in den Lagern dürften Sie jedenfalls ein recht einzigartiger Fall sein ...«

Sellnow setzte sich ans Fenster auf einen der Stühle, die Emil Pelz und ein anderer Sanitäter aus Baubrettern gezimmert hatten. Die Farbe hatten sie aus der Küche gestohlen, als man den Kochraum weißte.

»Ich bin jetzt 49 Jahre alt«, sagte er langsam. »Mit 32 habe ich geheiratet, als junger Oberarzt in Kiel. Als ich 35 war, wurde eine Tochter geboren, zwei Jahre später noch eine. Mit 40 hatte ich eine Praxis in Frankfurt an der Oder. 1939 ging es 'raus nach Polen, dann Frankreich, dann Norwegen, dann Abstecher nach Griechenland und Italien, zuletzt dieses verfluchte Rußland. Und immer als Truppenarzt ... Hauptverbandplatz, vorgeschobener Verbandplatz, Feldlazarett. Neun Jahre, neun verlorene Jahre, die mir keiner wiedergibt! Der Staat nicht, das kommende Leben nicht, und Ihr Gott erst recht nicht! Und wenn ich wieder aus diesem verdammten Stalingrad herauskomme, bin ich ein alter Mann, weißhaarig, klapprig, zu nichts mehr zu gebrauchen.« Er bedeckte die Augen mit den Händen und stöhnte.

Dr. Böhler erhob sich und trat neben Sellnow ans offene Fenster.

»Wir müssen uns nicht unterkriegen lassen wie die Tausende, die verzweifeln, wenn die russischen Nächte kommen. Wir sind Ärzte, Werner ... nicht nur mit dem Skalpell oder dem Stethoskop. Wir müssen Ruhe ausströmen, Vertrauen, Stärke ... Wir müssen etwas vorleben, woran wir selbst nicht glauben. Aber wir müssen so tun, als glaubten wir und wären in diesem Glauben stark für die Zukunft! Wir müssen ein Beispiel sein, Werner, ein Abbild dessen, was jeder gerne sein möchte. Auch —«, er stockte und sah die beiden Ärzte an, »auch, wenn wir selbst dabei zerbrechen! Und dieser Zusammenbruch wiederum muß still sein, in irgendeiner Ecke, verborgen, wie es die Tiere tun, wenn sie sterben. Wir Ärzte, Werner, sind für die Tausenden um uns das Licht, dem sie nachgehen und das ihnen den Weg zeigt.«

»Sie hätten Pfarrer werden sollen«, antwortete Sellnow bissig. »Unser Unterarzt sagt überhaupt nichts . . .«

Jens Schultheiß zuckte mit den Schultern. »Was soll ich sagen?« Er schob die Lippen etwas vor und lächelte wehmütig. »Man hat Sie um Ihr Leben betrogen, Herr Oberarzt, um Ihre Frau, Ihre Kinder . . . Was hat man mir genommen? An realen Werten — nichts! Ich saß auf der Universität in Erlangen und hörte Anatomie und Pathologie. Dann war Krieg, und ich kam nicht mehr zum Nachdenken. Nur eins bewegte mich in all den Jahren: Wenn du bloß da wieder herauskommst! Man hat mir nichts genommen als meine Jugend. Aber dafür liegt das Leben noch vor mir . . .«

»Auf das, was vor uns liegt, pfeife ich!« Sellnow schnellte vom Stuhl empor und rannte in dem kleinen, sonnigen Zimmer hin und her. »Oder glauben Sie, man läßt uns wieder zurück nach Deutschland? Als lebende Propaganda gegen den Kommunismus? Das wäre einmal ein Märchen, das wahr wird!«

Dr. Böhler stützte sich auf den Tisch und nahm ein Blatt aus der Mappe. »Nummer 9523 E«, sagte er. »Unfall im Stollen. Eine Strebe brach und begrub den Mann. Rippenquetschung und unbekannte innere Verletzungen. Wurde in der Nacht eingeliefert. Erste Betreuung hat Dr. Kresin übernommen . . .«

»Dieses Rindvieh!« meinte Sellnow grob.

»Dr. Kasalinsskaja hat den Fall übernommen und Tetanusantitoxin gegeben.«

»Bei 'ner Rippenquetschung!« warf Sellnow entsetzt dazwischen.

»Der Mann hatte auch Schürfungen . . . aber lassen wir das. Für uns ist es nur wichtig, daß sich die russischen Ärzte um unsere Arbeit kümmern, daß sie nicht mehr abseits stehen und nur gesundschreiben, sondern Interesse an unserem Gefangenenlazarett zeigen.« Er blickte Sellnow fragend an. »Was hat unsere liebe Ärztin eigentlich gesagt, als Sie sich bei ihr für das Skalpell bedankten?«

»Sie hat mich hinausgeworfen!« sagte Sellnow und wurde rot.

»Hm. Und sonst nichts?«

»Mir genügt's!«

Ohne anzuklopfen, trat in diesem Augenblick ein großer Mann, ein Bulle in erdbrauner Uniform, ins Zimmer. Er grüßte nicht, er verzog keine Miene, sondern blieb im Türrahmen stehen und sah von einem zum anderen.

»Da sind Sie!« sagte er laut.

Dr. Böhler klappte die Mappe zu und senkte grüßend den schmalen Kopf. »Ja, Dr. Kresin?« sagte er fragend.

»Sie habben operiert heute, mit Taschenmesser?«

»Ja.«

»Das ist verbotten!«

»Es war der einzige Weg, das Leben zu retten! Wir haben keine anderen Instrumente. Wir haben — das wissen Sie ja — nichts!«

»Und womit habben Sie genäht?«

»Mit Seide . . .«

»Woher?«

Sellnow spürte eine Falle. Ehe Dr. Böhler antworten konnte, kam er ihm zuvor und schob sich zwischen den Chefarzt und den Russen.

»Wissen Sie das denn nicht, Dr. Kresin?« fragte er dreist. »In Baracke IV, Block 1, züchten wir doch Seidenraupen!«

Dr. Sergej Basow Kresin sah Dr. von Sellnow groß an. In seinen Augen standen Unbegreifen und Zorn. Er wischte mit der Hand durch die Luft, und seine große, tellerförmige Handfläche wirkte wie ein Fächer. Deutlich war der Luftzug zu spüren.

»Seide ist gestollen! Von Bascha aus Küche! Sie nähen mit einem Schal! Das ist unerhört!«

»Dann geben Sie uns Nähmaterial«, sagte Dr. Schultheiß laut.

»Nichts, nichts gebbe ich! Ihr sollt verrecken, alle, alle . . .«

Dr. Böhler sah in das zornige Gesicht seines Kollegen und lächelte plötzlich. Er griff zu seiner Mappe, nahm ein Papier hervor und nickte zu Dr. Kresin hin.

»Der Mann aus dem Stollen, den Sie mir einlieferten, hat eine Milzquetschung. Wir müssen exstirpieren!«

Dr. Sergej Basow Kresin riß die Augen weit auf: »Ach!« sagte er. »Sie wollen Milz wegnehmen? Hier?«

»Ja.«

»Mit Taschenmesser?«

»Wenn es sein muß — ja.«

»Sie sind verrückt . . .«

Dr. Böhler schüttelte den Kopf. Auf seiner hohen Stirn perlte der Schweiß. »Nein, Dr. Kresin«, antwortete er leise. »Ich bin nur verzweifelt . . .«

Dr. Kresin trat gegen die Tür, mit einem Krach sprang sie auf. »Mitkommen«, schrie er rauh. »Sofort!« Dann ging er voraus, während Sellnow sich an Dr. Böhlers Arm hing.

»Was soll das?« flüsterte er erregt.

Dr. Böhler lächelte beruhigend, indem er sagte: »Ich habe das Gefühl, als bekämen wir jetzt vielleicht einen ganz brauchbaren Operationsraum . . .«

Sie gingen zusammen über den Platz. Die Abendsonne lag wie Gold über den Baracken und Drähten, den Wachttürmen und den fernen Wäldern. Aus einer Baracke ertönte Gesang . . . er wurde begleitet auf einer selbstgebastelten Mandoline. In seinem Garten stand der Plenni Karl Georg und harkte die Beete mit einer hölzernen, geschnitzten Harke. Als er die Ärzte kommen sah, nahm er Haltung an und legte den Harkenstiel wie einen Gewehrlauf an die linke Seite. Dr. Böhler lächelte und winkte ihm zu.

»Was macht Ihr Furunkel?« rief er über den Platz.

»Alles in Ordnung, Herr Stabsarzt. Muß schon wieder arbeiten, sagt die Ärztin . . .«

Er sah ihnen nach, wie sie um die Ecke verschwanden und zum großen Lagertor gingen. »Wenn wir den nicht hätten«, murmelte er vor sich hin und begann, den Boden um seine Tulpen zu lockern.

Julius Kerner kam aus der Baracke und winkte ihn zu sich heran. Er tat sehr geheimnisvoll und strahlte über das ganze Gesicht.

»Wir haben vier Rubel, Karl«, sagte er stolz.

»Vier Rubel?« Karl Georg sah seinen Freund verblüfft an. Der Besitz von vier Rubel war wie ein Märchen. »Woher denn?«

»Müller hatte noch einen silbernen Uhranhänger, so'n dusseliges Ding, das er beim Kegeln gewonnen hat. ›Gut Holz‹ stand drauf, und neun Kegel! Das hat er dem russischen Posten 6 für vier Rubel verkauft! Der Kerl war ganz wild darauf!«

»Und was kostet ein Schal?«

»Der Posten meint, ein guter Seidenschal kommt auf 300 Rubel!«

»Das schaffen wir nie. Ich müßte mal mit der Bascha reden. Vielleicht will sie gar keinen mehr . . .«

»Die nicht . . . aber der Markow, das Schwein!«

Ein Posten, der vorüberging, blieb vor dem Garten stehen und sah sich die blühenden Tulpen an. Er lachte den beiden Deutschen zu, und seine dunklen Augen in dem gelben Tatarengesicht strahlten.

»Gutte Blume«, sagte er mit der hellen Stimme vieler Asiaten. »Schön für Mädchen . . .«

»Du kannst mich kreuzweise!« sagte Karl Georg wütend. Dann ließ er Julius Kerner und den Tataren stehen und wandte sich wieder seinem Blumenbeet zu.

In der Kommandantenbaracke wartete Major Worotilow. Er saß an seinem großen Schreibtisch, während Leutnant Markow aus dem Fenster lehnte und den großen Appellplatz übersah. Er bemerkte die Gartenarbeit Karl Georgs und ärgerte sich maßlos über seinen Kommandanten, der das duldete.

Dr. Böhler grüßte und sah Major Worotilow erwartungsvoll an.

»Sie haben operiert?« fragte Worotilow in dem gleichen Ton wie vorher Dr. Kresin.

»Es blieb mir keine Wahl!«

»Sie wissen genau, daß Sie keine Befugnis haben, Eingriffe zu unternehmen. Wir haben Ihre Krankenstelle nur für Lungenkranke und Verletzte eingerichtet, die Pflege brauchen. Operieren steht allein Dr. Kresin oder Dr. Kasalinsskaja zu! Und Sie haben sogar mit einem Taschenmesser operiert!« Major Worotilow kniff die buschigen Augenbrauen zusammen und sah die deutschen Ärzte eine Weile stumm an. »Wenn der Patient stirbt, werde ich Sie wegen Mordes an einem Kameraden nach Moskau vor das Kriegsgericht schicken!« Er machte eine umfassende Handbewegung. »Sie alle!«

»Es gab keine andere Rettung als den Eingriff!« Dr. Böhler blieb ruhig, während Dr. Sellnow unruhig von einem Fuß auf den anderen trat. Dr. Schultheiß lehnte blaß an der Wand. Mord, dachte er. Wenn der Oberfähnrich stirbt, geht es um unseren Kopf ... Als ob es den Russen auf diesen einen Gefangenen ankäme! Alles, alles ist nur Schikane, ist Nervenkrieg ... man will uns weich machen, weil wir den Kopf noch oben tragen, weil wir noch ein Rückgrat haben und nicht Wachs sind in ihrer Hand.

Major Worotilow sprang auf. »Man hat dem Küchenmädchen einen seidenen Schal gestohlen! Das ganze Lager bekommt eine Woche 100 Gramm Brot weniger am Tag, wenn der Schal nicht wieder auftaucht!«

Dr. Böhler war bleich geworden. Er biß die dünnen Lippen fest aufeinander. Seine Stimme war leise, es war nur ein halbes Flüstern, als er sich an Major Worotilow wandte.

»Das ist doch unmenschlich, Major! Mit dieser Seide haben wir einem Menschen das Leben gerettet! Mit dieser Seide werden wir noch manchem das Leben erhalten! Und dafür sollen Tausende Unschuldiger büßen?«

»Ein russischer Schal ist mehr wert als 10000 deutsche Leben!« Piotr Markow war vom Fenster emporgeschnellt und hatte es Dr. Böhler ins Gesicht geschrien. Jetzt stand er vor ihm, groß, hager, mit den Augen eines Fanatikers, zitternd vor Erregung ... ein Hasser, der die Welt zerreißen konnte.

Dr. Böhler sah zu Boden. Spitz und scharf zeichneten sich seine Backenknochen in dem hageren Gesicht ab. »Dann kann ich ja gehen«, sagte er.

»Stolz ist er! Stolz!« schrie Markow wild. »Du deutsches Schwein! Wer hat gesagt: Es gibt zuviel Russen ... wir müssen sie verhungern lassen?! Wer wollte den Osten aufnorden? Wer hat unser Land ausgepreßt und hundert Mann erhängt, wenn ein deutscher Soldat erschossen wurde, weil er gestohlen oder geschändet hat?! Wer schickte nach Minsk oder Smolensk Gauleiter, die mit Lastwagen Möbel, Gemälde und wertvolle Teppiche nach Deutschland schafften? Wer, du deutsches Mistvieh?! Ihr! Euer Führer, der euch allein ließ, als es euch dreckig ging! Eure schwarze Bande mit dem Totenkopf hat meine Mutter und meinen Bruder erschlagen, weil sie des Nachts aus Hunger bettelnd durch die Dörfer zogen ... meinen Vater habt ihr umgebracht in Stalino, meine Schwester liegt unter den Trümmern von Charkow ... und ihr steht hier, stolz, frech und immer noch die Herren?! 100000 Deutsche für einen zerrissenen russischen Schal! Bis ihr alle verreckt!«

Schaum stand vor seinem Mund. Er schwankte und ließ sich auf einen Stuhl fallen, der neben dem Tisch des Majors stand.

Worotilow sah auf seine Hände. Er duldete den Ausbruch seines Leutnants, und nur Dr. Kresin hatte sich in eine andere Ecke verzogen und grunzte mißbilligend. Dr. Böhler wandte sich ab und ging zur Tür.

»Wo wollen Sie hin?« rief Worotilow.

»In mein Lazarett! Die Kranken brauchen mich ... die kranken, verletzten, jammernden, armen, hilflosen und dreckigen deutschen Schweine ...«

Piotr Markow umklammerte die Kante des Tisches und schnellte den Oberkörper vor.

»Verrecken alle, verrecken ...«, keuchte er atemlos.

Worotilow winkte ab. Seine Hand fuhr durch die Luft. »Dr. Böhler.«

Seine Stimme war gelassen und ein wenig singend. Er kommt aus dem Süden, dachte Dr. Schultheiß. Vielleicht aus dem Kaukasus oder von der Krim. »Sie werden in den nächsten Tagen chirurgische Bestecke, Catgut, Narkosemittel und alle Dinge bekommen, die Sie brauchen. Ich bitte Sie, eine genaue Liste einzureichen, was Sie am allernötigsten brauchen! Dr. Kresin wird sie prüfen. Ich werde direkt nach Moskau schreiben.« Ein Lächeln flog über sein Gesicht ... etwas von der uralten Weisheit der Asiaten schimmerte hinter der Maske der Zivilisation. »Das ändert aber nichts daran, daß Bascha Tarrasowa ihren Schal wiederbekommt! Und daß Ihre Kameraden für den Diebstahl eine Woche lang 100 Gramm Brot weniger erhalten!«

»Sie sind grausam, Major.«

»Aber gerecht. Sie werden aus meinem Lager ein großes Lazarett machen, und ich bin stolz darauf, und Dr. Kresin auch. Sie sind ein großer Arzt ...«

»Ich tue nichts als meine Pflicht ...«

»Wir wollen uns nicht um Worte streiten. Sie werden alles bekommen, was Sie brauchen ... ich habe es schon einmal gesagt. Aber Ihre verwundeten oder kranken oder gesunden Landsleute interessieren mich nicht. Sie werden einen Diebstahl büßen ...«

Sekundenlang sah Dr. Böhler dem Major in die kleinen Augen. Zwei Männer, die jeder am Ende einer riesigen Brücke standen, über die kein Weg zueinander führt, weil sie in der Mitte zerstört ist. Nur der Schall ihrer Stimmen dringt von Ufer zu Ufer, aber die Worte sind verschieden.

»Niemand lernt euch Russen kennen«, sagte Dr. Böhler leise. Dann wandte er sich ab und verließ den Raum. Sellnow und Schultheiß wollten ihm folgen. Die Stimme Dr. Kresins hielt sie fest.

»Sie bleiben!« Seine dicken Finger wiesen auf den jungen Unterarzt. »Sie können auch gehen«, rief er Sellnow zu.

Dr. Sergej Basow Kresin schob Dr. Schultheiß mit dem Fuß einen Stuhl zu. »Setzen!« kommandierte er. Verblüfft ließ sich Schultheiß nieder und spürte, daß er blaß wurde und heftige Angst in ihm aufstieg. Dr. Kresin hatte die Hände gefaltet, als er zu sprechen begann. Er sah friedlich aus, als ob er sich als Privatmann mit einem jungen Kollegen unterhalte. Diese Haltung mahnte Schultheiß zur Vorsicht.

»Wir haben gehört«, sagte Dr. Kresin freundlich, »daß Sie den operierten Patienten mit einem neuen Medikament, einem Pulver, behandelt haben. Stimmt das?«

Schultheiß kniff die Lippen aufeinander. Woher wußte Dr. Kresin von dem Penicillin? Sollte er lügen? Sollte er die Wahrheit sagen?

»Wie soll denn das Medikament ausgesehen haben?«

»Weiß, Herr Doktor! Es war Penicillin! Ein amerikanisches Präparat, das wir als Militärlieferung erhalten. Wie kommen Sie an dieses Pulver?«

»Es war in unserer Lazarett-Apotheke.«

»Es steht aber auf keiner Ihrer Bestandslisten verzeichnet.«

»So?« Dr. Schultheiß hob bedauernd die Schultern. »Das ist vielleicht ein Fehler, der leicht zu berichtigen ist. Schreiben Sie bitte dazu: Eine große Dose mit Penicillin-Pulver.«

Dr. Kresin grinste. »Und wann geliefert, mein Junge?«
»Das weiß ich nicht . . .«
Major Worotilow, der jetzt an Stelle von Markow am Fenster stand, drehte sich herum und wippte mit den Fußspitzen auf dem Dielenboden.
»Sie haben also auch das Penicillin gestohlen!«
Dr. Schultheiß erkannte die Falle, die man ihm gestellt hatte. Er hatte keine Wahl mehr — entweder er verriet die Kasalinsskaja oder er nahm den Diebstahl auf sich. Man hatte ihn, den jüngsten der Ärzte, ausgefragt, weil er am ängstlichsten und weichsten war . . .
»Ich bitte Sie, auch mir für eine Woche das Brot zu entziehen«, sagte er leise.
»Nein.« Worotilow trat näher und beugte sich über den jungen Arzt. Ein Geruch von Juchtenleder, Machorka und Schweiß strömte von ihm aus. »Ich müßte Sie bestrafen, Doktor, weil Sie so wenig Vertrauen haben. Sie dürfen mich nicht mit Markow verwechseln.« Er richtete sich auf. Der beißende Geruch verlor sich etwas. »Ich will gar nicht wissen, woher Sie das Penicillin hatten. Aber ich rechne auch mit Ihrer Verschwiegenheit in anderen Dingen. Sie sind Arzt . . . Sie kennen doch keinen Unterschied bei Ihren Patienten.«
Dr. Schultheiß wandte ihm den Kopf zu. »Was haben Sie vor, Herr Major . . .«
»Sie werden mit mir nach Stalingrad fahren. Und Sie werden dort jemanden untersuchen, der mir sehr nahesteht . . .«
»Eine Frau?« fragte Dr. Schultheiß ahnungsvoll.
»Ja. Dr. Kresin behandelt sie, aber er riet mir, Sie hinzuzuziehen.« Worotilow sah Dr. Schultheiß aus seinen kleinen dunklen Augen scharf an. Es war wie eine letzte Musterung beim Kauf eines Pferdes. »Es wird niemand erfahren, wo Sie hinfahren, Doktor«, sagte er mehr zu sich selbst. »Auch nicht Dr. Böhler.«
»Nein, Herr Major.«
»Wenn Sie sie gesund machen, können Sie von mir haben, was Sie wollen.« Ein Lächeln zog über sein Gesicht. »Nur nicht die Freiheit . . .«
Dr. Kresin schaltete das Licht ein. Die Nacht war über das Lager hereingebrochen. In einer der Baracken hörte man das Brüllen Leutnant Markows. Ein warmer Wind kam vom Westen und trieb den Staub durch die Lagerstraßen. Es roch nach Erde und Rauch, als habe in der Nähe ein Wald gebrannt.
»Morgen früh fahren wir«, sagte Worotilow laut. »Dr. Kresin wird Sie abholen.«

AUS DEM TAGEBUCH DES DR. SCHULTHEISS:

Wenn diese Nacht doch bald vorüber wäre . . .
Der Oberfähnrich schläft, endlich schläft er. Auf seinen eingefallenen Wangen und in den Augenwinkeln liegen noch die Tränen. Seine Brust wird von Schluchzen geschüttelt. Vor einer halben Stunde schaute die Kasalins-

skaja hinein und gab mir eine große Ampulle Morphium für ihn. Noch immer ist der Leib stark aufgetrieben und hart.

Aber jetzt schläft er, ruhig und gleichmäßig geht sein Atem. Der Puls ist fast normal, und das ist es, was mich stutzig macht.

Vor einer Stunde noch lag er hier und weinte. Er hatte meine Hand ergriffen, und ich hielt seine heißen, zuckenden Finger und beugte mich über ihn. In seinen Augen lag die nackte Angst, sie starrten mich übergroß an, geweitet in grauenhaftem Entsetzen.

»Muß ich sterben, Doktor?« schluchzte er. »Muß ich denn wirklich sterben? Ich bin erst 23 Jahre alt . . .«

»Wer sagt denn, daß du sterben mußt?«

»Ich fühle es. Mein Leib . . . mein Leib . . . es ist wie Feuer! Als wenn man ihn ausbrennt . . .«

»Wir haben dich operiert. Du hattest einen dicken, vereiterten Blinddarm, den haben wir weggeschnitten. Und jetzt wird alles gut . . .«

Er faßte wieder nach meiner Hand. »Ich werde sterben«, flüsterte er, während ich seine aufgesprungenen Lippen mit einem feuchten Lappen kühlte, denn trinken durfte er ja nichts. »Es wird meine Buße sein . . . meine Buße . . .« Seine Stimme verlosch, in seine Augen trat jener weite Blick, der mich erschrecken läßt, wenn ich ihn sehe.

»Du hast doch mit deinen 23 Jahren nichts zu büßen«, sagte ich tröstend.

»Ich war feige!« Er schrie es mit solcher Heftigkeit heraus, daß ich zurückprallte und Mühe hatte, ihn auf sein Lager zurückzudrücken. »Mit 19 kam ich von der Kriegsschule . . . aus Potsdam und Eberswalde. Als Oberfähnrich nach Stalingrad . . . drei Monate Frontbewährung, dann war ich Offizier, ein junger Leutnant, auf den mein Vater so stolz gewesen wäre. Ich ging hinaus nach Rußland und warf mich in den Dreck von Stalingrad. Ich wollte tapfer sein, ich wollte in Ehren heimkehren. Und ich übernahm eine Kompanie und grub mich an der Traktorenfabrik ein . . . Dann trommelten sie . . . sie trommelten Tag und Nacht . . . ohne Unterbrechung, ohne Stillstand, ohne einmal Atem zu schöpfen . . . sie trommelten, Meter um Meter pflügten sie den Boden um, sie ließen nichts aus . . . sie trommelten aus Tausenden Geschützen, und dann stürmten sie . . . wie Ameisen, erdbraun gefärbt, krochen sie aus den Löchern und Bunkern, aus den Trümmern und verbogenen Stahlgerüsten. Uuuuurääääh schrien sie . . . dieses schreckliche Uuuuurääääh, das bis ins Mark geht . . . Tataren und Mongolen, Kirgisen und Kalmücken . . . sie stürmten auf uns zu und schrien beim Laufen, während unsere Maschinengewehre sie umtobten. Ich lag in meinem Loch, meine silbernen Litzen leuchteten, ich war ja Oberfähnrich und Kompanieführer . . . sie blickten auf mich. Ich aber lag in meinem Loch und hatte Angst, hundsgemeine Angst! Wissen Sie, Doktor, was Angst ist? Wenn man nicht mehr atmen kann, wenn das Herz aussetzt, wenn der Puls rast? Und dort kam der Russe, der keine Gefangenen macht und den Verwundeten die Augen aussticht . . . Wir haben es ja geglaubt, wir Jungen von der Kriegsschule, wir Abiturienten, die wir nur die Silbertressen sahen, aber nicht, was dahintersteckt. Und nun kamen sie auf uns zu . . . Hunderte von diesen braunen Teufeln, und sie kamen näher, immer näher ... Da habe ich die Arme hochgehoben ... ich, der Oberfähnrich Graf Burgfeld, der Kompanieführer ... ich habe die Arme hochgehoben und vor Angst geschrien, während neben mir ein MG stand mit 10 000 Schuß Munition. 10 000 Schuß! Und sie kamen heran wie die Figuren auf einem Schießplatz, ich brauchte nur abzudrücken und sie fielen um. Aber ich tat es nicht, ich konnte es nicht ... ich schrie vor Angst und hob die Arme hoch. Ich, der Kompanieführer ... aber ich war erst 19 Jahre alt ...« Er warf den Kopf zur Wand hin und begann wieder, haltlos zu schluchzen. »Und dafür büße ich jetzt ... für meine Feigheit, für meine Angst ... und ich weiß, daß ich sterben werde ... sterben muß!«

Ich konnte ihm nicht helfen. Ich konnte nur seine heiße, zuckende Hand halten und sie immer wieder streicheln.

Gegen vier Uhr morgens wurde der Kranke plötzlich sehr unruhig, klagte über heftige Schmerzen im Oberbauch, bekam einen Schluckauf, der ihn jedesmal vollkommen durchschüttelte, und fing an zu brechen. Es war ein Brechen, das ohne Würgen und ohne Anstrengung vor sich ging. Es sprudelte den Mageninhalt einfach heraus. Ich erschrak zu Tode, denn auch der Puls war plötzlich sehr schlecht, und der Kranke sah verfallen aus, mit eingesunkenen Augen und fahler Gesichtsfarbe.

Ich rannte aus dem Zimmer und klopfte bei Dr. Sellnow. Er kam im Hemd und eilte an das Bett des Oberfähnrichs. Ein Blick genügte ihm, um ihn in seiner bekannten Art fluchen zu machen.

»Eine Schweinerei«, schrie er unbeherrscht, »aber das war ja vorauszusehen, daß das in diesem Sauladen nicht anders gehen würde. Wir müssen den Chef holen.«

»Ist es ganz hoffnungslos?« fragte ich leise.

Er muß aus meiner Stimme die Angst herausgehört haben, denn er sah mich groß an.

»Warum? Haben Sie noch keinen Menschen sterben sehen?«

»Keinen, bei dem es mir so nahegehen würde!«

»Kennen Sie denn den Knaben?« Er deutete mit dem Kopf auf den stöhnenden Oberfähnrich.

»Jetzt ja«, sagte ich zögernd.

Die Drohung Worotilows fiel mir ein: »Wenn der Patient stirbt, werde ich Sie alle wegen Mordes melden!« Eine tierische Angst ergriff mich. Ich stand auf und rannte in dem engen Raum hin und her. Er darf nicht sterben! Er darf nicht! Er zieht uns ja alle mit in den Tod, uns alle ...

Dr. Böhler kam ins Zimmer, hinter ihm Sellnow, immer noch im Hemd. Auch die Kasalinsskaja erschien jetzt. Sie beugte sich neben Dr. Böhler über den Stöhnenden.

»Wieder aufmachen?« fragte sie leise.

»Wird wohl nichts anderes übrigbleiben«, erwiderte Dr. Böhler kurz und richtete sich auf.

Böhler, Sellnow und die Kasalinsskaja traten einige Schritte zurück und steckten die Köpfe zusammen.

»Schwierige Diagnose«, flüsterte Böhler. »Wahrscheinlich ist es eine Peritonitis mit Darmlähmung, aber es kann ebenso ein halbes Dutzend anderer Sachen sein.«

»Was denn?« fragte die Kasalinsskaja.

»Verstopfung eines Darmgefäßes, eine Arterien- oder eine Venenthrombose, eine akute Pankreatitis oder ein Ileus ... Wir haben keine Zeit zu verlieren. Ich werde eine Probe-Laparotomie machen, und wir werden sehen; wahrscheinlich ist es doch eine Bauchfellentzündung mit Darmlähmung, und wir müssen einen Kunstafter anlegen. Glauben Sie, daß wir irgendwo Instrumente und Medikamente für eine Dauertropfinfusion oder eine Bluttransfusion auftreiben könnten?«

»Woher?« Die russische Ärztin zuckte mit den Schultern. Sie trug ein langes Nachthemd und darüber einen leichten Kimono.

»Fragen Sie bitte Dr. Kresin«, sagte Böhler, »er hat mir volle Unterstützung versprochen.«

Emil Pelz erschien mit zwei Gehilfen, und sie hoben den immer noch stöhnenden Kranken auf die Tragbahre.

Dr. Böhler sah mich an. »Sie legen sich hin, Schultheiß«, sagte er streng, »ruhen Sie sich aus. Sellnow wird assistieren und die Ärztin. Sie werden dann die Pflege des Frischoperierten übernehmen.«

»Jawohl, Herr Stabsarzt.«

Die Bahre wurde hinausgetragen. Noch auf dem Flur vernahm ich das Wimmern des Jungen, des Kompanieführers mit neunzehn Jahren, der die Hände vor Angst hochhob, anstatt seine zehntausend Schuß zu verschießen ...

Nun ist es früher Morgen.

Der Oberfähnrich schläft wieder in seinem Bett.

Die zweite Operation ist gut verlaufen. Es war doch eine Bauchfellentzündung mit Darmlähmung. Aus seiner linken Seite läuft aus dem Drän immer noch Eiter in einen Haufen Mull.

Böhler hat einen Kunstafter angelegt, den er so lange tragen muß, bis die Bauchfellentzündung abgeklungen ist und die Därme ihre Tätigkeit wiederaufnehmen. Wenn es dazu überhaupt noch jemals kommen sollte. Aber jetzt schläft er ruhig.

Die Sonne ist jetzt schon warm, es wird ein heißer Tag werden.

Ich habe Sehnsucht nach Vater und Mutter und möchte weinen.

Stalingrad, Tingutaskaja 43.

Ein niedriges, neues Haus mit blanken Fenstern in einem großen Garten, nahe an der in der Sonne glitzernden Wolga.

Rings um das kleine Haus die Gerüste der Neubauten: Fabriken, Arbeitersiedlungen, Kinos, Theater, Geschäfte der staatlichen Konsume, ein großes Gebäude der Partei, ein Denkmal für die Befreiung Stalingrads ... und dazwischen die Wolga wie fließendes Silber, breit, herrlich, still. Majestätisch in ihrer Unendlichkeit.

Dr. Kresin hielt den kleinen Jeep an und schob die Tellermütze in den Nacken. Er stieß Dr. Schultheiß in die Seite und nickte ihm zu.

»Hier sind wir. Ich will Ihnen noch einige Hinweise über Ihre Patientin geben. Janina Salja können Sie nichts vormachen. Seien Sie ehrlich zu ihr. Sie ist Leiterin der Sanitätsbrigade von Stalingrad. Sie weiß genau, was ihr fehlt, und hat mir selbst die Diagnose mitgeteilt: offene Tbc, im linken Obergeschoß eine dreirubelstückgroße Kaverne, Gewichtsverlust innerhalb eines halben Jahres zwanzig Pfund. Genügt das?«

»Haben Sie Aufnahmen?« fragte Dr. Schultheiß.

»Es liegen gute Röntgenbilder vor, die über die Krankheitsdauer hinweg aufgenommen sind«, nickte Dr. Kresin.

»Und was ist bisher getan worden?«

»Wenig: Ruhe, frische Luft, Liegekuren an der Wolga, gutes Essen, Sahne, frisches Gemüse und Lebertran. Es ist ein Versuch mit Tuberkulin gemacht worden, zur Bekämpfung des Hustenreizes bekommt die Patientin Guajakol und für die Nächte Codein.«

»Der Erfolg war natürlich negativ?«

Kresin nickte wortlos. Er kletterte vom Sitz und klopfte an die Balkentür. Ein Rotarmist öffnete und grüßte, als er den Arzt sah.

»Ist Genossin Salja da?« fragte Kresin.

»Jawohl.« Der Soldat blickte auf den Gefangenen. »Der deutsche Arzt?«

»Mach schon auf, du Idiot!« schrie Dr. Kresin. Er trat gegen die Tür. Sie sprang auf, krachte gegen die Wand und schlug wieder zurück. »Kommen Sie«, sagte er zu Dr. Schultheiß, »hier ist alles mißtrauisch, weil alle ein schlechtes Gewissen haben.«

Sie durchschritten einen großen Raum, sparsam möbliert, traten durch eine Fenstertür ins Freie und sahen zwischen den blühenden Sträuchern in einem Korbstuhl eine zarte Mädchengestalt sitzen. Rötlichblondes Haar lag eng um den schmalen Kopf, aus dem große, fiebrig glänzende Augen leuchteten. Blaue Augen.

Dr. Schultheiß verbeugte sich und wartete ab, was Dr. Kresin sagte. Dessen Russisch war viel zu schnell, als daß er mehr als ein paar Worte hätte verstehen können. Aber dann sah ihn Salja an und reichte ihm die Hand. Er ergriff sie zögernd, seit Jahren daran gewöhnt, einem Russen nicht die Hand geben zu dürfen.

»Worotilow schickt Sie?« sagte sie mit schleppender, müder Stimme. »Ob es noch Zweck hat, Doktor?«

Schultheiß wunderte sich über ihr gutes Deutsch und nickte. »Bestimmt. Ich werde versuchen, was ich kann. Sie sollen wieder gesund werden . . .«

Dr. Kresin wischte mit der Hand durch die Luft. Er tat es immer, wenn er unwillig war. »Keine langen Reden. Gehen wir ins Haus, Genossin, und lassen Sie uns mit der Untersuchung beginnen.«

Janina Salja erhob sich. Sie ging ihnen voran, ihr Gang war so müde wie ihre Sprache, aber im Wiegen ihrer Hüften lag noch etwas von ihrer verlorenen Schönheit. Es war etwas Katzenhaftes, Gleitendes, Tastendes an ihr, das Dr. Schultheiß aufmerksam machte.

In ihrem Schlafzimmer fuhr sie sich mit der Hand durch die kurzen Haare, sah flüchtig zu Schultheiß hin und begann dann, sich ungeniert auszuziehen. Sie streifte das Kleid ab und legte sich aufs Bett. Dabei schloß sie die Augen und kreuzte die Arme hinter dem Nacken. Ihre Haut war fahl und von einer dünnen Schicht Schweiß überzogen.

Dr. Kresin schob Schultheiß ein Stethoskop hin. »Fangen Sie schon an«, sagte er grob. »Ich hole die Röntgenplatten . . .« Und weg war er.

Die Sonne lag auf ihrem zarten Oberkörper, als sich Schultheiß mit dem Hörrohr über sie beugte. Eine starke Erregung ließ das Blut in seinen Adern rauschen, so daß er die Atemgeräusche der Lunge nicht vernahm und nicht das Hämmern des Herzens. Schweiß trat auf seine Stirn. Er schloß die Augen und zwang sich, auf ihren Atem zu lauschen. Die Tuberkulose sieht man — man hört sie nicht, dachte er, das ist eine alte Regel, die sich immer wieder bestätigt. Dennoch klopfte er den Brustkorb ab und gab sich Mühe, die Kaverne zu auskultieren. Es gelang natürlich nicht.

Er wandte sich ab. »Bitte, ziehen Sie sich wieder an.«

Er hörte das Rascheln ihres Kleides. Als er sich umdrehte, sah er sie vor dem Spiegel stehen und sich die Haare kämmen. In ihrem Nacken kräuselten sich ein paar Locken.

»Ich bin wohl sehr krank?« fragte sie und lächelte seinem Spiegelbild ein wenig verzweifelt zu.

Schultheiß zuckte die Achseln und sagte: »Ich muß mir erst die Röntgenbilder ansehen. Wenn das stimmt, was mir Dr. Kresin sagte, so müssen Sie eisern liegen und nichts als liegen. Alkohol und Tabak sind streng verboten.« Er nahm eine Packung kaukasischer Zigaretten von dem Nachttisch neben ihrem Bett und zerbröckelte sie zwischen den Fingern. »Sie müssen sehr folgsam sein.«

»Mein Bruder starb in deutscher Gefangenschaft.« Sie legte den Kamm hin und strich über ihr Kleid. »Er arbeitete bei Moers im Bergwerk und starb an Furunkulose.«

»Ach!«

»Vielleicht hätte ihn ein deutscher Arzt retten können, aber er wollte keinen deutschen Arzt. Er war Jungbrigadier und fanatischer Kommunist. Ich bin es auch . . . aber noch mehr liebe ich das Leben . . .«

Dr. Kresin trat ins Zimmer und sah sich erstaunt um.

»Schon fertig?« brummte er. Er hielt Dr. Schultheiß einige Röntgenaufnahmen hin und stellte sich neben ihn. Gegen die Sonne trat deutlich die große Kaverne in der Lunge hervor. Dr. Kresin blickte den deutschen Arzt von der Seite an.

»Na?« murmelte er, »was wollen Sie tun?«

»Einen Pneumothorax.«

»Idiotie! Woher soll ich das Gerät nehmen!«

»Hat das Krankenhaus von Stalingrad keine Apparatur?«

»Ja, aber die bekomme ich nicht.«

»Außerdem muß sie unter ständiger ärztlicher Aufsicht stehen. Wir haben doch im Lager eine ganz gute Lungenstation . . . dort könnte man sie laufend beobachten . . .«

Dr. Kresin warf die Röntgenbilder auf das Bett. »Ins Lager? Sie sind wohl völlig verrückt! Sie können doch Janina Salja nicht zwischen die dreckigen deutschen Gefangenen legen!«

Schultheiß zuckte mit den Schultern. »Ich bin auch ein dreckiger deutscher Gefangener. Dann machen Sie allein weiter, Dr. Kresin.«

»Ich könnte sie an die Krim schicken, an das Asowsche Meer. Dort haben wir gute Lungenheilstätten.« Dr. Kresin sagte es langsam und nachdenklich. »Auch am Kaspischen Meer, bei Astrachan, gibt es gute Kliniken. Aber sie will ja nicht hingehen. Sie weigert sich rundweg.«

»Ich denke gar nicht daran«, schrie Janina Salja plötzlich leidenschaftlich, »ich lasse mir doch nicht von denen eine Plastik machen und mir dabei die ganze Brust zersäbeln.«

Schultheiß trat auf sie zu. Er legte ihr beruhigend beide Hände auf die Schultern und drückte sie auf einen Stuhl.

»Es ist ja gar nicht nötig, Fräulein Salja«, sagte er beruhigend, »aber wenn man in diesem Land nicht einmal die simple Apparatur für das Anlegen eines Pneumothorax auftreibt . . .«

»Wenn Sie nicht alle Vollmachten von Major Worotilow hätten, schlüge ich Sie jetzt in die Fresse!« brüllte Dr. Kresin wütend. »Sie verfluchter deutscher Hund!«

Janina sprang auf und legte Kresin ihre Hand auf den Arm. »Warum soll ich nicht mit ins Lager gehen? Wenn es für mich besser ist. Worotilow wird es erlauben.«

»Genossin Salja!« Dr. Kresin keuchte. »Wenn das in Moskau bekannt wird, wenn eine Inspektion kommt . . . wir können es nicht!«

Janina sah Dr. Schultheiß aus ihren fiebrigen Augen an. Ihr Blick war so hell und klar, daß es Schultheiß wie ein Zittern durch den Körper lief. »Als Leiterin der Sanitätsbrigade Stalingrad unterstehen mir auch die Arbeiter des Lagers 5110/47. Sie arbeiten in Stalingrad, sie werden von meiner Brigade betreut auf den Arbeitsplätzen. Wenn eine Kontrolle mich im Lager antreffen sollte, dann kann ich einfach sagen, daß ich die deutschen Arbeiter inspiziere.«

»Dazu ist Dr. Kasalinsskaja da.«

»Mit ihr werde ich mich gut verstehen . . .«

»Hoffentlich.« Dr. Kresin zuckte mit den Schultern und packte das Stethoskop ein. »Ich werde es dem Major sagen. Auf Wiedersehen, Genossin . . .«

»Auf Wiedersehen, Genosse Kresin.«

Wieder reichte sie Dr. Schultheiß die Hand. Er spürte den Druck ihrer schmalen Finger. Aber ihr Gesicht war unbeweglich und bleich. Die Sonne ließ ihr Haar rot aufleuchten.

Im Lager hatte der erste Tag mit 100 Gramm Brot weniger begonnen. 100 Gramm — das bedeutete eine Mahlzeit weniger von diesem klitschigen, feuchten, schwer im Magen liegenden Gebäck. Das bedeutete siebenmal 100, 700 Gramm Brot weniger in der Woche und damit 700mal verstärkte Hungerqual und schmerzhaftes Bohren in den Eingeweiden.

Es hatte sich längst herumgesprochen, daß Bascha Tarrasowa auf einen neuen Seidenschal verzichtete. Aber Major Worotilow war unerbittlich, und Leutnant Markow baute die Strafe zu einer Schikane aus, unter der die Plennis keuchten und fluchten. Es nutzte nichts, daß die Baracke VII in Block 5 in einen Hungerstreik trat. Markow betrat sie mit fünf Soldaten und baute ein Maschinengewehr in dem langen Raum auf, legte die Tagesration auf die Tische und kommandierte: »Alles fressen!« Da krochen die hungernden Gestalten von den Pritschen und hinter den Spinden hervor und verzehrten unter dem Lauf des Maschinengewehrs ihre Portion.

Leutnant Markow lachte, als er die Baracke verließ.

Karl Georg versuchte an diesem Tag seine Tulpen zu verkaufen. Er hatte lange gezögert, ehe er sie abschnitt und wie Kleinode in die Baracke trug. Dort hatte er sie noch einmal allen Kameraden gezeigt, ehe er sie unter dem Hemd verbarg und zur Wachbaracke schlich, wo der Kirgise in der Sonne faulenzte und seine Zigarette rauchte.

»Hier, du Sauviech!« sagte Karl Georg und hielt ihm die Tulpen hin. »Für dein Mädchen, die alte Hure! Zehn Rubel!« Er hob beide Hände hoch und zeigte alle Finger.

Der Kirgise lachte breit. Er griff in die Tasche, legte sechs Rubel auf einen Schemel, nahm die Blumen aus Georgs Hand, trat ihm in den Hintern und schrie lachend hinterher, als der Deutsche mit seinen sechs Rubel wegrannte. Dort standen Hans Sauerbrunn, Julius Kerner und Karl Eberhard Möller und fingen den wütend vor sich hinfluchenden Georg ab.

»Sechs Rubel«, sagte Kerner nachdenklich. »Wenn wir uns alle in den Hintern treten lassen, macht das noch mal achtzehn Rubel.« Da keiner der anderen lachte, ging Kerner brummend in die Baracke und legte sich auf seine Pritsche.

Ein Glanzstück leistete sich ein Mann aus Baracke VIII, Block 12. Er verkaufte den Schlips eines Bauunternehmers, den er diesem am Tag zuvor in Stalingrad gestohlen hatte, an einen Mongolen als Schärpe für zwölf Rubel. Der Mongole trug den Schlips um den Leib bis 12 Uhr mittags ... da sah ihn Leutnant Markow, gab ihm ein paar schallende Ohrfeigen und entriß ihm die Krawatte. Da der Mongole den Mann, der ihm den Schlips verkauft hatte, nicht mehr beschreiben konnte, blieb auch dieser Fall ungeklärt.

Am Abend dieses ersten Tages hatte das Lager 130 Rubel zusammen. Nach der abendlichen Zählung wurde der Betrag durch Sanitäter Pelz an Dr. Böhler weitergegeben, der das Geld sinnend in der Hand wog. »Man könnte heulen«, sagte er zu Sellnow. In einer Ecke des Arztzimmers saß Dr. Schultheiß und führte das Tagebuch der Station.

»Oberfähnrich Graf von Burgfeld unverändert«, trug er ein. Dann besann er sich, daß es hier keinen Grafen gab, sondern nur eine Nummer. Er strich den Namen durch und schrieb darüber: »Nummer 4583«.

Er legte den Bleistift hin und starrte auf seine Schriftzeichen. Der bleiche Körper Janina Saljas schälte sich aus den Buchstaben, dieser schlanke, unwirklich zarte Körper mit dem leichten Schweiß der Schwindsucht darüber. Er dachte plötzlich an den großen Major Worotilow, an diese stämmige, lebensstrotzende Gestalt mit Beinen wie zwei Säulen und empfand einen ekelhaften Geschmack dabei, als seine Gedanken weiterglitten und Salja als des Majors Geliebte sahen. Das Mädchen wie ein Hauch, und der Mann wie ein Baumstamm ... Vielleicht zerbrach sie unter seinen Händen, und es gab keine andere Heilung, als Janina von Worotilow zu lösen ...

Der Gedanke beflügelte ihn, machte ihn fast heiter. Dr. Böhler schüttelte den Kopf und legte die 130 Rubel auf den Tisch.

»Unser Unterarzt träumt«, stellte er sachlich fest. »Ein merkwürdiges Lazarett: einen überpotenten Oberarzt und einen träumenden Unterarzt...«

»Und einen Heiligen als Chefarzt«, warf Sellnow sarkastisch ein. »Wo haben Sie überhaupt heute vormittag gesteckt, Schultheiß? Sie sollten sich ausschlafen, und als ich Sie wecken wollte, war Ihr Bett leer und gar nicht berührt ...«

»Ich wurde von Dr. Kresin gebraucht«, sagte Dr. Schultheiß schnell. »Er wollte noch einmal die Listen unserer Bestellungen durchgehen. Ich glaube, wir bekommen eine Pneumothorax-Einrichtung ...«

»Das wäre wunderbar!« rief Dr. Böhler begeistert. »Dann könnte ich unsere Lungenstation ausbauen!«

»Ja, das könnten wir dann.« Schultheiß schloß das Tagebuch und schob es in ein Regal. »Ich gehe einmal nach dem Oberfähnrich sehen ...«

»Ein merkwürdiger Junge.« Sellnow schüttelte den Kopf, als sich die Tür hinter dem jungen Arzt schloß. »Begabt, ungemein begabt. Das habe ich in den letzten Tagen in Stalingrad gesehen. Er hat amputiert, während der Keller unter dickem Beschuß lag. Und er hat nicht dabei gezittert. Er vernähte gerade einen Stumpf, als die Russen in den Keller drangen. Sie haben ihn nicht gestört, sondern gleich ihre Verwundeten gebracht. Wir haben dann sechs Tage nur Russenleiber geflickt.«

Dr. Böhler schien nicht hingehört zu haben. Er sah aus dem Fenster und bemerkte Leutnant Markow, der vor der Baracke III stand und mit Karl Georg herumschrie. Der Gärtner lehnte an der Wand und hatte seine Harke in der Hand. Es sah aus, als wolle er jeden Augenblick zuschlagen.

»Wo sind Blumen, du Schwein?!« brüllte Markow. Er hatte plötzlich bei einem Rundgang die gewohnten bunten Flecke auf dem Rasen vermißt und war bestürzt stehengeblieben.

Karl Georg zuckte mit den Schultern. »Schon wieder geklaut«, stellte er nüchtern fest.

»Morgen sind widder Blumen da!« schrie Markow ihn wütend an.

»Ich bin kein Gott!« schrie Georg zurück. Das verblüffte Piotr Markow. Er drehte sich um und stapfte davon. Julius Kerner, der hinter der Barackentür stand, kam angstzitternd hervor.

»Du hast eine gottverfluchte Schnauze«, sagte er leise. »Das geht noch mal schief mit dir ...«

»Leck mich am Arsch!« erwiderte Karl Georg und stellte die Harke hin.

Dr. Schultheiß ging an dem Zimmer der russischen Ärztin vorbei und zögerte. Dann wagte er es, anzuklopfen und einzutreten.

Alexandra Kasalinsskaja saß in einem Sessel. Die Beine hatte sie auf den runden Tisch vor sich gelegt. An den Fenstern waren die Vorhänge zugezogen. Es war kühl in dem Raum und halbdunkel. Es roch nach einem starken Rosenparfüm. Der Rock Alexandras war bis zu den Schenkeln heraufgezogen, ihre wohlgeformten Beine glänzten matt. Unter der dünnen Seidenbluse zeichneten sich ihre Brüste ab.

»Sie?« fragte die Kasalinsskaja gedehnt. Sie veränderte ihre Lage nicht, sondern deutete auf einen anderen Sessel. »Was wollen Sie?«

Zögernd setzte sich Schultheiß. Er mußte immer wieder auf ihre Bluse und ihre Beine sehen und dachte an Dr. Sellnow, der wütend wurde, wenn er Alexandra sah.

»Ich wollte Sie nur etwas fragen.«

»Bitte.«

»Kennen Sie Janina Salja?«

»Genossin Brigadeführer?«

»Ja.«

»Das lungenkranke Vögelchen des Majors? Aber ja. Woher kennen Sie die edle Kommunistin?«

Die Kasalinsskaja sah ihn lauernd an.

Schultheiß sah zu Boden. Das Flimmern in den Augen der Ärztin irritierte ihn. »Sie wird bald in unser Lager kommen«, sagte er langsam.

»Ach! Ist dem Major der Weg nach Stalingrad zu weit?«

»Salja ist sehr krank. Ein Pneu ist dringend notwendig. Dr. Kresin weiß es und will uns eine Apparatur besorgen. Ich habe sie untersucht ...«

»Die Genossin Salja?« Dr. Kasalinsskaja staunte und nahm die Beine vom Tisch. »Wo soll sie wohnen?«

»Hier im Lazarett. Auf der Lungenstation. Ich dachte, Sie könnten mir helfen. Dr. Böhler und Dr. von Sellnow wissen nichts davon. Es darf keiner wissen.«

»Und was sagt Kresin dazu?«

»Er tobt. Aber es bleibt keine andere Wahl. Janina ist verloren, wenn wir nicht helfen ...«

»Und wie wollen Sie helfen?«

»Durch Ruhe!«

»In der Nähe von Worotilow?« Alexandra Kasalinsskaja lachte schrill und schob ihren Oberkörper weiter vor. Ihre schwarzen Locken fielen über ihre Stirn ...

Ich kann Sellnow verstehen, dachte Schultheiß. Es ist eine Gemeinheit, eine Frau allein unter neuntausend Gefangenen herumgehen zu lassen, eine Frau wie die Kasalinsskaja, die alle mit einer einzigen Drehung ihres Kopfes oder ihres Körpers wahnsinnig macht!

»Worotilow ist sehr leidenschaftlich!« sagte sie rauh. »Janina wird hier vor die Hunde gehen ...«

»Darf ich das Dr. Kresin sagen?« Dr. Schultheiß erhob sich.

»Sie dürfen es. Sie können es auch Worotilow sagen! Er kann mich sowieso nicht leiden ...«

»Ich danke Ihnen.« Schultheiß verbeugte sich kurz und verließ das Zimmer. Auf dem Gang lehnte er sich erschöpft an die Wand und wischte mit dem Handrücken den Schweiß von der Stirn. Janina, Alexandra ... es war furchtbar, wie ihn die Frauen plötzlich erregten. Er hatte doch früher nie dieses Gefühl gehabt, nie dieses Pochen in den Adern gespürt, wenn er einem Mädchen gegenübertrat. Und ausgerechnet jetzt, wo er von Graupensuppe und klitschigem Brot lebte ... war dieser Sellnow denn ansteckend?

Da kam er gerade den Gang entlang. Er war sehr ernst und faßte Dr. Schultheiß am Arm. »Ich suche Sie überall, wo stecken Sie nur? Nummer 4583 ist unruhig.«

Schultheiß überlief es kalt. Unruhig hieß im Krankenhaus, daß der Patient stirbt ... Das Gesicht Sellnows verriet ihm alles, es war bleich und gezeichnet von der nagenden Sorge.

»Weiß es der Chef?« flüsterte Schultheiß.

»Er sitzt bei ihm am Bett. Der Darm arbeitet nicht, der künstliche After sondert nichts mehr ab — Temperatur 41, akute Herzschwäche ...«

Sellnow biß sich auf die Lippen. »Wir müssen einen Geistlichen rufen. Haben wir einen im Lager?«

»Fünf evangelische Pastoren ...«

»Nummer 4583 ist aber katholisch.«

»Gott ist überall, wenn man ihn braucht. Ich hole einen der Pastoren ...«

Sellnow nickte. »Ich werde es dem Chef bestellen ...«

Vor den Wäldern stand flimmernd die Luft, als Schultheiß auf den Lagerplatz trat. Er schloß einen Augenblick geblendet die Augen.

Einen Pfarrer. Der Oberfähnrich stirbt. Ob das Taschenmesser schuld war? Mord, hatte Major Worotilow gesagt. Mord, wenn er stirbt. Ihr alle seid dann Mörder, ihr deutschen Schweine ...

Und er stirbt. Warum schweigt Gott? Warum schweigt er jetzt? Gerade jetzt ...?

Einen Pfarrer. Wir haben ihn alle nötig, wenn er stirbt. Dr. Sergej Basow Kresin kam über den Platz. Er faßte Schultheiß an den Schultern und rüttelte ihn.

»Was haben Sie?« brummte er. »Einen Sonnenstich? Sie sind ja ganz blaß, Sie schwanken! Was ist denn los ...«

»Er stirbt!« schrie Dr. Schultheiß. »Ich muß einen Pfarrer holen ...« Er ließ Dr. Kresin stehen und rannte die Lagergasse entlang zu Block IX.

Dr. Kresin sah ihm erstaunt nach, ehe er begriff.

»Einen Pfaffen!« sagte er verächtlich. »Wenn der Mensch versagt, kann auch Gott keine Frage beantworten ...«

Er ärgerte sich über sich selbst, daß er Angst um Dr. Böhler hatte.

In dem kleinen Zimmer am Ende des Ganges saß Dr. Böhler, eine Spritze in der Hand. Sellnow stand schwitzend an der Tür und beobachtete das verfallene Gesicht des jungen Oberfähnrichs.

»Lassen Sie das Cardiazol weg, Chef«, knurrte er zwischen den Zähnen. »Wir werden es anderswo nötiger brauchen.«

»Ich habe noch 45 Ampullen aus dem alten Stalingrad-Lazarett.« Dr. Böhler blickte schnell zu seinem Oberarzt. »Sie haben ihn aufgegeben?«

»Ja. Er ist schon tot, nur sein Herz schlägt weiter, als könne es ohne Körper leben . . .«

»Ich glaube nicht an seinen Tod.« Dr. Böhler erhob sich und schob den Arm des Röchelnden zurecht. Unter der bleichen, fast gelblichen Haut erblickte er dick die Vene in der Armbeuge. »Solange das Herz mitmacht, gebe ich nicht auf!«

»Sie quälen ihn nur. Seinen Darm können Sie nicht retten! Seit fünf Jahren hat er nichts Richtiges zu verarbeiten gehabt . . . er ist wie eine Wursthaut ohne Füllung, die zu lange in der Sonne lag.«

Dr. Böhler schüttelte den Kopf und stieß die Nadel in die Vene. Vorsichtig zog er das Blut in die Glasröhre der Spritze und drückte dann das Cardiazol in die Ader.

In der Tür stand plötzlich Dr. Kresin. Er hatte seine Tasche bei sich und stellte sich neben Dr. Böhler.

Sellnow lachte bitter. »Wo Aas ist, sammeln sich die Geier«, bemerkte er bissig.

»Keine Hoffnung?« fragte Dr. Kresin. Er überhörte die Bemerkung geflissentlich.

»Kaum.«

»Ein dritter Eingriff?«

Dr. Böhler erhob sich von dem Krankenbett und trat ans Fenster, das man mit einigen Lumpen verhangen hatte. Seine hagere Gestalt war nach vorn gebeugt.

»Ich habe viele Männer sterben sehen«, sagte er leise. »Es war mein Beruf geworden an der Front. Tausenden konnten wir helfen . . . aber noch mehr starben, weil die äußeren Umstände sie sterben ließen — nicht wir, die Ärzte! Hätte ich hier einen richtigen Operationsraum, die richtigen Medikamente . . .«, er sah auf den fiebernden Oberfähnrich, »ich bekäme ihn durch.«

Dr. Kresin öffnete seine Tasche und warf den Inhalt auf den Tisch. Es war ein kleines, gepflegtes, modernes chirurgisches Besteck. Auch einige Ampullen Evipan lagen dabei, die Dr. Böhler ungläubig betrachtete.

»Sie haben Evipan . . .?«

»Ja!« Dr. Kresin lehnte sich an die Wand. »Sie sehen es ja.«

»Und das sagen Sie mir erst jetzt?« Dr. Böhler drehte sich mit einem Ruck herum. »Seit drei Jahren habe ich hier das Lazarett, seit drei Jahren werfen Sie mir Knüppel zwischen die Beine, seit drei Jahren operiere ich nicht, weil ich keine Betäubungsmittel und kein Besteck habe . . .!«

Dr. Kresins Gesicht war rot, er atmete schwer und schlug mit der Faust gegen die Holzwand. »Vergessen Sie nicht, daß Sie nur ein dreckiger Gefangener sind!« sagte er grob. »Man sollte euch alle einfach verrecken lassen . . .«

»Und warum tun Sie es nicht? Warum dann so etwas?« Dr. Böhler wies auf das Instrumentarium.

Dr. Kresin stieß die Tür auf und trat hinaus auf den Gang. Über die Schulter hinweg brummte er halblaut: »Weil ich Sie für einen verdammt tapferen Arzt halte . . .«

Seine Schritte verhallten zum Ausgang hin. Sellnow sah ihm nach und schloß dann die Tür.

»Ein ausgesprochenes Edelschwein«, sagte er zornig. Er tastete nach dem Puls des Kranken und zuckte mit den Schultern. »Wollen wir wirklich noch einmal an ihm herumschnippeln?«

»Ja. Die dritte und letzte Operation.« Dr. Böhler legte die Hände flach an den Kopf, als spüre er ein heftiges Stechen in den Schläfen. »Wenn wir nur ein Infusionsgerät zur Bluttransfusion hätten«, sagte er langsam.

Dr. Schultheiß kam zurück. In seiner Begleitung befand sich ein kleiner, halbverhungerter Mann, dem das offene Hemd über der eingefallenen Brust schlotterte. Sein Gesicht, zerknittert, hohläugig, war erdgrau. Rissige Hände streckten sich den Ärzten entgegen.

»Der Pfarrer«, sagte Schultheiß leise.

Dr. Böhler drückte ihm die Hand. Die Innenflächen waren feucht, der Druck der Finger kraftlos, schlaff, weich wie Watte. Lungenkrank, dachte Dr. Böhler. Ich behalte ihn am besten gleich hier. Warum hat er sich nicht gemeldet . . .

»Ich werde noch einmal operieren«, sagte er halblaut. »Bitte, Herr Pastor, warten Sie hier auf uns. Wir werden Sie sehr, sehr nötig haben.«

Der Verhungerte nickte stumm. Langsam trat er an die Bahre und legte seine aufgesprungenen, vernarbten Hände fast zärtlich auf die Stirn des Jungen. Dabei schloß er die Augen. Seine Lippen bewegten sich. Er schien zu beten.

Sellnow hatte die Hände gefaltet und starrte auf seine langen, schlanken Finger. Er war über seine eigene Ergriffenheit wütend. Da hat man jahrelang in den Lagern gehockt und Kohlsuppe gefressen und klitschiges Brot, man hat mit den anderen geschrien: Es gibt keinen Gott, wenn er Unschuldige derart leiden läßt, man hat geflucht, als der Winter kam und jeder dritte in Schnee und Sturm jämmerlich erfror, man hat sich vorgenommen, nie, nie mehr den Namen Gott zu nennen . . . und da kommt so ein Pfaffe, so ein Halbverhungerter, und schon faltet man die Hände und betet.

Als Emil Pelz mit den beiden Trägern wieder ins Zimmer kam und sie den Pfarrer sahen, senkten sie den Kopf und falteten die Hände.

Sellnow drückte die Stirn gegen die Holzwand, seinen Körper schüttelte ein Schluchzen, und ein Krampf ließ seine Stirn gegen die Wand schlagen. Dr. Böhler blickte zu ihm hin . . . er schwieg und senkte den Kopf.

Der Pastor nahm die Hand von der Stirn des Kranken. Sie war voll kalten Schweißes.

»Soll ich ihm das Abendmahl geben, oder wollen Sie erst den Erfolg der Operation abwarten?«

Dr. Böhler verschloß den Darmausgang mit einem Mullberg und richtete sich auf.

»Haben Sie alles bei sich, Herr Pastor?«

»Eine Flasche mit Wasser und ein Stück trockenes Brot.« Er lächelte schwach, wie entschuldigend. »Gott wird es in Wein und Hostie verwandeln ... mit Brot und Wasser hielt er unser Leben aufrecht in den Jahren der Not.«

Dr. Böhler sah zu Sellnow hinüber, der sich beruhigt hatte. Auch Dr. Schultheiß schien soweit gefaßt zu sein, um assistieren zu können. »Ich werde erst operieren«, sagte er. »Wenn Sie wollen — wenn es Ihre Nerven aushalten —, können Sie mitkommen und neben dem Tisch stehen ...«

»Das wäre gut.« Ein trockener Husten schüttelte den Körper des Pfarrers wie ein Rohr im Wind. Dr. Böhler betrachtete ihn, wie er die Hand vor die dünnen Lippen hielt und sich keuchend vorbeugte. Bald würde er für sich selbst beten müssen ...

Emil Pelz und die beiden Sanitäter trugen den Oberfähnrich wieder hinaus über den Gang zum Operationszimmer. Als sie die Tür aufstießen, stand Dr. Kresin in Gummihandschuhen am Tisch und ordnete die Bestecke. In dem Sterilkocher brodelten die Instrumente. Dr. Alexandra Kasalinsskaja saß am Tisch und erhob sich, als die Ärzte mit der Bahre eintraten.

»Wo Gott ist, ist auch der Satan«, murmelte Sellnow. Mit zusammengebissenen Lippen ging er an der Kasalinsskaja vorbei.

Ein Geruch nach Äther durchzog den Raum.

Dr. Böhler nahm aus den Händen von Dr. Kresin dessen Gummihandschuhe. Die ersten nach drei Jahren ...

Am nächsten Morgen traf Janina Salja im Kommandanturgebäude ein.

Major Worotilow hatte sie selbst mit einem Jeep aus Stalingrad abgeholt und stand nun stolz mit Dr. Kresin und Leutnant Piotr Markow zusammen. Er war glänzender Laune und gönnte es dem vorsichtigen Karl Georg, in seiner Gegenwart neue Blumen zu pflanzen, die aus dem Garten der Oktober-Fabrik von der Nachtschichtkolonne gestohlen worden waren.

Janina Salja sah in Uniform noch schmaler und hilfloser aus. Das rötlichblonde Haar fiel weich herab, ihre großen, wasserblauen Augen tasteten die niedrigen Baracken und die Wachttürme, den Stacheldraht und den Lazarettbau ab, und während Worotilow einen neuen Witz aus Stalingrad erzählte und Markow sich auf die prallen Schenkel schlug, glänzten ihre Blicke auf, als sie am Fenster des Lazaretts die Gestalt von Dr. Schultheiß sah.

Dr. Sergej Basow Kresin ahnte Verwicklungen. Janina hatte sich auf ihre Weise nach dem Ergehen des deutschen Arztes erkundigt: »Der deutsche Lümmel gefällt mir nicht. Er hat so weiche Hände, die mich abtasten wie Samtpfoten. Ich mag das nicht ...« Aber in ihren Augen stand deutlich die Sehnsucht nach diesen Händen, und Dr. Kresin knirschte mit den Zähnen und erwog, Dr. Schultheiß in eine andere Lagergruppe oder wenigstens in ein Außenlager verlegen zu lassen.

Über den Platz, von der Küche her, kam die Kasalinsskaja. Als sie Janina sah, lächelte sie und kam mit schnellen Schritten auf sie zu. Sie umarmte sie mit jenem Enthusiasmus, der sowohl Liebe wie auch Haß auszudrücken vermag, und küßte sie auf beide Wangen.

»Mein weißes Täubchen«, sagte sie heuchlerisch. »Du kommst uns besuchen?«

Worotilow schob die dicke Unterlippe vor. Wie ein Bulle, der wiederkäut, mußte die Kasalinsskaja denken.

»Janina wird Ihnen Gesellschaft leisten, Genossin«, sagte er betont freundlich. »Sie will die Arbeiter in einer Reihenuntersuchung inspizieren.«

»Welch großes Interesse an den Deutschen! Erst lassen wir sie zu Tausenden verrecken, und jetzt bringen wir uns ihretwegen um. Es gibt in Rußland Millionen, die nicht so gut leben und nicht so gut versorgt werden wie die deutschen Gefangenen. Aber Sie müssen es ja wissen, Genosse Major . . .«

»Wenn es nach Genossin Kasalinsskaja ginge, würde man alle Deutschen umbringen«, sagte Major Worotilow lachend zu Janina. »Wir haben da ein gutes System: Wenn ein Stahlwerk oder die Holzkolonne Arbeiter braucht, schicken wir die Genossin Ärztin in die Lager. Innerhalb von zwei Stunden haben wir so viel Arbeiter, wie wir wollen.«

Janina Salja sah die Kasalinsskaja mit einem schrägen Blick an. Sie trat einen Schritt zurück, und über ihr blasses Gesicht zog der Schimmer einer hellen Röte. »Auch die Deutschen sind Menschen . . .«

Piotr Markow winkte ab. »Genossin . . . uns nannten sie Untermenschen.«

»Das war im Krieg . . . Jetzt haben wir Frieden!«

»Wir haben immer Krieg, solange die Welt nicht restlos kommunistisch ist!« Markow wurde ernst. Der Funke des Fanatismus glomm in seinen Augen. Sein Gesicht wurde kantig und brutal. »Erst wenn die rote Fahne die Weltflagge ist, gibt es Ruhe auf der Welt. So lange kämpfen wir gegen alle und alles . . .«

»Der ewige Revolutionär!« Worotilow lachte schallend. »Mir ist es immer ein Rätsel geblieben, warum er nicht jeden Abend vor dem Zubettgehen die Internationale singt . . .«

Übernächtig und noch blasser als sonst kam Dr. Böhler an der Gruppe vorbei und grüßte. Worotilow winkte ihm zu und rief, noch immer lachend: »Wohin, Sie Gliederabschneider?«

»Zu Baracke VIII, Block 4. Dort soll ein leichter Unfall sein.«

»War schon da.« Die Kasalinsskaja nickte ihm zu. »Der Mann hat sich einen Daumen gequetscht. Ich habe ihm Arbeit verordnet.«

»Was haben Sie?«

»Er muß arbeiten! Oder glauben Sie, ich lasse mir so viel Ausfälle gefallen? Die Kerle lassen sich ihren Daumen quetschen, um sich zu drücken! Bei mir nicht! Ich kenne das! Ich war Ärztin in den Bergwerken! Und überhaupt« — sie stemmte die Arme in die Hüften —, »ich bin einem Gefangenen keine Rechenschaft schuldig.«

Dr. Böhler sah zu Dr. Kresin hin. Der blickte in den Himmel, als habe er noch nie Schäfchenwolken gesehen, die langsam herbeitrieben. Worotilow drehte sich angelegentlich eine Zigarette. Piotr Markow grinste unverschämt. Nur Janina Salja sah von einem zum anderen und wandte sich dann ab.

»Das ist ekelhaft«, sagte sie auf russisch. »Ich kann das nicht mit anhören . . .« Sie faßte Worotilow am Arm. »Komm, bring mich ins Lazarett . . .«

Willig trottete der Major hinter ihrer schlanken Gestalt her. Ein Bär, der glücklich ist, den Ring durch seine Nase zu fühlen ...

Dr. Alexandra Kasalinsskaja sah ihnen mit zusammengekniffenen Augen nach. Um ihre vollen Lippen zuckte ein böses Lächeln. »Kommen Sie«, sagte sie zu Dr. Böhler. »Ich werde den Mann mit dem zerquetschten Daumen doch krankschreiben ...«

Dr. Schultheiß hatte von seinem Fenster aus das Eintreffen Janinas bemerkt. Er begriff nicht, was dieses biegsame zarte Mädchen an den Bullen Worotilow band. Eifrig begoß er die Primel in Sellnows Zimmer, während dieser noch schlief und laut schnarchte. Sellnow hatte die ganze Nacht über am Bett des Oberfähnrichs gesessen und sich heftig mit der Kasalinsskaja gestritten, die plötzlich ins Zimmer schaute und großes Interesse heuchelte. Der Anblick der heißblütigen Frau in einem dünnen Nachtgewand hatte Sellnow dermaßen erregt, daß er seinen Stuhl ergriff und drohte, ihn ihr an den Kopf zu werfen.

Sellnow sprach im Schlaf. Es war ein unverständliches Murmeln. Er schien heftig mit jemandem zu streiten. Sein Gesicht zuckte.

Wie klein werden die Sorgen, wenn Janina hier ist, dachte Dr. Schultheiß. 100 Gramm Brot weniger am Tag, und das Lager hat erst 230 Rubel gesammelt. Im Block 9 haben drei Kirgisen sieben Gefangene blutig geschlagen, weil sie beim Zählappell nicht schnell genug auf ihren Platz liefen. Es waren Männer, die eben erst von der Arbeit in den Wäldern kamen und mehr tot als lebendig auf ihre Strohsäcke sanken. Dabei kauten sie das feuchte, klebrige Brot, als enthalte es allein die Kraft, dieses Leben eines Tieres durchzustehen.

Das alles könnte man vergessen, weil Janinas Augen tief und geheimnisvoll wie die Steppe sind.

Es klopfte. Schultheiß fuhr herum und stürzte an die Tür. Emil Pelz stand auf dem Gang und grüßte.

»Sie sollen zur Lungenstation kommen«, sagte er grinsend. »Wir ham 'n neuen Patienten. Knorke, saje ick! Det is Klasse vom Ku-Damm!«

»Ich komme sofort.« Dr. Schultheiß lief ins Zimmer zurück und kämmte sich die Haare. Dann rieb er mit den Händen das Gesicht und die Wangen, um ein wenig Farbe in seine blasse Haut zu treiben. Ich sehe ja aus wie eine Leiche, dachte er. Aber sie soll mich so sehen, wie ich einmal war ... sie soll ein klein wenig davon sehen ...

Dann lief er über den Gang, bog in den Seitenflügel ein und stand, heftig atmend, vor der Tür der Lungenstation. Von drinnen hörte er die dunkle Stimme Dr. Kresins. Möbel wurden gerückt, irgend etwas klapperte über den Boden.

Als er ins Zimmer trat, drehte sich Janina um und sah ihn lächelnd an. Ihre Augen sprachen zu ihm, aber der Mund blieb stumm, die Lippen waren dünn und farblos. Dr. Kresin unterdrückte einen Fluch und fuhr Schultheiß barsch an.

»Das ist ein Saustall, aber keine Lungenstation!« schrie er. »Hier soll Genossin Salja wohnen?! In diesem Loch?«

»Für die deutschen Gefangenen reichte es aus.« Dr. Schultheiß sah sich um. »Wir haben hier Licht, Luft und Sonne. Was noch fehlt, ist Ruhe. Und die zieht ein, wenn Sie weg sind . . .«

Janina Salja lachte leise. Das machte Dr. Kresin wehrlos. Er warf Schultheiß einen vernichtenden Blick zu und riß eines der Fenster auf. Der Blick über die Steppe und die nahen Wälder war herrlich. Nur ein Drahtzaun mit den Wachttürmen störte das friedliche Bild.

Janinas sanfte Wärme machte Schultheiß rot und unsicher. Sie sah ihm ein wenig traurig in die Augen und fragte: »Was werden Sie jetzt mit mir tun?«

»Sie werden zunächst nur Ruhe haben müssen . . .«

»Dann bringen Sie vorher Worotilow um«, knurrte Dr. Kresin vom Fenster her.

»Er wird vernünftig sein müssen«, sagte Schultheiß in entschiedenem Ton.

Dr. Kresin lachte laut. »Zeigen Sie mir einen vernünftigen Bock! Wo er ein Weib sieht, muß er springen . . .«

Janina sah Schultheiß flehend an. Er las in ihren Augen Angst und Verzweiflung. Einen Augenblick war er versucht, den Arm um ihre schmalen Schultern zu legen und sie tröstend an die Brust zu ziehen, aber dann kam ihm zum Bewußtsein, daß er ja nur ein Plenni war und sie eine Russin, sogar eine hohe Funktionärin, die eine Uniform trug und einen hohen Orden auf der kleinen Brust. Er ließ die halberhobenen Arme sinken und wandte sich brüsk Dr. Kresin zu.

»Fräulein Salja wird alles bekommen, was für eine Kur notwendig ist . . . wenn Sie es genehmigen.«

»An mir soll es nicht liegen.« Dr. Kresin lachte rauh. »Ein Gefangenenlager als Sommersanatorium. Das wäre eine schöne Geschichte für einen orientalischen Märchenerzähler. Verdammt, was ihr deutschen Ärzte alles fertigkriegt . . .«

Er lehnte sich aus dem Fenster und brüllte zwei Gefangene an, die zur Latrine schlurften.

Janina setzte sich auf den Stuhl und fuhr sich mit der Hand durch die Haare. »Kommen Sie mich heute abend besuchen?«

»Wenn Major Worotilow nicht bei Ihnen ist.«

»Ich werde sagen, ich sei müde. So müde.«

»Das sind Sie auch, Janina.«

»Ja, Jens . . .«

Dr. Schultheiß zuckte zusammen.

»Woher kennen Sie meinen Namen?« flüsterte er.

»Von Kresin. Ich fragte ihn danach.«

»Und warum?«

»Weil Sie so blaue Augen haben wie ich . . .« Sie senkte den Kopf und sah auf ihre Füße, die unruhig auf den Dielen scharrten. »Mein Vater hatte auch so blaue Augen. Wir wohnten an der Wolga, direkt am Fluß, und er hatte eine kleine Fischerei, zwei Boote, die die Fänge nach Saratow auf den Fischmarkt brachten. Er starb aus Kummer, als mein Bruder bei Orscha fiel. Wir haben nie sein Grab gefunden ...« Ihre Stimme klang wie geborsten. »Der Krieg ist furchtbar für die Menschen, Jens. Er verbittert die Herzen und sät Haß, wo man lieben sollte. Ich bin so jung und habe nichts anderes gesehen als Krieg ...«

»Wie alt sind Sie, Janina?«

»Einundzwanzig, Jens.«

»Wie herrlich jung, Janina.«

»Und doch wie alt. Ich habe immer nur Uniformen getragen ... Jungbolschewistin ... Kaderführerin im Lazarett ... Partisanenmädchen ... Das Ehrenkleid der Partei und der Armee ... Ich habe nur Soldaten gesehen ... eigene und deutsche. Ich bin russischer als Rußland ... Glauben Sie, daß einundzwanzig Jahre alt ist?«

Dr. Schultheiß schaute auf sein Leben zurück, ob seine Erinnerungen anders aussähen. Aber auch er fand nur marschierende Füße, Uniformen und Kommandos, Fahnen und Standarten, Blechmusik und Heil-Rufe. Er wurde sich des Betruges an seiner Jugend bewußt, und er schwieg, weil er keinen Trost für Janina und sich selbst wußte.

»Ich werde heute abend kommen, Janina«, sagte er leise. »Wenn es mir möglich ist ...«

Auf dem Gang stand in ihrer Zimmertür Kasalinsskaja. Sie rauchte eine türkische Zigarette. Der süßliche Rauch lag in Wolken über dem Flur. Ihre roten Lippen glänzten feucht.

»Ist das Vögelchen gefangen?« fragte sie gehässig.

»Es wäre gut, wenn Sie sich um sie kümmern würden, Dr. Kasalinsskaja.« Schultheiß wollte an ihr vorbeigehen, aber sie hielt ihn am Arm fest und zog ihn ganz dicht zu sich heran.

»Janina ist in Sie verliebt«, sagte sie rauh. Ihre Augen sprühten. Sie glich einer Tigerin, sie war wie eine Bestie vor dem Mordsprung. Schultheiß kniff seine Augen zusammen.

»Sie träumen, Doktor. Ich bin nur ein Plenni.«

»Und es wäre gut, wenn Sie das nie vergäßen.« Alexandra warf ihre Zigarette weg und trat sie mit einigen wütenden Fußtritten aus. »Worotilow würde Sie erschießen«, sagte sie kalt.

»Er hat keinen Anlaß dazu.« In Schultheiß stieg heiße Angst auf. Er starrte die Kasalinsskaja an, sie erwiderte seinen Blick, und er las in den Augen der Russin Eifersucht, Stolz, Lockung, Gier und zitternde Beherrschung.

»Ich werde mit Janina sprechen«, sagte sie halblaut. Ihre Stimme hatte den Klang einer Drohung. »Auch wenn Sie Arzt sind, Dr. Schultheiß, bleiben Sie ein Gefangener, den man zwischen den Fingern zerdrücken kann wie eine Laus. Gehen Sie ...«

Gehorsam drehte sich Dr. Schultheiß um und ging seinem Zimmer zu.

Ein Satan! Ein Satan! Ein Satan!

Sein Herz schmerzte, in den Schläfen hämmerte das Blut. Er riß die Tür auf und warf sie krachend hinter sich zu.

Alexandra Kasalinsskaja lächelte.

»Du schöner Blonder . . .«, murmelte sie.

AUS DEM TAGEBUCH DES DR. SCHULTHEISS:

Wie gut ist die Nacht. Wie still, wie sanft, wie willig die Gedanken.

Ich sitze neben dem Bett des jungen Oberfähnrichs. Er schläft. Die dritte Operation hat sich bewährt. Der Chirurg hat nur eine kleine Stauung des Kotes in der Nähe des künstlichen Afters beseitigen müssen, die dem Kranken das Leben gekostet hätte, wenn nicht eingeschritten worden wäre. Noch immer fließt Eiter aus der Dränage des operierten Blinddarms. Aber der Puls ist besser. Dr. Kresin hat Traubenzucker und vor allem Strophantin zur Verfügung gestellt. Das Herz des Kranken hat ausgezeichnet auf die Milligramm-Bruchteile des Herzmittels angesprochen.

Ich bewundere Böhler nicht nur als Arzt, sondern auch als Mensch. Immer ist er zurückhaltend und still, immer zur Stelle, nie erregt. Er ist als Arzt wagemutig und führt einen verbissenen stillen Kampf gegen den Tod, der hier allgegenwärtig ist. Er macht keine großen Worte. Was wären wir ohne ihn? Aus dem Nichts hat er dieses Lazarett geschaffen, hat er die beste Lungenstation aller Lager eingerichtet, hat er chirurgische Taten vollbracht, die an den Mut der mittelalterlichen Ärzte erinnern. Mit einem Küchenmesser hat er 1945 ein gefrorenes Bein amputiert . . . Ich sehe ihn noch in der Baracke stehen, umgeben von einer Gruppe Männer, die zur Seite sahen und einige Öllampen hochhielten. »Halten Sie den Mann fest«, sagte er zu den beiden Sanitätern. »Ganz fest! Ich schneide jetzt . . .«

Und der Amputierte schrie, bis ihn eine Ohnmacht barmherzig umfing. Wir hatten keine Betäubungsmittel . . .

Ich werde heute abend nicht zu Janina gehen können. Ich kann das Zimmer nicht verlassen. Um zwei Uhr in dieser Nacht muß Nummer 4583 die nächste Traubenzucker-Infusion erhalten.

Als ich einmal auf den Flur trat, sah ich von weitem unter ihrer Tür noch Licht hervorschimmern. Auch im Zimmer der Kasalinsskaja war noch Licht. Als ich in die Arzneikammer ging, hörte ich ihren Schritt unruhig im Zimmer hin und her tappen. Sie wartete, daß ich zu Janina gehe, um dann Worotilow zu rufen. Sie ist ein Teufel. Aber sie ist schön, gefährlich schön. Wenn ich an sie und Sellnow denke, habe ich eine zügellose Angst. Einmal wird es zu einer Katastrophe kommen . . .

Als ich von der Arzneikammer zurückkam, verklang ihr Schritt. Sicher lauschte sie. Dann öffnete sich die Tür des Krankenzimmers und sie blickte kurz hinein.

»Janina erwartet Sie«, sagte sie leise. Ihre Augen waren dunkel und gefährlich.

»Ich habe Nachtwache«, antwortete ich bestimmt. »Ich verlasse den Kranken nicht!«

»Soll ich für Sie die Wache machen?« Ich schüttelte den Kopf und begann die Spritze auszukochen, ohne mich um sie zu kümmern. Da schloß sie wieder die Tür. Auf dem Flur hörte ich das leise Klatschen ihrer Füße. Sie war barfüßig gekommen. Ich möchte wissen, warum sie so oft nachts in ihrem Arbeitszimmer bleibt. Das ist streng verboten. Auch für sie. Sie hat draußen zu schlafen, im Kommandantur-Gebäude!

Nachdem ich dem Oberfähnrich die Injektion gemacht hatte, schlüpfte jemand in mein Zimmer. Ich wagte nicht, mich umzudrehen . . . ich spürte den Blick in meinem Nacken . . . ich fühlte das heiße Schlagen meines Herzens . . . Mein Gott, mein Gott, warum muß das sein? Warum peinigst du uns so, uns, die armen, entrechteten, hungernden Plennis . . .

Janina kam an das Lager des Kranken und setzte sich an das verdunkelte Fenster auf den einzigen wackeligen Stuhl. Lange Zeit sprachen wir kein Wort.

Wir sahen uns nur an.

»Alexandra sagte mir, daß Sie Wache haben«, sagte sie dann. Ihre Worte waren wie ein leises Klingen gezupfter Saiten. Unter dem Saum des Kimonos sahen ihre nackten Beine hervor, mit den zierlichen, goldbestickten Astrachan-Pantoffeln. Sie war schlank wie ein Knabe, nur ihr Mund war weiblich — und ihre hellen Augen waren es, Augen, als seien sie aus der Wolga geschöpft.

»Ja«, sagte ich. Ein dummes Ja.

Dann schwiegen wir wieder und sahen uns an.

»Ich habe Sie den ganzen Tag nicht gesehen, Jens.«

»Ich hatte Dienst in den Baracken. Die wenigsten unserer Patienten sind so krank, daß sie ins Lazarett kommen. Jeder Block hat noch seine eigene Krankenstube — das Revier, wie wir Deutschen sagen —, dort verrichten Sanitäter den Dienst, und der wachhabende Arzt macht Visite.«

»Und Sie waren Wachhabender?«

»Ja.«

»Nicht Dr. von Sellnow?«

Ich schwieg und sah zu Boden. Ich schämte mich.

»Warum haben Sie mit Dr. von Sellnow getauscht, Jens?«

»Janina . . .«, sagte ich gequält.

»Sie sind feige, Jens.«

»Ich bin nur ein Kriegsgefangener, Janina. Ich gelte nichts . . .«

»Mir gelten Sie viel . . .« Janina stützte den Kopf in beide Hände und sah mich unentwegt an. Ich ertrug ihren Blick nicht und kümmerte mich um die Seitenöffnung des Patienten, wechselte den Mullberg.

»Ihnen vielleicht, Janina«, sagte ich dabei. Daß ich sie nicht anzuschauen brauchte und mit meiner Arbeit beschäftigt war, machte mich mutig. »Ich würde Ihnen gern antworten, wenn ich ein freier Mensch wäre. Nicht eine Nummer in den Listen der Zentralgefangenenstelle in Moskau. Nummer

6724/19 — weiter nichts. Was wollen Sie von einer Nummer, die man ausradieren kann wie einen lästigen Punkt oder einen unvorsichtigen Klecks?«

Janina Salja hob die Schultern. Ihre langen, dünnen Beine mit den Astrachan-Pantoffeln wippten. »Sie werden vielleicht bald frei sein, Jens. Hunderttausende Ihrer Kameraden sind schon wieder in Deutschland.«

»Aber Hunderttausende leben noch in den Lagern dies- und jenseits des Urals.«

»Auch Sie werden einmal entlassen.«

»Dann ist unsere Kraft gebrochen, Janina. Dann sind wir nur noch atmende Gespenster. Es wird viele Jahre dauern, ehe wir uns wieder finden, mehr Jahre, als wir hier in Rußland verloren haben. Wir Menschen sind eine zu eilige Arbeit Gottes ... Als er uns schuf, hat er versäumt, um unsere Seele eine dicke Hornhaut zu legen ...«

»Sie sind verbittert, Jens.«

»Vielleicht. Vielleicht ist es nur Stacheldrahtkoller. Vielleicht sind es nur ungestillte Sehnsüchte. Vielleicht ist es das dumme Etwas, das man Heimweh nennt.« Ich stopfte den vereiterten Mullknäuel in einen Eimer und legte einen Deckel aus Holz darüber. »Könnten Sie ohne die Wolga leben, Janina?«

»Wenn ich einen Menschen liebte, mehr liebte als meine Wolga ... ja, Jens.«

»Das ist ein großes Wort ...« Ich bettete den Oberfähnrich richtig und wusch ihm das Gesicht mit Wasser und den noch immer aufgequollenen Leib mit einer sterilen Lösung. Janina sah mir zu. Meine Hände waren ruhig, weit ruhiger als mein Inneres.

»Wir haben in der Schule viel von Deutschland gelernt«, sagte sie. »Nicht nur die Sprache — auch von eurer Kultur weiß ich, von eurer Landschaft, von euren Künstlern und Gelehrten. Ihr seid ein kluges Volk, aber eure Klugheit wächst über euch hinaus, und ihr vergeßt, daß es andere Völker gibt ...«

»Das hat man euch gelehrt. Wir lernten, daß alle Russen asiatisch verseucht seien und der ideologische Brandherd der Welt. Die Gelehrten, die diese Bücher schrieben und uns das lehrten, haben aber nie die Wolga oder den Don gesehen, die Steppe und Janina ...«

Mit einem jähen Ruck stand sie auf und trat hinter mich. Ihre kleine Hand legte sich unerwartet hart auf meine Schulter.

»Ich könnte alle Deutschen hassen«, sagte sie leise.

»Warum, Janina?«

»Weil ich Sie kennenlernte ...«

Die Hand lag noch auf meiner Schulter. Ich drehte den Kopf zur Seite und küßte ihre Fingerspitzen. Sie fuhr zurück, in ihre Augen trat Angst und eine wilde Gehetztheit ... Sie riß die Tür auf und lief über den Gang in die Dunkelheit davon. In der Ferne klappte ihre Tür. Neben dem Stuhl, auf dem sie saß, lag eine Blume. Eine kleine Buschrose, blaß und schmächtig wie Janina, krank und halb verwelkt.

Wie gut ist die Nacht. Wie still, wie sanft, wie willig die Gedanken eines schmutzigen deutschen Kriegsgefangenen.

Ich glaube, daß Gott auch über Rußland blickt . . .

Gegen Mittag ging das Gerücht durchs Lager, ein politischer Kommissar aus Moskau habe den Gefreiten Hans Sauerbrunn verhaftet. Karl Georg und Julius Kerner, die dieses Ereignis miterlebt hatten, wußten in ihrer Verwirrung nichts anderes zu berichten, als daß Jakob Aaron Utschomi, der kleine jüdische Dolmetscher, mit dem Kommissar erschienen war und Sauerbrunn einfach mitgenommen hatte in die Kommandantur.

Der Kommissar Wadislaw Kuwakino war ein mittelgroßer, untersetzter Mann mit einem Mongolengesicht. Seine Augen, weit auseinanderstehend und ein wenig geschlitzt durch die asiatischen Fettpolster unter den Lidern, blickten kühl und oftmals gelangweilt, als sei ihm die Welt das Ekelhafteste und der Mensch auf ihr überhaupt nicht wert, beachtet zu werden.

Major Worotilow saß mit rotem Gesicht in seinem Zimmer. Unerhört, dachte er. Unerhört, wenn das wahr ist.

Piotr Markow grinste. Er betrachtete Hans Sauerbrunn wie ein Schlachtvieh und stellte sich vor, wie dieser Deutsche gequält in einem Straflager stöhnte. Kasymmskoje . . . die Sümpfe . . . Fieber, Mücken, Wölfe und morastiger Boden . . .

Man sollte die deutschen Schweine ausrotten . . .

Hans Sauerbrunn stand, mehr erstaunt als verängstigt, vor dem großen Tisch des Majors und sah von einem zum anderen. Er trug sein Alltagskleid: die zerrissene Hose, ein offenes Hemd über der behaarten Brust, staubige Stoffschuhe mit Gummisohlen. An den Knien seiner Hose waren zwei runde, schmutzige Flecke . . . er hatte Karl Georg im Garten geholfen und sich in die Erde gekniet. Nun wagte er es nicht, die Flecke abzuklopfen. Steif stand er vor dem Tisch und blickte Jakob Aaron Utschomi, den Dolmetscher, fragend an.

Kuwakino, der Kommissar, polkte an seinen Nägeln. »Sie wissen die Frage, Utschomi«, sagte er auf russisch zu dem Dolmetscher. »Fragen Sie . . . Genosse . . .«

Es fiel ihm schwer, zu dem kleinen, armseligen Juden Genosse zu sagen und ihn als seinesgleichen anzuerkennen. Aber er würgte es heraus, eingedenk der Ideologie, der er diente und die keine Rassen kannte und keine Hautfarben und keine Nationen, nur den Ruf der roten Fahne der Revolution.

Aaron Utschomi schluckte und sah Hans Sauerbrunn verzweifelt an. Er machte eine vergebliche Anstrengung, streng wie seine Vorgesetzten zu sein, aber er glitt wieder in sein eigentliches Wesen: schüchtern zu sein und sich zu ducken wie nach einem Tritt.

»Sie wurden gefangen — wann?«

»Am 12. November 1942.«

»Wo?«

»In Stalingrad.«

»Das war ja vor der Kapitulation der deutschen 6. Armee?«

»Ja. Ich war so dumm, mich als Essenholer zu verirren. Ich lief mit 17 Kochgeschirren in die russischen Linien.«

»Sie verirrten sich nicht zufällig . . . Sie wollten sich verirren?«

Hans Sauerbrunn sah Utschomi verblüfft an. Ehe er diese Auslegung seiner Gefangennahme begriff, nahm Major Worotilow ein wenig freundlicher das Wort: »Sie hatten wie wir alle den Krieg satt und liefen über, was?«

Sauerbrunn schüttelte heftig und ablehnend den Kopf. Der Gedanke, als Überläufer angesehen zu werden, erbitterte ihn maßlos. »So dämlich bin ich nicht!« sagte er laut und erregt. »Überlaufen zu den Russen!«

Piotr Markow schob die Unterlippe ein wenig vor. Dann schlug er mit der geballten Faust zu und traf Sauerbrunn zwischen die Augen. Der taumelte, Blut schoß aus seiner Nase und lief in einem dicken Strom über das Kinn, den Hals, in das offene Hemd hinein und färbte die dunklen Brusthaare hellrot.

»Aber nicht doch«, sagte Kommissar Kuwakino gemütlich und unterbrach das Polken an seinen Fingernägeln einen Augenblick. »Vergessen Sie doch nicht, Genosse Leutnant, wer das ist . . .«

Markow trat zurück. In seinem Gesicht spiegelten sich Wut und tiefe Befriedigung. Er sah das Blut aus dem Gesicht Sauerbrunns rinnen und hätte jauchzen können, daß es deutsches Blut war. Er hatte das unheimliche Verlangen, dieses rinnende Blut zu trinken, um schreien zu können: »Ich fresse einen Deutschen . . .!«

Hans Sauerbrunn lehnte sich schwankend an die Tischkante, Major Worotilow warf ihm ein großes Taschentuch hin, das Sauerbrunn an die Nase drückte und dabei den Kopf weit in den Nacken zurücklegte. Jakob Aaron Utschomi war den Tränen nahe. Er schluckte mehrmals laut, ehe er weiterfragte.

»Wo sind Sie geboren?«

»In Berlin.«

Der Kommissar sah kurz auf. Seine Stimme war hell und scharf. Wenn er sprach, zuckten seine Augenwinkel, und die dünnen Lippen wölbten sich vor wie bei einem Lama, das im Begriff ist, zu spucken.

»Das nicht wahrr!«

»Ich bin in Berlin geboren. Am 19. September 1915!«

»Nicht in München?«

»Nein.«

Hans Sauerbrunn versuchte, das durchblutete Taschentuch von der Nase zu nehmen. Ein scharfer Schmerz durchzuckte die Nasenwurzel, als er den Kopf senkte. In den Schläfen stachen Millionen Nadeln. Ihm war übel, er hatte das schreckliche Gefühl, sich gleich übergeben zu müssen — bis er sich sagte, daß sein Magen ja leer sei, weil er die Brotration schon am Morgen gegessen hatte und nun auf die Kohlsuppe des Mittagessens wartete.

»Was war Ihr Vater?«

»Schuhmachermeister.«

»Das nicht wahrr!« sagte Kommissar Kuwakino wieder. »Alles gelogen!«

Er legte seine Hände auf die Tischplatte. Anscheinend waren seine Nägel jetzt sauber. In seinen Augen glomm Bosheit auf, als er das blutige Gesicht des Gefangenen betrachtete. »Warum Sie leugnen?«

»Mein Gott . . .« Hans Sauerbrunn hob die Schultern. Was wollen sie von mir, warum haben sie mich geholt? Wissen sie, daß mein Bruder bei der SS war und mein Vater Zellenleiter der Partei? Ich war in der SA, ein kleiner Truppführer, der am Sonntag seine Männer beim Dienst anbrüllte und anschließend mit ihnen um die Wette soff. Manchmal mußten wir mit einem Taxi unsere Zivilsachen kommen lassen, weil wir im »braunen Ehrenkleid« nicht besoffen durch die Straßen gehen konnten. Ob sie das alles wissen? Aber warum fragen sie dann mich? Warum nicht auch die anderen Millionen, denen es so oder anders erging, die ihren Parteidienst taten und die Hand hoben beim Horst-Wessel-Lied. Wie sangen doch die Pimpfe, diese kleinen, schwarzuniformierten Knaben mit ihrem Fähnlein vorneweg . . . »Ja, die Fahne ist mehr als der Tod . . .« Die Fahne, der sie nachlatschten, und in den schönen, hellen Sonntagmorgen schrien sie: »Es zittern die morschen Knochen . . .«

Er mußte lächeln und schmeckte beim Lächeln sein Blut.

»Woran denken?« sagte Kommissar Kuwakino. Hans Sauerbrunn fuhr zusammen.

»Ich habe die Wahrheit gesagt. Warum fragen Sie mich denn? Was ist denn los? Was habe ich getan?« Seine Stimme wurde unsicher. Die starren Gesichter hinter dem Tisch flößten ihm Angst ein. Er wollte es sich nicht gestehen, aber er spürte sein Herz hämmern und verkrampfte in den Schuhen die Zehen vor Angst.

»Warum haben geändert Sie den Namen?«

»Was soll ich?« Hans Sauerbrunn sah den Kommissar verblüfft an.

Aaron Utschomi nickte. »Sie haben doch Ihren Namen geändert.«

»Ich?«

»Ja. Sie haben aus einem -bruch einen -brunn gemacht!«

Utschomi wollte weitersprechen, aber Major Worotilow schnitt ihm mit einer Handbewegung das Wort ab und beugte sich weit vor. Seine Stimme war freundlich und zuvorkommend. »Nun geben Sie schon zu, daß Sie Hans Sauerbruch sind, der jüngste Sohn des deutschen Chirurgen Professor Sauerbruch . . .«

»Der Sohn des Generaloberstarztes der deutschen Armee«, unterstrich Kommissar Kuwakino.

Hans Sauerbrunn schüttelte matt den Kopf. »Ich heiße Sauerbrunn. Mein Vater war Schuhmachermeister in Berlin. Wir wohnten am Schlesischen Bahnhof.«

»Das nicht wahrr!« Der Kommissar erhob sich und umging den Gefangenen. Er umkreiste ihn wie ein Raubtier sein Opfer, die Kreise wurden immer enger. Dicht vor Sauerbrunn blieb er stehen und sah ihn lauernd an. »Ihr Vater ist in Berlin. Arbeit in Charité. Wenn Sie zugebben, daß Sohnn, dann Sie frei . . .«

Hans Sauerbrunn biß die Zähne aufeinander. Frei . . . frei . . . kein Plenni mehr ... keine Kohlsuppe, kein klitschiges Brot, keine Arbeit in den Wäldern, keinen Piotr Markow ... keinen Stacheldraht, keine Wachttürme, keine eisigen russischen Winter, keine Kirgisen und Mongolen, die nicht sprachen, sondern einfach zuschlugen ... Die Versuchung umgarnte ihn.

Lauernd sah Kommissar Kuwakino den Gefangenen an. »Na?« fragte er.

»Ich bin es nicht«, stöhnte Hans Sauerbrunn.

»Wir werden Sie mit nach Moskau schicken«, sagte Major Worotilow steif. »Wenn Moskau sagt, Sie sind Hans Sauerbruch, dann sind Sie es! Moskau irrt sich nie!«

»Ich heiße Sauerbrunn! Sauerbrunn! Sauerbrunn!« schrie der Junge. Er schlug mit der Faust hysterisch auf den Tisch und riß sich das Hemd auf. Die Nerven versagten ihm, die Spannung löste sich in Schreie auf. Er tobte und wollte mit dem Kopf gegen die Wand rennen. Leutnant Markow fing ihn auf und schlug ihm mit der flachen Hand gegen den Hals. Wie ein Sack fiel er um, lag gekrümmt auf dem Boden der Kommandantur.

»Weg!« sagte der Kommissar steif. »Ich nehme ihn mit! Befehl ist Befehl!«

Vier Tataren trugen Hans Sauerbrunn in seine Baracke. Man stellte sich gerade in einer langen Reihe auf, um Essen zu fassen.

Die Kohlsuppe stank wie immer. Die Plennis sahen nicht hin, als man Hans Sauerbrunn in die Baracke trug. Geschlagen wurde oft, aber Essen bekommen war wichtiger, und wer zu spät kam, erhielt mehr Wasser als schwimmende Kohlstücke.

Julius Kerner und der von der Arbeit zurückgekehrte Peter Fischer sahen sich stumm an.

»Hunde!« knirschte Fischer zwischen den Zähnen.

Kerner stieß ihn in die Seite. »Halt die Schnauze, Mann.«

In der Baracke warfen die Tataren Hans Sauerbrunn auf die erste Pritsche und gingen lachend über den Platz zu ihrem Wachhaus am großen Tor. Karl Georg, der ewige Stubendienstleiter, kam herangerannt und verstummte vor Entsetzen, als er das Gesicht des Mannes sah, der auf dem Strohsack lag.

»Mein Gott«, stammelte er. »Mein Gott ...« Dann nahm er den Eimer Wasser und ein Stück Hemdentuch und wusch Sauerbrunn vorsichtig das Blut vom Gesicht und von der Brust. Der Ohnmächtige stöhnte leise.

Als die anderen in die Baracke zurückkamen, lag Sauerbrunn wimmernd auf dem Strohsack und hielt sich das Gesicht mit beiden Händen fest. »Meine Nase«, jammerte er. »Oh, meine Nase ...«

Julius Kerner legte sein Eßgeschirr hin. Es würgte ihn im Hals. Plötzlich hatte er keinen Hunger mehr.

»Ich laufe zum Stabsarzt«, sagte er. »Wenn wir bloß wüßten, was der Junge ausgefressen hat ...«

Kommissar Wadislaw Kuwakino saß am Tisch und aß einen fetten Hammelbraten mit grünen Bohnen. Major Worotilow leistete ihm Gesellschaft.

»Ich weiß nicht, wie sie in Moskau auf den Gedanken kommen, das sei der Sohn des Chirurgen Sauerbruch.«

»Sie müssen ihre Gründe haben, Genosse Major. Soviel ich weiß, untersuchte Sauerbruch einmal Wladimir Iljitsch Uljanow Lenin. Das hat man nicht vergessen.«

»Aber wenn er nicht der Sohn ist, wirklich nicht?«

Kommissar Kuwakino biß in das Hammelfleisch. Es war gut gebraten und knackte zwischen den gelben Zähnen. Sein Gesicht zeigte Zufriedenheit.

»Dann wird man ihn in Moskau verurteilen. Wegen Irreführung. Fünfundzwanzig Jahre Zwangsarbeit.«

»Aber er hat doch beteuert, daß er nicht der Sohn ist!«

Kuwakino hob die Schultern und ließ sie wieder fallen. Er schaufelte sich die grünen Bohnen auf die Gabel und schnalzte mit der Zunge. Fett troff auf den Teller.

»Leider nicht so überzeugend, daß wir es glauben konnten, Genosse Major. Wie sagte Puschkin? Ein tiefer See ist stets gefährlich, auch wenn man ihn ausschöpft . . .«

Die grünen Bohnen knirschten leise, als er sie zwischen den Zähnen zermalmte.

Worotilow schwieg. Er aß nicht mehr. Er dachte an das blutige Gesicht.

Ich war Kadett, dachte er. Sowjetkadett. Ich lernte vom ersten Tag an, die Deutschen zu hassen.

Aber ich bin ein Mensch. Ist es dieser Kuwakino auch?

Er blickte zur Seite. Der Kommissar beugte sich über den Teller und schmatzte. Über sein gelbliches Gesicht mit den leicht geschlitzten Augen fielen die glatten schwarzen Haare.

Ein Asiate, dachte Major Worotilow. In seinem Hals würgte der Ekel.

Es war am späten Abend. Im Lager war Ruhe.

Dr. Böhler sah sich die Tagesmeldungen der Blockreviere an und blickte dann zu seinem Kollegen auf.

»Was wissen Sie von dem Vorfall heute mittag? Hier steht: Nummer 6294/19, Sauerbrunn, Hans, Nasenbeinbruch. Die Ärztin hat ihn arbeitsfähig geschrieben . . .«

»Man sollte ihr selbst die Nase einschlagen, damit sie spürt, wie weh so etwas tut!« Sellnow las die Krankmeldung durch und nickte. »Typisch Kasalinsskaja. Befund: Nasenbeinbruch! Als Holzfäller arbeitsfähig. Als Holzfäller auch noch!«

»Am besten ist, Sie sprechen einmal selbst mit ihr, Werner. Sie hat heute Dienst und ist im Lager.«

»Ich?«

»Ja. Unser Unterarzt ist zu weich.« Dr. Schultheiß wurde rot, aber er rechtfertigte sich nicht. »Sie haben da die beste Methode, Werner, Sie gehen mit dem Kopf durch die Wand. Nichts imponiert der Russin mehr als Unbeugsamkeit. Und die haben Sie, Werner.«

»Herzlichen Dank für das Attest«, knurrte Sellnow. Er nahm seinen vielfach geflickten Rock vom Haken und schob sich aus der Tür. Dr. Böhler sah ihm nach, und ein leises Lächeln überzog sein schmales, abgehärmtes Gesicht.

»Gleich wird die Baracke erzittern, und die Stühle werden in den Gang fliegen. Aber glauben Sie mir — unser Oberarzt bekommt den Nasenbeinbruch ins Lazarett . . .«

Die Kasalinsskaja fuhr herum, als Sellnow nach kurzem Klopfen eintrat, ohne ihre Antwort abzuwarten. Sie trug ein seidenes Nachthemd, dünn genug, um mehr als nur andeutungsweise ihren üppigen Körper zu zeigen.

Sellnow verzog spöttisch den Mund. Er schloß die Tür, blieb ruhig stehen und sah die Kasalinsskaja an.

»Was wollen Sie?« fauchte die Ärztin. »Sehen Sie nicht, daß ich schlafen will!«

»Ich möchte mich mit Ihnen über eine Nase unterhalten.«

»Raus!« schrie die Kasalinsskaja.

»Genauer gesagt, über einen Nasenbeinbruch. So ein Bruch tut weh, beste Kollegin. So ein Bruch kann schlimm werden, wenn er vernachlässigt wird. Haben Sie schon einmal eine schöne, plattgehauene, rosenkohlförmige Boxernase gesehen?«

Die Kasalinsskaja zitterte vor Wut. Sie hatte sich vorgebeugt wie eine Tigerin vor dem Sprung. Das Hemd verschob sich. Weiß schimmerte die linke Brust hervor. Sellnow schoß das Blut in den Kopf. Er trat einen Schritt vor und drückte die Ärztin in einen Sessel. Ihre schwarzen Augen funkelten ihn an. Wie eine Schlange wand sie sich unter seinen Händen.

»Weg!« keuchte sie. »Lassen Sie mich los, Sie deutscher Hund!«

Sellnow nahm ihr gegenüber Platz. Er schlug die Beine übereinander und tastete mit gierigen Blicken ihren Körper ab.

»Sie haben den Gefangenen Nummer 6294/19 gesund geschrieben!«

»Ja!« schrie sie ihn an. Sie warf die Locken in den Nacken. Sellnow wurde rot.

»Der Mann hat einen Nasenbeinbruch.«

»Das weiß ich.«

»Und Sie schicken ihn in die Wälder?!«

»Bäume werden nicht mit der Nase gefällt.«

»Reden Sie nicht solchen Bockmist, Alexandra.«

»Ich heiße Dr. Kasalinsskaja«, zischte sie. Aus ihren Augen funkelte die Wildheit ihrer Heimat. Sie zitterte, und als sie die Hände im Schoß verkrampfte, spürte sie, wie die Innenseite ihrer Schenkel bebte. Sie wurde totenblaß, gleich darauf bildeten sich auf ihren Wangen rote hektische Flecken.

»Raus mit Ihnen!« zischte sie fast unhörbar vor Erregung.

»Ich gehe sofort, wenn Sie mir den Gefangenen ins Lazarett überstellen und transportunfähig schreiben.«

»Nie! Nie! Nie!«

Sellnow schloß halb die Augen. Er musterte sie, als ob er durch ein Zielfernrohr etwas beobachtete.

Plötzlich erhob er sich und riß sie am Handgelenk zu sich empor. Keuchend stand sie vor ihm. »Du Aas!« sagte er leise. »Du Hexe! Du Satan von einem Weib!«

Mit jähem Griff riß er ihr das Hemd über der Brust auf. Sie schlug ihm mit beiden Fäusten ins Gesicht, sie spreizte die Finger und kratzte. Unter ihren Nägeln fühlte sie Fetzen seiner Haut. Sellnow keuchte. Er riß sie nach hinten und küßte wild ihre heißen, trockenen Lippen. Unter seinem brutalen Griff erstarb ihre Gegenwehr. Mit einem einzigen heftigen Stoß warf er sie auf das Bett und war im gleichen Augenblick über ihr.

Sie kämpften wie die Tiere. Ihr Atem hechelte, Schweiß überzog ihren Körper.

»Du Hund!« stieß sie hervor. »Du verdammtes, verfluchtes Schwein . . .« Und mit einem spitzen Schrei ergab sie sich.

Der Gefreite Hans Sauerbrunn wurde krank geschrieben und kam ins Lagerlazarett.

Sellnow war ein anderer Mensch geworden. Pfeifend ging er umher, seine Barschheit war verschwunden, er war glänzender Laune und verstand sich sogar mit seinem alten Widersacher Dr. Kresin. Er nahm manche Bemerkung leicht, über die er früher vierzehn Tage geschimpft und geflucht hatte. Dr. Böhler sah ihn von der Seite an und schwieg. Nur einmal sagte er zu Dr. Schultheiß mit einem leichten Kopfschütteln: »Wenn das gut geht. Wenn das bloß gut geht . . .«

Auch die Kasalinsskaja war verwandelt. War sie früher gefürchtet, so wurde sie jetzt gehaßt. Es war, als breche das Satanische in ihr nun erst richtig durch. Sie schrieb nur noch Gesundmeldungen und untersuchte die Kranken überhaupt nicht mehr. »Alle Deutschen sind gesund . . . zu gesund!« sagte sie gehässig, als Dr. Schultheiß sich bei ihr beschwerte, weil sie einen Mann mit schwerer Furunkulose ins Bergwerk geschickt hatte. Und dann sah sie sich in den Außenlagern die verhungerten Gestalten an, ließ sie nackend an sich vorbeidefilieren und schrie hysterisch:

»Gesund! Gesund!«

Doch jede Nacht, die sie im Lager schlief — und sie wußte es einzurichten, daß es öfter und öfter geschah —, tobte sie in den Armen von Sellnow die Wildheit ihrer kaukasischen Heimat aus. Am Morgen war sie bleich, ihre Augen brannten, Haß auf die Nacht und auf die Deutschen ergriff sie wieder wie eine Woge, die alles in ihr wegspülte, und sie trieb die Plennis in die Gruben und Wälder, auf die Bauten und in die Steinbrüche und freute sich über die Flüche, die ihr entgegenbrandeten.

Janina Salja lebte nun eine Woche im Lager. Sie ging wenig aus — meist lag sie auf einem Liegestuhl am offenen Fenster in der Sonne und schaute hinüber auf die grünen Wälder und die staubige Steppe.

Major Worotilow hatte auf den Rat Dr. Kresins gehört. Er ließ Salja in Ruhe und besuchte sie nur am Tage, plauderte mit ihr im Zimmer oder ging mit ihr spazieren, ritt auch einmal mit ihr in die Wälder, wo die Haukolonnen der Außenlager sie bestaunten und sich wundersame Märchen von einer neuen Ärztin erzählten. Märchen, die von Lager zu Lager wanderten und ein großes Aufatmen zur Folge hatten, denn man hoffte Dr. Kasalinsskaja nie mehr zu sehen.

Aber die Kasalinsskaja blieb. Sie zeigte ihre Macht über die verhaßten Deutschen, indem sie drei Simulanten auspeitschen ließ und dabeistand, wie Mongolen ihnen die Haut in Fetzen vom Rücken schlugen. Befriedigt kehrte sie ins Hauptlager zurück und vermied es, Sellnow zu begegnen.

Auch Dr. Schultheiß hielt sich bewußt zurück. Er hatte mit Janina nicht wieder gesprochen. Die Arbeit bei dem Oberfähnrich, dem Sorgenkind des Lazaretts, nahm ihn ganz in Anspruch. Sie war ihm willkommen, sie lenkte die Gedanken in andere Bahnen, und wenn er auch Janina täglich sah — einmal im Reitdreß, einmal in einem weißen, tief ausgeschnittenen Sommerkleid —, so zwang er sich, in ihr nur eine Patientin zu sehen.

Dr. Böhler hatte bei Major Worotilow dreihundert Rubel für Baschas neuen Schal abgeliefert. Worotilow hatte das Geld zuerst mißtrauisch angesehen, dann hatte er es durchgezählt, es zur Seite geschoben und Dr. Böhler einen Stuhl angeboten.

Erstaunt setzte er sich.

»Dreihundert Rubel, tatsächlich«, sagte Major Worotilow. »Ich bewundere die Deutschen. Sie machen aus Dreck Geld! Wo haben Sie es her?«

»Das Lager hat es gesammelt.«

»Auf den Lagergassen liegen keine Rubel, die man sammeln kann. Wo kommt das Geld her?« Worotilow blickte auf den kleinen Berg der Scheine und Münzen. »Es ist erstaunlich, was man aus Kriegsgefangenen, die vier Jahre hinter Stacheldraht sitzen, die hungern und im Winter wie die Fliegen frieren, herausholen kann! Es ist unbegreiflich!« Worotilow sah Dr. Böhler lange in die Augen. »Was muß man tun, um euch Deutsche unterzukriegen? Es geht nicht durch Hunger! Nicht durch Frieren! Nicht durch Schläge! Nicht durch harte Arbeit! Nicht durch Strafen!«

»Warum wollen Sie uns unterkriegen?« Dr. Böhler nahm eine der Zigaretten, die ihm Worotilow anbot. Gierig rauchte er den süßen türkischen Tabak.

»Aus Prinzip!« Worotilow sah nachdenklich auf die Rauchwolken. »Im Herzen bewundern wir euch. Der Deutsche war oft der geschichtliche Lehrmeister der Russen.«

»Wie kann ein bloßes Prinzip — von dem Sie sprechen — solche Grausamkeiten erzeugen?«

»Weil die Grausamkeit die einzige Stärke ist, die wir euch Deutschen voraushaben. Eure gefühlvolle Seele, eure schöne Seele — wie Schiller sagt —, steht euch im Weg, aus den geistigen Qualitäten die großen weltpolitischen Entscheidungen zu kristallisieren! Ihr habt einen König Friedrich gehabt, den ihr den Großen nennt. Er eroberte Schlesien ... was habt ihr jetzt davon? Ihr habt einen Bismarck gehabt ... was ist geblieben von seiner Politik und seinem Geist? Ihr hattet einen Stresemann, einen Adolf Hitler ... wo sind sie? Was ist geblieben?« Worotilow lächelte sarkastisch. »Außer unseren göttlichen Künstlern hatten wir Russen nur die Grausamkeit. Zar Iwan ... man nennt ihn den Schrecklichen. Zar Peter ... er ließ die Hüte auf den Köpfen festnageln, wenn sie nicht schnell genug vor ihm gelüftet wurden. Katharina — Elisabeth — Potemkin. Zar Godunow ... Demetrius ...

Ein Gebirge von Grausamkeit und Blut, Schrecken und Elend, Vergewaltigung der Seele und Knechtung der Freiheit. Aber immer blieb, unberührt, stark über Jahrhunderte Mütterchen Rußland, der singende Schwan des Ostens, die Wiege der Unendlichkeit. Europa ist degeneriert. Es stirbt an seiner Überzüchtung der Intelligenz, es frißt sich selbst auf durch seine der Kontrolle entgleitende geistige Potenz. Rußland ist jung geblieben, es mußte jung bleiben, weil Grausamkeit und Strenge die Jahrhunderte verwischten. Und die Welt gehört den jungen Völkern!«

»Das wäre nach Ihrer Auffassung die moralische Rechtfertigung der Weltrevolution.«

»Sie ist es, Doktor.«

Dr. Böhler drückte seine Zigarette aus und stützte den langen, schmalen Kopf in die rechte Hand. Mit der Linken spielte er mit einigen Rubelstücken. »Sie haben bei Ihrer Geschichtsrechnung einen Fehler gemacht, Major«, sagte er sinnend. »Der Westen mag überkultiviert sein, verwöhnt und damit verweichlicht — aber er schafft kraft seiner Intelligenz auch die Abwehrmittel gegen eure Revolution der Ordnung. Wir haben etwas, das alle seelischen und körperlichen Reserven weckt und auch den Verwöhntesten zum Dulder werden läßt: das Vaterland! Der letzte Krieg war ein Kampf der Ideologien. Sie lagen an der Front, Major, weil Stalin oder Hitler — wir wollen nicht darüber streiten, wer — besessen von einem Gedanken war, festgekrallt in das Lustgefühl, mächtig zu sein. Der Machtvollste der Erde ... Cäsar scheiterte daran, Alexander, Philipp II., Napoleon ... Auch ich lag im Dreck, Millionen verbluteten für diese Idee — es ging ja nicht um ein Vaterland, es ging erst dann darum, als die Gegner an unseren Grenzen standen und in das Land fluteten. Aber da waren wir bereits ausgeblutet, ein Körper, der nur im Wege lag und dessen Beseitigung eine Kleinigkeit war. Auch Ihre Weltrevolution ist nur ein Krieg der Idee — und Sie tragen diese Idee jetzt in Länder, die keine Idee mehr entgegenzustellen haben, sondern nur ihr Vaterland! Das Höchste, Major! Da wird der Sanfte eine Bestie, wenn es um seine Frau, um sein Kind geht. Und daran werden Sie zerbrechen: an den Herzen der Völker! Ihr Rußland wird nicht bedroht — aber Sie bedrohen die Welt!«

»Wir befreien die Arbeiterklasse vom Kapital!«

»Was wäre der Arbeiter ohne das Kapital?«

»Ein freier Mensch unter der Obhut des Staates!«

»Mit anderen Worten: die Rolle des sogenannten Kapitalisten übernimmt der Staat! Glauben Sie wirklich, daß es besser ist, ein Mensch arbeitet unter einem Gremium staatlicher Direktoren, die eine Arbeitsnorm den erforderlichen politischen Zielen anpassen, als wenn er unter einem Mann arbeitet, der zwar das Vielfache des kleinen Mannes verdient, aber unabhängig ist und ein Mensch unter Menschen ...«

Major Worotilow erhob sich. Steif stand er hinter seinem Tisch. »Sie sind noch immer ein Nazi!« sagte er scharf.

»Nein, ich bin nur ein Mensch. Ein Mensch, den Sie in der Hand haben, den Sie töten dürfen, weil Sie die Macht dazu haben! Ihre russische Grausamkeit, die alle Ordnung sprengt, wie Sie eben sagten. Ihre Idee von der Stärke! Und weil ich ein Mensch bin, ehre und liebe ich den Menschen in jeder Gestalt, wenn er mir menschlich gegenübertritt. Ich achte ihn, wie ich selbst geachtet werden möchte. Aus der Achtung voreinander wächst der Rhythmus des Lebens.«

Major Worotilow schwieg. Er schien nachzudenken. Über sein breites Gesicht zog ein Schimmer der Enttäuschung und Verblüffung. Dann wandte er sich um und ging im Zimmer hin und her.

»Ich schenke Ihnen die dreihundert Rubel, Dr. Böhler«, sagte er stockend. »Sie können mit Dr. Kresin in Stalingrad Medikamente damit kaufen.« Er hob die Hand, als Dr. Böhler etwas einwenden wollte, und sprach schnell weiter. »Aber nur unter einer Bedingung, Doktor: Sie gehen eine Woche in das Außenlager 12.«

»Wenn ich nicht irre, ist es das Holzfäller-Lager.«

»Ganz recht. Dort werden Sie acht Tage leben. Nur als Arzt. Sie haben volle Freiheit. Sie können im Lager bleiben, Sie können mit in das Schlaggebiet ziehen, wie Sie wollen. Nach acht Tagen sprechen wir weiter . . .«

Dr. Böhler erhob sich. In seinen Augen lag hilfloses Erstaunen. »Was versprechen Sie sich davon, Major?«

»Eine Wandlung, Doktor.« Ein Zug von Grausamkeit und Härte grub sich in sein Gesicht. »Ich will Ihnen zeigen, wie durch Grausamkeit aus Ihrer edlen Seele, aus Ihrem Stolz ein winselndes Tier wird, ein Hund, der nicht zu bellen wagt, eine Maus, die neben dem Speck verhungert . . .«

»Wir sind wehrlos, Major«, sagte Dr. Böhler dumpf.

»Der Russe ist es seit Jahrhunderten . . .«

Dr. Böhler senkte den Kopf. »Ich gehe, Major . . .«

Lager 12. Die Wälder von Werchnjaja Achtuba und Srjednje Pogromnoje. Stämme, wie sie fünf Männer nicht umfassen können. Urwald am Rande der Stadt.

In Srjednje Pogromnoje heulen noch die Wölfe durch die Nacht. Im Winter liegen sie am Waldrand und starren auf die Hütten der Arbeiter, gierig, mit flackernden Augen. Aus ihrem roten Rachen quillt in Wolken der Atem der Mordlust.

Wenige Hütten bilden das Lager 12. Blockhütten mit steinbeschwerten Dächern.

Ein drei Meter hoher Drahtzaun. Zwei kleine Wachttürme. Eine Stromleitung führt einsam durch die Steppe und den Wald zur Hauptleitung des Lagers 5110/47.

Hier leben 184 Männer. Plennis.

34 Russen. Verlaust, unlustig, fluchend, hungernd wie die Deutschen. Ein Feldwebel befehligt sie. Meist ist er besoffen und liegt in der Sonne, erbricht sich und schreit nach Weibern. Man geht an ihm vorbei und sieht ihn gar nicht. Er gehört zum Lager wie die Latrine und die kleine Sanitätsstation, die einmal im Monat von der Kasalinskaja aufgesucht und rücksichtslos geräumt wird. Das ist eigentlich der schwärzeste Tag im Lager 12. Sonst

geht das Leben in trostloser Dumpfheit weiter, die keine andere Regung aufkommen läßt als Essen, Trinken, Schlafen und Auf-die-Latrine-Gehen.

Am Tage hallen die Wälder wider von den Axthieben und dem splitternden Fallen der Riesen. Ab und zu ein Verletzter, den ein Ast streifte oder dem ein Axthieb ins Bein ging. Dann streicht der Sanitäter Jod darüber und zuckt die Schultern. Dawai! Dawai!

In den Wäldern herrscht das Recht des Stärkeren. Wer den Tag überlebt, ist glücklich — wer ihn nicht übersteht, stirbt . . . aber sein Tod wird erst nach vier oder fünf Tagen gemeldet . . . so lange empfangen seine Kameraden für den Toten die Essensration und teilen sie unter sich auf.

Auch der Tod hat hier seinen Sinn und erfüllt einen bestimmten Zweck. Er ernährt die Überlebenden . . .

Am Abend, wenn die Wölfe heulen und die Eulen in den hohen Tannen jammern, ist alles Leben im Lager erstorben. Die Wachtposten dösen auf den Türmen. Noch nie ist einer ausgebrochen. Wo sollte er auch hin? In die Wolga? Über die Wolga? Und dann? Rußland ist weit, Rußland ist unendlich für einen kleinen, schwachen, verhungerten Menschen. Die Größe Rußlands ist der beste Stachelzaun. An dieser Größe scheitert der Gefangene — nicht der Mensch, aber seine Seele, sein Mut, sein Verlangen nach der Freiheit, seine Sehnsucht nach der Heimat. Die Weite des Landes erdrückt das Herz . . .

Einmal in der Woche werden die Baumstämme abgeholt. Dann kommt die Fahrkolonne aus Stalingrad. Plennis auf hohen, schweren, amerikanischen Raupenwagen, mächtigen Treckern und Dreiachslastern. Mit Winden und Menschenkraft werden die riesigen Stämme aufgeladen und rollen dann in die Sägewerke. Die Bauten von Stalingrad schreien nach Holz . . . Holz . . . Und auf den Bauten stehen die Plennis und schleppen die Steine und Bretter . . .

Das Abholen der Stämme ist die große Abwechslung im Lager 12. Dann werden Zigaretten getauscht, Zeitungen, Tabak, Schnaps . . . die Kameraden in der Stadt kommen an vieles heran, sie können sich etwas in den Baukantinen kaufen oder mit den Zivilarbeitern tauschen. Sie sind reich in den Augen der armen Waldplennis vom Lager 12; reich wie es selbst Major Worotilow nicht ist, der seinen Lohn erhält, seine billige Verpflegung und ab und zu eine scharfe Kontrolle des Oberkommandos.

In dieses Lager kam Dr. Böhler. Major Worotilow brachte ihn im Jeep hin. Als sie in die geschlagene Schneise einbogen und über die Stucken holperten, flog die Ankündigung ihres Kommens schon von Mund zu Mund dem Wagen voraus.

Der Alte . . . Und ein Plenni. Ein langer, schmaler.

Der Alte hat gute Laune, er lachte im Jeep.

Gute Laune? Verdammter Mist. Wenn der gute Laune hat, können wir wieder Gras fressen . . . Die Schwachen auf der Sanitätsstation zittern vor Angst. Sie werden die ersten sein, die er beißt. Man kennt das . . . Die Hilflosen sind die Zielscheiben . . .

Dr. Böhler sah nach links und rechts. Er schwieg erschüttert, als er in die Gesichter der Männer blickte, die aus den Einschlagstellen herüberschauten.

»Wieviel leben hier?« fragte er kurz vor dem Lager.

»Im Augenblick 184! Das heißt, 184 waren es nach der telefonischen Meldung gestern abend. Wieviel es jetzt noch sind, wird erst die Zählung ergeben ...«

Major Worotilow warf seine Zigarette aus dem Wagen. Ein Plenni, der an der Straße stand, sah sie liegen. Er blickte dem Wagen nach, bis er in das Lager einfuhr, dann stürzte er sich auf den Stummel und sog gierig daran. Sein Gesicht strahlte.

Der Feldwebel saß mit dickem Schädel in der Wachtstube und war erschüttert, plötzlich seinen Major vor sich zu sehen. Er stand schwankend auf und versuchte strammzustehen. Worotilow trat ihm schweigend ins Gesäß, daß er taumelte.

»Sehen Sie, Doktor«, sagte Worotilow. »Er ist schon wieder besoffen! Ich habe es ihm oft verboten ... der Schnaps ist so bemessen, daß keiner sich betrinken kann, aber er bekommt immer welchen. Er tauscht ihn ein, er schmuggelt ihn in diese Wildnis, ich weiß nicht wie. Fest steht: Er ist wieder besoffen! Was soll man jetzt anderes tun, als die Vorherrschaft der Grausamkeit walten zu lassen. Er wird es auch tun, wenn er wieder nüchtern ist, er wird noch grausamer sein als ich — und dann zu Ihren Landsleuten. Er wird Erfolg haben ...« Worotilow wandte sich an den Feldwebel. »Sie kommen heute zu mir ins Hauptlager! Mit allem Gepäck!«

Der Betrunkene wurde hellwach. Er sprang auf, sein Gesicht war leichenfahl. Er schlotterte und machte Anstalten, dem Offizier vor die Füße zu fallen.

»Genosse Major ...«, wimmerte er, »Gnade — Gnade!«

»Heute abend bei mir!« sagte Worotilow unerbittlich.

Der Feldwebel begann zu weinen. Er schlug die Hände vor sein breites, sibirisches Bauerngesicht. Er warf sich herum und greinte wie ein Kind.

»Meine Frau«, jammerte er. »Ich habe sechs Kinder! Und alte gebrechliche Eltern! Gnade, Genosse Major, Gnade ...!«

Worotilow schlug ihm ins Gesicht und wandte sich zum Gehen. Hinter ihnen brach der Feldwebel über dem Tisch zusammen. Es war, als bisse er in das Holz, um nicht zu schreien.

»Was werden Sie mit ihm tun?« fragte Dr. Böhler stockend.

»Ich?« Worotilow lächelte mokant. »Nichts. Ich werde ihn lediglich dem Genossen Divisionskommissar melden. Der macht ihn kirre, daß er nicht wimmern kann. Wie ein Molch wird er auf dem Bauch kriechen.« Worotilow sah sich um. Am Ausgangstor stand die Wache angetreten. Sie präsentierte.

»Sehen Sie — es hat sich herumgesprochen. Der Feldwebel ist abgeschrieben, das wissen die Kerle da! Jeder hofft jetzt auf Beförderung — und jeder wird grausamer sein als der andere, um befördert zu werden. Grausam gegen Ihre Landsleute, Doktor. Die Kapazität des Lagers 12 ist 190 Mann. Wir müssen es alle drei Monate fast um die Hälfte auffüllen ...«

Er trat an seinen Jeep und nickte dem Arzt zu. »Leben Sie wohl«, sagte er ernst. »In acht Tagen komme ich wieder. Dann reden wir weiter über die Ideologie der Kraft. Man wird Ihnen als Arzt nichts tun. Sie können ebenfalls tun, was Sie für gut erachten. Sie sollen vor allem beobachten. Und nun — adieu!«

Er trat auf den Starter, der Jeep heulte auf. Dr. Böhler legte eine Hand an die Windschutzscheibe.

»Ich habe noch eine Frage, Major, die mir schon lange am Herzen liegt . . .«

»Bitte, Doktor . . .«

»Woher können Sie das fabelhafte Deutsch?«

Worotilow lächelte genießerisch. »Von der Kriegsschule in Moskau, Doktor. Wir hatten dort deutsche Ausbilder . . .«

Erstarrt sah Dr. Böhler dem Wagen nach, bis er in einer Staubwolke auf der Waldstraße verschwand —

Um die Mittagszeit kam ein kleiner Trupp dreckiger Plennis ins Lager 12 zurück. Verschwitzt, beschmiert mit Harz. Blutend aus kleinen Rißwunden. Ein Soldat mit aufgepflanztem Bajonett führte sie an. Er ging daneben her und rauchte. Sein Gewehr war nicht einmal geladen. Von diesem Haufen Elend dachte keiner an Flucht . . .

Dr. Böhler hatte den Vormittag damit verbracht, das Lager eingehend zu inspizieren. Der Feldwebel leistete ihm dabei Gesellschaft und behandelte ihn wie den eigenen Major.

Die Baracken waren, wie in allen Lagern, sauber. Flöhe und Läuse rechnen nicht zum Schmutz, sie gelten als Haustiere. Auch die Latrine war in Ordnung, nur in der Krankenbaracke war das Primitive zur Gewohnheit geworden. Außer etwas Verbandstoff, einigen alten, immer wieder ausgewaschenen Mullbinden, ein paar Scheren und Pinzetten war nichts vorhanden. Der Sanitäter war nicht ausgebildet, die vier Kranken lagen auf verfaultem Stroh, zugedeckt mit zerschlissenen Baumwolldecken. Aus einem Abortkübel in der Ecke strömte unvorstellbarer Gestank in den Raum.

Dr. Böhler untersuchte die vier Soldaten gründlich. Auf seine Fragen antworteten sie übereinstimmend, daß sie vor Monaten, zu Beginn ihrer Krankheit, oft Schüttelfrost gehabt hätten. Und im Anschluß daran Fieber. Böhler fragte gar nicht erst nach der Höhe der damaligen Temperaturen. Er wußte, daß kein Thermometer vorhanden war. Er fragte auch nicht nach der Zahl der Pulsschläge bei den Anfällen. Er war sicher, daß der Sanitäter sie nicht gezählt hatte.

Eingehend tastete er die Leber- und Milzgegend der Kranken ab und fand bei allen vieren beide Organe vergrößert.

»Sind hier in der Umgebung Sümpfe?« fragte er den Sanitäter.

»Ja, sechs Kilometer von hier liegt ein breiter Streifen Sumpfland mitten im Wald.«

»Und wird dort gearbeitet?«

»Überall«, nickte der Mann, »unsere Männer fürchten dieses Gebiet am meisten.«

Dr. Böhler schüttelte traurig den Kopf. Diese Kranken mit den abgezehrten, welken Gesichtern, den tiefen Augenhöhlen, den bleichen Lippen hatten zweifellos Malaria. In ihren Organen hatten Millionen und aber Millionen von Malariaerregern überwintert, um alsbald wieder auszubrechen, wenn es heiß wurde.

»Hat Dr. Kasalinsskaja die Kranken untersucht?« Böhler fragte, obwohl er die Antwort im voraus wußte.

Der Sanitäter verzog den Mund. »Das Aas«, sagte er bitter. »Sie hat die Kerls für morgen gesund geschrieben. Tbc-Verdacht ist keine Krankheit, sagt sie.«

»Das ist doch nicht möglich!« rief Böhler entsetzt.

»Hier ist alles möglich! Ich habe sie auf eigene Gefahr in der Baracke behalten. Wenn die Kasalinsskaja kommt, müssen sie verschwinden und sich verstecken.«

Dr. Böhler verließ die Krankenbaracke und stand blinzelnd in der grellen Sonne, die auf das Lager prallte. Was konnte er machen?

Der Feldwebel trat hinter ihn. »Was du tun?« fragte er gebrochen.

»Ich bleibe hier. Und länger als acht Tage.« Der Russe verstand ihn nicht, aber er nickte. Der Plenni war ja ein Freund des Genossen Major. Die Welt stand schief. Der Deutsche ist ein Freund des Kommandanten, und der Feldwebel ist ein Bündel, das man in die Ecke wirft und ausstäubt . . . In das flache, sibirische Gehirn schlich die uralte Scheu des Sklaven, die Unterwürfigkeit des jahrhundertelang getretenen Bauern der Taiga . . . Der Feldwebel wurde ein dienender Schatten Dr. Böhlers.

Der kleine Trupp der Essenholer stellte sich wieder am Lagertor auf. In ihren Augen lag Erstaunen, als sie Dr. Böhler auf sich zutreten sahen. Er nickte ihnen zu und musterte sie eingehend. Ihre gelbbraunen Gesichter waren wie Pergament, das zu lange in der Sonne getrocknet hat.

»Wo kommst 'n du her?« fragte einer aus der Gruppe. »Haste noch keine Arbeit?«

»Noch nicht.«

»Der Alte, der Major, hat dich gebracht, was? Mußt 'n feiner Pinkel sein! Uns ham sie 'n Hintern getreten und wie 'ne Herde Säue hierhergetrieben. Bist wohl 'n politischer Redner, was? So 'n Kommissar aus der Seydlitz-Gruppe aus Moskau? Gib dir man keine Mühe . . . Ihr habt gutes Fressen für eure dreckige Politik . . . wir müssen schuften . . .«

Der Soldat spuckte aus und wandte sich ab. Da die anderen schwiegen, sprach er die Meinung aller aus. In ihren eingesunkenen Augen brannte ein hektisches Feuer. Sie sahen durch Dr. Böhler hindurch und trotteten wie Hammel los, als das Tor geöffnet wurde und der Soldat dem ersten Mann einen Rippenstoß gab.

Wirklich wie eine Tierherde. Dr. Böhler drehte sich um und ging zu den Baracken zurück, um die vier Kranken noch einmal anzusehen. Der Sanitäter zuckte mit den Schultern, als er gefragt wurde: »Haben Sie wenigstens eine Injektionsspritze hier?«

»Ja. Aber was für eine!« Er holte die Spritze aus einem Wandschrank und gab sie Dr. Böhler. Sie war total verschmutzt.

»Das ist eine Sauerei!« sagte Dr. Böhler laut.

»Stimmt!«

»Von Ihnen eine Sauerei! Wenn Sie Sanitäter sein wollen, haben Sie für den Zustand der Geräte als erstes Sorge zu tragen! Wenn das bei mir im Lazarett vorkäme, würde ich Sie sofort ablösen lassen . . .«

»Das hab' ich mir gedacht!« Der Sanitäter sah den Arzt wütend an. »Da kommt so einer plötzlich her und fängt an, wild zu werden! Jahrelang hat sich keiner um uns gekümmert . . . und auf einmal haben sie alle die große Fresse!« Er setzte sich auf einen Stuhl in die Ecke und steckte sich eine Zigarette an. »Machen Sie doch Ihren Dreck allein!«

Dr. Böhler stand einen Augenblick wie erstarrt. Dann erinnerte er sich, was Major Worotilow vom Erfolg der Gewalt gesagt hatte. Er trat einen Schritt vor und schrie den Sanitäter an — seit drei Jahren schrie er wieder und kam sich dabei lächerlich und maßlos vor.

»Stehen Sie auf!« brüllte er. »Sie kochen sofort die Spritze aus!«

Der Sanitäter sah ihn durch den Rauch seiner Zigarette an und kniff die Augen zu einem Schlitz zusammen. »Du kannst mich am Arsch lecken«, sagte er und drehte ihm den Rücken zu.

»Ich bin Ihr Stabsarzt!« sagte Dr. Böhler drohend.

»Dafür darfst du es sogar zweimal . . .«

»Ich werde dafür sorgen, daß Sie sofort abgelöst werden!«

»Von mir aus!« Der Plenni zuckte mit den Schultern. »Ob schnell oder langsam krepiert — krepiert wird doch im Lager 12!«

Innerlich bebend vor Wut und Scham vor sich selbst, verließ Dr. Böhler die Baracke.

Über die Waldgasse, staubend und laut ratternd, kam ein Jeep. Der Posten riß das Drahttor auf und grüßte. Mit weitem Schwung fuhr der Wagen auf den Lagerplatz.

Eine Gestalt in erdbrauner Uniform mit hohen, schwarzen Juchtenstiefeln sprang elastisch vom Sitz. Über die Uniform wallten lange, schwarze Locken.

Dr. Alexandra Kasalinsskaja sah sich schnell um. Als sie Dr. Böhler vor der Sanitätsbaracke gewahrte, lief sie auf ihn zu und blieb knapp vor ihm stehen. Ihr Atem flog. Ihr ganzer, wilder Körper bebte.

»Also doch!« schrie sie. »Also doch! Worotilow hat mich nicht belogen! Sie sind hier!«

»Wie Sie sehen, ja.«

»Was wollen Sie hier?«

»Mich umsehen. Und mich vor allem überzeugen, daß eine Dr. Kasalinsskaja ihren Doktortitel zu Unrecht trägt!«

»Ich lasse Sie umbringen«, sagte Alexandra mit unheimlicher Ruhe.

»Bei den deutschen Gefangenen tun Sie es ja laufend.« Dr. Böhler spürte, wie ihn seine Beherrschung verließ, aber er konnte sich nicht mehr zurückhalten. Er sah der Kasalinsskaja in die gefürchteten Augen und spürte eine innere Befreiung, als er sich sagen hörte: »Was ich hier gesehen habe, hat mit Völkerrecht nichts mehr zu tun!«

»Reden Sie nicht vom Recht!«

»Auch der Gefangene ist ein Mensch! Auch er hat Recht! Das primitive Recht auf Krankenpflege. Ich werde die Zustände melden . . .«

»Tun Sie es!« Dr. Kasalinsskaja lächelte, aber ihr Lächeln war eine Drohung. »Ich habe mich an die Richtlinien gehalten, die ich aus Moskau bekomme. Wenig Krankschreibungen, scharfe Maßstäbe . . .«

»Und daß die vier Männer in der Sanitätsbaracke Malaria haben, das haben Sie nicht gesehen? Das haben Sie noch nie gesehen, was? Das kennen Sie gar nicht — das hat man Sie gar nicht gelehrt, oder Sie haben bei der Vorlesung gefehlt, was?«

Die Kasalinsskaja wurde rot. Ihre Augen verengten sich, ihre Lippen wurden weiß vor Erregung.

»Gehen Sie zum Hauptlager zurück . . . Ich rate es Ihnen. Was ich hier tue, verantworte ich . . .«

»Vor wem? Vor Gott etwa?«

»Gott?« Die Kasalinsskaja lachte schrill. »Belästigen Sie doch den armen, alten Mann nicht. Er hat Arbeit genug, all die Gebete zu verdauen . . .«

Dr. Böhlers Trotz wurde Härte. Er ballte die Fäuste.

»Ich bleibe!«

»Wie Sie wollen.« Die Kasalinsskaja betrachtete ihn spöttisch. »Dann werde ich Ihr Hauptlazarett im Lager auflösen lassen . . .«

Dr. Böhler erbleichte. »Hören Sie, Dr. Kasalinsskaja . . .«

»Ich werde dieses Hurennest ausräumen!« schrie sie plötzlich unbeherrscht. Ihre Wildheit überwältigte sie. Sie tobte und war nicht mehr Herr über sich. »Alles, alles wird vernichtet werden!«

Dr. Böhler ergriff ihren Arm und drückte ihn fest an sich. Schmerzhaft verzog sich ihr Gesicht, sie wollte sich losreißen, aber er hielt sie eisern fest. »Das nehmen Sie zurück«, sagte er laut. »Ich lasse mein Lazarett nicht beleidigen . . . auch nicht von einer russischen Ärztin . . .«

Alexandra sah ihn spöttisch an. »Ich nehme nichts zurück. Wenn Sie mich anzeigen wegen der Zustände im Lager 12, zeige ich Sie an, daß in Ihrem Lazarett gehurt wird . . .«

»Wer?« schrie Dr. Böhler. »Wer, will ich wissen.«

»Ihr Oberarzt . . .«

»Sellnow?«

»Ja! Ja!« Sie lachte wild und hysterisch. »Mit mir! Seit über einer Woche! Fast jede Nacht! Er ist ein Schwein und hat die Kraft eines Urtiers. Wenn er mich anfaßt und nimmt, könnte ich die Welt zerreißen — und wenn der Tag kommt, nehme ich mir meine Rache. Dann müssen alle büßen . . . hier im Lager 12, im Lager 14, 16 und 19. Jeder Kuß eine Gesundmeldung, jeder Seufzer in der Nacht ein freies Bett im Sanitätsrevier . . .«

Dr. Böhler ließ sie los, seine Arme fielen schlaff am Körper herab. Mein Lazarett . . . seit über einer Woche. Sellnow . . . Es ist furchtbar. Wenn es Worotilow erfährt, Dr. Kresin, die Division in Stalingrad oder Moskau . . .

Er schloß die Augen vor dem Entsetzen der nicht auszudenkenden Folgen und spürte nicht, wie die Kasalinsskaja ihn anstieß. Erst als sie ihm gegen das Schienbein trat, öffnete er die Augen.

»Erledigt?« fragte sie. »Genügt das? Sie sehen so bleich aus, mein Bester.«

Worotilow, dachte Dr. Böhler. Unsere Stärke ist die Grausamkeit, die Mißachtung des einzelnen für das Ziel des großen Interesses. Da schüttelte er den Kopf.

»Zeigen Sie es an, Dr. Kasalinsskaja«, sagte er. »Sie werden mit vernichtet werden! Sie dulden ja die Besuche von Sellnow.«

»Er hat mich vergewaltigt. Einfach gezwungen ...«

»Jede Nacht?«

Alexandra lachte schrill. »Jede Nacht lasse ich mich bezwingen! Ich hasse den Morgen, wo es nicht geschah ... Aber beweisen Sie es, Dr. Böhler! Ich werde sagen: Er zwingt mich mit brutaler Gewalt!« Dr. Kasalinsskaja scharrte mit den Spitzen ihrer hohen Juchtenstiefel in dem Staub des Lagerbodens. »Und man wird einer russischen Ärztin und alten Kommunistin bestimmt viel mehr glauben als 10000 schmutzigen und verlausten deutschen Plennis zusammen ...«

»Da haben Sie recht.« Dr. Böhler wollte sich abwenden, aber Alexandra hielt ihn zurück.

»Sie gehen zurück?«

»Im Gegenteil, ich bleibe ...«

»Sie wollen den Märtyrer spielen!« schrie die Kasalinsskaja wild.

»Nein — ich will nur ein Arzt sein — falls Sie verstehen, was das ist ...«

Mit einem Fluch drehte sich die Ärztin herum und stapfte in die Wachbaracke. Dort traf sie auf den Feldwebel, der in der Sonne saß und sich lauste.

»Mein Täubchen«, sagte er zu ihr. »Geh hinein zu Iljitsch Stufanow. Der Saukerl von Mongole hat bestimmt einen Tripper ... er wimmert immer, wenn er pissen muß ...«

Alexandra Kasalinsskaja schlug ihm mit der flachen Hand in das sibirische Bauerngesicht. Es klatschte laut — aber keiner achtete darauf.

Und der Feldwebel grinste. Lieber sie als der Major. Mein Gott, Mütterchen Rußland ist ein rauhes Mütterchen. Aber es hat Herz ...

In der Sanitätsbaracke kochte der Sanitäter die Spritze aus. Das Erscheinen der Kasalinsskaja hatte einen höllischen Schock bei ihm bewirkt. Er kroch durch die Zimmer und ging Dr. Böhler aus dem Weg, der bei den Kranken saß und sie beruhigte.

»Ihr bleibt liegen«, sagte er. »Ihr steht nicht auf und versteckt euch! Ihr seid krank, kränker als ihr denkt. Ihr werdet in das Hauptlazarett kommen ... in den nächsten Tagen.«

»Das Weib wird uns mit der Reitpeitsche aus dem Bett treiben«, sagte einer aus der Ecke des Raumes. »Sie hat es schon einmal getan ...« Ein Zittern ließ seine Stimme beben. »Und als Strafe wegen Simulierens täglich 100 Gramm Brot weniger ...«

Die berühmten 100 Gramm, dachte Dr. Böhler. Baschas Schal, mit dem wir den Oberfähnrich nähten, kostete 700 Gramm Brot und 300 Rubel. Und wieder fiel ihm Major Worotilow ein. Nur die Gewalt bezwingt den Menschen . . .

Die Tür wurde aufgerissen. Die biegsame Gestalt der Kasalinsskaja stand auf der Schwelle. Das hereinflutende Sonnenlicht umspielte ihre Locken und die schlanken, langen Beine in den Juchtenstiefeln. Sie waren staubig, wie mit Mehl überzogen. In der Hand hielt sie eine Reitgerte.

»Wer ist hier krank?« schrie sie in den Raum.

Der Sanitäter rannte aus einer Ecke herbei und baute sich vor ihr auf. Er knallte die Hacken zusammen und grüßte wie auf dem Kasernenhof.

»Vier Mann erkrankt.«

»Was fehlt ihnen?«

»Dystrophie, Gelbsucht und Tbc-Verdacht!«

»Das sind keine Krankheiten! Alles 'raus aus den Betten!« brüllte die Kasalinsskaja. »Sofort vor der Baracke antreten! Ich warte keine Minute...«

Sie warf die Tür wieder hinter sich zu. Man hörte ihren Schritt über den Platz knirschen. Dr. Böhler, der noch immer an einem der Betten saß, winkte den Soldaten zu, die sich erheben wollten, und sprang selbst auf.

»Liegen bleiben! Ich gehe für euch hinaus. Ihr seid krank!«

Er ging durch den Raum, vorbei an dem vor Angst bebenden Sanitäter, und riß die Tür auf. Auf dem Platz, zehn Schritte von der Baracke entfernt, stand Dr. Kasalinsskaja, eine Uhr in der Hand. Ihre Lippen zählten lautlos die Sekunden. Nach einer Minute würde sie mit der Peitsche kommen.

Dr. Böhler ging auf sie zu und blieb drei Schritte vor ihr stehen. Er knallte wie der Sanitäter die Hacken zusammen und hob die Hand zum Gruß.

»Vier Kranke zur Stelle.«

Die Kasalinsskaja sah auf. Sie steckte die Uhr weg und sah sich um.

»Hier! Als ihr Arzt vertrete ich sie. Ich habe Bettruhe angeordnet . . .«

Alexandra senkte den Blick. Sie drehte sich um und ging über den Platz davon. An der Wachbaracke heulte kurz darauf ein Motor auf, der Jeep schwenkte durch das große Tor und raste in einer Staubwolke durch die Waldschneise davon.

In der Tür der Sanitätsbaracke stand der Sanitäter. Er sah dem Wagen nach und starrte dann auf Dr. Böhler, der zurückkam.

»Sie ist weg«, stotterte er. »Sie ist wirklich weg . . .« Und plötzlich riß er die Hacken zusammen und stand da wie ein Bild aus der Dienstvorschrift für die Infanterie. »Die Spritze ist ausgekocht, Herr Stabsarzt«, rief er begeistert. »Darf ich Herrn Stabsarzt weiter behilflich sein . . .«

Nach vier Tagen kam Major Worotilow zu einem kurzen Besuch ins Lager 12.

Er traf Dr. Böhler an, wie er Atebrin injizierte.

»Atebrin?« Worotilow sah erstaunt auf die aufgebrochene Ampulle. »Wo haben Sie das denn her?«

»Lag zufällig hier herum, amerikanisches Fabrikat. Übrigens ahnte ich, was ich hier antreffen würde. Aber was ich bis jetzt gesehen habe, übertrifft meine Vermutungen. Die Lage der Gefangenen ist kaum noch menschenwürdig zu nennen . . .«

Major Worotilow setzte sich auf den Bettrand und betrachtete das eingefallene Gesicht des Kranken, der die Injektion erhielt.

»Warum bist du hier?« fragte er barsch.

»Ich habe gestohlen, Major.«

»Was denn?«

»200 Gramm Brot, Major. Aber ich hatte Hunger.«

»Das haben die anderen auch!« Worotilow blickte zu Dr. Böhler hin, der die Spritze weglegte. »Haben Sie sich schon einmal die Mühe gemacht zu fragen, warum diese Kerle im Lager 12 sind?«

Dr. Böhler schüttelte den Kopf. »Nein. Warum sollte ich? Und selbst wenn es Raubmörder wären — was sie hier abzubüßen haben, ist eine grausame Strafe für jedes Verbrechen . . .«

Worotilow lächelte mokant. »Sie haben schwache Nerven, Herr Doktor. Es gibt Schlimmeres. Kasymsskoje . . .«

»Ich hörte davon, Major. Es ist eine Schande für Rußland.«

»Und die Welt schweigt, weil wir stark sind.«

»Sie schweigt nicht, sie wird euch anklagen . . .«

»Auf dem Papier. Das hängen wir auf die Latrine der Tataren! Und Kasymsskoje besteht weiter . . . Wer will uns daran hindern? Amerika? England? Das angstzitternde Frankreich? Lieber Doktor — der Westen ist faul wie eine Birne, die zu lange liegt. Wir lassen es auf einen dritten Weltkrieg ankommen, auch gegen amerikanische Waffen! Der Westen läuft sich tot in der Weite Rußlands. Das Land saugt die Menschen auf wie der Sandboden das Wasser. Und Rußland wird weiterleben, denn Rußland wird einmal der Mittelpunkt der Welt sein. Der Traum Peters des Großen!«

»Fangen Sie schon wieder an?« Dr. Böhler erhob sich und deckte den Kranken zu. Er ging in einen Nebenraum, wusch sich dort in einer Blechschüssel die Hände und ließ sie trocknen, indem er sie durch die warme Luft schwenkte. »Sie haben mich noch nicht so weich, um Ihnen recht zu geben . . .«

»Es fehlen ja auch noch vier Tage«, lächelte Worotilow.

»Es könnten 400 sein.« Dr. Böhler fuhr sich mit den feuchten Händen über die spärlichen Haare. »Ich gäbe Ihnen niemals recht.«

»Aus Prinzip?«

»Ja.«

»Sie sind nicht objektiv . . .«

»Sind Sie es, Major?« lächelte Dr. Böhler.

Worotilow schob die Unterlippe vor und krauste die Stirn. Sein dickes, fleischiges Gesicht mit den klugen Augen wirkte einen Augenblick verblüfft. Dann wandte er sich zum Gehen. Dr. Böhler ging neben ihm.

»Im Lager geht alles gut. Dr. von Sellnow führt das Lazarett, Dr. Kresin hilft ihm. Ihr junger Unterarzt behandelt weiter Janina.«

Dr. Böhler sah auf den staubigen Boden. Janina Salja und Dr. Schultheiß. Gebe Gott, daß sich Schultheiß anders benimmt als Sellnow. Es wäre furchtbar, wenn Major Worotilow aus einem Traum erwachte. Es wäre das grauenhafte Ende des ganzen Lagers.

»Und die Kasalinsskaja?« fragte Dr. Böhler vorsichtig.

»Sie ist ziemlich zahm. Aber täglich hat sie Streit mit dem Oberarzt. Gestern hat sie ihm einen Stuhl aus dem Fenster nachgeworfen und einen unschuldigen Soldaten getroffen. Ihr Oberarzt hat ihr geantwortet, indem er den Geworfenen dick verband und schiente und ihr ins Zimmer schickte zwecks Krankschreibung.«

»Und was tat sie?«

»Sie schrieb den Unverletzten tatsächlich krank! Für eine Woche! Als Sellnow den Bescheid erhielt, nahm er Verband und Schiene weg und ließ den Mann laufen . . .«

Worotilow lachte schallend, aber Dr. Böhler wurde ernst. Er treibt es auf die Spitze, dieser Sellnow. Einmal wird es zu einer Katastrophe kommen. Auch die Liebe der Kasalinsskaja wird einmal zerbrechen, wenn sie täglich getreten wird und widertritt. An dieser Haßliebe können wir alle zugrunde gehen.

»Ist es möglich, Sellnow in ein anderes Lager versetzen zu lassen?« fragte er.

»Warum das?!« Worotilow blieb stehen. Sein Staunen war echt. »Ist etwas mit ihm?«

»Rein privater Natur. Er müßte dringend eine Luftveränderung haben! Wenn es nur für ein halbes Jahr ist . . .«

»Versetzungen in andere Lagergruppen erfolgen nur von Moskau aus. Wenn ich Moskau aber darum bitte, müssen schwerwiegende Gründe vorliegen.«

Dr. Böhler sah sinnend über die in der Sonne flimmernden Wälder. Ein Raupenschlepper rollte durch die Schneise. Er zog einige dicke Stämme zu einem Sammelplatz. Irgendwo sangen ein paar dünne Stimmen.

»Können Sie nicht sagen, daß unser Lazarett über Soll mit Ärzten versehen und Dr. von Sellnow für eine Zeit abkömmlich ist?«

»Aber das stimmt doch gar nicht!«

»Natürlich nicht. Aber ich hätte ihn gern einige Zeit von Lager 5110/47 entfernt . . .«

Major Worotilow schüttelte den Kopf. »Hatten Sie eine Auseinandersetzung mit Sellnow?«

»Nein. Durchaus nicht. Wir verstehen uns gut. Rein private Gründe zwingen mich aber leider dazu, den Oberarzt — sagen wir — zu isolieren. Er hat in der letzten Zeit etwas die Nerven verloren und ist dabei, sie völlig zu verlieren — und seinen Kopf dazu.«

»Das verstehe ich nicht, Doktor.«

Dr. Böhler nickte gedankenvoll. »Ich verstand es erst auch nicht. Aber nachher war das Verstehen um so bitterer für mich. Ich achte Sellnow als guten Arzt und vorbildlichen Kameraden. Aber« — Dr. Böhler lächelte Worotilow ein wenig gequält an — »Ihr Rußland war auch bei ihm stärker!«

»So?« Worotilow drang nicht weiter in Dr. Böhler. Rußland war stärker, grübelte er, als er neben dem Arzt zu seinem Wagen ging. Was kann er damit meinen? Ich werde Sellnow selber fragen . . .

Über die Schneise kamen vier Männer. In einer Zeltplane trugen sie einen Verwundeten. Worotilow wies mit dem Kinn zu ihnen hin.

»Ihr Geschäft blüht, Doktor.«

»Und ich habe kaum Verbände, keine Wundsalbe, keinen Äther, kein Karbol, kein Pflaster, ich habe hier überhaupt nichts.«

»Für die Ausstattung der Außenlager ist Dr. Kasalinsskaja zuständig.« Worotilow nickte. »Ich werde es ihr sagen.«

»Sagen Sie ihr, bitte, daß ich bis morgen mittag eine behelfsmäßige Verband-Ausrüstung brauche, einige Reagenzgläser, drei Injektionsspritzen und vor allem Narkotika!« Dr. Böhler sah Worotilow an. In seinen Augen lag die Dringlichkeit seiner Bitte. »Wenn Dr. Kasalinsskaja diese Sachen nicht schickt, ist es — sagen Sie ihr das, bitte —, ist es glatter Mord an diesen Menschen hier!«

»Ich will es versuchen.« Worotilow hob ein Bein in den Jeep. »Ich bin eigentlich viel zu höflich zu Ihnen«, bemerkte er ernst. »Warum, weiß ich nicht. Sie sind ein Gefangener, ein Deutscher, mein Feind! Ich sollte Sie behandeln wie ein Stück Dreck . . . Statt dessen behandle ich Sie wie einen Kameraden. Vielleicht wird man mir das einmal höheren Orts übelnehmen.«

»Dann wären ja auch Sie ein Opfer der Grausamkeit, die Sie anbeten«, lächelte Dr. Böhler.

»Allerdings.« Worotilow stieg auf den Sitz des Jeeps, den ein kleiner Mongole fuhr. Der Asiate grinste Dr. Böhler breit an. »Es ist verflucht schwer zu vergessen, daß man ein Mensch mit Gefühlen ist . . .«

Der Motor brummte. Worotilow schob die Schirmmütze tiefer ins Gesicht. Er sah aus wie eine schmollende Bulldogge. Dr. Böhler hatte die Hand auf dem Rahmen der heruntergeklappten Windschutzscheibe liegen.

»Der Feldwebel ist noch immer da. Er wartet auf seinen Abtransport. Seine Sachen stehen seit vier Tagen gepackt. Er wagt nicht mehr, sich zu rühren.« Böhler sah zurück zur Wachbaracke. »Wann holen Sie ihn ab?«

Worotilow blickte Dr. Böhler böse an. »Hol der Teufel euch Deutsche«, sagte er knurrend. Dann stieß er den Mongolen in die Seite, und der Jeep fuhr in einer Staubwolke davon.

Dem Verwundeten, den die vier Männer in der Zeltplane heranschleppten, war eine Säge in den Fuß gefahren. Zwischen der zweiten und dritten Zehe war der Fuß sieben Zentimeter tief in zwei Hälften gespalten. Der Verletzte wimmerte und schlug den Kopf vor Schmerz von einer Seite zur anderen. Die Beine lagen in einer Blutlache.

Dr. Böhler biß die Lippen aufeinander. Seine vollkommene Ohnmacht kam ihm in diesen Sekunden so stark zum Bewußtsein, daß er sich vor Gott schämte, ein Mensch zu sein. Kein Narkosemittel . . . kein chirurgisches Instrument . . .

Der Sanitäter an der Barackentür rannte voraus und legte auf den »Operationstisch« einen gewaschenen Sack als Unterlage.

Dr. Böhler mußte an das Taschenmesser denken und schloß einen Augenblick die Augen. Wie sollte er diese schreckliche Wunde versorgen?

»Haben wir Gips?« fragte er leise.

»Jawohl, Herr Stabsarzt«, der Sani war bleich, »aber keine fertigen Gipsbinden.«

»Können Sie mit Mullbinden Gipsbinden herstellen?«

»Ja«, antwortete der Mann, »das kann ich.« Er war stolz.

»Also, dann los, Mann, was stehen Sie noch hier. Streuen Sie ein Dutzend Binden ein und machen Sie viel heißes Wasser, aber schnell, schnell.«

Der Sanitäter rannte eifrig davon.

Die vier Träger sahen den fremden Plenni vor sich erstaunt an. Sie legten die Zeltplane mit dem jammernden Verwundeten auf ein leeres Bett und wischten sich dann den Schweiß aus ihren staubigen Gesichtern. Wo sie sich mit dem Handrücken trockneten, hinterließ der Schweiß große helle Flecken auf der schmutzverkrusteten Haut.

»Wer bist du denn?« fragten sie. »Ein Arzt?«

»Ja.« Böhler untersuchte den zerfetzten Fuß. »Ich heiße Dr. Böhler.«

Die vier schauten sich verblüfft an. »Wir kommen aus dem Lager 16, hinter dem Wald. Bei den Sümpfen. Ein Dreckloch, Herr Doktor. Wir hörten schon, daß hier ein Arzt sein soll und haben den Karl hergeschleppt. Drüben bei uns geht er ja doch ein. Wir wollten's gar nicht glauben, daß hier ein Arzt ist, und haben uns gesagt: Bringen wir den Karl nach 12. Ist's wahr, hat er Glück, ist's nicht wahr, geht er in 12 genauso vor die Hunde wie in 16!« Der Sprecher, ein langer, dürrer Kerl, dessen dicker Adamsapfel beim Sprechen immer auf und nieder hüpfte, sah Dr. Böhler aus glänzenden Augen an. »Und nun ist's doch wahr . . .«

»Der Kerl hat viel Blut verloren, Jungs«, sagte Böhler zu ihnen. »Und er kann Starrkrampf bekommen. Ich habe nichts hier als ein bißchen Verbandszeug und meine Hände . . .«

Der Sanitäter kam in den Raum. Er hatte die Gipsbinden und Verbandszeug in der Hand. Einer der Malariakranken trug eine Blechschüssel mit kochendheißem Wasser hinterher.

Dr. Böhler nahm sich die Männer beiseite, die den Verwundeten gebracht hatten.

»Es wird schlimm werden«, flüsterte er ihnen zu, »ich habe nichts, um ihn zu narkotisieren. Ihr müßt ihn ganz fest halten. Es wird wahnsinnig weh tun, aber er stirbt fast sicher an einer Infektion, wenn ich die Wunde nicht reinige. So, jetzt haltet ihn.«

Die Männer traten neben den Tisch und legten die Hände an den Verletzten. Noch packten sie nicht fest zu, denn der Kranke war ganz seinem Schmerz hingegeben und kümmerte sich nicht um sie.

Dr. Bühler trat heran und wies den Sanitäter an, wie er den Fuß zu halten habe. Der Kranke schrie wild auf, als der Arzt den Fuß mit heißem Wasser zu waschen begann. Er versuchte um sich zu schlagen, und die Männer packten zu. Sie mußten alle Kraft anwenden, um ihn zu bändigen.

Böhler arbeitete blitzschnell. Mit einem Schnitt des Messers amputierte er eine Zehe, die an der Wurzel schon zum größten Teil abgerissen war. In Windeseile schnitt er die Hautfetzen an den Wundrändern ab — aber es ging immer noch zu langsam. Der Verletzte brüllte auf vor Schmerz und versuchte, den Händen seiner Peiniger zu entkommen.

»Laßt mich in Ruhe, ihr Schweine«, schrie er, und »mein Gott, das ist nicht auszuhalten!«

Die Männer, die ihn hielten, zitterten. Nahm das denn nie ein Ende . . .

Böhler preßte den Fuß mit einer Hand zusammen und wickelte mit der anderen in Sekunden den Verband darum. Der Sanitäter half, so gut er konnte. Was wie eine Stunde schien, hatte knapp zwei Minuten gedauert. Dr. Böhler legte dem Verwundeten die Hand auf die Stirn.

»Es ist alles vorbei«, sagte er tröstend, »und bald tut's auch nicht mehr weh. Aber ich mußte es tun, nicht wahr, das verstehst du doch?«

Dem Verwundeten standen große Tränen in den Augen. Wortlos griff er nach der Hand des Arztes und drückte sie . . .

Zum Abschluß tauchte Böhler die Gipsbinden in kaltes Wasser und umwickelte damit den verletzten Fuß. Zuletzt lag dieser völlig in einem Gipsverband.

»Da müssen wir nachher, wenn der Gips hart geworden ist, oben und unten ein Fenster hineinschneiden, damit die Wunde freiliegt. Vielleicht treiben wir irgendwo etwas Scherenartiges auf. Wenn nicht, muß es mit dem Messer gehen.«

»Jawohl, Herr Stabsarzt«, sagte der Sanitäter, und in seinen Augen lag uneingeschränkte Bewunderung.

Im Hauptlazarett focht unterdessen Dr. von Sellnow einen Kampf gegen den politischen Kommissar Wadislaw Kuwakino und Leutnant Piotr Markow aus. Es ging um den noch immer im Lazarett liegenden Hans Sauerbrunn, den Kuwakino jetzt abholen wollte, um ihn nach Moskau zu schleifen.

Sellnow hätte diesen Kampf nie gewonnen und nie zu führen gewagt, wenn er nicht die plötzliche, erstaunliche Unterstützung der Kasalinsskaja bekommen hätte. Sie sagte »njet« zu Kommissar Kuwakino und schrieb den Gefreiten Sauerbrunn nicht transportfähig.

»Ein kleiner Schlag nur!« schrie Kuwakino. »Wie kann eine Ohrfeige so krank machen?!«

Alexandra zog die schwarzen Augenbrauen hoch. Ihr hochmütiges Gesicht machte Leutnant Markow wild, aber er beherrschte sich, weil Major Worotilow neben ihm stand. »Eine kleine Ohrfeige?« sagte die Kasalinsskaja. »Soll ich Ihnen einmal das Nasenbein einschlagen lassen?«

Wadislaw Kuwakino wurde weiß. Er zitterte vor Erregung und sah Major Worotilow an. »Helfen Sie mir doch«, sagte er stockend.

»Ich bin Kommandant des Lagers . . . die Verantwortung für die Gesundheit tragen die Ärzte.«

»Aber ich muß Hans Sauerbruch nach Moskau bringen!« schrie Kuwakino.

»Der Mann heißt Sauerbrunn.« Sellnow blätterte in den Gefangenenpapieren. »Er ist auch so im Soldbuch eingetragen gewesen.«

»Alles gefälscht. Wenn Moskau sagt, er heißt Sauerbruch, dann heißt er Sauerbruch!«

»Wie schade, daß man dich in Moskau nicht Rindvieh nennt«, brummte Sellnow. Die Kasalinsskaja trat ihm unter dem Tisch auf den Fuß. Leutnant Markow schnaubte durch die Nase und ballte die Fäuste.

Der Kommissar wischte sich den Schweiß von der Stirn.

»Ich nehme ihn auch mit kaputtem Nasenbein mit nach Moskau. Ich übernehme allein die Verantwortung! Aber er m u ß nach Moskau.«

»Njet!« sagte die Kasalinsskaja.

Leutnant Markow lachte ironisch. »Genossin Kasalinsskaja hat die Deutschen liebengelernt«, sagte er anzüglich. »Oder täusche ich mich, daß sie öfter als sonst ins Lager 12 fährt?«

»Es geschieht auf meinen Wunsch«, fiel Major Worotilow steif ein. Leutnant Markow machte ein dummes Gesicht und schwieg verbissen. Sellnow betrachtete die Kasalinsskaja von der Seite und fing ihren Blick auf. Er war voller Triumph — und er grübelte, warum sie sich so einschneidend geändert hatte und was sie veranlaßte, gegen ihre Art ihm zur Seite zu stehen.

»Ich werde das nach Moskau melden«, drohte Wadislaw Kuwakino. Seine Stimme schwankte.

»Bitte.« Alexandra hob die Schulter.

Mit einem Fluch ließ Kuwakino die Gruppe stehen und entfernte sich allein zur Kommandantur. Leutnant Markow und — etwas langsamer — Major Worotilow folgten ihm.

Sellnow kratzte sich den Kopf und sah Alexandra verwundert an.

»Warum hast du das getan?« fragte er. »Sauerbrunn ist doch transportfähig. Das weißt du so gut wie ich.«

»Allerdings.« Sie lächelte ihn an. Zwischen ihren vollen Lippen leuchteten die blendendweißen Zähne. »Ich tat es nur aus Haß zu dir . . .«

»Aus Haß?« Sellnow lachte. »Mein Liebling, ich bin ergriffen . . .«

»Das kannst du.« Die Kasalinsskaja drehte sich schroff um. Über die Schulter hinweg sagte sie: »Ich werde Sauerbrunn morgen, wenn Kuwakino weg ist, arbeitsfähig schreiben. Für die Wälder . . .«

Erstarrt blieb Sellnow stehen. Sein Blick folgte ihrem beschwingten Schritt, als sie zur Baracke schlenderte.

»Du gottverdammtes Aas«, sagte er leise. »Man sollte dich erwürgen, wenn die Nacht für dich am schönsten ist . . .«

Am nächsten Morgen fuhr Alexandra Kasalinsskaja mit dem Jeep nach Lager 12.

Sie war in der Nacht nicht erwürgt worden, aber auch Hans Sauerbrunn wurde nicht arbeitsfähig geschrieben.

Julius Kerner, der unermüdliche Organisator der Baracke und des ganzen Blocks, hatte eine neue Geldquelle für die Plennis erschlossen: Aus Lederresten, die eine Gruppe Arbeiter aus einer Schuhfabrik mitbrachte, fertigte man in den Abendstunden kunstvolle Sandalen, Pantoffeln, Portemonnaies und Brieftaschen an, auch Blumen zum Anstecken, die einen hohen Preis bei den Wachmannschaften erzielten und vor allem für die Bauernmädchen gekauft wurden, die den Soldaten die dienstfreie Zeit versüßten. So kam die Baracke schnell in den Besitz von 400 Rubel und erteilte dem in Stalingrad-Stadt arbeitenden Peter Fischer den Auftrag, eine Trompete zu kaufen.

Leutnant Piotr Markow verlor fast seine Mütze und seine Beherrschung, als er eines Abends nach dem Zählappell lautes Trompetengeschmetter über den Lagerplatz hallen hörte. Der Trompeter von Säckingen tönte auch noch, als er schreiend aus der Wachstube rannte. Dann war es still im Lager, und Markow stand einsam auf dem großen Appellplatz.

»Wer hier blasen?!« schrie er. »Wer hier Trrompette?!«

Dann riß er seine Pfeife aus der Tasche und ließ sie in den Abend schrillen. Der Ton wurde in den Baracken weitergegeben ... außerordentlicher Appell ... alles antreten auf dem Platz ...

»Ich euch kriggen, Hunde!« schrie Markow. »Ich euch kleinkriggen!«

Von den Baracken, aus den Blockstraßen, rannten die Gefangenen herbei. Tausende Füße trappelten. Staub wirbelte auf. In Blocks angetreten, standen sie dann auf dem weiten Platz, Männer, in Hemdsärmeln, in zerrissenen Hosen, verhungert und müde ... Piotr Markow musterte sie und schnalzte mit der Zunge.

»Ihr hier stehen, bis ich gefunden Trompette!« schrie er. Dann winkte er vier Soldaten und begann, die Baracken systematisch zu durchsuchen. Er fing mit der Baracke Julius Kerners an und durchwühlte alles, was in ihr war — die Betten, die Spinde, die schmutzige Wäsche, den Waschraum, die Latrine ...

Nichts!

Die nächste Baracke ... die übernächste ...

Drei — vier — sieben — zehn Baracken ...

Nichts.

Nach einer Stunde Stehen wurde der Appell abgeblasen, die Gefangenen strömten in die Baracken zurück. Ruhe lag wieder über dem Lager.

Als sich der Staub, den die Gefangenen in dichten Wolken aufgewirbelt hatten, wieder legte, erschütterte ein helles Schmettern die Luft.

Die Trompete ...

In seinem Zimmer saß Leutnant Piotr Markow mit verzerrtem Gesicht und hieb mit geballten Fäusten wild auf den Tisch.

Er weinte vor Wut.

Im Lager 12 saß Dr. Kasalinsskaja am Bett des Verletzten und betrachtete den aufgespaltenen Fuß. Wie Dr. Böhler befürchtet hatte, stellte sich Fieber ein, und die Wunde eiterte.

»Wollen Sie auch den gesund schreiben?« sagte Dr. Böhler, nachdem sich die Kasalinsskaja erhoben hatte. »Mit den Händen kann er arbeiten, wenn Sie ihn an die Bäume rollen lassen ...«

»Sie müssen den Fuß amputieren«, antwortete Alexandra kühl.

»Und nur, weil das ganze Sanitätswesen des Lagers restlos versaut ist«, sagte Dr. Böhler bitter. »Wir machen diesen armen Kerl für den Rest seines Lebens zum Krüppel, weil ihr Russen, die Sieger, ihr mit dem großen Geschrei vom Menschenrecht, den Menschen derart mißachtet. Den armen, hilflosen, getretenen, gefangenen Menschen . . .«

»Wenn Sie weitersprechen, schlage ich Ihnen mit der Reitpeitsche ins Gesicht«, sagte die Kasalinsskaja eisig. »Der Mann kommt sofort ins Hauptlager. Dort wird Sellnow ihn versorgen.«

Dr. Böhler steckte sich eine der Zigaretten an, die Dr. Kasalinsskaja ihm bei ihrem letzten Besuch dagelassen hatte. Genießerisch inhalierte er den Rauch.

»Ich habe noch etwas für Sie.« Er reichte ihr eine Liste hin. Sie nahm widerstrebend das Stück Papier und blickte darauf nieder.

»Was soll ich damit?« fragte sie unwirsch.

»Es sind die Namen von siebenunddreißig Gefangenen dieses Lagers«, sagte Dr. Böhler ironisch. »Diese Männer haben sich im vorigen Sommer eine Malaria zugezogen, und die Plasmodien leben jetzt in ihren Milzen und ihren retikuloendothelialen Systemen – wenn Sie davon schon mal gehört haben sollten — und werden demnächst wieder ausbrechen. Diese siebenunddreißig Gefangenen müssen schleunigst hier weg, nicht nur um ihrer selbst willen, sondern auch der anderen Gefangenen wegen, übrigens auch Ihrer Leute wegen. Jeder Mückenstich kann hier Malaria bedeuten — ich hoffe doch, Sie wissen, was das heißt . . .«

Die Kasalinsskaja drehte sich um und verließ schnell den Raum. Auf der Treppe der Baracke holte Böhler sie ein.

»Wo wollen Sie denn hin?« fragte er.

Sie schüttelte seine Hand ab. »Zurück ins Lager«, fauchte sie.

Er ließ sich nicht beirren. »Sie nehmen die Liste mit!« drängte er.

»Nein!«

»Doch, ganz bestimmt. Und Sie werden die Liste Dr. Kresin zeigen und ihm mitteilen, was sie zu bedeuten hat. Wir können nicht alle Gefangenen mit Malaria verseuchen lassen.«

»Der Krieg war ein Verbrechen an der Menschheit«, schrie sie ihn an. »Die Gefangenschaft ist seine gerechte Sühne.«

»Warum sträuben Sie sich, Alexandra?« Bei der Nennung ihres Vornamens fuhr die Ärztin herum. Nacktes Erstaunen und hüllenlose Angst standen in ihren Augen. Sie atmete heftig.

»Immer stehen Sie gegen uns Deutsche, immer ist Ihr Njet wie ein Todesurteil — aber hinterher überraschen Sie uns mit einer nie geahnten Liebenswürdigkeit. Warum sträuben Sie sich vorher immer? Haben Sie Angst vor Ihrem Herzen, Alexandra?«

Die Ärztin schloß einen Moment die Augen. Über ihr schönes, volles, tierhaft-lockendes Gesicht flog der Schimmer einer Röte. Dann hatte sie wieder Gewalt über sich, wandte sich ab und stapfte durch den Staub davon.

Erst als sie im Jeep saß und durch die Schneise ratterte, vorbei an den arbeitenden Kolonnen, die ihr haßerfüllt nachsahen, wischte sie sich über die Augen. Ihr Handrücken war feucht, als sie ihn am Rock abstreifte.

Mein Herz, dachte sie. Wer hat jemals nach meinem Herzen gefragt? Meine Eltern nicht ... meine Lehrer nicht ... Karlow nicht, der mich in Kasan vergewaltigte, als ich 17 war ... Iwanow nicht, Peter, Julian, Serge und wie die Männer hießen ... Werner nicht ... Keiner, keiner ... mein Herz?

Was weiß Dr. Böhler von meinem Herzen? Sah er es? Erkennt er es ...? Würde er es finden?

Aus dem Wachhaus des Lagers 12 trat der Feldwebel und hatte beide Arme vollbeladen. Er legte die Pakete auf den Tisch vor Dr. Böhler und nickte.

»Woher?« fragte der Arzt erstaunt.

»Von Genossin Ärztin.« Der Russe grinste breit. »Es ist alles dabei, was Sie sich gewünscht haben ... Verbandzeug ... Spritzen ... Nadeln ... Scheren ... Narkosemittel ... Medikamente ... alles ...«

Dr. Böhler legte die Hände auf die Pakete und sah hinaus aus dem Fenster auf den Wald.

In der Schneise lag noch der Staub des Wagens in der Luft.

ZWEITES BUCH

Der erste Schnee lag über den Wäldern der Steppe.

Von Sibirien, über den Ural und vom Kaspischen Meer her fluteten die kalten Winde über die Ebene der Wolga. Der Don begann schon zuzufrieren. In der Nacht heulten die Wölfe und strichen um die Höfe der Kolchosen.

Im Lager 5110/47 wurden die Wintersachen ausgegeben. Steppjacken, Fellmützen, Filzstiefel, dicke Fußlappen, gesteppte Hosen und Pelzhandschuhe. Von den Wäldern des Lagers 12 kamen große Transporte mit Holz über die verharschte Straße. Ein Teil der Fenster in den Baracken wurde mit Papier verklebt und die Ritzen mit Lehm ausgeschmiert. Man kannte die Stürme und die eisige Kälte, man hatte sie erlebt ohne Schutz. Mit einfachen Sommermänteln und dünnen Wollhandschuhen ging man in die Gefangenschaft und lag in Haufen zusammen, um sich gegenseitig zu wärmen.

Mit dem ersten Schnee wurde auch das Gesicht Janinas wieder blaß. Sie war in den letzten Monaten voller geworden — aber in ihren Augen stand noch immer die Qual der Krankheit und das Wissen um ein zu kurzes Leben.

Sellnow war dem Wunsch Dr. Böhlers zufolge in das Außenlager Stalingrad-Stadt versetzt worden und betreute dort die Bau- und Fabrikarbeiter. Alexandra hatte diese schnelle Versetzung mit Verbissenheit und Trotz ertragen. Sie stellte ihren Haß auf Major Worotilow um und ließ ihn stehen, wenn er sie ansprach, oder verließ den Raum, wenn er in ein Zimmer trat. Dr. Kresin sah es mit Stirnrunzeln und schüttelte den Kopf.

Der Oberfähnrich war schon entlassen. Er lebte in einer Baracke in Block 17 und wurde mit leichter Lagerarbeit beschäftigt. Außerdem war er der Regisseur eines kleinen Theaterstückes, das ein Plenni geschrieben hatte und das als Weihnachtsüberraschung in der großen Saalbaracke aufgeführt werden sollte. Julius Kerner hatte in diesem Stück ein Trompetensolo übernommen und übte es mit Ausdauer und Energie jeden Abend, wenn Leutnant Markow seine Dienstrunde machte. Da diese Übungen mit der ausdrücklichen Genehmigung Major Worotilows stattfanden, hatte Markow keinen Anlaß zum Eingreifen und sah nur von der Tür aus mit verzerrtem Gesicht, wie Kerner mit geschlossenen Augen an seiner Trompete hing und ihr die höchsten und grellsten Töne entlockte. Karl Georg hatte seinen Garten mit Tannenzweigen abgedeckt, die Stauden ausgegraben und in seinem Spind verwahrt und hoffte auf einen schönen Sommer im nächsten Jahr.

Vielleicht einen Sommer in der Heimat?

Sie dachten alle daran . . . die Hoffnung gab ihnen Kraft, ihr Los zu tragen, aber sie sprachen wenig darüber, weil ihre Augen dann traurig wurden und das Herz schwer vor Sehnsucht und Heimweh. Man informierte sich in der Stille bei den Ärzten, die den besten Kontakt mit der Lagerleitung hatten, und man erfuhr, daß zu Weihnachten 1948 Transporte in die Heimat gehen sollten ... vor allem Kranke und Arbeitsunfähige.

Peter Fischer und Karl Eberhard Möller hatten eine erregte Aussprache mit den anderen Kameraden ihrer Baracke. Sie fand an einem Abend statt, nachdem Piotr Markow schon das Lager kontrolliert hatte und die Nachtposten auf den Türmen standen. Vor den Baracken lag Neuschnee, weiß, samtweich, den Schritt aufsaugend. Der Himmel war klar. Über den Wäldern glitzerten die Sterne wie vereiste Blumen.

»Angenommen wir treten der KP bei«, sagte Peter Fischer und sah sich im Kreise um, »dann werden wir schnell entlassen!«

»Daß ich dir gleich in den Arsch trete, du Mistsau!« schrie Karl Georg von seinem Bett herüber. »Hast du die Schnauze vom Kommunismus noch nicht voll?!«

»Ich sage doch bloß — angenommen!« Peter Fischer hob beide Hände. »Wenn wir dann in der Heimat sind, können wir ja wieder austreten ...«

»Denkste!« Emil Pelz, der Sanitäter, drehte sich eine Machorka. »Wenn die uns mal haben, behalten se uns! Det kenn ick! Zuerst kommste nach Moskau zur Schulung. Da wirste 'n guter Kommunist. Dann kommste in die Russenzone und darfst nach der Pfeife der Politmänner tanzen. Und wennste nicht mehr willst, polier'n se dir de Fresse, det de nicht mehr kieken kannst! Nee ... denn lieber noch 'n Jahr ...«

»Es wird diesen Winter weniger zu essen geben, habe ich gehört«, warf Möller ein.

Die Nachricht wirkte lähmend. Essen ... das war die Hauptsache. Solange man kauen konnte, war das Leben erträglich. Erst mit dem Hunger stellte sich die Verzweiflung ein, der Zusammenbruch, das schreckliche Ende.

»Wer sagt denn das?« zweifelte Julius Kerner.

»Der Küchenbulle, der Pjatjal! Er hat schon seine Zuteilungsliste für den Winter bekommen! Pro Mann nur einen Liter Suppe am Tag! Vierhundert Gramm Brot!«

»Das frißt ja kein Hund«, schrie Karl Georg.

»Der Hund von Worotilow lebt besser. Der kriegt Fleisch. Habe ich selbst gesehen«, sagte Peter Fischer.

»Und wir müssen der Bascha in den fetten Hintern kneifen, um ab und zu einen Löffel Fett zu bekommen!« Julius Kerner sprang von seinem Bett herab und setzte sich an den Tisch. »Wie war das noch mal, Peter? Die in der KP sind, die werden schneller entlassen. Ist das wahr?«

»So heißt es ...«

Kerner sah sich kopfkratzend im Kreise um. »Jungs, man sollte sich das überlegen. Die eigene Haut ist wertvoller als ein dusseliges Parteibuch. Das kann man verbrennen ... aber die eigene Haut bleibt! Und warum sollen wir nicht Stalin loben, wenn wir dafür mehr zu fressen kriegen und schneller zu Muttern kommen? Was später ist ... Jungs, das wird sich zeigen! Das wird sich alles einspielen. Erst laßt uns mal in Deutschland sein und uns richtig 'rausfressen. Dann sieht die Welt anders aus, und wir dazu! Was wissen wir, wie es in Deutschland zugeht? Ich habe es zuletzt 1942 gesehen!

Im Frühjahr! Da hatt' ich Genesungsurlaub. Nach Stalingrad schrieb mir dann meine Else, daß sie schwanger ist ... dann war alles aus ... Ich weiß nicht mal, ob es ein Junge oder ein Mädchen geworden ist.«

Karl Georg sah an die Decke. In seinen Augen spiegelte sich die Heimat ... Die Rhön ... das weite, wellige Land mit den glitzernden, lautlosen, riesigen Vögeln unter dem blauen Himmel ... die Wasserkuppe ... Die Winde des Drahtseiles knirscht ... Das Segelflugzeug hebt sich empor ... es schwebt in den Aufwind ... Wie ein Silberpfeil gleitet es durch die Luft ...

»Wir lagen unter einem Holunderbusch, das letztemal«, sagte Karl Georg leise. »Es war der letzte Tag des Urlaubs. Und gestöhnt hat sie ...«

»Halt die Fresse!« sagte Kerner gequält.

Karl Eberhard Möller legte sich halb mit dem Oberkörper über den Tisch. Seine Augen waren verschleiert, der Blick irrte von einem zum anderen.

»Sollen wir uns alle melden?« fragte einer stockend.

»Wir alle geschlossen?«

»Zur Kommune?«

»Ja. Vielleicht werden wir alle entlassen! Kinder ... wir könnten Weihnachten in der Heimat sein! Unterem Weihnachtsbaum. Ich habe zwei Kinder ... sie müssen jetzt sieben und zwölf sein! Zwei MädchenI Ich werde am Klavier sitzen, und die beiden Gören und meine Trude, die singen. Die Kerzen brennen und knistern ... es riecht nach Tannen und Kuchen, Nüssen und Marzipan. Die Glocken läuten ...«

»Aufhören«, schrie Julius Kerner. »Auf-hören!« Er preßte beide Hände an die Ohren, über sein eingefallenes Gesicht zuckte es wie im Fieber. »Ich kann es nicht hören! Halt die Schnauze, Kerl ...«

Peter Fischer kaute an der Unterlippe, sein Gesicht war weiß. Er sprang auf und hieb mit der Faust auf den Tisch.

»Das Leben ist so und so doch nur noch Scheiße! Ich trete der Kommune bei! Ich gehe zum Major und melde mich ...«

Julius Kerner nickte. »Ich gehe mit.«

»Mit oder ohne Trompete?« schrie einer aus der Ecke.

Man lachte. Es war eine Erlösung, eine Befreiung ... Man lachte schrill und ausgelassen und hieb Kerner auf die schmalen Schultern.

»Nimm sie mit, Julius«, rief einer. »Dann kannste ihnen die Internationale auf Herms Niel blasen!«

Dr. Böhler saß bei der Kasalinsskaja im Zimmer und sah die Berichte der einzelnen Sanitätsstationen der Außenlager durch, als Dr. Sergej Basow Kresin eintrat und sich lachend an den Türrahmen stellte.

Er schien voller Humor und Frohsinn zu sein, er bebte förmlich vor Witz. »Ihre Landsleute sind herrlich!« schrie er voller Vergnügen. »Sie sind die Zukunft Europas!« Er prustete wie ein badender Elefant und setzte sich massig auf einen der herumstehenden Stühle. »Heute morgen haben sich drei Baracken geschlossen beim Major gemeldet.«

»Krank?« fragte die Kasalinsskaja.

»Nein! Zum Eintritt in die Kommunistische Partei!«

Dr. Böhler sah von den Papieren auf. Sein langes, schmales Gesicht war ausdruckslos. »Das ist ein Scherz, Doktor Kresin.«

»Gehen Sie doch hin zu Worotilow. Er zeigt Ihnen die lange Liste der neuen Weltrevolutionäre! Übrigens« — er gluckste vor Vergnügen — »Ihr Sanitäter Nummer 1 ist auch dabei.«

»Emil Pelz? Unmöglich!«

»Sagen Sie nicht unmöglich, wenn er unterschrieben hat! Mit ihm die ganze Musterbaracke ... der Gärtner, der kühne Trompeter, der versehentliche Sohn Sauerbruchs ... sie alle.«

Dr. Böhler erhob sich. Seine Blicke kreuzten sich mit denen Alexandras. Er las in ihnen Schadenfreude und einen stillen Triumph. Sie wird immer eine Russin bleiben, dachte er. Nichts wird sie ändern ... keine Liebe, kein Schmerz, kein seelischer Schock ... Sie gehört zu Rußland wie die Wolga und der Don, der Ural, die Taiga und die Tundra ...

»Waren Werber im Lager?« fragte er, nur um etwas zu sagen.

»Nein, o nein.« Kresin wieherte. »Wir werben durch Taten! Hunger erzeugt klare Köpfe! Wer nichts zu fressen hat, wird vernünftig! Das ist das ganze Geheimnis vom fruchtbaren Acker des Kommunismus. Je mehr Elend in der Welt, um so stärker die Partei! Satte Mägen revolutionieren nicht!«

»Und was wird nun mit diesen Männern?«

»Worotilow muß sie an die Zentrale nach Moskau melden. Dann wird ein Kommissar kommen und sie sich ansehen, ob sie auch würdig sind, die Idee von Marx zu vertreten. Sind sie es, so kommen sie weg aus dem Lager.«

»Wohin?«

»Das weiß ich nicht.« Kresin zuckte mit den Schultern und grinste. »Auch der gefangene deutsche Kommunist bleibt ein gefangener deutscher Soldat! Ehe wir ihn laufen lassen, müssen wir die Gewähr haben, daß er in seiner Heimat auch das bleibt, was er uns hier verspricht. Wir werden nur kleine Gruppen zurückschicken ...«

»Und wenn er in Deutschland abfällt?!«

Dr. Kresin wurde ernst und sah zu Boden. »Sie werden es nicht können. Man sagt ihnen, daß ein Abfall ihre zurückgebliebenen Kameraden treffen wird ... nicht sie! Alle, die mit den Abgefallenen kamen, werden dann in ein Straflager verlegt ...«

Dr. Böhler sah Dr. Kresin erstaunt an. »Man scheint in Rußland viel vom deutschen Ehrgefühl zu halten ...«

»Äußerst viel, Doktor! Die Geschichte hat uns gezeigt, daß der Kommunismus am kommunistischsten in Deutschland war. Das werden wir nie vergessen, wenn wir die Aufmarschbasis für den Sturm auf Europa ausarbeiten ...«

»Sie sprechen wie Worotilow«, sagte Dr. Böhler verblüfft.

Kresin zuckte mit den Schultern.

»Wundert Sie das?« Er lachte sarkastisch. »Wir Kommunisten haben doch ein Einheitsgehirn ...«

Dr. Schultheiß trat ins Zimmer. In seinem Gesicht stand Sorge. Er sah erst Dr. Böhler an, dann wanderte sein Blick zu den beiden russischen Ärzten.

»Janina hat nach drei Monaten wieder Auswurf«, sagte er. »Leichte Temperatur und Nachtschweiß.«

Die Kasalinsskaja lachte höhnisch auf. »Kein Bock ist ein sanfter Liebhaber . . .«

Dr. Schultheiß schwieg verbittert. Er wußte, daß Janina in der vergangenen Nacht bei Worotilow gewesen war. Er hatte wach gelegen und sich vor Eifersucht hin und her gewälzt, in die Decke gebissen und vor sich hingewimmert wie ein hysterisches Mädchen. Am Morgen war er dann an ihr Bett getreten und hatte ihr sofort die Verschlimmerung angesehen.

»Sie müssen wieder liegen, Janina«, hatte er in ärztlichem, unpersönlichem Ton gesagt. »Sie waren töricht und ungehorsam und haben jetzt die Folgen zu tragen. Wenn Sie so weitermachen, hilft keine Kur, und Sie werden nach einem Blutsturz sterben!«

»Du bist roh, Jens«, hatte Janina leise geklagt. »Warum bist du so roh . . .?«

»Sie haben meine Verordnungen nicht befolgt, Janina.«

»Ich hatte Sehnsucht, Jens. Ich konnte nicht anders . . .«

»Jeder Mensch hat die Kraft, sich zu bezwingen. Wir sind doch keine Tiere . . .«

Janina hatte die Augen geschlossen. »Ich doch, Jens, ich doch . . . Ich bin ein Tier . . .«

Plötzlich hatte sie in seinen Armen gelegen, ein Hustenanfall durchschüttelte ihren zarten Körper.

Er hatte sie vorsichtig zurückgebettet und die Decken über sie gebreitet. Ihre Brust atmete schnell, der Puls jagte. Schweiß brach aus den Poren, klebriger, kalter, kranker Schweiß.

Dr. Schultheiß war aus dem Zimmer und zu Dr. Böhler gerannt.

Die Kasalinsskaja stand auf und strich sich die Haare aus der Stirn.

»Schlimm?« fragte sie.

»Sie war sehr erregt. Das hat sie völlig erschöpft. Es wäre gut, wenn sie den Winter über in den Süden reisen könnte.«

Alexandra blickte Dr. Schultheiß von der Seite an. In ihren Augen stand Erstaunen und Verständnislosigkeit.

»Sie soll weg von hier?« Von Ihnen, wollte sie sagen, aber sie bezwang sich wegen der Anwesenheit von Dr. Kresin.

Dr. Schultheiß nickte. »Es wäre besser, für alle . . .«

»Ach so.«

Dr. Kasalinsskaja verließ das Zimmer und ging hinüber zur Lungenstation. Als sie das Zimmer Saljas betrat, lag Janina schräg unter den Decken. Ihre nackten Beine hingen im kalten Luftzug des geöffneten Fensters. Die Schultern waren wie Eis. Sie war besinnungslos.

Die Stimme der Kasalinsskaja gellte durch den Flur.

»Dr. Böhler!«

Nach zwei Minuten rannte Dr. Kresin wie ein Büffel über den Platz der Kommandantur. Seine Füße warfen den Schnee hoch in die kalte Luft.

Blinder Zorn tobte in ihm.

Er hatte sich vorgenommen, Worotilow zu Boden zu schlagen.

Das Außenlager Stalingrad-Stadt war in einer leeren Fabrikhalle untergebracht und umfaßte mit allen Außenkommandos 567 Mann. Hinzu kamen 45 Offiziere, die getrennt in einem Steinhaus lebten und von denen keiner sagen konnte, was sie hier in Stalingrad machten, ob und wo sie arbeiteten und wie es in dem Lagerhaus, das ihnen zugewiesen war, aussah. Nur Dr. von Sellnow pendelte zwischen Mannschafts- und Offizierslager hin und her und baute seine Sanitätsstube zu einem leistungsfähigen Revier aus. Er erhielt dabei die Unterstützung des Distriktarztes Dr. Kresin, der ihm die nötigen Ausstattungen zuwies. Die 567 Mann arbeiteten alle in der Fabrik »Roter Oktober«. Es war eine Stahlschmiede riesigen Ausmaßes, die neben Panzern auch Ackerschlepper, Kanonenrohre und Schiffsstahlplatten herstellte. Entstanden aus einem riesigen, unübersehbaren Gewirr von verbogenen Stahltrümmern, war die Fabrik der Stolz Stalingrads geworden, ein Wahrzeichen des Aufbaues, eine Demonstration des Lebenswillens gegen die Zerstörung. Daß gerade in der Fabrik »Roter Oktober« deutsche Kriegsgefangene und russische politische Häftlinge arbeiteten, war eine Angelegenheit des Prestiges, wie etwa die Unterzeichnung des Waffenstillstandes mit Frankreich 1940 in dem gleichen Salon-Eisenbahnwagen stattfand, in dem in Compiègne 1918 die deutsche Niederlage unterschrieben wurde. So war die Fabrik »Roter Oktober« 1943 der heißumkämpfte Mittelpunkt und das letzte Bollwerk der deutschen Truppen in Stalingrad gewesen, aus den Trümmern und unübersehbaren Eisenhaufen und Kellern schlug den Russen bis zuletzt das Feuer der 6. Armee entgegen. In den Gewölben unter den Hallen lagen Tausende von Verwundeten. Dort standen auch Dr. Böhler, Dr. von Sellnow und Dr. Schultheiß an den Tischen und operierten tage- und nächtelang, während die Mauern von Einschlägen schwankten.

Heute ist »Roter Oktober« wieder eine riesige, modern aufgebaute Fabrik mit einem Wald rauchender Schlote, hellen, gläsernen Montagehallen und einer großen Kantine, einem eigenen Werktheater, einem Kindergarten, einem Schwimmbad und einer Bibliothek mit allen Werken des Kommunismus. Sie ist eine Burg des Glaubens an die Zukunft, ein pulsierendes Herz der Revolution . . . eine Kraftquelle des Ostens gegen den Westen.

Das Blut, das durch dieses Herz strömt, sind die deutschen Plennis und russischen Strafgefangenen, die sie aufbauten. Deutsche und amerikanische Architekten und Ingenieure, Konstrukteure und Statiker stehen in den großen Zeichensälen an den Reißbrettern und planen und bauen. Deutsche Arbeiter hocken an den Drehbänken und stehen in den Gießereien, an den Walzstraßen und Bohrern. Man murmelt sogar, daß der bis heute unsichtbare Chef des Werkes, der Dipl.-Ing. Dr. Piotr Wernerowski, ein Deutscher ist, Peter Werner aus Chemnitz. Niemand hatte bisher Dr. Wernerowski gesehen — auch Dr. von Sellnow nicht, nur unter den wöchentlichen Kampfparolen für die Kader der Arbeiterschaft stand sein Name — Dr. P. Wernerowski, eine typisch deutsche, in lateinischen Buchstaben gehaltene Unterschrift.

Das ist das Lager Stalingrad-Stadt. Ein riesiges Herz, eine geballte Riesenfaust, die nach Westen droht. Die Stadt Stalins, an der Deutschland zerbrach.

Dr. von Sellnow stand auf dem Leninplatz vor dem wolkenkratzerähnlichen Parteihaus und blickte an der weißen Fassade empor, die das goldene Emblem von Hammer und Sichel krönte. Vor dem Eingang, zu dem eine riesige Treppe hinaufführte, dessen große Bronzetüren hinter mächtigen Säulen lagen, thronten auf hohen Sockeln Gipsstandbilder von Stalin und Lenin.

Sellnow sah sich zu Dr. Kresin um, der hinter ihm stand.

»Gips ist vernünftig«, sagte er hämisch. »Man kann die Dinger schnell zerkloppen, wenn es mal nötig ist . . .« Er lachte. »Mit Eisen oder Bronze ist das schwieriger. Da weiß man nicht so schnell, wohin damit, und die Köppe rollen dann auf der Erde herum und liegen im Weg.«

Dr. Kresin schnaubte durch die Nase. »Ich bin ein Rindvieh, daß ich ausgerechnet Ihnen Stalingrad zeige. Jeder Idiot wäre dankbarer als Sie!«

Dr. von Sellnow lehnte sich gegen eine der Säulen, die die Kolonnaden des Parteihauses trugen. Er steckte die Hände in die Taschen seiner Lammfelljacke, die man ihm aus alten Militärbeständen gegeben hatte. Sein knochiges Gesicht war von der Kälte gerötet.

»Warum schleppen Sie mich eigentlich durch diese Stadt? Wollen Sie einen Kommunisten aus mir machen?! Das ist ein Versuch am untauglichen Objekt. Was ich vom Kommunismus weiß, genügt mir. Da helfen auch keine weißgetünchten Fassaden.«

Dr. Kresin zog aus der Tasche seiner Pelzjacke, dessen Fell er wie ein sibirischer Bauer nach außen trug, was ihm etwas Bärenhaftes verlieh, eine Schachtel Zigaretten und bot Sellnow eine an. Indem er sie ihm ansteckte, meinte er:

»Was halten Sie davon, ein großes russisches Krankenhaus zu übernehmen?«

»Nichts.«

»Wir suchen gute Ärzte. Amerikanische, englische, französische, indische, Schweizer Ärzte haben wir — warum sollen es nicht auch deutsche Ärzte sein? Ich hatte Zeit, Sie genügend zu beobachten, als Sie bei Dr. Böhler arbeiteten. Sie haben Mut, Sie sind schnell von Entschluß, Sie können etwas. Rußland könnte Sie brauchen.«

Sellnow winkte ab. »Ich bin Kriegsgefangener . . .«

»Das würde sofort geändert! Sie würden ins Zivilverhältnis überführt werden.« Dr. Kresin schnippte die Asche von seiner Zigarette. »Denken Sie an den Fall des Gefreiten Sauerbrunn im vorigen Sommer. Wenn er wirklich der Sohn Sauerbruchs gewesen wäre, würde er jetzt längst frei sein und in Berlin. Wir Russen ehren die Größe des Geistes und wissenschaftliches

Können. Und auch der Arzt ist ein Künstler — er arbeitet an lebenden Objekten.«

Sellnow warf erregt die Zigarette in den Schnee, wo sie, leise zischend, erlosch. Das Papier löste sich durch die Feuchtigkeit auf. Wie ein brauner Fleck lag der Tabak in dem leuchtenden Weiß.

»Das sind ja alles Dummheiten!«

»Wieso Doktor?«

»Ich habe eine Frau und zwei Kinder . . .«

»Wir werden sie hierherkommen lassen. Mütterchen Rußland soll Ihre zweite Heimat werden! Sie werden wie ein Russe behandelt. Sie haben in jeder Hinsicht die gleichen Rechte. Es wird Ihnen an nichts fehlen. Sie erhalten ein eigenes Haus in der Nähe der Klinik, der Staat stellt Ihnen einen Wagen zur Verfügung. Die Bezahlung ist vorzüglich. Ihre Waren bekommen Sie in den staatlichen Kaufhäusern. Sie werden sehen, daß Sie in ein Paradies gekommen sind.«

»Vielleicht in der Kalmückensteppe . . .«

»Wo das Krankenhaus liegen wird, das Sie übernehmen, weiß ich allerdings noch nicht. Wir haben von Moskau nur die Anweisung erhalten, die deutschen Ärzte zu veranlassen, sich zivilisieren zu lassen . . .«

»Nettes Wort, Dr. Kresin.« Sellnow lachte schallend. »Waren Sie schon bei Dr. Böhler?«

»Ja.« Dr. Kresin nahm eine ablehnende Haltung ein. Sein Gesicht verhärtete sich.

»Und was sagte der Chef?«

»Er bleibt im Lager 5110/47!«

»Ach nee! Und warum?«

»Sein ärztliches Gewissen befehle ihm, sagte er, so lange bei seinen Kranken und Verletzten auszuhalten, bis der letzte deutsche Kriegsgefangene entlassen sei und keiner ärztlichen Hilfe mehr bedürfe. Für sein Lazarett ist er der Kapitän, der das Schiff als letzter verläßt.«

Sellnow sah in den fahlen Himmel. Schneewolken drohten. Der russische Winter kam aus Sibirien herüber. Morgen, übermorgen . . . tagelang, wochenlang würde es jetzt schneien und frieren, die Erde würde hart werden wie Beton, und die Plennis würden umfallen in dieser Kälte und sterben mit einem letzten Seufzer auf den dünnen, verhungerten Lippen. Die Lagerlazarette würden sich füllen . . . Erfrierungen . . . Schneeblindheit . . . erfrorene Verletzungen . . . Amputationen . . . Elend . . . lebenslängliches Leid . . Der russische Winter kannte kein Erbarmen.

Sellnow schüttelte den Kopf. »Wie können Sie mich fragen, Dr. Kresin, wenn Ihnen Dr. Böhler schon geantwortet hat.«

»Ich dachte, Sie würden anders denken . . .«

»Ich? Wollen Sie mich beleidigen?! Sie können Rindvieh und Hund, Aas und Saustück zu mir sagen — ich antworte Ihnen mit noch schöneren Worten. Aber meinen ärztlichen Stand und mein ärztliches Gewissen lasse ich mir nicht antasten, und wenn ich dabei vor die Hunde gehen sollte!«

Dr. Kresin sah in die Luft. Um seine Nase hatte sich der Atem zu einer leichten Eisschicht verdichtet.

»Ich dachte dabei auch an Alexandra Kasalinsskaja . . .«

Sellnows Miene wurde starr. Seine Augen verschwanden hinter den Lidern. »Was ist mit ihr?«

»Ich würde sie Ihnen als Oberärztin zuteilen.«

Sellnow winkte ab. »Das wäre mein Ende. Es wäre mein Tod . . .«

»Vergessen Sie nicht, daß wir Ihre Frau und die Kinder nachkommen lassen . . .«

»Dann würde ein Drama daraus werden! Alexandra ist wie eine rassige Stute. Wenn ein Mann sie ansieht, kann er gar nicht anders als sie nehmen. Es ist, als ob die Natur in diesem Falle wieder urhaft würde. Daß Sie mich nach Stalingrad versetzten, Dr. Kresin, empfand ich in den ersten Tagen als das schlimmste Unglück seit meiner Gefangennahme. Ich habe getobt und in der Nacht nach der Kasalinsskaja geschrien. Aber jetzt bin ich froh darüber. Sie haben mich von einer Fessel befreit, die mich erdrückt hätte. Es ist vielleicht das erstemal, daß ich Ihnen für etwas wirklich dankbar bin.«

Dr. Kresin schob die Unterlippe vor. Er sah aus wie ein spuckender Affe. »Sie irren, Doktor. Sie brauchen mir auch heute nicht zu danken. Ihre Versetzung verfügte Major Worotilow seinerzeit auf eindringliches Bitten von Dr. Böhler.«

»Der Chef . . .?« Sellnow sah vor sich hin in den Schnee. Mit den Schuhspitzen vergrub er die aufgelöste Zigarette. »Er hat nie mit mir wegen Alexandra gesprochen . . . aber er hat es gewußt. Dr. Kresin, ich gestehe es: Mir würde etwas im Leben gefehlt haben, hätte ich Dr. Böhler nicht kennengelernt.«

»Das habe ich auch zu Worotilow gesagt . . .«

»Sie auch, Kresin, wirklich?« Er sah erstaunt zu dem großen russischen Arzt auf. »Mein Gott, ich entdecke ja wahrhaftig eine menschliche Seite bei Ihnen . . .«

Dr. Kresin verzog den breiten Mund. Sein Gesicht wurde rot.

»Dann vergessen Sie es schnell wieder, Sie deutsches Schwein«, sagte er knurrend.

Und Sellnow lachte so laut, daß die Leute, die in das Parteihaus gingen, sich erstaunt nach den beiden Männern umblickten.

Dr. Kresin sah Sellnow an. »Gehen wir?«

»Ja.«

»Und mein Angebot?«

Sellnow steckte beide Hände in die Taschen. »Denken Sie einfach, Sie hätten es mir nie gemacht . . .«

Im Lager 5110/47 erschien wieder der politische Kommissar Wadislaw Kuwakino. Er stand eines Morgens vor der Kommandantur im Gespräch mit Leutnant Markow und dem Dolmetscher Jakob Aaron Utschomi.

Durch die Baracken geisterten die Flüsterparolen.

Er kommt wegen der Meldungen zur KP!

Peter Fischer und Julius Kerner sahen hinüber zu Karl Georg, der seit dem Einsetzen des Schneefalls arbeitslos geworden war, seinem Garten nachtrauerte und meistens auf der Pritsche lag und an die Balkendecke döste. Ab und zu ging er zur Latrine und blieb dort über eine Stunde hocken, las in der Prawda, die ihm ein russischer Posten schenkte, und begann seine russischen Sprachkenntnisse zu vervollständigen.

»Der Kommissar ist da«, sagte Kerner unsicher.

»Hm.«

»Du hast dich doch auch gemeldet ...«

»Ja.«

»Jetzt werden wir Kommunisten!«

Peter Fischer lachte gequält. »In der Heimat war ich Scharführer der SA.«

Karl Georg winkte von seinem Bett aus ab. »Danach werden sie nicht fragen. Es geht ihnen darum, daß sie für Deutschland Propagandisten bekommen! Ich habe gehört, daß wir alle nach Moskau und Molotow kommen sollen — auf eine Komsomolzenschule ...«

»Wie heißt das Biest?« fragte Kerner kritisch.

»Komsomolzen. Das ist eine Abkürzung von Kommunistitschewskij sojus molodeschi.«

»Meine Fresse!« sagte Peter Fischer erschüttert.

»Das ist so eine Jugendorganisation wie die HJ. Dort werden die Jungkommunisten ausgebildet und politisch gedrillt. Wenn wir das hinter uns haben, lassen sie uns auf die Menschheit los ...«

»In die Heimat?«

»Nehme ich an ...«

Peter Fischer schlug mit der flachen Hand auf den Tisch. »Dann ist mir alles egal! Ich mache alles mit, wenn es nur nach Deutschland geht ...«

»Komsomolzen«, sagte Julius Kerner sinnend. »Was wird meine Frau sagen, wenn ich als hundertprozentiger Kommunist nach Hause komme?«

»Die wird gar nichts sagen und dich zu sich ins Bett nehmen.« Karl Eberhard Möller, der gerade vom Küchendienst eintraf, warf seine verschneite Pelzmütze an den Ofen. Er lachte und legte eine Dose Rindfleisch, amerikanischen Ursprungs, auf den Tisch. »Hat einer von euch 'nen Büchsenöffner?«

Kerner wog die Büchse in der Hand und lachte: »Geklaut?«

»Die hat mir die Bascha gegeben.«

Karl Eberhard Möller begann mit einem Messer den Blechrand aufzustemmen.

Solange man aß, sprach keiner mehr über den Kommunismus ...

In der Barackentür erschien kurz darauf der Dolmetscher Jakob Aaron Utschomi. Er überblickte den Raum, übersah die Fleischdose und wischte sich mit der Zunge über die Lippen.

»Nach dem Mittagsappell bleiben alle im Lager, die sich für die Partei gemeldet haben«, schrie er. »Die anderen gehen zur Arbeit. Um drei Uhr ist Antreten auf dem Platz für alle Parteianwärter! Verstanden?«

Da keiner in der Baracke antwortete, schrie er noch einmal:

»Verstanden?!«

»Leck mich am Arsch!« rief einer aus der dunklen Ecke zurück.

»Na also.« Utschomi lächelte schwach. Hinter seinem schmalen Rücken krachte die Balkentür zu. Einen Augenblick wehte Kälte über die Tische, die der Tür am nächsten standen. Julius Kerner zog die Schultern zusammen.

»Es wird wirklich ernst«, sagte er schwach. Er schob die Fleischdose weg — es schmeckte ihm nicht mehr.

Karl Georg sprang von seinem Bett auf und machte ein paar Kniebeugen. Die Beine waren ihm vom Liegen eingeschlafen.

»Jetzt macht sich der Julius vor Angst in die Hosen«, bemerkte er dabei.

»Du etwa nicht?« schrie Peter Fischer zurück.

Georg hob die Schultern an. »Warum, Jungs? Dreckiger als hier kann es uns nirgendwo gehen! Und wenn wir krepieren sollen . . . ob in Stalingrad, in Moskau, in Molotow oder wer weiß wo . . . das ist doch wurscht! Immerhin ist dieser Parteirummel noch eine leise Hoffnung, aus dem Dreck herauszukommen. Wir müssen nur stur sein und zeigen, daß wir wirkliche Kommunisten sind . . .«

Karl Eberhard Möller zog Filzstiefel und Fußlappen aus und hängte sie über den Ofen. Der Geruch der trocknenden Lappen zog ätzend durch die Baracke.

Julius Kerner sah erschrocken zur Tür, die wieder mit einem kalten Luftzug aufschwang.

Jakob Aaron Utschomi kam in die Baracke. »Wir brauchen fünf Mann für Schreibarbeiten!« sagte er laut.

»Los! Melden!« zischte Karl Georg.

Möller, Sauerbrunn, Kerner, Georg und Fischer traten vor. Utschomi musterte sie.

»Ihr!« Er grinste. »Die Auslese der deutschen 6. Armee.«

Die fünf überhörten es. Sie sahen an die Decke und grinsten mit.

»Na, kommt schon!«

Vor der Kommandantur baute Utschomi die fünf im Schnee auf und ging in das Haus.

»Gleich spielen wir Schneemann«, meinte Karl Georg. Er klopfte den Schnee aus seinen Haaren. In der Eile hatte er vergessen, seine Mütze mitzunehmen.

Der riesige Wald stand wie eine weiße Kulisse am Horizont und schien sich im Grau des niedrigen Himmels aufzulösen.

Aus der Kommandantur trat Major Worotilow. Er musterte die fünf Freiwilligen und nickte.

»Hereinkommen«, sagte er ziemlich freundlich. Und als sie in den Vorraum kamen und den Schnee abschüttelten, meinte er ernst: »Soll ich euch vereidigen, oder haltet ihr so die Schnauze?«

Karl Georg schüttelte den Kopf. »Es wird auch so gehen, Genosse, was?«

Worotilow riß die Augenbrauen hoch. Einen Moment überzog Verblüffung sein dickes Gesicht. Dann lächelte er und klopfte Georg auf die schmale Schulter. »Ihr seid verfluchte Kerle . . . Genossen . . .«

Nur Julius Kerner hörte den Doppelsinn heraus. Er wurde blaß vor Angst.

Seit dem Weggang Dr. von Sellnows war die Kasalinsskaja von Tag zu Tag hysterischer geworden. Sie konnte ihr Kopfkissen zerfetzen und sich darüber wundern, warum sie es tat. Sie biß sich die Lippen blutig und staunte, daß sie bluteten. Dr. Böhler sah es mit Schrecken. Kresin hatte einmal zu ihm gesagt: »Wenn die Kasalinsskaja Sellnow nicht wiederbekommt, wird sie verrückt«, aber er hielt das für eine der massiven Übertreibungen des russischen Arztes. Jetzt sah er mit Schrecken, welche Formen die Nymphomanie der Kasalinsskaja annahm.

»Wir können Sellnow unmöglich wieder zurück ins Lazarett holen«, sagte er zu Dr. Kresin. Sein Gesicht war in den Sommermonaten noch schmaler geworden, die Nase saß darin wie ein scharfer Haken. Die Bräune, die sein Aufenthalt im Lager 12 mit sich gebracht hatte, belebte noch die Haut. »Wenn wir ihn wieder mit der Kasalinsskaja zusammenbringen, ist es unmöglich, dieses Verhältnis vor aller Welt zu verbergen. Der erste, der es erfahren würde, wäre Markow. Und er würde mit Wonne dafür sorgen, daß in Moskau unser Lager gestrichen wird. Es ist ganz unmöglich . . .«

»Alexandra wird uns noch die Wände hochgehen.« Kresin rauchte erregt seine orientalischen, starken Zigaretten. Er sah Dr. Böhler hilflos und flehend an. »Der Teufel kenne sich mit den Weibern aus!«

»Versetzen Sie sie doch.«

»Das möchte ich Ihren Kameraden nicht antun.«

Dr. Böhler zog die Augenbrauen hoch. »Wieso?«

»Wenn ich die Kasalinsskaja versetze, ist das, als ob man einen wilden Tiger in Freiheit setzt. Sie würde in ein anderes Gefangenenlager kommen und dort mit einer Rücksichtslosigkeit herrschen, die an organisierten Mord grenzt. Es gäbe überhaupt keine Kranken mehr, sondern nur Lebende und Tote! Gott sei's geklagt, wir kennen ja das verdammte Weibsstück! Und seitdem die Janina wieder so krank ist, hat sie einen Haß auf alle Männer bis auf den, zu dem sie ins Bett kriecht.«

Dr. Böhler kaute an der Unterlippe. Nervös zerdrückte er die halb gerauchte Zigarette. »Nymphomanie ist eine unheilbare Krankheit, ich weiß. Es gibt da moderne Arten von Hormonbehandlungen, aber was nutzt uns das an der Wolga? Wissen Sie einen anderen Weg als den, Sellnow zurückzuholen?«

Dr. Kresin zuckte mit den Schultern. »Wenn der Bock nicht zur Ziege kommt, muß die Ziege zum Bock! Wir werden die Kasalinsskaja zwei Wochen beurlauben und nach Stalingrad schicken. Dort wird sie den armen Sellnow schon noch kriegen . . .«

»Ihre Ausdrucksweise ist ordinär«, sagte Dr. Böhler verschlossen.

»Das ganze Leben ist ordinär!« Dr. Kresin spuckte ins Zimmer. Ein Faden des süßlichen Tabaks hatte sich aus dem Mundstück der Zigarette gelöst und war auf seine Zunge geraten. »Nur wir Gebildeten machen um das Ordinäre des Lebens einen Samtmantel und kleiden das Schwein in Seide und Spitzen. Der Primitive sagt und sieht es so, wie es ist. Und ich bin noch so herrlich primitiv . . .«

Es klopfte. Dr. Kresin öffnete selbst und sah auf den kleinen Aaron

Utschomi herab, der für den Kommissar wie ein Stift im ersten Lehrjahr hin und her jagte.

»Dr. Böhler soll zum Kommandanten kommen! Die neuen Kommunisten werden untersucht.«

»Wie nett.« Dr. Kresin schlug die Tür zu und ließ Utschomi draußen stehen. »Es haben sich aus unserem Lager 392 Mann gemeldet, die ihr Herz für Väterchen Stalin entdeckten.« Er sah Dr. Böhler an. »Warum Sie eigentlich nicht unser Angebot annehmen . . .«

»Sie kennen meine Ansicht, Dr. Kresin. Wir brauchen gar nicht mehr darüber zu reden.«

»Es ist ein Armutszeugnis für uns, daß wir Ihren Stolz in all den Jahren noch nicht gebrochen haben. Selbst Waldlager 12 war eine leichte Pille für Sie!«

»Eine ziemlich schwere.« Dr. Böhler knöpfte seine Steppjacke zu und setzte die Ohrenmütze auf. »Sie hat mich erst richtig dazu bewogen, so lange zu bleiben, bis der letzte in der Heimat ist oder mit mir hinausfährt aus Ihrem grauenhaften Rußland.«

»Für das ›grauenhaft‹ müßte ich Ihnen jetzt eine Ohrfeige geben.«

»Aber Sie tun es nicht. Im Grunde sind Sie europäischer, als Sie es sich selbst eingestehen! Sie wären ein gutes Beispiel für einen Psychologen.«

Dr. Kresin hob die Augen zur Decke und seufzte tief.

»Daß man Sie nicht umbringen darf . . .«, murmelte er.

Zusammen stapften sie durch den Schnee der Kommandantur zu. Der Wind trieb ihnen die Flocken peitschend ins Gesicht. Sie duckten sich tief und stemmten sich dem Wind entgegen. Die Wachttürme, die Baracken, die Küche — alles lag wie hinter einem dichten Schleier. Die Spuren ihrer Füße verwehten sofort und füllten sich mit neuem Schnee.

Vor der Kommandantur standen in langen Reihen die Plennis im Schneesturm. Sie froren und zitterten und drängten sich eng zusammen, um sich gegenseitig zu wärmen. Wie ein verschneiter Hügel sahen sie aus.

Dr. Kresin nickte mit dem Kinn zu ihnen hin.

»Die neuen Kommunisten. Ein kleiner Vorgeschmack zur Eignungsprüfung. Erst frieren sie, dann wird ihnen eingeheizt. Kommissar Kuwakino hat alte, erprobte Methoden der Auslese.« Er lachte dröhnend. »Der Dienst bei Mütterchen Rußland ist ebenso schwer wie der der Eunuchen im alten China . . .«

Aus dem Vorraum der Kommandantur schlug ihnen heiße Luft entgegen und nahm ihnen einen Augenblick den Atem.

Major Worotilow trat aus seinem Zimmer und nickte ihnen zu. Dabei fiel sein Blick auf die zitternden Gestalten, auf diesen Haufen Leben im Schneesturm. Mit dem Fuß stieß er die Tür auf. Sein Gesicht war verschlossen, als er sich Dr. Böhler zuwandte.

»Sie werden die Kerle dort untersuchen. Kleinste Fehler und Krankheiten scheiden aus! Ich bitte um strengste Maßstäbe.«

»Um kasalinsskajanische Maßstäbe?« fragte Dr. Böhler.

Worotilow wandte sich ab und schwieg.

Kommissar Wadislaw Kuwakino sah Dr. Böhler aufmerksam entgegen, als sie das große Zimmer betraten. Die fünf Schreiber schnellten empor und nahmen stramme Haltung an. Dr. Böhler überflog sie mit einem Blick. Die? dachte er. Die führen die Listen?

Er hatte plötzlich keine Sorge mehr, ungerecht sein zu müssen. Und er übersah — vielleicht zufällig — die Hand, die ihm Kommissar Kuwakino entgegenstreckte. »Fangen wir an«, sagte er. »Sonst kann ich die Hälfte mit Erfrierungen ins Lazarett schicken . . .«

Wadislaw Kuwakino nickte wütend, mit zusammengebissenen Zähnen. Schnell zog er seine Hand zurück.

AUS DEM TAGEBUCH DES DR. SCHULTHEISS:

Seit Tagen hält der latente Zustand an.

Janina ist apathisch und geduldig. Sie läßt sich untersuchen, spricht mit Worotilow, wenn er sie besucht, kein Wort und sieht mich an wie ein verwundetes Tier.

Ich kann ihr nicht helfen, wenn sie selbst keine Lust mehr zum Leben hat. Ihr Körper könnte gesunden, aber ihre Seele ist krank, und von innen stirbt sie ab, während ihre Augen lächeln.

Dr. Kresin tobte gestern mit mir. Er gab mir alle Schuld, bis er sich erinnerte, daß er es war, der mich damals mit zu Janina in die Tingutaskaja 43 nahm, um mein Urteil über ihre Tbc zu hören. »Der Oberarzt macht die Kasalinsskaja hysterisch, der Unterarzt bringt die Janina vor Liebeskummer ins Grab! Was ist das für ein Lager! Mensch, man könnte die Wände hochgehen . . .«

Vergeblich hatte er versucht, mit Janina zu sprechen. Es war unmöglich, die Worte drangen nicht bis zu ihr. Kresin hatte gedroht, er hatte gefleht — schließlich war er zu mir gelaufen und hatte gebrüllt: »Sie Idiot, tun Sie der Janina doch den Gefallen und lieben Sie sie! Ich werde dafür sorgen, daß Worotilow euch nicht stört! Aber retten Sie mir das Mädchen, verdammt noch mal!«

Janina lieben . . .

Wie leicht er das sagte.

Was wird, wenn ich Janina liebe und dann entlassen werde? Ich kann sie doch nicht mitnehmen. Und ich weiß, daß wir uns nie, nie vergessen werden, wenn wir uns einmal gehört haben, daß wir daran zugrunde gehen, sie und ich . . .

Dr. Böhler ist drüben auf der Kommandantur. Er untersucht die Männer, die sich für den Eintritt in die KP gemeldet haben. Arme Kerle, die hoffen, damit ihre Leidenszeit abkürzen zu können. Der Russe weiß das auch, und er wird sie danach behandeln. Er wird sie treten und knechten, bis sie aufschreien und alles wieder von sich werfen. Dann wird es heißen: Ihr habt die Partei verraten! Ihr habt revoltiert gegen den Arbeiterstaat! Dreißig Jahre Zwangsarbeit! Und wieder marschieren Tausende in die Sümpfe und ans Eismeer, in die Urangruben von Swerdlowsk und Ufa, in die Bergwerke und die Kraftstationen von Irkutsk. Futter für den Moloch Rußland, Treibriemen für den Motor der Weltrevolution. Es ist zum Heulen, wenn man diese Männer sieht, die frierend im Schnee stehen und auf die Schlachtbank warten. Es half nichts, ihnen zuzureden . . . sie waren besessen von dem Glauben: Wir kommen früher in die Heimat! Auch Emil Pelz, unser Sanitäter, ist dabei. Der gute Kerl hofft, seine Frau in Berlin wiederzusehen . . .

Überall, wo man hinsieht, ist Hoffnung.

Sellnow hat gestern geschrieben. Einer der Männer, die in der Fabrik »Roter Oktober« arbeiten, brachte das Schreiben mit — er schmuggelte es durch die Torkontrolle, indem er den Brief zwischen seine Schenkel band.

Sellnow liegt seit zwei Tagen im Bett. Man weiß nicht, was es ist . . . eine Infektion, eine Vergiftung . . . sein Körper wurde plötzlich schlaff, die Beine knickten ein, er fiel in den Schnee und mußte von seinen Sanitätern in das behelfsmäßige Lazarett getragen werden. Dort begann er, sich selbst zu untersuchen, stellte Reflexstörungen fest und eine leichte Sehstörung. Die tieferen Ursachen dieser Funktionsausfälle konnte er nicht ergründen und ließ sich ins Bett tragen, wo er verbissen die Ereignisse der letzten Tage prüfte, um vielleicht irgendwo einen Anhaltspunkt für eine Vergiftung oder eine Infektion zu entdecken.

Dr. Kresin, der ihn am Tage darauf besuchte, fand ihn im Bett sitzend und schimpfend. Vor seinem Bett standen die Soldaten, die sich krank gemeldet hatten. Einer nach dem anderen mußte sich vor ihm auf das Bett legen, er klopfte den Brustkorb ab und diktierte den Sanitätern die Diagnosen und Therapien.

Der Kommandant des Außenlagers Stalingrad-Stadt, ein junger russischer Leutnant aus der Komsomolzenschule, lehnte an der Wand und sah diesem Treiben grinsend und rauchend zu.

Dr. Kresin warf alle Gefangenen aus dem Zimmer und begann dann, Sellnow selbst eingehend zu untersuchen. Aber auch Kresin konnte nicht feststellen, woher diese plötzliche Schwäche kommen konnte, und machte den Vorschlag, Sellnow zur Beobachtung in die staatliche Klinik von Stalingrad zu bringen.

»Als ob die da mehr könnten als Sie«, murrte Sellnow. »Ihr könnt nämlich alle nicht . . .«

Kresin setzte sich auf die Bettkante und nickte schwer.

»Man sollte Sie liegenlassen«, meinte er.

»Tun Sie's doch.«

»Man ist idiotisch, daß man sich mit Ihnen überhaupt befaßt«, brummte der Russe.

»Ich habe Sie nicht gerufen. Ich werde hier allein fertig. Und wenn ich nicht mehr kann, gebe ich Nachricht.«

»Wie Sie wollen!« Dr. Kresin war gegangen, hatte draußen einen der Sanitäter am Rock gefaßt und geknurrt:

»Wenn du mich nicht sofort unterrichtest, wenn sich der Zustand verschlechtert, kommst du ins Waldlager . . .«

Nun schreibt Sellnow, daß es ihm ein wenig besser gehe. Aber er hat den Geruch völlig verloren. Er führt das nun doch auf eine leichte Vergiftung zurück, wenn es auch unerklärlich ist, wer ihn vergiftet haben könnte, womit und warum.

Dr. Böhler hatte den Brief sinken lassen und war sehr nachdenklich geworden. »Es muß hier manches anders werden, Schultheiß«, hatte er zu mir gesagt. »Ich weiß nichts Bestimmtes, aber ich ahne etwas Schreckliches.«

Mehr sagte er nicht. Und ich weiß nicht, was er damit andeuten wollte... ich bin so ganz in meine Aufgabe versunken, Janina zu pflegen und ihr das kurze Leben, das noch vor ihr liegt, schön und glücklich zu machen.

Ob die Liebe wirklich heilt? Ob sie stärker ist als alle Medizin . . .?

Ich würde Janina lieben, wenn ich nicht selbst daran zerbrechen würde. Und das darf ich nicht . . . ich darf es nicht . . . Ich bin ein Arzt für Tausende gefangener, hilfloser Kameraden . . .

In der Kommandantur saß Kommissar Kuwakino mißmutig hinter dem Tisch und beobachtete Dr. Böhler, wie er die einzeln eintretenden Deutschen gründlich untersuchte. Die fünf Schreiber nahmen zunächst die Personalien auf: Name, Alter, heimatlicher Wohnort, Straße, Familienstand, ehemalige Zugehörigkeit zu einer NS-Organisation, Block und Barackennummer, seit wann gefangen, und grinsten sich an, wenn Dr. Böhler zwölf oder dreizehn sagte.

Beim erstenmal hob Worotilow die Augenbrauen. Aber er schwieg. Kuwakino war zu sehr mit seinen Gedanken beschäftigt und machte sich Vorwürfe, daß er so dumm gewesen war, dem deutschen Arzt, diesem verdammten Plenni, die Hand zu bieten, die er dann zurückziehen mußte, weil der Arzt sie übersah. Das erregte ihn so, daß er nur seinen Zorn nährte, von dem er erwartete, daß er ihm die nötige Härte geben würde, die Auserwählten, die künftigen Kommunisten, in die seelische Zwickmühle zu nehmen.

Leutnant Markow, der an der Tür stand und jeden Eintretenden mit einem Fußtritt bedachte — er betrachtete das als seinen Privatsport und machte sich ein Vergnügen daraus, seine Stiefelspitze so anzusetzen, daß sie schmerzhafte Weichteile berührte —, runzelte die Stirn, als er die ersten Zahlen hörte und das Grinsen auf den Gesichtern der fünf Schreiber bemerkte. Er trat von der Tür weg in das Zimmer und stieß Dr. Böhler unsanft in die Seite.

»Was soll Zallen?«

Dr. Böhler schwieg. Er legte sein Stethoskop auf den Tisch und griff nach seiner Steppjacke, die er bei der Wärme im Raum abgelegt hatte. Verblüfft sah ihn Major Worotilow an.

»Was machen Sie denn da?« fragte er.

»Ich ziehe mich an und gehe in mein Lazarett zurück. Die Untersuchung kann ja Dr. Kresin weiterführen. Ich bin es nicht gewöhnt, daß man mich während der Untersuchungen in die Seite stößt . . .«

Worotilow wurde hochrot. Er starrte auf Markow, der grinsend neben

Dr. Böhler stand und Sonnenblumenkerne kaute. Kuwakino hatte ebenfalls aufgeblickt und war zu zerstreut, um einzugreifen.

»Untersuchen Sie weiter!« sagte Worotilow streng.

»Nein!«

»Sie weigern sich? Sie sind Kriegsgefangener wie alle anderen auch!«

»Dann bitte ich als ein solcher behandelt zu werden, um Einweisung in eine Baracke und ein Arbeitskommando!«

Worotilow stützte sich mit beiden Händen schwer auf den Tisch. Er umklammerte die Platte und hielt sich daran fest, da er Lust empfand, aufzuspringen und um sich zu schlagen. An seinen Schläfen und über der Nasenwurzel schwollen die Adern an.

»Sie untersuchen!«

»Nein.« Dr. Böhler knöpfte seine Jacke zu und griff nach seiner Fellmütze, Leutnant Markow riß sie ihm aus der Hand und schleuderte sie in eine Ecke. Sein Gesicht strahlte. Rache! Rache!

Dr. Böhler sah seiner Fellmütze nach und nickte Worotilow zu. »Dann gehe ich ohne Fellmütze! So viele meiner Kameraden hatten keine Fellmütze und erfroren sich die Ohren. Ich habe im Jahr 1944 über siebzig Ohramputationen vorgenommen . . .« Er wandte sich um und wollte an Markow vorbei, als ihn dieser an der Steppjacke festhielt und zurückriß.

»Deutsches Schwein!« brüllte er. »Ich dich schlaggen tot!«

Die fünf Schreiber an den Tischen erstarrten. Ihr Stabsarzt! Ihr Dr. Böhler . . . Julius Kerner bebte. »Ersäufen!« flüsterte er zu Peter Fischer hin. »Morgen abend, in der Latrine! Und wenn wir alle draufgehen!«

»Halt die Fresse!«

Major Worotilow sah Leutnant Markow an. Es fiel ihm unendlich schwer, in Gegenwart der Kriegsgefangenen einen russischen Offizier zu tadeln und zurechtzuweisen. Markow wußte das und rechnete damit, daß Worotilow schwieg. Er kostete den Triumph der Stunde voll aus und trat Dr. Böhler mit breitem Grinsen ins Gesäß. Der schlanke Körper des Arztes schnellte durch den Tritt nach vorn und krachte gegen den Tisch, an dem Kuwakino saß. Dieser sprang auf und tat etwas, was Leutnant Markow nie erwartet hätte. Er ergriff das Tintenfaß und warf es ihm an den Kopf. Mit einem Schrei prallte Markow gegen den Tisch und fiel zu Boden. Die Tinte lief ihm über Stirn, Augen und die Uniform. Im Hintergrund sagte einer der Wartenden »Bravo!«

Worotilow schwieg und sah zur Tür. Wütend sprang Markow auf und verließ fast rennend den Raum. Kommissar Kuwakino setzte sich wieder und wandte sich an den schweratmenden Dr. Böhler.

»Untersuchen Sie bitte weiter. Ich werde diesen Vorfall in Moskau klären. Wir haben von der Zentrale Befehl, gerade die deutschen Ärzte besonders höflich zu behandeln. Ich darf es Ihnen sagen, weil ich mich entschuldigen muß für Leutnant Markow . . .«

Major Worotilow setzte sich. Er legte seine großen, dicht behaarten Hände auf die Tischplatte und sah auf sie nieder. Er hörte nur, wie sich

Dr. Böhler aus seiner Steppjacke schälte und das Stethoskop wieder zur Hand nahm.

»Der nächste«, sagte seine Stimme. Und dann wieder das geheimnisvolle »Zwölf!«

Emil Pelz trat in den Raum. Er lächelte seinen Stabsarzt an und machte den Oberkörper frei. »Gesund bis aufs Heimweh, Herr Stabsarzt«, sagte er dabei. Dr. Böhler beachtete ihn nicht — er untersuchte ihn wie alle anderen und blickte dann doch erstaunt auf, als er die Brust abzuhorchen hatte.

»Du hast ja einen Herzfehler!« sagte er.

»Möglich.«

»Und gemerkt hast du bis jetzt nichts?«

»Nee.«

»Zwölf!« sagte Dr. Böhler zu Julius Kerner, der grinsend etwas in die Liste schrieb. »Der nächste.«

Ein älterer Mann trat vor. Er hatte einen weißen Spitzbart und müde Augen.

»Wie alt bist du?« fragte ihn Dr. Böhler.

»Dreiundfünfzig Jahre, Herr Stabsarzt.« Der Mann schluckte. »Ich habe sieben Kinder zu Hause und eine kranke Frau.«

»Und du glaubst, daß dich die Kommunistische Partei nach Hause schickt?«

»Man hat es mir gesagt.«

Dr. Böhler wandte sich zu Major Worotilow um.

»Stimmt das, Major?«

Worotilow schwieg. Kommissar Wadislaw Kuwakino wurde unruhig und klopfte mit einem Bleistift auf den Tisch.

»Wir werden unser Versprechen halten. Im übrigen sollen Sie nicht fragen, sondern lediglich untersuchen.«

»Zwölf!« sagte Dr. Böhler. Und leise, während er noch einmal das Stethoskop auf die Brust des Alten legte und seinen Mund nahe zu ihm brachte, murmelte er: »Du bleibst hier. Es ist besser für dich . . .«

Blaß und schwankend verließ der Alte den Raum. Er sah jetzt wirklich wie ein Greis aus — der Schreinermeister aus Hameln, den sie den Alten nannten und der doch nur dreiundfünfzig Jahre zählte . . .

Major Worotilow hatte ein gutes Gehör und Gedächtnis. Er registrierte, daß Dr. Böhler mehr zwölf als dreizehn sagte und daß die mit Dreizehn Bedachten durchweg kräftige, oft unangenehme Schlägertypen waren, wie sie bei allen Truppen zu finden sind, Soldaten, die für eine Scheibe Brot morden können und den besten Freund verraten, um weiterzukommen. Auch meldeten sich einige Altkommunisten, die schon vor 1933 in Deutschland der Jung-KPD angehörten. Sie wurden von Dr. Böhler oberflächlich abgehorcht und mit einer Dreizehn hinausgeschickt.

Dreizehn, dachte Worotilow. Die Unglückszahl für die, die reif für die Komsomolzenschule sind. Er versuchte, das Verhältnis zwischen den schon ausgesprochenen Zwölf und Dreizehn festzulegen, und kam zu der Überzeugung, daß Dr. Böhler nach russischen Grundsätzen auf dem besten Wege war, die Kommunistische Partei zu sabotieren.

In Worotilow rang der Kommunist mit dem Menschen, der Russe mit dem Freund des Deutschen. Er hätte aufspringen können und dieses offensichtliche Theater der Untersuchung einfach abbrechen lassen, diese Komödie, die dem ahnungslosen Kuwakino vorgespielt wurde und einen Schlag ins Gesicht der russischen Ideologie bedeutete. Aber er tat es nicht — irgendein inneres Gefühl hinderte ihn daran ... Er sah auf die lange Reihe der noch im Schnee Wartenden, sah sie zuschneien wie kleine, abgestorbene Büsche und empfand in der unentdeckten Seele so etwas wie Mitleid mit diesen Menschen, die der Glaube an Versprechungen in die Arme eines unersättlichen Molochs führte.

Dr. Böhler sah auf die Küchenuhr, die auf dem Tisch hinter Major Worotilow stand. Vier Stunden Untersuchung. Vier Stunden standen sie draußen im Schneesturm. Wenn sie dann hereingerufen wurden, waren sie halb erfroren und unfähig, die Arme hochzuheben. Sie kamen mit blauroten Gesichtern in das Zimmer und fielen fast zusammen, als ihnen die Wärme wie ein Fausthieb entgegenschlug. In ihren Augen stand die Qual der hilflosen Kreatur, vermischt mit der Reue, sich in die Hände des Kommissars gegeben zu haben ... Dr. Böhler biß die Zähne zusammen.

»Zwölf!« sagte er gepreßt. »Zwölf — zwölf — zwölf — zwölf!«

Major Worotilow wurde unruhig. Er hob die rechte Hand und sah den Kommissar an. »Sollen wir nicht eine Pause einlegen, Genosse Kommissar? Wir haben noch den ganzen Nachmittag vor uns, und Genosse Pjatjal hat in der Küche einen Hasen für Sie gebraten ...«

Der Kommissar nickte. Einen Hasen bekam er in Moskau nicht so leicht, er war sehr teuer in den staatlichen Geschäften und kam nur auf die Tafel der oberen Funktionäre. Er nickte deshalb noch einmal und wandte sich an Dr. Böhler.

»Um drei Uhr wieder!«

Der Arzt steckte das Stethoskop in die Tasche und nahm seine wattierte Steppjacke auf. Peter Fischer rannte in die Ecke und brachte ihm die von Leutnant Markow weggeworfene Pelzmütze. Bewußt stramm mit lautknallenden Hacken, überreichte er sie Dr. Böhler. Der Kommissar kniff die Augen zusammen und musterte den Gefangenen. Dann winkte er Major Worotilow zu. »Gehen wir«, sagte er. »Es ist schrecklich für mich, so viel deutschen Geruch einatmen zu müssen ...«

Er ging an Dr. Böhler vorbei, ohne ihn zu beachten. Er hätte ihn umgerannt, wenn der Arzt nicht einen Schritt zurückgetreten wäre.

Wadislaw Kuwakino lächelte im Hinausgehen.

Er hat meine Hand verschmäht, ich habe es ihm heimgezahlt. Er sollte vorsichtiger sein, dieser deutsche Arzt! Nicht alles erfährt Moskau, und am besten schweigen die Toten.

Alexandra Kasalinsskaja schlief seit Sellnows Weggang wieder ordnungsgemäß im Kommandanturgebäude. Sie lehnte im Morgenmantel am Rahmen des Fensters und blickte hinaus in die wirbelnden weißen Flocken. Der Schneesturm verhinderte ihre Fahrt zu den Außenlagern. Heute stand Lager 12 auf dem Plan, und sie stellte sich vor, wie der Feldwebel bis acht Uhr gewartet hatte, um dann die sich krank Meldenden wegzuschicken und die Kolonnen in die Wälder zu treiben. Das Holz mußte jetzt wie Eisen sein ... die Äxte sprangen ab, als hieben sie auf Stahl, es war eine furchtbare Arbeit für die halbverhungerten und frierenden Männer, im Schneesturm Bäume zu fällen.

Alexandra wandte sich um und warf den Morgenmantel ab. Sie zog das Nachthemd über den Kopf und stand nackt im Raum. Ihre Brüste wölbten sich, als sie die Arme in die Luft streckte. Es war das Recken eines Tieres, schön wie die Wildnis, kraftvoll, edel und durchpulst von Rasse. Sie sah sich im Spiegel an und dachte an Sellnow. Ein Schauer überflog sie ... sie drückte die Zähne in die Lippen und fuhr sich streichelnd über die Brüste. Das Gefühl, schreien zu müssen, nahm ihr den Atem. Keuchend ließ sie sich auf das Bett fallen und vergrub das Gesicht in den Kissen.

So traf sie Dr. Sergej Basow Kresin an, als er, ohne anzuklopfen, eintrat. Einen Augenblick blieb er verblüfft an der Tür stehen. Dann setzte er sich räuspernd auf einen Stuhl und lächelte sarkastisch, als Alexandra herumfuhr und das Bettuch über ihre Blöße zog.

»Bei der Morgengymnastik, Täubchen?« fragte Dr. Kresin ironisch. »Ein wenig anstrengend, finde ich.«

»Warum haben Sie nicht angeklopft? Was wollen Sie hier?« schrie ihn die Kasalinsskaja an. In ihren Augen flackerte der Jähzorn. Sie wickelte sich in das Laken und setzte sich auf den Bettrand.

»Was wollen Sie?!« schrie sie wieder. Das dünne Leinen klebte auf ihrem nackten Körper.

»Ich wollte Ihnen sagen, daß Sie krank sind, Alexandra.«

Sie lachte schrill auf und warf die Beine auf das Bett. Sie lag jetzt halb, nur der Oberkörper und der Kopf waren aufgerichtet.

»Was soll ich haben?«

»Eine innere Krankheit. Außerdem sind Sie sehr überarbeitet. Sie brauchen Ruhe!« Dr. Kresin kniff die Augen zusammen. »Was halten Sie von einer Ausspannung? Von Ferien? Sagen wir zwei Wochen.«

»Im Winter?« Alexandra sah Dr. Kresin mißtrauisch an. »Im Schneesturm?«

»Schneeluft ist rein und gesund.«

»Sie wollen mich abschieben, Genosse Kresin?«

»Alexandra.« Dr. Kresin hob beschwörend beide Hände. »Sie sind uns unentbehrlich. Aber Ihre Gesundheit geht uns vor! Sie haben in der letzten Zeit sehr nachgelassen — nicht in der Arbeit, das will ich damit nicht sagen, aber im Aussehen. Ihre Nerven machen nicht mehr mit. Ich werde Sie für vierzehn Tage nach Stalingrad schicken, in unser Erholungsheim ...«

Die Kasalinsskaja zuckte mit den schönen, bloßen Schultern. Sie waren ein bißchen gelblich ... ihr ganzer Körper war es, eine Haut wie eine Kalmückin, wie eine Mandschufrau – gelbliches Weiß von porzellanhafter Zartheit und Durchsichtigkeit.

»Wenn Sie es so wollen, Genosse Kresin«, sagte sie mit gelangweilter Stimme. »Wann soll ich fahren?«

»Am besten übermorgen. Dann hat sich der Sturm gelegt. Ich bringe Sie selbst hin, Alexandra.«

»Das ist nett.« Sie lächelte rätselhaft. »Irre werden immer von ihren Ärzten begleitet.«

»Was Sie nur haben.« Er erhob sich und gab ihr die Hand. Ihre Finger waren kalt, wie abgestorben, und er hätte geschworen, daß sie heiß sein müßten. Ein leichtes Zittern ließ ihre Hand erbeben. Sie hat sich gut in der Gewalt, stellte er fest. Nur wenn sie allein ist, bricht sie zusammen. Sie hat die Achtung vor sich selbst verloren, das wird es sein.

Als er hinausgehen wollte, hielt ihn ihre Stimme fest. »Wie geht es Dr. von Sellnow?« fragte sie.

»Verhältnismäßig gut. Wir nehmen an, daß es eine Vergiftung war.«

»Eine Vergiftung? Wie kommen Sie darauf?« Ihr Blick wurde starr.

»Wegen der Symptome, Genossin. Es spricht vieles dafür. Nur wissen wir noch nicht, wie es geschah. Wenn wir das erst wissen, sehen wir weiter. Und gnade Gott, wenn es ein Anschlag war. Den Täter bringe ich eigenhändig um!«

Er verließ den Raum. Als er die Tür hinter sich schloß, stand Alexandra immer noch wie erstarrt vor ihrem Bett.

Am Nachmittag, beim Nachlassen des Schneetreibens, wurden die Untersuchungen fortgeführt. Jetzt assistierte Dr. Kresin dem deutschen Arzt, während Worotilow mißmutig auf seinem Stuhl hockte und sich quälte, ein diensteifriges Gesicht zu zeigen. Kommissar Wadislaw Kuwakino war sehr zufrieden. Der Hase hatte vorzüglich geschmeckt, der Wodka war alt und stark, Bascha hatte geile Augen gemacht, als er ihr beim Servieren in die volle Brust kniff ... Kuwakino war sehr fröhlich und machte sich ein Vergnügen daraus, mit einem langen Lineal den Gefangenen auf den nackten Hintern zu schlagen und jedes Klatschen mit einem genießerischen Nicken zu begleiten.

Leutnant Markow war nicht mehr gekommen. Er lag auf seinem Bett im Nebenzimmer und wälzte tausend Rachegedanken. Weniger das an seinen Kopf geschleuderte Tintenfaß regte ihn so auf als vielmehr das Bravo, das aus der langen Reihe der wartenden Plennis gekommen war. Er nahm sich vor, nichts Menschliches mehr im Umgang mit den Deutschen zu zeigen, und er weidete sich an den Bildern, die seine Phantasie vorspiegelte.

Dr. Böhler untersuchte schnell und energisch. Seine Stimme war fest, als er die Zahlen Zwölf und Dreizehn nannte. Dr. Kresin ließ ihm keine Wahl mehr: Er stand neben ihm und untersuchte die Gefangenen »nach«. So kam es auch zu kleinen Meinungsverschiedenheiten, als am Ende der langen Reihe auch die fünf Schreiber sich vorstellten und Dr. Kresin ohne Zögern sagte: »Tauglich!«

»Zwölf!« rief Dr. Böhler.

»Gehen Sie mir mit den Nummern Zwölf und Dreizehn weg! Die Kerle haben sich gemeldet, sie sind bis auf die typischen Unterernährungserscheinungen gesund, sie haben keine Ruhr, keinen Typhus, keine Tbc, keine Dystrophie . . . sie haben nur zu wenig Fleisch auf den Knochen! Und das wird man in Moskau heranfüttern.«

Karl Georg sah Julius Kerner und Peter Fischer an. Seine Augen strahlten. »Nach Moskau, habt ihr gehört?« flüsterte er. »Sieht aus, als wenn wir schnell wegkämen . . .«

In die Liste für die Neukommunisten kamen auch die fünf Schreiber. Gegen den Willen Dr. Böhlers.

Der Kommissar war sehr zufrieden. Er sah sich die Endzahl an und nickte. 285 Männer! Ein kleines Lager! Eine nette Horde zukünftiger Spitzel und Volkspolizisten für die Sowjetzone. Ein Stammpersonal, das man in Moskau gebrauchen konnte.

Wieder stapften die vermummten Gestalten durch den Schnee. Wieder warteten sie in langen Reihen vor der Kommandantur und schneiten zu. Der Abend war gekommen, die große Kälte setzte ein. Der Himmel wurde klar, der Schnee wie Glas. Nur der klirrende Frost lag über der weißen Erde.

Von den hölzernen Wachttürmen hörte man die Posten fluchen. Die zweite Schicht der Waldarbeiter kam zurück . . . müde und zitternd standen sie am großen Lagertor und wurden nachgezählt. Die Begleitsoldaten schimpften und sehnten sich nach der warmen Baracke. Von den Wäldern klang leise das ferne Heulen der Wölfe.

In der Kommandantur gingen die »Ausgewählten« am Tisch Wadislaw Kuwakinos vorbei und unterschrieben die Verpflichtung für die Kommunistische Partei. Der Text war in russischer Sprache gehalten, eine Übersetzung war nicht beigefügt, und so wußte keiner, was er da unterzeichnete und wozu er sich verpflichtete. Allein der Gedanke, schnell in die Heimat zu kommen, trieb sie dazu, ihre Unterschrift auf die Blätter zu setzen.

Kuwakino strahlte. Er drückte Major Worotilow die Hand, nannte das Lager einen Musterbetrieb wie eine staatliche Kolchose und steckte die Papiere in seine dicke Aktenmappe. Selbst Dr. Böhler wurde mit einem freundlichen Kopfnicken bedacht, als er fragte: »Kann ich jetzt in mein Lazarett gehen? Meine Kranken warten auf mich . . .«

Kommissar Kuwakino sah Worotilow an und blickte dann über die 285 Jammergestalten, die wieder draußen in der Kälte standen und zitterten. Er grinste, seine weit auseinander stehenden Augen blinzelten.

»Eine kleine Überraschung habe ich für die, die sich gemeldet haben«, sagte er händereibend. Er winkte, und ein russischer Soldat schleppte einen großen Pappkarton herbei, der bis zum Rand mit Briefen gefüllt war.

Mit deutschen Briefen!

Briefen aus der Heimat . . .

Dr. Böhler starrte auf diesen Karton. Seine Backenknochen mahlten. Post! Nach vier Jahren Post! Nach vier langen, qualvollen, hoffnungslosen Jahren Post!

Endlich Hoffnung. Endlich Liebe! Endlich Erlösung aus der Einsamkeit.

Die Heimat kam nach Rußland!

Julius Kerner begann zu zittern. Auch Peter Fischer und Karl Georg, Karl Eberhard Möller, Hans Sauerbrunn starrten entgeistert auf den Karton. Sie standen dem Soldaten am nächsten und lasen die ersten Adressen, die auf den Kuverts standen.

»Post«, stammelte Kerner. »Von meiner Frau . . . den Kindern . . .«

Der Russe stellte den Karton vor Kuwakino auf den Tisch. Der wühlte in den Briefen herum und sah Worotilow an.

»Ich möchte nur die Briefe an die Gefangenen herausgeben, die sich gemeldet haben«, sagte er. Worotilow wurde bleich und verschlossen. »Das wäre eine Härte gegen die anderen, Genosse Kommissar . . .«

»Sie können sich ja auch melden.«

»Man kann eine Weltanschauung nicht erpressen!«

»Man kann! Ich beweise es.« Kuwakino grinste wieder. Er wandte sich an die fünf Schreiber und wies auf den großen Karton. »Alle 'raussuchen, die in der Liste stehen! Die anderen abliefern!«

Julius Kerner stürzte zu den Briefen hin und begann zu wühlen. Er suchte . . . bis Peter Fischer ihn in die Rippen stieß und die Listen vor sich auf den Tisch legte.

»Einen nach dem anderen. Du wirst deinen schon finden.« Er leerte den Karton aus. Zu einem großen Haufen türmten sich die meist engbeschriebenen Antwortkarten der Kriegsgefangenen-Post. Monoton begannen Möller und Georg die Namen der Empfänger zu lesen, während Kerner, Fischer und Sauerbrunn sie mit der Liste verglichen.

Zwei Stunden sortierten sie die Karten und Kuverts.

Zwei Stunden standen die 285 Männer in schneidendem Frost, schlugen die Arme um den Körper und warteten . . .

Die Nacht war klar wie Eis. Wenn man sprach, war es, als würden die Worte zu Glas, das klirrend zersprang. Eine weitere Stunde dauerte die Verteilung. 249 Gefangene bekamen Post.

249 Glückliche, die mit Tränen die wenigen Worte lasen. Die ersten seit vier Jahren.

Auf seiner Pritsche lag Julius Kerner, neben sich die Trompete, und starrte an die Decke. In der Baracke war es still.

Die Mehrzahl hatte Post bekommen. Nun las man die Zeilen, die Worte, die Silben hundertmal hintereinander . . .

Julius Kerner hatte einen Brief auf seiner Brust liegen. Sein Gesicht war starr, leblos, steinern. Als ihn Peter Fischer ansprach, drehte er sich zur Seite und schwieg.

»Den hat es umgehauen«, sagte Fischer leise zu Sauerbrunn und Georg. »Der hat Heimweh, daß er schreien könnte . . .«

Karl Eberhard Möller drehte sich um und rief zu Kerner hinauf: »Was schreibt denn deine Frau? Nun sag schon was . . .«

Julius Kerner schwieg. Aber nach einiger Zeit stand er auf, nahm seine Trompete und drückte sie Karl Georg in die Hand. Der ergriff sie verwundert und sah ihm nach, wie er aus der Baracke ging ... ohne Jacke, ohne Mütze, nur mit Hemd und Hose bekleidet.

»Der wird auf der Latrine frieren«, sagte Möller stockend. »Mein Gott, ich könnte auch heulen, wenn ich die Karte von Mutter lese ...«

Nach einer halben Stunde war Julius Kerner noch nicht zurück. Karl Georg sah die anderen ängstlich an.

»Da stimmt doch was nicht, Kinder. Da ist doch was los.« Er rief einen der Gefangenen an, die von draußen kamen. »Ist der Kerner auf der Latrine?«

»Nee.«

Peter Fischer sprang auf. Er ging zu Kerners Bett und sah mit Staunen, daß dort der Brief lag. Er nahm ihn auf und begann die wenigen Zeilen zu lesen.

»Mein Gott, mein Gott ...«, sagte er. Blaß setzte er sich an den Tisch und legte den Brief leise auf die Platte. »Er hat keinen Menschen mehr, der Julius ... Sein Schwager schreibt es ihm ... die Frau und die Kinder liegen unter den Trümmern ... Bomben ...«

Karl Georg sah auf die Trompete, die ihm Kerner gegeben hatte, und wußte alles.

»Alle 'raus!« schrie er in die Baracke. »Der Kerner! Der Kerl tut sich was an! Alle 'raus!«

Sie rannten, so wie sie waren, aus der Baracke in die eisige Winternacht. Der Frost fiel sie an wie ein hungriger Wolf — sie rannten durch die Lagergassen und schoben die erstaunten Pendelposten einfach zur Seite.

Die Alarmsirene gellte schrill. Auf den Wachttürmen flammten die Scheinwerfer auf und hüllten das Lager in Tageshelle. Den Zaun, die Baracken, das Vorfeld.

Major Worotilow und Leutnant Markow stürzten aus der Kommandantur. Kommissar Kuwakino lehnte am Fenster und kaute an seiner Unterlippe. Dr. Böhler und Dr. Schultheiß standen in ihren Steppjacken und Fellmützen auf der Treppe des Lazaretts und blickten auf das wilde Durcheinander.

»Der Kerner ist verschwunden!« keuchte Emil Pelz, der gerade um die Ecke rannte. »Er hat einen Brief von zu Hause bekommen. Alle durch Bomben getötet ...«

Dr. Böhler sah kurz zu Dr. Schultheiß hin. »Armer Kerl. Vier Jahre Rußland. Er hat sie durchgehalten! Und jetzt ...« Er blickte zu Boden. »Lassen Sie ein Bett frei machen, Dr. Schultheiß ...«

Nach einer halben Stunde fand man Julius Kerner in der äußersten Ecke des Lagers, nahe der Küche. Er hatte sich auch noch Hemd und Hose ausgezogen, nackt lag er im vereisten Schnee. Sein Körper war schon weiß und leblos. Die halb geöffneten Augen starrten nach oben, und an den Lidern hingen gefrorene Tränen.

Major Worotilow stand vor ihm. Dr. Kresin kniete im Schnee und erhob sich kopfschüttelnd.

»Vorbei«, sagte er. Dann stapfte er wortlos davon.

»Warum?« fragte Worotilow den neben ihm stehenden Peter Fischer. Fischer weinte wie ein Kind.

»Er hat Frau und Kinder verloren . . .«, schluchzte er. »Es stand in dem Brief . . .«

»Tragt ihn hinein.« Der menschliche Russe Worotilow wandte sich ab. »Und wenn ihr ihn begrabt, gebt ihm seine Trompete mit . . .«

Leutnant Markow stand starr daneben, als man Julius Kerner aus dem Schnee hob und den steifgefrorenen nackten Körper in eine Decke hüllte und forttrug.

Ein Deutscher weniger! Aber dann dachte er an seine kleine Frau Jascha und seine Tochter Wanda und daran, daß auch sie sterben könnten. Das machte ihn schwach und hilflos.

Schwankend ging er zu seinem Zimmer zurück.

Drei Wochen nach der Beerdigung erschien Dr. Kresin bei Dr. Böhler und setzte sich stöhnend in einen der Sessel.

»Man hat Sorgen in Moskau, in der Zentralstelle für Kriegsgefangenenwesen. Große Sorgen sogar! Wir haben den Auftrag bekommen, alle Lager mit mustergültigen Lazaretten zu versehen und alles, was benötigt wird, sofort zu melden! Auch sollen neue kulturelle Einrichtungen geschaffen werden — eine Lagerbibliothek, Feierstunden, Theater, ein Lagerkino . . .« Dr. Kresin schüttelte den Kopf. »Ich weiß gar nicht, warum man euch gefangenhält, wenn ihr ein besseres Leben habt als die Millionen Bauern in unserem Lande. Da soll sich einer auskennen! Wissen Sie, was in den Anweisungen steht?« Er hieb mit der Faust auf seinen prallen Schenkel. »Es sollen eingeführt werden: Schachgruppen, Sportplätze, Fußballmannschaften, Leichtathletikkämpfe, Kunstausstellungen von Kriegsgefangenen und sowjetischen Künstlern!« Dr. Kresin sah den deutschen Arzt hilflos an. »Begreifen Sie das?! Kunstausstellungen bei den Plennis?! Fußball? Schach? Eine Wettkampfbahn! Man hat in Moskau den Überblick verloren!«

»Sport hat uns schon lange gefehlt.« Dr. Böhler schüttelte den Kopf. »Alles, was Sie jetzt sagen, würde sehr dazu beitragen, das Los der Gefangenen zu erleichtern, und ihnen neuen seelischen Auftrieb geben! Man ist weise in Moskau — nur der halbwegs zufriedene Mensch leistet wirklich gute Arbeit!«

Dr. Kresin verzog sein Bulldoggengesicht. »Seelischer Auftrieb. Wenn ich mir Sellnow betrachte, weiß ich genug. Wenn der noch einen Auftrieb bekommt, sind wir in einem Karussell!« Er stockte und sah aus dem Fenster auf die vereiste Landschaft. »Übrigens . . . können Sie Schach?«

»Ja. Ich spiele es leidenschaftlich.«

»Hm.« Er sah auf seine dicken, großen Hände. »Wir Russen haben da einen Ausdruck: Kulturnaja shisnij! Kultiviertes Leben, würdet ihr dazu sagen . . . das will man jetzt bei den Plennis einführen. Wenn ihr mal nach Hause kommt, sollt ihr sagen: Uns ging es besser als den Russen in den deutschen KZ.« Er erhob sich und warf Dr. Böhler eine Liste zu. »Da füllen Sie aus, was Sie brauchen! Man verlangt ein mustergültiges Lazarett! Es muß bis zum Frühjahr fertig sein! Eine Kommission kommt und prüft, ob es nach den Wünschen der Zentralleitung eingerichtet wurde.«

Dr. Böhler kam sich vor wie in einem Märchen. »Ich darf alles aufschreiben, was ich mir für mein Lazarett wünsche?«

»Sie sollen schreiben, was Sie brauchen für ein Musterlazarett.«

»Und ich bekomme es wirklich?«

»Hoffentlich.«

»Auch ausgebildetes Schwesternpersonal?«

Dr. Kresin grinste. »Das könnte Ihnen so passen«, sagte er mit fettem Lachen.

Dann füllten Dr. Böhler und Dr. Schultheiß die Listen aus. Sie vergaßen nichts — von der kleinsten Klemme bis zum komplizierten Rippenspreizer, von den Sulfonamiden bis zum Penicillin. Vor allem Betten, Betten, Betten. Sanitäre Anlagen. Desinfektionsmittel. Für die Lungenstation eine Pneumothorax-Einrichtung, Isolierstationen für die ansteckenden Krankheiten wie Ruhr, Typhus, Malaria . . . Am Abend waren die Pläne soweit fertig, daß sie Dr. Kresin und Major Worotilow vorgelegt werden konnten. Dr. Böhler brachte die Listen selbst in die Kommandantur, wo noch immer Kommissar Kuwakino saß und die Namen der Neukommunisten nach bestimmten Gruppen ordnete. Er lächelte den Arzt an und nahm die Listen an sich.

»Moskau ist großzügig, Sie werden alles erhalten! Alles! Nur eins nicht — genügend zu essen!«

Dr. Böhler war es, als habe man ihm ins Gesicht geschlagen. Er starrte Worotilow an. Der Major sah zu Boden.

»Es ist keine Schikane«, sagte er langsam. »Das Jahr 1947 hat unter einer großen Dürre gelitten. Die Hitze hat die Felder versengt, die Ernte blieb zurück. Das Korn, das Gemüse, das Obst, alles verdorrte in der Sonne. Auch Rußland wird dieses Jahr hungern müssen. Ich werde froh sein, die Rationen, die wir jetzt haben, noch halten zu können. Wir werden nächste Woche zu Hirsebrei und Graupen übergehen müssen. Auch der Kohl ist knapp.«

»Und meine Magenkranken? Sie gehen zugrunde.«

»Auch in Rußland gibt es Tausende von Magenkranken. Wir können ihnen nicht helfen. Die Natur war stärker als unser Wille . . .« Worotilow legte seine Hand auf die Listen und sah Dr. Böhler groß an. »Sie werden ein Lazarett bekommen, wie es in Stalingrad nicht besser ist! Sie werden Sportplätze bekommen, einen Kinosaal, eine Bibliothek mit den modernsten Büchern aus Rußland und Deutschland. Man wird Zeitungen verteilen . . . Illustrierte und Romanhefte. Die Gefangenschaft wird eine Erholung sein. Nur — Sie werden hungern müssen!«

»Und arbeiten! Sie werden verlangen, daß die Plennis mehr und besser schuften, weil sie alle Vorteile der Freiheit hinter Stacheldraht genießen! Man wird die Sollquoten in den Fabriken und Bergwerken höherschrauben und die Männer knechten, wenn sie vor Erschöpfung nicht mehr kriechen können. Was nützt mir ein Lazarett, was kann ein Sportplatz bedeuten, wenn die Männer, die Sport treiben sollen, vor Entkräftung nicht einmal einen Ball aufheben können? Das ist doch Hohn!«

Kommissar Wadislaw Kuwakino, dessen deutsche Sprachkenntnisse sehr mangelhaft waren, sah zu Worotilow. »Was sagt er?«

»Unwesentliches.« Major Worotilow wischte durch die Luft. »Er meint, daß Hunger weh tut.«

Kuwakino lachte meckernd und nickte beifällig. Worotilow blickte schräg zu Dr. Böhler. »Die Arbeitsbrigaden werden ab Frühjahr einen Teil des Lohnes ausbezahlt bekommen. Monatlich 250 Rubel . . . 450 Rubel erhält das Lager für Unterkunft und Verpflegung. Was über diesen Gesamtbetrag verdient wird, verfällt ebenfalls dem Lager. Vielleicht erhalten es die Leute ausgezahlt, wenn sie nach Deutschland entlassen werden. Vielleicht. Immerhin — jeder, der arbeitet, kann jetzt 250 Rubel haben und sich damit in der Stadt oder den Werkskantinen zusätzliche Lebensmittel kaufen.« Worotilow sah Dr. Böhler erwartungsvoll an. »Zwei Pfund Brot kosten 3 Rubel! Ein Pfund Margarine 9 Rubel! 250 Rubel sind ein Vermögen!«

»Und was geschieht mit denen, die nicht arbeiten können? Mit den Alten, den Verletzten, den Kranken?«

»Sie werden wie bisher von Graupen und Kohl, von Brot und Hirse leben müssen.« Worotilow zuckte mit den Schultern. »Ich nehme an, daß die deutsche Kameradschaft so weit geht, daß die Verdienenden die Armen mit durchhalten . . .«

Dr. Böhler nickte. »Darf ich das im Lager bekanntmachen?«

»Ja. Nur nennen Sie keine Daten. Die Bestimmungen sind von Moskau herausgegeben . . . wann der große, neue Apparat zu arbeiten beginnt, weiß ich nicht.«

»Es lebe Stalin!« sagte Kuwakino höhnisch.

Wortlos wandte sich Dr. Böhler ab und verließ die Kommandantur.

Die Nachricht flog wie eine Feuersbrunst durch das Lager. Erregte Diskussionen durchschwirrten die Baracken.

»Nichts ist umsonst!« sagte Peter Fischer. »Wenn der Russe uns etwas schenkt, nimmt er auch wieder etwas! Wo gibt's denn das: Der Russe wird human!«

»Möglich ist alles.« Karl Georg saß wieder auf seinem Bett, in der Hand hielt er eine Zeitung. Es war die Komsomolskaja Prawda, die große Tageszeitung des Verbandes der Jungkommunisten. Woher er sie hatte, wußte niemand. Er kam immer an die neuesten russischen Blätter und studierte sie fleißig, um seine Sprachkenntnisse zu vervollständigen. Möller nannte Georg eine Intelligenzwanze, aber das regte ihn nicht auf. »Hier steht«, sagte er, »daß die Russen vor einer Währungsreform stehen und danach alles besser würde! Warum nicht auch bei uns?!«

»Weil wir Gefangene sind!«

»Aber Arbeiter für die Sowjets!«

Peter Fischer warf die Zeitung weg, die ihm Karl Georg gereicht hatte. »Wenn das so ist, warum haben wir uns dann überhaupt gemeldet?«

»Um schneller nach Hause zu kommen.«

»Gemerkt habe ich noch nichts. Der Kommissar ist noch immer hier. Über drei Wochen sind 'rum . . . Es muß sich doch endlich was tun!«

»Scheiße tut sich!« sagte Karl Eberhard Möller und sah Sauerbrunn an, der sein zerschlagenes Nasenbein kratzte. »Glaubst du daran, Hans?«

»Ich laß mich überraschen . . .«

Und die Überraschung traf ein.

Drei Tage später rollten einige Autokolonnen über die gefrorene Straße ins Lager. Es waren russische Fahrer, Sträflinge aus den Sakljutschonnyilagern, die vielfach in der Nähe der deutschen Kriegsgefangenenlager errichtet waren und deren Sträflinge — meist kriminelle, aber auch viele politische — in den gleichen Fabriken arbeiteten. Es waren russische Straflager der ersten Stufe, in die man unbequeme Leute einsperrte und sie für den Staat nützlich einsetzte, kleine, an sich harmlose KZ, in denen die Zivilgefangenen nicht schlechter, aber auch nicht besser als die deutschen Plennis lebten.

Die Wagenkolonne, unter Führung eines Jeeps mit einem russischen Leutnant, fuhr vor das Lazarett und stoppte dort. Der Offizier sprang auf den verharschten Schnee, stampfte die Kälte aus seinen erstarrten Beinen und grüßte steif, als Major Worotilow in Begleitung des dick vermummten Dr. Kresin von der Kommandantur herüberkam.

»Die Ausstattungen, Genosse Major!« meldete der Leutnant. »Es ist nicht alles, aber was wir bekommen konnten, ist dabei.«

Dr. Kresin sah Worotilow erstaunt an. »Das neue Lazarett! Moskau hält tatsächlich Wort! Es ist zum Brüllen! Erst sterben Hunderttausende, und jetzt wird um den einzelnen gekämpft! Nur ein Idiot kennt sich in der Politik aus.«

»Wie gut, daß Sie keiner sind, Genosse«, bemerkte Worotilow ironisch. Brummend betrat Dr. Kresin das Lazarett und prallte an der Tür auf Dr. Böhler, der es gerade verlassen wollte. Sie stießen mit den Köpfen aneinander und fuhren erschrocken zurück.

»Ihr neues Lazarett«, schrie Dr. Kresin wütend. »Deswegen brauchen Sie mir nicht den Schädel einzuschlagen!«

Lachend stand Major Worotilow daneben und rieb sich die klammen Hände. Kisten auf Kisten wurden ausgeladen und in den Schnee gestellt, viele davon mit amerikanischen Aufschriften, aus San Franzisko, New York, New Orleans, Milwaukee. Arzneien, zusammenklappbare Bahren, Operationstische, Schränke, Instrumentarien, Betten, die neuesten Metallschienen, ein vollkommenes Röntgengerät, eine Rotlichtlampe, Verbandeimer, eine Sterilisationsanlage . . .

Dr. Böhler drehte sich zu Dr. Schultheiß um, der aus der Lazarettbaracke trat. Seine Augen glänzten.

»Verstehen Sie das, mein Junge?« rief er. Seine Stimme zitterte vor Freude. »Es ist, als ob ich wunschlos glücklich träume . . .«

Dr. Kresin sah sich brummend die Kisten an und verglich sie mit den Transportlisten, die ihm der junge Leutnant gab.

»Verfluchte Schweinerei!« schrie er plötzlich. »Wo ist die Kiste mit den Narkosemitteln?!«

»Welche Kiste?« Der Leutnant wurde rot.

»Nummer 134/43 P!« schrie Dr. Kresin.

»Ich habe sie nicht gefressen!« sagte der Leutnant dreist. »Ich habe das aufgeladen, was man mir gab. Nicht mehr und nicht weniger . . .«

»Das alte Lied!« schrie Kresin außer sich. »Geklaut! Gibt es einen Russen, der nicht klaut?! Und ausgerechnet die Narkosekiste! Jetzt sitzen die Schweine in Stalingrad und vollführen Rauschgiftorgien! Das werde ich nach Moskau melden, Genosse Leutnant!«

Der junge Offizier war bleich geworden. Er verglich noch einmal die Transportlisten mit den Kisten, die man abgeladen hatte. Kein Zweifel — es fehlte die kleine Kiste mit dem Narkosematerial. Entweder hatte man sie beim Aufladen einfach zur Seite gestellt, oder sie war gar nicht mitgeliefert worden, war schon auf dem Weg nach Stalingrad verschwunden in einen dunklen Kanal, durch den man sie weiterschob . . .

Major Worotilow schaute die Lazarettbaracke entlang, wo an einem Fenster der schmale, blasse Kopf Janinas sichtbar wurde.

»Jetzt wirst du geheilt, mein Täubchen!« schrie er durch die Kälte. »Jetzt werden wir dich gesund machen — nicht wahr, Dr. Schultheiß?«

Der junge Arzt nickte schwach. »Wenn die Pneuapparatur da ist . . . ich habe dann Hoffnung.«

Major Worotilow ergriff im Überschwang des Augenblicks seine Hand: »Wenn Sie Janina retten, können Sie von mir haben, was Sie wollen!«

»Das haben Sie mir schon einmal versprochen.«

»Und ich werde es halten! Ich will dafür sorgen, daß Sie schnell zurück in Ihre Heimat kommen . . .«

Entgeistert sah Dr. Schultheiß ihm nach, als er zurück zur Kommandantur stapfte. In die Heimat . . . wie schrieb doch seine Mutter? Mein lieber, lieber Junge, sei tapfer, wir glauben alle an ein Wiedersehen. Vater ist aus englischer Gefangenschaft zurückgekommen, er ist alt geworden, aber er will seinen Dienst im Krankenhaus wieder aufnehmen. Die große Hoffnung, Dich wiederzusehen, ist die Kraft, die uns viel Schweres ertragen läßt. Wir küssen Dich, mein lieber Junge . . . Deine Mutter. Und der Vater schrieb darunter: Mein Jens. Ich weiß, daß Du wiederkommst. Du mußt es auch wissen. Du mußt! Ich umarme Dich. Dein Vater.

Und Worotilow versprach, ihn früh zu entlassen . . .

Er sah hinüber zu dem Fenster, an dem Janina stand. Sie blickte nicht dem weggehenden Worotilow nach — sie sah ihn an, groß, lächelnd und glücklich. In ihren Augen strahlte die Liebe.

Mit aufeinandergepreßten Lippen beugte er sich über die Kisten.

Wir glauben alle an ein Wiedersehen . . . schrieb die Mutter.

Ich weiß, daß Du wiederkommst. Du mußt es auch wissen . . . schrieb der Vater.

Und er würde nicht kommen, wenn er Janina liebte . . .

Alexandra Kasalinsskaja saß am Bett von Sellnow und hielt seine heißen Hände. Sie war seit zwei Wochen in der Fabrik »Roter Oktober« und pflegte ihn.

Ihre Blässe hatte etwas nachgelassen. Die frische Schneeluft und die Ruhe, vor allem aber Sellnows Nähe wirkten heilend und kräftigend auf sie. In einem dicken Wollkleid, am Halse hochgeschlossen, von mittelgrauer Farbe, dicken Wollstrümpfen und hohen Schuhen sah sie aus wie eine der tausend Frauen in Stalingrad, die durch den Schnee eilen und vor den Läden der staatlichen Geschäfte anstehen. Um ihr linkes Handgelenk klirrte eine schwere, goldene Kette, der einzige Schmuck, den sie trug. Nicht einmal eine Nadel hellte das dumpfe Grau des Kleides auf.

Sellnows Zustand war sehr wechselnd. Zwischen Fieberschauern und völlig gesunden Tagen pendelte er hin und her. Immer, wenn er die Hoffnung hatte, die Krankheit überwunden zu haben, warf ihn ein neuer Rückfall nieder und hielt ihn drei oder vier Tage im Bett, das er dann gesund und verwundert über diese Krankheit wieder verließ und weiterarbeitete, als sei er nie krank gewesen.

Auch die Kasalinsskaja konnte nicht sagen, welcher Art diese Krankheit war — zumindest behauptete sie, es nicht feststellen zu können, und pflegte Sellnow während der Anfälle mit rührender Hingabe.

Als sie auf Anraten Dr. Kresins ihre Ferien nahm und nach Stalingrad kam, hatte Sellnow gerade seine anfallfreien Tage, stand im Ordinationszimmer seines Behelfslazaretts vor dem Verbandstisch und versorgte eine Quetschwunde. Alexandra kam, ohne anzuklopfen, in den Raum und sah sich erstaunt um. Sellnow, der sie eintreten sah, nahm keinerlei Notiz von ihr, wenn auch sein Atem schneller ging und das Blut in seinem Hals zu klopfen begann.

»Nanu?!« rief die Kasalinsskaja. »Ist keiner da, der mich begrüßt?!«

»Stören Sie nicht!« erwiderte Sellnow. »Sie sehen doch, daß ich verbinde! Tür zu! Es zieht!«

Gehorsam, aber mit knirschenden Zähnen schloß Alexandra die Tür. »Sie haben seit vier Tagen keine Meldungen mehr an die Zentrale geschickt! Dr. Kresin ist sehr ungehalten.«

»Das soll er mir selbst sagen, aber nicht eine Frau schicken!«

Die Sanitäter sahen starr auf ihren Arzt. Wie sprach er mit der gefürchteten Kasalinsskaja? Sellnow untersuchte in aller Ruhe die Quetschung und verband sie. Dann drehte er sich um, ging an Alexandra vorbei, wusch sich in einer Schüssel die Hände und trocknete sie umständlich ab.

»Was stehen Sie eigentlich hier herum?!« fuhr er sie an. »Ich habe jetzt zu tun und keine Zeit, mir die Beschwerden des Herrn Dr. Kresin anzuhören!«

»Man sollte Sie zur Erschießung melden!« schrie die Kasalinsskaja. Die Soldaten in dem Zimmer erbleichten und traten zurück, nur Sellnow lächelte.

»Das wäre doch zu schade«, meinte er. »Was man am Tage sagt, hat man schon oft in der Nacht bereut . . .«

Die Ärztin kniff die Augen zusammen. Gift und Gier sprang Sellnow aus diesem Blick an. Dann drehte sie sich brüsk um und riß die Tür auf. Mit langen Schritten eilte sie davon. Sellnow rief ihr nach: »Bitte das nächstemal die Tür schließen!«

Er hörte, wie die Kasalinsskaja am Ende des Ganges vor Wut mit der Faust an die Mauer trommelte . . .

Nach dem Mittagessen in der Stolowaja, dem großen Eßsaal der Fabrik, ging er zurück in sein Zimmer. Dort lehnte die Kasalinsskaja an der Wand und wartete. Ihre schwarzen Augen waren verschleiert. Stumm standen sie sich gegenüber. Dann warf sie die Arme um seinen Hals, zerwühlte seine Haare und krallte sich in seinem Nacken fest. Wie eine Trunkene suchte sie immer wieder seine Lippen und stöhnte unter seinen Liebkosungen. »Du . . .«, flüsterte sie. »Du Wolf! Du Tiger . . .«

Schweratmend saß sie dann auf seinem Bett und ordnete Haare und Kleidung. Er sah ihr zu, wie sie das Bein weit ausstreckte und den Strumpf befestigte. Ihre langen Schenkel leuchteten matt in dem grellen Licht. In ihren Augen lag unverhülltes Glück, eine wundervolle Seligkeit und Erlösung.

»Wann mußt du wieder fort?« sagte er leise.

»Wenn du willst . . . nie!«

»Du kannst bei mir bleiben?« stieß er glücklich hervor.

»Vierzehn Tage, Werner . . .«

»Vierzehn Ewigkeiten . . .«

Sie sprang auf und warf die Arme um ihn. Ihr Gesicht strich wie eine schmeichelnde Katze über seine Wange.

»Mein süßer, kleiner Plenni . . .«, flüsterte sie. Er drückte seine Finger in ihr Fleisch, daß sie aufschrie.

»Ich will das nicht hören«, sagte er heiser. »Ich will in deiner Nähe kein Plenni sein. Ich will frei sein in deinen Armen — frei wie ein Adler in der Luft . . .«

»Ich werde ihn herunterschießen und sein Herz essen!« flüsterte sie heiß. »Sein Herz aus der warmen, blutenden Brust!« Sie nahm seinen Kopf zwischen die Hände und küßte sein Gesicht, ihre Zähne nagten an seiner Haut. »Ich möchte ein Vampir sein«, stammelte sie, »ich möchte dir das Blut aussaugen . . .«

»Du bist eine asiatische Katze.« Er entzog sich ihren Händen.

Umschlungen standen sie an dem kleinen Fenster, das hinausführte auf den Fabrikhof. Am Ende des Platzes war wieder der hohe Stacheldraht. Auf der breiten Mauer patrouillierte ein russischer Posten in einem langen Mantel. Die riesigen Schornsteine qualmten.

»Immer Stacheldraht«, sagte Sellnow. Seine Stimme war dunkel vor Kummer. »Er wird immer zwischen uns sein . . .«

»Einmal wird es vorbei sein. Man hat schon Tausende entlassen, Werner.«

Sellnow schloß die Augen, um ihrem Blick auszuweichen. »Und dann?« fragte er.

»Dann werden wir immer zusammen sein . . . ein ganzes Leben lang!«

»In Rußland?«

»Oder in Deutschland. Ich werde überall mitgehen, wohin du gehst . . .«

Er drückte ihren Kopf an sich und streichelte ihren Rücken. Über sie hinweg blickte er auf den Draht und den Posten, auf die deutschen Gefangenen, die unten im Hof den Schnee schaufelten, und auf den jungen Leutnant, der gerade aus der Wachstube trat und seine Tellermütze auf den kahlen Schädel drückte.

In Deutschland warteten Luise und zwei Kinder auf ihn. Eine schlanke, blonde, kühle, vornehme Frau, die Tochter eines Justizrates, gewöhnt, ein großes Haus zu führen, zu repräsentieren und zu glänzen durch ihre gläserne Schönheit. Sie hatte ihn, den jungen Assistenzarzt, aus Liebe geheiratet, sie hatte die ersten, schweren Jahre tapfer durchgestanden und den Aufbau der Praxis unterstützt, sie hatte sogar den weißen Kittel angezogen und ihm assistiert, um die Arzthilfe zu sparen. Dann war sie wieder die Tochter des reichen Vaters — sie gab Gesellschaften und trug den Namen ihres Mannes wie eine Standarte vor sich her. Als er sie das letztemal besuchte, bevor er nach Stalingrad geflogen wurde, um Dr. Böhler zu unterstützen, hatte sie beim Abschied nicht geweint, sondern ihn stumm umarmt. Erst draußen, bevor er in den Wagen stieg, sagte sie: »Was auch kommt, Werner ... ich warte auf dich!«

Ich warte auf dich ...

Sellnow sah auf den wilden, schwarzen Lockenkopf in seinen Armen. Ihre Hände lagen auf seiner Schulter, weiß, schlank, lang. Er fühlte den zärtlichen Druck ihres Körpers durch den Stoff.

Ich werde überall mitgehen, wohin du gehst ...

Ich warte auf dich ...

Ich werde überall mitgehen ...

Die Angst vor dem Morgen schlug über ihm zusammen. Luise und Alexandra ... Er ahnte die Einsamkeit, die ihn erwartete.

»Du bist nicht mehr krank?« sagte sie und streichelte sein Gesicht. »Aber blaß bist du, so blaß.«

Er legte seine Stirn gegen die ihre. »Ich habe mich so nach dir gesehnt ...«

»Und jetzt bin ich da.«

»Ja. Jetzt bist du endlich da.«

»Vierzehn lange Tage und kurze Nächte.« Ihr Atem war heiß. Er trank ihn. Er dachte nicht mehr daran, was er Dr. Kresin gesagt hatte, daß er froh sei, der Kasalinsskaja entronnen zu sein. Sie lag in seinen Armen, er roch ihr Rosenparfüm. Während er sie küßte, verschloß er mit der linken Hand die Tür ...

Vier Tage später erhielt Sellnow Post.

Auch für ihn war es die erste Nachricht nach vier Jahren. Enge, steile Buchstaben bedeckten die vorgezeichneten Zeilen. Unter ihnen erblickte er die kindlichen Kritzeleien seiner beiden Töchter.

»Lieber Pappi«, las er.

Er ließ die Karte sinken und senkte den Kopf. Barhäuptig stand er im Schnee. Die Kasalinsskaja war in die Stadt gefahren, sie wollte Fleisch für einen Festbraten besorgen.

Lieber Pappi ...

Er zitterte, er konnte nicht weiterlesen. Es war ihm, als habe er das Recht verloren, diese Karte zu empfangen. Den ganzen Vormittag trug er sie mit sich herum und las sie nicht. Die erste Post nach vier Jahren Schweigen. Er dachte an die ersten beiden Jahre, wo er fast verzweifelte, daß die Heimat schwieg, wo sie an der Kommandantur standen und jeden Tag fragten: »Keine Briefe? Keine Karten? Nichts?« Und der Kommandant — damals war es ein russischer Hauptmann mit vollendeten Manieren — schüttelte traurig den Kopf und meinte, daß die Heimat sie vergessen hätte, sie, die in Rußland langsam zugrunde gingen . . .

Vergessen? Luise ihn vergessen? Ich warte auf dich — das waren ihre letzten Worte. Er konnte es nicht glauben, er hoffte auf ein Zeichen . . . zwei, drei, vier Jahre lang . . . und jetzt war es da . . . eine Karte, und auf ihr stand: Mein liebster Werner . . . Lieber Pappi . . .

Und Alexandra war in Stalingrad, um Fleisch zu kaufen.

In einer Ecke des Hofes, nahe dem Stacheldraht und dem gähnenden Posten, las Sellnow die Karte . . . Uns allen geht es gut und mit aller Liebe hoffen wir, daß es Dir nicht schlechter geht. Marei ist jetzt ein großes Mädchen und hilft mir schon in der Küche. Lisbeth ist in die Schule gekommen und schreibt so schöne i und o. Unsere ganze Hoffnung und alle unsere Wünsche gelten nur Deiner Rückkehr. Ich denke immer an Dich, Werner, und weiß erst jetzt, wie sehr ich Dich liebe. Deine Luise . . . Lieber Pappi! Wir sind alle munter und froh. Jetzt ist Sommer, und ich gehe gleich in den Untersee schwimmen. Ich kann gut schwimmen. Pappi, komm bald wieder. Es küßt Dich Marei und Lisbeth . . .

Sellnow lehnte sich gegen die rauhe Mauer. Tränen liefen ihm über die Backen. Luise — Marei — Lisbeth —. Als er an Alexandra denken mußte, hatte er einen Augenblick die Versuchung, mit dem Kopf gegen die Wand zu rennen und ein Ende zu machen. Er brauchte sich nur in den Draht fallen zu lassen und zu versuchen, ihn zu erklettern. Dann würde der Posten schießen, und alles, alles war vorüber . . .

Zögernd stand er vor dem Zaun. Er starrte empor zu dem Mann im langen braunen Mantel mit der Maschinenpistole vor der Brust. Die Stiefel klapperten auf der Mauer.

Doch dann siegte die Vernunft. Er steckte die Karte ein und ging langsam zu seinem Steinbau am Ende des Platzes. Vor dem Eingang blieb er stehen. Er hatte Angst, den Raum zu betreten. Was sollte er Alexandra sagen? Sollte er ihr die Karte zeigen? Sie würde sie zerreißen und ihm das Gesicht zerkratzen, sie würde wahnsinnig werden und ihre Rache nicht an ihm, sondern an den Tausenden Plennis auslassen, die ihr wehrlos ausgeliefert waren. Ein reißendes Tier würde sie werden, unbeherrscht, unmenschlich wie in der Liebe zu ihm.

Um sich Mut zu machen, redete er sich zu, ein Opfer für seine Kameraden zu bringen. Solange er sie liebte, würde sie mild zu allen sein — im Gegensatz zur ersten Zeit, wo sie am Tage eine Furie des Grauens war, um in der Nacht eine Furie der Liebe zu werden. Seit ihrer örtlichen Trennung war sie weicher geworden, fraulicher, milder, duldsamer und verinnerlichter. Das zog ihn wieder zu ihr hin, das machte ihn willenlos. Und was mit einem

Rausch begann, mit einem Ausbrechen urhafter Instinkte, das wandelte sich in Liebe, die sich mit jedem Kuß, jeder Umarmung erneuerte und wuchs.

In seinem Zimmer saß Sellnow am Fenster und stierte auf die verschneite Fabrik, bis die Kasalinsskaja eintrat. Ihr Gesicht war von der Kälte gerötet, ihre langen schwarzen Haare flossen unter der flachen Mütze hervor auf den Mantelkragen. In einem Netz trug sie viele Pakete. Sie eilte zu Sellnow an das Fenster und küßte ihn – ihre kalten, vollen Lippen ließen ihn zusammenschauern.

»Mein halbes Monatsgehalt ist weg«, sagte sie, indem sie sich aus dem Mantel schälte. Sellnow blickte zu Boden. Ihr biegsamer Körper war immer, in jeder Bewegung, in jeder Lage, eine Lockung. »Ich habe Fleisch gekauft, Wurst, gute ukrainische Butter, Sonnenblumenöl, Kuchen und chinesischen Tee. Du sollst wieder ganz gesund werden, mein starker Wolf . . .«

Ihre Stimme strömte Zärtlichkeit aus. Sie war wie das Rauschen der Wolga. Man konnte die Augen schließen und nur dem Klange lauschen und wäre glücklich gewesen . . .

Sie packte die Sachen auf den Tisch und wickelte sie aus den Papieren. Er sah, mit welcher Freude sie es tat und wie sie glühte, ihn beglücken zu können. Da erhob er sich und trat neben sie. Er zwang sich, ihren Nacken zu küssen und sie von hinten zu umfassen. Sie lehnte sich in seine Arme und küßte ihn wieder.

»Freust du dich, Liebling?«

»Sehr, Alexandra. Du bist ein Engel . . .«

»Mit kleinen Fehlern . . .«, lachte sie glücklich.

Er nickte. »Der größte ist, daß du schön bist, so wild, so ganz Natur. Ich habe das nie gekannt . . . unser Leben war zu konventionell, zu verzärtelt, zu festgefroren in der gesellschaftlichen Etikette. Unser Leben war alter, ausgelagerter Wein, den man in Dämmerstunden am flammenden Kamin schlürft. Du bist gärender Most, rebellisch, überschäumend, mitreißend, bist in der Sonne gereift. Es reißt mich mit, es macht mich machtlos . . .«

»Bereust du es, mein gieriger Wolf?«

Er sah ihre Lippen dicht vor seinen Augen. Sie waren rot, voll, feucht, leicht geöffnet. Weiß schimmerten die Zähne darunter. Die Augen hielt sie geschlossen. Es durchzitterte ihn, als er es sah. »Nein«, log er tapfer. »Nein . . . Alexandra . . .« Er riß sie an sich und vergrub seinen Kopf an ihrer Brust. »Alexandra . . . ich wünschte mir, nie geboren zu sein . . .«

In seiner Tasche knitterte die Karte aus Deutschland. Es war wie eine Mahnung.

Lieber Pappi . . .

Komm bald wieder . . .

Unsere ganze Hoffnung und alle unsere Wünsche gelten Deiner Rückkehr. Ich denke immer an Dich, Werner, und weiß erst jetzt, wie sehr ich Dich liebe. Deine Luise . . .

Er stöhnte an Alexandras Brust und grub seine Finger in ihren Rücken. Sie keuchte und bog sich.

»Nicht jetzt . . .«, flüsterte sie. »Laß uns erst essen. Ich habe so viel Schönes für dich mitgebracht . . .«

Während sie auf einem Petroleumkocher den Braten aufstellte und in einer Waschschüssel das Gemüse putzte, hockte er am Fenster und starrte auf den Posten, der frierend auf der Mauer hin und her pendelte. Es gab kein Entrinnen mehr. Keine Kompromisse, kein Ausweichen, kein einfaches Vergessen des Morgen und Gestern.

Der Duft des Bratens lag schwer und lockend im Raum. Er fühlte, wie der Speichel in seinem Mund zusammenlief. Fressen und Weiber, das ist die Hauptsache. Alles andere ist Tinnef! Aber dann schüttelte er die Schützengraben-Philosophie ab und wandte sich Alexandra zu.

Wie schwer war eine Entscheidung! Und wie grausam für alle! Er dachte an das Sakrament der Ehe, an die Unauflösbarkeit, an die religiöse Pflicht des Verzichtes und die Sünde des Ehebruchs. Aber galten solche Gesetze in der Gesetzlosigkeit der Gefangenschaft? Rechtfertigte ein Leben unter außergewöhnlichen Umständen nicht auch ein Ausbrechen aus der Ordnung moralischer Bindungen?

Sellnow schaute wieder aus dem Fenster auf die verschneite Fabrik »Roter Oktober«. Er wußte, daß all seine Überlegungen hohle Phrasen waren, mit denen er sein Gewissen einschläfern wollte. Eine einzige Postkarte aus Deutschland hatte genügt, ihn nachdenklich und wankend zu machen, ihn innerlich von der Kasalinsskaja zu lösen und zurückzuführen in die bürgerliche Welt seiner Ehe mit Luise. Wie würde es sein, wenn er erst ihr gegenüberstand und das Gestern sich hinter das Heute schob? Wie würde es sein, wenn er wieder im Maßanzug als Hausherr vor einer Gesellschaft stand, die flachen Cocktailschalen herumreichte und Konversation machte? Er konnte sich kaum noch erinnern, wie er in einem Maßanzug ausgesehen hatte. Vier Jahre Krieg, vier Jahre Gefangenschaft — das sind acht Jahre ohne gestärktes Hemd, ohne Bügelfalte, ohne Krawatte, ohne Weste und weiche Schuhe, in denen man wie auf Watte ging. Wir müssen die linke Schulter ein wenig heben, Herr Doktor. Sie haben eine kleine Ungleichheit in den Schultern. Nicht viel. Und sitzt der Rücken so richtig? Etwas salopp, das trägt man heute! Wie bitte, der Kragen schlägt eine Falte? Wird sofort geändert. Und die Ärmel? Glatt. Ist die Rocklänge richtig? Und die Revers lang heruntergezogen . . . Sie werden zufrieden sein, Herr Doktor . . .

Er sah an sich nieder und roch den Schweiß in dem Anzug, auf den man mit weißer Farbe groß WP gemalt hatte.

Wojennoplenni.

Kriegsgefangener . . .

Wie schnell würde man dieses WP in der Heimat vergessen.

Stalingrad . . . die Fabrik »Roter Oktober«, das Lager 5110/47, die Lazarettbaracke . . .

Und Alexandra Kasalinsskaja . . .

Hinter seinem Rücken bruzzelte der Braten. Alexandra trat einmal schnell hinter ihn und küßte ihn, ehe sie wieder zum Petroleumkocher eilte. Sie war glücklich.

Er griff in die Hosentasche und zerriß die Karte aus der Heimat. Es wird alles anders werden, tröstete er sich dabei. Mit der Entlassung wird alles hinter einem liegen, und das Leben wird neu beginnen — dort, wo es vor acht Jahren durch den Krieg unterbrochen wurde. Es ist so weise von Gott eingerichtet, daß sich über den Menschen im Laufe der Jahre das Vergessen senkt . . .

Er war zu feige, eine Entscheidung herbeizuführen.

Er war vor allem zu feige, sich den Braten entgehen zu lassen, den Alexandra in einer Blechschüssel auftrug.

Im Lager 5110/47 wurde fieberhaft am Ausbau des neuen Lazaretts gearbeitet. Dr. Böhler und Dr. Schultheiß arbeiteten Tag und Nacht, der Sanitäter Emil Pelz bekam vor Überarbeitung einen Herzanfall und war der erste Patient des neuen Barackenflügels, den man angegliedert hatte. Selbst Dr. Kresin half mit und fluchte über sich selbst, daß es ihm nicht möglich war, den äußeren Abstand zwischen Russen und Deutschen aufrechtzuerhalten. Auch Major Worotilow erschien öfter als sonst im Lazarett und sah den Arbeitern zu.

Als die ersten Neuerungen eingebaut waren, zog auch ein neuer Patient ein: Leutnant Piotr Markow. Er ging widerwillig ins Lazarett und beugte sich dem Spruch der verhaßten deutschen Ärzte, aber nun blieb ihm keine andere Wahl, wenn er sein Leben nicht leichtfertig aufs Spiel setzen wollte.

Piotr Markow hatte eine sehr ernste Blutvergiftung. Bis zuletzt hatte er sie geheimgehalten, sich nur in seinem Zimmer vor Schmerzen gekrümmt und im Spiegel verfolgt, wie sich die Entzündung immer weiter ausbreitete. Als ihm Kommissar Kuwakino das Tintenfaß an den Kopf warf, hatte sich Markow taumelnd festzuhalten versucht, war aber dabei so unglücklich gefallen, daß sich sein Tintenstift in die Brust bohrte. Zuerst sah die kleine Wunde harmlos aus und blutete nicht, nach zwei Tagen aber zeigte sich eine Entzündung, die von Tag zu Tag schlimmer wurde, eine Schwellung, ein roter, sich verbreitender Kreis auf der Brust, der sich immer höher zog und bis an den Hals kroch. Dabei stellten sich Schmerzen, Schüttelfrost, Schwindelgefühl und allgemeine Schlappheit ein.

Der Kopf Markows glühte. Er schwieg aus Trotz und Scham. Er ertrug die Pein zwei Wochen lang, bis sie so qualvoll wurde, daß er des Nachts laut stöhnte. Dieses Stöhnen hörte Dr. Kresin, der das Zimmer neben ihm bewohnte, und kam herüber. Er sah die rot geschwollene Brust des Leutnants und alarmierte Worotilow und Kuwakino.

Dr. Kresin tobte und schrie.

»Nichts mehr zu machen!« sagte er entsetzt. »Der Kerl stirbt! Bis jetzt hat er nichts gesagt! Man soll Idioten sterben lassen . . .«

Piotr Markow sah Dr. Kresin mit einem beschwörenden Blick an. Worotilow knöpfte seine Uniformjacke zu. »Ich hole sofort Dr. Böhler.«

»Nein«, röchelte Markow. Er hob matt die Hand. »Nicht den deutschen Arzt . . .«

»Dann laß ihn krepieren!« schrie Dr. Kresin brutal.

Markow nickte. Ja, sollte das heißen. Lieber sterben . . .

Kuwakino sah Worotilow an. Etwas wie Schuldbewußtsein lag in seinen Augen. »Gehen Sie zu Dr. Böhler«, sagte er. »Selbstverständlich!«

Piotr Markow sah Dr. Böhler nicht an, als er ihn kurz untersuchte. Die Brust war bis zum Hals hochrot entzündet.

»Sofort Operation!« sagte Dr. Böhler. Er richtete sich auf und wandte sich an Dr. Kresin. »Sind Sie einverstanden?«

»Schneiden Sie!« schrie Dr. Kresin. »Zerstückeln Sie den Kerl! Er hat's nicht anders verdient!«

Dr. Schultheiß jagte das neue Sanitätspersonal heraus. Er deckte den Körper bis auf das Operationsgebiet ab. Jetzt gab es sogar warme sterile Tücher aus einer elektrischen Trommel, man hatte Spreizer und Klemmen, Catgut, Seide, Narkosemittel, komplette chirurgische Bestecke. Dr. Kresin überflog die Einrichtung, während er sich an dem neuen Waschbecken die Hände schrubbte und sich von einem deutschen Sanitäter die Gummihandschuhe überziehen ließ. Dann trat er an den Operationstisch und sah in das rote Gesicht Leutnant Markows.

»Am besten, wir schneiden ihm den Kopf ab«, sagte er laut. »Dann haben wir den Herd der Vergiftung an der Wurzel gepackt.«

Niemand antwortete ihm. Dr. Böhler überflog mit schnellem Blick den kleinen Instrumententisch. Er war vollkommen. Ein schwaches Lächeln überzog sein Gesicht hinter dem Mundschutz.

Das Lazarett Stalingrad, dachte er. Das Musterlazarett. Es war sein Werk . . .

»Sind Sie soweit, Dr. Kresin?« fragte er laut.

Der russische Arzt nickte.

Leutnant Markow atmete schnell und heftig. Seine Hände, an den Seiten des Tisches festgeschnallt, wurden weiß. Im Hintergrund hockte Worotilow auf einem Schemel. Er blickte zu Boden. Er wußte, daß es ihm schlecht werden würde, wenn er auf den Operationstisch schaute. Aber er hielt im Zimmer aus.

Dr. Schultheiß nickte. Das Narkosegerät arbeitete.

Bevor Dr. Böhler den ersten Schnitt ausführte, blickte er noch einmal zu Worotilow hin. »Ob ich ihn retten kann, weiß ich nicht. Vor allen Dingen brauche ich Blut! Wir werden viel Blut brauchen.«

Worotilow sprang auf. »Ich werde sofort Spender besorgen!« Wie gejagt rannte er aus dem Zimmer.

Und während Dr. Böhler operierte, warf Worotilow alle Wachmannschaften aus den Betten und sah ihre Papiere durch. Blutgruppe AB brauchte er.

Mit sieben widerstrebenden Blutspendern, die nicht wußten, was mit ihnen geschehen sollte, erschien er wieder. Er trieb sie in den Operationsraum, gerade in dem Augenblick, in dem Dr. Böhler den Herd der Vergiftung herausschnitt. Die Abdecktücher hatten sich mit Blut vollgesogen, es war bis auf die Gummischürze gespritzt. Die sieben russischen Soldaten starrten auf die Ärzte und wurden weiß. Ein Mongole begann zu schluchzen. Worotilow schlug ihm ins Gesicht, und er schwieg.

»Die Blutspender«, sagte der Major. »Sieben Stück, reicht das?«

Dr. Böhler nickte. »Sofort Transfusion«, sagte er.

Dr. Kresin trat mit blutiger Schürze und tropfenden Handschuhen zu den sieben Soldaten. Er nickte einem dicken, kräftigen Burschen zu. »Du da!« sagte er.

Der Russe zuckte zusammen. Er bekreuzigte sich, aber nach einem Blick auf den Genossen Major ging er tapfer mit zu einem anderen Tisch, an dem Dr. Schultheiß schon die Bluttransfusion vorbereitete.

Der Russe wurde entkleidet und gewaschen. Zwei deutsche Sanitäter bemühten sich um ihn. Willenlos ließ er alles mit sich geschehen. Ein Blick auf den narkotisierten und aufgeschnittenen Markow hatte ihn schwach gemacht.

Dr. Kresin stieß ihn mit dem Knie auf den Tisch und tastete die Armvene ab. »Wenn es klappt, hast du drei Tage dienstfrei«, sagte er schroff. »Dann kannst du dir in Stalingrad das fehlende Blut wieder ansaufen . . .«

»Du willst Blut nehmen, Genosse Arzt?« sagte der Russe entsetzt. »Mein Blut . . .«

»Halts Maul! Arm her!« schrie Dr. Kresin. Dr. Schultheiß stieß die Hohlnadel in die Vene, der Russe begann zu jammern, aber er hielt still, weil Worotilow hinter ihm stand, die Hand auf der Pistole. Langsam quoll das Blut durch die Kontrollglasröhre in den Schlauch, der den Arm mit der Vene Markows verband. Während der Blutübertragung schloß Dr. Böhler die Operationswunde. Als er den letzten Stich mit Seide machte, war auch die Übertragung des Blutes beendet. Grinsend lag der Soldat auf seinem Bett und sah zu, wie man ein großes Pflaster über die Einstichstelle an seinem Arm klebte. Dr. Kresin nickte ihm zu, als er sich erhob und zu dem Major hinsah.

»Jetzt hau ab, mein Junge«, sagte dieser gutgelaunt. »Und in drei Tagen bist du wieder da!«

Zufrieden ging der Soldat aus dem Zimmer, vorbei an den wartenden anderen sechs, die ihn jetzt beneideten. Der heulende Mongole strich sich seinen dünnen Schnurrbart und rang die Hände. Drei Tage ohne Dienst. Mutter Gottes von Kasan . . . das wäre ein paar Liter Blut wert . . .

Dr. Kresin und Worotilow erboten sich, abwechselnd bei Markow zu wachen. Er wurde in das Zimmer gerollt, wo im Sommer der junge Oberfähnrich gelegen hatte. Der lief heute im Lager herum und hatte eine Art Ordnungsdienst unter sich. Seinen Darmausgang hatte er zwar noch immer, doch Dr. Böhler machte ihm Hoffnungen, den Darm nach einem Jahr — bei den neuen Möglichkeiten, die er jetzt besaß, wieder anzuschließen. Dann würde nur noch eine Narbe davon erzählen, wie nahe er dem Tode gewesen war — und was die Kunst eines Arztes sogar in Stalingrad vermochte . . .

Gegen fünf Uhr morgens, als Kresin gerade abgelöst hatte, sah Dr. Böhler ins Zimmer. »Alles klar?«

»Ja. Was wollen Sie denn schon? Legen Sie sich hin und schlafen Sie.«

»Ich stehe immer um diese Zeit auf. Im Labor warten meine Reihenblutuntersuchungen.«

»Quatsch! Sie überarbeiten sich, Dr. Böhler.« Kresin erhob sich leise und kam an die Tür. »Sie sollten diese Arbeit einem Assistenten überlassen.«

»Dr. Schultheiß hat mit seiner Lungenstation vollauf zu tun. Ich kann ihn nicht noch mit diesen Laborarbeiten belasten.«

»Dann hole ich Ihnen Sellnow wieder. Sie gehen mir ein, wenn Sie so weiter arbeiten!«

Dr. Böhler lächelte, dann verschwand er wieder in dem dunklen Gang. Er ließ einen sehr nachdenklichen Kresin zurück, der sich sinnend an Markows Bett stellte und scharf zu überlegen begann. Das Ergebnis schien zufriedenstellend zu sein, denn gegen seine sonstige Art fluchte er nicht hinterher, sondern lächelte still vor sich hin. Und wenn Dr. Kresin lächelte, mußte es etwas außergewöhnlich Gutes sein . . .

Am Morgen fuhr der russische Arzt nach Stalingrad. Nicht zu Dr. von Sellnow und seiner Alexandra, sondern zum General der russischen Divisionen.

General Polowitzkij saß in seiner Kommandantur und trank ein Glas Wodka, als Dr. Kresin eintrat und grüßte. Als er sich umdrehte und den Arzt sah, stellte er schnell die Flasche hinter den Sessel, aber nicht so schnell, daß es Dr. Kresin nicht doch bemerkt hätte.

Der Arzt lächelte breit. »Wieder mal ein Sünder, Genosse General?« fragte er. »Ich habe Ihnen doch Alkohol verboten!«

»Das ist kein Alkohol, das ist Medizin!« knurrte General Polowitzkij. Er leerte das Glas mit einem Zug und stellte es demonstrativ auf den Tisch vor Dr. Kresin, der sich dem General gegenüber in einen Sessel setzte. »Was wollen Sie überhaupt hier? Kommen Sie schon wieder wegen Ihres Lazaretts in 5110/47?«

»Ja, Genosse General.«

»Wollen Sie eigentlich aus dem Gefangenenlager einen Kurort machen?«

»So ähnlich. Leutnant Piotr Markow ist schon zur Kur dort. Dr. Böhler hat ihn operiert. Eine verrückte, waghalsige Operation mit Bluttransfusion. Markow hatte eine derartige Blutvergiftung, daß wir ihn alle — auch ich als Arzt — schon aufgegeben haben.«

»Und der Deutsche hat ihn gerettet?«

»Ja.«

General Polowitzkij griff nach hinten und zog die Flasche Wodka hervor. Eine Ordonnanz brachte noch ein Glas. Der General schüttelte beide Gläser randvoll. »Ihr Lieblingskind, dieser Dr. Böhler, muß etwas können!«

»Wir haben ihm überhaupt zu verdanken, daß 5110/47 in den Jahren 1944 bis 1947 nicht wegen Menschenmangels aufgelöst werden mußte. Mit den primitivsten Mitteln hat er das Leben von Tausenden gerettet!«

»Das berühmte Taschenmesser«, lachte Polowitzkij.

»Sie scheinen das für einen Witz zu halten!« Kresin war ehrlich beleidigt. »Ich habe es selbst erlebt!«

»Jägerlatein, mein lieber Genosse Knochensäger!«

»Das Taschenmesser ist noch da! Ich habe es aufgehoben für alle Zeiten. Dr. Böhler hat eine Darmoperation mit einem Taschenmesser gemacht und die Wunde mit gerupfter und ausgekochter Seide aus einem gestohlenen Frauenschal genäht!«

»Und was wollen Sie jetzt für Ihren Wunderknaben?«

»Ich brauche Lazarett-Hilfspersonal! Dr. Böhler ist bei großen Reihenuntersuchungen. Er schafft es nicht mehr allein! Seine Untersuchungen sind von großem Wert für Moskau, vor allem in bakteriologischer Hinsicht. Wir könnten die Ergebnisse unserer Forschungen auch auf alle anderen Lagergruppen nützlich anwenden und durch geeignete Vorbeugungs- und Heilungsmaßnahmen den Leistungsstand der Arbeiter steigern! Das liegt im Interesse Moskaus.« Dr. Kresin beugte sich über den Tisch vor. »Ich brauche vor allem Laborpersonal.«

General Polowitzkij sah auf den Grund seines geleerten Glases und hatte große Sehnsucht nach einem neuen Wodka. »Ich könnte Ihnen aus der Divisionsapotheke jemanden für das Labor geben.«

»Wunderbar! Wen?«

»Terufina Tschurilowa.«

»Ein Weib?!« Dr. Kresin fuhr hoch. »Nie!«

»Nanu?« Der General schielte zu Dr. Kresin empor. »Ich denke, Sie sind darüber erhaben?«

»Aber ich habe viele tausend Männer im Lager, die seit fünf Jahren keinen Unterrock mehr gesehen haben! Wenn die Tschurilowa ins Lager kommt — ich kenne sie, ist verteufelt hübsch, kommt aus Georgien wie Genosse Stalin —, mein Gott, Genosse General, das gibt eine Treibjagd auf röhrende Hirsche im Lager . . .«

Polowitzkij lachte meckernd. »Kriegen zu viel zu fressen, die Kerle, was?«

Dr. Kresin sah den General schief an. »Ich glaube nicht, daß Sie einen Tag so etwas essen wie die Plennis. Aber davon wollen wir nicht reden! Ich brauche Laborpersonal. Und diese Terufina ist denkbar ungeeignet dafür. Sie bringt noch mehr Verwirrung. Habt ihr denn keine anderen Sanitäter als nur Frauen?«

»Die Tschurilowa kann etwas!« Polowitzkij angelte sich die neben Kresin stehende Wodkaflasche und goß sich, zufrieden knurrend, ein. »Außerdem kann ich sie entbehren, weil im Apothekenlabor doch nichts zu tun ist.«

»Und das ist alles, Genosse General?«

»Ja.«

Dr. Kresin erhob sich. »Dann brauche ich gar nicht weiterzusprechen! Leben Sie wohl, Genosse General. Und saufen Sie nicht zuviel!« Er stapfte zur Tür und drehte sich dort um. »Und die Tschurilowa brauchen Sie mir gar nicht zu schicken . . . ich verzichte darauf!«

General Polowitzkij nickte und trank sein Glas leer.

Wütend verließ Dr. Kresin die Kommandantur. Er besuchte noch Dr. von Sellnow auf seinem Krankenlager und bummelte dann durch die Stadt.

Am nächsten Morgen rollte ein Lastwagen in das Lager 5110/47 und spie einige Koffer, Kisten, ein Bett, einen Schrank und einen großen Spiegel aus.

Ihnen folgte ein schlankes, blondes Mädchen in hohen Stiefeln und einem Pelzmantel.

Terufina Tschurilowa war gekommen ...

In seinem Zimmer tobte Dr. Kresin.

Dr. Böhler sah das Mädchen lange an, als es sich bei ihm vorstellte. Sie sprach ein ziemlich gutes Deutsch und war ein wenig schüchtern und befangen.

»Man hat Sie fürs Labor geschickt?« Dr. Böhler lächelte. »Haben Sie Erfahrungen in Blutuntersuchungen?«

»Ja. Ich habe sie in der Klinik in Tiflis gemacht.«

Ihre Stimme war weich und dunkel. Sie paßte gar nicht zu ihren blonden Haaren und dem schmalen, etwas blassen Gesicht. Als sie den Pelz auszog, trug sie darunter ein einfaches, blaues Wollkleid. Sie war sehr schlank, knabenhaft fast, mit langen, schönen Beinen und einem weißen Hals. Aber das Auffallendste an ihr waren die hellen, klaren Augen.

»Es wird eine schwere Arbeit sein, Fräulein Tschurilowa.«

Dr. Böhler zeigte ihr das neueingerichtete Labor und wies auf eine lange Reihe gefärbter Präparate in einem Holzgestell. »Ich habe im vorigen Sommer bei fast allen Gefangenen der Waldlager Malariaplasmodien festgestellt. Es gibt genug Mittel, sie zu bekämpfen, aber wir bekommen sie nicht. Deutschland ist weit und Amerika noch weiter. In Rußland — verzeihen Sie — ist die Arzneimittelindustrie ein sehr zurückgebliebener Zweig der Medizin. Vielleicht liegt es daran, daß der Russe von Natur aus ein gesunder, unverbrauchter Mensch ist und keine Modekrankheiten kennt. Ich habe mir gedacht, vielleicht helfen wir nicht nur meinen gefangenen Kameraden, sondern auch Ihren Landsleuten, wenn wir die Proben und Ergebnisse unserer Reihenuntersuchungen dem Zentralinstitut in Moskau zur Verfügung stellen. Aber bis dahin ist noch viel Arbeit.«

»Ich habe keine Angst ...« Terufina Tschurilowa sah zu dem großen Arzt auf, sein langes, schmales Gesicht lag in einem breiten Strahl der Wintersonne, die durch das Fenster flutete. »Wenn Sie mit mir zufrieden sind ...«

Dr. Böhler sah sie an, in seinem Blick lag die Bewunderung, die jeder Mann weiblicher Schönheit entgegenbringt.

»Wenn Sie so arbeiten, wie Sie aussehen, Terufina, dann werde ich sehr zufrieden sein ...«

Sie schaute ihm lange nach, als er durch den Gang fortging, und eine leise Röte überzog ihr Gesicht. Dr. Kresin, der gerade in die Baracke trat und das sah, knallte die Tür zu und verschwand im Zimmer Markows. Dort saß Worotilow am Bett und kühlte die Stirn des Fiebernden.

»Die Sauerei beginnt schon!« brüllte Kresin außer sich. »Die Terufina macht dem Böhler heiße Augen! Ich will hier ein Lazarett haben und kein Hurennest!«

Major Worotilow legte den Finger auf die Lippen. »Psst!« machte er. »Er schläft doch ...«

Einen Augenblick stand Dr. Kresin hilflos da, dann knirschte er: »Ich fahre noch einmal zu General Polowitzkij. Er nimmt die Tschurilowa wieder nach Stalingrad, oder ich bringe sie um!« Wütend wie ein gereizter Stier rannte er davon.

Aber seine Wut prallte in Stalingrad im Vorzimmer des Generals ab. Terufina Tschurilowa blieb.

Die Ankunft des blonden Mädchens löste bei Janina große Verwirrung und Erregung aus. Sie hatte beobachtet, wie Dr. Schultheiß Terufina begrüßte und ihre Hand länger als üblich festhielt, wie er ihr nachblickte, als sie ins Labor ging.

Nun zog sie sich an. Sie strich sich etwas Rouge auf die blassen Wangen, zog die dünnen Lippen nach und verschwendete lange Zeit damit, ihre Haare zu bürsten und ihnen dadurch Glanz zu geben. Dann ging sie langsam über den Gang und trat in das Zimmer von Dr. Schultheiß.

Er saß am Tisch und führte seine Krankengeschichten. Als er Janina eintreten sah, warf er den Bleistift weg und sprang auf.

»Du legst dich sofort wieder hin!« rief er entsetzt. »Wer hat dir erlaubt aufzustehen?! Marsch, ins Bett . . .«

Sie lächelte schwach und setzte sich. »Nein«, sagte sie.

»Was heißt nein?«

»Ich lege mich nicht wieder hin.« Janina faltete die Hände in ihrem Schoß. »Ist sie schön?« fragte sie leise.

Dr. Schultheiß zuckte mit den Schultern. »Ich weiß es nicht. Ich habe sie nicht angesehen . . .«

»Du hast ihre Hand sehr lange festgehalten.«

»So?« Er lächelte, als er sich wieder seinen Papieren zuwandte. Sie schien es zu ahnen, wenn sie es auch nicht sah, und stampfte mit dem Fuß.

»Sie ist häßlich!« sagte sie laut.

Dr. Schultheiß nickte. »Sie ist wirklich häßlich.«

Janina sah ihn mit zur Seite geneigtem Kopf an. Meinte er es ehrlich, oder machte er sich über sie lustig?

»Was will sie hier?«

»Sie wird im Labor arbeiten.«

»Sie bleibt also länger?«

»Ja.«

»Und Alexandra Kasalinsskaja?«

»Wird nach Ablauf ihres Urlaubs auch zurückkommen.«

»Sie wird der Tschurilowa die Augen auskratzen!« sagte sie wild.

»Aber warum denn? Sie ist doch ein braves, stilles, nettes Mädchen . . .«

Janina fuhr auf. Ihre Augen glänzten fiebrig. »Eben hast du gesagt, sie ist häßlich!«

»Brav, still und nett hat mit Schönheit nichts zu tun — es sind Wesensmerkmale, Charaktereigenschaften . . .«

»Auch ihr Charakter ist häßlich!« sagte sie hart.

»Das kann ich nicht beurteilen.«

»Wenn ich sage, sie ist häßlich, dann ist sie es!« Sie stampfte wieder mit dem Fuß auf und biß die schmalen Lippen zusammen. Ihre Wangen begannen zu glühen. »Ich hasse sie . . .«

»Kennst du sie denn so gut?!«

»Ich habe gesehen, wie sie dir nachschaute! Ich werde sie töten, wenn sie dich nicht in Ruhe läßt!« schrie sie.

»Aber Janina . . .« Dr. Schultheiß trat zu ihr und legte den Arm um ihre Schulter. Plötzlich weinte sie und verbarg ihr Gesicht an seiner Brust. Sie ergriff seine Hände und hielt sie fest. »Sag mir, daß du mich liebst! Daß du die Tschurilowa gar nicht siehst. Daß sie Luft ist, eine schmutzige Welle des Don . . . Sag es, Jens . . .«

Er nickte schwach. »Du mußt dich wieder hinlegen, Janina. Es ist zuviel für dich . . .«

»Sag es!« forderte sie mit kindlichem Trotz.

»Sie ist alles, was du sagst«, antwortete er gehorsam. »Aber nun leg dich wieder hin. Komm, ich begleite dich . . .«

Er faßte sie unter den Arm und zog sie vom Stuhl empor. Sie lehnte sich einen Augenblick an ihn, dann schnellte sie plötzlich empor und küßte ihn mit erschreckender Wildheit. Seufzend sank sie zurück und war wieder das kleine, schwache, hilfsbedürftige Mädchen, das sich abführen ließ. Plötzlich erfaßte sie ein Husten — sie wollte ihn verbergen, aber Dr. Schultheiß schüttelte nur den Kopf: »Solche Unvernunft! Du könntest sterben, Janina . . .«

In ihrem Zimmer knöpfte sie das Kleid auf und zog es über den Kopf. Geduldig und bewegungslos ließ sie sich das lange Nachthemd überstreifen, legte sich gehorsam hin und kuschelte sich in das weiche Kopfkissen. Glücklich sah sie Dr. Schultheiß an. »Bleibst du noch bei mir, Jens?«

»Ja. Bis du schläfst. Du mußt jetzt schlafen, Janina. Nur Ruhe kann dich wieder gesund machen. Völlige Ruhe.«

»Ich bin nur ruhig, wenn du da bist.«

Er hielt ihre Hand, ihr Atem wurde ruhiger. Bald merkte er, daß sie schlief. Vorsichtig tastete er nach ihrem Puls. Dann schlich er auf den Zehen aus dem Zimmer und schloß aufatmend die Tür hinter sich.

Draußen stemmte sich der junge Arzt gegen den Wind, der von den Wäldern kam und den Schnee vor sich herpeitschte. Auf den Wachttürmen verkrochen sich die Posten, schemenhaft lagen die Baracken in den hohen Schnee gebettet. Die Rauchfahnen aus den Kaminen flatterten gerissen um ihre Dächer.

Im Zimmer Worotilows brannte Licht, als Dr. Schultheiß die Kommandantur erreichte. Einen Augenblick zögerte er vor der Tür, dann stieß er sie auf.

Worotilow mußte ihm helfen. Gegen Janina Salja. Ihr Leben hing davon ab.

Dr. Schultheiß wußte, daß er sich noch nie in eine solche persönliche Gefahr begeben hatte wie in diesem Augenblick.

In der Baracke war es seit dem Selbstmord Julius Kerners stiller geworden. Der Motor der frohen Laune, die Heiterkeit Kerners, fehlte. Peter Fischer hatte sein Vermächtnis angenommen und die Trompete behalten. Er lernte fleißig bei einem Musiker auf Block 9 und erschütterte die Baracke mit den Wimmerlauten seiner Übungen.

Hans Sauerbrunn profitierte noch immer von seiner eingeschlagenen Nase. Er hatte ein Arbeitskommando in der Küche bekommen und begann seine Arbeit damit, dem Küchenmädchen Bascha Tarrasowa schöne Augen zu machen. Der russische Küchenchef Michail Pjatjal ertappte ihn sogar einmal, wie er ihr ungeniert unter den Rock griff, und gab ihm dafür eine Ohrfeige. Sauerbrunn nahm sie hin mit dem Optimismus des Wissenden, daß eine Ohrfeige nicht so viel wert sei wie die Portion Fett, die er von Bascha für diese Beweise seiner Zärtlichkeit erhalten würde. So sorgte er dafür, daß die immer kärglicher werdenden Rationen in seiner Baracke aufgefüllt würden. Sechshundert Gramm feuchtes Brot, eine Schale Kohlsuppe und zweihundert Gramm Hirse waren verflucht wenig bei der Schwerarbeit an den Baustellen im Wald und im Lager.

Für das kommende Weihnachtsfest, das man in der großen Freizeitbaracke feiern wollte, probten das Lagerorchester und der Lagerchor mit einigen Solisten, darunter der Kammersänger vom Nebenblock, eine Operette, die ein Plenni komponiert hatte und deren Text von einem neuen, aus Rostow verlegten Gefangenen stammte. Es war ein ziemlich sentimentales Machwerk mit Mondzauber und Bonbonsüße, mit schmelzenden Tönen und sogar einem Ballett, in dem auch Karl Georg mitwirkte, der dafür seit einer Woche am Bettrand Gelenkigkeitsübungen vornahm. Er riß die Beine hoch, beugte den Oberkörper vor, hüpfte auf den Zehen und warf graziös die Arme zur Seite, was bei Hans Sauerbrunn und Karl Eberhard Möller Heiterkeit erregte und ihm den Namen »Sterbender Schwan« eintrug.

Beträchtliche Erregung durchzog das Lager, als Kommissar Kuwakino aus Stalingrad Zeitungen mitbrachte, Zeitungen in deutscher Sprache!

Die in einem Lager bei Moskau gedruckten und redigierten »Nachrichten für die deutschen Kriegsgefangenen in der Sowjetunion« sowie die »Tägliche Rundschau« und die SED-Kulturzeitschrift »Der Aufbau«. Jede Baracke bekam eine Tageszeitung, jeder Block eine Monatschrift, und dann saßen die Plennis vor ihren Betten und lasen nach Jahren wieder deutsche Wörter ... Karl Georg hatte die »Tägliche Rundschau« vor sich und las die Außenpolitik.

»In der Heimat hungern sie auch«, sagte er leise. »Sie haben Lebensmittelkarten, wie im Krieg, nur viel weniger!«

»Von wann ist denn der Schmarren?« fragte Sauerbrunn, der im »Aufbau« eine Abhandlung über den Kommunismus Heinrich von Kleists las — und das, was er las, nicht verstand.

»Vom 17. Juni 1947.«

»Und da hungern sie noch?«

»Hier steht: Auf Abschnitt L gibt es in der kommenden Woche dreihundert Gramm Fisch pro Person! Die Eier auf E 12 können erst in vierzehn Tagen ausgegeben werden. An Stelle von Fisch kann es auch Wurstwaren im Wert von eins zu drei geben — das sind pro Kopf einhundert Gramm Wurst!«

»Fast wie bei uns.« Peter Fischer, der seine Trompete putzte und zuhörte, schüttelte den Kopf. »Da stimmt doch was nicht«, sagte er. »Meine Mutter schreibt, es geht ihr gut, und auch zu essen gibt es genug. Wenn sie dürfte, würde sie jede Woche ein Paket schicken . . .«

»Wo wohnt denn deine Mutter?«

»In Oldenburg.«

»Und die Zeitung kommt aus Ostberlin und ist gültig für die ganze Mark Brandenburg.«

»Da ist der Russe.«

»Und in Oldenburg?«

»Der Engländer . . .«

Sie sahen einander an und schwiegen. Endlich räusperte sich Georg. »Irgend etwas ist da faul! Warum bekommen die im Westen mehr zu essen als die im Osten? Man hat uns doch gesagt, daß die im Westen in den Klauen der amerikanischen Kapitalisten verhungern und die Monopolisten daran sind, ganz Deutschland an den Rand des Abgrunds zu bringen. Darum sollen wir ja Kommunisten werden, um Deutschland vor dem Untergang zu retten, um Freiheit, Gleichheit und Brüderlichkeit einzuführen, Gerechtigkeit und Brot für alle!«

Sauerbrunn legte seinen »Aufbau« auf den Tisch und spuckte aus. »Alles Scheiße! Habt ihr mal was von einem Kleist gehört?«

Peter Fischer nickte. »Der hat sich erschossen, war ein deutscher Dichter. Und weil ihn keiner drucken und spielen wollte, machte er bumm!«

»Und der war Kommunist?«

»Quatsch! Da gab's noch gar keinen Kommunismus!«

»Aber hier steht: Kleists Schaffen war nichts anderes als eine Auflehnung der getretenen Kreatur gegen das herrschende Kapital, ein kommunistischer Aufschrei der unterdrückten Rechtsnatur gegen die Sklavenhalter der Bourgeoisie! Sein Michael Kohlhaas ist ein Fanal, wie es nicht besser in den Schriften Lenins zu finden ist! — Das steht hier.«

»Quatsch!« sagte Karl Georg.

»Aber warum drucken sie es dann, wenn es Quatsch ist?«

»Weil es Propaganda ist!«

»Aber dann belügt man uns doch . . .«

»Das ist der Witz der Politik, den Menschen zu belügen und zu betrügen! In der Politik ist jedes Mittel recht, das zum Ziel führt!«

Hans Sauerbrunn warf den »Aufwärts« auf den Tisch und rülpste. Das feuchte Brot lag ihm schwer im Magen. »Dann trete ich wieder aus der KP aus!« sagte er hart. »Morgen gehe ich zum Kommissar und frage ihn, was hiermit« — er klopfte auf das »Aufbau«-Heft — »los ist, und wenn er mir keine klare Antwort geben kann, soll er mich am Arsch lecken mit seiner Partei!«

»Der wird dir das Nasenbein noch mal einschlagen«, meinte Peter Fischer, legte die Trompete zur Seite und griff nach der »Täglichen Rundschau«. »Es geht doch darum, daß wir schneller in die Heimat kommen. Sind wir erst da, können wir 'ne Schnauze riskieren. Jetzt sagen wir nur ja und singen die Internationale so oft, wie sie es von uns verlangen. Und wenn wir sie auskotzen müßten — wir singen sie!« Er blätterte in der großen Zeitung herum und schlug die Unterhaltungsseite auf. »Hier, lest lieber die Geschichten und laßt die Politik beiseite! Man fragt uns doch nicht, ob sie es richtig machen oder nicht. Wir haben für die da oben nur die Knochen hinhalten dürfen und brummen jetzt in Rußland, damit sie wieder ihre politische Idee an den Mann bringen können. Und wer am lautesten schreit, der gewinnt die Tour und wird Minister und Staatschef! Ist doch die alte Kugel, die rollt, Jungs. Warum sich darüber aufregen? Erst in der Heimat sein, dann werden wir schon mitmischen!«

»Wenn man dich hört . . .«, Karl Georg lachte. »Der waschechte Kommunist!«

Emil Pelz, der Sanitäter, kam in die Baracke.

»Im Lazarett ist schwerer Stunk«, sagte er ungerührt. »Seit die Tschurilowa da ist, kriegt die Salja Anfälle. Wie wird das erst, wenn nächste Woche die Kasalinsskaja zurückkommt? Außerdem heißt es, daß wir aus den Lagern Krassnopol und Stalino Krankenschwestern bekommen sollen . . .«

»Deutsche?« schrie Peter Fischer.

»Klar! Deutsche Schwestern!«

Karl Georg schnalzte mit der Zunge. »Karbolmäuschen! Das wär 'n Ding! Dann melde ich mich krank . . . Ischias im Oberschenkel.« Er grinste breit.

»Alte Sau!« Emil Pelz setzte sich an den Tisch. Er schob die Zeitung weg und kratzte sich den Kopf. »Und das Neueste — wir bekommen eine Lagerbibliothek und können eine Fußballmannschaft aufstellen! Habe ich alles von Dr. Kresin.«

»Dann war er besoffen!«

»Aber nein. Das ist der neue Kurs aus Moskau. Wie sagt Kresin? Kulturnaja shisnj!«

»Ein Pfund Brot wäre mir lieber! Was habe ich davon, ob Kleist ein Kommunist war oder nicht?« Sauerbrunn räkelte sich. Kleist war sein Lieblingsthema geworden. Er brachte es an, wo er nur konnte. Emil Pelz sah ihn groß an.

»Welcher Kleist?«

»Der Dichter! Der sich damals erschossen hat! Er hat 'n paar Theaterstücke geschrieben und irgend so 'n Ding über den Kohl und die Hasen . . .«

»Und der war Kommunist?« fragte Emil Pelz.

»Nee. Aber er soll's werden . . .«

Karl Georg winkte ab. »Ihr seid alle Idioten. Aber das ist gut so, sonst gäb's keine Intelligenz. Bleiben wir beim Fußball, da versteht ihr was von! Wenn das wirklich wahr ist, Kinder, dann können wir im Frühjahr Fußball spielen!«

»Mit einem Liter Kohlsuppe im Bauch!« Peter Fischer drehte sich eine Zigarette aus Kippentabak und Zeitungspapier. Er riß dazu respektlos eine Ecke der »Täglichen Rundschau« ab. »Wenn die sich mit solchen Dingen befassen, oben in Moskau — Jungs, dann sieht es faul aus mit einer schnellen Rückkehr!«

Diese Gedankenverbindung schlug ein . . . es wurde still am Tisch. Man sah sich betreten an und merkte, daß Peter Fischer recht hatte. Man baut keine Fußballplätze und richtet keine Bibliotheken ein, man baut keine Lazarette aus und verlegt Krankenschwestern hin und her, wenn man die Absicht hat, die Gefangenen in absehbarer Zeit zu entlassen.

Karl Georg sprach aus, was alle dachten. »Ich glaube, die brüten eine hundsgemeine Schweinerei aus . . .«

Peter Fischer biß die Lippen aufeinander. »Verflucht und zugenäht«, murmelte er.

Sie dachten an Julius Kerner, der sich nackt in den Schnee gelegt hatte, um zu erfrieren.

Es war, als krieche die russische Winternacht durch die Ritzen der Baracke. Die kalte, erbarmungslose Nacht . . .

»Jetzt sind wir schon vier Jahre im Lager — und jetzt wollen wir uns unterkriegen lassen?« Emil Pelz warf den »Aufbau« auf ein leeres Bett und schob die gezeichneten Skatkarten auf die Tischplatte. »Los! Du gibst, Hans! Und wer jetzt noch was von Politik oder so 'n Quatsch redet, kriegt eins in die Fresse!« Er legte zehn Kopekenstücke auf den Tisch und sah sich um. »Spielen wir um ein Zehntel«, meinte er dann. »Abwechselnd je drei eine Runde!«

Worotilow saß am Radio und las die »Prawda«, als Dr. Schultheiß eintrat. Er hatte die Stiefel ausgezogen und den Ofen voll Kohlen und Holzscheite gestopft. Leicht schwitzend, saß er nun in dem überhitzten Zimmer und trank aus einer bauchigen Flasche süßen Krimwein. Er sah erstaunt und ein wenig ungläubig auf, als der deutsche Arzt eintrat und an der Tür stehenblieb.

»Ist etwas mit Leutnant Markow?« fragte Worotilow besorgt und winkte Dr. Schultheiß, näher zu treten.

»Nein. Ich wollte Sie aus privaten Gründen sprechen, Major.«

»Privat?« Der Russe lächelte mokant. In sein breites Gesicht trat ein zynischer Zug. »Ich habe nicht gewußt, daß ein Plenni ein so starkes Privatleben hat, daß er es mit dem russischen Kommandanten besprechen muß.«

»Es geht auch um Ihr Leben, Major.«

»Das klingt geheimnisvoll wie eine Drohung.«

Dr. Schultheiß wischte sich den Schweiß von der Stirn. Die Hitze machte ihn schlaff und ließ sein Herz wie wahnsinnig schlagen.

»Es ist eine sehr ernste Angelegenheit. Es ist wegen Fräulein Salja.«

»Janina?« Major Worotilow zog mit den bestrumpften Beinen einen Stuhl heran und wies auf ihn. »Setzen Sie sich, Dr. Schultheiß.« Er sah in sein Weinglas und vermied es, den Arzt anzusehen. »Sie haben schlechte Nachrichten?«

»Fräulein Salja befolgt den Rat der Ärzte nicht. Wir können für keine Gesundung oder auch nur Besserung garantieren, wenn sie weiterhin das tut, was wir streng verbieten: Aufstehen, Herumgehen in dünnen Kleidern, Aufregungen, kein Einnehmen der Medizin ...«

»Ich werde noch heute mit ihr darüber sprechen«, sagte Major Worotilow.

Dr. Schultheiß schüttelte den Kopf. »Es wird nichts helfen. Ich habe es auch versucht, mit allen Argumenten. Sie leidet unter einem Komplex.«

»Wieso?«

»Sie ist eifersüchtig.« Dr. Schultheiß fühlte, wie es in ihm kalt wurde. Jetzt ist es gesagt. Jetzt muß er den Sachverhalt erklären, und die tödliche Feindschaft muß zwischen ihnen beiden ausbrechen. Dr. Schultheiß war sich klar darüber, daß er der Unterlegene sein würde, er, der Plenni, angewiesen auf das Wohlwollen seiner Bewacher und nur getragen von dem schnell verschwindenden Lächeln asiatischer Unergründlichkeit.

»Eifersüchtig?« fragte der Russe gedehnt. »Auf wen denn eifersüchtig?«

»Auf die neue Assistentin Terufina Tschurilowa.«

»Ich kenne sie ja kaum! Wie kann Janina auf sie eifersüchtig sein?«

»Weil ich oft in ihrer Nähe bin, Major.«

Worotilow senkte den Blick. Er umklammerte das Weinglas, und Dr. Schultheiß dachte, er würde es zerbrechen. Die Knöchel an den Fingern waren weiß.

»So ist das?« sagte Worotilow leise. Seine Stimme war rauh und brüchig

»Ja, so ist das, Major.«

»Weiß es Dr. Böhler?«

»Nein.«

»Dr. Kresin?«

»Nein. Es weiß keiner außer Ihnen, Janina und mir.«

»Und warum sagen Sie mir das?« Worotilow goß sich Wein ein. Seine Hand zitterte. »Ich kann Sie zertreten wie ein Insekt. Ich kann mich an Ihnen rächen, so fürchterlich, daß Ihr Tod schlimmer wäre als der einer Hexe in der Inquisition! Wir Russen ...«

»Ich weiß es, Major, und ich gebe mich ganz in Ihre Hand.«

Worotilow blickte auf. In seinen Augen lag die Kälte Sibiriens. »So lieben Sie Janina?«

»Ja.«

»Und Sie wagen es, mir das zu sagen!« Er sprang auf und lief in Socken erregt im Zimmer auf und ab. »Ich sollte Sie nackt in den Schneesturm jagen und Sie erfrieren lassen. Ich sollte Sie einfach niederschießen!« Er sah auf den Haken, wo sein Koppel mit der langen Pistole hing. »Ich könnte sagen, daß Sie mich angreifen wollten, daß ich aus Notwehr gehandelt habe.«

»Das können Sie.« Dr. Schultheiß nickte. »Aber Janina wird Sie nicht decken! Sie würde aussagen ...«

»Ich würde sie nach Ihnen erschießen! Eine Russin, die mit einem deutschen Plenni . . .« Worotilow stockte, eine hektische Röte überzog sein Gesicht. »Wären Sie ein Russe, so würde ich mit Ihnen um Janina kämpfen. Aber Sie sind ein Deutscher — und Sie haben nicht nur mich, sondern meine ganze Nation beleidigt! Ich werde Sie Moskau melden!«

»Tun Sie es, Major. Aber wichtiger als ich ist Janina. Sie muß geheilt werden! Es geht um ihr Leben. Sie hat wieder Blutauswurf — wir dürfen sie nicht erregen.«

»Erregen tun Sie sie! Liebe macht erregt!«

»Unsere Liebe ist sanft, Major. Es genügt uns, wenn wir uns sehen, wenn wir unsere Hände halten, wenn wir zusammen sprechen können — und in unseren Augen allein alle Sehnsucht sammeln und verglühen . . .«

»Der deutsche Romantiker!« Worotilow lachte grell und gequält. »Und das gefällt dem Täubchen. Von der Steppenfüchsin zum Domspätzchen!« Er blieb vor Dr. Schultheiß stehen und starrte ihn an. »Ich möchte Ihnen die Fresse zerschlagen!«

»Ihre Leidenschaft, Major, beschleunigt den Verfall Janinas! Sie ist ein zerbrechliches Geschöpf — wie chinesisches Porzellan, hauchzart und unter den Händen zerbrechend, wenn diese Hände zu grob sind.«

»Und Sie haben weichere, nicht wahr? Sie können sie streicheln, ohne daß sie blaue Flecke bekommt. Sie können sie küssen, ohne daß ihre Lippen bluten! Gehen Sie mir weg mit Ihrer deutschen Seele!« brüllte er plötzlich. »Warum leben Sie noch? Warum sind Sie im russischen Winter nicht erfroren? Warum nicht verhungert? Waren wir zu menschlich mit Ihnen? Gibt es wirklich zwanzig Millionen Deutsche zu viel auf der Welt? Sind Sie einer der Überzähligen? Ich möchte Sie zertreten.«

»Warum tun Sie es nicht?«

Major Worotilow wandte sich ab und rannte wieder durchs Zimmer. Er hatte die Hände hinter dem Rücken verkrampft und gab sich Mühe, Dr. Schultheiß nicht mehr anzusehen.

»Was soll mit Janina geschehen?« fragte er. »Soll sie weg aus dem Lager?«

»Ja.«

»Und wohin?«

»In ein Sanatorium auf der Krim.«

»Und wer soll das bezahlen?«

»Ihr so fortschrittlicher, arbeiterliebender Staat! Das Paradies der Werktätigen!«

Worotilow blieb mit einem Ruck stehen. Sein Rücken war dem deutschen Arzt zugewandt. »Warum sagen Sie das?«

»Weil es die Wahrheit ist.«

»Rußland hat Sie über vier Jahre ernährt! Sie können sich nicht beschweren!«

»Und Sie, Major?«

»Ich bin Soldat dieses Staates! Ich bin stolz auf mein Vaterland, mein Rußland!«

Dr. Schultheiß klinkte die Tür auf. »Dann lassen Sie Janina stolz sterben . . .«

Worotilow fuhr herum. »Wohin wollen Sie?« brüllte er dröhnend.

»Hinüber ins Lazarett. Ich will versuchen, mit einem Pneumothorax die Lunge Janinas zu retten! Jetzt haben wir endlich das technische Material! Aber ein Pneu allein nützt nichts. Sie muß weg von hier, von Ihnen — und mir . . .«

»Oder Sie müssen weg!«

»Das wäre das kleinere Übel und würde den Verfall nur beschleunigen. Auf jeden Fall liegt die Wahl bei Ihnen, Major.«

»Bleiben Sie!« Worotilow ging an Dr. Schultheiß vorbei, schloß hinter ihm die Tür ab und steckte den Schlüssel in die Hosentasche. Er trat ans Fenster und zog die Übergardinen zu. Dann erst wandte er sich um. Schultheiß' Herz hämmerte zum Zerspringen.

»Geben Sie mir Antwort«, sagte Worotilow hart. »Würde Janina gesund werden, wenn Sie mit ihr . . .«

»Ich glaube ja.«

»Und warum tun Sie es nicht?!«

»Weil ich noch das Ehrgefühl besitze, einem Offizier — und wenn es der Gegner ist — die Braut nicht fortzunehmen. Ich habe mich bisher gegen diese Liebe gestemmt, aus Rücksicht auf Sie, Major. Aber jetzt ist ein Stadium erreicht, wo ich nicht länger schweigen darf. Ich beginne einzusehen, daß es Dummheit war, auf Sie Rücksicht zu nehmen, denn Sie würden Janina opfern, um weiterhin ihre Liebe zu erpressen. Das kann ich nicht verhindern, ich bin nur ein Plenni . . . So bleibt mir nichts, als Ihnen alles zu sagen und Ihnen die Entscheidung zu überlassen. Wie ich die russische Seele kenne, werden Sie beide opfern — Janina und mich! Und die Ehre des betrogenen — des bis jetzt nur seelisch betrogenen Offiziers ist wiederhergestellt. Zwei Opfer . . . sie fallen nicht weiter auf in dem Wald von Kreuzen, der sich vom Eismeer bis zum Schwarzen Meer durch Rußland zieht.«

Worotilow trat dicht an Dr. Schultheiß heran. Wortlos hob er die Hand und schlug dem Arzt ins Gesicht.

»Das ist für die Beleidigung meines Vaterlandes«, sagte er dabei. Dann griff er in die Tasche und zog eine Packung türkischer Zigaretten hervor. Er klappte die Schachtel auf und hielt sie Dr. Schultheiß hin. »Und jetzt rauchen wir unter Männern eine Zigarette . . . das ist für Ihren Mut, Dr. Schultheiß!«

Der Arzt zögerte, dann griff er zu und ließ sich die Zigarette von Worotilow in Brand setzen. Seine Wange brannte. Er setzte sich an den Tisch und sah zu, wie Worotilow noch ein Glas holte und einschenkte.

»Es geht nur um eins — retten Sie Janina!« Worotilow goß sein Glas hinunter und atmete schwer.

Dr. Schultheiß setzte sein Glas ab, ohne zu trinken. Er erfuhr erst jetzt, wie sehr der Russe Janina liebte. Er gab sie frei, um sie zu retten . . . Es war das Opfer eines Mannes, der keinen anderen Ausweg mehr sah, als sich zurückzuziehen. Er, der Russe, der Sieger, der Stärkere, der Machtvolle — er begab sich freiwillig seiner Rechte für einen Plenni!

Dr. Schultheiß zerdrückte die Zigarette im Aschenbecher. Auch die Zigarette schmeckte plötzlich bitter. »Es ist vielleicht doch besser, wenn Janina in die Krim fährt«, sagte er. »Besser für uns beide.«

»Sonst wird sie nicht gesund — Sie sagten es selbst.«

»Zumindest dauert die Heilung länger.«

Worotilow ließ seine große Hand durch die Luft kreisen. »Reden Sie mit mir nicht als Arzt — reden Sie wie ein Mensch zum Menschen, ein Mann zum Manne. Wir sind allein, die Tür ist verriegelt, die Fenster sind verhängt. Wir sind nicht Sieger und Besiegte, nicht Kommandant und Plenni — wir sind zwei Männer, die die gleiche Frau lieben und von denen einer verzichtet, weil es so besser ist. Das ist alles, Dr. Schultheiß.«

Er schob ihm das Glas Wein wieder hin und hob das seine. »Trinken wir auf den Funken Menschlichkeit und Anständigkeit, den wir uns über alle Zeiten hinweg gerettet haben.«

Dr. Schultheiß hob sein Glas und stieß an. »Sie sind wirklich ein seltener Mensch«, sagte er ehrlich. »Ich hatte Sie in vier Jahren fürchten gelernt — und jetzt verehre ich Sie.«

Major Worotilow antwortete nicht. Er sah dem Rauch seiner Zigarette nach und schob gedankenlos mit der anderen Hand das Glas hin und her. Schweigend saßen sich die beiden Männer gegenüber.

Im Ofen knackten die Holzscheite, die Eisenplatte glühte.

Janina, dachte er, Janina.

O Gott, wäre doch nie dieser Krieg gekommen ... dieser grausame, unselige Krieg.

Was nur ein Gerücht war, wurde drei Tage später sensationelle Wirklichkeit. Die Plennis standen verwundert und mit offenem Mund vor den Baracken im Schnee und sahen auf die beiden Lastwagen, die durch das große Lagertor rollten und auf dem Abstellplatz von Major Worotilow, Dr. Kresin und Dr. Böhler empfangen wurden.

Als sich die Planen hoben, sah man zuerst Kisten und Kartons, dann aber schälten sich einige in Pelze und Steppjacken vermummte Gestalten aus dem Innern der Lastwagen und kletterten mit kälteerstarrten Gliedern die kleine Leiter hinunter.

Frauen! Mädchen!

Eine ... zwei ... drei ...

Drei Frauen. Deutsche Krankenschwestern!

Sie kamen aus den Lagern 5110/43 Krassnopol und 5110/44 Stalino. Der Divisionsgeneral hatte sie von der Zentrale in Moskau für 5110/47 angefordert und einen langen Bericht über die mustergültigen Lazarettverhältnisse geschrieben, die Dr. Böhler mit seinen Ärzten in Stalingrad geschaffen hatte. Selbst Russen lägen in dem Lazarett des Lagers 5110/47 — unter ihnen auch der Genosse Leutnant Piotr Markow mit einer fast tödlichen Blutvergiftung. Dr. Böhler aber habe ihn operiert und ihn mit immer neuen Bluttransfusionen so gut wie gerettet.

Das war einer der maßgebenden Punkte, warum man in Moskau so schnell die Erlaubnis erteilte, aus Krassnopol und Stalino deutsche Schwestern in das Lager an der Wolga zu verlegen. Hinzu kam der lange Bericht des Genossen Kuwakino, der meldete, daß im Lager Stalingrad die Stimmung vorzüglich und man allgemein sehr kommunistenfreundlich eingestellt sei.

Dr. Böhler sah Worotilow an, als die drei Mädchen aus dem Lastwagen stiegen und die steifen Glieder dehnten. »Haben Sie die deutschen Schwestern beantragt, Major?« fragte er ernst.

»Nein, Genosse Dr. Kresin. Ich wußte nur davon.«

Dr. Böhler wandte sich an Kresin: »Warum haben Sie das getan?«

»Um Ihnen zu helfen. Ich will, daß Sie hier ein Musterlazarett aufbauen — das beste aller Gefangenenlager.«

»Aber das Eintreffen der Mädels gibt Grund zu Gerede, Dr. Kresin! Sie werden sehen, ich habe innerhalb von zehn Stunden das Lazarett überfüllt! Es wird Krankmeldungen rasseln!«

»Nicht, wenn ich die Auswahl der wirklich Kranken treffe!« sagte Dr. Kresin giftig. »Ihnen kann man aber auch wirklich gar nichts recht machen!«

»Sie werden sehen . . .«

Dr. Böhler trat zu den drei Mädchen und reichte ihnen die Hand. »Willkommen in Stalingrad«, sagte er ein wenig sarkastisch. »Es wäre besser gewesen, man hätte euch nach Hause gefahren.«

Er nickte ihnen ermutigend zu. »Ich bin Dr. Böhler, so was Ähnliches wie der Chef dieses Lazaretts!«

»Ingeborg Waiden«, sagte eines der Mädchen und drückte die dargebotene Hand. »Ich komme aus Kiel. Schwester, voll ausgebildet.«

»Wie lange sind Sie in Rußland?«

»Seit 1943! Gefangen wurde ich erst 1945, bei Königsberg!«

Dr. Böhler sah die beiden anderen an. »Martha Kreutz«, sagte die eine, »Erna Bordner«, die andere.

»Beide aus Stalino«, meinte Martha Kreutz. »Wir kamen schon 1944 in Gefangenschaft und waren bisher in zehn Lagern als Schwesternhelferinnen. Zuletzt — vor Stalino — in Swerdlowsk, im sogenannten Narbenlager.«

Dr. Böhler sah sie verblüfft an, er glaubte nicht richtig verstanden zu haben. »Narbenlager?«

»Ja. Dort sind die versammelt, die die Blutgruppe unter dem Oberarm eintätowiert oder dort eine Narbe haben, weil sie sich das Zeichen ausbrennen ließen. Wer eine Narbe unter dem Oberarm hat, ist verdächtig und kommt nach Swerdlowsk. Viele sind auch in 5110/33, südlich Swerdlowsk.«

»Hm.« Dr. Böhler blickte die Mädchen an. Sie sahen gut genährt aus, nur die Falten um den Mund und die Ringe unter den Augen erzählten von den schweren Jahren und den schrecklichen Erlebnissen unter Tataren und Mongolen, Weißrussen und fanatischen Sowjets. Jetzt standen sie im Schnee von

Stalingrad und sahen zu, wie der Begleitoffizier dem Major Worotilow ihre Papiere übergab. Worotilow nickte und grüßte. Dann wandte er sich an die kleine Gruppe, zu der sich nun auch Dr. Kresin und von der Treppe des Lazaretts her Terufina Tschurilowa gesellten.

»Ingeborg Waiden?« rief Worotilow.

»Hier!« sagte das Mädchen.

»Ich bin Major«, sagte Worotilow steif.

»Hier, Herr Major«, wiederholte Ingeborg Waiden.

Dr. Böhler biß sich auf die Lippen und sah Dr. Kresin an. Der grinste und amüsierte sich. Vor den Baracken standen in Mengen die Plennis und sahen stumm zu.

»Erna Bordner?!«

»Hier, Herr Major.«

»Martha Kreutz?!«

»Hier, Herr Major.«

»Sie sind dem Lager 5110/47 als Schwestern zugeteilt. Was Sie zu tun haben, wird Ihnen Genosse Dr. Sergej Basow Kresin sagen und der deutsche Arzt! Wenn ich erfahre, daß ihr mit deutschen Kriegsgefangenen oder russischen Wachmannschaften herumhurt, werdet ihr erschossen! Verstanden?«

»Ja, Herr Major«, sagten die drei Mädchen sofort.

Dr. Böhler wandte sich an Dr. Kresin. Er war rot im Gesicht geworden.

»Das ist eine Schweinerei«, sagte er wütend. »So behandelt man keine Krankenschwestern! Ich protestiere!«

»Halts Maul!« sagte Kresin grob. »Seien Sie froh, daß die Weiber hier sind. Der Genosse Major wird seinen Grund haben . . .«

»Sie unterstellen diesen Mädchen etwas, was für sie beleidigend sein muß! Ich verlange eine menschenwürdige Behandlung!«

»Sie haben gar nichts zu verlangen! Sie sind Gefangener, Dr. Böhler — das vergessen Sie wohl? Sie sind ein schmutziger Plenni! Ihre Erfolge haben Sie wohl größenwahnsinnig gemacht? Sie haben hier nichts zu verlangen, sondern nur zu gehorchen!«

Dr. Böhler sah Kresin verblüfft und entsetzt zugleich an. Diese Wandlung, durchfuhr es ihn. Was hat er bloß? Warum diese plötzliche Distanz und Strenge? Hatte man von Moskau aus einen neuen Kurs befohlen? Ein Befehl von Moskau streicht alle Freundschaft und alle Vergangenheit — in Moskau regieren die einzigen Götter des Russen, ihr Wort ist ein Gebot, ein Heiligtum, ein Evangelium . . .

Major Worotilow steckte die Papiere in seine Brusttasche. Er wandte sich an Dr. Böhler und war sehr ernst. »Haben Sie die Räume für die Schwestern bereit?«

»Ja. In der neuen Baracke ist ein Raum frei.«

Worotilow nickte. »Ich werde mich selbst überzeugen, wie sich die Schwestern einfügen. Sie unterstehen personell der Genossin Dr. Kasalinsskaja und deren Stellvertreterin Genossin Tschurilowa! Nach mir, natürlich! Sie haben lediglich die Mädchen zur Verfügung Ihres Lazaretts. In allen Dingen, die die Mädchen angehen, haben Sie zu mir zu kommen!«

Dr. Böhler schwieg verbissen. Er sah Worotilow stumm an.

»Haben Sie mich verstanden?!« fragte Worotilow scharf.

»Ja — Herr Major.«

Worotilow kniff bei dem Wort Herr die Augen zu und drehte sich schroff herum. Mit seinen dicken Beinen stampfte er durch den Schnee der Kommandantur zu. Dr. Kresin sah ihm nach und wandte sich dann zu Dr. Böhler.

»Ich habe Angst um Worotilow«, sagte er leise und wirklich besorgt. »Er ist seit gestern anders — stiller, verbissener, zwischen Haß und Freundschaft schwankend. Ich glaube« — er stockte und sah sich um, ob es jemand hörte —, »er ist kein guter Kommunist mehr . . .«

»Und wenn?« Dr. Böhler hob die Schultern.

»Es wäre das Ende seiner Offizierslaufbahn.« Dr. Kresin hauchte in seine kalten Handflächen, ehe er die Handschuhe anzog. »Wadislaw Kuwakino würde ihn rücksichtslos nach Moskau melden.«

Nachdenklich wandte sich Dr. Böhler ab und winkte den drei Mädchen. Auf der Treppe zum Lazarett stand die Tschurilowa und sah ihnen entgegen. Ihr Gesicht war blaß und verzerrt. Sie haßte die drei Mädchen schon deswegen, weil sie jetzt da waren und neben Dr. Böhler gingen . . .

Vom Fenster aus blickte ihnen auch Janina Salja nach. Sie hatte den Bademantel umgeworfen und musterte kritisch die drei in ihren dicken Mänteln.

Eine Tür klappte hinter ihr. Sie drehte sich erschrocken um. Dr. Schultheiß stand im Zimmer und sah sie strafend an.

»Jetzt sind sie da, Jens«, sagte sie leise, fast weinend.

»Wer?«

»Deine deutschen Mädchen! Sie sind schön. Groß, schlank, kräftig — viel, viel schöner als ich! Ich bin eine Leiche, die atmet. Nur noch eine Leiche. Die deutschen Mädchen sind viel hübscher als ich . . .«

Dr. Schultheiß umfaßte ihre schmalen, zuckenden Schultern und sah neben ihr hinaus auf den verschneiten Platz. Zärtlich drückte er seine Wange gegen ihr Gesicht. »Niemand ist schöner als du, Janinaschka.«

»Ich bin eine atmende Leiche, Jens . . .«

»Du wirst leben, Janinaschka. Du mußt leben, weil ich dich liebe . . .«

Sie nickte schwach und suchte seine Lippen. Sie küßten sich lange und innig. Behutsam und zärtlich löste er sich dann aus ihren nackten, warmen Armen und küßte ihre geschlossenen Lider.

»Du mußt brav sein, Janinaschka, und im Bett bleiben«, sagte er stokkend. Ihre großen fieberglänzenden Augen flehten ihn an. Ihre Hände tasteten zitternd über seine Brust. Er biß die Zähne in die Unterlippe und senkte den Blick.

»Du mußt dich hinlegen«, wiederholte er leise.

»Ich liebe dich«, flüsterte sie mit fast erstorbener Stimme. »Ich sterbe, wenn du mich nicht . . .« Plötzlich warf sie sich an ihn und krallte sich an ihm fest. Ihr Atem flog. Sie riß mit der rechten Hand das Hemd über seiner Brust auf und versuchte, es abzustreifen. Er hinderte sie daran — fast ringend standen sie im Zimmer, ihr nackter Oberkörper zuckte und warf sich ihm entgegen. »Halte mich!« stöhnte sie. »Halt mich fest, schlag mich — nur tu etwas, erwürg mich, laß mich unter deinen Händen sterben ... Ich halte es nicht mehr aus ohne dich ...!«

Ein plötzlicher Hustenanfall schüttelte sie. Sie sank aufs Bett und preßte die Hand vor den Mund. In ihren Augen flatterte die Todesangst. Zwischen ihren Fingern rann ein dünner, roter Streifen hervor ...

Dr. Schultheiß rannte in die Ecke des Zimmers und kam mit einer Platte Zellstoff zurück. Er riß ihre Hände vom Gesicht, tupfte das aus dem Mund rinnende Blut ab.

»Still«, sagte er dabei. »Ganz still, Janinaschka.« Er legte sie zurück in die Kissen und deckte sie bis zum Hals zu. Dann setzte er sich auf die Bettkante, nahm ihre schmale Hand — eine Kinderhand, dachte er — und spielte mit ihren Fingern. Sie sah ihn an und lächelte.

»Mein blonder Wolf«, sagte sie zärtlich.

»Ich werde in dieser Nacht bei dir sein.« Er küßte ihre Finger und drückte ihre Hand gegen seine Augen. Ihre Fingerspitzen streichelten seine Brauen und Wimpern.

»Die ganze Nacht?« flüsterte sie glücklich.

»Die ganze Nacht, Janinaschka.«

»Und wenn wir ganz glücklich sind, werden wir das Fenster öffnen und lauschen, wie die Wälder rauschen. Die Wälder der Wolga ...« Sie legte sich zurück und schloß die Augen. »Und ich werde dich in meinen Armen halten, ganz, ganz fest und dicht, dein Arm wird über mich gleiten ...«

Sie schloß die Augen, sein Kopf lag auf ihrer Brust.

»Ich bin so müde, Jens. So müde ...«

Er schwieg. Als sie vor Erschöpfung eingeschlafen war, löste er sich leise von ihr und deckte ihre nackten Arme zu. Er sah noch einmal nach dem Ofen, legte ein paar dicke Holzscheite hinein und verließ auf Zehenspitzen das Zimmer.

Auf dem Gang kam ihm Dr. Böhler, noch immer wütend über Worotilow, entgegen.

»Unsere Schwestern sind gekommen, Schultheiß.«

»Ich habe sie vom Fenster aus gesehen, Herr Stabsarzt.«

»Worotilow hat sie behandelt wie Rotz am Ärmel! Ich möchte wissen, was in den Major gefahren ist! Seit gestern ist er wie ausgewechselt.«

Dr. Schultheiß schwieg, er wurde nicht einmal rot oder verlegen. Worotilow trug es schwer, das wußte er. Er liebte Janina ehrlich. Und es war unglaubhaft, daß er ihn nicht einfach über den Haufen geschossen und nach Moskau gemeldet hatte: In Notwehr getötet ...

Dr. Böhler blätterte in den Papieren, die ihm Dr. Kresin gegeben hatte. »Die ausgebildete Rote-Kreuz-Schwester Ingeborg Waiden hat zwei Jahre auf Lungenstation gearbeitet und selbständig Pneus angelegt. Ich werde sie Ihnen zuteilen, Schultheiß. Dann sind Sie entlastet. Die beiden anderen Mädel werde ich in die chirurgische Abteilung stecken. In der internistischen brauchen wir keine Hilfe — das macht der Pelz allein. Vor allem sind wir dann sicher, daß wir keine Simulanten bekommen. Magenkrämpfe kann man gut nachmachen und herzkrank sind sie alle — aber jeder wird sich hüten, sich ein Loch in den Leib schneiden zu lassen, nur um in der Nähe eines Mädchens zu sein!«

Dr. Schultheiß nahm die Papiere von Ingeborg Waiden an sich und sah sie kurz durch.

»Aus Kiel?« fragte er.

»Aus Ihrer Heimat, Jens.« Dr. Böhler hob lächelnd den Finger. »Nun machen Sie mir nur keine Dummheiten!«

»Bestimmt nicht, Herr Stabsarzt.«

»Übermorgen kommt übrigens die Kasalinsskaja wieder. Ich bin gespannt, was sie zu unseren Neuerwerbungen sagen wird.«

»Bestimmt nichts Gutes.«

»Davon bin ich auch überzeugt.«

»Übermorgen muß ich wieder fort, Werner«, sagte Alexandra und schmiegte sich zärtlich an Sellnow. »Dann werden wir uns eine ganze Woche lang nicht sehen . . .«

Das ist gut, dachte er. Er kam sich ekelhaft, gemein und feig vor. Er hatte seine Frau betrogen — zum erstenmal mit Bewußtsein und Willen betrogen. Er hatte seine Kinder betrogen, er hatte ihr Vertrauen, ihren Glauben, ihre Liebe geschändet, und er fühlte sich jetzt ausgestoßen und verworfen. Er spürte die Wärme Alexandras an seiner Haut, er roch ihren Körper. Das schwarze Haar kitzelte an seiner Schulter — es roch nach Rosen und Thymian.

»Du sagst gar nichts«, fragte sie drängend.

»Ich bin traurig, daß du gehen mußt«, log er.

»Wir haben noch zwei Nächte vor uns, in denen ich dich zerfleischen kann.« Sie lachte mit ihrer dunklen Stimme, die ihn immer wieder erschauern ließ. Ihre Raubtierzähne glänzten vor seinen Augen. Die Lippen waren rot und feucht. Mit einem Satz sprang sie auf und dehnte den nackten Körper in der Sonne. Sie tastete mit den Zehen nach ihren gestickten Pantoffeln und trippelte zum Petroleumkocher. Nackt, wie sie war, lief sie im Zimmer hin und her und begann, Kaffee zu kochen. Sellnow verfolgte ihre Gestalt mit den Blicken und nahm das Bild dieser wilden, unersättlichen Frau auf, wie man ein Gemälde ansieht, von dem man weiß, daß man es nie wieder sehen wird.

»Ich werde Dr. Böhler und Dr. Kresin bitten, dich wieder ins Lager zu holen«, sagte Alexandra, während sie das sprudelnde Wasser aufgoß.

»Ich werde hier gebraucht«, wich er aus. »Was sollen die Gefangenen denken, wenn ich jetzt weggehe. Ich habe mich an die Fabrik gewöhnt.«

»Aber wir können uns dann nicht sehen, Werner.« Alexandra setzte sich und streifte den Büstenhalter über. Dann zog sie die Strümpfe an.

Sellnow sah zur Seite — sein Blut begann wieder zu singen. Er verfluchte sich innerlich, er ballte die Fäuste unter der Decke . . . Nie, nie wieder ins Lager, dachte er. Ich will Alexandra vergessen, ich will sie hassen lernen!

Die Kasalinsskaja zog sich langsam an. Bevor sie das Kleid überwarf, wusch sie sich in dem Becken neben der Tür.

»Willst du nicht aufstehen, Werner? Soll ich die Männer untersuchen? Ruh dich aus . . . ich gehe hinunter . . .«, sagte sie.

»Nein, danke.« Sellnow sprang auf und schämte sich plötzlich seiner Blöße. Schnell zog er sich ebenfalls an und vermied es, sie dabei anzusehen. Er schaute aus dem Fenster und sah auf dem Hof die Schlange der wartenden Kranken im Schnee stehen.

Hinter sich hörte er die Kasalinsskaja wirtschaften — sie machte das Frühstück fertig. Ein aufbrechender Haß ließ ihn fast zittern; er hatte den Wunsch, diese schöne Frau zu erwürgen und sich an ihrem Tod zu weiden. »Ich bin ein Mensch!« wollte er dabei schreien. »Ich will sühnen! Ich will büßen! Ich bin ein Mensch mit Ehre!« Und während er das dachte, spürte er, wie hohl und pathetisch das alles und wie verloren er in Wahrheit war.

Er malte sich aus, wie befreiend es sein mußte, ihr ins Gesicht zu sagen: Geh, du Hure! Raus mit dir! Ich habe zwölf Nächte mit dir verbracht — bezahlen kann ich dich nicht. Aber ich kann dir sagen, daß du ein Schwein bist, ein elendes, mistiges Schwein, und daß ich kotzen müßte, wenn ich dich noch einmal berühren würde . . . und gleichzeitig hatte er Verlangen nach ihren Lippen, ihren Brüsten und Schenkeln und ihrem stumpfen, aufquellenden Schreien und Stammeln, wenn ihr Wille unter seinen Händen zerschmolz.

Er drehte sich um und ging an den kleinen Tisch. Der Kaffee duftete. Frisches Weißbrot lag auf einem Holzteller. In Rußland hungerten sie diesen Winter, aber sie aßen Weißbrot, Butter, fette Milch, Käse, Wurst und sogar zwei Eier.

»Du bist ein Rätsel«, sagte er und strich Alexandra über die schwarzen Haare. »Was würdest du tun, wenn ich dich verließe?«

»Umbringen!« sagte sie sofort. Dabei lächelte sie.

»Mich?«

»Uns beide, Sascha.« Wenn sie besonders zärtlich zu ihm sein wollte, nannte sie ihn Sascha. Er wußte nicht warum, er nahm es hin und freute sich am Klang ihrer tiefen Stimme.

Er belegte eine Scheibe Weißbrot mit roter, sichtlich gefärbter Zervelatwurst und klopfte ein Ei auf.

»Das würdest du tun?« fragte er dabei.

»Ja! Sofort! Ohne Reue!« Sie beugte sich über den Tisch zu ihm. »Du gehörst mir — und keiner anderen mehr! Keiner.«

Sellnow tauchte den Löffel in das weiche Eigelb. Der Tod — ob das eine Lösung war? Er tat so, als suche er nach dem Taschentuch und tastete in der Hosentasche nach der zerrissenen Karte. Lieber Pappi, stand darauf.

Sein Kopf sank tiefer, Alexandra sah ihn erstaunt an.

»Bist du wieder krank, Sascha, mein Liebling? Kommt das Fieber wieder?« Sie sprang auf und legte ihm die Hand auf die Stirn. Sie tastete nach seinem Puls; er ließ es geschehen, obgleich er wußte, daß er kein Fieber hatte.

Die Kasalinsskaja hob mit der Hand sein Gesicht zu sich empor. »Du bist so merkwürdig«, sagte sie leise. »Was hast du, Werner?«

»Nichts, Alexandraschka, nichts. Bestimmt nicht.«

Feigling, dachte er dabei, erbärmlicher Feigling Würgend aß er weiter und schob dann den Stuhl zurück. »Ich muß hinunter. Wartest du hier auf mich?«

»Ich gehe in die Stadt einkaufen.«

»Gut.«

Er küßte sie hastig und rannte wie gejagt die Eisentreppe hinunter. Das Gefühl, mit Alexandra verheiratet zu sein, überwältigte ihn. Es war wie früher in Deutschland, bei seiner Frau ... Er ging in die Praxis, sie fuhr in die Stadt und kaufte ein für das Mittagessen. Sie sorgte für ihn, kochte und nähte, an den Abenden saßen sie zusammen, und in der Nacht fanden sie sich ... Dort Luise ... hier Alexandra ... Was war eigentlich anders geworden? Der Ort ... das Land ... der Körper ... der Name ... was geblieben war, nannte sich schlicht Frau und Mann. Das blieb immer ... überall ...

Der Sanitäter legte ihm die Listen der Krankmeldungen vor. Sellnow sah sie gar nicht durch. Er winkte, und die Plennis strömten in das Zimmer. Kurz sah er sie der Reihe nach an und nickte. »Arbeitsunfähig«, sagte er hart. »Alle!«

Er sah nicht die erstaunten und glücklichen Augen der Gefangenen, nicht das Kopfschütteln des Sanitäters. Er war froh, als er nach wenigen Minuten wieder allein war. Einen Augenblick irrte sein Blick zu dem kleinen Wandschrank, wo die Morphiumampullen verwahrt wurden. Es wäre ein schönerer Tod als der, den ihm Alexandra bereiten würde, wenn sie erfuhr, daß er zu Hause Frau und Kinder hatte ... Er saß hinter seinem Tisch und starrte auf den Fleck Licht, den die Sonne durch eine Ritze der zugezogenen Gardine warf. Seine Hand lag auf den Fetzen der Karte. Wir warten auf Dich ...

Er hörte, wie Alexandra das Haus verließ, wie der Posten sie grüßte und ihr, der Frau im Offiziersrang, seine Meldung entgegenschrie.

In diesen Minuten begann er zu beten — und er befürchtete, daß Gott, den er haßte, schweigen würde.

Aber Gott schwieg nicht. Er half ihm, indem er wieder das Fieber schickte.

Es war eine schreckliche Hilfe, aber sie enthob ihn der Entscheidung. Sie gab ihm Zeit ... für morgen ... für übermorgen ... Und übermorgen fuhr Alexandra zurück ins Lager!

Der Sanitäter, der dazukam, als er sich schwankend hinter dem Tisch erhob, stützte ihn, zog ihn oben im Zimmer aus und half ihm ins Bett.

Als die Kasalinsskaja aus Stalingrad zurückkehrte, fand sie ihn in wilden Fieberphantasien. Sie jagte den Sanitäter aus dem Zimmer und zog die Spritze auf, die sie immer bereithielt. Sie allein wußte, wie das Fieber zu bekämpfen war — sie allein ...

Blaß saß sie an seinem Bett und beobachtete ihn. Ein Abend stand in ihrer Erinnerung. Sellnow kam aus der Lungenstation und aß aus einer Blechschüssel das Abendessen. Es war Kohlsuppe — und der Geschmack des Kohls verdrängte den Geschmack des Pulvers.

Rache, dachte sie damals, Rache, du deutsches Schwein! Du hast mich überwältigt, du hast mich genommen. Jetzt sollst du dafür verrecken!

Alexandra senkte den Kopf auf das Bett, neben die heißen Hände Sellnows. Sie weinte — wild, hemmungslos und laut. Sie schrie in die Kissen.

DRITTES BUCH

In diesem Winter ereignete sich viel Neues im Lager 5110/47. Nicht nur das Lazarett wurde neu eingerichtet — auch eine Bibliothek kam aus Stalingrad, die Spielgruppe bekam Holz und Pappe für die Kulissen, und Farbe wurde von den Rubeln gekauft, die man in den Fabriken und Gruben verdiente und bei der Kommandantur gewissenhaft und mit bürokratischer Genauigkeit verbuchte. Die größte Neuerung aber war, daß von Moskau ein Schreiben kam, das den Geistlichen erlaubte, in den Lagern Gottesdienste und Bibelstunden abzuhalten.

Dr. Kresin saß bei Dr. Böhler im Zimmer und fächelte sich mit dem Schreiben aus Moskau Luft zu. Sein Gesicht war weingerötet — er hatte heute Geburtstag.

»Es darf gewimmert werden!« sagte er laut. »Großer Gott, wir loben Dich!« Er lachte. »Man hat in Moskau noch Humor — ich habe es bis heute bezweifelt! Es darf gepredigt werden! Bibelstunden! Gottesdienste! ›Religion ist Opium für das Volk!‹ Also geben wir euch Opium, damit ihr weiter dahindämmert und die langen Jahre sich leichter aneinanderreihen, in denen ihr für uns arbeitet! Gar nicht so dumm von den Moskowiten! Wer Heimweh hat — schnell ein Pfäfflein her und die Händchen gefaltet!«

Dr. Böhler schüttelte den Kopf. »Warum reden Sie so, Dr. Kresin? Sie sind in Wahrheit gar nicht so. Sie glauben ja selbst an Gott!«

»Ich?!« Kresin lachte schrill. »Mein Gott ist die Flasche! Früher waren es die kleinen Mädchen — aber das ist vorbei!« Er beugte sich vor. »Wer ist eigentlich Ihr Gott, Dr. Böhler?«

»Unser aller Vater!«

»Prost! Und was hat er für Aufgaben?«

»Zu richten und zu verzeihen.«

»Bequemer alter Herr, Ihr Gott, Doktor. Im Augenblick scheint er Migräne zu haben; er hat euch Plennis ganz schön vergessen.«

»Nein. Er hat uns viel, immer geholfen in diesen Jahren. Er hat unser Leben erhalten, uns ein schönes Lazarett gegeben, eine Bibliothek, Schwestern zur Hilfe . . .«

»Stopp!« schrie Dr. Kresin, sein Gesicht war dunkelrot. »Wiederholen Sie! Wer hat Ihnen das gegeben? Gott? Moskau hat es Ihnen gegeben! Ohne Moskau und allein mit eurem Gott wärt ihr alle verhungert und verreckt. Wer hat Ihnen das Lazarett gegeben? Ich! Euer Gott hat nichts dazu getan. Ich habe bei dem General darum gebettelt wie ein Hund!«

Dr. Böhler nickte. »Ja, Sie, Dr. Kresin . . . weil Sie an Gott glauben!«

»Unsinn! Weil ich Spaß an der Sache habe.«

»Und diesen Spaß — wie Sie es nennen — gab Ihnen Gott!«

Der russische Arzt sah Dr. Böhler starr an, dann atmete er schwer, drehte sich herum, verließ das Zimmer und warf krachend die Tür zu. Lächelnd beugte sich Dr. Böhler wieder über seine Papiere.

Er hatte noch nicht lange daran gearbeitet, als die Tür aufgerissen wurde und Terufina Tschurilowa hereinstürzte. Atemlos lehnte sie sich an den Türrahmen. In ihren Augen standen Entsetzen und wildes Grauen.

»Kommen Sie!« stieß sie hervor. »Kommen Sie! Block 12! Es ist furchtbar!«

Dr. Böhler war aufgesprungen und sah schnell aus dem Fenster. Still, verschneit, in klirrender Kälte lag der große Platz. Nichts deutete auf ein außergewöhnliches Ereignis hin.

»Was haben Sie denn?« fragte er beruhigend. Die Tschurilowa schlug die Hände vors Gesicht und wimmerte:

»Sie haben einen umgebracht ... im Block 12!«

»Was?!« Dr. Böhler wurde bleich. »Sie haben ...«

»Er ist noch nicht tot. Man fand ihn in der Latrine, fast erstickt im Kot! Dr. Schultheiß ist schon da — er war gerade auf Visite in den Blockrevieren!«

Dr. Böhler riß seine Steppjacke vom Haken und warf sie über. An der bleichen Tschurilowa vorbei stürzte er aus dem Lazarett und traf auf dem Platz schon Major Worotilow und sieben Wachmannschaften, während Doktor Kresin schnaufend aus seiner Baracke kam.

Worotilow sah Dr. Böhler entgegen. Sein Gesicht war verschlossen.

»Das ist übel, Doktor!« sagte er hart. »Man hat einen Mann ermorden wollen! In meinem Lager! Ich werde für sieben Tage zunächst die Portionen kürzen ...«

Dr. Böhler antwortete nicht. Er lief an dem Major vorbei zu Block 12, wo aus den Baracken die Gefangenen quollen und zur Latrine strömten. Schimpfende russische Soldaten trieben sie mit der Maschinenpistole zurück und riegelten den kleinen Bau ab, in dem die Latrine und eine lange Waschkaue untergebracht waren. Dr. Böhler konnte ungehindert die Postenkette durchlaufen. Hinter sich hörte er das Hackenknallen der Soldaten, als Worotilow ihm folgte, er hörte auch das Brüllen Dr. Kresins, der die Plennis zurücktrieb.

In der Baracke kam ihm Ingeborg entgegen. Sie sah völlig verstört aus. »Dr. Schultheiß macht schon Wiederbelebungsversuche«, sagte sie. »Es ist schrecklich ... schrecklich ...«

Er stieß die Tür zum Nebenraum auf. Ein penetranter Geruch von Kot und Urin schlug ihm entgegen und nahm ihm einen Augenblick den Atem. Dann sah er inmitten des Zimmers neben einem Tisch Dr. Schultheiß stehen, hemdsärmelig, bespritzt mit Kot.

»Wer hat ihn gefunden?« fragte Dr. Böhler.

»Emil Pelz.« Dr. Schultheiß unterbrach die künstliche Atmung. »Er hätte es nicht bemerkt, und keiner hätte es gemeldet, wenn er nicht eine Ente hätte ausleeren müssen. Er fand den Mann, auf dem Rücken in der Kotgrube liegend. Man sah, daß jemand versucht hatte, ihn unterzutauchen.«

»Kein Selbstmordversuch?«

»Ausgeschlossen! Es gibt schönere Arten, aus dem Leben zu scheiden.«

Die Tür wurde aufgerissen. Worotilow und Dr. Kresin traten ein. Worotilow zog die Nase hoch, Dr. Kresins Gesicht grinste breit. »Eine ausgesprochen beschissene Sache«, sagte er laut.

Worotilow warf einen Blick auf den Mann und sah zu Dr. Böhler. »Tot?« Seine Stimme klang belegt.

»Nein«, antwortete Dr. Schultheiß an Böhlers Stelle. »Noch ist er zu retten. Er muß sofort ins Lazarett unter den Sauerstoffapparat. Ich habe Schwester Waiden hinübergeschickt wegen einer Trage.«

»Gut! Retten Sie den Mann auf jeden Fall! Er muß aussagen! Er m u ß, verstehen Sie!« Er wandte sich ab, riß die Tür auf und schrie ein paar Kommandos hinaus. Dr. Kresin wurde ernst.

»Er läßt den ganzen Block zusammentreiben«, sagte er zu Dr. Böhler.

»Ja, ich weiß.« Hinter ihnen hörte man das Keuchen Dr. Schultheiß', der wieder mit der künstlichen Atmung einsetzte. »Kennen Sie den Mann, Dr. Kresin?«

»Ja«, sagte der russische Arzt steif. »Er heißt Walter Grosse.«

Dr. Böhler blickte sich um. Emil Pelz war gerade dabei, die bleiche Gestalt mit einer großen Blechschüssel vom Kot zu reinigen. »So eine Sauerei!« sagte er dabei.

»Walter Grosse . . .«, wiederholte Böhler. »Das wird unangenehm für uns alle werden — für alle im Lager 5110/47!«

Dr. Kresin sah ihn fragend an.

»Der Plenni Walter Grosse war ein Spitzel-Verbindungsmann zum MWD, so nennen Sie das wohl, Doktor Kresin.«

»Dieser Mann da?«

»Ja. Er hat Kommissar Kuwakino die internen Informationen aus dem Lager geliefert.« Dr. Böhler sah wieder auf den Ohnmächtigen, seine Backenknochen mahlten. »Heute möchte ich kein Arzt sein.«

»Aber Sie sind es immer, Doktor.« Dr. Kresin trat nahe an ihn heran. »Machen Sie jetzt keinen Unsinn, mein Freund! Ich kann verstehen, wie es jetzt bei Ihnen da drinnen« — er tippte Dr. Böhler auf die Brust — »aussieht. Aber Zähne zusammenbeißen! Denken Sie zuerst immer daran: Er ist ein Mensch! Nur ein Mensch. Ohne Namen, ohne Beruf, ohne Persönlichkeit... ein nackter, armer Mensch! Ein Mensch, der jetzt um Hilfe schreit . . . um die Hilfe eines Arztes! Und das sind Sie!«

Dr. Böhler sah Dr. Kresin starr an. »Das sagen Sie mir, Kresin! Sie, der vor einer halben Stunde Gott leugnete. Ich danke Ihnen. Sie haben mehr innere Größe als ich . . .«

»Idiot!« knurrte Dr. Kresin. Verschämt wandte er sich ab und brüllte die zwei Träger an, die mit der Bahre hereinkamen.

»Schneller! Schneller!« schrie er.

Von draußen hörte man das Trillern der Pfeifen, Schuhe klapperten über den vereisten Schnee, Stimmen wurden laut, Kommandorufe, Flüche, Schreie.

Block 12 wurde zusammengetrieben.

Auch Block 11 und Block 10, die daneben lagen, waren alarmiert worden und traten mit an.

2439 Männer.

Major Worotilow schlug mit der Reitgerte gegen die hohen Juchtenstiefel. Seine Tellermütze saß korrekt auf dem Kopf. Das wirkte wie eine Warnung — die Unnahbarkeit des Stärkeren.

Die 2439 Männer schwiegen. Wie ein Lauffeuer war es durch das Lager gegangen, wen man in die Latrine gestoßen hatte.

Walter Grosse, ehemaliger Politischer Leiter in Stuttgart, Kreisorganisationsleiter der NSDAP — seit drei Jahren als deutscher V-Mann beim MWD und Spion bei den eigenen, gefangenen Kameraden.

Die 2439 Männer sahen verbissen auf Worotilow. In ihren Augen stand der Trotz, die innere Auflehnung, die Revolte. Worotilow sah es, er wurde steif und spürte Brutalität in sich aufsteigen. Das erschreckte ihn, aber er wehrte sich nicht dagegen. Es ist meine Natur, dachte er. Ich bin ein Russe! Ich bin der Sieger! Seine Reitgerte fuhr zischend durch die eisige Luft. »Ruhe!« brüllte er.

Der Dolmetscher Jakob Utschomi schlich heran. Der kleine Jude war bleich und zitterte. Er allein schien zu wissen, was gleich mit den Blocks 10, 11 und 12 geschehen würde. Er stellte sich neben den Major. Wenn Worotilow mit den Gefangenen sprach, konnte er kein Deutsch mehr.

In der Latrinenbaracke bettete man Walter Grosse auf die Bahre. Dr. Schultheiß stand, beschmiert wie er war, daneben und fühlte den Puls des fast Leblosen.

»Nicht mehr tastbar«, sagte er zu Dr. Böhler.

Die Bahre wurde hinausgetragen. Der Gestank des Kots flog ihr voraus. Vorbei an der Mauer der angetretenen 2439 Männer rannten die Träger zum Lazarett. Dr. Böhler folgte ihnen, während Kresin sich hinter Worotilow stellte.

»Abzählen«, sagte Worotilow zu Utschomi. »Zu zwanzig! Jeder zwanzigste soll vortreten.« Der kleine Dolmetscher schrie es mit seiner hellen Stimme über den Platz. Schweiß stand unter seiner hohen Pelzmütze. Jeder zwanzigste — er zitterte.

Die Zahlen flogen durch die klirrende Luft. Schritte knirschten. Die abgezählten Plennis traten vor. Stumm, starr, verbissen.

Major Worotilow sah sie an, er winkte den russischen Posten — sie bildeten einen Kreis um die Abgezählten. Die Läufe ihrer kurzen, klobigen Maschinenpistolen zeigten auf sie.

»Diese Männer werden erschossen, wenn Walter Grosse stirbt und sich die Attentäter nicht melden!« Worotilow sah auf die Mauer der Gefangenen. »Bis dahin gibt es für alle drei Blocks nur halbe Rationen! Die Arbeitskommandos bleiben eine und eine halbe Schicht draußen ohne Bezahlung!« Er fuhr wieder mit der Peitsche durch die Luft. »Wegtreten!«

Utschomi wiederholte es . . . die Mauer stand.

»Wegtreten!« schrie Worotilow.

Die 2439 standen. Keiner rührte sich. Dr. Kresin biß sich auf die Unterlippe. Verdammt, wenn das Moskau erfährt! Verdammt!

Major Worotilow starrte die Mauer der stummen Männer entlang. Er sah tausend Augen auf sich gerichtet, voll Haß und Hunger, voll Schrecken und Trotz.

»Wegtreten!« brüllte er heiser auf deutsch.

Die Plennis, die Verdammten, standen.

Da wandte er sich ab, winkte den Posten und stapfte allein davon. Er stieß den gefrorenen Schnee vor sich her, er stampfte seinen Zorn in den Boden. Hinter sich hörte er, wie die abgezählten Zwanzigsten von den Posten in die Mitte genommen und abgeführt wurden. Sie kamen in eine Baracke neben der Kommandantur. Zehn Posten bewachten sie von jetzt ab Tag und Nacht.

Die anderen Männer standen noch immer. Standen im Schnee, in klirrender Kälte. Sie standen wie Pflöcke, die man in die Erde gerammt hat, unerbittlich und unbeweglich.

In der Kommandantur hieb Major Worotilow immer und immer wieder mit der Reitgerte auf den Tisch. »Ich lasse sie alle erschießen!« schrie er Dr. Kresin an. Er glühte vor Wut und berauschte sich an blutigen Bildern. »Alle, alle werde ich erschießen lassen. Alle 2439 Mann! Mit vier Maschinengewehren, an der Mauer! Ich lasse mir das nicht bieten! Sie sind Gefangene ... da gibt es keine Auflehnung! Ich werde sie zerbrechen, wie man Holz über den Knien zerbricht!«

Dr. Kresin zündete sich eine Zigarette an. Er machte ein nachdenkliches Gesicht. »Denken Sie an Moskau, Genosse Major. Man wird Rechenschaft von Ihnen fordern.«

»Ich lasse mir das nicht bieten!« schrie Worotilow außer sich vor Wut.

»Sperren Sie ihnen alle Vergünstigungen ... machen Sie aus dem Lager ein dumpfes Gefängnis, sperren Sie das Licht ab neun Uhr abends, aber lassen Sie die Männer selbst in Ruhe ... Nichts bedrückt sie mehr als die Streichung aller Vergünstigungen ...«

Major Worotilow sah an die Decke, von der eine billige Lampe über dem Tisch hing, eine Lampe mit einem häßlichen dunkelgrünen Stoffschirm.

»Das sind gute Ideen, Dr. Kresin! Ich werde das Lager in eine bewohnte Einöde verwandeln, bis sich die Mörder melden!«

»Und was wollen Sie mit den Mördern machen?«

»Ich werde sie dem Genossen Kommissar übergeben.«

Dr. Kresin wiegte den mächtigen Kopf hin und her. Seine Augen waren halb geschlossen. »Das wäre grundfalsch, Genosse Major. Wir alle achten Sie, nur einen Feind haben Sie: Kuwakino. Nicht einen persönlichen — dazu hätte er keinen Grund —, aber einen ideologischen. Das ist viel schlimmer. Kuwakino ist ein Fanatiker. Er sucht Opfer, über die er nach oben ins Obere Politbüro der Partei kommt. Er will einen Knüppeldamm aus Knochen bauen, denn der Weg nach Moskau ist schlammig und schlüpfrig und sehr glatt. Er würde sich nicht scheuen, auch Sie auf seinen Weg zu legen. Der Kommandant von Lager 5110/47, der es nicht fertigbringt, seine Gefangenen in Ordnung zu halten. Der sowjetrussische Major mit einem Herz für das Deutsche, der Offizier, der nicht vergessen kann, daß er deutsche Ausbilder hatte, und der abends Clausewitz liest und die Erinnerungen von Moltke und Hindenburg!«

»Seien Sie still, Genosse!« sagte Worotilow schwach.

»Ich weiß es ... auch Dr. Böhler ahnt es ... Kuwakino beobachtet Sie, er weiß es nicht ... noch nicht!« Dr. Kresin warf seine Zigarette in den glühenden Ofen. »Ich möchte fast wünschen, daß dieser Walter Grosse nicht durchkommt, um nicht aussagen zu können ...«

»Sagen Sie das Dr. Böhler, Genosse.«

»Ich werde mich hüten! Er ist Arzt wie ich. Auch ich würde ihn zu retten versuchen, und wenn ich bis zum Hals in dieser furchtbaren Geschichte steckte. Für uns Ärzte gilt nur der hilflose Mensch — was später kommt, darf uns nicht verhindern, zu helfen!«

»Sie könnten am nächsten Sonntag im Lager die Predigt halten!« sagte Worotilow giftig.

Ohne Antwort verließ Dr. Kresin die Kommandantur.

In dem neuen Operationsraum des Lazaretts lag Walter Grosse auf dem Operationstisch; während die beiden Schwestern Martha Kreutz und Erna Bordner ihn mit einer Alkohollösung reinigten, regulierte Dr. Schultheiß an der Sauerstoff-Flasche den Luftstrom, den Dr. Böhler durch einen Glastrichter in den geöffneten Mund fließen ließ. Dabei preßte er die Seiten und die Brust des Patienten und ließ Martha Kreutz mit den Armen pumpen.

»Die Brust hebt sich«, sagte er plötzlich.

»Gott sei Dank!« Dr. Schultheiß wischte sich den Schweiß von der Stirn. Er sah zu, wie Erna Bordner mit einem Zerstäuber den penetranten Geruch im Raum bekämpfte.

»Wir haben ihn durch.« Dr. Böhler gab den Glastrichter an Emil Pelz und ging zum Waschbecken. »Wenn er aus der Ohnmacht erwacht, rufen Sie mich sofort, ehe Sie einen anderen heranlassen! Auch nicht Worotilow oder Dr. Kresin ...«

In diesem Augenblick öffnete sich die Tür, und Dr. Kresin trat ein. »Ich hörte meinen Namen?« fragte er.

»Ganz recht. Ich verbot eben allen, jemanden zu dem Patienten zu lassen, auch Sie nicht!«

»Sie haben ihn durchbekommen?« Dr. Kresin blickte zu dem Tisch hin, wo Emil Pelz begann, die Brust und die Seiten zu massieren. »Sie haben ihn wirklich gerettet?«

»Wie Sie sehen.«

»Eine edle menschliche Tat, Herr Kollege! Mit ihr werden schöne Schwierigkeiten beginnen.«

»Das weiß ich. Deshalb möchte ich auch zuerst allein mit ihm sprechen.«

Dr. Kresin schob die Unterlippe vor. »Das war ein guter Gedanke.« Er wollte weitersprechen, aber die Tür wurde aufgerissen. Die Kasalinsskaja stand im Raum. Sie war aufs höchste erregt.

»Die Kerle stehen noch immer draußen!« schrie sie.

Dr. Böhlers Kopf fuhr herum. »Die drei Blocks?!«

»Ja. Zweitausend Mann. Sie stehen da seit einer Stunde! Sie rühren sich nicht! Sieben sind vor Kälte umgefallen ... Sie liegen neben den Reihen ... aber die Reihen stehen!«

»Das ist eine Revolte!« schrie Dr. Kresin.

»Kommen Sie!« Dr. Böhler warf seine Jacke um und eilte aus dem Zimmer. Die Kasalinsskaja und Dr. Kresin folgten ihm. Auf dem Platz sahen sie schon von weitem die starre, dunkle Mauer der Männer. So, wie sie vor einer Stunde zusammengerufen worden waren, standen sie noch. Zwischen ihnen die Lücken: neunzehn Mann — eine Lücke ... neunzehn Mann — eine Lücke ...

Dr. Böhler sah in ihre verbissenen Augen, auf ihre blauen Lippen. »Geht in die Baracken«, sagte er mild. »Walter Grosse ist gerettet.«

»Dann werden wir ihn später ersäufen!« schrie jemand aus dem unbeweglichen Block. Die russischen Posten standen herum und wußten nicht, was sie tun sollten.

»Er ist ein Verräter!« rief einer aus der Menschenmauer. »Er hat uns ausspioniert! Wir gehen nicht weg, bis die anderen aus der Strafbaracke entlassen werden!«

»Ihr könnt hier doch nicht stundenlang stehen bleiben!«

»Wir können!« schrie ein anderer.

»Nicht jeder zwanzigste ist schuldig, sondern wir alle!« rief ein dritter.

Von der Kommandantur her kam Major Worotilow. Er war unheimlich blaß. Hinter ihm liefen vier Gruppen Wachtposten mit je einem schweren Maschinengewehr in der Mitte. Sie verteilten sich über den Platz und brachten die Waffen in Stellung. Drohend starrten die schwarzen Läufe auf die Menschenmauer. Die Gurte rasselten durch das Schloß, die Schützen luden durch. Worotilow stellte sich neben Dr. Böhler.

»Wegtreten!« brüllte er heiser.

Keiner der 2000 rührte sich. Sie sahen auf die Läufe der Maschinengewehre und schienen zu warten. In diesem Augenblick durchjagte Dr. Kresin eine Erleuchtung. Er griff nach vorn, riß Dr. Böhler am Jackenkragen zu sich heran, schleifte den Verblüfften vor ein Maschinengewehr und stieß ihn brutal an den Lauf, der kurz ein wenig nach oben schwenkte.

»Ihr geht sofort in die Baracken!« schrie er über den Platz und hob den Arm. »Wenn ich die Hand senke, und ihr steht noch hier, lasse ich Dr. Böhler erschießen!«

Ein Knirschen ging durch die Reihen. Dr. Böhler blickte Kresin an. An seinen Augen sah er, daß es ernst war, kein Bluff, kein Theater ... wilde Entschlossenheit stand in diesen Augen. Worotilow war herumgefahren. Er starrte auf die beiden Ärzte und begann zu zittern. Nein! wollte er schreien, aber das Entsetzen lähmte ihn, und seine Stimme versagte.

Dr. Kresin sah hinüber zu den 2000 Gefangenen. Er wartete ein paar Sekunden, dann senkte sich langsam seine Hand. Der Posten am Maschinengewehr, ein Mongole, grinste dumm und legte den Finger an den Abzug.

Die ersten Reihen des Blocks begannen zu schwanken ... langsam brökkelte die Mauer ab. Einzeln schlichen die Männer zu den Baracken zurück, sie blickten sich um und sahen noch immer Dr. Kresin mit halb erhobener Hand stehen. Immer schneller lösten sich die Reihen auf, die letzten trugen die sieben ohnmächtigen Kameraden fort in das Revier ... Regungslos starrte Worotilow auf den sich leerenden Platz, die Kasalinsskaja hatte die Augen geschlossen. Dr. Böhler wandte sich zu Kresin um. Der grinste ... ein verzweifeltes, verzerrtes Grinsen.

Der Platz war leer. Kresin trat gegen den Lauf des Maschinengewehrs und ließ die Hand sinken. Er ließ den Jackenkragen Dr. Böhlers los, wandte sich ab und ging stumm, allein, nach vorn gebeugt davon. Keiner schloß sich ihm an ... alle warteten, bis er zwischen den Blocks verschwunden war. Dann ging auch die Kasalinsskaja. Sie vermied es, Dr. Böhler anzusehen.

Sie schämte sich.

Die Posten marschierten ab. Der Platz lag leer in der klirrenden Kälte, nur Dr. Böhler und Worotilow standen noch da. Langsam ging der Major auf den Arzt zu. »Verzeihen Sie«, sagte er leise.

»Was?«

»Ich danke Ihnen.« Worotilow senkte den Kopf. »Sie haben Walter Grosse das Leben gerettet, Leutnant Markow und vielen, vielen anderen. Heute, soeben haben Dr. Kresin und Sie m i r das Leben gerettet ...«

Er wollte Dr. Böhler die Hand geben, aber dann zog er die halb ausgestreckte Hand zurück und drehte sich um. Mit großen Schritten eilte er davon.

Aus der Ecke einer Baracke löste sich eine Gestalt. Klein, schmal, frierend stand sie im Schnee. Ohne Mütze, ohne Mantel, ohne Handschuhe. Die blonden Locken umgaben das bleiche Gesicht: Terufina Tschurilowa. Sie weinte ...

Dr. Böhler sah sie nicht mehr. Er war schon auf dem Weg zum Lazarett.

In der Nacht kam Walter Grosse wieder zur Besinnung. Dr. Schultheiß hockte an seinem Bett, Ingeborg Waiden saß an der Tür und drehte Tupfer für Operationen.

Grosse sah sich ängstlich um und versuchte, sich im Bett aufzurichten. Als Dr. Schultheiß ihn sanft niederdrückte, schlug er um sich und schrie grell.

»Nein! Nein! Laßt mich! Laßt mich los! Ich will nichts verraten! Ich will euch alles sagen! Laßt mich los! Hilfe! Hilfe! Nicht in die Scheiße! Hilfe! Gnade ... Gnade ...« Er wimmerte und schlug die Hände vor die Augen. Speichel rann aus seinem Mund. Sein Körper bäumte sich auf.

Ingeborg Waiden trat an das Bett und nahm Grosse sanft die Hände von den Augen. »Sei still«, sagte sie fast zärtlich. »Du bist doch in Sicherheit.«

Beim Klang der Frauenstimme öffnete Walter Grosse die Augen. Er starrte die Schwester ungläubig an und wandte dann den Kopf zu Dr. Schultheiß.

»Herr Doktor ...«, stammelte er. Er tastete nach seiner Hand und hielt sie ganz fest. In seinen Augen flackerte wieder die Angst. »Sie werden mir doch nichts mehr tun ...?«

»Nein. Hier sind Sie in Sicherheit ...«

»Sie wollten mich in der Latrine ersäufen!« Walter Grosse schluchzte und drehte den Kopf zur Seite. »Sie haben mich in die Scheiße geworfen und wollten mich mit Stangen unter den Brei stoßen. O mein Gott . . . mein Gott . . .« Er weinte wie ein kleines Kind, hell, plärrend, unterbrochen von lautem Schluchzen.

Dr. Schultheiß nickte Ingeborg Waiden zu. Sie verließ leise das Zimmer, um Dr. Böhler zu benachrichtigen. Der Arzt drehte den Kopf des Wimmernden wieder zu sich herum.

»Nun ist alles gut, Walter. Wir haben dich gerettet, und nun lebst du weiter . . .«

»Wie lange noch?«

»Bis deine Zeit abgelaufen ist.«

Grosse klammerte sich an den Armen des Arztes fest.

»Werden sie mir bestimmt nichts mehr tun?« Sein Atem keuchte. »Sie werden mich wieder in die Latrine stoßen, wenn ich aus dem Lazarett komme.« Er ließ sich zurückfallen ins Bett und weinte wieder. »Ich habe solche Angst . . .«

So lag er einige Zeit, bis sich die Tür öffnete und Dr. Böhler eintrat. Walter Grosse kreischte auf. Er konnte vom Bett aus nicht sehen, wer hereinkam.

»Sie kommen mich holen! Hilfe! Hilfe!« Er wollte aus dem Bett springen, aber Ingeborg Waiden trat in den Lichtkreis. Das beruhigte Grosse, er ließ sich zurückgleiten. Dr. Böhler trat an das Bett. Mit einem Nicken erhob sich Dr. Schultheiß und verließ mit Ingeborg Waiden das Zimmer.

Dr. Böhler nahm Grosses schlaffe Hand. »Nun sind wir allein, Walter Grosse, ganz allein . . . Du kennst mich?«

»Ja, Herr Stabsarzt.« Grosse nickte beruhigt. »Sie haben mich gerettet, Sie sind gut . . .«

»Warum hat man dich in die Latrine geworfen?« fragte Dr. Böhler hart. »Bist du so ein Schwein, daß man dich ersäufen muß? Nun sag die Wahrheit, Walter Grosse . . .«

In die Augen des Geretteten trat ein gehetzter Blick. Wie ein getretenes Tier sah er Dr. Böhler an.

»Sie auch?« stammelte er ängstlich.

»Ich habe dich gerettet, weil ich Arzt bin. Jetzt bist du außer Gefahr . . . und jetzt frage ich dich als Plenni! Als einer deiner Kameraden, die bei Stalingrad gefangen wurden und seit fünf Jahren auf die Heimkehr hoffen. Ein Plenni wie du. Oder bist du gar kein Plenni, Walter Grosse?«

Der Mann im Bett zitterte, als werfe ihn ein eisiger Sturm hin und her. Seine Zähne klapperten hörbar vor Angst und Entsetzen.

»Antwort!« herrschte Dr. Böhler ihn an.

»Doch! Doch!« Walter Grosse weinte wieder. »Ich bin ein Plenni. Aber der Kommissar . . .«

»Wadislaw Kuwakino?«

»Ja. Er legte mir eine Liste vor, die er aus Deutschland bekommen hatte. Er wußte jetzt, daß ich Kreisorganisationsleiter in Stuttgart war, Politischer Leiter, und daß man mich in Stuttgart bei den Amis angezeigt hatte, ich hätte 1943 russische Fremdarbeiter geschlagen.« Grosse hob beide Arme. »Ich schwöre bei Gott: Es ist nicht wahr!«

»Weiter!« sagte Dr. Böhler ungerührt.

»Der Kommissar sagte mir, damit sei mein Todesurteil bereits gesprochen. Er brauche nur zu winken, dann käme einer ins Zimmer und gäbe mir den Genickschuß. Ich fiel zusammen, ich heulte und kroch auf den Dielen herum. Ich war so feige, so elend feig. Ich wollte leben! Da sagte der Kommissar, daß ich mich retten könnte, wenn ich ein V-Mann zum MWD würde, wenn ich meine Kameraden im Lager bespitzeln und es ihm melden würde. Wenn ich Spion in den Reihen der Plennis würde und alle anzeigte, die schlecht über Rußland und die Kommunistische Partei sprechen. Ich habe ihm die Hände geküßt und den Schein unterschrieben! Damit war ich frei ... keiner gab mir den Genickschuß, ich bekam sogar in der Küche von Pjatjal mehr zu essen als die anderen. Und ich meldete alles, was ich hörte und sah.«

»Dann warst du doch ein elendes Schwein!«

»Ich bin Vater von vier Kindern. Ich will wieder nach Hause!«

»Und wieviel Familienväter hast du denunziert? Daran hast du nicht gedacht! Nur immer ich! Ich! In der Gefangenschaft heißt es ›wir‹! Das ›wir‹ ist das große Symbol der Kameradschaft. Du hast es in den Dreck gezogen und solltest im Dreck ersticken. Das war nur gerecht ... Siehst du das ein?«

Walter Grosse kroch in sich zusammen. »Ja ...«, röchelte er.

Dr. Böhler schob die Hand weg, die zaghaft nach ihm tastete. »Noch etwas«, sagte er hart. »Worotilow wird dich verhören, auch Dr. Kresin, vielleicht auch Kuwakino ... Du weißt nicht, wer dich in die Latrine warf! Du hast sie nicht erkannt! Verstanden? Wenn du nur einen Namen nennst, wirst du wieder in die Latrine fliegen ... und dann werde ich vergessen, daß ich Arzt bin und dich nicht retten! Ich werde es auf mein Gewissen vor Gott nehmen, dir jede Hilfe zu verweigern! Hast du mich verstanden?!«

»Ja.« Walter Grosse zitterte, die Tränen rannen über sein Gesicht. »Ich habe es doch nur aus Angst getan ... Man wollte mich erschießen ... und ich habe vier Kinder ...«

Die Tür sprang auf, Major Worotilow stand im Rahmen. Walter Grosse fiel in die Kissen zurück, er wimmerte vor Angst.

»Sie allein mit Grosse?« fragte Worotilow sarkastisch. »Darf ich mich Ihrem Verhör anschließen, Doktor?«

»Ich untersuche nur den Patienten.«

»Seelisch, ich verstehe.«

»Er ist vernehmungsfähig. Aber ich muß als Arzt bemerken, daß sein Herz einen Schock bekommen hat und bei Überanstrengung ein Herzschlag eintreten kann.«

Major Worotilow lachte leise. »Ich verstehe nichts von Medizin, aber so idiotisch bin ich nicht, um nicht zu wissen, daß so ein Schock im Herzen völliger Quatsch ist! Das gibt es nicht. Grosse ist gesund ... vielleicht noch ein wenig nervenschwach. Aber das gibt sich.« Er trat an das Bett. Walter Grosse starrte ihn aus tief in den Höhlen liegenden Augen an. »Nun, du Schwein«, sagte Worotilow. »Schade, daß du nicht mehr Scheiße gefressen hast!« Mit den Beinen angelte er sich einen Schemel heran und setzte sich. Unwillkürlich rückte Walter Grosse in die äußerste Ecke des Bettes.

»Wer hat dich in die Latrine geworfen?«

Grosse starrte Worotilow an. »Ich habe sie nicht erkannt.«

»Ich lasse dich erschießen, wenn du mir die Namen nicht nennst!«

»Ich weiß es nicht!« schrie Grosse gellend. Er warf sich aufs Gesicht und krallte die Finger in das Bett. Auf und nieder zuckte sein Körper.

»Er ist nicht mehr vernehmungsfähig«, sagte Dr. Böhler aus seiner Ecke heraus.

Worotilow erhob sich schnell. »Gut haben Sie das gemacht. Sehr gut! Ein wenig Seelenmassage, was? Glauben Sie, daß sie anhält?«

»Ja.«

Worotilow nickte. Er lächelte breit und hob grüßend die Hand. »Wie gut Sie mich damals verstanden haben, Herr Doktor«, sagte er voll scharfen Hohns. »Der Sieg der Macht! Die Macht des Grauens! Ich hätte Sie nicht darüber zu unterrichten brauchen ... ich sehe, daß unsere Methode auch in Ihren Händen gut ist!« Er ging zur Tür und öffnete sie. »Erinnern Sie sich Ihrer Zeit in dem Waldlager? Im Sommer? Denken Sie an unsere ideologischen Gespräche?« Er legte die Hand an seine Tellermütze. »Ich grüße jetzt meine Idee in Ihnen, Herr Doktor ...«

Als die Tür zuklappte, kaute Dr. Böhler an der Unterlippe. Er schaute auf den weinenden Walter Grosse, den Angst und Grauen schüttelten. Die Angst trieb ihn in das Lager des russischen Geheimdienstes, die Angst trieb ihn zurück zu seinen deutschen Kameraden. Und zwischen diesen Ängsten wurde sein Leben zermahlen — zu Mehl, zu Staub, der im leisesten Wind zerflattern würde. Der ein Nichts werden würde ... die grauenvolle Leere, die hinter der Angst steht.

»Ekelhaft«, sagte Dr. Böhler leise. Denn auch er hatte plötzlich Angst. Ein Name trat in sein Bewußtsein, der ihn zaghaft machte: Wadislaw Kuwakino.

Noch saß er nebenan bei Leutnant Markow.

Noch! Doch was war, wenn er herausbekam, was geschehen war? Wenn er Grosse verhörte? Würde dann die Angst vor den Russen nicht doch stärker sein?

Die Lage begann kritisch zu werden, als am Abend des gleichen Tages das Lagerorchester zusammenkam und die Ouvertüre der Operette durchproben wollte. Peter Fischer suchte seine von Julius Kerner geerbte Trompete, jeder suchte sein Instrument in der großen Saalbaracke, der Stolowaja, wie der Russe sie nannte. Aber dort, wo man sie abgestellt hatte, war der Platz leer — selbst die Notenständer, aus Knüppeln gezimmert, waren verschwunden. Der Dirigent des Orchesters, ehemaliger Kapellmeister, sah sich verblüfft um.

»Die haben unsere Instrumente weggenommen«, sagte er hilflos. »Anders ist es nicht zu erklären.«

Betreten standen die Musiker herum, bis Karl Georg, der Schlagzeug spielte, von draußen wieder hereinkam. Sein Gesicht war bleich und wutverzerrt.

»Der Posten sagt — beschlagnahmt!« schrie er. »Wegen der Sache mit Grosse! So lange beschlagnahmt, bis sich die Täter melden! Außerdem ist es verboten, weiter zu proben! Es gibt keine Bibliothek mehr, nur noch halbes Essen für das ganze Lager, keine Zeitungen, ab neun Uhr — das ist in 20 Minuten — kein Licht mehr! Zum Kotzen ist das!«

Peter Fischer hockte auf einem Schemel, ein Häuflein Unglück. »Das hätte sich der Kerner mit seiner Trompete nicht gefallen lassen. Er wäre zu Worotilow gegangen . . .«

»Dann geh doch, du Idiot!« schrie Karl Georg. »Dir fehlt auch so 'ne Nase wie dem Sauerbrunn seine . . .«

Der Dirigent ordnete die handgeschriebenen Noten; dann verteilte er sie nach den Instrumenten. »Proben wir so«, sagte er. »Jeder kennt sein Instrument . . . üben wir jetzt bloß die Einsätze. Ich markiere die Instrumentalgruppen.« Er hob den Taktstock — aus einer Birke geschnitten, weiß, lang, zart. »Die Bläser beginnen. Tata . . . tata . . . Erst die Trompeten . . . dann nach sieben Takten die Flöten und Klarinetten. Nach Takt zwölf Einsatz der Pauke . . .«

Die Musiker umstanden den Dirigenten. In ihren Ohren klangen die Melodien, während sie stumm auf die Noten starrten, die Takte zählten und auf den Taktstock achteten, der die Tempi angab, während die linke Hand den Instrumenten den Einsatz zuwinkte. Es war eine gespenstische Szene — 32 Männer, stumm, Noten in den Händen, und ein Dirigent, der voll dirigierte.

Um neun Uhr erlosch das Licht. Dunkel, feindlich lagen die Baracken im Schnee unter dem kalten Himmel. Nur im Lazarett brannten die Lampen.

Peter Fischer ging zu dem Ofen, den man in der Ecke des Saales angesteckt hatte, und hielt einen Holzkloben in die Glut. Als das Scheit brannte, zog er es heraus und hielt es hoch über seinen Kopf. Flammendes Licht umspielte die stummen Musiker und warf zuckende Schatten gegen die Wände.

»Proben wir weiter«, sagte der Dirigent. Seine Stimme war brüchig vor Ergriffenheit. »Zweiter Teil, ab Takt 34. Die ersten Geigen setzen ein . . . Langsamer Bogenstrich, singend . . . Und genau auf die Tempi achten, da gleich die Celli einsetzen . . .«

Dreimal wechselte Peter Fischer das brennende Scheit, dann hatte der Posten dem Major gemeldet, daß in der Stolowaja die Gefangenen trotz Dunkelheit und ohne Instrumente probten. Worotilow hatte den Russen ungläubig angesehen und war ein Stück mitgekommen. Vor der Baracke hatte er durch das Fenster geblickt und das stumme Orchester mit dem fackelschwingenden Peter Fischer beobachtet. Er hatte dem Posten zugenickt und war zurück in seine Kommandantur gegangen. Lange stand er zögernd vor dem Hauptschalter. Nur ein Griff — und im Lager war Licht. Worotilow hatte schon die Hand ausgestreckt, hastig zog er sie wieder zurück.

Es sind Gefangene . . . es sind Verdammte! Der Sieger ist Rußland! Sie haben zu gehorchen. Er starrte auf den schwarzen Hebel — zögernd wandte er sich ab und ging in sein Zimmer.

Am nächsten Morgen wurden nur die halben Portionen ausgeteilt. Michail Pjatjal ließ sich bei den Essenholern nicht blicken — er schickte Bascha Tarrasowa vor und ließ sie die Flüche der Plennis anhören.

Im Lazarett stand Dr. Böhler vor seinem Sanitätspersonal. Er blickte von einem zum anderen — Dr. Schultheiß, Ingeborg Waiden, Martha Kreutz, Erna Bordner, Emil Pelz und vier Hilfssanitäter. Sein Gesicht war sehr ernst.

»Worotilow läßt nur halbe Portionen ausgeben«, sagte er langsam. »Das bedeutet, daß wir innerhalb von drei Wochen die ersten Fälle von Hungerödem bekommen. Von Herzschäden ganz zu schweigen! Ich bin gewillt, diese Strafmaßnahme nicht hinzunehmen!«

Ingeborg Waiden sah ihren Chef verblüfft an.

»Was wollen Sie dagegen tun?« fragte sie kleinlaut.

»Ich werde das Lazarett schließen.«

»Was werden Sie?« Dr. Schultheiß schüttelte den Kopf. »Das geht doch nicht! Wir haben voll belegt. Leutnant Markow liegt hier . . .«

»Um den kann sich Dr. Kresin kümmern. Außerdem haben die Russen ja die Kasalinsskaja und die Tschurilowa! Wenn ihr alle Mut habt, ein wenig Zivilcourage, und bereit seid, die Folgen zu tragen, legen wir ab heute die Arbeit nieder, bis wieder normale Verhältnisse im Lager herrschen. Ich nehme es allein auf mich: Ihr habt alle nur unter meinem Befehl gehandelt.«

Dr. Schultheiß trat vor. Sein junges Gesicht mit den blonden Haaren darüber war gerötet. »Wir lassen Sie nicht allein, Herr Stabsarzt!«

»Dann kann ich dem Major melden, daß wir nicht mehr arbeiten?«

»Ja, Herr Stabsarzt.«

Dr. Böhler wandte sich ab und verließ das Lazarett. Bevor er aber zu Worotilow ging, schrieb er noch einen Brief und gab ihn Dr. Schultheiß. »Bewahren Sie ihn gut«, sagte er mit belegter Stimme. »Es kann sein, daß ich nicht zurückkomme. In diesem Falle behalten Sie den Brief und geben ihn meiner Frau, wenn Sie dazu Gelegenheit haben. Einmal werden Sie ja doch aus Rußland herauskommen . . .«

Dr. Schultheiß legte den Brief zur Seite auf den Tisch. Seine Augen glänzten. »Ich lasse Sie nicht allein gehen, Herr Stabsarzt! Ich gehe mit zu Worotilow!«

»Sie bleiben! Einer muß doch auf Ordnung sehen. Und meinen Brief müssen Sie an die Adresse meiner Frau besorgen. Das ist mir wichtiger als Ihr Heldentum! Vergessen Sie das nicht.«

Dr. Schultheiß zögerte. In seinen Zügen arbeitete es. »Nein«, sagte er. »Ich werde es nicht vergessen . . .«

Er begleitete Dr. Böhler bis zur Treppe des Lazaretts und blieb dort stehen. Er sah, wie Dr. Böhler an der Kommandantur seine Stiefel abklopfte und die Tür aufriß. Dann war er im Innern verschwunden, und Dr. Schultheiß hatte das beklemmende Gefühl, er werde ihn nie mehr wiedersehen.

Eine Hand legte sich auf seine Schulter. Ingeborg Waiden stand hinter ihm. Sie hatte Tränen in den Augen.

»Ich habe Angst«, sagte sie leise.

»Ich auch, kleine Schwester.« Er legte den Arm um ihre Schulter. »Aber das Leben wird weitergehen, wenn es sein muß, auch ohne den Chef. Tausende brauchen uns, wie wir Dr. Böhler brauchen.« Er strich ihr mit dem Handrücken die Tränen von den Wangen und zog sie in die Baracke.

Am Fenster des Nebengebäudes stand Janina Salja und beobachtete sie. Sie sah, wie er sie umfaßte, wie seine Hand über ihre Wangen strich. Ihre Augen brannten, rote Flecke zeichneten sich auf ihrer blaßgelben Haut ab.

Die deutsche Schwester! Diese verfluchte, hübsche Deutsche!

Sie trat zurück in ihr Zimmer und griff unter das Kopfpolster des Bettes. Eine kleine Pistole lag in ihrer Hand. Sie betrachtete sie nachdenklich, ehe sie die Waffe in die Tasche ihres Morgenrockes steckte. Dann trat sie an die Tür und rief in den Gang hinaus: »Dr. Schultheiß soll kommen!«

Füße trappelten. Ein Sanitäter lief, den Arzt zu holen. In der Tasche des Morgenrockes hielt Janina den Griff der Waffe umklammert, ihr Körper bebte.

Sie hörte durch den Spalt der geöffneten Tür auf dem Gang seinen schnellen, festen Schritt.

Jens, dachte sie. Jetzt geht er in den Tod . . . aber nicht allein, ich gehe mit ihm . . .

Wenn er die Tür öffnet, werde ich abdrücken . . . erst er, dann ich . . . Dann haben wir Ruhe, soviel Ruhe. Und seine Liebe gehört nur mir allein . . .

Mit einem Ruck wurde die Tür aufgerissen.

Die Pistole in ihrer Hand fuhr empor.

In der Tür stand Dr. Kresin . . .

Major Worotilow stand am Fenster und starrte auf die verschneiten Baracken. Er stand mit dem Rücken zu Dr. Böhler, der am Tisch saß und eine von Worotilows türkischen Zigaretten rauchte. Die Finger des Majors trommelten auf die vereiste Scheibe . . . es war das einzige Geräusch, das im Zimmer zu hören war.

»Ich muß Ihre Meuterei nach Moskau melden«, sagte Worotilow plötzlich. Seine Stimme zerriß die Stille.

Fast erschrocken über diesen plötzlichen Laut, blickte Stabsarzt Dr. Böhler auf.

»Das sollen Sie auch.«

»Man wird Sie nach 5110/36 bringen. Nach Workuta am Eismeer! Dort haben Sie keinerlei Hoffnung mehr, Köln je wiederzusehen. In Workuta sind bis jetzt 300 000 Sträflinge gestorben.«

»Und darauf sind Sie als Russe stolz!«

Worotilow wich einer Antwort aus — er trommelte wieder gegen die Scheibe. »Es wird sich nichts ändern, wenn Sie weg sind. Ich werde die halben Portionen ausgeben und alle Vergünstigungen sperren, bis sich die Täter gemeldet haben! Wir kommen auch ohne einen Dr. Böhler aus.«

»Das glaube ich gern. Darum möchte ich auch gehen. Ich will nicht zusehen, wie Tausende vor die Hunde gehen, nur weil ein russischer Major die

Wahnidee hat, daß das Grauen, daß die Grausamkeit allein Sieger über den Menschen ist! Sie sind Russe, aber Sie sind auch Offizier. Und davon kommen Sie nicht los . . . das ist die Tragik Ihres Lebens! Sie müssen ein Sowjet sein — und wären doch lieber ein Soldat im Sinne von Clausewitz.«

»Halten Sie den Mund!« schrie Worotilow vom Fenster her. »Ich habe bereits Kommissar Kuwakino von Ihrer Meuterei berichtet — genügt Ihnen das?! Ihre Stelle wird Dr. von Sellnow einnehmen, der übermorgen von Stalingrad-Stadt geholt wird! Dr. Schultheiß bleibt auch, die deutschen Schwestern . . .«

»Dr. Schultheiß, die Schwestern und das gesamte Sanitätspersonal legen gleichfalls die Arbeit nieder.«

»Dann kommen auch sie in ein Straflager!« brüllte Worotilow. »Ich werde das Lazarett mit meinen russischen Ärzten weiterführen, bis ich aus anderen Lagern wieder deutsche Ärzte bekommen habe. Es gibt Tausende von gefangenen Ärzten!«

»Das streite ich nicht ab. Aber auch sie werden nicht anders reagieren, wenn sie sehen, was hier gespielt wird! Man hat einen Verräter, einen Lumpen, einen Spion zu ersäufen versucht. Walter Grosse ist in unseren Augen ein Schwein, auch wenn er unter dem Druck Kuwakinos handelte. Er gab sich aus Feigheit in seine Hand und opferte seiner Angst Hunderte von Kameraden! Ich möchte wissen, Major Worotilow, was man in Rußland täte, würde man solche Männer in den Reihen der Sowjetsoldaten entdecken. Wie würde die Rote Armee handeln, Major Worotilow?!«

»Warum unterhalte ich mich überhaupt mit Ihnen?« Worotilow drehte sich herum. »Sie sind ein Plenni! Das scheinen Sie wohl ganz vergessen zu haben! Machen Sie, daß Sie 'rauskommen!«

Dr. Böhler erhob sich. Er drückte seine Zigarette aus und nahm seine Fellmütze vom Tisch. »Ich werde das Lazarett gleich räumen und mir in einer Baracke eine Schlafstelle suchen.«

»Sie bleiben im Lazarett, bis man Sie abholt!«

»Aber ich werde nicht praktizieren.«

»Sie werden!« Worotilow trat näher. Er griff nach seinem Koppel, zog die langläufige Pistole aus dem Futteral und legte sie auf den Tisch vor Dr. Böhler. »Ich werde neben Ihnen stehen mit dieser Pistole. Und neben dieser Pistole werden Sie operieren!«

»Das werde ich nicht! Eher werden Sie schießen!«

»Ich werde nicht zögern.«

»Dann sind wir uns ja einig.« Dr. Böhler grüßte. »Um halb elf soll eine erfrorene Hand amputiert werden. Ich erwarte Sie um half elf im Operationszimmer. Mit Pistole, Major. Wenn Sie mich erschossen haben, wird ja wohl Dr. Kresin die Amputation machen . . .«

Worotilow schüttelte den Kopf. »Nein, Dr. Böhler. Wir werden den Mann mit der erfrorenen Hand wieder zurückbringen.«

»Das wäre sein Tod! Er würde den Brand bekommen!«

»Wenn auch! S i e wollten nicht operieren . . . Dr. Kresin braucht nicht zu operieren! Einen anderen Chirurgen haben wir nicht da! Also wird der

Mann sterben — und nicht nur dieser, sondern alle, die in Zukunft operiert werden müssen. Es wird allein die Schuld von Dr. Böhler sein . . .«

Der Arzt sah zu Boden. In sein schmales Gesicht stieg heiße Röte. Er sah plötzlich die Auswirkungen seines Entschlusses und erinnerte sich der Worte, die er eben noch Dr. Schultheiß gesagt hatte. Was wird, ist wichtig, nicht das Heldentum! Und gerade er war jetzt dabei, seine Kameraden zu verlassen, sie zu verraten, sie einfach sterben zu lassen, weil er im Zorn über die Strafmaßnahmen der Lagerleitung sein Amt zur Verfügung stellte. Ein Zorn, der nichts änderte, sondern nur alles verschlimmerte, und die Plennis tiefer hineinstieß in die Hoffnungslosigkeit als je zuvor. Er hatte gedacht, Worotilow mit seinem Verzicht zur Aufgabe der Strafen zu bewegen, und war nun gezwungen, sich selbst zu erniedrigen. Worotilow war der Stärkere, er war der Sieger, er hatte in seinen Händen die Gewalt der Grausamkeit. Es war seine Idee! Und sie war erfolgreich. Das entschied.

Dr. Böhler blickte Worotilow an.

»Ich operiere um halb elf!« sagte er leise.

Am Abend brannten um zehn noch die Lampen im Lager, und das Orchester probte in der Stolowaja mit seinen Instrumenten.

Nur das Essen blieb noch um die Hälfte reduziert.

Worotilow war mit sich und der Welt sehr zufrieden . . .

Drei Tage nach diesen Ereignissen kam Kommissar Wadislaw Kuwakino in das Zimmer Dr. Böhlers. Seine weit auseinander stehenden Augen glänzten vor Triumph.

Dr. Böhler wurde es kalt unter diesen Augen. Angst kroch in ihm hoch, aber er hielt dem Blick des kleinen Asiaten stand. Kuwakino faltete die Hände, als wolle er beten. Es war bei ihm eine groteske Geste, und Dr. Böhler mußte sich Mühe geben, nicht zu lächeln — trotz der Gefährlichkeit der Situation.

»So sieht auß Mann, derr komtt in Sumpf!« sagte der Kommissar langsam und betrachtete den Arzt voller Verachtung. »In Sumpf von Kasymsskoje, wo Todd ist.«

Dr. Böhler biß die Zähne zusammen. Was er nie geglaubt hatte, war doch Wahrheit geworden: Worotilow hatte ihn bei Kuwakino angezeigt. Er hatte seine Drohung ausgeführt. Er hatte sich durchgerungen, ein Russe zu sein und nicht ein Freund der Deutschen. Er opferte ihn, um zu beweisen, daß er der Herr der Macht war.

»Auch in Kasymsskoje wird es Kranke geben . . .«

Kuwakino nickte. »Abber nicht Arzt!« Er grinste. »Du dort Arbeitter! Wie alle! Nicht Arzt!«

Dr. Böhler erhob sich und wanderte im Zimmer hin und her. Die Blicke aus den Fuchsaugen des Kommissars wanderten mit. Er trat ans Fenster und sah, wie ein Lastwagen auf dem Platz ausgeladen wurde. Die Kasalinsskaja stand dabei und sprach erregt auf einen vermummten Mann ein. Sein Pelzmantel schleifte fast über den Schnee, die Mütze hatte er tief ins Gesicht gezogen. Jetzt drehte sich der Mann herum, blickte zum Lazarett. Dr. Böhlers Herz stockte einen Augenblick.

Werner von Sellnow.

Er kam, ihn abzulösen. Es war ernst geworden.

Moskau schrieb den Arzt, den Chirurgen Dr. Fritz Böhler, ab.

Hinter sich hörte er leises Atmen. Kommissar Kuwakino sah ihm über die Schulter.

»Nachfolgerr!« sagte er leise.

»Sie hätten keinen Besseren finden können. Dr. von Sellnow ist ein vorzüglicher Arzt.«

»Und Kommunist.«

»So?« Dr. Böhler wandte sich ab. Sellnow ein Kommunist? Sollte die Kasalinsskaja ihn ganz in ihr Lager hinübergezogen haben? Er schloß das Aktenstück, das auf seinem Tisch lag, und kam sich allein und von allen verlassen vor. Dr. Kresin ließ sich nicht blicken, Worotilow nicht, Dr. Schultheiß machte mit den Schwestern Visite, die Kasalinsskaja stand bei ihrem Geliebten, die Tschurilowa saß im Laboratorium ... Er war allein. Allein mit Kuwakino.

»Wann werde ich abtransportiert?«

»Am Mittwoch nächster Woche.« Kuwakino lächelte. »Ohne Gepäck ...«

Ohne Gepäck. Dr. Böhler kannte diesen Ausdruck. Ohne Gepäck hieß: Du brauchst keinen Ballast mehr, denn du kommst doch nie wieder zurück zu den Lebenden. Du bist abgeschrieben, du stehst in keiner Liste mehr ... du bist Freiwild, eine Null, ein Nichts!

Kommissar Wadislaw Kuwakino warf noch einen Blick auf den schweigenden Arzt, dann verließ er das Zimmer und prallte auf dem Flur mit Dr. von Sellnow zusammen, dem die Kasalinsskaja folgte. Sellnow war hochrot im Gesicht. Er bebte vor Zorn und stellte sich dem kleinen Asiaten in den Weg.

»Wo ist der Stabsarzt, Kommissar?« brüllte er.

»Im Zimmer.«

Sellnow schob Kuwakino zur Seite und rannte den Gang entlang. Er riß gerade die Tür auf, als der Kommissar leise zu der Kasalinsskaja sagte: »Wir müssen auch ihn beobachten! Er ist ein Deutscher! Er ist immer gefährlich! Er wird vielleicht der nächste sein ...«

Dann ging er weiter. Mit weitaufgerissenen, entsetzten Augen sah ihm die Kasalinsskaja nach.

Die kalte Hand Moskaus lag über dem Lager.

Dr. von Sellnow stand im Zimmer. Er hatte sich gegen die Tür gelehnt, die er von innen verschlossen hatte. Seine Pelzmütze lag auf dem Boden zwischen ihm und Dr. Böhler.

»Guten Tag, Werner«, sagte Dr. Böhler freundlich.

Sellnow ballte die Fäuste. »Du Idiot!« zischte er. »Du heilloser Idealist! Du romantischer Feigling!«

»Ist das alles, was du mir nach so langer Abwesenheit zu sagen hast?«

»Ich könnte dir noch mehr sagen, ich könnte dir all das, was ich in mir aufgespeichert habe, ins Gesicht schleudern wie einen Eimer Dreck . . . aber es hätte ja doch alles keinen Sinn!«

»Wie gut du mich kennst.« Dr. Böhler streckte den Arm aus, zu Sellnow hin. »Komm, gib mir die Hand.«

Sellnow rührte sich nicht. »Es stimmt, was man mir erzählt hat. Du hast gemeutert, und ich übernehme das Lazarett?«

»Ja.«

»Du kommst als gemeiner Plenni in ein Straflager?«

»Ja. Nach Kasymsskoje, in die Sümpfe von Westsibirien.«

»Das weißt du?«

»Kuwakino hat es mir eben gesagt. Mittwoch werde ich abtransportiert. Bis dahin hast du Zeit, dich wieder einzuarbeiten. Wir haben jetzt drei deutsche Schwestern, eine russische Laborantin . . .«

»Hör mir auf mit den Weibern!« Sellnow schleuderte seine Jacke ab. Vor Erregung vibrierend, stand er vor Böhler. »Und du schämst dich nicht, uns zu verlassen?!«

»Ich gehe für unser Recht! Man hat an meinen Kameraden rechtlos gehandelt . . . und da mache ich nicht mit!«

»Recht! In der Gefangenschaft Recht! Wenn ich das höre! Man könnte sich vor so viel Blödheit die Haare raufen! Du kennst Kresin, du kennst Worotilow . . . es sind gute Kerle, die oft anders müssen, als sie selbst wollen! Auch sie haben einen über sich, der mit der Nagaika winkt, wenn sie nicht spuren. Das weißt du alles . . . und da stellst du dich hin, der Herr Stabsarzt Dr. Fritz Böhler, stellst dich hin in deiner ganzen Größe und spuckst große Bogen von wegen Menschenrecht um jeden Preis.«

Dr. Böhler wandte sich ab. »Deine Unsachlichkeit hat in Stalingrad noch zugenommen«, sagte er ruhig. »Es geht hier um mehr als Äußerlichkeiten. Es geht um die Grundeinstellung! Man hat versucht . . .«

»Ich weiß, ich weiß!« Sellnow winkte mit beiden Armen ab. »Alexandra hat's mir erzählt. Sie haben den Walter Grosse in der Latrine ersäufen wollen, und du Idiot hast ihn gerettet.«

»Ich bin Arzt.«

»Herrlich! Ich bin Arzt! Wäre Grosse ersoffen, in der Scheiße untergetaucht, so hätte man sein Verschwinden lange nicht gemerkt. Beim Appell hätte einer für ihn ›hier‹ gerufen, bis es Kuwakino aufgefallen wäre, daß keine Meldungen mehr eintrafen. Dann aber wären alle Spuren längst verwischt gewesen! So aber wird der Grosse aussagen . . . man wird ihn kirre kriegen . . . Mit Foltern, mit Seelenmassage, mit der Drohung, seine Frau und die Kinder als Geiseln festzunehmen . . . Das wirft den stärksten Seemann um! Und dann marschieren nicht du allein, sondern noch sieben andere Männer in die Sümpfe.«

»Wieso sieben?« Dr. Böhler sah Sellnow groß an.

»Weil ich sie kenne!« Er wurde ein wenig verlegen und sah an die Decke. »Ich habe in der Fabrik ›Roter Oktober‹ nicht auf dem Mond gelebt. Ich habe die Namen am nächsten Tag gewußt.«

»Von wem?« Dr. Böhler trat einen Schritt vor. Als Sellnow auswich, faßte er ihn an den Rockaufschlägen und zog ihn zu sich heran. »Werner, ich will wissen, woher du die Namen kennst. Ich muß die sieben Männer schützen ... ich muß sie vor Grosse und Kuwakino schützen. Sie bilden die einzige Gefahr ... Sie müssen sicher sein, bevor ich am Mittwoch abtransportiert werde ... Wer weiß die Namen noch?«

Sellnow senkte den Kopf. »Alexandra«, sagte er leise. Verblüfft ließ Dr. Böhler ihn los. »Die Kasalinsskaja? Und sie schweigt? Sie ... die gefürchtetste Frau im ganzen Bezirk Stalingrad.«

»Ja, sie schweigt.« Sellnow schob Dr. Böhler zur Seite und trat an den Tisch. »Aber das ist unwichtig. Alles ist unwichtig. Du darfst auf keinen Fall nach Kasymsskoje. Dort gehst du innerhalb von vierzehn Tagen vor die Hunde!«

»Das weiß ich. Aber ich bettle nicht. Worotilow hat mich bei Kuwakino verraten. Das war meine größte Enttäuschung seit Jahren. Kresin kann mir gegen Kuwakino nicht helfen — ich werde also gehen ...«

Sellnow schwieg. Er starrte auf die Tischplatte. In seinem Kopf entwickelte sich ein Plan, ein schrecklicher, ein verzweifelter Plan. Dr. Böhler beobachtete ihn verblüfft, er wollte etwas sagen, aber Sellnow drehte sich schon um und kam auf ihn zu.

»Was auch kommen mag, Fritz, versprichst du mir, ruhig zu bleiben?«

»Was soll das, Werner? Was hast du vor?«

»Willst du still sein, Fritz? Versprich es mir. Gib mir die Hand, daß du keinen Finger rühren wirst. Daß du nichts unternimmst.«

Dr. Böhler schüttelte den Kopf. Eine unbestimmte Ahnung hielt ihn zurück, sein Wort zu geben.

»Wenn ich nicht weiß, was es ist.«

Sellnow zögerte wieder, doch dann ergriff er seine Jacke, hing sie lose um die Schultern, setzte seine Pelzmütze auf den Kopf und schloß die Tür auf.

»Leb wohl, Fritz«, sagte er leise. Seine Stimme schwankte ein wenig. »Ich war manchmal grob und ein scheußliches Ekel. Ich habe euch oft Sorgen gemacht und dir viel gesagt, was ich eigentlich gar nicht so meinte. Vergiß alles, und bleibe so, wie du bist.«

Dr. Böhler kroch die Angst im Halse hoch. Er spürte, wie sie ihn würgte. »Was soll das, Werner?« sagte er drängend. »Du hast wieder eine Dummheit vor, Werner!«

Er lief ihm nach — aber Sellnow war schon im Flur und rannte ihn entlang. Plötzlich wußte Dr. Böhler, was er plante, und eine wilde Verzweiflung erfaßte ihn.

»Werner! Bleib!« schrie er durch das Lazarett. Die Kasalinsskaja tauchte am Ende des Ganges auf und stellte sich dem davonstürmenden Sellnow in den Weg.

»Halten Sie ihn fest, Alexandra!« schrie Dr. Böhler. »Er macht eine Dummheit! Halten Sie ihn!«

In vollem Lauf prallte Sellnow gegen die Ärztin, er wirbelte sie mit sich herum, stürmte an ihr vorbei und riß die Außentür auf. Ingeborg Waiden, die aus der Lungenstation kam, war nicht fähig, den rennenden Mann aufzuhalten. Sie sah entsetzt zu, und erst der Aufschrei der Kasalinsskaja weckte sie aus ihrer Erstarrung.

Sellnow rannte über den vereisten Platz. Seine Jacke flatterte ... sie wehte davon, fiel in den Schnee als ein dunkler, welliger Haufen ... Sellnow merkte es nicht. Er hetzte über den weiten Platz, er rannte zur Kommandantur, vor der gerade Kommissar Kuwakino seine Stiefel bürstete.

Die Kasalinsskaja jagte mit flatternden Haaren ihm nach. Dr. Böhler stand an einem offenen Fenster und brüllte die von der Küche kommenden Soldaten an: »Aufhalten! Haltet ihn fest! Festhalten!!«

Sellnows Atem flog. Wie ein Besessener rannte er über das Eis ... dann hatte er den Kommissar Kuwakino erreicht.

Ehe Alexandra bei ihm war oder die Soldaten zugreifen konnten, hatte er sich auf den kleinen Asiaten gestürzt und schlug ihm mit beiden Fäusten ins Gesicht. Kuwakino schrie auf ... die Trillerpfeifen der Posten auf den beiden Türmen schrillten ... aus dem Postenhaus rannten die Russen ... Worotilow erschien am Fenster ... ungläubig, erblassend sah er auf die Szene vor seiner Kommandantur.

Sellnow hieb auf Kuwakino ein, der wimmernd zu Boden fiel. Dann trat Sellnow auf seinem Körper herum, es war, als wollte er ihn in das Eis stampfen. Dabei hielt er die Augen geschlossen und trat ... trat ...

Dr. Böhler sank mit dem Kopf gegen das Fenster. Er zitterte und kämpfte mit einem lauten Schluchzen.

Aus! dachte er nur. Aus! Aus!

Die ersten Posten waren bei der Gruppe ... ein Kolbenhieb warf Sellnow neben Kuwakino in den Schnee. In die Arme des herausstürzenden Worotilow fiel die Kasalinsskaja. Sie schrie noch einmal grell auf, ehe sie besinnungslos zusammenbrach.

Und um sie herum standen die deutschen Gefangenen ... stumm, unbeweglich, mit harten Augen.

Sanitäter eilten herbei ... sie luden den blutüberströmten, kaum noch atmenden Kuwakino auf eine Bahre und rannten zurück zum Lazarett. Dr. Kresin erschien und raufte sich die Haare.

»Dynamit her!« schrie er über den Platz. »Dynamit, um das ganze Lager in die Luft zu sprengen!«

Ruhig, als sei nichts geschehen, trotteten die Plennis zu den Baracken zurück. Sie kümmerten sich nicht um die Befehle, die Worotilow hinausbrüllte ... seit Tagen aßen sie die halbe Portion ... was gab es noch Schlimmeres als das?

Bis in die Nacht hinein arbeiteten Dr. Kresin, Dr. Böhler und die beiden Schwestern Martha Kreutz und Erna Bordner im Operationssaal an Wadislaw Kuwakino. Dann hatten sie seine Rippenbrüche und seine Schädelverletzungen verbunden, eine Bluttransfusion gemacht und die Knochen geschient. Die Kasalinsskaja lag in ihrem Zimmer. Sie hatte einen Nervenzusammenbruch. Ingeborg Waiden gab ihr Morphium, die Tschurilowa wachte bei ihr.

Dr. Kresin blickte auf Dr. Böhler, als sie sich nebeneinander die Hände wuschen. Der Russe war erschöpft ... er atmete rasch und keuchend.

»Er wird auf einem Auge blind bleiben«, sagte er leise. »Der Stiefelabsatz hat das Auge ausgeschlagen.«

»Ich habe es gesehen«, antwortete Dr. Böhler erschüttert.

»Das ist das Todesurteil für Sellnow.« Kresin sagte es, als sei es sein eigenes Urteil.

Stumm wandte sich Dr. Böhler ab und verließ den Raum. Auf dem Flur lehnte er den Kopf gegen die Holzwand und schluchzte.

So fand ihn Dr. Schultheiß ... er zog ihn in sein Zimmer, drückte ihn auf das Bett und löschte das Licht.

Zwei Tage später wurde Dr. von Sellnow von einem Lastwagen der Division in Stalingrad abgeholt. Worotilow stand dabei und kaute an der Unterlippe. Vier Mongolen führten den Arzt, in Ketten, mit einem verquollenen, zerschlagenen, blutunterlaufenen Gesicht.

Nur einmal zögerte Sellnow und blickte zurück zu der großen, schönen Lazarettbaracke. Dr. Böhler stand an einem der Fenster, bleich und übernächtig.

Ein Kolbenstoß in den Rücken ... Sellnow bestieg den Lastwagen ... die vier Mongolen schwangen sich hinterher ... die Plane fiel. Dr. Kresin saß in seinem Zimmer und hörte, wie der Motor aufheulte. Da warf er die Hände an die Ohren und brüllte, um das Rattern der Maschine zu übertönen ...

Langsam fuhr der Wagen aus dem Lager ... allein stand Major Worotilow am großen Tor und blickte ihm nach. Er wurde kleiner ... die Straße senkte sich etwas an der Kurve hinter dem Wald ... Noch einmal sah er die schaukelnde Plane ... dann war nur noch der Schnee da ... die grenzenlose Weite ... Das Schweigen des Landes an der Wolga ...

Am Abend dieses Tages schnitt sich Alexandra Kasalinsskaja beide Pulsadern auf.

Wadislaw Kuwakino würde gesunden. Aber sein linkes Auge war nicht zu retten gewesen.

Die Kasalinsskaja lief mit bandagierten Handgelenken herum ... Dr. Böhler hatte sie mit zwölf Bluttransfusionen, von denen drei die Schwester Martha Kreutz spendete, vor dem Hinüberdämmern bewahrt. Zurückgeblieben war bei ihr ein Nervenschock, der sich in plötzlichen Schreikrämpfen äußerte und in tiefen Ohnmachten. Dr. Kresin hatte bereits mit Stalingrad telefoniert und war beim General vorstellig geworden, um eine elektrische Schockbehandlung durchzusetzen. »Mit diesen Schocks treiben wir ihr auch die Mannstollheit aus!« sagte er giftig zu Dr. Böhler. »Wenn die wieder gesund ist, kennt sie sich selbst nicht mehr und muß sich vor dem Spiegel vorstellen: Gestatten, Genossin Kasalinsskaja ...«

Leutnant Piotr Markow lief wieder herum. Sein Gesicht war noch etwas bläulich, aber er nahm schon wieder den Kampf gegen das Lagerorchester auf, was ein sicherer Beweis dafür war, daß er sich wohl fühlte. Mit Dr.

Böhler vermied er zu sprechen. Er wußte, daß er ihm sein Leben verdankte, und er war zu sehr Kommunist, um einem deutschen Plenni zum Dank die Hand zu drücken. Nur ab und zu merkte man, daß er so etwas wie ein Schuldgefühl im Herzen trug. Dann sah er bei gewissen Dingen einfach weg, bei denen er früher wie ein Stier gebrüllt hätte.

Von Dr. von Sellnow hatte man keine Nachricht mehr. So sehr die Kasalinsskaja ihre Beziehungen in Stalingrad und in der Partei spielen ließ, so sehr sie Janina Salja anflehte und diese über die Sanitätsbrigade alle Stellen anrief . . . man hatte seit dem Abtransport nichts wieder von ihm gehört. Dr. Kresin nahm an, daß er bereits tot sei, daß er das Straflager gar nicht mehr erreicht habe . . .

Von einer Verlegung Dr. Böhlers in die Sümpfe wurde nicht mehr gesprochen. Er blieb, auch als der Mittwoch kam und die Transporte der leeren Kisten aus der Lagerküche nach Stalingrad zusammengestellt wurden. Somit war der Sinn des Überfalls auf Kuwakino erfüllt. Sellnow hatte sich geopfert, um Dr. Böhler im Lager zu lassen. Keiner sprach darüber, selbst der grobe Markow nicht — nur Dr. Böhler trug schwer an der inneren Last und wurde stiller als zuvor, verschlossen, in sich versenkt. Das Opfer seines Freundes blieb ihm im letzten Grunde unverständlich. Worotilow ging ihm aus dem Weg, um ihm keine Erklärungen geben zu müssen. Die einzigen Russen, mit denen er sprach, waren die Kasalinsskaja, die Tschurilowa, Dr. Kresin und ab und zu Janina Salja.

Seit dem Vorsatz, Dr. Schultheiß zu erschießen, war in ihr eine große Wandlung vorgegangen. Sie war ruhiger geworden, gefaßter. Dr. Kresin hatte nicht darüber gesprochen, was er an diesem Vormittag getan hatte, als er in das Zimmer trat und die Janina vor sich sah, den Zeigefinger am Drücker. Er hatte nur schnell die Tür geschlossen und die plötzlich Zusammensinkende aufgefangen. Dann hatte er sie erst einmal geohrfeigt, regelrecht geohrfeigt, wie ein Vater sein Kind züchtigt, wenn er es auf einer schlimmen Tat ertappt. Janina hatte es stumm ertragen und Dr. Kresin nur aus großen Augen flehend angesehen. Die Pistole lag auf der Erde mitten im Zimmer. Der Lauf war durchgeladen, der Sicherungsflügel weggeklappt.

»Ich müßte dich totschlagen«, hatte Dr. Kresin nach den Ohrfeigen gesagt. »Du unvernünftiges, geiles Luder!« Dann hatte er sich in seiner alten Manier die Haare gerauft und gestöhnt. »Die Kasalinsskaja ist nymphoman, jetzt geht es bei der Salja auch damit los! Mein Gott — gibt es denn keine anderen Männer als diese Deutschen?! Da fängt man diese Burschen, sperrt sie aus Strafe, weil sie Mütterchen Rußland verwüsteten, ein . . . und was geschieht? Ihre bloße Anwesenheit macht die russischen Weiber zu Huren!«

Janina lag mit geschlossenen Augen in den Kissen. Tränen rannen ihr über die Wangen.

»Jetzt heult sie auch noch!« brummte Dr. Kresin.

»Sie sind ein Schwein, Doktor! Ich liebe Jens.«

»Das ist im Endeffekt doch immer gleich! Es geht euch doch nur darum . . .«

»Waren Sie nie jung, Doktor?« schluchzte sie.

»Jung, ja! Aber wir waren anders! Wir lebten damals doch unter Väterchen Zar und nannten unsere Eltern Sie! Wenn wir ein Mädchen küßten, waren wir verlobt ... verflucht noch mal ... Die Leichtigkeit, mit der ihr liebt, die Selbstverständlichkeit, mit der ihr euch auf den Rücken legt und den Männern winkt, die haben wir bei Gott nie gekannt! Wir hatten eine Ehre ... und wenn wir liebten, dann war es bitter ernst, und wir rückten mit Blumen bei den Eltern an! Das andere, das Abladen der jungen Kraft ...«, Kresin lachte auf, »dafür gab es in St. Petersburg genug Mädchen, die für fünf Rubel ...«

Janina wandte sich ab. »Sie sind schrecklich ... Bitte, gehen Sie!«

»Das werde ich nicht. Ich werde dir Moralpauken halten. Die Ohrfeigen waren nur die Einleitung! Auf Dr. Schultheiß schießen! So ein Blödsinn! Und warum, du Idiotin?«

»Er hat die deutsche Schwester umarmt und gestreichelt.«

»Er hat ... er hat ... Bist du mit ihm verheiratet?!«

»Vor Gott — ja.«

Dr. Kresin blieb der Mund offen ... verblüfft sah er Janina an. Sie lächelte.

»Was heißt das?« brummte Kresin. »Er hat bei dir geschlafen, was?«

»Ja. Er gehört mir, mir ganz allein! Lippe an Lippe haben wir gelegen und Seite an Seite. Wir haben unseren Atem getrunken und waren wie ein Feuer, das schlackenlos verbrennt.«

»So was«, stöhnte Dr. Kresin. »Wie eine Siebzehnjährige. Eine Nacht ist doch kein Versprechen fürs Leben!«

»Bei uns doch! Bei mir doch!« schrie Janina. »Mit sechzehn hat man mich auf der Komsomolzenschule vergewaltigt ... damals haßte ich alle Männer. Worotilow zwang mich in sein Bett, weil er stark war und keine Widerrede duldete. Er zerbrach mich jede Nacht ... Aber Jens ...« Sie legte sich zurück und sah an die Decke. Glück überzog ihre blassen Züge. »Jens war wie der Frühlingswind, der über die Weizenfelder streicht, der die Wasser kräuselt, der die Bäume rauschen läßt, der die Blumen aus der Erde lockt ...«

Dr. Kresin sah Janina mit schiefem Kopf an. Die Unmöglichkeit, mit seinem robusten Sinn dem schwärmerischen Glück Janinas zu folgen, ließ ihn knurren. Er stand von dem Bett auf und nahm die Pistole an sich, die auf dem Boden lag; fachmännisch musterte er sie.

»Amerikanisches Modell. Woher?«

»Ausrüstung als Partisanin! Wir bekamen sie, als die Deutschen Stalingrad genommen hatten.«

»Und so lange trägst du sie mit dir herum?«

»Ja.« Janinas Gesicht verfiel wieder. Es war, als ob jede seelische Regung sich in ihrem Antlitz spiegelte. »Ich wollte mich mit ihr erschießen, wenn ich unheilbar lungenkrank sein würde.«

Dr. Kresin sah die Pistole noch einmal an. Er legte den Sicherungsflügel herum, nachdem er die Waffe entladen hatte. »Hier«, sagte er, indem er ihr die Pistole zuwarf. »Nimm sie wieder. Ich werde dir sagen, wann du sie an die schöne Schläfe setzen kannst.«

»Durch den Mund ist sicherer!« sagte Janina giftig. Sie faßte die Waffe nicht an.

»Gut. Auch durch den Mund. Aber vergiß nicht, vorher noch einmal deinen Jens zu küssen ... hinterher wird es unästhetisch!«

Er verließ das Zimmer. Starr saß Janina im Bett.

»Bestie!« sagte sie laut.

Dann warf sie die Pistole in die Ecke.

Dr. Kresin hatte nie darüber gesprochen, wie er auch jetzt mit Dr. Böhler nicht über Sellnow sprach, der nach seiner Ansicht längst nicht mehr unter den Lebenden war.

So wurde es Dezember. Das Weihnachtsfest stand bevor ... in der Stolowaja probten jetzt Orchester, Chor, Solisten. Die Kulissen waren gemalt, die Beleuchtung montiert, der Regisseur schimpfte mit den Darstellern, der Dirigent schnauzte mit den Musikern.

Die Arbeitskommandos hatten aus den Wäldern schon Tannen geholt, was Worotilow übersah, denn es lagen von der Division noch keine Bestimmungen vor, ob Weihnachten mit Tannenbäumen gefeiert werden durfte oder nicht. Gottesdienste waren seit einiger Zeit wieder erlaubt, und der kleine, schmalbrüstige, verhungerte Pastor schwankte von Block zu Block und hielt seine Bibelstunden und sonntags in der Stolowaja vor einem Kistenaltar, mit einem Sack als Altardecke und einem rührend roh gezimmerten Kruzifix, seinen Gottesdienst. Er wußte nicht, daß ein Kunststudent aus Dresden seit Monaten an den Abenden eifrig an einem großen Kruzifix schnitzte, dessen Holz im Außenlager 81 gesammelt worden war.

Am vierten Tag vor Weihnachten, als man die Kulissen wieder aufbaute und die Generalprobe steigen sollte, als die letzte Kostümprobe mit Orchester und Beleuchtung unter Krach endete und Peter Fischer laut »Scheiße!« schrie — an diesem Tag kam eine Nachricht in das Lager, die bei der Kasalinsskaja einen Schreikrampf auslöste.

Ein russischer Fahrer, der Verpflegung brachte, hatte Nachricht von Dr. von Sellnow.

Er war nicht tot, wie Dr. Kresin fest annahm, er war nicht einmal in die Sümpfe von Kasymsskoje transportiert worden, sondern er lebte in einem kleinen, bisher unbekannten Schweigelager bei Nishnij Balykleij, nördlich von Stalingrad, an der Wolga — dort, wo sich der breite Wasserlauf teilt und viele Sandbänke inmitten des russischsten aller Flüsse liegen. In diesem Lager mit der geheimnisvollen Nummer 53/4 lebte er in einer kleinen Baracke, aß gekochte Kartoffelschalen und mußte acht Stunden lang das Eis der Wolga für die Fischer aufhacken, die durch die Eislöcher ihre schmalen Netze zogen.

Die Kasalinsskaja schrie und lachte, weinte und tanzte in einem. Sie war völlig aufgelöst und küßte das Bulldoggengesicht Dr. Kresins, fiel Dr. Böhler um den Hals und schloß sich dann in ihrem Zimmer ein, wo man sie laut schluchzen hörte.

Worotilow war zu Dr. Böhler gekommen und hatte sich auf die Kante des Tisches gesetzt. Sein Gesicht war hell und zufrieden.

»Ich kenne Nishnij Balykleij nicht, aber es kann nicht schlimmer sein als Kasymsskoje oder Workuta. Auf jeden Fall ist er in der Nähe. Ich werde versuchen, in Stalingrad mit dem General zu sprechen. Vielleicht können wir ihn einmal besuchen.«

»Man weiß noch nicht, daß Wadislaw Kuwakino auf einem Auge blind bleiben wird. Kuwakino weiß es selbst noch nicht ... er trägt noch den Verband um den Kopf. Bisher hat keiner gewagt, es ihm zu sagen. Wenn er es erfährt, wird Sellnow erledigt sein. Darüber mache ich mir gar keine Illusionen.« Dr. Böhler sah ergriffen zu Boden. »Es ist furchtbar, daß er es tat, um mich zu retten. Sie hatten mich angezeigt, Major.«

»Ich bin Russe!« Worotilow erhob sich steif und abweisend. »Ich dulde keine Meuterei! Auch nicht von Männern, die ich schätze! Die äußere Disziplin hat mit der inneren Einstellung nichts zu tun! Es gab einmal einen Offizier — in Ihrer Wehrmacht, Herr Dr. Böhler —, der sagte: ›Im Dienst bin ich ein Schwein — und ich bin immer im Dienst!‹ Daran habe ich gedacht, als ich Sie bei Kuwakino meldete.« Er hob die Schultern. »Das Leben ist grausam ... ich habe mich damit abgefunden ...«

Er sah aus dem Fenster und schüttelte den Kopf. An dem Lastwagen stand die Kasalinsskaja und verhandelte erregt mit einem Leutnant. Worotilow klopfte mit den Fingern auf die schmale hölzerne Fensterbank. »Die Genossin Ärztin will nach Nishnij Balykleij fahren«, sagte er sinnend, als spräche er mit sich selbst. »Sie versucht, den Transportoffizier zu überreden.«

Bei den Wachbaracken herrschte reges Leben. Die Kisten wurden weggeschleppt ... Waffen und Munition wurden von den Wachoffizieren gezählt ... Noch drei Lastwagen kamen die Straße herauf und fuhren brummend in den Hof. Hochgebaute Ford-Sons, noch aus der amerikanischen Materiallieferung an Rußland stammend, gute, schwere, robuste Wagen mit einem V-8-Reihenmotor, winterfest und geländegängig. Die Monatslieferungen für die Wachmannschaften kamen an, die Auffüllung der Kantinen, der Küchenbestände, Wodka traf in großen 20-Liter-Flaschen ein. Sonnenblumenöl, Gefrierfleisch, riesige Mengen mit Eis überzogenen Kohls, Medikamente, Trockenkartoffeln, grobgemahlenes Mehl und große Säcke mit Hirse. Es galt, im Lager 5110/47 675 sowjetische Soldaten und 21 Offiziere zu verpflegen. Von den Wachttürmen riefen die Soldaten den ausladenden Kameraden Witze zu. Michail Pjatjal, der Küchenleiter, erschien mit seiner drallen Bascha und beschwerte sich, daß einige Waren, die er bestellt hatte, nicht mitgekommen waren. Plennis, die Lagerdienst hatten, schleppten die Säcke in die Vorratskeller der großen Küche. Auch Peter Fischer und Karl Georg, kurz darauf auch Hans Sauerbrunn, tauchten inmitten des wimmelnden Menschenhaufens auf und schleppten Kisten und Beutel mit. Dabei stahlen sie, was nur zu stehlen war ... Büchsen, Fett und Taschen voll Hirsekörner ... Im Keller bearbeitete Peter Fischer fluchend ein großes Lendenstück Gefrierfleisch und schnitt nach vielen Versuchen ein fast fünfpfündiges Stück heraus. Er steckte es unter seine Steppjacke, verbiß sich die Schauer, die das gefrorene Fleisch durch seinen Körper jagte, und schlich zur

Baracke zurück. Dort stopfte er das Fleisch und zwei Büchsen unter den Strohsack von Karl Eberhard Möller, der in Stalingrad auf einem Bau arbeitete. Hans Sauerbrunn erschien plötzlich mit vier Büchsen Fett und fünf Taschen voll Hirse.

Karl Georg stand Schmiere und kundschaftete neue Möglichkeiten aus. Eine Kiste mit Eiern fiel ihm auf — er trat einem Soldaten, der sie in die Küche tragen wollte, in den Hintern und rief: »Dafür hat man mich eingeteilt, du sollst das Mehl schleppen!« Dann wuchtete er die Eierkiste auf seine Schulter und trabte an Pjatjal vorbei, der ihm nachdenklich zusah, in den Keller. Dort lockerte er am unteren Teil der Kiste ein Brett und fing die einzeln herausrollenden Eier auf, bis er alle Taschen vollgestopft hatte. Pfeifend ging er dann wieder an Michail Pjatjal vorbei über den Platz und betätigte sich mit seinen vollen Taschen noch bei der Hirseabladung, ehe er in die Baracke entwischte und die Eier versteckte.

Hans Sauerbrunn blieb von diesem Augenblick an in der Baracke und bewachte die hereingeholten Schätze. Er zählte und legte eine peinlich genaue Liste an: Neun Dosen Fett, fünf Pfund Gefrierfleisch, Rindslende, etwa fünf Pfund Hirse, 27 Eier, eine Literflasche Wodka — Karl Georg hatte sie an sich genommen, bevor er die Eierkiste sah. Peter Fischer brachte noch einen länglichen Beutel, in dem sich getrocknete Kartoffelschnitzel befanden.

»Jetzt wird gefressen zu Weihnachten«, sagte er grinsend. »Und wenn ich platze . . . ich fresse so lange, bis ich mit 'm Finger oben dran fühlen kann . . .«

Michail Pjatjal kam aus dem Keller. Sein Kopf war rot wie eine Tomate. Er hatte das angeschnittene Lendenstück bemerkt und zitterte vor Wut.

»Wer hat getraggen Fleisch?!« brüllte er über den Platz.

Keiner der Plennis antwortete.

»Wer?«

Die Gefangenen arbeiteten ruhig weiter. Sie schleppten jetzt die Munition in die Wachbaracken. Dabei tauschten sie gestohlenen Tabak gegen Rubelstücke oder Fett ein. Michail Pjatjal bebte. Er sah Bascha an, die die Listen der ausgeladenen Lebensmittel prüfte. »Sie haben geklaut wie die Raben!« sagte er wild. »Ich lasse das ganze Lager untersuchen! Mein schönes Fleisch!« Und zu den Plennis schrie er grell: »Alles weggg! Ich traggen allein! Weggg!«

Die Kasalinsskaja verhandelte noch immer mit dem jungen Leutnant. Ihre schwarzen Augen brannten.

»Es geht nicht, Genossin Kapitän«, sagte der Leutnant bedauernd. »Ich fahre nach Stalingrad zurück. Ich habe meine Befehle. Und nach Nishnij Balykleij fährt überhaupt keiner von unserer Transportbrigade. Das Lager wird gesondert beliefert, von einer Spezialabteilung der Division. Du müßtest dich an Väterchen General wenden . . . vielleicht, daß er . . .«

Er zuckte mit den Achseln. Seine breiten Schulterstücke glänzten in der kalten Wintersonne. Er war ein hübscher Kerl, jung, eben erst von der Kriegsschule in Moskau gekommen, wo Offiziere der Gruppe »Nationalkomitee Freies Deutschland« in Taktik und Kriegsgeschichte ausbildeten. Er war stolz, ein Rotarmist zu sein, und musterte erstaunt und innerlich abweisend die schöne Ärztin, die rangmäßig über ihm stand, aber so viel Interesse für deutsche Gefangene hatte, für diese Deutschen, die den Kommunismus ausrotten wollten, das Idol der russischen Jugend ...

»Welche Transportbrigade bringt denn die Sachen nach Lager 53/4?« fragte die Kasalinsskaja. »Sie müssen doch auch von Stalingrad aus verpflegt werden ...«

»Soviel ich weiß, unterstehen sie dem Kommando über die Sakljutschonnyis. Das Straflager 53/4 und die Lager der zivilen Strafgefangenen sind verpflegungstechnisch miteinander verbunden. Sie liegen auch nebeneinander an der Straße nach Saratow.« Er hob beide Hände und wandte sich ab. »Ich kann dir nicht helfen, Genossin Kapitän ...«

Die Kasalinsskaja drehte sich um und lief über den Platz zurück zum Lazarett. In ihrem Zimmer setzte sie sich hin und überdachte die Lage. Sie sah die Wolga vor sich, das breite Band, das durch die Ebene zog, und an deren Ufer die kleine Stadt Nishnij Balykleij lag, an die Erde hingeduckte Hütten, in denen Schiffer und Fischer wohnten, arme Bauern und einige Händler, die Felle aus den Wäldern aufkauften oder kleine Schleppkähne den Fluß hinauf und hinab schickten. Eine Stadt ohne Gesicht, eine Siedlung, die im Schnee aussah wie weit verteilte Maulwurfshügel — und nahe bei ihr ein kleines Lager: acht Wachttürme, zehn Baracken, ein hoher, doppelter Drahtzaun, elektrisch geladen. Ein Leutnant und 59 Mann. Kalmücken, Tataren, kleine, braune Freiwillige aus Asserbeidschan, Kirgisen und Schlitzäugige vom Baikalsee bei Irkutsk. Der Wind heulte um die Baracken ... der Schnee trieb über sie hinweg, das Eis der Wolga krachte. In den Wäldern heulten die hungrigen Wölfe ... in der Nacht kamen sie bis an das Lager und umschlichen den Drahtzaun. Die Wölfe, die man von den Türmen aus erschoß, wurden von den anderen zerrissen ... das warme Fleisch verschlungen, das Blut aus dem Schnee geleckt ... Am Morgen lagen die abgenagten Felle um das Lager ...

Die Kasalinsskaja schauderte. Sie sah Sellnow auf dem Eis der Wolga stehen und Löcher in die dicke Decke hauen. Ein Kalmücke stand hinter ihm und beobachtete ihn. »Dawai! Dawai!« schrie er und hieb auf ihn ein ...

Alexandra Kasalinsskaja drückte beide Hände gegen die Augen, als könne sie die Bilder damit verscheuchen. Ihr Entschluß stand fest, es gab kein Besinnen mehr, nur noch die Tat, über alle Hemmungen hinweg, über alle Ordnung, über alle Doktrinen der Partei und der Roten Armee ... Sie sprang auf und packte einen Koffer mit den nötigsten Dingen zusammen. Einige Kleider, Unterwäsche, Seife, einen kleinen, aber sorgfältig gefüllten Medizinkasten, ein chirurgisches Reisebesteck, Injektionsspritzen, Ampullenschachteln und zwei Phiolen mit Zyankali.

Dabei überraschte sie Dr. Kresin. Er sah sich um, nickte über die Unordnung, den ausgeräumten Schrank, die herumliegenden Kleider und den halbgepackten Koffer und setzte sich auf einen noch freien Schemel.

Die Kasalinsskaja sah ihn von der Seite an. Die schwarzen Locken hingen ihr ins Gesicht. Sie spürte die Gefahr, die von Dr. Kresin ausging. Mit bebenden Händen packte sie weiter.

»Sagen Sie jetzt bloß nicht, daß ich hierbleiben soll«, sagte sie leise.

»Keineswegs. Sie müssen wissen, was Sie tun.« Dr. Kresin hob ein Kleid in die Höhe und betrachtete es. »Guter Wollstoff. Sieht man selten im Mütterchen Rußland. Wohl Import?«

»Ja, aus der Türkei.«

»Sehr gut. Janina wird es sich umändern ... etwas enger vielleicht ... die Länge könnte passen ...«

Die Kasalinsskaja blieb stehen und stützte sich auf den aufgeklappten Kofferdeckel. »Sind Sie schneekrank, Doktor Kresin?«

»Nicht ganz. Aber einer muß doch die Kleider auftragen, wenn die russische Kapitän-Ärztin Alexandra Kasalinsskaja wegen Zersetzung der sowjetischen Wehrkraft zum Tode verurteilt wird.«

Alexandra ließ die Arme sinken. Eisiger Schrecken durchfuhr sie. Dr. Kresin legte das Kleid wieder zurück und betrachtete einen weißen Büstenhalter aus Atlasseide. »Der dürfte für die Salja zu groß sein. Schade um die Brüste, die er straff hielt! In sie werden sich die Maden zuerst 'reinfressen. Schön fett werden sie werden ...«

»Hören Sie auf, Sie Sadist!« schrie die Kasalinsskaja. »Ich fahre zu Sellnow! Auch wenn ich nachher wirklich zum Tode verurteilt werde!« Sie riß ihm den Büstenhalter aus der Hand und warf ihn in den Koffer. »Was geht Sie meine Brust an! Und wenn Millionen Maden in ihr nisten ...«

»Es ist nur meine Pflicht, Genossin Kasalinsskaja, Sie darauf hinzuweisen, daß das, was Sie jetzt vorhaben, Selbstmord ist. Man würde Sie überhaupt gar nicht in das Lager 53/4 hineinlassen. Auch nicht, wenn Sie in Uniform kommen! Der Besuch der Straf- und Schweigelager erfordert einen besonderen, vom Zentralkomitee in Moskau ausgestellten Paß. Selbst ich als Divisionsarzt käme nicht in die Sakljutschonnyis. Sogar die Natschalniks, die die Zwangsarbeiter aussuchen für ihre Betriebe, kommen nicht ins Lager. Sie bekommen Listen und wählen sich daraus die Facharbeiter aus. Eine russische Ärztin« — Dr. Kresin schüttelte den dicken Kopf —, »die gilt überhaupt nichts in den Straflagern.«

»Aber ich muß ihn sehen!« schrie die Kasalinsskaja wild und unbeherrscht.

»Die Umgebung der Lager ist ebenfalls gesperrt. Selbst auf dem Eis der Wolga kannst du ihn nicht sehen, mein Täubchen«, sagte Dr. Kresin mild. »Die Posten haben Anweisung, sofort und ohne Anruf zu schießen, wenn sich einer dem Sperrgürtel nähert. Und sie schießen, meine Taigarose ... es sind Asiaten, denen ein Leben nichts gilt ... das versichere ich dir ...«

»Aber ich muß ihn sehen«, sagte sie wie ein ungezogenes Kind. »Er muß weg von dort. Er hat doch nichts getan!«

»Er hat einen Mann halb blind geschlagen. Einen Kommissar der Partei!«

»Kuwakino ist ein Mistvieh!«

»Die erste Vorbedingung, Karriere zu machen.« Dr. Kresin lachte leise. »Aber deswegen schlägt man ihm noch lange kein Auge aus!«

Hilflos saß die Kasalinsskaja zwischen ihren verstreuten Kleidern. Sie hatte den Kopf in beide Hände gestützt und stierte vor sich auf den rohen Dielenboden. Um ihre Handgelenke lagen noch immer die Pflaster und schmalen Gummimanschetten.

»Man sollte Schluß machen«, sagte sie dumpf. »Schluß mit allem! Warum lebt man eigentlich noch?«

»Weil das Leben schön ist, mein Täubchen . . . trotz allem! Oder war es nicht schön?«

Er erhob sich und trat gegen den Koffer. Er fiel vom Stuhl, öffnete sich, und der Inhalt flog über die Dielen. »Schluß!« schrie er in seiner üblichen Art. »Du bleibst hier, du streunende Katze! In einer Stunde untersuchst du die Blocks 10 bis 15! Der Bauunternehmer Sergej Kislew braucht 25 Mann für den Bau eines Verwaltungsgebäudes bei Krassnaja Sloboda! Sie müssen gesund und kräftig sein! Morgen ist die erste Schicht! Verstanden?!«

»Ja«, sagte die Kasalinsskaja widerstrebend. »Ja . . . ich werde untersuchen . . .«

Aber als Dr. Kresin fort war, packte sie weiter.

Die Weihnachtsfeier im Lager 5110/47 war das ergreifendste Fest der Gefangenschaft. Schluchzend trug der kleine Pastor das große, geschnitzte Kruzifix zum Altar, den man auf der Bretterbühne der Stolowaja errichtet hatte. Eine ganze Weile stand er stumm vor dem leidenden Antlitz Christi, ehe er sich umwandte und den Blick über den gefüllten Saal schweifen ließ. Ein Chor, begleitet von den Streichern des Lagerorchesters, sang das Lied von Christian Fürchtegott Gellert: »Dies ist der Tag, den Gott gemacht, sein werd' in aller Welt gedacht; ihn preise, was durch Jesum Christ im Himmel und auf Erden ist . . .«

Im Hintergrund an der Tür standen einige russische Offiziere und Rotarmisten. Leutnant Markow lehnte an einem der verklebten Fenster, Major Worotilow saß in der ersten Reihe vor der Bühne neben Dr. Kresin, Kuwakino, der Kasalinsskaja und der Tschurilowa. Dr. Böhler, Dr. Schultheiß, das Pflegepersonal und Janina Salja saßen in der zweiten Reihe.

Der kleine Pastor hob die schmale, ausgedörrte Hand. Seine dünne Stimme zitterte durch den Raum.

»Ehre sei dem Vater und dem Sohne und dem Heiligen Geiste. Amen.«

Als sich alle erhoben, um die ersten Bibelworte stehend anzuhören, blieb nur Dr. Kresin sitzen. Sogar Kommissar Kuwakino erhob sich. Als er Kresin sitzen sah, wurde er rot und nahm wieder Platz. Kresin grinste ihn an. Wütend blickte Kuwakino weg auf das Kruzifix. Er mußte plötzlich an seine Mutter denken, die bei der Revolution erschossen wurde. Sie starb mit dem Kreuz auf der Brust . . .

Kuwakino senkte den Kopf. Mamuschka, dachte er. In seinem Auge stieg es heiß auf . . . die leere Höhle des anderen brannte. Mamuschka . . . was ist aus uns allen geworden . . .

Die Gefangenen sangen — laut und inbrünstig, mit gefalteten Händen. Neben dem Kruzifix flackerten vier hohe Kerzen. Michail Pjatjal hatte ranziges Fett für sie aus der Küche gegeben, und ein gefangener Chemiker hatte es mit irgendwelchen Mitteln gehärtet und Kerzen daraus gezogen. Die Tataren im Hintergrund nahmen ihre Mützen ab, die Offiziere starrten auf den Pastor. Leutnant Markow kaute Sonnenblumenkerne und spuckte sie in die Reihen der betenden Gefangenen. Aber als der Pastor für die Gesundheit aller betete, senkte auch er ergriffen den Kopf und legte die Finger zaghaft aneinander. Die Predigt war kurz. Erschütterung verhinderte den Pastor lange zu sprechen.

Worotilow sah zu Dr. Kresin hin. Der hatte die Hand der Kasalinsskaja genommen und streichelte sie mit linkischer Zärtlichkeit. Über die Wangen der Ärztin rannen Tränen.

Dann war der Gottesdienst vorüber ... noch einmal sangen die Verdammten von Stalingrad. Das »Gelobet seist du, Jesus Christ, daß du Mensch geboren bist ...« klang wie ein Aufschrei durch den Saal. Die aus Papier gefertigten Sterne und Kugeln an den Tannen, die rund um die Bühne standen, schwankten. Die Gedanken flogen hinaus aus der Enge der Stolowaja ... über das verschneite Land ... über die Wolga ... über Tausende von Kilometern ... nach Deutschland ... in die Heimat.

Die Herzen sprachen mit den Frauen und Kindern, mit den Müttern, Vätern, Brüdern, Bräuten ... Sie weinten, und sie versprachen Hoffnung. Wir werden kommen, wir werden alle wiederkommen ... glaubt es ... glaubt es doch ... Eure Liebe ist unsere Stärke in der Einsamkeit ...

In der Stille bauten ein paar Plennis den Altar ab. Ein Vorhang aus billigem Stoff senkte sich vor die Bühne.

Langsam, einzeln setzten sich die Gefangenen. Ihre Augen waren noch verschleiert, noch jenseits der Wolga. Nur langsam kehrten die Seelen zurück ...

Das Lagerorchester stimmte die Instrumente. Der Dirigent war nervös und schimpfte leise. Hinter der Bühne rannte der Regisseur herum und ermahnte noch einmal die Darsteller, seine Anweisungen für besonders kritische Stellen nicht zu vergessen. Der Komponist saß in der Ecke und hatte nichts zu sagen ... wie immer beim Theater. Von den Textautoren sprach überhaupt keiner.

Worotilow wandte sich an Dr. Böhler. »Erstaunlich, was die Männer in der kurzen Zeit geleistet haben! Nach der Arbeit, mit der halben Portion Essen! Eine Operette, ein Orchester, Kulissen, eine Bühne ...«

»Es ist der sichtbare Wille zum Leben!«

»Vergessen Sie nicht, daß er von Moskau mit der Verfügung vom Kulturnaja shisnj gefördert wird.« Worotilow lächelte schadenfroh. »Sie werden sich nicht beschweren können, wenn Sie einmal zurück nach Deutschland kommen. Ich weiß, daß es in den deutschen Gefangenenlagern unseren russischen Brüdern schlechter ging! Dort zeigte sich der Deutsche als Barbar!«

»Wollen wir darüber streiten?« fragte Dr. Böhler. »Jetzt? Mir ist viel zu heimatlich zumute, um mit Ihnen über diese Dinge zu diskutieren. Wenn Sie wüßten, wie es jetzt in uns aussieht ...«

Worotilow antwortete nichts. Er wandte sich Kommissar Kuwakino zu, der still und merkwürdig traurig neben ihm saß. Der Gedanke an seine Mutter erschütterte ihn in diesem Augenblick tief. Sein Weg war durch die Partei vorgezeichnet, es gab kein Zurück mehr, nur noch ein Vorwärts, das ihn hintrieb in ein Leben, das er nicht zu bestimmen wagte. Als ihn Worotilow leise anstieß, zuckte er zusammen und kroch in sich, als habe ihn jemand mit dem Kolben in den Nacken gestoßen.

»Was haben Sie, Genosse Major?« fragte er leise.

»Ich wollte Sie nur etwas fragen: Haben Sie schon etwas Neues von Dr. von Sellnow gehört?«

Kuwakino wurde blaß. »Lassen Sie mich in Ruhe!« zischte er wütend. Seine Augenwunde brannte.

Janina Salja saß neben Dr. Schultheiß. Sie sah den mächtigen Rücken des Majors vor sich, aber sie empfand nichts bei diesem Anblick, keine Erinnerung, kein Schaudern bei dem Gedanken an seine früheren brutalen Umarmungen. Sie saß Hand in Hand mit Jens und schaute auf die Bühne, deren Vorhang sich geheimnisvoll bauschte. Dann rauschte die Ouvertüre auf — eine lustige, flotte Musik im Tanztempo, eine Erinnerung an Peter Kreuder und Franz Grothe. Die Trompete Peter Fischers schmetterte . . . einmal daneben, aber das nahm man nicht so genau. Leutnant Markow lächelte vor sich hin. Die Trompete! Sein Erbfeind! Aber es klang gut, was die deutschen Schweine da spielten, flott, lustig . . . es ging in die Beine und ins Ohr. Es war eine moderne Melodie, eine Bourgeoisie-Angelegenheit, wie man in Moskau auf der Politschule sagen würde . . . aber es war schön. Verflucht noch mal! Es gab noch etwas anderes als Dienst und Doktrin! Die Kalmücken und Mongolen im Hintergrund grinsten zufrieden. Bascha stand mit Michail Pjatjal hinter einer Theke mit einer improvisierten Kantine, wiegte die starken Hüften und ließ die dicken Brüste wippen.

Nach der Ouvertüre zogen zwei Gefangene den Vorhang auf. Eine ländliche Gegend war auf der Bühne aufgebaut . . . Bäume, eine Bank, eine weite, deutsche Landschaft, gemalt auf einen Rundhorizont. Auf der Bank saß der gefangene Kammersänger und schien auf jemanden zu warten. Er zeichnete mit einem Stock Figuren in den Sand und sang dabei.

Die Operette dauerte ohne Pause einundeinehalbe Stunde . . . sieben verschiedene Bilder, zündende Melodien, flotte Texte . . . Die Gefangenen bogen sich vor Lachen über den Buffo und klatschten auf offener Szene Beifall. Der Komponist hinter der Bühne strahlte, die Textdichter stritten sich darum, welcher Liedertext am besten angekommen war . . . Der Regisseur raufte sich schon wieder die Haare, weil zwei Darsteller steckengeblieben und man vergessen hatte, einen Souffleur einzusetzen . . . Der Darsteller der weiblichen Hauptrolle vergaß einmal seine hohe Stimme und sprach im Baß weiter, was den größten Erfolg bei den Zuhörern hatte . . . Als der Vorhang fiel, belohnte langanhaltender Beifall die Künstler. Sie traten an die Rampe wie in den Städten, aus denen sie kamen, und sie verbeugten sich und waren glücklich wie selten zuvor.

Major Worotilow erhob sich als erster. Er grüßte zur Bühne hinauf und wandte sich dann an Dr. Böhler. »Ein schöner Abend, Herr Doktor. Ich habe nicht bereut, oft die Augen zugedrückt zu haben.« Er sah zu Kuwakino hin und meinte laut: »Ich hoffe, daß auch die Zentrale in Moskau Kenntnis von diesem schönen Fest erhält!«

Kommissar Wadislaw Kuwakino sah mit seinem ihm verbliebenen Auge schräg zu Worotilow hinauf. Er schwieg. Dr. Kresin lachte meckernd und sah zu Bascha hin, die die ersten Wodkagläser an die Wachoffiziere ausgab. »Vom Himmel hoch, da komm ich her!« sagte er lustig. »Kommen Sie, Genosse Kommissar! Sie erinnern mich an den einäugigen Zyklopen ... nur war er hundertmal größer als Sie!«

Wütend folgte ihm Kuwakino. Er hatte sich vorgenommen, Dr. von Sellnow zu vernichten, wie noch nie ein Mensch vernichtet worden war ...

Das Weihnachtsfest dauerte bis in die Frühe. Beim Morgengrauen schwankte Leutnant Markow über den Appellplatz und übte auf Peter Fischers Trompete. Worotilow saß mit Dr. Kresin und Kuwakino in einer Ecke der Stolowaja und spielte Karten. Dr. Böhler tanzte mit der Tschurilowa und Ingeborg Waiden. Dr. Schultheiß und Janina vermißte niemand. Selbst Worotilow nicht. Nur Karl Georg, der einmal auf die Latrine mußte, sah, wie hinter dem Fenster Janinas sich zwei Schatten bewegten und dann das Licht erlosch.

Auf dem Platz stieß Markow in die Trompete. Sie wimmerte kläglich. Die Posten auf den Türmen kreischten vor Vergnügen. Drei junge Leutnants sangen einen Kosakenchoral vor der Tür der Stolowaja.

In der Stolowaja spielten sie einen Krakowiak. Sieben Tataren wirbelten über den Fußboden, und Worotilow klatschte den Takt. Dr. Kresin sang mit wodkaheiserer Stimme. Nur Kuwakino starrte mit seinem einen Auge böse auf das bewegte Bild. Markow kam wieder herein und blies in die Musik hinein. Man schrie vor Freude. Pjatjal kniff Bascha begeistert in die Brust.

Als der Morgen kam, schlief das Lager. Nur die Posten standen auf den Türmen, pendelten um den Zaun, durch die Lagergassen, wachten in Kälte und Schnee vor dem großen Einfahrtstor.

Der erste Weihnachtstag.

Es schneite. Dicke Flocken. Der Himmel war gelbgrau und schwer, er hing über den Wäldern wie ein klumpiges Daunenbett.

Ein Wachleutnant suchte Männer für ein Schneeräumkommando. Die Straße mußte freigeschaufelt werden. Er jagte die Schlaftrunkenen mit Fußtritten aus den Betten und tobte.

Erster Weihnachtstag.

Kommissar Wadislaw Kuwakino schrieb in seinem Zimmer. Nach Moskau. An die Zentrale des Politbüros.

Ich bitte um Entlassung ...

Erster Weihnachtstag. Janina küßte Jens auf die Augen und schlief dann wieder ein, glücklich wie ein Kind.

Die Kasalinsskaja träumte und schlug im Traum um sich. Laß mich, schrie sie, laß mich ...

Erster Weihnachtstag. Dr. Böhler stand im Operationsraum neben Schwester Martha Kreutz und Emil Pelz und operierte einen Blinddarm. Er war in der Nacht perforiert. Höchste Eile war geboten.

Erster Weihnachtstag.

Der Schnee rieselte ununterbrochen ... es gab keinen Himmel mehr, keine Bäume, kein Lager, keine Baracken, keine Straße, keine Wachttürme, keine Rotarmisten, keine Plennis ... Es gab nur noch Schnee ... Die Welt löste sich auf in weiße Flocken ...

»Tupfer«, sagte Dr. Böhler. »Schere ... Klemmen ... Binden Sie ab ... Tupfer ... Halten Sie die Schale bereit, Pelz ... Tupfer ... gut abbinden ... Wo ist die Seide ... Tupfer ...«

»Puls normal«, rief Schwester Martha Kreutz vom Kopfende her.

Der erste Weihnachtstag.

Schnee ... Schnee ... Schnee ...

Friede auf Erden ...

Zwischen Weihnachten und Neujahr kam eine neue Nachricht vom Lager 53/4 Nishnij Balykleij: Dr. von Sellnow lag im kleinen Revier des Lagers mit hohem Fieber. Lungenentzündung.

Dr. Kresin und Worotilow taten das einzige, was zu tun war, um neue Komplikationen zu vermeiden: Sie unterschlugen der Kasalinsskaja gegenüber den Bericht.

»Jetzt ist es sowieso zu spät«, sagte Dr. Kresin ernst. »Ich glaube nicht, daß sie in 53/4 Penicillin an die Sträflinge vergeuden! Ich habe ja gewußt, daß wir Sellnow nicht wiedersehen.«

Die Meinung Dr. Kresins von seinen Kollegen in Nishnij Balykleij war nicht falsch, aber im Lager 53/4 lebten noch zwei deutsche Ärzte neben Dr. von Sellnow, zwei Ärzte der SS, denen man in Orscha und Minsk Versuche mit Bazillen und Cholerakulturen an Menschen zur Last legte und deren Leben in diesem Straflager nur eine Verlängerung ihrer Qualen war, ehe man sie hinrichtete. Ihr Tod war eine fest beschlossene Sache, sie wußten es und trugen es mit Standhaftigkeit. Sie arbeiteten wie Sellnow auf dem Eis und hieben Löcher in die Wolga. Am Abend aber schlichen sie von Baracke zu Baracke und halfen den Kranken, so gut sie konnten.

Die notwendigsten Medikamente — unter denen sich unerklärlicherweise auch eine Dose Penicillin befand! — bekamen sie von einem russischen Sanitätsfeldwebel, der 1943 in deutsche Gefangenschaft geriet, 1945 befreit wurde und in der Roten Armee blieb, um hier das kleine Revier des Straflagers zu übernehmen. Seine Sanitätskenntnisse beschränkten sich auf Verbinden von Wunden und Typhusspritzen in die Brustmuskeln. Es war den beiden SS-Ärzten bei aller Aufopferung fast unmöglich, das Lager auf einem gewissen Gesundheitszustand zu halten. Dr. von Sellnow aber konnte mit Hilfe des Penicillins gerettet werden.

In dieses Lager kam Mitte Januar bei starkem Schneegestöber ein Wagen aus Stalingrad. Drei vermummte Männer stiegen aus und rannten durch den Sturm zu der Wachbaracke. Dort schälten sie sich aus den dicken Mänteln und legten die Pelzmützen ab. Es waren zwei russische Offiziere und ein Deutscher. Ein Deutscher in der Uniform eines Majors. Er trug die volle Uniform. Sogar die Auszeichnungen hatte man ihm gelassen. Seine blanken Stiefel glänzten. Es war ein merkwürdiger Anblick, inmitten des verkommenen Lagers, zwischen stinkenden Uniformen und Läusen, diese Eleganz zu sehen. Um sie zu verstärken, setzte der deutsche Major noch ein Einglas in sein gutgenährtes Gesicht und sah sich um.

Der Leutnant, der das Lager kommandierte, blickte erstaunt zu den beiden russischen Offizieren, die das Abzeichen des MWD an der Mütze trugen. Geheimdienst! Der Leutnant wurde still und wagte nichts zu sagen. Wenn die Wölfe ins Lager kommen, ist der Mensch wehrlos . . .

Der deutsche Major nickte. »Lassen Sie uns sofort beginnen«, sagte er auf russisch. »Wenn wir noch in die anderen Lager wollen, müssen wir uns beeilen.«

»Holen Sie bitte die beiden SS-Ärzte, Genosse Leutnant«, sagte der eine Russe, ein starker, breiter Hauptmann mit stoppelbärtigem Gesicht und kahlgeschorenem Schädel. Der Leutnant verließ eilig die Stube.

Der deutsche Major nahm ein Aktenstück aus seiner Mappe und legte es auf den Tisch. Gespannt schaute er auf die Tür, hinter der jetzt Schritte zu hören waren. Mit Schnee bedeckt, in dicken, oft geflickten Mänteln und mit Lumpen umwickelten Schuhen traten die beiden SS-Ärzte ein. Sie stutzten einen Augenblick, als sie den geschniegelten Major sahen, und preßten die Lippen aufeinander. Der Major verbeugte sich kurz und korrekt.

»Passadowski. Wilhelm Passadowski.«

Die beiden SS-Ärzte sahen ihn verschlossen an. Sie musterten seine tadellose Uniform, sein gepflegtes Äußere, seinen guten Ernährungszustand, seine Ehrenzeichen, unter ihnen das Erinnerungskreuz der Teilnahme am Ersten Weltkrieg.

»Was willst du von uns?« fragte einer der Ärzte kurz.

Major Passadowski zuckte zusammen. Das Du machte ihn etwas verwirrt. »Ich wollte die Herren vertraulich sprechen«, antwortete er.

»Die Herren!« Der Arzt lachte gequält. »Bist wohl kein Plenni, was? Kommst aus Moskau, von der Seydlitz-Gruppe, was? Kleine Werbung für die antifaschistische Bewegung, wie ihr sie nennt?«

Major Passadowski sah sich nach den beiden russischen Offizieren um. Man wußte nicht, ob sie Deutsch verstanden. Gleichgültig rauchten sie ihre Zigaretten und musterten die beiden SS-Ärzte.

»Es stimmt natürlich nicht, daß Sie, meine Herren, in Minsk Menschenversuche machten«, nahm der Major die Unterhaltung wieder auf. »Dies ist eine Verdächtigung . . .«

»Nein!« Der andere Arzt steckte die Hände in die Tasche. »Wir haben Cholerabazillen verpflanzt, um einen schnellen Wirkstoff gegen die Cholera zu finden! Opfer muß die Wissenschaft bringen . . . wir hätten Tausende nach Abschluß der Forschung retten können.«

»Das klingt ja ziemlich kaltschnäuzig, meine Herren!« Passadowski war entsetzt. »Sie gestehen eine Schuld ein, die Sie den Kopf kostet.«

»Das ist uns klar. Die Versuche lassen sich nicht leugnen. Wir stehen für sie gerade. Anders die Offiziere in der Seydlitz-Gruppe, die zu den Russen überliefen und dort eine Hetzkampagne gegen die deutschen Brüder entfesselten. Sie wurden Kommunisten, nur um ihr Leben zu retten!«

»Aber meine Herren!« Passadowski hob beide Hände. »Sie werden unsachlich. Ich bin gekommen, um Ihnen zu helfen. Ich kann Ihnen Stellungen in der sowjetisch besetzten Zone Deutschlands anbieten! Wir suchen gute Ärzte für unsere östlichen Krankenhäuser. Ich habe Ihnen vom Zentralkomitee Freies Deutschland das Angebot zu unterbreiten, eine dreimonatige Schulung des Politbüros in Moskau mitzumachen, um dann nach einer Verpflichtungserklärung in die Heimat entlassen zu werden. Es stehen Ihnen auch Offiziersposten in der Polizeitruppe der Ostzone, der Volkspolizei, zu . . . Sie können wählen . . .«

Die beiden SS-Ärzte sahen sich kurz an. Dann wandten sie sich um und wollten wortlos den Raum verlassen. Major Passadowski erbleichte. Der Leutnant und Lagerkommandant trat den beiden in den Weg und hieb ihnen ins Gesicht. Stumm blieben sie stehen und wandten sich um. Passadowski hob bedauernd beide Hände, als wolle er das Geschehene rückgängig machen.

»Das war nicht meine Absicht, meine Herren! Der Sieger ist rauh. Aber auch Sie werden sich inmitten der anderen Kameraden, die zu einer neuen Weltanschauung gefunden haben, wohl fühlen! Die Ideologie des Kommunismus hat etwas Edles an sich, etwas Menschenwürdiges . . . sie reißt die Klassenschranken ein und läßt uns alle Brüder werden. Wir verfügen in Moskau über schöne, große Schulungsräume, über ein Kasino, Sportplätze, wir können die russischen Theater besuchen, die Kinos, Kunstausstellungen. Wir diskutieren oft mit Vertretern der ostzonalen Regierung, die uns besuchen kommen. Wir hatten selbst Gelegenheit, hohe Führer Rußlands — Malenkow, Berija, Budjennyi, Woroschilow — zu sprechen und mit ihnen interessante Unterhaltungen zu führen. Ilja Ehrenburg ist oft unser Gast. General von Seydlitz hat dafür gesorgt, daß wir deutschen Offiziere wieder geachtet werden von unseren sowjetischen Kameraden . . .« Major Passadowskis Gesicht glühte vor innerer Begeisterung. »Was der Nationalsozialismus zerstörte, was eine Clique NS-Generale in den Dreck zog — unsere Offiziersehre —, hat General von Seydlitz wiedergewonnen. Wir haben nach dem Fall von Stalingrad eingesehen, daß eine Weiterführung des Krieges Selbstmord des deutschen Volkes ist, wir haben erkannt, daß wir einen Irren an der obersten Führung hatten, daß ein Adolf Hitler der Totengräber einer tausendjährigen europäischen Kultur wurde. Da haben wir uns abgesetzt und uns um die Vernunft geschart. Wir opponierten gegen diesen Krieg mit allen Mitteln, wir riefen den deutschen Soldaten zur Desertation auf, wir hatten von Moskau aus nur das einzige Kampfmittel in der Hand: die moralische Zersetzung der Truppe! Daß es uns nicht voll gelungen ist, war eine Folge der drakonischen Gegenmaßnahmen Hitlers und der Denkfaulheit des deutschen Soldaten. Wir scheiterten an dem Trägheitsgesetz des Militarismus. Um so mehr liegt uns daran, unseren gefangenen Kameraden den Weg aus der Verdammung zu zeigen und sie zurückzuführen in eine bessere Gemeinschaft.«

Major Passadowski atmete tief. Er hatte sich in Erregung geredet. Die beiden SS-Ärzte nickten. »Sind Sie jetzt fertig?«

»Ja, meine Herren.«

Einer der Ärzte trat einen Schritt vor. »Wir gehören nicht zu den Unbelehrbaren«, sagte er ruhig. »Wir waren Ärzte der SS, warum es leugnen? Wir haben Versuche gemacht ... wir geben es zu. Es war menschenunwürdig, eine Vergewaltigung des Individuums ... aber so vieles war in diesen Zeiten unwürdig und abscheulich! Das ist keine Entschuldigung für unser Tun, und wir sind bereit, dafür zu sühnen, obgleich wir es rechtlich nicht einsehen, warum gerade der Russe, der Grausamste von allen, unser Richter sein soll. Aber das tut nichts zur Sache. Es geht hier darum, daß Sie uns locken, in das kommunistische Lager zu wechseln, ein Charakterlump zu werden, um die eigene Haut zu retten. Wir haben viel gesehen in diesem Rußland ... wir waren in Asbest bei Swerdlowsk, wir waren in Workuta, in Wladimir, in dem schrecklichen Lager 5110/40 zwischen Ob und Irtysch, und wir sind jetzt in 53/4! Was wir gesehen haben, genügt uns, um lieber das Leben zu opfern, als uns zu diesem System der Vergewaltigung, der Entrechtung, der Kollektivierung der Seele und der Mißachtung jeglicher Menschenwürde zu bekennen! Sie leben in Moskau — Sie haben es selbst gesagt —, dick und fett wie eine Made! Sie haben ein Kasino, Sie sitzen im Kino und sehen sich den schönen Film von Zar Peter dem Großen an. Aber in Workuta am Eismeer sterben täglich über hundert Gefangene an Entkräftung und unter den Schlägen der Rotarmisten ... In Asbest fallen sie in den Gruben um wie Fliegen ... Darf ich Sie daran erinnern, daß die neue Eismeerstraße mehr als einundeinehalbe Million Menschen — deutsche Gefangene und russische zivile Sträflinge — gekostet hat? Und nun kommen Sie hierher und werben für dieses System? Sie reden von einer neuen Offiziersehre, während Hunderttausende unserer Brüder in Schweigelagern vegetieren und am Verhungern sind? Man sollte Ihnen einfach in die dumme, dreiste Fresse schlagen, Herr Major!«

Wilhelm Passadowski war rot geworden. Er griff nach seinem schönen Pelzmantel und zog ihn an. »Sie sind nicht zu belehren«, knurrte er. »Ich bedaure es, meine Herren! Ich wollte Sie hier herausholen ...«

»Und die anderen? Was soll mit denen geschehen? Die armen Kerle, die jetzt im Schneesturm auf dem Eis der Wolga stehen und Löcher in die meterdicke Decke hacken? Warum nicht auch die?«

Passadowski zuckte mit den Schultern. »Allen zu helfen ist unmöglich. Wir können nur aus den Hunderttausenden eine kleine Auswahl treffen, die sich meistens auf Offiziere beschränkt.«

Die beiden Ärzte wechselten wieder einen kurzen Blick. Dann trat der eine vor und spuckte dem Herrn Major ins Gesicht.

»Du verdammtes Schwein!« stieß er hervor. Dann drehte er sich um und ging. Der andere folgte. Ruhig, teilnahmslos blieben die beiden MWD-Offiziere im Hintergrund und rauchten. Auch der Lagerkommandant hielt die Ärzte nicht mehr zurück. Reglos stand Wilhelm Passadowski mitten in dem kleinen Zimmer. Er war bleich wie ein Toter. Die Augen hatte er geschlossen. Sein Monokel baumelte an einer Schnur vor der Brust.

Dann brachen die beiden MWD-Offiziere auf. Sie gingen an ihm vorbei und überließen es ihm, mitzukommen. Wie ein Hund trottete er durch den tiefen Schnee hinter ihnen her. Am Tor standen die beiden SS-Ärzte. Als er an ihnen vorbeikam, nahmen sie stramme Haltung an und riefen: »Gute Fahrt, Herr Major!«

Blaß und beschämt stieg er in den Wagen und sah sich nicht mehr um.

Dr. Werner von Sellnow wurde noch einmal gerettet. Die heimliche Pflege der zum Tode verurteilten SS-Ärzte brachte ihn wieder auf die Beine. Vorgebeugt, ein alter Mann, schlich er durch das Lager 53/4 und wurde mit leichteren Arbeiten beschäftigt. Er durfte die Kommandantur putzen und den Boden mit einer kleinen Stahlbürste fast weiß scheuern. Der Leutnant schrie ihn an, wenn er einen dunklen Fleck auf den Dielen fand, und so schrubbte er jeden Tag ächzend und mit schmerzendem Kreuz, und fiel am Abend wie zerschlagen auf seinen muffigen, harten Strohsack.

Mitte Februar setzten die Stürme aus dem Osten ein ... die sibirischen Stürme, die die Stämme der Urwälder in der Taiga knickten, das Holz vor Frost mit jammerndem Krachen sprengten ... Der Sturm, der alles Leben tötete ... Nur die Plennis lebten ... in den Baracken, die zuschneiten, deren Türen zufroren und die man morgens auftauen mußte, um Essen holen zu können. Die Posten auf den Türmen waren eingezogen ... wenn die sibirischen Stürme kamen, gab es keine Flucht mehr. Selbst die Pendelposten außerhalb des Lagers taten keinen Dienst. Tot lagen die Baracken unter den pfeifenden Stürmen ... nichts rührte sich außerhalb der vereisten Bretterwände, nur ab und zu huschte eine Gestalt durch den Sturm, warf sich gegen den eisigen Wind und stürzte dann in eine andere Baracke. Es waren die Essenholer, die beiden Sanitäter, einer der SS-Ärzte, der gerufen worden war zu einem der unzählbaren Verhöre ...

Auf der Wolga türmte sich das Eis. Es krachte in den Nächten. Heulend strichen die Wölfe um den Drahtzaun des Lagers und versuchten, ihn zu durchbrechen. Sie witterten die Wärme innerhalb der Holzhütten. Doch keiner kümmerte sich um sie ... sie wurden nicht einmal beschossen ... sie lagen im Schnee, die Schnauze gegen den Wind, und wimmerten.

In dieser Zeit genas Sellnow vollends. Er wurde kräftiger, ruhte sich aus, lag viel unter den drei schmierigen Decken und las jetzt des öfteren in der Bibel. Das fiel ihm selbst auf ... aber er verspürte das Bedürfnis. Ein aktuelles Buch, dachte Sellnow, um seine Erschütterung zu bagatellisieren. Er dachte nächtelang nach und lag schlaflos auf seinem Strohsack. Er hatte die Anwesenheit Gottes geleugnet, er hatte einmal zu Dr. Böhler gesagt: »Wenn ich einen Bauch aufschneide und wieder zusammenflicke, sehe ich nichts Göttliches dabei. Aber die Verwandten sagen dann: Gott hat ihn gerettet!« Und Dr. Böhler hatte geantwortet: »Die Fähigkeit, Bäuche aufzuschneiden, die haben Sie von Gott, Werner.« Da hatte er gelacht und gemeint, daß er gar nicht das Gefühl hatte, in der Universität einem Sprachrohr Gottes gegenüberzusitzen, als er den alten Professor Walter über Anatomie dozieren hörte ... Und jetzt las er die Bibel und war ergriffen.

Man hat alles falsch gemacht, dachte er. Einfach alles. Es ist entsetzlich, wenn man sieht, wie das Leben vorbeigeht, ohne die Möglichkeit, sich zu rehabilitieren. Zunächst vor Gott! Denn daß es ihn gab, zu diesem Eingeständnis war Sellnow bereit. Und daß seine Lebensauffassung nicht die richtige war, das hatte er schon während seines Zusammenlebens mit Alexandra Kasalinsskaja in Stalingrad eingesehen ...

Plötzlich, in dieser entscheidenden Nacht seines Lebens erinnerte er sich der Karte seiner Frau. Er erhob sich, suchte in der Hosentasche, in den Taschen seines Jacketts, in dem kleinen Gepäck ... sie war nicht mehr da, er hatte sie verloren ... die erste und einzige Karte nach vier Jahren Schweigen. Und — das glaubte er zu wissen — es war auch die letzte Karte, die er von Luise erhielt. Schuldbewußt, diese Karte nicht wie ein Kleinod verwahrt zu haben, legte er sich wieder nieder und starrte in die Dunkelheit.

»Verzeih mir, Luise«, sagte er leise.

Sein Obermann drehte sich im Bett herum. »Wat quatschste?«

»Nichts. Schlaf, Peter.«

»Dann halt de Fresse.«

Sellnow mußte trotz der Erinnerungen, die ihm die Kehle abschnürten, lächeln. Über ihm lag Peter Buffschk. Sein Name brachte ihm viel Spott ein. Er war ein mehrfacher Familienvater vom Wedding, Maurer von Beruf, und ins Straflager gekommen, weil er während der Bauarbeiten Salz in den Beton goß, so daß man sich ausrechnen konnte, daß er sich in einigen Jahren zersetzt haben würde und der Bau einfiel. Ein Posten hatte das gesehen. Man hatte Peter Buffschk mitgenommen, ihn halb totgeschlagen und dann nach 53/4 gebracht, wo er nicht kleinzukriegen war und den Posten eines Kalfaktors übernahm. Es gab nichts, was Buffschk nicht im Rahmen des Möglichen besorgen konnte.

»Du, Doktor?« fing Peter Buffschk wieder an. »Schläfste schon?«

»Nein.«

»Ick ha jestern beim Uffräumen in der Wachstube Tabak jeklaut und 'n Fetzen von der Prawda. Willste 'ne Zijarette? Und 'ne Scheibe Brot ha ick ooch für dich uffjehoben.«

»Gib her, Peter«, sagte Sellnow. Er streckte die Hand aus. Eine Zeitungspapierzigarette mit Machorka und eine dünne Scheibe alten, trockenen Brotes glitten in seine Hand.

»Friß leise«, sagte Buffschk hinter der Hand, »damit's die andern nich hören ...«

Mit einem tiefen Gefühl der Zuneigung für diesen Klotz von Mann legte sich Sellnow zurück und kaute an dem Stück Brot. Die Zigarette glomm zwischen seinen dünnen Fingern.

Der Mensch ist ein Wunder Gottes, dachte er. Man wird es nie ergründen ...

Vor der Holzwand heulte der Sturm. Die Wolga ächzte unter dem Eis. Wimmernd lagen die Wölfe am doppelten Zaun.

Es gab keinen Himmel und keine Erde mehr ... nur noch Heulen und Brausen.

Am nächsten Morgen brannte der Leib Sellnows wie Feuer.

Er schrie. Er schlug mit den Armen um sich. Schaum stand auf seinem Mund.

Die Scheibe Brot, die Buffschk irgendwo gefunden hatte, war für die Wölfe gedacht gewesen.

Sie war vergiftet.

Im Lager 5110/47 gab es einen stillen Abschied. Kommissar Wadislaw Kuwakino verließ die Barackenstadt und kehrte nach Moskau zurück. Sein Abschiedsgesuch war bei dem Politbüro eingegangen, und nun rief man ihn zurück, um ihn persönlich über die Vorfälle im Lager Stalingrad zu hören. Er nahm einen ängstlichen Abschied, er kannte die Spielregeln zu genau, um nicht zu wissen, daß wenig Hoffnung bestand, aus dem Gebäude in der Nähe des Kreml je wieder herauszukommen — es sei denn als Sträfling der Lubjanka, aus der kein Weg mehr zurück in die Sonne führt.

Worotilow drückte ihm die Hand, Dr. Kresin grinste.

Kuwakino wandte sich Dr. Böhler zu. Sein Blick war traurig. Unter der schwarzen Augenklappe näßte die Wunde.

»Leben Sie wohll, Doktor ...«, sagte er leise. »Ob Rettung des Lebens gutt, ich weiß nicht ...«

Der Kommissar blickte auf den Wagen, der vor der Kommandantur hielt. Ein dick vermummter Fahrer hockte hinter dem Steuer und blies sich in die Handflächen.

»Ich habe nach Moskau gemeldet«, sagte Kuwakino wie im Selbstgespräch zu Worotilow, »daß Sie an den Vorfällen im Lager nicht schuldig sind. Es war nur die Auflehnung der Gefangenen gegen die mangelnde Versorgung, für die die Zentralstelle in Moskau verantwortlich ist. Man wird Schuldige finden — Sie sind es nicht!«

Worotilow wurde rot. Er trat einen Schritt vor und wußte nicht, ob er Kuwakino die Hand geben sollte.

»Genosse Kommissar ...«, sagte er matt.

Dr. Kresin war ernst geworden. »Warum haben Sie das getan?« fragte er hart. »Ich habe Sie für das größte Schwein gehalten, das mir bisher begegnet ist. Jetzt zwingen Sie mich, dieses Urteil zu revidieren ...«

Kuwakino lächelte schwach. »Ich bin ein Mensch, Genosse Kresin. Nur ein Mensch ... Ich hatte eine Mutter ... sie sang mit mir unter einer Perlenkrone die Lieder der Heiligen Nacht. Es war ein Fehler, bis Weihnachten hierzubleiben ... siebzehn Jahre habe ich zu Weihnachten, Ostern, Pfingsten mit den anderen vom Politbüro gesoffen und gehurt ... so vergißt man schnell.« Er tastete nach seinem Kopf und legte die Finger auf die schwarze Augenklappe. »Sie werden es nicht glauben ... Ich habe keine Angst vor dem Tod ... ich habe nur Angst vor dem, was nach dem Tode kommen kann ...«

Dr. Kresin drehte sich brummend um. Dr. Böhler stellte den Kragen seines Mantels hoch und begleitete Kuwakino zum Wagen. Bevor er einstieg, hielt ihn Dr. Böhler noch einmal fest.

»Was wird aus Dr. Sellnow, Genosse Kommissar?« fragte er langsam.

Kuwakino zuckte mit den Schultern. »Man wird ihn bestrafen.«

»Legen Sie in Moskau ein gutes Wort für ihn ein.«

»Nein!« Kuwakino fuhr herum. Sein heiles Auge flammte. »Und wenn es eine Sünde ist, die mir Gott nie verzeiht: Er soll büßen! Büßen! Büßen! Und ich wäre glücklich, wenn er wie ein lahmer Hund verreckte ... Es wäre nur gerecht ...«

Der Wagen fuhr an, der kalte Motor klapperte und tuckerte. Als Kuwakino sich zurückbeugte und noch einmal nach dem Lager sah, stand niemand mehr am Tor als die Posten. Vergessen, dachte er. Verachtet. Gehaßt. Und in Moskau wartet das Politbüro.

Seit der Weihnachtsaufführung hatte Peter Fischer einen neuen Posten erhalten: Michail Pjatjal hatte ihn von der Lagerleitung als Küchengehilfen angefordert und auch bekommen. Nicht daß Pjatjal es nicht schaffte, denn ihm unterstanden neben einigen Küchenmädchen mit Bascha an der Spitze noch 32 Plennis für Hilfsdienste und als Hilfsköche, aber Peter Fischers Trompete hatte es Bascha angetan. Sie hatte Michail so lange gebeten, bis er sich entschloß, bei Peter Fischer, der selbst kaum blasen konnte, Unterricht zu nehmen. Mit dem nächsten Verpflegungstransport hatte er sich aus Stalingrad eine blitzende Trompete kommen lassen, hockte in seinem Zimmer hinter der großen Küche und preßte jammervolle Laute aus dem gebogenen Blech. Peter Fischer nahm seine Lehrmeistertätigkeit sehr ernst. Dafür bekam er von Pjatjal abends, wenn er in die Baracke zurück mußte, die Taschen mit Lebensmitteln vollgestopft.

»Nix verratten und zeiggen«, flüsterte Pjatjal zwar jedesmal, aber dennoch lebte die Baracke durch kleine Sonderzuwendungen besser als die anderen Plennis.

Eines Tages wurde Dr. Böhler aus dem Lazarett zur Kommandantur geholt. Ein junger Wachleutnant, nicht ein gewöhnlicher Posten, holte ihn ab. Im Zimmer Worotilows saß Sergej Kislew, ein Bauunternehmer aus Stalingrad. Er sah den deutschen Arzt neugierig an, aber in seinem Blick lag etwas Ängstliches, Furchtsames, das Dr. Böhler aufmerken ließ. Worotilow reichte ihm beim Eintritt gleich sein Zigarettenetui hin. Dr. Böhler lächelte. Er will etwas von mir — weniger Worotilow als dieser dicke Mann dort auf dem Stuhl. Vielleicht braucht er Arbeiter, und ich soll hundert Plennis gesund schreiben?

Worotilow zeigte auf ihn und nickte Dr. Böhler zu.

»Dieser vollgefressene Kerl ist Sergej Kislew«, sagte er. Dr. Böhler begriff, daß Kislew kein Wort Deutsch verstand. »Er ist einer der brutalsten Ausbeuter der Gefangenen. Er führt die Staatsbauten in Stalingrad aus. Großer Bonze der Partei und Arschlecker Moskaus.« Dr. Böhler lächelte. Er sah, wie Kislew die Worte Worotilows gespannt verfolgte und lebhaft mit dem Kopfe nickte.

»Er ist zu mir gekommen«, fuhr Worotilow fort, »weil sein einziger Sohn krank ist. Er behauptet: sehr krank. Eine böse Magenkrankheit. Ißt seit Wochen kaum mehr, bricht alles ...«

»Wie alt ist denn der Patient?« fragte Böhler interessiert.

»Ich glaube Anfang Zwanzig«, sagte Worotilow. »Es hat sich in Stalingrad herumgesprochen, daß wir hier gute Ärzte haben. Jetzt bittet mich Kislew, Sie für ein paar Stunden mit nach Stalingrad zu geben, damit Sie seinen Sohn untersuchen können. Was halten Sie davon?«

Böhler lächelte. »Ärzte müssen kommen, wenn man sie ruft«, sagte er verbindlich. »Aber hier ist das etwas schwierig. Ich bin nicht ganz Herr meiner Entschlüsse ...«

»Ich beurlaube Sie natürlich. Ich darf es zwar nicht ...« Worotilow ging im Zimmer hin und her. »Es ist streng verboten, daß Gefangene mit der Zivilbevölkerung Kontakt aufnehmen. Wegen Fluchtgefahr und Beihilfe. Ich vertraue Ihnen, ich weiß, daß Sie keinen Gebrauch davon machen.«

»Solange ich noch kranke Kameraden in meinem Lazarett habe, können Sie völlig unbesorgt sein.«

»Das ist gut!« Worotilow sah ihn groß an. »Ich beurlaube Sie besonders gern. Kislew vergibt auch Aufträge an die Straflager. Wenn Sie Glück haben, erfahren Sie etwas über Dr. Sellnow.«

Dr. Böhler starrte Worotilow an. Der lächelte, als habe er einen Witz gemacht.

»Das werde ich Ihnen nie vergessen, Major«, sagte Dr. Böhler mit belegter Stimme. »Sie sind ein verdammt feiner Kerl. Schade, daß wir zwei verschiedene Uniformen tragen ...«

Der Major hob die Hand. »Wenn Sie mein Vaterland beleidigen, schlage ich Ihnen ins Gesicht!«

Dr. Böhler senkte lächelnd den Kopf. »Ich weiß, ich weiß — es dauert seine Zeit, bis eine Schlange sich häutet ...«

Sergej Kislew rutschte auf seinem Stuhl hin und her. Mit flehenden Augen sah er Worotilow an. »Was sagt er?« fragte er.

»Er will mit Ihnen gehen.« Worotilow steckte die Hände in die Taschen seiner Uniformhose. »Er will keine Bezahlung, der deutsche Arzt, er will nur wissen, ob Sie 53/4 kennen.«

Sergej Kislew schob die Unterlippe vor, sein Gesicht wurde verschlossen, steinern.

»Kenne ich nicht.«

»Nishnij Balykleij?«

»Liegt an der Wolga. Aber da ist kein Lager.«

Worotilow nickte. Er lehnte sich gegen die Kante des Schreibtisches und betrachtete Kislew gemütlich. »Natürlich — da ist kein Lager. Es gibt ja in Stalingrad auch keinen kranken Sascha Kislew.«

Sergej Kislew erbleichte. »Was soll das heißen?« stotterte er. »Sie wollen den Arzt nicht mitgeben? Der Junge stirbt mir! Er bricht schon Blut und ißt nichts mehr!«

»Dann solltet ihr weniger fett fressen, Genosse Kislew.«

Der Bauunternehmer nickte schwach. »In Nishnij Balykleij arbeiten siebzehn Mann für mich. Sie machen Holzflöße für die Wolga.« Er sah Worotilow furchtsam an. »Aber ich darf nichts sagen, Genosse. Es kostet mich den Kopf, wenn man erfährt, daß ich etwas verraten habe!« Er erhob sich mit müden Bewegungen. »Geht der deutsche Arzt jetzt mit?«

»Ja. Sie müssen ihn aber am Abend wieder ins Lager bringen! Wenn eine plötzliche Kontrolle der Division kommt und er fehlt, ist die Hölle los! Ich werde von einer ›Ausleihung‹ nichts wissen . . .«

»Natürlich nicht, Major.« Sergej Kislew verbeugte sich, mehrmals dankend. Die alte russische Unterwürfigkeit brach durch. »Aber wenn mein Sascha sehr krank ist . . .«

Worotilow wandte sich an Dr. Böhler. Er sprach jetzt wieder Deutsch. »Können Sie gleich mitfahren, Doktor? Oder haben Sie dringende Fälle?«

»Es geht. Dr. Schultheiß wird meine Kranken gut versorgen.«

Worotilow nickte ihm zu. »Wenn Sie Kislews Sohn retten, können Sie von ihm haben, was Sie wollen. Vor allem erträglichere Arbeitsbedingungen für Ihre Kameraden.«

»Ich werde daran denken, Major.«

Als Dr. Böhler die Kommandantur verließ, sah ihm Worotilow mit zusammengekniffenen Lippen nach. »Diese Deutschen!« knurrte er. »Man hätte sie doch ausrotten sollen!«

Dr. Böhler wurde in das Militärhospital gebracht, in dem der Kranke lag, und ohne besondere Förmlichkeiten an das Krankenbett geführt. Es erwies sich, daß die Sorge Kislews um seinen Sohn mehr als berechtigt war. Sascha, ein einundzwanzigjähriger Rotarmist, litt seit einem Jahr an Magenbeschwerden. Er wurde nie durchleuchtet, war ohne jegliche Bedenken bei den Musterungen tauglich befunden und zum Militär eingezogen worden.

Bald nachdem er seinen Dienst angetreten hatte, bekam er eines Abends Schwindel- und Übelkeitsgefühl und erbrach. Das Erbrochene war stark mit Blut durchsetzt. Er wurde plötzlich bewußtlos und mit Kollaps ins Truppenlazarett eingeliefert.

Das war vor drei Wochen gewesen.

Diesen Bericht gab ein junger russischer Assistenzarzt an Böhler. Er war wortkarg, kam aber dem Befehl nach, dem deutschen Arzt zur Verfügung zu stehen.

»Behandlung?« fragte Böhler ebenso knapp.

»Jeden zweiten Tag Bluttransfusion, seit der Aufnahme etwa vier Liter Blut«, antwortete der Russe.

»Und bei der Aufnahme?« fragte Böhler weiter.

»Bei der Aufnahme erhielt der Patient fünfhundert Kubikzentimeter gruppengleiches Blut und kam zu sich«, las der Russe vom Krankenblatt ab.

»Sonst haben Sie nichts unternommen?« erkundigte sich Böhler gewissenhaft.

»Es bestand eine innere Blutung«, sagte der russische Arzt gereizt. »Sie wurde durch Bluttransfusion gestillt. Das ist das beste Mittel. Es hat sich tausendfach bewährt.«

»Sicherlich«, sagte Böhler beschwichtigend, »ich informierte mich nur. Wie ist denn jetzt das Blutbild?«

Der Russe sah ins Krankenblatt. »Bei der Einlieferung fünfzig Prozent Hämoglobin und zweikommaneun Millionen rote«, las er vor, »acht Tage später vierzig Prozent Hämoglobin und zweikommavier rote, acht Tage später: sechsunddreißig Prozent Hämoglobin und zwei Millionen rote. Augenblicklicher Status: Hämoglobin zwanzig, rote einskommaeins Millionen.«

Böhler sagte nichts. Er unterdrückte mit Mühe sein Entsetzen. Zwanzig Hämoglobin statt hundert, nur noch ein Fünftel des normalen Gehalts, und eine Million rote Blutkörperchen im Kubikmillimeter statt fünf Millionen — der Kranke war praktisch völlig ausgeblutet. Und man hatte nichts unternommen.

Er wandte sich dem Kranken zu, der ihn ansah, ohne ihn zu sehen. Er war verfallen, die Gesichtsfarbe fahl wie das Leintuch, auf dem er lag, die Augäpfel gelblich verfärbt. Böhler fühlte den Puls. Er schätzte ihn auf hundertzwanzig. Der Kranke atmete nur wenig schneller als normal. Er war dazu schon zu schwach und sog bei jedem Zug nur wenig Luft in die Lungen. Seine Lippen zeigten keinerlei Röte mehr.

Böhler ließ sich die anderen Laborbefunde vorlesen, die recht exakt und vollzählig durchgeführt waren. Eiweiß im Urin stark positiv, im Sediment rote Blutkörperchen, viele Zylinder, Nierenzellen, Teerstuhl. Dieser letzte Befund zeigte deutlich, daß eine schwere innere Blutung bestand, die offensichtlich durch die Transfusionen nicht zum Stehen gekommen war. Böhler tastete den Leib des Patienten ab. Wenn er an eine bestimmte Stelle über dem Nabel geriet, stöhnte der Kranke tief auf vor Schmerz und machte schwache, abwehrende Bewegungen.

Sein Schicksal ist besiegelt, dachte Böhler schematisch. Sein Lehrer fiel ihm ein, der alte Professor Sandtmann, der davor gewarnt hatte, einen Patienten mit Magen- oder Zwölffingerdarmgeschwür zu operieren, wenn der Sitz des Geschwürs nicht genau bekannt war und der Patient eine schwere Blutung durchgemacht hatte.

Und dieser Kranke war noch niemals geröntgt worden. Zweifellos hatte er ein Zwölffingerdarmgeschwür.

Böhler erhob sich von der Bettkante, auf der er bei der Untersuchung gesessen hatte. Er blickte auf Sergej Kislew, der am Fußende stand und ihn gespannt anstarrte. Böhler konnte sich denken, daß die Ärzte den Vater erst rufen ließen, als sie den Kranken aufgegeben hatten. Kislew sah ihn mit brennenden Augen an.

»Gutt, Gospodin Doktor?« fragte er.

Böhler amüsierte sich über das Gesicht des russischen Arztes bei dieser Anrede. Gospodin — das hieß »Herr«. In der UdSSR sprach man nur noch von »Genosse Doktor«, das Wort Herr war streng verpönt.

Er antwortete nicht, sondern trat zum Waschtisch und begann, sich sorgfältig die Hände zu waschen. Dann erst wandte er sich um. Immer noch starrte ihn Kislew fragend an.

»Nix gutt?« stotterte er.

Böhler nickte langsam. »Nix gutt!«

Sergej Kislew schlug die Hände vor die Augen und lehnte sich gegen die Wand. Was er vor sich hin stammelte, verstand Böhler nicht. Aber am Klang erkannte er erschreckt, daß der Kommunist und Menschenschinder Sergej Kislew betete . . .

Dr. Böhler wandte sich ab und verließ den Raum. Er ging die Treppen hinunter und war noch nicht unten angelangt, als Kislew ihn einholte. Aus dem Redeschwall entnahm Böhler soviel, daß der Mann wünsche, er solle ihn begleiten. Wider Willen tat ihm Kislew leid, und er folgte ihm. Draußen wartete ein Privatwagen mit einem Chauffeur. Er brachte sie in wenigen Minuten in Kislews Haus, eine hübsche Villa in einem gepflegten Garten.

In der großen Diele setzte sich Böhler in einen weichen Sessel und lehnte sich weit zurück. Sein Wirt verließ ihn und bat ihn wortreich und mit vielen Gesten, einen Augenblick zu warten. Dann ging er die Treppe hinauf.

Ein Sessel! Ein weicher, gepolsterter Sessel. Teppiche. Tapeten an den Wänden. Türen aus Kirschbaum, ein runder geschnitzter Tisch. Kristall in den eingebauten Wandschränken . . .

Böhler atmete die reine Luft, den Geruch eines leichten Parfüms, der über allem lag . . .

Er schloß die Augen. Köln-Lindenthal . . . eine kleine Villa mitten im Grünen, in der Nähe des Stadtwaldes. Im Garten auf der Rasenfläche war ein Tischtennis aufgebaut . . . Er sah sich mit Margot, seiner Frau, spielen . . . sie hatte einen guten Schlag und jagte ihn hin und her. Und sie lachte hell. In ihren Augen leuchtete die Jugend und das Glück, zu leben . . . Der Rasensprenger drehte sich. Das Wasser sprühte über sie hinweg, wenn er zu ihnen schwenkte. Dann lagen sie in den Liegestühlen und tranken Orangeade . . . Mein Gott, Orangeade. Daran erinnerte man sich jetzt . . . Auf der Reitbahn im Stadtwald trabten die Pferde. Ihr Fell glänzte in der Sonne. Fröhliche Worte flogen hin und her . . . Im Stadion, auf der großen Jahnwiese mit dem Denkmal des alten Turnvaters, jagten sie im Galopp dahin und überholten sich gegenseitig.

Hell klang das Lachen durch den Sommerwind . . .

Dr. Böhler zuckte zusammen und erhob sich, als Sergej Kislew die Treppe herabkam. Er sah verfallen aus, gealtert, seine Augen flackerten.

»Du Sascha machen gesund«, sagte er bettelnd.

»Das ist unmöglich«, sagte Dr. Böhler. Er wußte, daß ihn Kislew nicht verstand, und er legte etwas Tröstliches in seine Stimme. Der Russe hörte es heraus, und seine Augen bekamen wieder jenen Funken Hoffnung, den Dr. Böhler in allen Augen sah, wenn er bewußt die Krankheit bagatellisierte.

»Ich würde ihn operieren, aber das kann ich hier nicht machen — nicht im Militärlazarett oder gar im Lager. Dafür sind sie nicht eingerichtet. Er würde auf dem Operationstisch sterben! Ich brauche dazu einen gut eingerichteten Operationsraum mit den neuesten technischen Anlagen. Dann würde ich es wagen.«

Sergej Kislew nickte wiederholt. Sein Gesicht war voll Hoffnung. »Du machen gesund?«

Dr. Böhler sah zu Boden. »Wenn du wüßtest, wie die Wahrheit ist. Man wird nie erlauben, daß ein deutscher kriegsgefangener Arzt in einem russischen Krankenhaus operiert. Das ist ganz unmöglich. Es wäre ein Sakrileg, wo Rußland die besten Chirurgen der Welt besitzt — wenigstens sagen sie es immer. Ich kann dir wirklich nicht helfen, Sergej Kislew.«

Der Bauunternehmer schien die Nennung seines Namens für ein gutes Zeichen zu halten. Er faßte Dr. Böhler am Ärmel und zog ihn mit sich fort. Er führte ihn in die Küche, wo ein Mädchen arbeitete, drückte ihn auf einen Stuhl und setzte ihm eigenhändig Wurst, frische Butter, weißes Brot, Früchte — im Winter — und amerikanische Fleischkonserven vor.

Mit großen Augen saß Dr. Böhler am Tisch.

Wurst! Gute, gelbe, fette Butter! Er nahm eine Scheibe Brot, bestrich sie fast andächtig mit der Butter und legte eine Scheibe Wurst darauf. Sergej Kislew lachte hinter ihm, er griff über seine Schulter hinweg in den Wurstteller und legte ihm mit der Hand sieben Scheiben auf einmal auf das Brot. Fünf Jahre Kohlsuppe ... fünf Jahre klitschiges Brot ... 600 Gramm ... 200 Gramm ... ab und zu einmal dicke Bohnen oder eine dicke Suppe aus Kohl und Roggenmehl ... Dr. Böhler aß das Brot mit den acht Scheiben Wurst. Er aß es nicht, er fraß es in sich hinein wie ein Raubtier, das hungernd herumstreifte und nun vor einer plötzlichen Beute steht. Ein Brot ... zwei Brote ... drei ... dann legte er das Messer weg. Sein Magen war schwer wie Blei ... Er erhob sich und sah, wie Kislew aus einer Flasche starken Krimwein in einen Pokal schüttete. Er trank ... der Wein brannte in seiner Kehle, im Magen, in den Adern ... es war, als durchströme ihn ein neues Leben.

Dr. Böhler überblickte den Tisch. Die Fleischbüchsen waren nicht angebrochen ... die Butter war halb verbraucht ... ein großes, nicht angeschnittenes Stück Wurst lag daneben ... Er sah sich um, sah eine Zeitung auf dem Fenster liegen, ergriff sie, rollte die Wurst, die Butter, die Büchsen in sie ein. Sergej Kislew ließ es lachend geschehen und klopfte ihm freundschaftlich auf die Schulter.

»Sascha machen gesundd!« sagte er glücklich. »Grosses Arrrzt!« Er lachte über das ganze Gesicht.

Dr. Böhler biß die Zähne aufeinander. Wenn ich die Büchsen einteile und die Wurst auch, jeden Tag eine Scheibe, jeden Tag einen Teelöffel Fleisch, dann kann ich den schwersten Fällen im Lazarett eine Woche lang etwas Zusätzliches geben. Das ist eine Lüge wert, und Gott wird es mir verzeihen. Wir sind mit den Kräften am Ende im Lager. Fünf Jahre dieses Essen, und jetzt nur noch die Hälfte, weil die große Dürre im Sommer die Ernte vernichtete ...

Sergej Kislew brachte Dr. Böhler pünktlich zum Appell ins Lager zurück.

Major Worotilow schwieg lange, als ihm der Arzt die Wahrheit sagte. Kislew saß im Sessel und rauchte beruhigt.

»Er weiß nichts?« fragte Worotilow.

»Ich konnte es ihm unmöglich sagen!«

»Soll ich . . .?«

»Bitte, nein, er wird es früh genug erfahren. Ja, wenn ich eine moderne Klinik hätte, mit allem, was dazu gehört . . .«

»Dann würden Sie operieren?« drängte Worotilow.

Böhler nickte. »Ja«, sagte er, »dann würde ich es versuchen, so gering die Chancen sind. Es wäre an sich keine schwere Operation, für einen weniger Schwerkranken, meine ich. Man müßte den Ort der Blutung suchen und sie stillen. Es gibt keine Krankheit, bei der man nicht Hoffnung haben könnte — und wenn es der Glaube an ein Wunder ist . . .«

»Aber Sie wollen Sascha Kislew nicht operieren?«

»Auf keinen Fall hier oder im Militärhospital. Das wäre reiner Mord.«

»Im Staatskrankenhaus Stalingrad operiert nur Professor Pawlowitsch.«

»Dann soll er die Operation machen.«

»Er hat sich bereits geweigert, ohne den Patienten gesehen zu haben. Ihm genügt die Krankengeschichte.«

Dr. Böhler nickte bestätigend. »Sie genügt auch«, sagte er. »Natürlich will der Herr Professor beim Sohn eines mächtigen Mannes keinen Mißerfolg riskieren — verstehe ich sehr gut. Nur daß man mir es zumutet . . . Wenn es schiefginge, müßte ich es ausbaden, würde unter Umständen bestraft, noch einmal zu Lager verurteilt . . . zehn Jahre . . . zwanzig Jahre . . . ihr seid ja nicht kleinlich.«

»Aber Sie würden ihn trotzdem im Staatskrankenhaus operieren, nicht wahr?«

»Ich würde es auf alle Fälle versuchen, ja — aber es ist müßig, darüber zu sprechen. Ich muß ins Lazarett.«

Er verließ das Zimmer. Erstaunt und verständnislos sah Kislew ihm nach. Warum ging der Arzt und ließ ihn allein? Und Sascha, sein Sohn? Kislew sprang auf und stürzte auf Worotilow zu . . .

Zwei Stunden später wurde Dr. Böhler bereits wieder abgeholt. Ein Sanitätswagen der Division fuhr ihn aus dem Lager, ein russischer Kapitän-Arzt, Studienkollege Dr. Kresins, begleitete ihn.

»Der Patient ist schon ins Staatskrankenhaus gebracht worden«, teilte er Böhler mit. Er sprach gut Deutsch.

»Der Genosse Professor ist auf Ihre Operationsmethode sehr gespannt«, setzte er nach einer Weile hinzu.

Dr. Böhler riß die Augen auf und sah ihn ungläubig an. »Er will mich operieren lassen?«

»Dazu hole ich Sie ja ab.«

»Im Stalingrader Staatskrankenhaus? Das ist doch unmöglich . . .«

»Warum denn, Herr Kollege?«

»Ich bin ein deutscher Plenni!«

»Na und? Drei Kommissare sind ebenfalls in der Klinik. Man wird Sie der Form halber entlassen . . .«

Dr. Böhler fuhr herum, seine Wangen glühten. »Was heißt der Form halber?« Seine Stimme zitterte vor Erregung.

Der Kapitän-Arzt sah ruhig auf die verschneite Straße vor sich. »Das heißt, daß man Sie nach der Operation wieder gefangensetzen wird! Dazu sind die drei Kommissare da. Man wird Sie an Ort und Stelle wieder verurteilen. Es geht hier nur darum, daß wir Moskau überlisten und Sie als Privatmann in der staatlichen Klinik operieren lassen! Außerdem hat Sergej Kislew dem Lazarett fünfzigtausend Rubel gestiftet, wenn die Operation gelingt. Das zählt noch mehr.«

»Und das im Staate der Volksregierung! Dem Land ohne Klassenunterschied. Dem Paradies der Arbeiter!« Dr. Böhler lachte gequält. »Ihre Methoden sind wert, geschichtlich festgehalten zu werden!«

Der Kapitän-Arzt lächelte zurück. »Man wird es, Herr Kollege. Wir haben 1945 beim Einmarsch in Berlin bereits Geschichte geschrieben! Und wir werden sie weiter schreiben — wir allein! Mögen sich Amerika oder England mächtig fühlen und diplomatische Schlachten schlagen. Wir arbeiten in der Stille und gewinnen die Herzen der Völker — mit den gleichen Methoden, mit denen Sie heute den ganzen Tag ein völlig freier Mann sind. Der Chirurg Dr. Fritz Böhler aus Köln, der den ehrenvollen Staatsauftrag hat, in Stalingrad zu operieren. Am Abend sind Sie wieder Plenni . . .« Der Kapitän-Arzt lächelte mokant. »Die Geschichte will es so.«

Die riesige Staatsklinik lag weiß und still in einem Park außerhalb der Stadt. Eine der typischen russischen Monumentalbauten, die man den fremden Touristen zeigt und die den Aufschwung der sowjetischen Wirtschaft und Kultur repräsentieren sollen. Eine Mischung zwischen amerikanischer Wolkenkratzerarchitektur und russischer Neuklassik. Bauten, die an die Pläne Hitlers für die nächsten tausend Jahre erinnern.

In dem riesigen Foyer der Klinik stand, als Dr. Böhler nach einer kurzen Meldeformalität eintrat, ein kleiner, schmächtiger Mann mit einem weißen Tatarenbart und leicht geschlitzten Augen in dem ledernen Gesicht. Er war etwas vorgebeugt und schlurfte nun ein paar Schritte heran, als die Pendeltür aufschwang.

Professor Dr. Taij Pawlowitsch.

Er reichte dem deutschen Arzt eine welke Greisenhand. Einen Augenblick empfand Dr. Böhler ein sichtbares Erschrecken. Mit diesen kraftlosen Händen operiert er?

Der Kapitän-Arzt wechselte einige schnelle Worte mit Professor Pawlowitsch, die Dr. Böhler nicht verstand. Es war eine Mischung zwischen Russisch und einem mongolischen Dialekt. Dann wandte sich der Arzt wieder zu ihm.

»Der Professor hat alles vorbereitet. Der Patient liegt im großen OP, er ist bereits gewaschen — in zehn Minuten wird er narkotisiert . . .«

Böhler unterbrach ihn brüsk. »Sie wollen doch nicht etwa eine Narkose geben?« Er schrie es fast. Die beiden Russen sahen ihn erstaunt an.

»Warum denn nicht?« fragte der Professor.

»Es kommt nur eine Lokalanästhesie in Betracht«, sagte Böhler bestimmt. »Mit einer Narkose würden wir ihn umbringen. Lokalanästhesie — ich werde sie selber vornehmen. Während der ganzen Operation Sauerstoff und Bluttransfusion durch Dauertropf in eine Knöchelvene. Bitte, lassen Sie diese sogleich anlegen, und stellen Sie die nötigen Blutkonserven zur Verfügung.«

Dr. Böhler hatte sehr bestimmt gesprochen. Die beiden Russen starrten ihn mit offenen Augen an, aber sie akzeptierten seine Autorität. Der Kapitän-Arzt verließ den Raum, um Böhlers Anordnungen auszuführen.

»Ich werde Ihnen assistieren«, sagte der Professor verbindlich, »ich bin sehr gespannt . . .«

Mit diesen Fingern, dachte Böhler, dieser kraftlose Greis. Er warf einen forschenden Blick auf den Professor. Dann sagte er schwach: »Bitte!«

Der Kapitän-Arzt kam zurück. »Betrachten Sie sich bitte ab jetzt als Privatmann! Sie sind frei!« sagte er zu Böhler.

»Das ist sehr schön und sehr nett von Ihnen«, sagte Böhler mit deutlichem Spott. Er blickte zum Hintergrund der Eingangshalle. Dort standen drei Offiziere mit dem Zeichen der MWD: die drei Kommissare.

Dr. Böhler atmete tief: »Gehen wir . . .«

Professor Pawlowitsch ging voraus. Sanitäter rissen die Glastüren vor ihnen auf. Ein langer, weiß gekachelter Flur, ein Vorraum mit blitzenden Kränen, großen, weißen Marmorbecken, zehn Schwestern, die mit weißen Mänteln, Gummischürzen, Hauben und Mundschutz bereitstanden. Heißes Wasser strömte in die Becken, eine Schwester reichte Seife und Bürste. Es war wie ein Traum, wie ein Märchen. Dr. Böhler schrubbte sich Hände und Arme . . . er hielt die Hände unter den dünnen Strahl Alkohol . . . eine Schwester streifte ihm die Handschuhe über . . . der Mundschutz wurde angelegt . . . die weiße Haube saß auf seinem langen, schmalen Kopf . . . eine andere Schwester band ihm die Gummischürze um . . . lang, weiß, bis auf die Erde reichend. Durch die Tür trat ein junger Arzt ein, braun, drahtig, ein Armenier.

»Patient ist bereit«, sagte er knapp.

Professor Pawlowitsch sah Dr. Böhler an. Auch er war zur Operation bereit. Bestätigend nickte Dr. Böhler ihm zu. Der Professor ging voraus durch die kleine Tür . . . Geblendet, erschüttert blieb Dr. Böhler stehen: ein riesiger Raum, warm, in das gleißende Licht von vierundzwanzig Kristallampen gehüllt . . . hinter dem Operationstisch amphitheatralisch ansteigende Bänke . . . auf ihnen über hundert russische Studenten und Studentinnen . . . ein Schwarm von Assistenzärzten um den Tisch, Schwestern, Sanitäter, Sanitätsoffiziere. In der ersten Bankreihe ein dicker Bulldoggenkopf: Dr. Kresin. Daneben ein blasses, von schwarzen Locken umrahmtes Gesicht: Alexandra Kasalinsskaja. Neben ihr, blaß wie sie, mit kauenden Backenmuskeln erregt hin und her rutschend, Major Worotilow.

Es hatte sich schnell herumgesprochen, daß ein Deutscher operieren würde . . .

Mit festem Schritt trat Dr. Böhler an den Operationstisch.

Der Körper des Jungen war mit warmen Tüchern abgedeckt, nur das Operationsfeld, die Magenpartie, lag frei.

»Ich mache jetzt die Anästhesie«, sagte Böhler und der Professor gab seine Worte an die Operationsschwester weiter. Böhler sah ihr zu, wie sie eine große Spritze mit einer Kanüle versah und aus einem becherförmigen Gefäß aufzog. Dann reichte sie ihm die Spritze und machte sich sofort daran, eine weitere vorzubereiten.

Böhler stach die lange Nadel in die mit Jod bestrichene Bauchhaut und injizierte den Inhalt der Spritze. Der durchflutete nun das ganze Operationsgebiet, von den Rippen bis unter den Nabel und seitlich bis fast zu den Flanken.

Der Kranke war stark benommen und nahm die Vorgänge nicht wahr. Er atmete Sauerstoff durch eine Maske. Das Gas strömte ihm aus einer großen Flasche zu. Neben ihm saß eine Schwester und sprach leise auf ihn ein — beruhigende Worte, die man kaum hörte. Über den Köpfen der beiden war eine Art Zelt angebracht, das gegen den Operateur hin geschlossen und nach hinten offen war. Die Schwester unter dem Zelt kontrollierte zugleich den Puls des Patienten. Ein Assistent regulierte das Sauerstoffgerät.

Böhler war mit der Anästhesie fertig. Er ließ sich von einer Schwester die Handschuhe ausziehen und neue überstreifen. Dann wartete er geduldig, bis die Betäubung wirksam geworden war.

Der Kranke hatte kein schmerzlinderndes Mittel bekommen. Böhler wollte keinen Atmungsschaden riskieren. Sehr vorsichtig ließ er der an einer Knöchelvene angelegten Dauertropfinfusion mit Spenderblut Herzmittel zur Stützung von Herz und Kreislauf zusetzen. Ununterbrochen floß Blut in die Adern des ausgebluteten Kranken. Aber da drinnen floß es ebenso schnell wieder durch das blutende Geschwür in den Darm ab. Ein Faß ohne Boden. Wenn es nicht gelang, die Blutung zu stillen, gab es keine Rettung mehr. Und ob die Operation, eine ungeheure Belastung für den Schwerkranken, noch würde Hilfe bringen können, war mehr als fraglich. Es gehörte ein verzweifelter Mut dazu, sie überhaupt zu wagen.

Böhler nickte dem Professor zu. »Wir wollen anfangen«, sagte er knapp.

Der Professor sagte einige Worte zu seinen Mitarbeitern. Und das große Wagnis begann . . .

Böhler hatte den eröffnenden Schnitt genau in der Mitte des Bauches geführt, vom Brustbein bis unter den Nabel. Der Professor zog die Augenbrauen hoch. »Wir legen den Schnitt quer, von rechts oben nach links unten über den Magen«, sagte er.

Böhler nickte und meinte kurz, ohne sich in seiner Tätigkeit unterbrechen zu lassen: »Ich brauche viel Platz, denn wir werden Überraschungen erleben. Ich erweitere den Schnitt später nicht gern.«

Die Wundränder wurden sorgfältig abgedeckt, einige Blutgefäße mit Klemmen gegriffen, durchtrennt und abgebunden. Es blutete kaum aus dem Fleisch. In fliegender Eile setzte Böhler das Bauchspekulum ein, das die Wunde offenhielt, und öffnete das Bauchfell. Trotz der örtlichen Betäubung sind das immer schmerzhafte Verrichtungen, bei denen die Gefahr besteht, daß der Patient unruhig wird. Aber der junge Mann stöhnte nur ein wenig. Er war sehr schwach.

Böhler tastete die Leber ab. »Stark vergrößerte Leber«, sagte er zum Professor, »und Narbenbildungen im Bereich des kleinen Netzes.« Er bemerkte mit Genugtuung, daß er sich geirrt hatte, als er den Professor für schwächlich hielt. Der Mann arbeitete ausgezeichnet.

Minutenlang versuchte Böhler dann, tief in der Bauchhöhle eine Arterie zu finden, aus der erfahrungsgemäß die Blutung bei Zwölffingerdarmgeschwüren erfolgt. Es gelang ihm nicht, an sie heranzukommen.

»Ich schreite zur Magenresektion nach Billroth II«, sagte er kurz, kümmerte sich nicht um das erstaunte Gesicht des Professors, sondern fügte nur erklärend hinzu: »Ich komme nicht an das Geschwür heran . . .«

»Er hält es nicht aus«, flüsterte ihm der russische Chirurg zu. Aber Böhler sah nicht auf, er zuckte nur die Achseln.

Das Operationsteam befand sich auf eingefahrenen Pfaden. Die Instrumente gelangten ohne besondere Aufforderung in die Hände Böhlers, und der Professor kam seinen Absichten genau im richtigen Augenblick entgegen. In kürzester Frist hatte Böhler den Magen frei und konnte ihn abtrennen. Nur ein Drittel des Organs blieb zurück und wurde an einer Darmschlinge angeschlossen. Damit wurde die durch das Wegnehmen des Magens unterbrochene Verdauungspassage wieder hergestellt.

Böhler durchtrennte die vordere Zwölffingerdarmwand und ließ die Wundränder mit Klemmen fassen und auseinanderspreizen. In der Tiefe gewahrte er nun ein kraterförmiges Geschwür. Es war etwa zwei Zentimeter groß. In der Mitte befand sich ein kleiner runder Krater, zwei Millimeter im Durchmesser. Aus dieser Öffnung sickerte ununterbrochen Blut an den Wänden des Geschwürs herunter. Böhler zeigte dem Professor die Stelle.

»Das hätte vor Wochen geschlossen werden müssen«, murmelte er, und der Professor nickte. Der Chirurg tupfte sanft den Krater ab. Es lösten sich Blutgerinnsel, und plötzlich schoß eine kleine Blutfontäne hoch.

»Naht!« rief Böhler und drückte den Zeigefinger der Linken auf die blutende Stelle. Die Operationsschwester reichte ihm eine eingefädelte Nadel. Er übernähte die Stelle mit einer Zickzacknaht, und es spritzte nicht mehr. Das Loch in der Arterie, aus dem die Blutung erfolgte, war geschlossen.

Bisher hatte der Patient die Operation besser durchgestanden, als man erwartet hatte. Jetzt aber, nachdem der entscheidende Moment vorüber, nachdem die Stelle der inneren Blutung gefunden und abgedichtet war, geschah es: »Der Blutdruck sinkt«, meldete der Arzt, der Puls und Blutdruck zu überwachen hatte. »Ich kann ihn nicht mehr ermitteln . . . auch der Puls setzt aus . . .«

Böhler legte das Instrument fort, das er in der Hand hielt, und riß sich die Handschuhe von den Händen.

Der Professor blickte ihn unverwandt an. In seinen kleinen Augen leuchtete etwas wie Triumph.

»Ich habe es ja gleich gesagt, daß es nicht gehen würde«, sagte er gezwungen sachlich. »Exitus — der Patient ist tot.«

Aber Böhler hörte nicht auf ihn. »Sehen Sie denn nicht, daß die Transfusion nicht mehr weitergeht?!« schrie er einen Assistenten an, der darüber hatte wachen sollen. Aus dem Gefäß mit dem Blut aber war in den letzten Minuten nichts mehr in die Adern des Kranken geflossen. Sein Blutkreislauf war zusammengebrochen.

»Geben Sie mir eine lange Kanüle und eine Punktionsspritze mit etwas Kochsalzlösung und einem Kreislaufmittel — was Sie gerade dahaben . . .«, forderte Böhler die Operationsschwester auf. »Und kippen Sie den Tisch — Kopf tief«, herrschte er die Helfer an. Seine Stimme war gepreßt. Sein Gesicht verriet bleiche Wut, und man sah, daß er sich mühsam beherrschte.

»Was haben Sie vor?« fragte der russische Professor und sah ihn beinahe ängstlich an.

»Intrakardiale Bluttransfusion«, antwortete Böhler, während er schon die Herzgegend des Kranken mit Jod einstrich. »Machen Sie eine Rotandaspritze bereit und eine Blutkonserve!« befahl er der Schwester.

»Aber der Mann ist tot!« beharrte der Professor, »alles kommt zu spät. Er atmet nicht mehr!«

Böhler schüttelte den Kopf. »Das Herz ist gesund, es hat nur kein Blut«, sagte er unwirsch. »Geben Sie weiter Sauerstoff und machen Sie künstliche Atmung«, ordnete er an. Seine Anordnungen wurden prompt befolgt.

Er setzte die Spritze auf den fünften Zwischenrippenraum und trieb die Nadel in die Tiefe. Seine Hand merkte, wie der Widerstand des Gewebes plötzlich schwand, und er wußte, daß er jetzt den Herzmuskel durchstach und in die rechte Herzkammer eindrang. Alle sahen, wie Blut in die Spritze stieg, Blut direkt aus dem Herzen des Patienten.

»Her mit der Rotandaspritze und der Konserve«, zischte er. Seine Wut hatte ihn noch nicht verlassen. Sie galt nicht den Russen, die nicht genügend achtgegeben hatten — er war wütend, weil ihm der Tod einen Patienten entreißen wollte. In fliegender Eile, aber ohne ein einziges Mal daneben zu greifen, schloß er die Spritze mit dem Zweiwegehahn an die Kanüle an, die in der rechten Herzkammer steckte und leise vibrierte. Wortlos verfolgte Professor Pawlowitsch die zielsicheren, unbeirrbaren Bewegungen dieser Hände.

Böhler zog den Kolben der Spritze auf und drückte ihn wieder in den Zylinder hinein. So pumpte er Blut ins Herz, langsam, eine Spritze voll nach der anderen. Das Gefäß, in dem sich die Blutkonserve befand, war etwa zur Hälfte geleert, als der Assistent meldete:

»Der Puls ist wieder da . . .«

Böhler ließ sich nicht stören. Er pumpte weiter Blut ins Herz. Zuerst leise, dann kräftig hob sich jetzt die Brustwand. Der Kranke atmete wieder.

Böhler wusch sich aufs neue. Er kümmerte sich nicht um das Raunen im Operationssaal. Aber eine tiefe Befriedigung erfüllte ihn. Ein wenig belustigte er sich aber auch darüber, wie die Russen vor Staunen nach Luft geschnappt hatten — die Augen des Professors und der Assistenten, sie hatten ihre Verblüffung doch nicht ganz verbergen können . . .

Böhler ging zum Tisch zurück und beendete die Operation. Abdecken des

Geschwürs mit Bauchfell — das ging jetzt glatt und würde abheilen. Verschluß des Bauchfells, Wundnaht-Verband.

Dann trat er vom Operationstisch zurück und blickte hinter das Zelt ins Gesicht des Kranken. Der hatte rosige Lippen . . .

Der deutsche Chirurg nickte seinen Mitarbeitern zu und machte eine leichte Verbeugung in den Saal. Dann ging er hinaus.

Am Abend kam Dr. Böhler wieder ins Lager zurück — der Wojennoplenni Dr. Böhler, Nummer 3/52 864. Die drei Kommissare hatten ihn am Abend nach der letzten Untersuchung und nachdem die erste Gefahr gebannt war, in der Klinik wieder verhaftet. Er zog seinen weißen Mantel aus, legte die weißen Schuhe ab. Die Kommissare übergaben ihn einem jungen Transportleutnant.

Als er die Gänge entlanggeführt wurde und in die große Eingangshalle kam, begegneten sie Professor Taij Pawlowitsch. Er ging an Dr. Böhler vorbei, als kenne er ihn nicht . . . er wandte nicht einmal den Kopf. Ein Plenni . . .

Der freundliche Kapitän-Arzt, der an der Anmeldeloge stand, drehte sich um und ging davon. Auch er grüßte nicht . . . er sah über Dr. Böhler hinweg. Ein Plenni . . .

Der Arzt biß die Zähne aufeinander. Rußland!

Vor dem Eingang des Monumentalgebäudes stand wartend Dr. Kresin. Er reichte Dr. Böhler beide Hände. Sein Atem flog. »Ich habe keine Worte«, schrie er. »Ich bin außer mir! Das habe ich noch nicht gesehen! Mein Junge . . .« Beinahe hätte er ihn umarmt. Da wußte Dr. Böhler, wo sein Zuhause war . . . Fast glücklich ging er zurück in das Lager. Als er in seinem Zimmer auf dem schmutzigen Bett lag, an die Decke starrte und eine Zigarette rauchte, als Dr. Kresin herumraunzte und auf die Kollegen in Stalingrad schimpfte, als Worotilow kam und heimlich eine Flasche Wein mitbrachte — er, der Kommandant! —, als die Kasalinsskaja und die Tschurilowa kamen, Dr. Schultheiß und Janina Salja, da war er zufrieden wie selten — da erkannte er staunend, daß er zu diesen Menschen gehörte, daß er ein Teil des Lagers 5110/47 geworden war . . .

»Ich muß mit Ihnen feiern«, sagte Worotilow herzlich. »Und wenn es Moskau hundertmal erfahren sollte. Ich möchte Ihr Freund sein, Dr. Böhler . . .«

Fünf Tage später erschien Sergej Kislew wieder im Lager. Er war sehr zufrieden mit dem, was ihm Professor Pawlowitsch gesagt hatte. Gesehen hatte er seinen Sascha nur zweimal — kurz nach der Operation, als er wie ein Toter aussah, und drei Tage später, als er schwach, aber voller Hoffnungen in einem Einzelzimmer lag. Der Professor hatte ihm gesagt, er sähe ganz gut aus; der deutsche Arzt habe eine Operation gewagt, die es in der russischen Medizingeschichte noch nicht gegeben habe.

Nun war Sergej Kislew ins Lager gekommen, um sich zu bedanken. Er brachte keine Lebensmittel mit, keine für einen Plenni sinnlose Rubel — er brachte eine Nachricht, eine Nachricht von Dr. von Sellnow.

Er hatte sich an die Worte Worotilows erinnert und im Lager 53/4 angerufen. Der Lagerkommandant hatte selbst gesprochen und gesagt, daß es Dr. von Sellnow ganz gut gehe. Er habe die Lungenentzündung überstanden und arbeite jetzt im Lagerdienst. Leichte Arbeit, Putzen und Handreichungen. Von dem Abkratzen der Dielen mit einer Glasscherbe hatte er nichts gesagt — wen ging das auch etwas an? Den Kislew überhaupt nicht! Und so hatte der Bauunternehmer angehängt und war ins Lager gefahren, um es Dr. Böhler zu sagen.

»Ich werde ihn mir zu Bauarbeiten holen und gut ernähren«, sagte er zu Worotilow, »wenn der Frühling kommt und die Bauten wieder beginnen. Vielleicht kann er meinen Sascha weiterpflegen — der Professor sagt, es kann lange dauern, ehe er wieder so ist, wie früher . . .«

»Dr. von Sellnow ist ein ausgezeichneter Arzt. Er war Chefarzt in einer deutschen Klinik.«

»Und warum sitzt er dann im Straflager?«

»Er hat einem Kommissar ein Auge ausgeschlagen . . .«

Sergej Kislew schaute Worotilow verblüfft an. »Einem Kommissar?« stotterte er. »Und er lebt noch, dieser Arzt?«

Worotilow hob die Schultern. »Sie haben gestern angerufen, Genosse Kislew — ob er heute noch lebt, das weiß keiner. Das weiß man nie im Lager 53/4. Ich möchte es wünschen . . .«

»Schrecklich.« Sergej Kislew wiegte den Kopf. »Aber wenn er einem Genossen das Auge ausschlug . . . Er ist eben doch ein deutsches Schwein.«

»Ein deutsches Schwein hat Ihrem Sascha das Leben gerettet«, meinte Worotilow sanft. Kislew schob die Unterlippe vor. »Dr. Böhler ist eine Ausnahme«, sagte er stockend. Er hatte es plötzlich eilig, wieder nach Stalingrad zurückzufahren. »Sagen Sie bitte Dr. Böhler, daß es seinem Kameraden gut geht. Und ich will versuchen, ihn im Frühjahr in meinen Bautrupp zu bekommen. Ich will es versuchen . . . Guten Tag, Genosse Major.«

Worotilow sah aus dem Fenster, als Kislew in seinen Wagen stieg und abfuhr. Sauerbrunn kehrte den Platz vor der Kommandantur.

»Dreckige Wanze«, sagte Worotilow in Richtung des abfahrenden Wagens. Er sagte es auf deutsch, und Hans Sauerbrunn hörte es.

Am Abend machte es im Lager die Runde von Mund zu Mund, von Baracke zu Baracke, von Block zu Block.

»Dreckige Wanze . . .«

Sergej Kislew wurde von diesem Tage an nie mehr anders genannt.

AUS DEM TAGEBUCH DES DR. SCHULTHEISS:

Nach langer Zeit kann ich wieder in meinem Tagebuch schreiben. Es war in den letzten Wochen, vor allem seit Weihnachten, so viel auf uns eingestürmt, daß ich keine Zeit und keine Muße fand, die Gedanken in Worte zu kleiden. Die Liebe Janinas erfüllt mich ganz . . . wir leben hier wie auf einer Insel . . . wir vergessen, wo und was wir sind . . . wir gehen wie durch einen Traum, der uns Glückliche in eine schreckliche Gegend versetzte, aber unsere

Liebe nicht zerstören kann. Das Lager, die gefangenen Kameraden, das schlechte Essen, die Sehnsucht nach der Heimat ... sie sind alle da, diese zermürbenden Tatsachen, aber doch liegen sie wie hinter einem Schleier.

Vor zwei Tagen bekamen wir wieder Post ... nicht nur die »Parteianwärter«, sondern alle.

Auch ich ... von Mutter.

Ihre zittrige Schrift bedeckt eng die Karte. Sie hat vor Aufregung sogar über den Rand geschrieben und auf der Rückseite in die Adresse ... es ist ein Wunder, daß man die Karte so durch die Zensur gelassen hat.

»Mein liebster Junge!

Nun wird es bald Weihnachten sein, und mehr als sonst denke ich an Dich. Uns geht es allen gut. Franz ist schon vor drei Jahren aus englischer Gefangenschaft gekommen und ist jetzt Rechtsanwalt in einem großen Werk. Melittas Söhnchen ist jetzt zwei Jahre alt und viel bei mir. Ich erzähle ihm oft von seinem Onkel Jens, der dort so weit, weit weg in Rußland ist. Wir alle hoffen, daß Du bald wiederkommst. Prof. Höffkens war einmal hier und fragte nach Dir. Er will Dich sofort in seiner Klinik anstellen, wenn Du kommst. Alle lassen Dich grüßen. Unsere ganze Liebe ist jetzt bei Dir, mein lieber Jens, mein Kleiner. Bleib gesund und komm wieder. Ich will Dich noch einmal sehen. Ich küsse Dich Deine Mutti.«

Am Abend kam Janina zu mir ins Zimmer ... ich las ihr die Karte vor. »Einmal werde ich sie kennenlernen«, sagte sie. »Wenn du entlassen wirst, komme ich mit ...« Sie legte den Kopf an meine Schulter und strich mit den Fingern über die Schrift.

Die ganze Nacht habe ich ihr von Mutter erzählt. Geduldig hörte sie mir zu und sagte, als ich schwieg: »Du mußt eine wunderbare Mutter haben ...«

Jetzt, zwei Tage nach dem Postempfang, ist es wieder wie immer im Lager. Am ersten Tag war die Stimmung gedämpft, jeder war mit seinen Gedanken in der Heimat und verkroch sich in sein Inneres. Viele mochten wohl auch an Julius Kerner denken, den eine Nachricht aus der Heimat in den Tod trieb, diesen Kerner, den ein Leutnant Markow nicht kleinbekam, der eine Stütze war mit seinem frechen Mund ... und den ein paar Zeilen aus Deutschland so erschütterten, daß er sich nackt in den Schnee legte, um zu erfrieren ...

Auch für Dr. von Sellnow war eine Karte dabei. Worotilow behielt sie in der Kommandantur und wußte nicht, was er mit ihr anfangen sollte. Daß die Karte ins Lager kam, bewies, daß man in Moskau nichts von einer Verlegung in das Straflager wußte. Das war eine völlig neue Sicht der Dinge, das konnte sehr viel ändern, denn damit stand fest, daß es eine regionale Angelegenheit blieb, die man vielleicht irgendwie zum Guten wenden konnte. Wenn die Verantwortung bei der Division in Stalingrad lag, wenn der örtliche MWD die Verschickung veranlaßte, dann war die Hoffnung groß, Sellnow wiederzusehen ... wenn er noch lebte.

Auch Worotilow schien das zu denken. Er schickte die Karte nicht zur Zentrale zurück, sondern behielt sie im Lager. Er steckte sie in seine Uniformtasche und unterrichtete Dr. Kresin. Von Dr. Kresin weiß ich es ... wir alle wurden angehalten, der Kasalinsskaja nichts von der Post zu sagen. Wir wissen, daß sie sich wieder das Leben zu nehmen trachtet, wenn sie erfährt, daß Sellnow in Deutschland eine Frau und zwei Kinder hat ... eine Frau, die mit aller Kraft ihres liebenden Herzens auf ihn wartet ... Die Kasalinsskaja würde es nicht ertragen — sie würde sich und Sellnow der Leidenschaft opfern. Wir alle wissen es. Darum müssen wir schweigen ...

Eine Woche später kam Sergej Kislew wieder ins Lager. Seinem Sohn ging es verhältnismäßig gut. Die Operation hatte keinerlei Nachwirkungen. Er konnte zwar vorläufig nur flüssige Nahrung zu sich nehmen, aber auch das würde sich bald umstellen lassen. Professor Pawlowitsch sei begeistert und habe im Kolleg an Hand von Zeichnungen die Operation noch einmal demonstriert. Kislew lächelte Worotilow an. »Ich glaube, er will die Operation in der Zeitschrift ›Der Sowjet-Arzt‹ veröffentlichen — als seine eigene ...«

»Und die Schüler, die dabeisaßen und sahen, daß Dr. Böhler sie ausführte?«

Kislew winkte ab. »Sie sind von der guten Laune des Chefs abhängig — bei der Prüfung vor allem! Und durchfallen kann sich keiner unserer Staatsschüler leisten. Es wäre Sabotage!«

»Das alte Lied«, Worotilow seufzte. »Was führt Sie eigenlich her, Genosse Kislew?«

»Der deutsche Arzt im Lager 53/4.«

»Sellnow?« Worotilow sprang erregt auf. »Sie haben wirklich Nachricht von ihm?«

»Ja. Leider keine gute. Er liegt im Sterben ...«

»Nein!« Worotilow war ehrlich entsetzt. Er riß die Tür auf und brüllte einem Posten zu, sofort Dr. Böhler zu holen, sofort! Der Rotarmist rannte davon. »Wie ist das denn möglich? Ein Rückfall der Lungenentzündung?«

»Nein. Man hat ihn vergiftet.«

»Vergiftet?« Er starrte Kislew zweifelnd an. »Man hat ihn vergiftet?«

»Ja. Keiner weiß, mit was. Er selbst ist nicht bei Besinnung. Sein Obermann, ein Deutscher, der Buffschk heißt, pflegt ihn und weicht nicht von seinem Lager. Der Leutnant und Lagerkommandant weigert sich, einen Arzt holen zu lassen. ›Soll verrecken!‹ hat er gesagt. Zwei SS-Ärzte, die auch im Lager sind, helfen ihm. Sie haben ihm den Magen ausgepumpt ...«

»Solch eine Schweinerei!« Worotilow hieb mit der Faust auf den Tisch. »Ich fahre sofort nach Stalingrad! Man will keinen Arzt holen?! Ich schieße den Leutnant nieder!«

Dr. Böhler kam herein, erhitzt und atemlos. Er blickte auf Kislew und dachte, der Sohn sei gestorben. Aber dann bemerkte er den tobenden Worotilow und zog die Tür hinter sich zu. »Sellnow ist vergiftet worden!« schrie der Major. »Das zweite Mal! Erst im Lager ›Roter Oktober‹, jetzt im Straflager! Er liegt im Sterben ...«

»Ich habe es geahnt«, sagte Dr. Böhler schwach. Also kamen doch alle

Bemühungen zu spät. Man vergiftet einfach, was unbequem ist — das ist unauffälliger als ein Genickschuß oder das Zuschandentreiben eines Menschen auf dem Eis der Wolga. Bitterkeit stieg in ihm hoch. »Ich habe es geahnt, daß wir ihn nie wiedersehen. Weiß es die Kasalinsskaja?«

»Nein! Bloß das nicht!« Worotilow hob entsetzt die Hände. »Sie wird versuchen, sich wieder umzubringen. Das hat Zeit, bis Sellnow wirklich gestorben ist! Der Leutnant im Lager weigert sich, einen Arzt zu holen! ›Soll verrecken‹, hat er gesagt.«

»Haben Sie anderes erwartet, Major?« Wut und Trauer schnürten Dr. Böhler die Kehle zu. »Sie sind doch ein Verfechter der Macht um jeden Preis. Und wenn es das sadistische Austoben an einem wehrlosen Kranken ist . . .«

Worotilow sah Böhler kalt an. »Sie sind übermäßig erregt!« sagte er. »Ich hätte es Ihnen gar nicht sagen sollen!«

»Und was geschieht nun mit Sellnow?«

»Voraussichtlich wird er krepieren. Ich sage nicht sterben —«, Worotilow sah an die Decke, »ich sage krepieren, das kennzeichnet die wahre Situation.«

»Und es gibt keinen, der da eingreifen kann! Es gibt nur gesenkte Köpfe, die Befehle empfangen und Speichel lecken, aber es gibt keinen unter den ruhmreichen Rotarmisten und tapferen Offizieren, die für die Gerechtigkeit auch nur ein Wort riskieren.«

»Haben Sie es bei Hitler gekonnt?«

»Und haben Sie Hitler nicht gestürzt, eben weil wir das nicht konnten?! Befreiung des deutschen Volkes von der Knechtschaft des Tyrannen, hieß doch die offizielle Rechtfertigung des Krieges!«

Worotilow lächelte hämisch. »Den Krieg haben sie, die Deutschen, begonnen. Nicht wir! Sie sind in Polen eingefallen. Sie haben Belgien, Holland, Frankreich überrannt, Norwegen, Dänemark, Griechenland, Italien, Afrika, den Balkan und unser Mütterchen Rußland — trotz eines Freundschaftspaktes! Vergessen Sie das nicht! Auch Sellnow ist nur ein Opfer Ihres eigenen Systems! Nicht Rußland richtet ihn zugrunde, sondern Deutschland!«

Dr. Böhler antwortete nicht. Er sah auf Sergej Kislew, der dem Gespräch zuhörte, ohne ein Wort zu verstehen. Als Worotilow schwieg, blickte auch er Dr. Böhler an.

»Ich habe seinem Sohn geholfen«, sagte Dr. Böhler hart. »Gibt es in ganz Rußland keinen Menschen, der meinem Freunde hilft?«

Major Worotilow zuckte zusammen. Ein Gedanke ergriff ihn, ein Funken Hoffnung. Er schrie zur Tür hinaus auf den Platz vor der Kommandantur: »Macht den Wagen fertig! Sofort!«

Dann kam er zurück und richtete den ausgestreckten Zeigefinger auf Böhler. »Sie haben es gesagt! Das ist die einzige Möglichkeit! Ich werde bei Pawlowitsch um Sellnow bitten. Ihn wird man vorlassen — ihn allein! Pawlowitsch ist Stalinpreisträger und ›Held der Nation‹! Seine Bitten sind halbe Befehle. Ich fahre nach Stalingrad! Jetzt gleich! Vielleicht kann er Sellnow noch retten!«

Er stieß Kislew an, rief ihm etwas zu und rannte aus dem Zimmer. Im Laufen zog er sich den dicken Mantel an.

Dr. Kresin kam von den Blocks herüber. Er war mißgelaunt, denn der Ernährungszustand der Gefangenen war schlecht — es war ein schlimmer Winter geworden, schlimmer, als man ihn bei allem Pessimismus vorausgesehen hatte. Er sah Worotilow mit Kislew zu den Wagen rennen und stieß auf Dr. Böhler, der gerade die Kommandantur verließ.

»Was ist denn los? Wollen die zwei ein Autorennen veranstalten?« brummte er.

»Ja.«

Dr. Kresin riß die Augen auf. »Wohl verrückt, was?«

»Nein — sie rennen um ein Leben: Sellnow liegt im Sterben!«

»Das hat noch gefehlt!« schrie Dr. Kresin. »Haben sie ihn fertiggemacht?«

»Er ist vergiftet worden.«

»Gottverdammte Sauerei! Wenn ich kein Russe wäre, würde ich schreien: Ich scheiße auf euren Staat! Ich wandre aus! Aber ich bin Russe . . .« Er sah Dr. Böhler hilflos an. »Manchmal schäme ich mich meines Mütterchens . . .«, sagte er leise.

Dr. Böhler legte ihm die Hand auf den Arm. »Sie sind ein guter Kerl, Kresin. Daß es Sie in Rußland gibt — das wiegt vieles andere auf.«

»Blödsinn!« Dr. Kresin sah zu den beiden Wagen hinüber, die jetzt aus dem Lager fuhren. Zuerst Major Worotilow, dann Sergej Kislew. »Und wo wollen die jetzt hin?«

»Nach Stalingrad! Zu Professor Pawlowitsch. Er soll versuchen, Sellnow zu helfen.«

»Dieser Superrusse? Nie!« Dr. Kresin schüttelte den Kopf. »Er hat Sie nur holen lassen, um von Ihnen zu lernen. Er hat Ihnen auf die Finger gesehen — jetzt macht er es allein und steckt den Ruhm dafür ein. Sie werden noch von ihm hören: Stalinpreisträger Professor Taij Pawlowitsch, Rußlands größter Chirurg!«

»Das ist mir alles gleichgültig!« Dr. Böhler sah den in der Ferne im Schnee verschwindenden Wagen nach. »Wenn er nur Sellnow retten kann . . .«

In Stalingrad fuhr Worotilow geradenwegs in die Staatsklinik und ließ sich bei Pawlowitsch melden. Er wußte, daß sein Name und sein Rang allein keinen Pawlowitsch aus der Ruhe bringen konnten, und setzte deshalb hinzu: »Ich bin Kommandant des Lagers, in dem Dr. Böhler lebt.«

Zehn Minuten später ließ ihn Pawlowitsch eintreten. Der Greis saß hinter einem riesigen Schreibtisch, der bedeckt war mit Röntgenplatten und Krankengeschichten.

Worotilow grüßte ehrfürchtig und kam gleich zur Sache.

»Genosse Professor«, sagte er, ehe Pawlowitsch etwas fragen konnte. »Mich schickt nicht allein unser Arzt Dr. Böhler, sondern auch das Gewissen . . .«

Pawlowitsch hob die Augenbrauen. Gewissen! Bei einem Major der Roten

Armee! Er mußte lächeln und beugte sich weit vor. »Sie sind seelisch krank, Genosse Major?«

»Wenn Sie mir nicht helfen — ja! Dr. Böhler hat bei Ihnen eine Operation gemacht, die für die russische Chirurgie richtungweisend ist. Und ich möchte Sie als Lagerkommandant des Plennis Dr. Böhler bitten, ihm diese große Tat durch eine große Tat der Menschlichkeit zu danken.«

»Das klingt sehr geheimnisvoll.« Pawlowitsch kramte in seinen Papieren. Er suchte hinter den Sinn der Worte zu kommen und brauchte Zeit. »Um was handelt es sich denn?«

»In einem Straflager, dem Lager 53/4 bei Nishnij Balykleij, lebt seit einigen Wochen ein anderer Arzt — der Freund Dr. Böhlers, ein Dr. von Sellnow. Dieser Sellnow ist vergiftet worden — wir haben es eben erfahren —, und der dortige Leutnant weigert sich, einen Arzt zu holen, um ihn zu retten Sie haben als größter Chirurg Rußlands . . .«, Pawlowitsch sah stolz auf, ». . . die Möglichkeit, sich Eintritt in dieses Lager zu verschaffen und Dr. von Sellnow zu retten — das wäre die große menschliche Tat, mit der Sie Dr. Böhler danken könnten!«

»Danken?« Pawlowitsch erhob sich; klein, zwergenhaft, wie zusammengeschrumpft, stand er hinter dem Tisch. »Was habe ich dem deutschen Arzt zu danken? Die Operation? Ich hätte sie auch ohne ihn gemacht. Mich interessierte nur, wie weit die deutschen Ärzte in ihrer Operationsmethode sind — darum ließ ich einen deutschen Kriegsgefangenen die Operation ausführen. Glauben Sie, ich hätte es nicht allein gekonnt?«

Worotilow biß sich auf die Lippen. Er hatte keine andere Antwort erwartet, er kannte den Ruf Pawlowitschs. Aber er blieb stehen — auch als der Professor um den Tisch herumkam und ein Buch aus seinem Bücherschrank nahm, als sei der Major gar nicht mehr im Zimmer.

»Sie helfen dem deutschen Arzt also nicht?« fragte Worotilow steif.

»Ich sehe dazu keine Veranlassung.«

»Darf ich Sie daran erinnern, daß Dr. Böhler auch Russen in seinem Lazarett behandelt hat. Leutnant Markow — er wäre gestorben ohne Dr. Böhler! Kommissar Kuwakino — er wäre seinen Verletzungen erlegen. Die Leiterin der Sanitätsbrigade Stalingrad, Genossin Janina Salja, ist auf unserer Lungenstation, weil kein russischer Arzt ihr helfen kann . . .«

Der Professor fuhr herum. »Ich hatte ihr zu einem Aufenthalt auf der Krim geraten!«

»Was nutzt es, wenn man die Lunge selber nicht angeht! Die deutschen Ärzte haben um sie gekämpft — jetzt hat sie einen Pneu und erholt sich langsam . . .«

Professor Pawlowitsch warf das Buch auf den Tisch, mitten auf die Röntgenbilder. »Ich kann es mir in meiner Stellung nicht leisten, in ein Straflager zu gehen, nur um einen deutschen Gefangenen zu behandeln!«

»Sie konnten es sich auch nicht leisten, einen deutschen Gefangenen in das Staatskrankenhaus zu holen, um einen Russen vor dreihundert russischen Studenten zu operieren!«

»Ich lasse Sie hinauswerfen!« sagte der Greis leise. Er bebte vor Wut. »Ich bin Ihnen keine Rechenschaft schuldig!«

Worotilow starrte ihn feindselig an. Auch ihn überwältigte die Erregung.

»Sie sind ein Arzt, Genosse Pawlowitsch! Sie nennen sich Arzt. Aber ein Arzt ist nicht nur ein Knochensäger oder Pillenverschreiber. Wo ein Mensch um Hilfe ruft, hat er zu helfen! Ein großer Name verpflichtet — nicht nach außen hin, sondern in der Stille und um so mehr, je lauter der Ruhm nach außen schallt!«

»Hinaus!« schrie Pawlowitsch. »Noch ein Wort, Genosse Major, und ich lasse Sie füsilieren!« Der kleine Asiate zitterte, sein weißhaariger Kopf stieß vor und zurück, als sei er ein Geier, der seine Beute zerreißt. Wortlos drehte sich Worotilow um und verließ das Zimmer. Hinter sich hörte er, wie Pawlowitsch die Bücher vom Tisch warf und dann zum Telefon griff. Aber das Zuschlagen der Tür übertönte, was er in die Sprechmuschel schrie . . .

Auf der Rückfahrt wurde Worotilow beim Einbiegen in die Straße zum Lager von einer großen, schwarzen Staatslimousine überholt. Heulend raste sie an ihm vorbei. Hinter den blanken, schußsicheren Scheiben hockte Professor Pawlowitsch, neben sich einen Oberst und einen Hauptmann.

Lächelnd sah Worotilow dem Wagen nach. Er hielt an und beobachtete, wie er in die große Straße, die wolga-aufwärts führte, einbog — Richtung Saratow; die Straße, die auch durch Nishnij Balykleij läuft, vorbei an den verschneiten Blockhütten und Baracken von 53/4.

Werner von Sellnow lag in tiefer Bewußtlosigkeit, als Pawlowitsch im Lager 53/4 eintraf. Der junge Leutnant, erstaunt, daß man wegen eines dreckigen Deutschen solch ein Aufhebens machte, stand wie eine Säule, als der Oberst der Stalingrader Division und der Hauptmann als Leiter der Straflager durch das kleine Tor fuhren und ihn anbrüllten. Er ließ das Gewitter stumm über sich ergehen, er hörte Worte, die bisher in seinem Sprachschatz nicht vorkamen und die er sich für seine Untergebenen merken wollte. Der Oberst hielt sich mit Reden nicht auf — er half dem alten Pawlowitsch aus dem Wagen und nahm dessen Tasche an sich. Dann winkte er einigen steif stehenden Rotarmisten und befahl ihnen, die Bahre zu holen.

Professor Taij Pawlowitsch sah sich um. Die Hütten . . . der tiefe Schnee, der Schneesturm, der über das Lager fegte . . . die offene Latrine, vereist und mitten im Sturm . . . die wenigen Plennis, die sich wie Gespenster durch die Lagergassen schleppten . . . Mit zusammengepreßten Lippen wandte er sich an den Oberst.

»Das ist eine menschenunwürdige Unterkunft!« sagte er laut. »Man sollte sich schämen . . .«

Der Oberst hob bedauernd die Schultern. »Genosse Professor, wir wissen es. Aber wir können es nicht ändern!«

»Wo ist der Deutsche?«

Der Oberst faßte einen Rotarmisten am Ärmel. »Wo ist der deutsche Arzt? Der kranke?!«

Der Soldat rannte voraus. Pawlowitsch und der Oberst folgten. Hinter ihren Rücken schrie der Hauptmann mit dem jungen Leutnant herum. Gaffend standen die Wachmannschaften auf den Türmen. Sie waren froh, außerhalb dieser gespannten Atmosphäre zu sein.

In der Baracke blieb Pawlowitsch stehen. Der beißende Uringeruch schlug ihm entgegen. Fahl, halbdunkel lag der große Raum vor ihm. Die Betten, dreistöckig, die schmutzige Wäsche, der Geruch nach Schweiß und Kot ... Er sah sich zu dem Oberst um, der steif hinter ihm stand. »Das ist eine Bestialität«, sagte er, »ich schäme mich, Russe zu sein ...«

»Genosse Professor!« rief der Oberst entsetzt.

Pawlowitsch trat an das Bett Sellnows. Peter Buffschk saß bei ihm und wischte ihm mit einem schmutzigen Lappen immer wieder den Schweiß von der Stirn. Als der die Russen kommen sah, stand er auf und stellte sich in strammer Haltung neben den Kranken.

Pawlowitsch beachtete ihn gar nicht. Er beugte sich über Sellnow, zog dessen Augenlider hoch, fühlte den Puls, holte sein Stethoskop aus der Tasche und horchte das Herz ab. Dann griff er nach rückwärts, suchte in seiner Aktentasche nach einer Ampulle, zog eine Spritze auf und injizierte. Er mußte dreimal stechen, ehe er die dünne Vene traf ...

Dann saß er neben dem deutschen Arzt und schüttelte den weißen Kopf. Er prüfte wiederholt die Arm- und Beinreflexe, hob die Augenlider hoch und ließ Licht in die Pupillen fallen. Schließlich erhob er sich und nahm den stumm danebenstehenden Oberst zur Seite. Mit seinen dürren, faltigen Fingern strich er sich über die Oberlippe.

»Schlimm«, sagte er, »sehr, sehr schlimm! Die Vergiftung ist nicht die Hauptsache ... ich fürchte, der Deutsche hat einen Hirntumor. Viel deutet darauf hin. Ein Hirntumor ... schlimm, sehr schlimm.« Er sah den Oberst schräg nach oben an. »Wir werden den deutschen Arzt rufen müssen. Diesen merkwürdigen ›Arzt von Stalingrad‹!«

Pawlowitsch verließ den Raum und kämpfte sich durch den Schneesturm zu der Baracke zurück, wo der junge Leutnant ängstlich zusah, wie der Hauptmann die Lagerbücher und Tagesrapporte prüfte.

»Kann man telefonieren?« fragte der Professor. Der Leutnant nickte und holte einen Apparat herbei. Er stellte ihn auf den Tisch und fragte: »Welche Nummer?«

»Das Lager 5110/47 Stalingrad.«

»Die Nummer kenne ich nicht.«

»5629 über Stalingrad-Division, Apparat 45«, brummte der Hauptmann. Dann beugte er sich wieder über die Rapporte.

Pawlowitsch bekam seine Verbindung. Eine Stimme meldete sich: »Division Stalingrad.«

»Apparat 45, bitte.«

»Wer ist dort?«

»Genosse Taij Pawlowitsch.«

»Kenne ich nicht ...«, sagte die Stimme aus Stalingrad.

Pawlowitsch sah sich verblüfft nach dem Oberst um. Er schüttelte den weißen Kopf. »Da ist einer, der kennt mich nicht ...«, sagte er völlig ratlos. Daß es einen Menschen in Rußland gab, der Taij Pawlowitsch nicht kannte, brachte ihn völlig aus dem Konzept. Der Oberst griff nach dem Hörer und winkte dem Professor ab. »Hier Oberst Wadislaw Sikolowitsch — sofort Apparat 45, du Rindvieh!«

Es knackte in der Leitung, dann rauschte es eine Zeitlang, bis sich die Stimme Leutnant Markows meldete: »Hier Lager 5110/47, Leutnant Piotr Markow.«

»Oberst Sikolowitsch, Generalstab. Sofort den Kommandanten!«

Leutnant Markow legte den Hörer hin und drehte sich zu Worotilow um, der sich am Ofen aufwärmte. »Ein Oberst möchte Sie sprechen, Major. Aus dem Generalstab.«

Worotilow ergriff den Hörer und vernahm plötzlich die Stimme Pawlowitschs. Sie war erregt und überschlug sich — aber Worotilow verstand, worum es ging. Er sah Markow, der neben ihm stand, bedeutungsvoll an und legte nach einem kurzen »Ich werde es ausrichten« den Hörer hin.

»Sellnow hat einen Tumor im Gehirn«, sagte er leise. »Pawlowitsch will ihn operieren. Im Lager 53/4, weil er nicht transportfähig ist. Und Dr. Böhler soll auch hinkommen.«

»In das Straflager?« Leutnant Markow rieb sich das Kinn. »Wenn das in Moskau bekannt wird . . .«

»Sie brauchen nur das Maul zu halten, dann ist alles gut!« Worotilow zog seinen Mantel wieder an — er war noch naß von der Fahrt. »Wo ist Genosse Dr. Kresin?«

»Mit Genossin Kasalinsskaja bei den Untersuchungen.«

»Und Dr. Böhler?«

»Verbindet gerade. Ich habe gesehen, wie frisch Verbundene aus dem Lazarett kamen.«

»Die Nachricht wird ihn umwerfen«, sagte Worotilow leise.

Markow lächelte. »Den? Nein. Den wirft so schnell nichts um. Der ist zäher als unser Mittagsfleisch . . .«

Drei Stunden später, nach langen Gesprächen zwischen Worotilow und Pawlowitsch, fuhr eine Autokolonne aus dem Lager 5110/47 in Richtung Saratow. Im ersten Wagen saßen Worotilow, Dr. Böhler und Dr. Kresin, im zweiten Emil Pelz, der Sanitäter, Martha Kreutz und Erna Bordner, die beiden deutschen Schwestern, und ein russischer Wachleutnant. Im dritten Wagen lagen eine Bahre, ein große Kiste mit chirurgischen Instrumenten und Verbandsmaterial. Dr. Schultheiß stand am Tor, als die Wagen hinausfuhren in den wirbelnden Schnee, in den heulenden Sturm, der über die Steppe fegte und die Bäume bog. Hinter ihm, unter dem Schutz des Daches der Kommandantur, lehnte die Kasalinsskaja und weinte. Sie trommelte mit den Fäusten gegen die dicken Bohlen der Barackenwand . . . sie hatte das Gefühl, alles um sich herum zerreißen zu müssen. Dr. Kresin hatte ihr befohlen, im Lager zu bleiben — sie hatte gebettelt und gefleht, getobt wie eine Irrsinnige, sie hatte alles Zerbrechliche in ihrem Zimmer zerschlagen, Dr. Kresin geohrfeigt, einen Schreikrampf bekommen . . . Der russische Arzt blieb fest. »Ich will zu ihm!« hatte sie geschrien und an die Tür getrommelt, als Dr. Kresin sie einschloß, sie wollte aus dem Fenster springen ... aber es war zugefroren und ließ sich nicht aufreißen. Erst als die Wagen abfuhren, öffnete man ihre Tür ...

Und der Schneesturm heulte um das Lager. Die Wachttürme wurden wieder geräumt. Rußland versank in der tobenden Natur. Die Steppe schrie ... Schnee ... Schnee ... Schnee ...

Er deckte die einsamen drei Wagen auf der Straße nach Saratow zu. Sie kämpften gegen den Sturm, gegen den Schnee, gegen das Eis der Straße. Sie kämpften gegen den Wind und die flatternde Schneewand ... Weit auseinandergezogen fuhren sie jetzt ... Die Wolga, links von ihnen, war unsichtbar... nur graue, wirbelnde Massen, nur Einsamkeit, Öde, Unendlichkeit... die erbarmungslose Natur.

Der dritte Wagen, mit den Medikamenten und chirurgischen Instrumenten, blieb in einer Schneeverwehung stecken. Die Fahrer und die beiden Rotarmisten stiegen aus und begannen zu schaufeln. Aber der Schnee war stärker ... seine Massen warfen sich über sie ... sie bedeckten den Wagen und die einsamen vier Männer mit den kleinen Schaufeln in den Händen ...

Keiner merkte es ... die beiden ersten Wagen fuhren weiter ... wenn man zurücksah, war jedoch nur Schnee ... Nur weiter ... weiter ... Sie kamen durch einen Wald, der bis an die Wolga reichte. Die Bäume lagen auf der Straße ... entwurzelt vom Sturm, gebogen vom Frost. Die Steppe, der Atem Sibiriens siegte ... Man umfuhr sie, man drückte den Wagen aus einer Schneeverwehung hinaus ... weiter ... weiter ...

Dicht aufgeschlossen folgte Wagen Nummer 2 ... der dritte Wagen wurde zu einem Schneehaufen, in dem die vier Russen saßen und Machorka rauchten. Sie warteten eine Pause des Sturmes ab ...

Nach sechs Stunden stießen die beiden Wagen aus dem Wald ... sechs armselige Holztürme standen im Sturm: das Lager 53/4.

Die Helfer für Sellnow kamen ohne Medikamente, ohne chirurgische Werkzeuge, ohne alles! Nur der Mensch kam ... der nackte, kleine Mensch ... Dr. Kresin, Dr. Böhler, Worotilow ... zwei Schwestern, ein Sanitäter ... der Mensch mit bloßen Händen gegen den Tod!

Professor Pawlowitsch stand am Fenster, als die beiden Wagen ins Lager rollten.

Er atmete auf. Noch ahnte er nicht, wie grausam diese Stunde war.

Dr. Böhler, dachte er. Daß die Deutschen diesen Arzt haben, macht sie reich.

Als Böhler aus dem Wagen stieg, ging ihm Pawlowitsch durch den Sturm entgegen ...

Major Worotilow saß am Bett Sellnows und starrte ihn aus großen verstörten Augen an. Emil Pelz wusch den Kranken mit aufgetautem Schnee ... Die Brust war eingefallen, über die Knochen spannte sich wie dünnes Leder die Haut.

Professor Pawlowitsch saß mit Dr. Böhler im Hintergrund der Krankenbaracke und raufte sich die weißen Haare. Er schrie mit dem jungen Lagerführer herum und drohte, die Fahrer des dritten Wagens vor ein Kriegsgericht stellen zu lassen. »Suchen!« brüllte er. »Schicken Sie Leute aus! Ich muß den Wagen haben! In ihm sind alle Medikamente und Instrumente, die für die Operation gebraucht werden! Der Wagen m u ß heran!«

»Es ist schwerer Schneesturm«, sagte der Leutnant schüchtern. »Es ist unmöglich, den Wagen jetzt zu finden! Wir kämen alle um, Genosse Professor ...«

Dr. Kresin lehnte an der rohen Holzwand. Er spürte, wie der Schnee selbst hier durch die kleinste Ritze getrieben wurde. Fröstelnd raffte er seine dicke Pelzjacke enger um den Körper.

»Eine Schweinerei, wie sie größer nicht sein kann«, sagte er in seiner respektlosen Art. »Wir sind hier« – er lachte laut – »und müssen zusehen, wie ein Kollege stirbt! Untätig sehen wir zu. Sehr interessiert, wie ein Gehirntumor ihn umbringt. Wir haben nur die bloßen Hände, und das ist weniger, als wenn wir überhaupt nicht gekommen wären! Wie dumm, schwach, überheblich und im Grunde idiotisch der Mensch doch ist!«

Er senkte die Stimme. Erschütterung ergriff ihn, als er hinüber auf das Lager Sellnows blickte. »Ich werde das in meinem ganzen Leben nicht vergessen. Niemals, Genossen!«

Der tatarische Greis wandte sich an Dr. Böhler. »Sie stimmen mir in der Diagnose bei?« fragte er.

»Ja, sicher, ein Tumor oder ein Abszeß, mehr kann man nicht sagen. Jedenfalls besteht Hirndruck, die Symptome sind unverkennbar. Wenn wir operieren könnten, würden wir ihn vielleicht noch retten ...«

Professor Taij Pawlowitsch schloß die geschlitzten Augen. »Ich werde die Mannschaft des dritten Wagens nach Moskau melden«, murmelte er. »Sie haben einen Mord begangen ...«

»Die Natur war stärker«, sagte Major Worotilow vom Bett her. »Wir haben Glück gehabt. Ihnen ist vielleicht eine Achse gebrochen, oder sie sind in einer Verwehung steckengeblieben. Keiner ist dafür verantwortlich. Das Schicksal ist gegen uns.«

»Das Schicksal!« Pawlowitsch wischte mit der Hand durch die Luft. »Das einzige Schicksal, das ich anerkenne, ist der Tod! Und ihm habe ich oft genug gegenübergestanden!« Er erhob sich. Seine Greisengestalt war gebeugt. »Kommen Sie, Genossen«, sagte er stockend. »Gehen wir hinaus. Es ist mir unerträglich, bei einem Sterbenden zu sitzen, dem ich helfen könnte . . .«

Er wollte die Klinke der Innentür herabdrücken, als ein Flackern durch den Raum ging. Die Glühbirnen zitterten — dann erlosch das Licht. Völlige Dunkelheit lag in der Baracke. Nur von dem eisernen Ofen her zuckte ein dünner Streifen Licht über den Dielenboden.

»Was ist das?!« schrie Dr. Kresin.

»Das Licht ist weg.« Der junge Leutnant ließ ein Streichholz aufflammen. »Der Schneesturm hat die Leitung heruntergerissen. Wir werden jetzt vierzehn Tage kein Licht haben. Ich kenne das . . .«

»Auch das noch!« stöhnte Worotilow. Er hatte sich vom Bett Sellnows erhoben und stieß nun die Feuerklappe des Ofens auf. Matter Schein flackerte in einem kleinen Umkreis um die Stützbalken der Decke. »Lassen Sie sofort die Leitung absuchen, Leutnant!«

»Die Leitung führt über eine Strecke von sechzig Kilometern! Es ist eine Schwebeleitung. Wer weiß, wo sie zerrissen ist.«

»Aber wir können doch nicht ohne Licht sein!« schrie Pawlowitsch.

»Wir haben Petroleumlampen! Und wenn sie ausgehen, nehmen wir Kienspäne . . .«

»Das ist ja grausigstes Mittelalter!« brüllte Dr. Kresin.

»Das ist Rußland . . .«, sagte der junge Leutnant still.

Drei Wachsoldaten brachten die Petroleumlampen. Sie rußten und stanken. Es waren uralte Modelle aus der Zarenzeit und auf irgendeinem Bauernhof beschlagnahmt. Sie wurden an die Balken der Baracke gehängt und blakten durch die Stille, die jetzt in dem weiten Raum lag. Nur von draußen hörte man das Heulen des Sturmes. Worotilow sah Dr. Kresin an. »Nie habe ich den Winter so gehaßt wie heute«, sagte er leise.

Dr. Böhler saß auf dem Bett des sterbenden Sellnow und blickte ihn unverwandt an. Emil Pelz hielt eine Petroleumlampe hoch und leuchtete. Immer wieder glitten die Finger Dr. Böhlers über die Stirn des Kranken. Worotilow sah diesen Händen wie gebannt zu. Pawlowitsch kaute auf der Unterlippe und schnippte vor Nervosität mit den Fingern.

»Ich werde doch operieren«, sagte Dr. Böhler leise. »Wir werden einen entlastenden Eingriff machen.«

Pawlowitsch fuhr wie ein Geier hoch. »Sind Sie irrsinnig? Womit denn?«

»Mit meinen Händen . . .«

Dr. Kresin wurde es plötzlich heiß in seiner Jacke, er riß sie von der Schulter. »Böhler, Sie wissen nicht, was Sie da sagen! Das ist doch Blödsinn! Kein Licht, keine Instrumente, keine Narkosemittel . . .«

»Eine Narkose brauchen wir nicht . . . er wird nichts spüren . . . und Licht haben wir . . . Pelz wird die Lampe nahe genug heranhalten . . . es muß genügen . . .«

Professor Pawlowitsch fuhr sich mit beiden Händen durch die weißen Haare. »Sie können doch nicht den Schädel öffnen . . .«, stotterte er.

»Ich muß. Es bleibt uns keine Wahl.« Dr. Böhler sah hinüber zu einem der SS-Ärzte, die wortlos auf ihren Pritschen hockten und zusahen. »Habt ihr einen Meißel da?« fragte er. »Einen einfachen kleinen Meißel, Jungs, und einen Drillbohrer, möglichst klein.«

Der eine Arzt nickte. Er schluckte, als er sprach. Das Ungeheuerliche, was er hier erlebte, raubte ihm fast die Besinnung.

»Wir haben bei den Werkzeugen Meißel und Bohrer, wie sie die Zimmerleute brauchen.«

»So einer genügt. Holt mir einen davon und einen Hammer ... Und bringt Zwirn mit, einfachen Schneiderzwirn — und Nadeln.«

»Ja, Herr Stabsarzt«, stammelte der SS-Arzt. Gebückt, als habe man ihn geschlagen, verließ er schnell die Baracke. Dr. Kresin riß sich das Hemd auf. »Das ist Wahnsinn«, murmelte er.

Dr. Böhler erhob sich von den Knien. Auf der anderen Seite des Lagers stand Emil Pelz. Der Sanitäter hielt die Lampe hoch. Seine Hand zitterte.

»Angst, Emil?« fragte Böhler.

»Ja, Herr Stabsarzt.«

»Dann mach einen Operationstisch fertig ... nimm ein Bett und leg die Bodenbretter doppelt übereinander.« Er wandte sich zu den anderen, die auf den Betten hockten. In ihren Augen lagen Entsetzen und Unglauben. Buffschk lehnte an seinem Strohsack und weinte leise vor sich hin wie ein Kind. »Ich brauche Koppel oder Riemen ...«

Zögernd wurden ihm die Leibriemen gereicht. Emil Pelz nahm sie an und baute aus Brettern den Operationstisch. Pawlowitsch griff sich an den Hals. »Sie wollen wirklich?« flüsterte er.

»Ich muß, Herr Professor.« Dr. Böhler sah ihn an, seine blauen Augen waren glanzlos. Es war, als käme eine plötzliche große Erschöpfung über ihn und raube ihm die Kraft des inneren Widerstandes. »Wollen Sie mir assistieren? Oder soll es Dr. Kresin machen?«

»Ich nicht!« sagte Kresin stotternd. »Ich kann das nicht ...«

Der SS-Arzt kam zurück. Er war mit Schnee bedeckt, seine Ohren waren blaugefroren. In der Hand hielt er Hammer und Meißel und eine Rolle Zwirn. Außerdem brachte er vier Verbandpäckchen mit, eine Lage Mull und drei Platten Zellstoff. »Das ist alles, was im Revier noch war«, sagte er leise.

Dr. Böhler nickte. »Das ist mehr, als ich erwartet habe.« Pelz setzte ein Kochgeschirr mit Schnee auf den Ofen. Bald kochte das Wasser und in ihm die primitiven Instrumente. Pawlowitsch zog seinen Rock aus, krempelte die Ärmel seines Hemdes hoch und tauchte die Hände in eine Waschschüssel, die ihm ein Rotarmist reichte. Mit einem Stück billigster Kernseife, die nach Fisch roch, wusch er sich die Arme. Unterdessen trugen der SS-Arzt und Emil Pelz den Kranken auf den improvisierten Tisch und schnallten ihn in sitzender Haltung mit den Koppeln fest. Böhler goß das kochende Wasser aus, in dem er seine Instrumente sterilisiert hatte: ein Messer und zwei Pinzetten aus Pawlowitschs Tasche. Pelz rasierte den Kopf Sellnows vollkommen kahl und wusch die Kopfhaut mit Wasser und Seife. Dann strich er sie über und über mit Jodtinktur an, die sich in der Tasche des Professors befunden hatte.

Ohne Zögern legte Böhler einige Schnitte bis auf den Knochen. Dann schob er die Kopfhaut an den Wundkanten zurück. Er ließ sich den Bohrer reichen, den der Professor eingespannt hatte, setzte die Spitze behutsam auf den freigelegten Schädelknochen und begann zu drehen, ganz vorsichtig. Er handhabte das plumpe Gerät mit einer Leichtigkeit, die ihn selbst erstaunte. Er bohrte ein halbes Dutzend Löcher in die Schädeldecke — entlang dem Schnitt, den er in die Kopfhaut gelegt hatte.

Dann nahm er den Meißel aus dem Topf. Der Professor beschäftigte sich mit der Wunde und tupfte die schwache Blutung weg. Pelz reichte den kleinen Hammer. Böhler setzte die Schneidkante des Meißels senkrecht in eines der kleinen Löcher, die durch die ganze knöcherne Hirnschale gingen. Mit leichten Schlägen trieb er die Schneide vorwärts, so zart wie möglich, mit genausoviel Kraft, wie unbedingt nötig war, um von einem Loch zum anderen eine schmale Rinne in das Schädeldach zu graben.

Major Worotilow wandte sich zur Wand und schloß die Augen, als der Meißel knirschend in den Knochen fuhr. Dr. Kresin hielt sich zitternd an einem Bett fest und starrte auf Böhlers Hände. Die beiden SS-Ärzte standen neben dem Operationstisch und hielten den Patienten. Emil Pelz leuchtete mit der Petroleumlampe. Seine Hand zitterte, und mit ihr zitterte der Schein des Lichtes.

Langsam, Millimeter für Millimeter, fraß sich der Meißel in den Knochen. Von Zeit zu Zeit setzte Böhler ab und betrachtete forschend das Gesicht seines Patienten. In Abständen meldete ihm einer der beiden deutschen Ärzte den Puls, und Professor Pawlowitsch spülte mit einer Injektionsspritze, die er mit abgekochtem Wasser füllte, Knochensplitterchen aus der Wunde. Dann tupfte er das Wasser sorgfältig fort.

Kein Laut war in der Baracke, bis auf das metallische Geräusch, mit dem der Hammer auf den Meißel schlug. Ab und zu noch ein aufquellendes Stöhnen des Ohnmächtigen.

Hier vollzog sich das Wunder einer Hirnoperation, von der man später in allen Lagern erzählte, in denen deutsche Gefangene lebten. Ihr Ruf drang nach Moskau bis in den Kreml zu den roten Herrschern und auch nach Deutschland — Dr. Böhler vorauseilend und seinen Namen unauslöschlich mit der Geschichte der Gefangenen von Stalingrad verknüpfend.

Nach einer knappen Viertelstunde legte der Chirurg den Hammer aus der Hand. Er hatte aus der Schädeldecke ein etwa rechteckiges Stück Knochen ausgemeißelt, das aber an einer Seite noch mit dem Schädelknochen verbunden war. Vorsichtig setzte er jetzt die Schneide des Meißels unter das Knochenstück und hebelte es an, indem er den Rand des Schädelknochens und eine unterlegte Mullkompresse als Stütze benutzte. Das wiederholte er an mehreren Stellen, bis das abgetrennte Stück leicht über der Oberfläche stand. Nun trat er zurück und ging zum Waschständer. Sorgfältig wusch und schrubbte er noch einmal seine Hände. Dann ging er wieder zum improvisierten Operationstisch und griff nach der teilweise losgelösten Knochenplatte. Mit einigen leichten Rucken hob er sie an, und ein leises Krachen verkündete, daß sie an der Seite, an der sie noch mit dem übrigen Schädeldach zusammenhing, losbrach. Nun konnte Böhler die Platte, die noch immer mit der zu ihr gehörigen Kopfhaut verbunden war, zurückschlagen. Der Zugang zum Gehirn lag durch ein Tor von der Größe einer Zigarettenpackung frei da. Das Gehirn pulste leise. Es wölbte sich in die Öffnung vor.

»Haben wir etwas Morphium?« fragte Böhler den Professor. »Es besteht die Gefahr, daß er erwacht, jetzt, wo der Hirndruck nachläßt.«

»Keine Angst wegen der Atmung?« fragte der Professor zurück.

Böhler zuckte die Achseln. »Was bleibt uns übrig«, sagte er gepreßt.

Der Professor nickte. »Morphium ist außer den Analeptika das einzige, was ich dahabe. Pelz, bringen Sie aus meiner Tasche eine Ampulle Morphium.« Und zu einem der SS-Ärzte gewandt: »Vielleicht machen Sie die Injektion.«

»Intravenös«, setzte Böhler hinzu, »ganz langsam spritzen, bitte.«

Der SS-Arzt injizierte in eine Vene der Ellenbogenbeuge. Gleich darauf tastete Böhler zart die Oberfläche des Gehirns ab.

»Ich fühle hier eine Resistenz«, sagte er zu den anderen, »es ist, glaube ich, ein Abszeß. Ich werde punktieren. Reichen Sie mir eine starke Kanüle, die stärkste, die wir haben.«

Pelz reichte ihm das Gewünschte mit einer Pinzette, und Böhler stach die Nadel in das Gehirn. Gelber, dicker Eiter drang hervor.

»Ich werde den Abszeß ausschneiden«, sagte Böhler ruhig. Alle sahen ihn überrascht an. Wie wollte er mit den wenigen Instrumenten, über die er verfügte, einen so schwierigen Eingriff durchführen? Schon die Entlastungsoperation hatte an der Grenze des Möglichen gelegen — mitten aus dem Gehirn jedoch einen Abszeß ausräumen und seine Kapsel ausschneiden — das schien unter den gegebenen Umständen ganz unmöglich.

Aber niemand widersprach.

Mit dem kleinen Messer schnitt Böhler in die Hirnhäute ein und arbeitete sich mit Hilfe eines blechernen Eßlöffels an den Abszeß heran, der dicht unter der Oberfläche lag. Es gelang ihm, die Kapsel des Geschwürs ohne Blutung auszulösen und zu entfernen. Dann klappte er die knöcherne »Falltür« mit der Haut daran zurück und machte die Hautnaht.

Fertig . . .

Der Patient atmete ruhig, und sein Puls war besser als bei Beginn der Operation. Nach einer Stunde lag er schon wieder in seinem Bett — so lange hatte die Operation gedauert. Pelz, die beiden deutschen Ärzte und Buffschk lösten sich bei der Pflege ab. Sie ließen ihn keine Sekunde aus den Augen.

An der Tür stand Professor Pawlowitsch und wischte sich mit dem Unterarm den Schweiß aus dem Gesicht. Die Augen von Dr. Kresin strahlten; er rang nach Worten. Worotilow lehnte bleich an der Wand und schwieg. Neben dem Ofen wusch sich Dr. Böhler mit der nach Fisch stinkenden Kernseife Arme und Hände. Jetzt durften auch die beiden Schwestern in die Baracke, deren Betreten Pawlowitsch vor Beginn der Operation verboten hatte. Martha Kreutz und Erna Bordner säuberten mit Schneewasser die Bretter und den Boden.

Vor der Baracke, über das flache Land an der Wolga, über das Dorf

Nishnij Balykleij und das Lager, über die Niederungen von Stalingrad bis Saratow heulte der Schneesturm. Er bog die Bäume, er tötete die streunenden Wölfe, er zerriß das Eis der Flüsse und ließ es sich auftürmen zu Bergen, er fegte die Erde glatt wie ein Leichentuch und riß Mensch und Tier mit sich weg.

Winter.

Winter an der Wolga.

Professor Pawlowitsch hockte in der kleinen Wachbaracke am Ofen und wärmte sich die Hände. »Der Kranke kommt nach Stalingrad«, sagte er. »Sobald der Sturm sich legt . . .«

Verlassen stehen die Türme des Lagers, die Baracken liegen im Schnee vergraben . . . Am Ufer der Wolga irren die Wölfe und schreien gräßlich, ehe sie vor Frost sterben. Ihr Fleisch ist hart wie Eisen . . . die anderen, hungrigen Wölfe fressen es nicht . . . ihre Zähne bluten . . . Es gibt nichts mehr als den Sturm.

Drei Wochen später geschah die Sache mit der Kokosnuß.

Eine Sensation war in das Lager 5110/47 eingezogen: Nach dem Abebben des Sturmes und dem Übergang des Schneefalls in Frost, der das Land zu einer riesigen Eisfläche machte, kamen neue Transporte aus Stalingrad in das Lager. Lastwagen, gefahren von dick vermummten, in Schafpelzen steckenden Plennis, brachten neben Verpflegung — Hirse, Fleisch, Fett, trockenem Salzfisch, Hefe, Brot und dem unvermeidlichen Kohl — auch eine Ladung Pakete.

Pakete aus der Heimat! Die ersten Pakete seit Jahren! Worotilow stand dieser Sendung zuerst hilflos gegenüber. Er hatte weder aus Moskau noch von der Division in Stalingrad Befehl erhalten, diese Pakete auszugeben, noch wußte er, mit welchen Sicherheitsmaßnahmen und Vorsichtsmaßregeln die Ausgabe vor sich gehen sollte. Das alles wurde sonst von Moskau durch einen Befehl geregelt, und dieser Befehl war ausgeblieben. Ohne Befehl aber handelt kein russischer Soldat. Bleibt er aus, ist er der Verlassenste unter allen Menschen. Denn wie man es auch macht — wenn nachher die Direktiven aus Moskau eintreffen, war es bestimmt falsch.

Die Pakete wurden also vorerst in der Kommandantur gestapelt und genau gezählt, namentlich aufgenommen und registriert. Leutnant Markow übernahm diese Arbeit mit Karl Eberhard Möller als Schreiber. So wurde es im Lager wie ein Lauffeuer bekannt, daß 482 Pakete aus der Heimat bei Worotilow lagerten, durchschnittlich zehn Kilo schwer . . . Pakete mit Essen, mit Lebensmitteln, mit seit Jahren entbehrten Dingen . . .

482 Pakete zu je zehn Kilo.

Das sind 4820 Kilo.

Das sind 9640 Pfund.

96,4 Zentner.

Durch das Lager ging ein Zittern, ein Raunen, eine Erregung. Wir sind nicht vergessen! Man denkt an uns! Man liebt uns noch . . . uns, die einsamen Plennis an der Wolga . . . Wir gehören noch zu den Menschen . . .

Major Worotilow telefonierte mit der Division in Stalingrad. In Stalingrad wußte man ebenfalls nichts als die Tatsache, daß Moskau mit der Zentralpost auch die Pakete durchließ und sie an die Divisionslagerleitung weiterschickte. Es mußte also im Interesse Moskaus liegen, die Pakete auszugeben, folgerte man. Natürlich mußten alle Büchsen und jede Ware genauestens kontrolliert werden. Die Pakete könnten also nur einzeln ausgegeben werden — und erst nach peinlichster Untersuchung.

Major Worotilow hängte ein und sah Dr. Kresin an, der eine Schale chinesischen Tee schlürfte.

»Ich gebe die Pakete morgen aus«, sagte er. »Markow wird die Untersuchung mit zehn Mann übernehmen.« Er sah aus dem Fenster auf das weite Lager und die schwarzen Gestalten, die sich auf dem vereisten Schnee bewegten. »Ich gönne es ihnen, Sergej.«

Beim Mittagsappell wurden die Namen derer verlesen, die ein Paket bekommen hatten. Am Abend noch einmal für die, die aus der Stadt und den Außenkommandos von der Arbeit kamen. Ausgabe morgen früh nach dem Frühstück. In Gruppen zu je zehn Mann. Für die Arbeitskommandos am Abend nach dem Appell.

Eine Welle der Freude überflutete das Lager. Die Genannten benahmen sich wie Kinder vor dem Weihnachtsfest ... sie schliefen in dieser Nacht überhaupt nicht ... sie wanderten in der Baracke herum, erzählten von ihren Angehörigen, schwelgten in dem Vorgenuß und starrten in den Himmel.

Am Morgen, nach dem Zählappell, standen sie Schlange vor der Kommandantur. Leutnant Markow brüllte mit alter, gesunder Lautstärke. Er ordnete erst pedantisch die Reihen, ehe er die Tür öffnete und die ersten zehn eintreten ließ.

An einem langen Tisch standen zehn Rotarmisten vor den Paketen, die jetzt vor den leuchtenden, erwartungsvollen Augen der Plennis geöffnet wurden.

Das Packpapier knisterte ... Dann der Karton ... Der Deckel war verschnürt ... die Bindfäden wurden durchschnitten ... Der Deckel hob sich ... Büchsen ... Tüten ... Plattenfett ... In Cellophan, Pergament, braunem Fettpapier.

Die Russen staunten. Sie standen vor einem Märchen. Sie drehten die Büchsen in den Händen und klopften mit den Knöcheln gegen das Weißblech.

Die zehn Plennis strahlten. Sie aßen bereits mit den Augen ... sie schluckten den Speichel hinunter und wischten die Hände an den Hosen ab. Sie schwitzten vor Erregung.

Mit Seitengewehren und einigen beigelegten Büchsenöffnern wurden die Konserven geöffnet. Rindfleisch im eigenen Saft. Corned beef. Schmalzfleisch. Bohnen mit Speck. Apfelmus. Erdbeermarmelade ... Aprikosengelee .. Apfelkraut ... Johannisbeergelee ...

Die Rotarmisten aus den Steppen Sibiriens glotzten. Eine neue Welt tat sich vor ihnen auf ... eine unbekannte, große, herrliche Welt des Wohlstandes und des Genusses. Sie schnupperten an den offenen Büchsen und verdrehten die Augen.

»Ich gebben hundert Papyrossis für Büchse ...«, sagte einer der Rotarmisten leise.

»Du kannst mich hundertmal am Arsch lecken!« war die Antwort. Man nahm es nicht übel ... die Deutschen waren reich ... die Plennis waren sehr reich ... sie hatten zu essen, besser als Genosse Stalin im Kreml und Genosse Kommissar im schmutzigen Stalingrad. Die Plennis ...

Leutnant Markow überflog die zehn geöffneten Pakete, die Büchsen, die Tüten, deren Inhalt offen lag. Plötzlich stutzte er und trat zu einem Paket hin, das Peter Fischer erhalten sollte. Inmitten des Blechs und Cellophans lag ein runder, brauner zotteliger Gegenstand. Er sah aus wie eine haarige Kugel, fühlte sich an wie Holz, gluckerte beim Schütteln und war leicht.

Eine Kokosnuß.

Leutnant Markow hob die Augenbrauen und schob die Unterlippe vor. Woher soll ein russischer Leutnant aus der Steppe eine Kokosnuß kennen? Er ergriff den merkwürdigen, den verdächtig runden, leichten, holzigen und haarigen Gegenstand und schüttelte ihn. Es gluckerte. Wahrhaftig, es gluk-kerte. Das Ding war hohl, und in dem Ding war etwas, das an die Wände schlug.

»Was ist das?!« brüllte Markow Peter Fischer an.

Der Plenni grinste. »Ein Elefantenei«, sagte er höflich.

»Was?!«

»Ein Elefantenei!«

Die neun anderen Plennis grinsten breit. Leutnant Markow bemerkte es und wurde rot.

»Aufmachen!« schrie er. »Dawai!«

Peter Fischer zuckte mit den Schultern und klopfte an die harte Schale. »Es geht nicht«, sagte er. Dabei machte er ein trauriges Gesicht.

Leutnant Markow stutzte einen Augenblick, dann riß er einem der Rotarmisten ein Seitengewehr aus der Hand und setzte es an. Der Stahl glitt an der harten Schale der Kokosnuß ab und haarscharf neben der haltenden Hand in den Tisch. Die Plennis grinsten breiter. Peter Fischer sagte sogar: »O weh!«

Leutnant Markow wurde aschgrau. Er blickte um sich, sah auch seine Soldaten grinsen und steigerte sich in einen Anfall von Wut.

»Beil her!« schrie er. »Ein Beil!«

Aus der Küche brachte ein Rotarmist eine Axt. Draußen, auf dem Hof, standen die langen Schlangen der wartenden Plennis. Es hatte sich herumgesprochen, was im Inneren des Hauses vor sich ging, und der Kampf Leutnant Markows mit der Kokosnuß wurde eines der klassischen Erlebnisse der Gefangenschaft, die man nie vergaß.

Die Axt in der Hand, sah Markow die Nuß an. »Was ist das?!« schrie er noch einmal Peter Fischer an. Aber er wartete die Antwort gar nicht ab — er schlug zu, mit aller Wucht. Die Nuß klaffte auseinander, und die Kokosmilch lief klebrig über den Tisch. Verblüfft betrachtete Markow das Innere. Weißes, festes Fleisch, appetitlich duftend — er roch daran und betastete es.

»Kann man es essen?« fragte er erstaunt.

Peter Fischer nickte. »Ja.«

»Warum nicht sagen gleich?« schrie Markow auf. Er warf die Axt in eine Ecke und schob Fischer das Paket zu. »Nächster!« schrie er.

Es ging jetzt schnell und reibungslos. Die Kokosnuß lag Markow im Magen. Über das, was er nicht kannte, sah er jetzt hinweg, immer bemüht, sich nicht noch einmal vor aller Augen zu blamieren. Er ließ sogar eine Büchse Marmelade durchgehen, ohne sie mit einem langen Fleischmesser zu sondieren — das war ein Glück, denn in der Büchse lag ganz unten eine kleine Metallkapsel, und in dieser Kapsel befand sich ein kurzer Brief. Seine Auffindung hätte eine Sperre aller Pakete nach sich gezogen. Aber Markows Laune war verdorben, so daß ihn nicht einmal mehr die kleinen Schikanen, wie das Auseinanderbrechen der Tafeln Schokolade oder das Aufwickeln von Bonbons, reizen konnten.

Am Abend, nach der Ausgabe der letzten Pakete an die Arbeitskolonnen, brach Festtagsstimmung im Lager aus. In den Baracken saßen die Plennis und kauten oder rauchten ... Kolonnen waren unterwegs und tauschten ... Zigaretten gegen Kaffee, Kakao gegen Butter, Marmelade gegen Puddingpulver und Kondensmilch. Am regsten war der Betrieb bei dem großen Tor, wo die biederen Rotarmisten alles eintauschten, um einmal deutsche Konfitüre oder deutsche Kekse zu bekommen. Und Schokolade ... Heilige Mutter von Kasan ... wo gab es in Archangelsk Schokolade ...?

Ein Wunderpaket hatte Peter Fischer bekommen. Nicht allein, daß er mit seiner Kokosnuß die Ordnung im Lager aus den Angeln gehoben hatte — er fand zwischen allen anderen Lebensmitteln auch einige Tüten von Eiermanns Schnellpudding.

Eiermanns Schnellpudding ist ein schönes Ding. Man schüttet das Pulver in Wasser, rührt herum und schwupp — ist der Pudding fertig! Ohne Kochen, ohne Milch, ohne Zucker ... Eiermanns Schnellpudding schaffte das ... er war ein Wunder der Nahrungsmittelchemie. Auf der Tüte stand groß: Kein Kochen! Kein Anbrennen mehr! Wohlschmeckend, gesund und kräftigend!

Peter Fischer, der immer noch dem musikalisch sehr unbegabten Michail Pjatjal Trompetenunterricht erteilte und dafür von ihm Fleisch und Fett erhielt, ließ es sich nicht nehmen, Eiermanns Schnellpudding dem Küchenleiter persönlich vorzuführen.

Es war am gleichen Abend. Pjatjal nuggelte an seiner Trompete, als Peter Fischer mit dem Paket Schnellpudding in der Küche erschien. Er holte sich eine Schüssel und eine Kanne Wasser und stellte sie vor Pjatjal hin.

»Weißt du, was das ist?« fragte er und ließ Pjatjal und dann Bascha an der Tüte riechen. Pjatjal grinste dumm. »Pudding!« meinte er. »Milch ist da! Und Zucker auch! Wollen wir ein Puddingchen machen, Genosse Plenni?«

»Ja.« Peter Fischer nickte. »Aber ohne Milch und Zucker! Nur mit kaltem Wasser!«

»Brüderchen, du bist verrückt«, sagte Pjatjal gönnerhaft. »Das gibt es nicht . . .«

»Nicht in Rußland. Aber in Deutschland, Genosse! Das ist das Neueste! Paß einmal auf . . .«

Peter Fischer goß Wasser in die Schüssel. Dann schüttete er den Inhalt der Tüte hinein, nahm einen Quirl und verrührte das Pulver in dem Wasser.

Eiermanns Schnellpudding machte seinem Namen alle Ehre. Das Wasser wurde gelb, es wurde sämig, es wurde dick, und siehe da: der Pudding stand steif und goldgelb. Zur Bekräftigung schüttelte Fischer die Schüssel etwas und ließ den Pudding wackeln.

Michail Pjatjal riß die Augen auf. Er tippte mit dem Zeigefinger auf den Pudding . . . er starrte Bascha an, die sprachlos und mit weitgeöffnetem Mund daneben stand . . . er tippte wieder auf Eiermanns Wunderpudding und schüttelte immer wieder den Kopf.

»Pudding!« sagte er erschüttert. »Richtiger Pudding!«

Er stach sich etwas ab und aß es. Er schmatzte und sah Peter Fischer mit glänzenden Augen an. »Sehr gut, Brüderchen. Ein Pudding!« Er nahm die noch halbvolle Tüte hoch und roch an dem Pulver. »Was ist das?« fragte er.

»Pudding«, sagte Peter Fischer. »Das ist guter deutscher Arbeiterpudding . . .«

»Was?«

»Deutscher Arbeiterpudding! Das kann sich bei uns in Deutschland jeder Arbeiter leisten! Das ist eine Volksspeise!« Er lächelte. »Wann hast du den letzten Pudding gegessen, Michail?«

»Vor vier Jahren . . .«, seufzte Pjatjal. »Und ich bin doch auch ein Arbeiter! Und mein Bruder auch! Der arbeitet in Stalingrad auf dem Bau. Der hat noch nie Pudding gegessen.«

»Er lebt ja auch nicht in Deutschland! Bei uns essen das alle! So ein Pudding kostet keine zwanzig Pfennig! Das sind rund zehn Kopeken!«

»Du lügst!« schrie Pjatjal. »Zehn Kopeken?! Das ist ja geschenkt!«

»Für den Arbeiter wird in Deutschland alles getan . . . auch ohne Kommunismus! Sieh dir den Pudding an . . .«

»Gib her!« Pjatjal nahm eine andere Schüssel, schüttete Wasser hinein, schüttete das Pulver hinterher . . . rührte . . . der gleiche, geheimnisvolle Vorgang vollzog sich wieder vor seinen verblüfften Augen . . . das Wasser färbte sich, es wurde sämig, dick, erstarrte. Der Pudding wackelte goldgelb in der Schüssel. Ein köstlicher Pudding! Der deutsche Arbeiterpudding, wie Peter Fischer sagte. Es lebe Eiermann!

Michail Pjatjal nahm die Schüssel und stellte sie behutsam weg. »Ich werde es meinem Bruder zeigen«, sagte er schwach vor Erregung. »Und er wird es seinen Kollegen zeigen. Hast du noch mehr Tüten mit diesem Pudding?«

»Noch drei Stück.«

»Gib sie mir, Brüderchen. Ich muß es allen Leuten zeigen! Zehn Kopeken für solch einen Pudding! Das ist unglaublich . . .«

An diesem Abend blies er keine Trompete mehr. Er aß mit Bascha den Schnellpudding und rollte sich dann satt und grunzend in sein Bett. Irgendwie war durch Eiermanns Schnellpudding eine Bresche in seine bolschewistische Lebensauffassung geschlagen worden, irgendwie begann er an dem System, dem er diente, Kritik zu üben. Denn nichts überzeugt einen Menschen mehr als das gute Essen der anderen. Und wenn es ein Pudding mit Wasser ist. Mit kaltem Wasser . . . das verklärte alles noch mehr und machte das deutsche Wunder noch wunderbarer . . .

Mit der Ausgabe dieser ersten Pakete begann auch im Lazarett ein anderes Leben. Da nur eine Minderzahl aus der Heimat Lebensmittel erhalten hatte, rief Dr. Böhler zur Spende für die Kranken und Verletzten auf. Er selbst stellte sein Paket vollständig zur Verfügung und verteilte den Inhalt in genau abgewogenen Mengen unter die Kranken und vor allem die Schwachen und Unterernährten. Sein Aufruf, der nur aus einer kleinen Anregung bestand, die er zu Dr. Schultheiß sagte, fand im Lager sofort Gehör. Aus jeder Baracke liefen die Lebensmittel im Lazarett ein. Es häuften sich die Tüten Kakao, die Tafeln Schokolade, das weiße Mehl, die Marmeladebüchsen, die Keksdosen, die Fleischkonserven, die Kondensmilch, die Päckchen mit Tabak. Sogar sieben Pfeifen wurden gebracht und eine Kiste Zigarren.

Die Barackenältesten lieferten die Waren ab und sprachen nicht viel dazu. Es war selbstverständlich nach so vielen Jahren russischer Gefangenschaft, daß den Kranken und Ärmsten geholfen wurde, und Dr. Böhler notierte sich jedes eingehende Päckchen und führte genau Buch. So erhielten die Kranken jeden Tag zehn Gramm Fett mehr, ein oder zwei Riegel Schokolade, ein wenig Marmelade auf das glitschige Brot und ab und zu eine Suppe aus Puddingpulver mit verdünnter Büchsenmilch.

Den Hauptteil des Paketes von Dr. Schultheiß bekam Janina Salja. Sie wollte es zwar nicht, und Jens mußte ihr den Kakao und die dicken Butterbrote förmlich aufdrängen, und als sie sich immer noch weigerte und ihn bat, es selbst zu essen, verordnete er ihr Sonderkost und ließ sie ihr durch Schwester Ingeborg Waiden verabreichen.

Sie reichte bei keinem lange, diese Zusatzverpflegung, denn zehn Kilo sind schnell verbraucht und nur ein kurzer Komet am dunklen Himmel des Hungers, aber diese zehn Kilo wirkten sich aus in der Moral der Plennis, in der Steigerung der Kraft des Hoffens und in der Arbeitswilligkeit und Leistung.

Major Worotilow sah darin einen schönen Anlaß, an Hand eines Berichtes an das Generalkommando diese Tatsachen aufzuzählen und um weitere Paketsendungen zu bitten. Und da es ein offizieller Bericht war, eine dienstliche Meldung, konnte man sie in Stalingrad nicht unter den Tisch fallen lassen, sondern war gezwungen, die Worte des Majors an die Zentrale nach Moskau weiterzuleiten. Dort aber gingen von allen Lagern gleichlautende Meldungen ein: Hebung des allgemeinen Standards, Erhöhung der Arbeitskraft, Erfüllung des Solls, Steigerung der Moral und damit auch natürlich des Gesundheitszustandes, wenn ...

In Moskau fanden Beratungen statt. Immer wieder gewann der Plan einer völligen Umstellung der Gefangenschaft Gestalt: Der Plan, aus den Kriegsgefangenen Strafgefangene zu machen, sie lebenslänglich zu verurteilen, zu langjährigen Strafen zu begnadigen und so rechtlich die Möglichkeit zu schaffen, sie in Rußland zu behalten — als Verbrecher zu behalten —, ihnen aber andererseits alle Vergünstigungen zu geben, die einem Justizgefangenen zustehen und die seine Arbeitskraft für das Wohl der Sowjets heben.

Der Plan 1950 war geboren! Der große, völkerrechtswidrige Plan, der Tausende deutscher Plennis an Rußland kettete.

Plan 1950! Er wurde ausgelöst durch eine Welle von Verhören und eine Sintflut von erdbraunen Uniformen mit den Zeichen der Politruks, eine Sturmflut des MWD, die sich in die Lager ergoß und alles verurteilte, was nach Ansicht der Ärzte arbeitsfähig war und Rußland noch jahrelang nützlich sein konnte.

Ein Schauspiel sollte beginnen, grotesk wie eine Komödie, tragischer als eine griechische Tragödie und seelenlos wie jede abstrakte Konzeption: Die »Einordnung« der deutschen Plennis in das Staatsgefüge der Sowjetrepublik.

Noch aber ahnte niemand diese Entwicklung — vor allem nicht Major Worotilow, als er seinen schönen Bericht schrieb und um mehr Pakete bat. Dr. Böhler baute sein Lazarett weiter aus, indem er Dr. Schultheiß mit Dr. Kresin nach Stalingrad gehen ließ, um dort in einer Apotheke Betäubungsmittel gegen einige Fleischkonserven einzutauschen. Das mußte geheim getan werden, es war Sabotage am staatlichen Eigentum. Aber im Angesicht der Fleischbüchsen fiel auch der Leiter der Stalingrader Staatsapotheke um.

Die Kasalinsskaja befand sich seit der Operation im Straflager von Nishnij Balykleij wie in einem Trancezustand. Da sie nichts wieder von Sellnow hörte und alle Anfragen in Stalingrad ergebnislos blieben, nahm sie das Schlimmste an und verstieg sich zu der Behauptung, Doktor Böhler habe seinen Freund umgebracht.

»Sie hätten ihn nicht operieren dürfen!« wimmerte sie. »Mit einem Meißel! Er mußte sterben ...«

»Ohne die Operation wäre er bestimmt gestorben!« Dr. Böhler ging unruhig in seinem Zimmer auf und ab. Die Ungewißheit nagte auch an ihm, wenn er es auch nicht so öffentlich zum Ausdruck brachte wie die Kasalinsskaja, die sich von dem Tag der Operation an weigerte, weiterhin die Plennis zu untersuchen. »Ich tue es nicht mehr!« hatte sie Dr. Kresin angeschrien. »Ich kann es nicht! Ich habe jahrelang wie ein Schwein an diesen Menschen gehandelt, ich habe sie ausgesogen, ich habe sie ins Elend getrieben — ich kann nicht mehr! Ich will von alledem nichts mehr sehen!«

Dr. Kresin hatte ihr nicht geantwortet — aber er hatte sie auch nicht gemeldet. Er verschwieg den Vorfall und zeichnete die täglichen Gesundheitsrapporte zur Hälfte mit dem Namen der Ärztin ab, damit man in Stalingrad keinen Verdacht schöpfte. Niemand wußte es, nicht einmal Major Worotilow.

Über Sellnow wußte man nur so viel, daß er nicht mehr im Lager Nishnij Balykleij war. Er war vier Tage nach der Operation von einem staatlichen Krankenwagen abgeholt worden, ohne die Besinnung wiedererlangt zu haben. Wie Buffschk berichtete, war der Wagen nicht nach Süden, sondern nach Norden gefahren. Man nahm deshalb an, daß sich Sellnow gar nicht in Stalingrad, sondern in Saratow befand, was sehr verwunderlich stimmte und zu allerhand Vermutungen Anlaß gab.

»In Saratow sitzt der Stab des MWD«, sagte Worotilow dumpf, als man diese Nachricht bekam. »Und in Saratow hat auch Pawlowitsch keine Gewalt mehr über ihn . . .«

»Ich werde nach Saratow fahren und ihn suchen!« rief die Kasalinsskaja wild. »Ich werde ihn finden! Und wenn ich jedes Krankenhaus mit Gewalt stürmen und durchsuchen müßte! Ich muß zu ihm! Ich muß ihn finden!«

Dr. Kresin sah den Plan der Militärärzte im Südabschnitt der Armeegruppe durch und schüttelte den Kopf. »In Saratow ist ein Dr. Sedowkowitsch der Leiter der staatlichen Klinik! Ich kenne Sedowkowitsch nicht — er muß ein junger Arzt sein.«

»Ein Parteiarzt?« fragte Dr. Böhler.

»Selbstverständlich. Ohne Partei bekommt er keine Stellung in einer staatlichen Klinik!«

»Und Professor Pawlowitsch weiß auch nicht, wohin man Sellnow gebracht hat?« fragte die Kasalinsskaja erregt.

Dr. Kresin nickte nachdenklich. »Pawlowitsch schweigt. Er ist wie eine völlig ausgetrocknete Mumie! Wenn man ihn wegen Sellnow anruft, hängt er einfach wieder ein. Es muß etwas Unvorhergesehenes geschehen sein . . .«

Die Kasalinsskaja saß starr in ihrem Sessel. Sie blickte hinaus über die verschneite Steppe und die tief herabgebogenen Wälder an der Wolga.

»Wenn Sellnow nicht wiederkommt, werde ich gehen!« sagte sie dumpf.

»Gehen? Wohin?« Worotilow schüttelte den Kopf.

»Nach Westen! In die Freiheit!«

Dr. Kresin runzelte die Stirn. »Sie reden wirr, Genossin! Sie werden nie über die Grenze kommen!«

»Ich werde!« sagte die Kasalinsskaja fest.

»Und dann?«

»Dann werde ich in alle Winde schreien, wie es wirklich aussieht bei Mütterchen Rußland. Dann werde ich hassen können, wie nie ein Mensch gehaßt hat!«

Major Worotilow erhob sich. Er war blaß, fahl, fast krank sah er aus. »Man hat seit 1919 versucht, uns Russen die Seele zu töten, uns zu einer Maschine der Partei zu machen, zu einem Zahnrad im Gefüge der Republik. Aber die russische Seele lebt . . . Es ist schrecklich, sie zu sehen . . . denn wir haben die Jahrzehnte umsonst gelebt . . . sinnlos gelebt . . .«

Er verließ das Zimmer und ging langsam durch den Schnee zur Kommandantur. Dr. Kresin sah ihm nach. Bestürzt schüttelte er den Kopf. »Jetzt hat es den auch gepackt! Verdammt noch mal — wie froh bin ich, wenn erst einmal alle diese Deutschen wieder aus Rußland heraus sind . . .«

Die Kasalinsskaja drehte sich zur Wand und weinte. Sie weinte jetzt häufig. Sie war nur noch ein Schatten der ehemaligen Kapitänärztin Dr. Alexandra Kasalinsskaja, die schimpfend durch die Lager schritt und gesund schrieb, was herumkroch.

Über den Wäldern begann es wieder zu schneien . . .

Eine weiße, kleine Krankenstube. Ein Eisenbett, ein großes Fenster, mit einer bunten Übergardine verhangen, mit Linoleum ausgelegter Boden, ein Tisch mit Medikamenten, ein Waschbecken in der Türecke, vor dem Bett ein weißbespannter Schirm, eine Art spanischer Wand. Neben dem Bett ein weißlackierter Stuhl. Auf ihm saß eine junge, schwarzhaarige Schwester mit einem breiten, fast mongolischen Gesicht und kleinen, grünen Augen. Sie las in einem Buch und blickte nur ab und zu auf, wenn der Kranke sich im Bett unruhig herumwarf oder mit den gelbweißen Händen die Bettdecke strich.

Das Zimmer Sellnows. In der Staatsklinik von Stalingrad. Auf der Privatstation Professor Taij Pawlowitschs.

Niemand, außer den wenigen Eingeweihten, wußte, daß Sellnow in dieser Klinik lag. Zu der Handvoll Wissender gehörte die mongolische Schwester, ein junger Stationsarzt, der Oberarzt und ein Krankenpfleger. Das Zimmer lag am Ende eines kleinen Flures, der sonst nur drei Laborräume beherbergte, in denen Pawlowitsch seine Versuche unternahm. Es war ein Flur, den kein anderer in der ganzen Klinik betrat, der als ein unantastbares Heiligtum betrachtet und gemieden wurde.

Eben hatte Pawlowitsch das Herz abgehorcht. Er maß den Blutdruck, den Puls, sah die Fieberkurve nach und injizierte Cordalin. Dann machte der junge Assistent mit einem fahrbaren Röntgenapparat noch einmal eine Aufnahme des Kopfes, während sich Pawlowitsch nachdenklich an das Bett setzte.

»Die Operation scheint gelungen zu sein«, sagte er zu dem Oberarzt, der an der weißen Tür lehnte und über die spanische Wand blickte. »Mit einem primitiven Meißel und einfachem Schneiderzwirn. Die Deutschen wagen alles . . . Ich hätte es nicht gewagt!«

»Der Deutsche hatte nichts zu verlieren«, meinte der Oberarzt. Es war ihm unangenehm, daß sein Chef sich selbst erniedrigte. »Und er hat eben Glück gehabt. Bei einem zweiten Fall könnte es gerade das Gegenteil sein. Nur ein Glücksfall, Herr Professor.«

Pawlowitsch nickte nachdenklich. Er beobachtete den Assistenten, wie er den Röntgenapparat zur Seite fuhr und der Schwester die belichtete Platte gab, damit sie sofort entwickelt würde. Er beugte sich etwas vor und deckte Sellnow wieder bis zum Hals zu.

»Wir wissen noch nicht, wie das Gehirn reagiert. Noch zeigt der Körper keinerlei Reflexe, die darauf schließen lassen, welche Gefühlszentren gestört sind.« Pawlowitsch strich sich durch den weißen Bart und dann über die kleinen, schrägen Augen. »Wenn nur die Besinnung wiederkäme! Wenn er nur sprechen würde — falls er überhaupt noch sprechen kann. Wenn er nur ein paar Regungen zeigte! Sein Dauerschlaf beunruhigt mich.«

Der Oberarzt kam hinter der spanischen Wand hervor und hob die Schultern. »Man hat schon wieder aus dem Lager 5110/47 angerufen und nach Sellnow gefragt. Die Genossin Kasalinsskaja . . .«

»Und was haben Sie gesagt?«

»Ich habe wie immer abgehängt.«

Professor Taij Pawlowitsch nickte zustimmend. »Hängen Sie immer ab, wenn man anfragt«, sagte er. Er erhob sich und blickte noch einmal auf den Kranken, der besinnungslos und ohne Regung in den Kissen lag. »Ich brauche diesen Mann da . . . Ich muß an ihm studieren und ihm noch einmal den Schädel öffnen, um zu sehen, was in ihm vorging!«

Seine Augen leuchteten auf. Der Fanatismus eines heidnischen Priesters stand darin. Die kleine, verdorrte Gestalt straffte sich, und aufrecht ging er an dem Oberarzt und dem Assistenten vorbei aus dem Raum. Die Schwester sah ihm groß nach. In ihr mongolisches Gesicht trat ein Zug von Grauen. Sie schob die bespannte Wand wieder vor das Bett und sah den Oberarzt an.

»Er weiß nicht, wie er ihn heilen kann«, sagte sie leise. Dabei blickte sie zur Tür. Jeder wußte, wer »er« war . . .

Der Assistent nickte. »Wir wissen es alle nicht, Schwester.«

»Dann muß er ja sterben . . .«

»Im Mütterchen Rußland sterben täglich Tausende.« Der Oberarzt drehte sich um. Während er seinen Mantel zuknöpfte, klinkte er die Tür auf. »Wenn er gestorben ist, dieser Sellnow, rufen Sie uns sofort, Schwester. Er kommt dann gleich in die Anatomie. Der Chef fiebert darauf, ihn zu sezieren . . .«

Die Tür klappte. Sie waren allein: die mongolische Schwester und der sterbenskranke deutsche Plenni Dr. Werner von Sellnow. Noch schlug das Herz. Leise, zögernd, tastend, fragend, ob es noch einen Sinn habe. Die Hände zuckten unruhig über das Bett, als suchten sie nach einem Halt.

Wenige Tage nach der ersten Paketaktion Moskaus begannen die Verhöre durch den MWD.

Ganz plötzlich waren sie da, die Kommissare, die Major Worotilow mit einer bisher unbekannten Ehrfurcht grüßte. Selbst die Kasalinsskaja und Dr. Kresin bemühten sich heran und wurden den Männern vorgestellt, die jetzt vollzählig — es waren zwölf — vor der Kommandantur standen. Groß, gut genährt, in sauberen, neuen Uniformen, mit flachen Mützen auf den runden Schädeln, mit Augen, die musternd über das Lager streiften.

Dr. Böhler stand am Fenster des Lazaretts und wandte sich zu Dr. Schultheiß um, der den Küchenzettel aufstellte — unter Berücksichtigung der Paket-Sonderverpflegung. »Der Tod kommt ins Lager«, sagte er leise.

Dr. Schultheiß zuckte zusammen und stellte sich neben seinen Chef. »MWD«, flüsterte er.

Die Tür wurde aufgerissen. Dr. Kresin trat ein, sah die deutschen Ärzte stehen und lachte rauh.

»Nette Kerle, was?« sagte er laut und warf die Tür hinter sich zu. »Kommen aus Moskau! Direkt aus Moskau! Große Untersuchung auf Herz und Nieren! Und dann geht es ab!«

»Ab? Wohin?« Dr. Böhler war bleich geworden. Er ahnte etwas Ungeheures, etwas nie Geglaubtes, etwas bisher nur Erträumtes. »Wohin?« wiederholte er noch einmal, und seine Stimme war heiser. »Sagen Sie es, Dr. Kresin!«

»In eure Heimat!« Der russische Arzt setzte sich schwer.

»In die Heimat!« stotterte Dr. Schultheiß. Er wandte sich plötzlich ab. Er spürte, wie ihm die Tränen in die Augen stiegen. Auch Dr. Böhler lehnte sich erschüttert an die Wand und blickte starr an die Decke.

»In die Heimat . . .«, sagte er leise. Seine Stimme schwankte. »Ist das sicher, Doktor Kresin?«

»Ja! Zuerst eine Portion Offiziere und alle Invaliden, soweit sie geh- und transportfähig sind. Der erste Zug ins Entlassungslager Moskau soll schon im Frühjahr gehen, wenn der Schnee die Straßen freigibt.«

»Nach sieben . . . nein, dann sind es acht Jahre!« Doktor Böhlers Lippen zuckten. »Wir sollen wirklich Deutschland wiedersehen?«

»Ja!« schrie Dr. Kresin. »Und dann geht ihr weg, ihr alle, und wir leben hier weiter in dem Mist, müssen uns ducken, haben keinen, mit dem man vernünftig sprechen kann — wir bleiben bei Mütterchen Rußland und verfaulen, weggeworfener Kapusta! Wir haben uns so an euch gewöhnt, an die Plennis, an diese hundsverfluchten Deutschen, daß uns etwas fehlt, wenn ihr wieder weg seid! Gott verdammt noch mal!«

Böhler legte Kresin die Hand auf die Schulter. Er wußte, wie der große mächtige Mann im Innern litt. »Kommen Sie doch nach, Kresin«, sagte er leise.

»Nach Deutschland? Nein! Ich bin Russe, ich liebe mein Land. Ich bin Bolschewik. Im Alter kann man nicht mehr umschwenken wie ihr Jungen, die der Fanfare nachlaufen, die am lautesten bläst. Ich werde hier vermodern, an der Wolga oder in Sibirien, in der Steppe, der Taiga, der Tundra, am Eismeer — wer weiß es außer Moskau? Es ist mein Los. Und ihr geht hinaus in die Freiheit . . .« Er erhob sich schwer und wandte sich ab. »Das ganze Leben ist Mist!« sagte er grob. Dann ging er so plötzlich, wie er gekommen war, und knallte die Tür zu.

Dr. Schultheiß drehte sich um. Tränen standen in seinen großen, blauen Kinderaugen. »Wir werden entlassen«, stammelte er. »Ich werde die Mutter wiedersehen und den Vater, den Bruder, die Schwester... Herr Stabsarzt... ich werde sie alle wiedersehen . . .« Plötzlich begann er zu schluchzen und legte den Kopf auf die Schulter des Chefs. Dr. Böhler strich ihm über die blonden Haare.

»Bleib jetzt stark, mein Junge«, sagte er leise und väterlich. »Wir haben so lange auf diesen Augenblick gewartet, und —«, er stockte, »wir wissen noch nicht einmal, ob es wirklich wahr ist . . .«

Keiner wußte es im Lager 5110/47. Selbst Major Worotilow nicht, der am Abend mit den Kommissaren in seinem Zimmer saß, Wodka trank, Zigaretten rauchte und die Listen des Lagers durchsah. Mühsam, jeden Plenni genau überdenkend, strich er die Nummern derjenigen an, die er zur Entlassung vorschlug. Leutnant Markow gab gehässige Kommentare dazu, die Worotilow überhörte, aber einer der MWD-Leute sich heimlich notierte.

»Wir dürfen aus Ihrem Lager, Genosse Major, 362 Mann entlassen«, sagte der MWD-Oberst während der Zählung.

Worotilow sah erstaunt auf. »Nicht mehr?«

»Die anderen Lager müssen auch berücksichtigt werden. Zudem müssen wir haushalten, weil wir für den neuen Siebenjahresplan noch Arbeitskräfte brauchen. Und die Deutschen sind gute Facharbeiter, die wir nicht missen können. Die vier Transporte für das Frühjahr sollen massiert in der deutschen Sowjetzone ankommen, um dem Westen gegenüber als Propagandaschlag zu wirken. Der amerikanische Außenminister Marshall macht uns Schwierigkeiten. In der UNO hat man nach dem genauen Stand der Gefangenen gefragt. Wir werden im Frühjahr die Massenentlassungen über Frankfurt/Oder leiten, um dann sagen zu können: Das sind alle Plennis! Die anderen, die noch in Rußland bleiben, sind Verbrecher!«

»Verbrecher?« Worotilow schüttelte den Kopf. »Sie haben doch nichts getan, die anderen Tausende . . .«

»Das wird sich zeigen!« Der MWD-Oberst grinste breit. Er war ein Ukrainer und deshalb bemüht, durch Schärfe das Mißtrauen zu zerstreuen, das man in Rußland allen Ukrainern entgegenbringt. »Für die zurückbleibenden Verbrecher werden wir sorgen, darauf können Sie sich verlassen!«

Worotilow schwieg. Er sah die anderen Offiziere an, er sah Markow zufrieden lächeln. Da beugte er sich wieder über seine Listen und strich weiter an.

Dr. Böhler, Dr. Schultheiß, Dr. von Sellnow, der noch immer als zum Lager gehörend geführt wurde. Emil Pelz — Worotilow räumte das ganze Lazarett. Er wollte alle Brücken abbrechen und nicht schuldig sein an dem Verbrechen, das Moskau befahl. Im Frühjahr würde er dann fort sein — er würde sich versetzen lassen, irgendwohin, und wenn es zur Kampftruppe war. Nur kein Gefangenenlager mehr, nur nicht mehr Kommandant eines umzäunten Friedhofs sein, nur nicht mehr mitschuldig sein an der Not Tausender.

Zwei Tage später trat Major Worotilow in den Operationsraum des Lazaretts. Hinter ihm schob sich die hagere Gestalt eines der MWD-Kommissare herein, flankiert von Leutnant Markow und einer schlanken, dunkelblonden Dolmetscherin. Dr. Schultheiß, der am Sterilisationsapparat stand, sah erschrocken auf.

Dr. Böhler beugte sich über eine Gestalt auf dem Operationstisch und legte mit ruhigem, sicherem Griff einen Kopfverband an. Pelz reichte ihm eine Sicherheitsnadel, um die Binde festzustecken. Dann erst wandte sich der Chirurg um und blickte die Versammlung von Russen fragend an.

»Der MWD«, sagte Worotilow verlegen, »interessiert sich für Ihre Arbeit, Doktor. Die Genossen möchten das Lazarett des Lagers 5110/47 besichtigen — und seinen berühmten Chefarzt.«

Der Patient auf dem Operationstisch blickte ängstlich von Dr. Schultheiß zu Emil Pelz und vermied es, die Russen anzusehen. Er zuckte zusammen, als sich die Tür erneut öffnete und ein halbes Dutzend weiterer Kommissare hereinkam.

Die Dolmetscherin wandte sich an Dr. Böhler. »Der Genosse Leutnant«, sagte sie und wies auf Markow, »hat uns von der Wunderkur erzählt, mit der Sie ihn gerettet haben.« Markow grinste verlegen. »Moskau hat das erfahren. Nun . . .«, sie blickte fragend auf den hageren Kommissar, der ihr bestätigend zunickte, ». . . unsere Arbeit ist beendet. Die Listen sind abgeschlossen und gehen heute abend nach Moskau zur Bestätigung. Aus dem Lager 5110/47 werden 362 Kriegsgefangene nach Deutschland entlassen. Ich bin ermächtigt, Ihnen mitzuteilen, daß auch Dr. Schultheiß und Sie darunter sind. Moskau weiß, was es einem echten Arzt schuldig ist.«

Dr. Böhler fühlte, wie es heiß in ihm aufstieg. Ich, dachte er. Ich werde auch entlassen! Worotilow hat mich vorgeschlagen! Ich sehe meine Frau wieder, Köln, die Heimat. Das Grauen Rußlands geht von mir, die Einsamkeit, das Warten. Ich werde die Wälder an der Wolga nicht mehr sehen, die Holzklötze nicht, unter denen die toten Kameraden begraben liegen, die Türme nicht mehr, die Rotarmisten, die Tellermützen, die Kapustasuppe, das glitschige Brot und die Handvoll Hirse. Alles wird vorüber sein, was acht Jahre lang der Inhalt meines Lebens war. Ich werde ein freier Mann sein. Endlich! Endlich!

Einer der Kommissare war an den Tisch getreten, wo Emil Pelz eben die Krankenkarte des frisch Verbundenen in die Kartothek zurückstecken wollte, und hatte sie ihm aus der Hand genommen. Er wechselte einige Worte mit einem seiner Kollegen, während sie beide immer wieder auf eine Stelle der Karte wiesen. Dann trat er mit drei schnellen Schritten an Böhler heran, und eine rasche, russische Frage schoß dem Arzt entgegen. Er verstand ihren Sinn nicht, aber der drohende Ton war unverkennbar. Irgend etwas hatte das Mißfallen des Russen erregt.

»Was bedeuten diese beiden Buchstaben?« übersetzte die Dolmetscherin rasch. Böhler blickte auf die Stelle, die der Finger des Kommissars bezeichnete, und eine kalte Hand griff nach seinem Herzen. Er streifte den Patienten mit einem raschen Blick und versuchte auszuweichen.

»Das hat mit der Krankheit nichts zu tun«, sagte er hastig.

Worotilow wurde aufmerksam, trat einen Schritt näher und blickte auf die Karte. Nur mühsam konnte er sein Erschrecken verbergen. Ausgerechnet jetzt mußte dieser Idiot von Kommissar seine Nase in die Kartothek stekken . . .

Die Dolmetscherin lächelte hämisch. »Ich will Ihnen sagen, was diese beiden Buchstaben bedeuten: SS. Der Mann, den Sie hier verbinden, ist Mitglied der Mörderorganisation von Himmler!«

»Er ist ein Plenni«, sagte Dr. Böhler fest. »Ein Plenni wie jeder andere. Und ein Mensch, der Hilfe braucht . . .«

Während die Dolmetscherin übersetzte, dachte Worotilow fieberhaft nach. Er versuchte zu retten, was noch zu retten war: »Wie können Sie es wagen«, brüllte er Böhler an, »einen SS-Mann zu verbinden?! Mit dem kostbaren Verbandmaterial, das Eigentum der Sowjetunion ist?!«

Der hagere Kommissar deutete auf den weißbandagierten Kopf des Patienten.

»Verband wegg!« sagte er kurz. Plötzlich konnte er Deutsch.

Dr. Böhler sah ihn ablehnend an. »Warum?« fragte er.

»Fragen Sie nicht!« brüllte Worotilow. Er war so verzweifelt, daß ihm fast die Tränen in die Augen traten. »Gehorchen Sie gefälligst, Sie deutsches Schwein!!!«

Dr. Schultheiß trat zu Dr. Böhler und legte ihm die Hand auf den Arm. »Herr Stabsarzt . . .«, begann er.

Aber Worotilow ließ ihn nicht ausreden. »Raus!« schrie er ihn an. »Sie haben hier gar nichts verloren! Sie auch nicht, Pelz!« Um Gottes willen, dachte er dabei, jetzt bloß keine Zeugen bei der kommenden Auseinandersetzung . . .!

Betreten trotteten Dr. Schultheiß und Emil Pelz hinaus. Ehe jemand anderer eingreifen konnte, wandte sich Worotilow wieder an Böhler. »Nehmen Sie sofort diesen Verband ab!« sagte er drohend — und lautlos formte er mit den Lippen ein flehendes »Bitte!«

Dr. Böhler sah den Major nicht an. »Teilen Sie dem Herrn Kommissar bitte mit, daß für diesen Kranken ich verantwortlich bin — und nicht er!« sagte er zu der Dolmetscherin. »Der Verband ist lebenswichtig — und er bleibt.«

Kalte Wut leuchtete aus den Augen des Kommissars, als ihm dieser Satz übersetzt wurde. Er sprang an den Operationstisch und streckte die Hand nach dem Kopf des Patienten aus, um den Verband abzureißen. Mit einem einzigen Schritt stellte sich Dr. Böhler dazwischen. »Nicht, solange ich hier Chefarzt bin . . .«, sagte er fest.

Sekundenlang stand er Auge in Auge mit dem Russen. Dann lächelte der Kommissar höhnisch. »Hier Chefarzt?« sagte er langsam auf russisch. »Wenn Sie solchen Wert darauf legen . . . dann können Sie es noch lange bleiben . . .«

Er wandte sich achselzuckend ab. »Wir werden einen anderen auf die Liste setzen«, sagte er zu Worotilow, und man sah ihm an, mit welcher Genugtuung er diesen Befehl aussprach. »Wir können doch Hitlers Mordschergen die ärztliche Hilfe nicht entziehen . . .«

Major Worotilow trat in Böhlers Zimmer. Allein. Er schloß die Tür hinter sich. Er zögerte, ehe er sprach, aber dann klang seine Stimme hohl und gebrochen. »Verzeihen Sie«, sagte er, »aber ich wollte Ihnen helfen. Es wäre die einzige Möglichkeit gewesen, Ihre Entlassung zu retten.«

»Ich weiß . . .«, sagte Böhler dumpf. Dann sprang er auf und rannte erregt im Zimmer hin und her. »Aber ich kann doch einen Menschen nicht sterben lassen, hilflos und gequält — nur weil . . . Das geht doch nicht,

Major! Das ist doch unmöglich!« Er blieb vor der rohen Wand der Baracke stehen und starrte auf die Ritzen der einzelnen Bretter, auf die abblätternde Farbe, auf die Glaswatte, die aus den Fugen quoll. Durch seinen Körper ging ein leises Zittern. »Ich kann doch einen Patienten nicht verraten«, sagte er kaum hörbar. »Ich kann doch nicht wegfahren, und ihn dafür büßen lassen. Das geht doch nicht ... das geht doch nicht ... Und überhaupt« — plötzlich stieg ein überwältigendes Gefühl der Verantwortung in ihm auf — »ich habe hier im Lazarett 54 schwere Fälle ... in den einzelnen Blockrevieren liegen 73 Kranke, die nicht laufen können. Was sollen sie denken, wenn ich einfach weggehe nach Deutschland — und sie in der Einöde lasse.«

»Sie werden auch entlassen, wenn sie gesund sind.«

»Können Sie das garantieren, Major?«

Worotilow blickte auf seine Schuhspitzen. »Nein«, sagte er leise. »Soviel ich weiß, ist die Entlassung eine einmalige Propaganda-Aktion gegen den Westen. Wann die nächsten Entlassungen sind, weiß ich nicht ...« Er sah auf und begegnete dem Blick Dr. Böhlers. »Ich habe geglaubt, Sie weinen vor Freude, daß Sie wieder in die Heimat kommen ...«

»Ich habe es gestern noch getan. Aber dann kam dieser unmenschliche Befehl des Kommissars, den ich niemals ausführen konnte. Damit waren alle Hoffnungen auf meine Heimkehr mit einem Schlage zerstört. Jetzt aber weiß ich in meinem Herzen, daß es so kommen mußte, denn ich trage die Verantwortung für diese armen Menschen, die hier krank herumliegen ... Ich habe zwölf schwere chirurgische Fälle ... einen Magendurchbruch, eine Gallenblasenresektion, zwei Fälle von Darmknickung infolge schwerer Arbeit bei Unterernährung, sieben schwere Furunkelfälle ... und den SS-Mann mit dem Schädelbruch. Soll ich sie allein lassen?!«

Worotilow sprang auf. Seine Wangen glühten. »Was soll das alles!« schrie er plötzlich. »Wollen Sie etwa hierbleiben? Wollen Sie mir sagen: Ich will nicht entlassen werden?! Ich will freiwillig in Rußland bleiben?! Ich will ein Plenni bleiben, weil ein paar Kameraden mich brauchen?!« Worotilows Stimme überschlug sich. »Sie wissen nicht, was noch kommt! Wer bleibt, wird verurteilt werden ... lebenslänglich! Er verliert das Recht und den Schutz der Kriegsgefangenen und wird zum Verbrecher gestempelt! Es wird keine Plennis mehr geben, sondern nur noch Strafgefangene! Überlegen Sie sich das! Sie werden entrechtet sein wie kein anderer Mensch auf der Welt!«

Dr. Böhler atmete schwer. Er lehnte an der Wand und starrte hinaus auf den Schnee und die vereisten Wachttürme. Leutnant Markow marschierte am Zaun entlang und kontrollierte den Lagerdienst, der Schnee schippte.

»Sorgen Sie dafür, daß mit Schultheiß nichts mehr schiefgeht«, sagte Böhler tonlos. »Er ist jung, man hat ihn um die besten Jahre seines Lebens betrogen, er hat viel nachzuholen, er braucht die Freiheit, um das zu leisten, was in ihm steckt. Er ist ein guter, ein sehr guter Arzt. Deutschland braucht ihn.«

»Und Sie?!« brüllte Worotilow. »Ach, seien Sie still! Sie mit Ihrem deutschen Wahn von der Pflichterfüllung!« Er hieb mit beiden Fäusten auf den

Tisch. »Ich verachte Sie, wenn Sie hierbleiben! Sie verleugnen Ihre Heimat, Ihre Frau, Ihr Kind. Sie handeln nicht heldisch, sondern verantwortungslos gegen die Menschen, die Ihnen am nächsten stehen und seit acht Jahren auf Sie warten! Die nichts anderes kennen als den großen Glauben: Er kommt zurück! Die an der Grenze stehen werden, wenn die ersten Transporte kommen und fragen: Ist Dr. Böhler dabei? Kennt einer von euch einen Dr. Böhler? Und dann wird man ihnen sagen: Ja, wir kennen ihn, er ist der Arzt von Stalingrad, und er blieb da! Denkt mal, er blieb da! Er blieb in der Hölle Rußland, in der Steppe an der Wolga — aus Pflichtgefühl, denkt mal an! Er stand schon auf der Liste, aber er wollte dableiben — darum wartet nicht an der Grenze, fahrt zurück nach Köln und beseht euch sein Bild. Er kommt noch lange nicht wieder — sein Gewissen hat es nicht zugelassen . . .«

Dr. Böhler wandte sich ab. Er trat ans Fenster und legte die heiße Stirn an die nasse, kalte Scheibe. »Sie vergessen, daß alles längst entschieden ist, Major«, stammelte er. »Kann ich den Vorfall ungeschehen machen — können Sie es?«

Worotilow öffnete die Tür mit einem Ruck. Fahl im Gesicht, drehte er sich um. »Sie haben es so gewollt. Werden Sie glücklich, Sie — — — Sie Held, Sie!«

Mit lautem Krach fiel die Tür zu.

Einen Augenblick stand Dr. Böhler starr am Fenster. Er schloß die Augen und spürte die Kühle der Scheibe durch seinen ganzen Körper dringen. Dann schwankte er und fiel ächzend auf den Stuhl neben dem Tisch. Sein Kopf sank auf die Platte. Er weinte haltlos . . .

Dr. Schultheiß machte die Visiten. Böhler hatte sich eingeschlossen und öffnete nicht, soviel man auch an seine Tür klopfte. Dr. Kresin rannte in seinem Zimmer auf und ab und wurde von Worotilow bewacht. »Ich schlage seine Tür ein!« schrie er immer wieder. »Ich schleppe ihn mit meinen Händen zum Wagen! Ich bringe ihn bis an die Grenze und schiebe ihn hinüber!«

Er war nicht der einzige, der an diesem Abend die Haltung verlor. In ihrem Zimmer lag Janina Salja auf dem Bett und weinte seit Stunden. Sie hatte durch Ingeborg Waiden erfahren, warum die Kommissare ins Lager gekommen waren. Überglücklich hatte das Mädchen es ihr gesagt: »Wir sollen entlassen werden! Wir alle! Es geht nach Deutschland! Nach Deutschland!« Sie war wie von Sinnen, die kleine Krankenschwester Ingeborg Waiden, sie tanzte durch das Zimmer und weinte und lachte in einem Atem.

Janina hatte einige Zeit gebraucht, um die Botschaft zu verstehen. Zu begreifen, daß die Stunde nahe war, in der sie Jens verlieren würde — für immer auf dieser Welt, denn zwischen Stalingrad und Deutschland war die Entfernung so weit wie zwischen zwei Sternen . . . Unendlichkeit, die keine Sehnsucht, keine Liebe, kein Wille bezwingen konnte . . .

Sie hörte, wie Jens die Visiten machte, wie sein Schritt von Zimmer zu Zimmer ging, und sie wartete darauf, daß er die Klinke ihres Zimmers niederdrücken und eintreten würde. Aber sein Schritt ging vorbei . . . sie hatte sich aufgerichtet, als er sich näherte . . . er ging vorbei . . . die Tür des Nebenzimmers klappte . . . er ging vorbei! Sie schrie auf und wühlte sich in die Kissen. Ich überlebe es nicht, schluchzte sie. Ich kann es nicht mehr ertragen! Es ist zuviel! Es ist zuviel! Es erwürgt mich, dieses Leben, es tötet mich ...

An diesem Abend schrieb Dr. Fritz Böhler eine seiner monatlichen Kriegsgefangenenkarten. Er schrieb sie an seine Frau und sein Kind. Er schrieb, daß man im Frühjahr viele deutsche Gefangene entlassen werde und daß er auch unter ihnen war. »War«, schrieb er und schilderte, wie es kam, daß er wieder gestrichen wurde. »Arzt sein«, schrieb er, »heißt Vorbild sein« und »es gibt Höheres als das eigene Ich: die Pflicht, Mensch zu sein.« Er beschrieb die kurze Karte mit engen Zeilen und winzigen Buchstaben, er schob sie fast ineinander, um Platz genug zu haben für seine Rechtfertigung. Und als er die Karte am Ende überlas, sah er, daß es doch nur Worte waren.

Er zerriß die Karte und warf sie fort. Schweigen, dachte er. Wenn die Transporte kommen, wird sie hoffen, und wenn sie die Namen hört, wird sie weiter warten. Warum ihr das Herz schwermachen? Und es würden wieder Transporte kommen, verteilt über Monate oder Jahre, und einmal würde auch er dabeisein. Dann hatte er das ganze weitere Leben lang Zeit genug, sich bei ihr zu verantworten, dann würde er sie um Verzeihung bitten — und daran glauben, daß sie es versteht.

Er sah hinüber auf den Tisch. Dort standen die Karteikarten mit den Namen und Krankengeschichten der Lazarettinsassen. Blatt an Blatt — sie mußten ihm die Heimat ersetzen, die Wehrlosen, die Jammernden und Hilfesuchenden ...

Zwei Tage später setzten die Verhöre ein.

Die großen Zimmer der Kommandanturbaracke waren ausgeräumt worden. Major Worotilow wurde aus seinem Zimmer verdrängt und quartierte sich vorübergehend bei Dr. Kresin ein, der brummend die Vorbereitungen ansah und mit den Kommissaren kaum ein paar Worte wechselte.

Der Erdbunker außerhalb des Lagers, in dem jahrelang die Kartoffelvorräte lagerten und der sogar beheizbar war, damit Kapusta und Kartoffeln nicht erfroren, wurde ausgekehrt und abgeschlossen. Worotilow sah es mit gerunzelter Stirn und meinte zu Dr. Kresin: »Es sieht aus wie ein Kriegsgericht, Genosse. Man säubert sogar die Bunker für eine Dunkelhaft ...«

Der Schneesturm war plötzlich sonnigem Wetter gewichen — eine kalte, fast weiße Sonne, die aus den Schneefeldern glitzernde Diamantenhügel machte, aber sie verbesserte die Laune der Plennis zusehends.

Eines Tages beim Morgenappell wurden die ersten Namen bekanntgegeben, 125 Mann, die Markow von einer langen Liste vorlas, und dann schrie er die Männer an, rechts herauszutreten.

Peter Fischer war unter ihnen. Karl Georg und Emil Pelz, der Sanitäter. Als letzten Namen las Markow den von Dr. Schultheiß vor. Dr. Jens Schultheiß.

Janina, die am Fenster der Lazarettbaracke stand, wandte sich ab und zog die Gardinen vor.

Am Eingang der Kommandantur stand einer der Kommissare. Er sah hinüber und schrie etwas über den Zaun.

Leutnant Markow nickte, ergriff die Liste und steckte sie ein. »Die auf Liste, marsch!« kommandierte er. Er setzte sich an die Spitze des elenden Haufens und marschierte mit ihnen durch das große Tor zur Kommandantur.

Dort wurden die 124 Plennis aufgestellt. Einer aus dem Haufen rannte zum Lazarett, um Dr. Schultheiß zu holen, der seine Morgenvisite machte. Worotilow gab den zweiten Teil der Listen an den Leiter der MWD-Kommission weiter. Inmitten der langen Kolonnen war ein Name dick durchgestrichen.

Der Name Dr. Fritz Böhler.

Gab es wirklich in kürzester Zeit Entlassungen nach Deutschland — der Stabsarzt Dr. Böhler war nicht unter denen, die im Viehwagen wochenlang durch Rußland und Polen zur deutschen Grenze rollten.

Hinter dem großen Tisch, der die ganze Längswand des Zimmers ausfüllte, nahmen der Major des MWD, drei Kommissare und die Dolmetscherin Platz. Jakob Aaron Utschomi drückte sich in einer Ecke herum und hatte die undankbare Aufgabe, die Übersetzungen der Wechselrede noch einmal zu überprüfen und Protokoll zu führen. Major Worotilow fungierte nur als Zuschauer. Er saß abseits an der Schmalwand des Zimmers mit Dr. Kresin und der Kasalinsskaja. Leutnant Markow regelte mit stimmgewaltigen Flüchen das Einschleusen der Plennis in den Saal und den Abtransport der als schwarz befundenen Schafe. Dazu standen vor der Baracke dreißig schwerbewaffnete Rotarmisten mit Maschinenpistolen und Dolchen, Männer aus der Tungusen-Steppe.

Die Verhöre gingen schneller, als man erwartet hatte. Keine fünf Minuten, und aus der Baracke stolperten die ersten Abgefertigten. Sie wurden zur Seite geführt, ohne jede Möglichkeit, die noch Wartenden darüber zu verständigen, was im Innern der Baracke vor sich ging. Manche kamen auch nicht wieder — sie warteten in einem kleinen Zimmer und wurden dann schubweise in den Erdbunker geführt. Man sah es jenseits des Drahtes mit Zähneknirschen und Empörung. Roh stießen die Tungusen die Männer in den Kartoffelbunker hinab und schlossen dann die Tür.

Von einem Verhör im Sinne eines geltenden Kriegsgerichts konnte eigentlich keine Rede sein. Während die drei MWD-Offiziere schweigend an dem langen Tisch saßen und in die aufgeschlagenen Aktenstücke sahen, führte die hübsche Dolmetscherin allein die Verhandlung. Sie las nur vor, was man ihr zuschob, und sie erwartete die Antworten der Verhörten, um dann nach einem Blick auf den schweigsamen Major das Urteil ungerührt bekanntzugeben.

Ein junger Unteroffizier stand vor dem Tisch. Er war bleich, ausgehungert. Seine schwieligen Hände ließen darauf schließen, daß er schwere Arbeit im Lager verrichtete. Abwartend stand er vor der Dolmetscherin und starrte auf ihre langen, schwarzen Locken, die ihr über Schultern und Uniform fielen.

»Sie habben gehabt bei Ihrer Kompanie die Geräte?« fragte die Dolmetscherin.

»Ja.«

»Auch beim Vormarsch nach Rußland?«

»Ja. Ich war W. u. G. Das gibt es bei jeder Truppe.«

Die Dolmetscherin nickte und nahm ein Blatt aus der Mappe.

»Sie werden hiermit zum Tode verurteilt«, sagte sie gleichgültig. »Begründung: durch die Pflege der Waffen und Geräte haben Sie maßgeblich dazu beigetragen, daß Ihre Truppe in Rußland Menschen töten konnte. Sie sind deshalb des Mordes schuldig. Einzig und allein durch eine Pflege der Waffen war Ihrer Truppe der Vormarsch möglich. In Verfolg einer Gnadenaktion werden Sie vom Tode zu lebenslänglicher Zwangsarbeit begnadigt. Abführen . . .«

Schwankend wurde der junge Unteroffizier in den Nebenraum geschoben. Markow grinste. Er schob einen anderen Plenni ins Zimmer, einen Oberfeldwebel, groß, breit, ein Bayer. Bauer und Milchviehzüchter.

Die Dolmetscherin nahm wieder ein Blatt aus den Akten. »Sie Transportleiter? Was versteht man darunter?«

»Ich hatte für den Nachschub zu sorgen«, sagte der dicke Bayer laut.

»Sie sind hiermit zum Tode verurteilt, weil Sie es durch Ihren Nachschub ermöglichten, daß die Deutschen alle Mittel in die Hand bekamen, Rußland zu zerstören.« Die Dolmetscherin las es vor, als sei es ein beliebiger Zeitungsartikel. »Sie werden zu 25 Jahren Zwangsarbeit begnadigt. Der nächste!«

Dr. Kresin stieß Worotilow an, der stumm vor sich hin auf die Dielen starrte.

»Wir müssen die Uniform ablegen«, sagte er leise. »Wir haben es durch menschliche Maßnahmen ermöglicht, daß die deutschen Gefangenen noch leben. Das ist Sabotage am russischen Vergeltungswillen. Ich verurteile Sie, Worotilow, zu lebenslänglich Sibirien!«

»Seien Sie still«, sagte Worotilow gequält. »Ich schäme mich . . .«

Die Mehrzahl der 125 Plennis aber ließ man laufen. Es waren Landser, arme Schweine, die nur ihre Pflicht taten, die im Dreck lagen, weil man es ihnen befahl, und die in Gefangenschaft kamen wie eine Herde Lämmer, die dem Leitbock nachtrottete. Sie wurden kaum verhört — sie erhielten eine Nummer in der Liste, wurden nach draußen geführt und abgesondert. Nur die Soldaten, die irgendeine Funktion in der Truppe bekleideten — ob es Furier war, Kleiderbulle, Koch, Melder, Ausbilder, Schreiber, Rechnungsführer, Spieß oder Funker —, wurden mit dem stereotypen Satz verurteilt: Sie haben dazu beigetragen, daß Ihre Truppe die Möglichkeit hatte, in Rußland einzufallen und zu morden. Zum Tode. Begnadigt zu lebenslänglich oder fünfundzwanzig Jahren!

Am Mittag waren die 125 durchgeschleust. Dr. Jens Schultheiß hatte Glück — man sagte ihm nicht, daß er als Arzt die Leute wieder gesund gemacht und dadurch immer wieder neue Soldaten gegen Rußland in den Kampf geschickt habe. Man würdigte in ihm den Stand des Arztes, der auch in Rußland sehr geehrt wird. Man musterte ihn schweigend, die Dolmetscherin lächelte, dann bekam er eine Nummer und durfte gehen.

Nummer 4592/II.

Die Verhöre dauerten zwei Wochen. Vormittags und nachmittags wurden die Plennis durch die Kommandanturbaracke geschleust. Der Kartoffelbunker füllte sich — 67 Verdammte, die man zum Tode verurteilte und dann zu lebenslänglicher oder fünfundzwanzigjähriger Zwangsarbeit begnadigte.

Sie blieben nur eine Nacht in ihrem dumpfen Gefängnis. Am nächsten Morgen wurden sie in eine Baracke transportiert, die etwas abseits lag und um die man einen besonders hohen Stachelzaun gezogen hatte. Tag und Nacht ging eine schwerbewaffnete Patrouille um den Zaun herum. Verpflegt wurden sie vom Hauptlager — man brachte das Essen in Kübeln zu ihnen an den Zaun, wo die Russen selbst die Suppe und das Brot verteilten.

Unter den Entlassenen war auch Dr. von Sellnow. Man hatte ihn krank gemeldet, momentan in Stalingrad, obwohl keiner wußte, ob er wirklich dort war. Wie Dr. Schultheiß hatte man ihm eine Nummer gegeben und ihn in eine besondere Liste eingetragen. Worotilow hatte für ihn gesprochen — er brauchte nicht einmal verhört zu werden.

»Arbeitsunfähig?« fragte die Dolmetscherin nur.

»Vollkommen! Gehirnoperation!«

»Kommt in Kategorie I. — Der nächste . . .«

Dann — ganz plötzlich — war der Spuk verflogen.

Die MWD-Offiziere fuhren nach Stalingrad zurück. Die Baracke wurde wieder eingeräumt, Worotilow bezog sein Zimmer — nur die abgesperrte Strafbaracke bewies, daß die beiden Wochen kein bloßer Traum gewesen waren. Die Kasalinsskaja war die einzige, die die Strafbaracke betreten durfte und dort die Kranken untersuchte. Sie tat es gewissenhaft, mild, und — entgegen ihrer früheren Art — höflich. Noch wußte sie nicht, daß Sellnow auf der Entlassungsliste stand und es keine Macht mehr gab, die ihn in Rußland zurückhalten konnte. Moskau befahl — und was gibt es in Rußland Höheres als einen Befehl aus Moskau? Sie lebte noch immer in dem Glauben, daß Werner von Sellnow transportunfähig und eine Entlassung deshalb völlig ausgeschlossen sei.

Was mit den Leuten in der Strafbaracke geschehen sollte, wußte Worotilow nicht. Der MWD-Major hatte die Schultern gezuckt, als er ihn danach fragte. »Es kommen noch Befehle«, sagte er ausweichend. »Vielleicht kommen sie zu einer anderen Lagergruppe, vielleicht nach Swerdlowsk oder zum Eismeer. Ich weiß es nicht. Lassen Sie die Kerls erst mal in der Baracke, und pflegen Sie sie gut! Wir brauchen sie ja noch . . .«

So wurde es wieder still im Lager.

Die Tage rannen dahin. Arbeit in den Außenlagern, Lagerdienst — und nach zwei Tagen Sonne wieder ein Schneesturm, der vom Osten aus der Steppe kam und die Bäume niederbog. Die Pakete waren aufgezehrt, man stand wieder nach Kapustasuppe an und aß das dunkle, glitschige Brot. Michail Pjatjal blies wieder unter Peter Fischers Leitung Trompete, und Bascha ließ sich weiter von den zum Küchendienst Abkommandierten in den

Hintern und in die prallen Brüste kneifen. Seit die Pakete gekommen waren, ging es den Plennis dabei nicht mehr nur um eine Sonderportion — und ein junger, großer Soldat, ein Bauer aus der Rhön, hatte das Glück, Bascha an einem Abend im Keller über einen Haufen Kartoffeln werfen zu können.

»Du altes Schwein«, sagte sie leise. Aber sie hielt still, und der Lange genoß langentbehrte Freuden.

Das Leben ging weiter. Dr. Böhler operierte in einer Nacht eine Gallenblase, assistiert von Dr. Kresin und der Kasalinsskaja. Dr. Schultheiß schlief bei seiner Janina.

Aber im stillen waren sie alle bereit, bereit zum Sprung in die Freiheit oder ins Verderben. Sie warteten ...

Still ... unauffällig ... ergeben in ihr Schicksal ... Sie hatten die Augen überall, die Ohren, alle Sinne ... Sie lauschten in die Nacht und in die Wälder, sie schlichen um die Verpflegungswagen und die Kommandantur. Sie horchten auf den Herzschlag, der durch das Lager ging, auf dieses ängstliche Klopfen so vieler Herzen, die um ihr Schicksal bangten.

Warten! Warten!

Bald wird Frühling sein! Bald wird die Sonne scheinen, die warme Sonne. Der Schnee wird schmelzen, die Flüsse auftauen, die Bäume wieder grün werden. Zunächst wird alles ein großer Sumpf sein, in dem Menschen und Tiere steckenbleiben und versinken — und dann wird die Sonne brennen, die Straßen werden trocken und fest sein, die Wälder und die Felder, die Steppen und Wiesen werden blühen ... Frühling!

Die Arbeiter der Kolchosen werden hinausfahren auf die Felder. Die Mädchen ziehen singend mit den Geräten über die Wege ... Arbeitskommandos vor! 10 — 20 — 30 — 100 — 1000 Plennis ab zu den Feldern! Pflügen! Säen! Eggen! Pflanzen! Die Erde bricht auf ... der ungeheure fruchtbare Schoß bietet sich dar! Lastwagen werden kommen mit Saatgut ... Raupenschlepper rattern über die Felder, Traktoren pflügen die schwarze Erde um ... aus der Steppe werden die Reiter kommen, um einzukaufen in Stalingrad und Saratow ... kleine Reiter auf struppigen Rössern, die Erben Attilas und Dschingis-Khans. Ihre Filzzelte stehen dann an der Wolga, die Lagerfeuer leuchten. Die Romantik der Wolga steigt in den Himmel, an dem die Sterne glitzern, herrlicher als je.

Der Frühling! Frühling an der Wolga!

Und im Frühling sind die ersten Entlassungen!

Frühling 1950!

Noch schneit es ... aber was sind zwei oder drei oder vier Monate, wenn man so viele Jahre gewartet hat. Ein Hauch ... ein Nichts ... ein Augenblick ...

Und hoffentlich kommen bis dahin noch mehr Pakete ...

Wenn die uns bloß nicht vergessen in der Heimat ...

Im staatlichen Krankenhaus zu Stalingrad standen die Assistenzärzte in Gruppen beisammen und tuschelten. Der Professor saß bleich in seinem Zimmer, sein weißer Bart in dem tatarischen Gesicht zitterte.

Im Nebenraum hörte man einen Mann schreien. Schrill. Grell. Wahnsinnig. Er trommelte mit den Fäusten gegen die Tür, er rannte mit dem Kopf gegen die Wand und brüllte wie ein Tier: Sergej Kislew.

Man hatte soeben seinen Sohn eingeliefert. Heilung unmöglich. Krebs! Der Professor hatte es gesagt, da brach der große, dicke Mann zusammen und benahm sich wie ein Irrer. Er schlug dem Professor ins Gesicht und wollte ihn erwürgen. Nur der schnelle Zugriff des Oberarztes und dreier Assistenten rettete Pawlowitsch das Leben. Nun tobte er in dem kleinen Zimmer und schrie, daß es durch den stillen, großen Bau gellte.

Der Oberarzt lehnte bebend am Fenster und sah auf den im Sessel hokkenden Professor. Eine Mumie, dachte er. Das ist nur noch eine Mumie, die einen berühmten Namen hat. Der Mann lebt ja nicht mehr . . .

»Um Sascha Kislew steht es sehr schlecht«, sagte der Oberarzt. »Wir haben festgestellt, daß vielleicht Verkürzung des Magens noch helfen kann . . .«

Pawlowitsch sah den Oberarzt aus seinen geschlitzten Augen wütend an. »Du bist ein Idiot«, antwortete er. Seine Stimme war schrill vor Zorn. »Das hat der deutsche Arzt schon gemacht! Wir können doch nicht den ganzen Magen herausnehmen! Er stirbt!«

Der Oberarzt sah aus dem Fenster über die gepflegten Rasenflächen des Krankenhausgartens. Auf einem Rollstuhl wurde ein Offizier von einem Pfleger durch den Schnee gefahren, dick vermummt in warme Pelze und Decken. Man konnte erkennen, daß man ihm beide Beine amputiert hatte.

»Ob wir diesen Dr. Böhler nicht doch wieder rufen?« wagte der Oberarzt zu sagen. Pawlowitsch schüttelte den Kopf.

»Nein!« sagte er hart.

»Er hat damals die Operation gemacht. Wir könnten, wenn der junge Kislew stirbt, immer sagen, daß es die Schuld des deutschen Arztes ist! Er hat operiert!« Der Oberarzt lächelte listig. »Er wird sich dagegen nicht wehren können!«

Der Asiate sah seinen Oberarzt lange schweigend und starr an. »Der Gedanke ist gut, Genosse«, sagte er dann leise. »Wir brauchen einen Schuldigen! Genosse Kislew ist im Aufsichtsrat der volkseigenen Schwerindustrie und hat gute Freunde im Kreml. Er ist alter Kommunist! Er hat Einfluß! Wir brauchen einen Schuldigen am Tode seines Sohnes . . .«

Der Oberarzt atmete auf. Er sieht die Falle nicht, dachte er glücklich. Nur so war es möglich, den deutschen Arzt herbeizuholen, zu helfen. Nur durch eine Gemeinheit, er ist ein Tatar, ein gelber Affe! Aber er ist alt und verbraucht . . . er merkt die Schlinge nicht, die ich ihm lege.

Er löste sich vom Fensterbrett und trat in die Mitte des Zimmers.

»Soll ich diesen Dr. Böhler holen lassen?« fragte er.

»Noch nicht.« Pawlowitsch erhob sich ächzend. Er litt in der letzten Zeit an Rheuma. »Was macht Sellnow?«

»Es geht ihm gut. Einige Stunden am Tag ist er bei Besinnung und unterhält sich mit der Schwester. Gestern hat er sogar geflucht, als man ihm das falsche Essen brachte.«

»Was hat man?!« schrie Pawlowitsch. Der Oberarzt erbleichte.

»Man vergaß, daß er diät leben soll. Man brachte Normalkost!«

»Wer?«

»Pfleger von Station III!«

»Entlassen und melden!« schrie Pawlowitsch. »Wegen Sabotage melden!«

»Aber Herr Professor. Ein Versehen ...«

Pawlowitsch fuhr mit beiden Händen durch die Luft. »Ich will es so!« sagte er scharf. »Ein Versehen im Krankenhaus bedeutet den Tod! Ich kannte einen Fall, wo man einem Darmoperierten nach der Operation Grünkohl mit Mettwurst gab! Der Patient starb unter gräßlichen Qualen!« Der Professor schlurfte zur Tür. »Er wird entlassen und gemeldet! Ich will Ordnung in meiner Klinik haben ... Wenigstens Ordnung, wenn alles andere versagt ...«

Der Oberarzt sah ihm nach, als er die Tür öffnete und auf den hellen, weißgestrichenen Gang trat.

Versagen, dachte er. Auch du versagst, du Stalinpreisträger! Du weißt nicht mehr weiter, du ausgetrocknete Spinne, du Giftwurm ohne Blut.

Dann ging er zum Telefon und rief den MWD an. »Ja«, sagte er. »Abholen. Den Pfleger Paul Semjojew, Station III. Sabotage. Sofort abholen! Danke.«

Was ist ein Mensch in Rußland? In diesem Land, in dem selbst die Sonne Mühe hat, es ganz zu bescheinen?! Und wir alle sind ja nur Semjojews, die niemand vermißt ...

In dem kleinen Zimmer 9 am Ende des Ganges — dem Sterbezimmer der Klinik — lag Sascha Kislew apathisch in den Kissen. Eine Schwester und der junge armenische Arzt saßen neben dem Bett und untersuchten den Leib des Patienten. Als Professor Taij Pawlowitsch eintrat, erhoben sie sich und stellten sich in strammer Haltung ans Kopfende des Bettes.

»Hoffnungslos«, sagte der junge Arzt ernst. »Der Magen ist durchgebrochen, und sein Inhalt ergießt sich in die Bauchhöhle. Er wird in kürzester Zeit innerlich verblutet sein.«

Pawlowitsch sah den Oberarzt an. Zu spät, hieß dieser Blick. Ehe der Deutsche kommt, ist er schon tot — es sei denn, wir geben seinen Tod erst bekannt, wenn der Deutsche da ist! So lange muß er noch leben — auf jeden Fall! Es darf einfach kein Totenschein ausgestellt werden! Wenn Rußland will, daß er lebt, dann lebt er auch als Toter!

»Sofort in das Lager schicken! Ich lasse einen Wagen abfahren, der den Deutschen holt! Und Sie« — Pawlowitsch wandte sich an den jungen Armenier —, »Sie gehen zu Genossen Kislew und sagen ihm, daß der deutsche Arzt, der allein für den Zustand seines Sohnes zuständig ist, sofort geholt wird. Ich habe ihn nicht operiert. Die Schuld trifft allein Dr. Böhler! Sagen Sie ihm das!«

»Ja, Herr Professor.«

Schnell verließ der junge Arzt mit dem Oberarzt das Zimmer. Auf dem Gang blieb er stehen und sah seinen Chef an. »Das ist doch eine große Schweinerei, was der Chef da macht«, sagte er laut. Der Oberarzt winkte ab.

»Nicht denken, mein Junge«, meinte er sachlich. »Wenn Sie ein guter Arzt werden wollen, dann tun Sie grundsätzlich nur das, was man Ihnen sagt. Darin unterscheiden wir uns von den Ärzten der anderen Staaten, die viel rückständiger sind!« Beißender Hohn lag in seiner Stimme, als er dem Armenier auf die Schulter klopfte. »Tun Sie, was der Chef Ihnen sagte! Mit moralischen Bedenken werden Sie hier keine Karriere machen . . .« Sein Schritt verlor sich in den weiten Gängen der Klinik. Der Armenier blickte ihm nach. Sein Gesicht brannte vor Scham. Aber er ging . . . Es war zu gefährlich, nicht zu gehen.

Sascha Kislew starb sechs Stunden, ehe Dr. Böhler mit dem Sonderwagen Pawlowitschs in Stalingrad eintraf. Der Professor hatte den Tod noch beschleunigt, indem er ihm eine Injektion mit Morphium gab, die das geschwächte Herz nicht mehr ertrug. So starb der junge Mensch nicht an Krebs, sondern an einem Herzkollaps, ausgelöst durch Morphiumspasmen.

Es war ein Fehler von Professor Pawlowitsch, den er in dem Augenblick einsah, als Sascha starb. Er raufte sich die Haare, er schlug mit der Faust auf das Bett, in dem der junge Mann spitz und gelb lag. Da er allein im Zimmer war, vernichtete er die Ampulle, warf die Spritze weg, deckte den Toten auf und knetete den Leib, in der Hoffnung, durch dieses Massieren die innere Blutung und den Mageninhalt der Bauchhöhle so zu verteilen, daß bei der Sektion ein Chaos im Leib von Sascha den plötzlichen Tod erklärte. Man konnte dann eine Untersuchung des Herzens ablehnen, indem man sie als sinnlos und zeitvergeudend hinstellte.

Der Oberarzt trat ins Zimmer. Ein Blick auf den jungen Kislew genügte ihm. »Exitus?« fragte er.

»Nein, eine Geburt!« zischte Pawlowitsch giftig. »Er darf noch nicht tot sein. Verbreiten Sie in der Klinik, ich habe bei dem Kranken einen labilen Zustand erreicht, der vielleicht eine neue Operation möglich macht!«

»Aber das geht doch nicht.« Der Oberarzt stotterte. »Wir können doch jetzt den deutschen Arzt nicht mehr . . .«

»Hinaus!« schrie der Professor. Sein asiatisches Gesicht war verzerrt. Er sah jetzt wirklich aus wie ein alter, wütender Affe. Seine Haut war braunrot, in dem breiten Gesicht standen schräg, eng wie Schlitze, die Augen.

Erschüttert wandte sich der Oberarzt ab und verließ das Zimmer. Draußen vor der Tür, auf dem Gang, lehnte er sich gegen die weiße Wand und schloß die Augen. »Heilige Mutter von Kasan«, sagte er leise. »Verzeih mir . . . ich muß es tun . . .«

Schweigend ging er zur Arztmesse und erzählte stockend, daß der Professor vielleicht den jungen Kislew retten könne.

Als Dr. Böhler in Begleitung von Martha Kreutz im Krankenhaus erschien, war Pawlowitsch ruhig und freundlich wie immer. Nur Martha Kreutz sah er mit Mißfallen an. Er hatte sie nicht angefordert. Der Oberarzt verstand seinen Blick und führte Martha Kreutz hinaus.

»Kommen Sie, Schwester«, sagte er herzlich, obwohl es ihn im Halse würgte. »Davon verstehen wir nichts, das ist allein das Recht der großen

Wissenschaft. Während Dr. Böhler den Kranken untersucht, trinken wir einen kleinen Wodka.«

Ahnungslos, erfreut und überrascht über die unerwartete kollegiale Herzlichkeit, folgte Martha Kreutz dem russischen Oberarzt.

»Wie geht es dem Kranken?« fragte Dr. Böhler den Professor. Er gab seinen Lammpelz einem Heilgehilfen und nahm aus der Hand der Stationsschwester einen weißen Mantel entgegen. Er zog ihn über seine alte Plenniuniform und knöpfte ihn zu. »Starke Spasmen?«

»Ab und zu.« Pawlowitsch sah an die Decke. »Sehr ernst.«

»Wann wurde er eingeliefert?«

»Heute morgen.«

»Warum nicht früher?« Dr. Böhler verhielt den Schritt. Fast tadelnd sah er den Professor an. »Sie hatten doch Kenntnis von dem Zustand des Patienten. Haben Sie ihn denn nicht nach der Entlassung aus der Klinik beobachten lassen? Hielt er vollkommene Diät?«

Taij Pawlowitsch sah den Deutschen von der Seite an. Warte, du deutsches Schwein, dachte er wütend, gleich bist du klein wie ein Wurm, den ich mit Ekel zertreten werde. Ein Stalinpreisträger für Chirurgie läßt sich nicht von einem deutschen Plenni zeigen, wie man einen Magenkrebs operiert! Und wenn, dann geht es schief. Dann muß es schiefgehen! Wir sind die Herren der Welt! Wir dulden keinen Höheren über uns! Nicht einmal Gott! Auch Gott schaffen wir ab, den alten Vater mit dem weißen Bart. Er ist klapprig geworden, dieser Gott. Er hat eine Arteriosklerose und wird kindisch. Wir sind die Herren der Erde! Wir Russen! Wir Asiaten!

Taij Pawlowitsch lächelte. »Wir haben alles getan — vielleicht war Ihre Resektion zu grob.«

Dr. Böhlers Kopf flog herum. Plötzlich, wie ein Blitz, schlug es bei ihm ein. Er sah, wohin man ihn gelockt hatte, er erkannte die ungeheure Gefahr, in die er gestolpert war. Aber dieses plötzliche Wissen erschreckte ihn nicht — es machte ihn ebenso schnell kalt und berechnend, so kalt wie Pawlowitsch es war, der große, starke, unheimliche Gegner mit dem Gesicht eines mumifizierten Affen.

»Wo ist der Patient?«

»In Zimmer 9. Sie sehen ihn gleich. Ich lasse Sie sogar allein mit ihm.« Pawlowitsch lächelte hinterhältig. »Sie haben alle ärztlichen und chirurgischen Freiheiten ...«

Dr. Böhler blieb stehen, obwohl Professor Pawlowitsch sich zum Gehen wandte. Ein wenig verblüfft drehte sich der Professor um. »Kommen Sie!«

»Ich möchte erst den genauen Krankheitsbericht sehen, bevor ich dem Patienten gegenübertrete. Sie haben doch genaue klinische Unterlagen, Herr Professor ...«

Pawlowitsch nickte. »Selbstverständlich. Der Kranke befand sich ja unter ständiger Kontrolle. Die Papiere sind im Zimmer meines Oberarztes.« Er lächelte höflich. »Ich schicke gleich eine Schwester zu ihm. Bis dahin können Sie den Patienten schon untersucht haben ...«

Er blieb vor einer weißlackierten Tür stehen. Über dem Rahmen leuchtete, auf Glas gemalt, eine große Neun. Es war das letzte Zimmer des Ganges. Dr. Böhler bemerkte es und biß sich auf die Lippen. Pawlowitsch legte die abgezehrte Hand auf die Klinike. Sie zitterte nicht — er drückte die Klinke nieder.

»Er wird schlafen«, sagte er leise. Seine Heuchelei erschütterte Dr. Böhler. Auch er ist ein Arzt, dachte er erschrocken. Auch er will Helfer sein, Freund der Menschen. Er sah auf den Spalt der Tür und wußte, was ihn in diesem Raum erwartete.

Professor Pawlowitsch hatte es plötzlich eilig. Er zog sich von Zimmer 9 zurück und nickte ein paarmal mit dem greisen Kopf.

»Ich gehe selbst die Krankengeschichte holen, Herr Kollege«, sagte er höflich. »Bis dahin haben Sie wahrscheinlich eine sichere Diagnose gestellt.«

Auf seinen dünnen, kurzen Beinen rannte er den Gang entlang und ließ Dr. Böhler an der geöffneten Tür zurück. Einen Augenblick zögerte dieser, die Tür ganz aufzustoßen, dann überwand er sich und trat mit entschlossenen Schritten in den langen schmalen Raum.

In dieser Stunde geschah es, daß Dr. Kresin, laut rufend, durch das Lazarett lief und die Kasalinsskaja aus dem Bett jagte, wo sie ihren Mittagsschlaf hielt. Auch Major Worotilow rannte über den verschneiten Appellplatz und stürmte in die Krankenbaracke.

Im Zimmer Janina Saljas standen die beiden Schwestern Erna Bordner und Ingeborg Waiden am Bett des Mädchens und bemühten sich um sie mit einem Sauerstoffapparat. Dr. Schultheiß machte alles bereit für eine Magenspülung, während Dr. Kresin eine Spritze mit Traubenzucker und Strophanthin aufzog.

»Wie ist das nur möglich?!« schrie er immer wieder. »Janina ... Täubchen ... was machst du für Dummheiten ...«

Er streichelte ihre blassen Wangen und hob die Lider von den eingesunkenen Augen. »Sie ist ja schon tot!« schrie er auf. Dr. Schultheiß fuhr herum und ließ den Magenschlauch fallen. Er stürzte an das Bett und setzte mit zitternden Fingern das Stethoskop an.

»Das Herz schlägt noch ... ganz schwach ... Geben Sie sofort die Injektion ...«

Dr. Kresin spritzte intravenös das Strophanthin. Der kleine, schmale Körper Janinas bäumte sich auf ... Die Brust begann sich zu heben ... Das Herz schlug hörbar gegen die Brustwand. Major Worotilow saß starr und gelbweiß in der Ecke am Fenster und stierte in das blasse Gesicht des Mädchens.

»Was ist denn?« fragte er immer wieder. »Was ist denn? Was hat sie denn getan?«

»Vergiftet!« Dr. Kresin ließ sich auf die Bettkante fallen. »Zwanzig Schlaftabletten! Das hält sie nicht aus! Und sie war sowieso so schwach!« Er schlug Dr. Schultheiß den Magenschlauch aus der Hand, als er sich über Janina beugen wollte. »Quälen Sie doch mein Täubchen nicht noch!« brüllte er. »Gehen Sie weg mit dem dummen Schlauch! Als ob sie damit zu retten wäre . . .«

»Auspumpen ist das einzige Mittel!« Dr. Schultheiß warf verzweifelt beide Hände vor das Gesicht. »Wenn man bloß wüßte, wann sie die Tabletten genommen hat!«

»Schon vor Stunden!« Ingeborg Waiden begann zu schluchzen. »Wenn ich nicht zufällig ins Zimmer gesehen hätte, würde es keiner gemerkt haben. Sie war ja immer so still . . . so bescheiden . . .«

Major Worotilow sprang auf. Er rannte hin und her. Sein mächtiger Körper war nach vorn gebeugt. »Aber warum? Warum?« murmelte er immer wieder.

Man sah auf den Boden und schwieg. Jeder wußte es . . . aber keiner wagte es auszusprechen. Kresin hatte den Weinkrampf miterlebt, als Janina erfuhr, daß Dr. Schultheiß auf der Entlassungsliste stand. Er hatte sie eine ganze Nacht lang getröstet und ihr zugesprochen, er hatte ihr das Leben an der Wolga geschildert, das weiterging, auch wenn der deutsche Arzt mit den blonden Haaren nicht mehr bei ihnen war, er hatte von der Steppe erzählt, von den Wäldern und den weißen Häusern am Sandstrand der Krim. Und Janina hatte stumm zugehört und geweint. Er hatte sie verlassen in der Hoffnung, in ihr den Mut zum Leben erhalten zu haben.

Und nun dies!

»Wenn Dr. Böhler doch hier wäre . . .«, sagte Worotilow leise.

»Er kann auch nicht helfen!« Die Kasalinsskaja fühlte den Puls. »Kaum noch tastbar. Sie schläft ein . . . ganz sanft . . . so sanft, wie ihr Leben war . . .«

Worotilow drehte sich zum Fenster um. Seine Schultern zuckten. Dr. Schultheiß setzte sich an das Bett und nahm die weißen, schlaffen Hände Janinas. Er streichelte sie . . . die Finger entlang, über die kleinen, blauen Adern, die durch die fahle Haut schimmerten, zum Gelenk hin und wieder zurück. Er war schuldig an diesem Sterben. Er wußte, daß der Tod Janinas immer auf seiner Seele liegen würde.

Dr. Kresin saß auf einem Stuhl am Fußende des Bettes und beobachtete das Gesicht des Mädchens. Die Kasalinsskaja stand am Kopfende und ging in Gedanken alle Medikamente durch, die sie gegen Schlafmittelvergiftung kannte. Es war nur eine kurze Liste, denn der Tod kommt in Rußland in anderer Gestalt als in der von zwanzig kleinen, weißen Pillen. Und man lehrt nur das in Rußland, was man braucht. Schlafmittel sind ein Privileg der dekadenten westlichen Welt, aber nicht des blutfrischen, erst erwachenden Rußland.

Der Puls wurde schwächer. Tiefe Ringe zeigten sich unter den Augen. Der Körper verfiel in rasender Eile. Worotilow stand noch immer mit dem Rücken zum Bett und schluchzte. Dr. Kresins Hand glitt tastend über die Bettdecke.

»Janinaschka«, flüsterte er. »Verlaß uns doch nicht. Mein silbernes Täubchen . . . warum willst du die Wolga nicht mehr sehen . . . Bleib doch, bleib doch, Muscha ...« Er sah wie ein russischer Bauer aus, grobschlächtig, bärenstark, kindlich im Gemüt und mit Tränen im Bart.

Eine Stunde später starb Janina Salja. Still schlief sie hinüber in eine reinere Welt, das Herz setzte einfach aus, als habe man an einem Schalter gedreht, der das Lebenslicht löscht. Sie zitterte noch einmal mit den Lidern, dann seufzte sie leise ... kaum vernehmbar ... dann lag sie still und weiß in den Kissen. Ihre Züge verloren die innere Verkrampfung ... schön wie nie im Leben war sie im Tod ... die verklärte himmlische Schönheit des erlösten Leibes ...

Dr. Kresin faltete die Hände und betete leise. Auch die beiden deutschen Schwestern und Dr. Schultheiß beteten. Major Worotilow verließ das Zimmer ... man sah ihn über den Platz zur Kommandantur gehen, langsam, schleppend, als trüge er eine Zentnerlast ... er hielt den Kopf gesenkt und beachtete nicht die Wachtposten, die ihn grüßten, und Leutnant Markow, der auf ihn zutrat und ihm eine Meldung machte. Er ließ den Erstaunten einfach stehen und ging langsam weiter wie ein Nachtwandler ...

Die Kasalinsskaja deckte Janina bis zum Hals zu und schob mit der Hand die ein wenig geöffneten Lider ganz herab. Von einem Blumentopf riß sie einige Blüten ab — es war eine kleine, armselige Primel, die in Sellnows Zimmer gestanden hatte — und steckte die Blüten zwischen die Finger des Mädchens.

Dr. Kresin sah sich wie erwachend im Zimmer um.

»Ich lasse mich versetzen«, sagte er dumpf. »Ich kann hier nicht mehr bleiben. Ich will kein Gefangenenlager mehr sehen! Keinen Plenni, keinen Zaun, keinen Soldaten — und keinen deutschen Arzt mehr! Ich gehe nach Süden, an das Schwarze Meer ... Ich will auch die Wolga nicht mehr sehen ... nie, nie mehr!«

Er erhob sich schwerfällig und zog Dr. Schultheiß mit sich empor.

»Du bist der einzige Mensch gewesen, Jens«, sagte er langsam, während ihm die Tränen aus den Augen rannen und über seine dicken Backen rollten, »den Janinaschka wirklich geliebt hat. Mit dieser Liebe ist sie gestorben ... verdammt sollst du sein, wenn du mein Täubchen jemals vergessen würdest ...«

»Ich werde sie nie vergessen, Dr. Kresin.« Jens schüttelte müde den Kopf. »Ich habe sie sehr geliebt.«

Dr. Kresin legte ihm die Hand auf die Schulter. »Wäre ich kein Russe, ginge ich mit dir nach Deutschland. Aber ich bin ein Russe ... und ich muß bei Mütterchen leben, denn was würde aus ihr, wenn wir sie alle verließen? Wirst du mir schreiben aus Deutschland?«

»Ja, Dr. Kresin.«

Die Kasalinsskaja räusperte sich. »Sie war eine Bolschewikin«, sagte sie leise. »Aber sie war immer gläubig. Sollen wir nicht den Pfarrer holen, Genossen, damit er sie segnet?«

Und Dr. Kresin nickte.

Professor Taij Pawlowitsch stand zitternd vor Dr. Böhler. Der Oberarzt, der junge Armenier, vier andere Ärzte und sieben Schwestern füllten das enge Zimmer. In dem Bett lag bleich und starr Sascha Kislew.

»Sie haben ihn getötet!« schrie der kleine Asiate in gut gespielter Erregung. »Sie haben einen Genossen gemordet!«

Dr. Böhler sah den Professor ruhig an. Er wandte sich zu dem Toten um, und ein Blick des Mitleids glitt über die langgestreckte Gestalt.

»Er ist bereits seit sieben Stunden tot«, sagte er mit fester Stimme. »Das wissen Sie genau.«

»Ich habe ihn vor einer Viertelstunde lebend verlassen!« schrie Taij Pawlowitsch. »Der Oberarzt war Zeuge! Lebte er noch, Genosse Ijanew?«

Der Oberarzt würgte. Er sah an Dr. Böhler vorbei und nickte. »Ja«, sagte er leise.

»Na also!« Hohn schwang in der Stimme des Asiaten. »Geben Sie nun zu, daß Sie den Genossen Kislew getötet haben?! Daß schon Ihre Operation mit der Radikalverkürzung des Magens völlig falsch war?! Gestehen Sie es doch, Sie Stümper! Sie flügellahmer Arzt von Stalingrad!« Taij Pawlowitsch sonnte sich in seinem Triumph. Er schrie, daß man es auf dem Gang hörte, und Dr. Böhler war erstaunt, mit welcher Kraft die Stimme aus dem vertrockneten Körper quoll. »Ich werde Sie wegen Mordes anzeigen. Sie haben dem Mann soeben eine Injektion gegeben!«

»Ich habe ihn kaum angerührt! Ich habe nur an den Flecken der Haut festgestellt, daß der Tod schon vor Stunden eingetreten ist.« Dr. Böhler sah die anderen Ärzte an. »Sie wissen, meine Herren, aus der Anatomie und der Zellpathologie, daß man nicht allein aus dem Mageninhalt, sondern auch an den Leichenflecken und den Veränderungen der Innenzellen feststellen kann, ob ein Mensch im Augenblick oder schon vor Stunden gestorben ist. Ich werde deshalb den Toten sezieren . . .«

»Nichts werden Sie!« schrie der Professor. »Ich verbiete es Ihnen! Der gesunde Verstand sagt ja, daß der Kranke vor einer Viertelstunde noch lebte! Ich habe Zeugen! Ich dulde nicht, daß ein deutsches Schwein an einem Genossen herumschneidet! Eine dreckige Nazisau!«

Dr. Böhler sah ein wenig hilflos von Arzt zu Arzt. Wo sein Blick hinwanderte, senkten sich die Köpfe. Er begriff. Er stand einer Macht gegenüber, bei der es nicht um Recht ging, sondern um das autoritäre Wort eines einzelnen. Um die Ansicht des Professors Taij Pawlowitsch, des Stalinpreisträgers für Medizin. Selbst der Armenier senkte den Kopf, als Dr. Böhler ihn ansah. Unter seiner naturbraunen Hautfarbe ließ die Blässe sein Gesicht fahl erscheinen.

»Der Patient ist durch eine Überdosis Morphium gestorben«, sagte Böhler bestimmt. »Ich kann Ihnen die Einstichstelle zeigen!« Er wollte sich dem Toten zuwenden, aber Pawlowitsch trat ihm in den Weg. Seine geschlitzten Augen leuchteten voll Haß.

»Sie rühren den Genossen Kislew nicht mehr an!« schrie er wild. »Ich dulde keine Berührung eines Russen durch einen deutschen Hund mehr! Ich werde Sie sofort verhaften lassen! Sie Mörder!«

In diesem Augenblick geschah etwas, was Dr. Böhler Sekunden später heftig bereute und was ihn trotz aller Ungeheuerlichkeit der Situation in seiner Ehre als Arzt verletzte. Er sah den Professor kurz an, blickte in dieses gelbe, verschrumpfte Gesicht, in die geschlitzten Augen, auf den bösen, welken Mund — und dann holte er aus und schlug Taij Pawlowitsch mitten in die asiatische Fratze hinein. Wie von einem Katapult geschossen, flog der Greis in eine Ecke des Zimmers und brach dort zusammen.

Keiner der Ärzte rührte sich. Keiner sprang hinzu und hob den ohnmächtigen Professor auf. Wie eine Wand standen sie, und ihre Augen leuchteten.

Das war es, was Dr. Böhler wieder zur Besinnung brachte, was ihn tief erschütterte und beschämte. Er hatte einen Kollegen geschlagen, und dort standen die anderen Ärzte und ließen ihren Chef in der Ecke liegen. Er trat einen Schritt vor — die Mauer der weißen Mäntel öffnete sich, er ging durch die Gasse zur Tür und verließ das Zimmer 9. Als er die Tür schloß, sah er, wie der Oberarzt den Professor aufrichtete und zu einem Stuhl führte.

Im Treppenhaus der Klinik, in der Nähe der Anmeldeloge, stand er dann und wartete. Martha Kreutz kam die Treppe herab, sie hatte rote Backen. Man hatte ihr in der Arztmesse dickflüssigen Krimwein gegeben, der ihr zu Kopf gestiegen war.

Hinter ihr kam der junge Armenier die Treppe herabgesprungen. Er reichte Dr. Böhler die Hand und schob ihn und die Schwester durch das große Tor ins Freie. Kalte Schneeluft wehte ihnen entgegen. Schnee trieb über den weiten Platz vor der Klinik. Ein Panjeschlitten zog mit knirschenden Kufen über die vereiste Straße. Vor den Stufen des Einganges wartete der Sonderwagen Taij Pawlowitschs.

»Fahren Sie, Kollege«, sagte der Armenier. »Lager ist sicher! Ich werde telefonieren Ihren Major. Nur fahren jetzt, ehe Professor Rache . . .!«

Er rannte zurück in die Eingangshalle, nahm den dicken Lammpelz Dr. Böhlers und legte ihn ihm über die Schultern. Der Chauffeur hatte schon die Tür des Wagens geöffnet. Dr. Böhler stieg ein, Martha Kreutz setzte sich neben den Fahrer. Der junge Armenier warf den Schlag zu.

»Wir alle wissen, der junge Kislew seit sieben Stunden tot!« rief er durch die Scheibe und winkte dem deutschen Arzt zu. »Jetzt fahren gut . . .«

Der schwere Wagen heulte auf, drehte auf dem weiten Platz und jagte durch den stiebenden Schnee auf die Chaussee zur Wolga hin. Dr. Böhler sah durch das hintere Fenster zurück. Der junge Armenier blickte dem Wagen nach und stand allein auf der großen Treppe. Jetzt gesellte sich aus der Halle ein anderer weißer Kittel hinzu, eine große Gestalt: der Oberarzt. Auch er blickte dem Wagen nach.

»Kommen Sie«, sagte er zu dem Assistenten. »Das Schwerste steht uns noch bevor. Der Professor hat sich eingeschlossen. Wir müssen Sergej Kislew endlich die Wahrheit über seinen Sohn sagen.«

»Wir?« Der Armenier wurde fahl.

»Es muß sein! Wir werden auch das überwinden, und einmal muß er es ja doch erfahren. Er wartet seit zehn Stunden in seiner Tobzelle.« Der Oberarzt faßte den Jungen unter. »Gehen wir, Genosse, gehen wir zu Sergej Kislew ...«

Als sie die Zelle aufschlossen, saß Sergej Kislew auf seiner Pritsche und weinte. Was man ihm nicht sagte, hatte er in den Stunden der Einsamkeit begriffen. Willenlos wie ein Kind ließ er sich hinausführen auf den weißen, kahlen Flur, an dessen Ende das schmale Zimmer 9 lag ...

In aller Stille fand die Beerdigung von Janina Salja statt. Keiner aus dem Lager war zugegen. Nicht Dr. Böhler, nicht Dr. Schultheiß, die Tschurilowa oder Dr. Kasalinsskaja. Nicht einmal Major Worotilow konnte die Stärke aufbringen, hinter dem schlichten Holzsarg herzugehen, den der beste Lagertischler aus den Kiefern am Rande der Wolga gezimmert hatte. Vier Rotarmisten trugen ihn, und nur Dr. Kresin stand an der Grube und betete, nachdem er die Träger zu den Wagen zurückgejagt hatte.

Allein stand der große Mann in dem Schneefeld am Waldrand und blickte sich um. Dort war die Wolga. Groß, breit, für die Ewigkeit fließend. Dort waren die Wälder — dunkel, unübersehbar, verfilzt, urwaldartig sich hinziehend über Hunderte von Kilometern, ein Reich der Wölfe und Bären, die des Nachts durch den Schnee irrten und die Stille mit ihren unheimlichen Lauten erfüllten.

Hier lag die Grube, lag Janina Salja, die Tochter der Wolga, das Mädchen mit den weiten Augen, in denen die Unendlichkeit Rußlands schimmerte.

Langsam wandte sich Dr. Kresin um und tappte durch den hohen Schnee zu dem Wagen zurück. Er kroch auf seinen Sitz und blickte durch die Scheiben in die andere Richtung, wolgaabwärts, woher sie gekommen waren.

»Werft es zu!« sagte er laut zu den wartenden Soldaten. »Und macht schnell ... es wird Wind geben, und der Schnee staubt über die Steppe ... Macht schnell, Brüder ...«

Dann vernahm er das Knirschen der Schaufeln und das dumpfe Poltern der steinhart gefrorenen Erdbrocken in der Grube, und er drückte die Hände flach gegen seine Ohren, um es nicht zu hören. Sein Gesicht war vor Schmerz verzerrt. Ihm war, als begrübe man eine Welt, in der er bisher gelebt hatte, und nun stand er einsam da, leer, nackt, ausgestoßen, verdammt, weiterzuleben ...

Und das Leben ging weiter.

Im Lager 5110/47, in Stalingrad, in der Klinik Professor Pawlowitschs, in den Straflagern und bei den Außenkolonnen.

In Stalingrad versuchte Dr. von Sellnow die ersten Schritte am Arm einer Schwester. Pawlowitsch beobachtete von seinem Zimmerfenster aus, wie er, gestützt und in einen Pelz gehüllt, durch die reine Schneeluft im Garten schwankte. Er war zufrieden, der kleine Asiate ... Die Gehirnoperation mit dem Meißel war dem deutschen Arzt gelungen ... Er hatte eigentlich gehofft, daß Sellnow den Eingriff nicht überstehen würde. Sobald er aber erkennen mußte, daß er gegen alle Erwartungen am Leben blieb, hatte er keine Mittel gescheut, er hatte sie aus Moskau mit der Kurierpost kommen lassen ... Drogen, die das Herz stärkten, Streptomycin, das die Entzündungen wegfraß, Hormonpräparate, die den Organismus strafften. Er hatte gesiegt, hatte den Tod in einem zähen Kampf bezwungen ... er hatte seine Niederlage bei dem jungen Kislew ausgelöscht. Er war in der Lage, der russischen medizinischen Welt einen Mann vorzuführen, der eine Krankheit überstanden hatte, die als unheilbar galt, und der durch seine Operation wieder ein gesunder, vollwertiger Mensch geworden war.

Dieser Ehrgeiz war es, der Dr. von Sellnow das Leben rettete und ihm alle Sympathien des Tataren einbrachte. Persönlich kümmerte er sich um die Fortschritte des deutschen Arztes und führte gewissenhaft wie nie die Krankengeschichte des »Gehirntumors«, wie er Sellnow bei seinen Ärzten stolz nannte.

Was weder Pawlowitsch noch Sellnow wußten, war die Entlassungsnummer, die Sellnow vor zwei Monaten bekommen hatte. Eine Nummer, die nun in Moskau beim Zentralkomitee durch die Mühle der schwerfälligen sowjetrussischen Bürokratie lief und einen roten Haken an allerhöchster Stelle erhielt.

Damit war Sellnow endgültig entlassen — noch nicht körperlich, aber listenmäßig. Es bedurfte nur des Befehls aus dem Kreml, und die Transporte rollten gen Westen, die großen Blätter der deutschen Sowjetzone rührten die Trommel der Propaganda, und in Frankfurt an der Oder wurden die Barakken geschrubbt und rote Fahnen zum Empfang bereitgelegt.

Wenn nur der Frühling bald kommt! Wenn nur die Sonne durch das Grau der Wolken bricht und der Schnee schmilzt. Der Dreck, der Schlamm, der berühmte General Schlamm, gehen vorbei — und dann kommen die Wagen und holen uns ab ... drei ... vier ... fünf Lastwagen ... Sie fahren uns weg in die Freiheit ... mich und dich ... und dich ... Drum iß den Kapusta, das glitschige Brot, die Hirsegrütze, die zwanzig Gramm Butter und das Bröckchen Fleisch, das du in der Woche einmal in der Wassersuppe findest. Und die gefrorenen Kartoffeln iß auch, Kamerad ... sie machen stark und dick ... du kommst mit einem Kartoffelbauch nach Hause und Mutter staunt: Mensch, biste dick jeworden! Emil ... det is ja nich möglich! Vielleicht ist es auch Wasser, was dich so aufschwemmt, und du kommst in eine deutsche Klinik, wo man dich aufpäppelt ... alles geht vorbei, Emil ... denn du bist ja zu Hause ... und Mutter wartet und bringt dir immer leckere Sachen ... Dann wirste wieder stark und vergißt die verdammten Jahre, die du in der Steppe verloren hast! Und die Nächte, Mensch, Emil, die Nächte! Eine Frau im Bett!

Mitte März kamen wieder Pakete im Lager an.

782 Pakete!

Die Plennis strahlten. Major Worotilow und Dr. Kresin freuten sich mit. Sie verzichteten auf eine scharfe Kontrolle und gaben die Pakete binnen zwei Tagen aus. Markow und drei andere Offiziere leiteten die Ausgabe und untersuchten die Pakete flüchtig. Auf Peter Fischers Paket lauerte schon Michail Pjatjal.

»Hast bekommen deutsches Arbeiterpudding?« fragte er gierig. Peter Fischer nickte. Sieben Pakete Eiermanns Schnellpudding gingen in den Besitz von Pjatjal über, der mit seiner Errungenschaft glücklich davonrannte und in der Küche seine Schüssel holte.

Wasser... einen Quirl... das Pulver ins Wasser, gerührt... schwupps... der Pudding stand. Pjatjal stöhnte vor Wonne und stand mit glänzenden Kinderaugen davor. Bascha hinter ihm schnalzte mit der Zunge.

»Die Deutschen sind Teufelskerle«, sagte Pjatjal ehrlich. »Bei ihnen hat es der Arbeiter besser als bei Mütterchen Rußland.«

Die 782 Pakete reichten für das ganze Lager drei Wochen. Sie wurden ehrlich verteilt . . . Kameraden, die nichts bekommen hatten, wurden von den anderen bis aufs Gramm ehrlich bedacht . . . im Lazarett liefen Spenden ein . . . Schokolade, Marmelade, weißes Mehl, Büchsenmilch, Zucker, Kekse, Konserven mit Apfelmus und Gemüse. Blöcke von Margarine stapelten sich bei Dr. Böhler, der wie bei der ersten Paketsendung genau Buch führte und die Portionen verteilte.

Major Worotilow wurde eingeladen. Die Lagerbäcker hatten aus den Beständen einige Torten gebacken . . . es gab Neskaffee mit Sahne, die man aus Grieß mit Büchsenmilch geschlagen hatte. Auch Dr. Kresin wurde eingeladen, die Kasalinsskaja, die Tschurilowa, das ganze Lazarettpersonal . . . man feierte den Geburtstag Dr. Schultheiß'.

In den Baracken zog die gute Laune ein. Der Druck der Ungewißheit wich . . . wenn man Pakete durchließ, stimmte es auch mit der Entlassung. Zwar waren die damals Verurteilten aus der abgesonderten Strafbaracke nach unbekannten Zielen verlegt worden, aber die Mehrzahl der Plennis blieb zurück und hielt sich aufrecht durch den Glauben an die Zukunft.

Im Schrank bei Major Worotilow lagen drei Pakete und vier Karten für Dr. von Sellnow. Manchmal stand er davor und schüttelte den Kopf. »Was soll ich mit ihnen tun?« fragte er Dr. Kresin. »Wenn ich nur wüßte, wo er ist! Soll ich sie dem Lazarett geben zur Verteilung?«

»Warten wir noch ein bißchen.« Der russische Arzt kratzte sich das Kinn. »Vielleicht kommt er wieder. Wenn er tot wäre, hätte man uns benachrichtigt . . . es wäre bei den Transportlisten bestimmt herausgekommen. Aber man sagt nichts . . . also lebt er noch! Es besteht eine Hoffnung, ihn wiederzusehen! Es ist auch die Hoffnung, der Kasalinsskaja! Mein Gott, wenn sie wüßte, daß wir ihn nach Hause schicken und daß er verheiratet ist! Lassen Sie die Pakete und Karten bloß liegen, Genosse Major . . .«

Mit dem Ausgeben der Pakete begann auch wieder der rege Tausch mit den Wachmannschaften. Tabak und Büchsen wechselten ihre Besitzer gegen Dinge, die man in den Handwerkerstuben brauchte. Zangen und Hämmer, Meißel und Hobel wurden eingetauscht — plötzlich gab es sogar Stoffe in der Lagerschneiderei, Papier und Leinen bei den Buchbindern, die für die Lagerbibliothek arbeiteten und die handgeschriebenen Bücher, die man auf zerschnittenen Zementsäcken schrieb, einbanden. Leim wurde besorgt, Farben, Pinsel . . . die Maler strichen die Baracken von innen an . . . im Lazarett gab es einen Tagesraum mit Wandgemälden, die der Bühnenbildner der Theatergruppe malte. Neue Noten für das Lagerorchester wurden besorgt... man probte jetzt sogar klassische Musik . . . Tschaikowskij, Borodin, Beethoven, Schubert. Es war, als flute eine Welle des Lebens durch die verschneiten Baracken, als erhebe sich das dumpfe Lager zu neuer Frische und sprenge die Enge der jahrelangen Verdammnis.

Je mehr sich der Winter seinem Ende zuneigte und der Frühling zu ahnen war, um so mehr hob sich die Stimmung im Lager.

Das Orchester veranstaltete einen Operettenabend. Der Lagerchor sang berühmte Jägerchöre. Die Lagerbühne spielte ein Lustspiel — es war von einem Oberlehrer geschrieben und wurde Major Worotilow zur Zensur vorgelegt.

»Es ist ein Stück von Schiller«, sagte der Regisseur.

»Von Schiller? Das ist sehr gut! Genehmigt«, sagte Worotilow. Schiller war unantastbar, Schiller kannte jeder Russe. Was von Schiller war, unterlag keiner Kritik. Es wird behauptet, daß Schiller, wenn er alle die Stücke geschrieben haben sollte, die man in Gefangenenlagern unter seinem Namen aufführte, fünfhundert Jahre gelebt haben müßte, um sein Pensum zu bewältigen.

Als die ersten Sonnenstrahlen leuchteten, fuhr Dr. Kresin zum Grab Janinas hinaus und legte die ersten Blumen nieder, die er in Stalingrad kaufen konnte. Es waren dicke rote Blüten aus der Krim. Sie glänzten im Schnee wie große Blutstropfen.

In der Klinik in Stalingrad ging Sellnow jetzt allein, nur mit Hilfe eines Stockes, im Garten spazieren. Er sonnte sich in den ersten warmen Strahlen, er aß die beste Kost, die es im Krankenhaus gab, er konnte sich innerhalb der Klinik frei bewegen und zeigte sogar wieder medizinisches Interesse, indem er einmal bei einer Operation im OP auftauchte und assistieren half.

Pawlowitsch war stolz auf ihn. Er stellte den deutschen Arzt seinen Studenten vor, er zeigte Röntgenplatten und erläuterte die Operation als sein Werk wie die darauffolgende pflegerische Leistung — nur an den Patienten selbst wagte er sich nicht heran. Er ließ die einfachen Zwirnsfäden im Kopf und riskierte nicht, sie durch echte Seide und Catgut zu ersetzen. Er wagte auch keine Plastik der Schädeldecke und bemerkte mit Mißfallen, wie die eine Schädeldecke etwas einsank und eine Vertiefung bildete. Da dies jedoch keinerlei Wirkung auf die Körper- und Geistesfunktion zeigte, übersah er die Einbuchtung geflissentlich.

Sellnow tastete wohl des öfteren selbst seinen Kopf ab, aber er schwieg und beobachtete sich weiterhin genau. Er wußte, daß eine Plastik notwendig war und sich die Wirkungen erst nach Jahren einstellen konnten, aber er hatte mit seinem Zustand abgeschlossen und bemühte sich, seiner Person keine Wichtigkeit mehr beizumessen.

Er hielt die Augen offen und beobachtete das Leben in der Klinik. Er sprach mit der Schwester und dem Oberarzt, er unterhielt sich lange mit dem Armenier und erfuhr auf diese Weise, daß man Entlassungen plante und das Lager 5110/47 Gefangene nach Hause schickte. Daß er unter den wenigen Auserwählten war, hielt er für ausgeschlossen. Er dachte an das ausgetretene Auge des Kommissar Kuwakino, und seine völlige Rechtlosigkeit in diesem Staate kam ihm wieder voll zum Bewußtsein. Trotzdem wagte er eines Tages, den Armenier zu bitten, ein Schreiben aus der Klinik herauszuschmuggeln und es an die Adresse der Kapitän-Ärztin Dr. Alexandra Kasalinsskaja zu schicken. Der Armenier versprach es, und Sellnow schrieb ein paar Zeilen.

Der Brief kam drei Tage später im Lager 5110/47 an. Ein deutscher Lastwagenfahrer, der Holz ablud, brachte ihn mit. Alexandra Kasalinsskaja lachte und weinte, sie tanzte mit dem Brief durch das Zimmer und fiel Worotilow und Dr. Kresin um den Hals.

»Er lebt! Er lebt! Er ist in Stalingrad! Mein wilder Wolf lebt ...!« Sie warf Worotilow das Schreiben hin und begann hysterisch zu weinen. Dr. Kresin beugte sich über des Majors Schulter und las die Zeilen mit. Dann griff er nach seinem Mantel und stülpte die Pelzmütze auf.

»Ich fahre sofort nach Stalingrad! Ich muß ihn sprechen! Und wenn ich die Kröte von Pawlowitsch an der Wand plattquetsche! Kommen Sie mit, Genosse Major?!«

»Aber selbstverständlich.«

Die Kasalinsskaja hob beide Hände. »Nehmt mich auch mit! Bitte! Ich weiß, er denkt an mich und braucht mich.«

»Du kannst morgen fahren, Alexandra.« Dr. Kresin riß die Tür auf. »Einer muß ja im Lager sein! Wir werden ihn von dir grüßen!«

Er rannte die Treppe hinunter und schrie nach dem Jeep. Worotilow zog sich seinen dicken Lamm-Mantel an. Alexandra klammerte sich an seinen Arm.

»Sag ihm, daß ich ihn liebe«, flüsterte sie. »Daß ich auf ihn warte, daß mein Leben nur einen Sinn hat, wenn er da ist!«

»Ich werde es ihm sagen, Alexandra.« Worotilow dachte an die vier Karten und die Pakete, die in seinem Schrank lagen und die Sellnows Frau schickte, die Jahr um Jahr auf seine Heimkehr hoffte. Er dachte an die Transportnummer, die Sellnow bereits besaß, und an die Tatsache, daß er im Frühjahr die lange Reise in die Heimat antreten mußte. Eine Reise, die Moskau befahl und die niemand verhindern konnte — nicht er, nicht Dr. Kresin, nicht der General in Stalingrad, und erst recht nicht Alexandra. Nur der Tod war stärker als der Befehl aus Moskau. Und den Tod hatten Dr. Böhler und Professor Pawlowitsch besiegt.

»Ich werde ihm sagen, daß du morgen kommst«, meinte Worotilow.

»Das wird ihn glücklich machen, Iwanow.«

»Ich glaube es.« Worotilow lief schnell Dr. Kresin nach, stieg in den Wagen und klemmte sich hinter das Steuerrad. »Sie glaubt, daß er in Rußland bleibt«, sagte er leise zu Dr. Kresin. »Wenn sie erfährt, daß wir ihn holen, weil er entlassen wird ...«

»Nicht auszudenken«, murmelte Kresin mit geschlossenen Lippen. »Sie bringt uns alle mit Zyankali um ...«

Der Jeep fuhr an und raste in einer Schneewolke der Wolga zu, fuhr in die Schneise ein und verschwand an der Biegung, die durch die Wälder führte.

In Stalingrad ging alles sehr schnell. Worotilow nahm keine Rücksicht mehr auf Namen und Stellung des alten Asiaten. Er schrie ihn an, ehe der Greis sich noch zu wehren vermochte, und während er schrie, rannte Dr. Kresin durch die Gänge der Privatstation, schob zwei Assistenzärzte zur Seite, die es nicht wagten, dem rasenden Bullen entgegenzutreten, und riß die Türen der Reihe nach auf.

In Zimmer 24, einem großen sonnigen Zimmer mit einem Balkon zum Garten hinaus, saß Dr. von Sellnow am Fenster und las. Erstaunt blickte er sich um, als die Tür stürmisch aufgerissen wurde.

Dr. Kresin hob beide Arme weit nach vorn. »Werner!« brüllte er vor Glück und Freude. »Mein Junge! Wir sind da!«

Sie stürzten aufeinander zu, sie fielen sich in die Arme, sie küßten sich ... der Deutsche und der Russe ... sie hielten sich umschlungen wie Ertrinkende und klopften sich auf die Schulter.

»Kresin«, stammelte Sellnow ergriffen. »Sie sind gekommen! Sie sind hier! Ich habe nie geglaubt, Sie noch einmal zu sehen!«

»Worotilow ist auch hier!« schrie Dr. Kresin. Er gebärdete sich wie toll, er drückte Sellnow in den Sessel und sprang herum wie ein tobender Büffel. »Er schreit den Alten zusammen ... da kommt er schon ... ich höre ihn ...« Er rannte zur Tür und brüllte durch den stillen Gang: »Hier ist er, Iwanow! Hier! Komm doch, Brüderchen! Schlag den alten Affen nieder und komm!«

Worotilow stürzte in das Zimmer ... er riß Sellnow hoch und küßte ihn auf beide Wangen. Er war stiller als Dr. Kresin ... er sprach kein Wort, sondern drückte dem Arzt stumm die Hand. In diesem Händedruck lag alles, was er sagen wollte, aber vor Erschütterung nicht hervorbrachte.

In der Tür erschien Professor Taij Pawlowitsch. Sein Gesicht war gelber als je, es war verzerrt zur Fratze des Irrsinns. In der Hand hielt er eine Pistole.

»Fort!« kreischte er. »Das ist mein Haus! Das ist ein Haus des Staates! Ich habe den MWD rufen lassen! Ihr Untermenschen! Ihr Soldatenschweine! Ihr Hurensöhne! Ihr Auswurf! Ihr Mißgeburten!«

Worotilow lachte. Er drehte sich um und riß dem Alten die Pistole aus der Hand. Sofort verschwand der Kopf. Man hörte ihn auf dem Gang nach seinen Ärzten rufen.

Dr. Kresin hatte sich nach dem Verschwinden Pawlowitschs auf den Flur begeben und verlangte an einem der Stationstelefone das Staatsamt Stalingrad. Von dort forderte er die Verbindung zum General der Division. Und während Taij Pawlowitsch auf das Eintreffen des Geheimdienstes wartete, sprach Dr. Kresin mit dem General und berichtete die Vorfälle in der Klinik. »Der deutsche Arzt ist ein Gefangener unseres Lagers!« sagte er. »Er wird bei uns geführt und wurde von uns in Moskau zur Entlassung gemeldet. Er hat bereits seine Transportnummer! Wenn ich nach Moskau melde, daß ein zur Entlassung Kommandierter von einem russischen Arzt gefangengehalten und verborgen wird, gibt es ein Drama in Stalingrad. Wenn ich Moskau ferner melde ...«

»Nehmen Sie den Mann mit!« sagte der General und hängte an.

»Wenn ich Moskau melde ...« war ein Zauberwort. Es gab nichts, was mehr gefürchtet wurde als eine Meldung nach Moskau. Denn der Kreml kannte keine Gnade ... er hatte Generäle, Minister, Vertraute gestürzt ... Wer Moskau namentlich bekannt war, unangenehm bekannt, der hatte nichts zu erwarten als den Untergang.

Befriedigt legte Dr. Kresin den Hörer auf. Er kam ins Zimmer zurück und umarmte Sellnow.

»Du kommst mit, mein Junge. Ich habe dich freibekommen! Zu Hause hast du vier Karten von deiner Frau und einige Pakete mit allem, was du dir wünschst.«

Sellnow sah sich um. Er hatte keine Koffer zu packen ... er besaß nichts als das, was er auf dem Leib trug. »Weiß es Alexandra?« fragte er.

»Daß du kommst? Nein! Sie wird verrückt werden, wenn sie dich sieht!«

»Daß ich Karten habe von meiner Frau ...«

»Nein. Worotilow hat sie bei sich eingeschlossen.«

»Aber sie muß es einmal erfahren.«

Dr. Kresin nickte. »Wenn du fort bist ...«

»Fort?!« Sellnow sah von Kresin zu Worotilow. Das Leuchten in ihren Augen machte ihn zittern. »Was habt ihr? Was wißt ihr denn? So sagt doch was!«

»Wenn der Frühling kommt, fährst du weg, Werner. Du kommst in die Heimat zurück ... du hast schon deine Transportnummer ...«

Sellnow schloß die Augen. Er schwankte ... er hielt sich an der Stuhllehne fest. Sein Gesicht war totenbleich. »Nach Deutschland ...«, stammelte er. »Wir werden wirklich entlassen ... Es ist wirklich wahr ... Nach acht Jahren ...«

»Ja.«

»Und Fritz? Dr. Böhler?«

Kresin wechselte einen schnellen Blick mit Worotilow. Der nickte kurz.

»Dr. Böhler auch!« log Dr. Kresin.

»Dann kommen wir alle zusammen zurück nach Deutschland?«

»Ja.«

»Auch Dr. Schultheiß?«

»Er auch.«

Sellnow wischte sich über die Augen. Sein Handrücken war feucht ... er rieb ihn an der Hose ab. »Ich kann es noch nicht glauben«, stotterte er. »Ich kann meine Frau wiedersehen ... die Kinder ... Ich komme wirklich aus dieser Hölle heraus ...?«

Dr. Kresin lachte rauh. »Er wird schon wieder frech!« sagte er zu Worotilow. »Er nennt unser Mütterchen eine Hölle. Wenn der Kerl frech wird, ist er auch gesund! Gott verdammt noch mal ... endlich hat man wieder einen im Lager, mit dem man schimpfen kann. Es war stinklangweilig ohne Sie, Sellnow ...«

Lachend traten sie Professor Pawlowitsch gegenüber, der aus einer Ecke auf den Gang geschossen kam und sich schutzsuchend umschaute, wo eine Mauer weißer Kittel den Ausgang versperrte. Sämtliche Ärzte der Klinik standen am Ende des Ganges und sahen erstaunt auf die drei Gestalten, die an Pawlowitsch vorbei zum Ausgang gingen.

»Aufhalten!« kreischte Pawlowitsch wild. Er raufte sich die Haare und brüllte in einer unbekannten, asiatischen Sprache Flüche und Drohungen.

Der Oberarzt trat einen Schritt auf Dr. Kresin zu. Er musterte den Bullen und versuchte, so höflich zu sein, wie es ihm nur möglich war.

»Bitte, bleiben Sie«, sagte er mit einer kleinen Verbeugung. »Entlassungen kann nur der Oberste Sowjetarzt aussprechen! Wir haben keine Weisung erhalten ...«

Dr. Kresin lachte dröhnend. Sein Lachen tönte durch die Stille des Flures. Pawlowitsch verstummte und drückte sich an die Wand.

»Genosse Oberarzt«, sagte Kresin gemütlich. »Wenn du ein Köpfchen hast, und du legst Wert darauf, dieses Köpfchen oben zu behalten auf dem Halswirbel, mein Brüderchen, dann laß uns ziehen. Frage einmal bei dem General nach — er wird dich ohrfeigen, weil du überhaupt fragst. Oder soll ich nach Moskau melden, daß der Oberarzt von Stalingrad es wagte, einen Mann festzuhalten, der schon eine Transportnummer für eine Fahrt nach Deutschland hat? Soll ich das, Brüderchen? Man wird dir dann in den Hintern treten und dich in die Sümpfe schicken. Und ihn, deinen Professor, werden sie so lange auf den hohlen Kopf klopfen, bis er sich einbildet, er sei ein Amboß. Sei friedlich, Genosse, und gib den Weg frei! Tust du es nicht — Brüderchen, verzeih, aber dann haue ich dir in die Fresse ... Es wird mir keiner verbieten und keiner übelnehmen!«

Dr. Kresin ging einfach weiter, auf den Oberarzt zu ... der wich zurück, gab den Weg frei ... die Kette der weißen Kittel teilte sich ... ungehindert gingen Worotilow und Sellnow hindurch und erreichten den Ausgang. Nur Dr. Kresin blieb zurück und gab dem verblüfften Oberarzt die Hand.

»Du bist ein kluger Junge«, sagte er gemütlich. »Du hast einen guten Kopf und ein noch gütigeres Herz. Du wirst einmal ein guter Arzt sein. Denk an mich, Brüderchen ...«

Zufrieden eilte er den anderen nach und verließ die Klinik. Das hysterische Geschrei des asiatischen Alten gellte ihm nach, als er das große Tor hinter sich schloß. Vor dem riesigen Haus lag der Schnee.

Die Sonne blendete. Schlitten huschten über die weiße Fläche. Ihre Glokken läuteten zart durch die kalte Luft.

»Als ob nie Krieg gewesen wäre«, sagte Sellnow nachdenklich.

Worotilow nickte. »Wir wollen ihn auch vergessen.« Mit einer müden Bewegung schob er die Pelzmütze ins Gesicht. »Aber ob sie es in Moskau wollen ... Ich glaube, wir alle unterschätzen die Menschen ...«

Die Begrüßung der deutschen Ärzte war kurz. Man macht nicht viel Worte unter Männern, die jahrelang füreinander da waren und einer den anderen stützte. Dr. Böhler reichte Sellnow beide Hände und drückte sie herzhaft.

»Ich freue mich ja so, Werner«, sagte er. Seine Stimme war nicht ganz fest.

Er sah den Freund lange an. Sellnows Haare waren noch nicht wieder nachgewachsen, deutlich sah man, wo die Schädeldecke gemeißelt worden war.

»Ich danke dir, Fritz«, sagte Sellnow leise. »Für alles danke ich dir. Ich will verdammt sein, wenn ich dir das jemals vergesse. Und ich freue mich, daß wir jetzt auch zusammen nach Hause kommen . . .«

»Das ist schön, Werner.« Dr. Böhler sah kurz zu Worotilow hin. Der Major schüttelte den Kopf. Sellnow wußte also nichts, und es war gut, ihn vorerst in dem Glauben zu lassen, daß sie zusammen fahren würden. Auch Dr. Schultheiß, der mit leuchtenden Augen dabeistand, verstand den kurzen Blickwechsel und sah verlegen zu Boden.

»Ich fühle mich ganz wohl, Fritz«, sagte Sellnow. »Und fluchen kann ich auch schon wieder. Nur die Delle im Kopf . . .« Er lachte etwas gequält. »Ich verliere langsam meine männliche Schönheit . . .«

Dr. Böhler klopfte ihm auf die Schulter. »In Deutschland machen wir dir eine Plastik, daß du aussiehst, als kämst du direkt vom Olymp . . .«

Dann war Sellnow zum Zimmer der Kasalinsskaja gegangen und saß nun an ihrem Bett, streichelte ihr das Gesicht, die Schultern und die Brust und dachte dabei an die vier Karten, die ihm seine Frau geschrieben hatte, und an die Pakete, die er bei Worotilow auspackte und die die endgültige Rettung für ihn bedeuteten.

Durch den zeitlichen Abstand seit der letzten Begegnung mit Alexandra, die Operation und die langsame Genesung war seine Leidenschaft für die Ärztin merklich abgekühlt. Wenn er jetzt an ihrem Bett saß und über ihren Körper strich, so war es mehr das Gefühl einer schönen Erinnerung, vermischt mit der bei ihrem Anblick wieder erwachenden Lust, sie zu besitzen. Rein triebhaft waren die Gedanken, fern aller Ideale, in die er sich hineingeträumt hatte, als Alexandra ihm im Außenlager »Fabrik Roter Oktober« den Haushalt führte und er von einem Taumel in den anderen fiel.

Er wußte, daß es auch jetzt wieder diese Nächte geben würde, daß es keinen anderen Weg gab, aus ihrer Liebe zu entfliehen, als abzuwarten und eine scharfe Grenze zu ziehen — an dem Tag, an dem er mit den anderen abfuhr in die Heimat. Was dann für Alexandra kam . . . er wagte nicht daran zu denken. Es mußte der Zusammenbruch eines Menschen sein, dem alle Himmel einstürzten und der verlassener dastand als der letzte Überlebende einer Weltraumtragödie.

In einer dieser Nächte erzählte ihm Alexandra vom Tod Janinas. »Sie starb aus Liebe«, sagte sie traurig.

»Und was würdest du tun, wenn ich gehe?« fragte Sellnow.

»Ich würde nicht mich, sondern dich umbringen!«

»Das wäre töricht, Alexandraschka. Du willst mich umbringen, weil ich fortgehe — aber wenn ich tot bin, hast du auch nichts von mir.«

»Das stimmt.« Sie lächelte ihn an. Er sah ihre weißen starken Zähne hinter den blutvollen Lippen, das Gebiß eines unersättlichen Raubtieres.

»Aber auch die anderen haben dann nichts von dir! Die Frauen in Deutschland! Ich gönne dich keiner anderen Frau! Nur mich darfst du haben . . . Sascha . . . nur mich . . .« Sie strich ihm über die Augen und küßte ihn. »Aber sie lassen dich ja nicht gehen . . .«, sagte sie an seiner Brust. »Noch bist du krank . . . Du bleibst noch lange bei mir . . . immer, Sascha . . .«

Und Sellnow schwieg . . . .

Am nächsten Morgen bat Dr. Kresin Worotilow und die Kasalinsskaja zu einer Aussprache. Er saß in seinem Sessel wie ein rächender Gott und nahm sich keine Mühe, seine Stimmstärke zu dämpfen.

»Mit Weibern arbeiten — das ist schlimmer als einen Sack Flöhe hüten! Heulend kommt eben Pjatjal, dieser räudige Hund, zu mir und fleht mich an, der Bascha ein Kind abzutreiben! Im vierten Monat ist die Person! Himmeldonnerwetter!« Er sah Worotilow an, der breit grinste, und hieb auf den Tisch. »Ich fragte die Bascha: ›Ist der Pjatjal der Vater?‹ Und was sagt das Mistvieh? ›Weiß ich nicht, Brüderchen. Es waren viele, die mich auf den Rücken legten! Viele Plennis. Auch der Michail, ja, aber der Michail ist ein bequemer Bursche, ein faules Aas ist das . . . Aber die Deutschen . . . o je . . . die haben Feuer!‹ Das sagt mir dieser Hurenbalg. Und ich klebe ihr eine und will wissen, wer es alles war! Genosse Major . . . wenn ich die Liste dieser Kerls vorlese, brauche ich einen ganzen Nachmittag! Es ist eine Schande! Wir haben hier kein Gefangenenlager . . . wir haben hier einen gutgehenden Puff!«

Major Worotilow winkte ab. »Steht Leutnant Markow auf der Liste?«

»Der auch?!« schrie Dr. Kresin.

»Und was denken Sie von den Wachmannschaften? Ich glaube, sie alle kennen die Bascha!«

»Ein Soldatenpuff!« stöhnte Dr. Kresin. »Ich habe es gesagt . . . alle Weiber weg!«

Die Kasalinsskaja lächelte liebenswürdig. »Auch ich bin eine Frau! Und die Tschurilowa.«

Dr. Kresin sah die russische Ärztin mit schrägem Kopf an. »Auch Sie sollten weg«, sagte er grob. »Was Sie aus dem guten Sellnow machen, ist strafbar!«

»Dr. Kresin!« rief sie empört und sprang auf. »Ich verbitte mir das!«

Worotilow winkte ab. »Sei friedlich, Alexandra. Laß uns nicht streiten! Es geht um Bascha. Sergej Basow hat sich geweigert, Bascha das Kind wegzunehmen!«

»Einen Teufel werde ich!« schrie Dr. Kresin. »Die Bascha soll ihren Balg auf die Welt bringen und den Michail heiraten! Soll er besser aufpassen auf sie! Aber den Kerlen . . .«, er klopfte mit der Faust auf ein Blatt Papier, auf dem die Namen aller Männer standen, die Bascha angegeben hatte, »denen werde ich es zeigen! Ich möchte sie kastrieren!«

»Nicht doch!« Die Kasalinsskaja lachte breit. »Warum wollen Sie die Frauen bestrafen, Brüderchen?«

Dr. Kresin riß die Augen auf, dann schlug er sich grölend auf die Schenkel. »Verdammtes Weib!« rief er. »Aber was soll ich tun?«

»Ich werde mit der Bascha sprechen.« Die Kasalinsskaja erhob sich.

»Aber du treibst es nicht ab!« rief Dr. Kresin.

»Nein! Beruhige dich. Ich werde sie versetzen lassen.«

»Und wenn der Vater ein Deutscher ist? Das gibt Scherereien mit Moskau.«

»Wer will beweisen, daß es ein Deutscher ist? Sagt nicht der Genosse Major, daß auch die Offiziere . . .?«

Dr. Kresin stieß seinen Sessel weg und fegte das Papier vom Tisch. »Fressen, saufen, huren, das ist alles, was man hier kann! Macht den Dreck allein — ich habe nichts gehört und nichts gesehen!« Er ging aus dem Zimmer und warf die Tür hinter sich zu.

Es verbreitete sich wie ein Lauffeuer — bald wußte es das ganze Lager, daß Bascha schwanger war. Michail Pjatjal verkroch sich in sein Hinterzimmer, um den Spott nicht zu hören, mit dem man ihn bedachte. Hans Sauerbrunn brachte es fertig, ihn aufzustöbern und ihm Grüße von den Mitvätern zu bestellen. Da schlug Pjatjal mit einer Pfanne um sich und schrie, daß er Bascha eher erwürge, ehe sie das Kind zur Welt bringe!

Es war ein böser Satz, den er nicht hätte sagen sollen, denn er wurde in der Nacht schreckliche Wahrheit. In der Nacht nämlich fand man Bascha unter der Treppe zum Küchenkeller. Sie lag auf einem Stapel von Säcken, mit dem Gesicht nach unten. Das Kleid war im Rücken etwas aufgeschlitzt und mit Blut durchtränkt. Auf der linken Seite des Rückens klaffte eine tiefe Wunde — der Stich eines breiten Messers.

Als Dr. Kresin sie aufhob, war sie schon tot. Es war ein Mord, glatt und eindeutig.

Major Worotilow zögerte nicht. Er sperrte das Lager sofort ab, verstärkte die Wachen, setzte Pendelposten ein, telefonierte mit Stalingrad und bat um die Hilfe des Geheimdienstes. Noch in der gleichen Nacht wurden alle auf der Liste Baschas verzeichneten Plennis aus den Betten geholt und in die leere Strafbaracke geschleift, die Pakete und die Post gesperrt, alle Vergünstigungen wurde aufgehoben — das Lager wurde um Jahre zurückversetzt.

Und niemand sprach mehr von Entlassung . . .

Dr. Böhler und Dr. von Sellnow sezierten noch in der gleichen Nacht die Leiche und stellten fest, daß dem Mord ein erbitterter Kampf vorangegangen sein mußte.

Dr. Kresin sah Worotilow mit rotumränderten Augen an. »Es geht jetzt nicht mehr um Bascha«, sagte er leise. Und weil er leise sprach, wußte jeder, daß es gefährlich war, was er sagte. »Es geht jetzt um die russische Ehre . . . um ein Mädchen aus unserem Volke, das mißhandelt und dann ermordet wurde. Wer es auch war — einer der unsrigen oder einer der Plennis —, der Kerl muß bestraft werden . . . er wird hängen . . .«

Dr. Böhler streifte die Gummihandschuhe ab, während Dr. von Sellnow die Leiche notdürftig zusammennähte. Er wandte sich beim Händewaschen um und schüttelte, zu Kresin gewandt, den Kopf.

»Wie wollen Sie das jemals herausbekommen? Wenn es auch andere wissen — man wird den Mörder nie verraten! Wo wollen Sie bei der Suche beginnen? Bei Ihrer Liste? Wer sagt Ihnen denn, daß es nicht einer der Wachmannschaften war? Woher sollen wir deutschen Gefangenen solch ein breites Messer bekommen?«

»Ich werde ihn finden!« sagte Dr. Kresin starrköpfig. »Und wenn ich durch Strafmaßnahmen die Leute so butterweich mache, daß sie Vater und Mutter verraten, um ein Stück Brot zu bekommen!«

Am Abend trafen drei Kommissare des MWD im Lager ein. Man untersuchte noch einmal die Leiche, man verhörte die Soldaten in der Strafbaracke und erfuhr, daß Bascha sie in den Küchenkeller oder in die Kartoffelmieten lockte und sich dort selbst anbot, daß sie sich vor die Soldaten hinstellte, den Rock hochhob und rief: »Wer will ...?« Die Kommissare klappten die Protokolle zu und schickten die Plennis zurück in die Baracken. Worotilow zuckte mit den Schultern.

»Die kleine Bascha war ein Mistfink, zugegeben. Aber wer hat sie umgebracht?«

Michail Pjatjal wurde vorgeführt. Er war zusammengebrochen, er heulte und betete die Heilige Mutter von Kasan und den heiligen Michael an, er beteuerte seine Unschuld und schrie: »Ich habe es nur so gesagt, Brüder, daß ich sie umbringen wollte! Ich habe nie daran gedacht! Glaubt es mir doch, Genossen! Ich habe sie lieb gehabt, meine Baschaska! Ich möchte mich selbst töten, Brüderchen ...«

Die Kommissare fuhren wieder nach Stalingrad zurück, die Strafen wurden gelockert — es gab wieder normales Essen und die Rationen aus den Paketen. Bascha wurde feierlich begraben, man mußte Pjatjal mit Gewalt daran hindern, ihr ins Grab nachzuspringen, so verzweifelt gebärdete er sich. Markow hielt ihn erst fest, aber als er um sich schlug, trat er ihm in den Hintern. Wimmernd sank Pjatjal zusammen und sah mit stieren Augen, wie das Grab von zwei Plennis zugeworfen wurde und ein Hügel sich darüber wölbte.

Der Mord an Bascha wurde nie geklärt. Nur so viel erfuhr man, daß es keiner der Plennis war. Denn in den Baracken wurden interne Sitzungen abgehalten, Verhöre geführt und fachmännische Untersuchungen angestellt, die ergebnislos verliefen. Der Mörder mußte unter den Mongolen und Kirgisen zu suchen sein, die das Lager bewachten. Vielleicht eine Eifersuchtstat oder ein Mord aus Angst, von Bascha auch als Liebhaber verraten zu werden. Recht hartnäckig hielt sich das Gerücht, daß es Leutnant Markow selbst gewesen sei, aber das war wohl eine gehässige Verleumdung.

Schon acht Tage später vergaß man das Ganze. Was war schon geschehen? Eine kleine, geile Hure wurde umgebracht ... na ja ... schade um das Mädel ... aber das Leben geht weiter, und wenn die Sonne jetzt aus den Wolken bricht, wird sie am Himmel bleiben und den Schnee schmelzen. Dann ist der Frühling gekommen ... und im Frühling soll es ja in die Heimat gehen ...

Worotilow bekam aus Moskau neue Befehle. Endlich! Es war, als zerrisse eine schwarze Wand. Der Major atmete auf und entwickelte große Betriebsamkeit. Befehl Nummer 1: Zusammenstellung neuer Listen zur Entlassung unter Berücksichtigung besonderer avantgardistischer Leistungen unter den Gefangenen. Keine Facharbeiter, aber Leute, die anständig ernährt waren und in Deutschland den Eindruck einer guten Gefangenschaft erwecken konnten. Maßstab 75 : 25 zugunsten von Plennis, die in der sowjetisch besetzten Zone beheimatet sind!

Zwei Tage nach dem neuen Befehl wurde der Plenni Walter Grosse zu Worotilow geführt. Markow schob ihn vor sich ins Zimmer und verließ dann sofort wieder den Raum.

Erstaunt sah Worotilow von seiner Arbeit auf.

»Was wollen Sie?« fragte er kurz.

Walter Grosse knickte ein wenig ein. Er schob sich näher an den Tisch heran. Sein Gesicht war fahl, gealtert, zerrissen. Durch den ausgemergelten Körper lief ein ständiges Zittern.

»Sie kennen mich, Herr Major?«

Worotilow nickte. »Sie sind doch unser Spitzel, nicht wahr? Den man in der Scheiße ersticken wollte?«

»Ja.« Walter Grosse, der ehemalige Politische Leiter aus Stuttgart, sah auf den Boden. Er rang die Hände, während er sprach. Ein Wrack, dachte Worotilow. Ein Mensch ohne Halt. Etwas wie Mitleid quoll in ihm auf.

»Was wollen Sie, Grosse?«

»Ich wollte fragen, ob ich auch entlassen werde . . .«

»Das kann ich Ihnen nicht sagen! Ihre Kameraden wissen es auch nicht. Sie alle hoffen darauf . . . hoffen Sie mit . . .«

Walter Grosse schüttelte sich. Es war wie ein Fieber, das ihn erbeben ließ. Seine Haut war gelb.

»Man hat mir gesagt, daß ich einer der ersten bin, die man entläßt«, stammelte er. »Man hat gesagt: ›Du kannst sofort in die Heimat, wenn du ein Spitzel wirst. Sobald die ersten Transporte gehen, bist du dabei! Und wenn du kein Spitzel wirst, Walter Grosse, dann erinnern wir uns, daß du ein Politischer Leiter warst, und stellen dich an die Wand! Und deine Familie auch! Dafür sorgen wir . . .‹ Das hat man mir gesagt, Herr Major . . . Und ich habe eine Frau und vier Kinder! Da wurde ich ein Spitzel, bis sie mich erwischten und in die Latrine stießen. Dr. Böhler hat mich gerettet . . . und jetzt sollen wir entlassen werden, und ich bin nicht dabei! Das ist doch ungerecht! Das ist doch gemein! Man hat mein ganzes Leben zerstört . . . man hat mir alles versprochen, Herr Major! Man hat gesagt: ›Du kannst in die Heimat, wenn du ein Spitzel wirst.‹ Und ich habe . . .«

»Das haben Sie schon einmal gesagt.«

»Mir hat man es hundertmal gesagt!« schrie Walter Grosse. »Und man hat mich dabei geschlagen . . . damals, im Lager Poltowitschi . . . man hat auf meinen Kopf geschlagen mit den langen ledernen Reitgerten der Offiziere. Kavallerie lag im Lager, und ich sollte an die Steigbügel eines Pferdes gebunden und zehnmal durch die Reitbahn geschleift werden, wenn ich nicht ja sagte! Und ich sagte ja . . . Ich habe eine Frau und vier Kinder! Und ich wollte schnell zurück in die Heimat . . . man hat es mir ja versprochen . . . und jetzt soll ich nicht dabei sein?«

»Ich kann es Ihnen nicht sagen.« Worotilow stand auf, steif und verschlossen. »Die Listen werden in Moskau endgültig zusammengestellt.«

»Dann melden Sie mich doch in Moskau!« schrie Grosse. Er hielt sich an der Wand fest und schwankte. »Ich habe mein Wort gehalten . . . ich habe meine Kameraden verraten, ich habe sie bespitzelt, ans Messer geliefert . . . ich bin ein Schwein geworden, ein Lump, ein verfluchter Hund, weil ich an die Versprechen glaubte und wieder nach Hause wollte, zu meiner Frau und den vier Kindern! Ich habe alles erfüllt, was man von mir wollte . . . ich hätte euch die Ärsche abgeleckt, nur, um in die Heimat zu kommen! Und nun haltet ihr euer Versprechen nicht, wo ich meines gehalten habe! Ihr Bande! Ihr Sauhunde!«

Er taumelte auf den Tisch zu. Worotilow sah ihm entgegen, starr, maskenhaft. Schwer stützte sich Grosse auf die Platte. »Ich will nach Hause«, brüllte er. »Ich will endlich meinen Lohn!«

»Den haben Sie gehabt.« Worotilow setzte sich langsam. »Sie haben Scheiße gefressen — was wollen Sie mehr?«

»Herr Major . . .« Der Plenni röchelte. Er sank in die Knie, sein Kopf schlug auf die Tischplatte auf. »Ich habe es nur getan, weil ich Angst hatte! Ich wollte leben! Leben! Ich war so feig, so feig! Ich habe meine Kameraden verraten. Ich habe mich verkauft, um nach Hause zu kommen! Und jetzt lassen Sie mich hier? Jetzt kommen Sie alle nach Hause, und ich muß bleiben? Ich überlebe das nicht! Ich mache Schluß! Ich mache es wie Kerner! Ich bringe mich um!«

Worotilow sah nachdenklich auf die zusammengesunkene Gestalt. Ohne Zweifel! — Walter Grosse war am Ende seiner Kräfte. Er würde lieber den Tod wählen, als noch ein oder zwei Jahre im Lager bleiben, aus dem gruppenweise seine Kameraden entlassen werden. Daß er nicht auf der Liste stand, wußte Worotilow. Er hatte selbst den Namen überschlagen. Ein neuer Selbstmord aber würde in Moskau übel vermerkt werden, nachdem der Tod des Gefreiten Julius Kerner bereits die Aufmerksamkeit des Generalkommandos auf das Lager gezogen hatte.

»Ich werde bei den ersten Transporten mit Moskau sprechen«, sagte er ausweichend. »Gehen Sie jetzt, Grosse! Ich werde mich für Sie einsetzen. Daß Sie ein erbärmlicher Hund sind, wissen Sie! Vielleicht gibt man Ihnen in Deutschland eine Chance, sich wieder reinzuwaschen. Für uns ist der Verräter weniger als Mist! Vor allem einer, der seine Pflicht erfüllt hat und zu nichts mehr nütze ist als zum Sterben! Merken Sie sich das, Grosse! Und wenn Sie wirklich nach Deutschland zurückkommen, arbeiten Sie wie ein Tier. Sie haben viel gutzumachen . . .«

Langsam zog sich Walter Grosse vom Boden hoch, er sah Worotilow nicht an, als er das Zimmer verließ. Er taumelte durch den Gang, die Treppe hinunter, vorbei an den wachfreien Rotarmisten, die um einen offenen Ofen saßen und rauchten. Schwankend ging er durch das große Tor ins Lager zurück . . . er stolperte über den Appellplatz, seine Augen waren starr und leer. Mitten im Schritt hielt er ein . . . er sah sich erstaunt um, als habe ihn hinterrücks jemand berührt . . . dann fiel er nach vorn in den Schnee und blieb steif liegen.

Ein paar Plennis, die vor den Baracken standen, hoben ihn auf . . . er war steif wie ein Holzklotz, die Augen schienen leblos, der Mund stand offen, als wollte er noch in der Besinnungslosigkeit eine Frage herausschreien.

So trugen sie ihn ins Lazarett und riefen Dr. Böhler. Sellnow kam aus seinem Zimmer, sah den Unbeweglichen an und runzelte die Stirn.

»Er kippte einfach um. Beim Gehen! Draußen auf dem Platz.« Die Plennis legten den Körper auf ein freies Bett. »Es ist der Kerl, der den Spitzel für den Iwan gemacht hat! Lassen Sie den ruhig krepieren . . .«

Dr. Böhler und Dr. Schultheiß kamen ins Zimmer. Nach kurzer Untersuchung richtete sich Böhler auf.

»Gehirnschlag! Völlige Lähmung aller Zentren. Ein Wunder, daß er noch lebt . . . er kann noch atmen, aber sonst ist alles gelähmt! Haben wir lösende Mittel da?« Er wandte sich an Dr. Schultheiß. Der junge Arzt schüttelte den Kopf.

»Nichts! Nur die üblichen Medikamente. Kampfer, Strophanthin, Cardiazol. In der Apotheke in Stalingrad ist kaum etwas zu haben! Und wenn, dann nur uns unbekannte amerikanische Mittel, deren klinische Anwendung wir nicht kennen.«

Dr. Böhler sah erschüttert auf den starren Walter Grosse. Er wußte, daß er alles hörte, daß er alles verstand, was um ihn herum gesprochen wurde, daß er alles verfolgte, aber daß es ihm unmöglich war, sich verständlich zu machen. Nur in den Augen, in diesen weit aufgerissenen, großen, hervorquellenden Augen, stand das Entsetzen.

»Wir werden ihn schon wieder hinkriegen«, sagte Dr. Böhler tröstend. »Bis die Transporte gehen, hüpft er wieder herum.«

Er ließ Martha Kreutz zu seiner Pflege zurück und trat hinaus auf den Flur. Dort sah er Sellnow fragend an. »Was meinst du, Werner?«

»Rettungslos.«

»Und Sie, Schultheiß?«

»Wir haben keinerlei Mittel für einen solchen Fall! Ich sehe keine Hoffnung.«

Dr. Böhler nickte. Er war sehr ernst. »Es ist das erstemal in fast zehn Jahren, daß wir einem Kameraden nicht helfen können«, sagte er leise. »Und gerade ihm, der vieles gutzumachen hat.« Er wandte sich ab und sagte im Gehen: »Gott straft schnell und hart . . . Wir sollten daraus ersehen, daß Gott bei uns ist und uns nicht vergessen hat . . .«

Selbst Sellnow blieb darauf still. Er dachte an die Abende in Nishnij Balykleij und die alte Bibel, in der er geblättert und versucht hatte, zu Gott zu finden im Augenblick der höchsten Not. Er hatte den Weg gefunden, der Spötter und Verächter Sellnow — aber er hatte ihn nicht weiter beschritten in den Monaten, in denen er in Stalingrad bei Pawlowitsch im goldenen Käfig der Genesung entgegenlebte.

»Wir werden Traubenzucker injizieren, um seinen inneren Widerstand zu stärken«, sagte er zu Schultheiß. »Wenn er kollabiert, wissen Sie ja . . .« Er faßte den jungen Arzt am Arm und sah ihn groß an. »Sie kommen auch mit in die Heimat, Schultheiß?«

»Ich hoffe es.«

»Wir wollen immer zusammenhalten, mein Junge, ja? Wir wissen nicht, wie es aussieht in Deutschland. Es soll sehr viel zerstört worden sein in den letzten Kriegsmonaten! Ich habe in der Klinik darüber gelesen. Ich weiß nicht, was Sie zu Hause vorfinden. Wenn es Ihnen schlecht geht — Sie haben es als junger Arzt sicher verdammt schwer, das weiß ich —, dann kommen Sie zu mir. Ich bin immer für Sie da, und meine Frau schreibt, daß alles wie früher bei uns ist. Ich habe Glück gehabt, in der Heimat und hier noch mehr. Kommen Sie immer zu mir, wann Sie wollen . . .«

»Ich danke Ihnen, Herr von Sellnow.« Schultheiß wollte ihm die Hand geben, aber Sellnow zog sie schnell zurück.

»Dummer Laffe!« sagte er grob. »Sentimentalitäten! Im Leben kommt nur der voran, der die anderen in den Hintern tritt! Merken Sie sich das!«

Er stapfte in sein Zimmer, wo die Kasalinsskaja saß und seine Socken stopfte. Er empfand das als Erniedrigung ihrer Würde, aber er schwieg, weil er sah, daß es ihr Freude machte. Sie lebt sich schon ein, meine Frau zu sein, dachte er manchmal erschrocken. Ich möchte sie nicht sehen, wenn ich in den Wagen steige, um für immer wegzufahren. Ich möchte es nicht sehen . . .

»Sascha!« Die Kasalinsskaja lächelte ihn an. »Ich habe mit dem General in Stalingrad gesprochen. Ich werde nach Moskau fahren und darum bitten, daß sie dich hier lassen. Ich werde dich heiraten. Es soll einen Weg geben — wenn du dich für ein russisches Krankenhaus verpflichtest. Das tust du doch, Sascha, nicht wahr?«

Er würgte und nickte dann stumm.

»Ja«, sagte er endlich. »Ich werde es tun. Fahre du nach Moskau und bitte darum . . .«

Er sah das Glück aus ihren Augen leuchten. Herr, hilf mir, betete er im stillen. Was soll ich tun? Ich muß sie belügen . . . laß bald Frühling werden, laß ihn schnell kommen . . . es geht über meine Kraft, sie noch länger zu belügen . . .

Aus Moskau kamen neue Befehle. Nochmalige Überprüfung der zur Entlassung Vorgeschlagenen. Die Zahl soll um 259 vermehrt werden — ohne Verhöre, nur auf Vorschlag der Kommandanten.

Und Worotilow setzte auch den gelähmten Walter Grosse auf die Liste, einen dürren Stecken harten Holzes, der atmete und ein Mensch war. Ein Vater von vier Kindern.

Als die Sonne kam, wurde die Post gesperrt. Die Karten wurden zurückgeschickt an die Moskauer Zentrale. 683 Plennis wurden mit neuer Wäsche versorgt, sie bekamen neue Hosen und neue Jacken.

Der erste Transport! Auch Dr. von Sellnow war dabei.

Sie standen in einem weiten Karree auf dem Appellplatz.

683 Plennis. In neuen Hosen, neuen Jacken, neuen Schuhen und neuen Socken. Worotilow, Markow und sieben andere Offiziere standen inmitten des von Menschenleibern eingezäunten Platzes und lasen noch einmal die

Listen durch. Das »Hier!« der aufgerufenen Männer klang hell, befreiend, jauchzend in den blauen Himmel.

Die Sonne leuchtete. Der Schnee wurde weich, breiig, er quietschte unter den Sohlen und klebte wie Lehm an den Stiefeln und den Rädern der Wagen. Das Eis der Wolga krachte wie Böller. Sieben Arbeitskolonnen waren am Fluß, um mit Stangen und Sprengpatronen den Wasserlauf freizuhalten. Es wurde Frühling — er kam aus der Steppe und zog über die Wälder, wie ein Hauch nur, kaum vernehmbar. Aber die Bäume reckten sich, die Erde wachte auf unter der schlammig werdenden Schneedecke.

Die 683 Plennis sahen in die Sonne und über das Land. Wer sein »Hier!« geschrien hatte, sah nicht mehr auf Worotilow ... er war schon in der Heimat, die dort lag, wo die Steppe an den Himmel stieß, wo die Wolga unterging in dem Blau, das die Sonne durchleuchtete ... dort, wo Stalingrad lag ... und weiter, immer weiter, westlich ... Würde man losheulen, wenn man das erste deutsche Bauernhaus sah? Würde man stammeln, wenn man das erste deutsche Schild las ... irgendwo an einer Straße, an einem Bahnhof, auf einem Feld ... Was würde man tun, wenn die ersten deutschen Frauen und Mädchen winkend an den Zug eilten? Frauen und Mädchen ... nach acht Jahren ...

Worotilow gab die durchgelesenen Listen an Leutnant Markow weiter. Dann sah er sich um ... sah den Männern ins Gesicht, die im Viereck herumstanden. Blasse, eckige Gesichter, gezeichnet von Hunger und Elend, einige dicke Gesichter, runde Körper, aufgeschwemmt vom Wasser ... Hungerödeme, dachte Worotilow. Sie sehen aus, als hätten sie acht Jahre lang ganze Feldküchen leergefressen ... und dabei sind sie völlig entkräftet und fallen um, wenn man sie anpustet.

Außerhalb des Lagers warteten Kolonnen von Lastwagen. Hoch aufgetürmt lagen die Gepäckstücke daneben — Säcke, selbstgefertigte Rucksäcke, Kartons aus der Küche, ein paar Affen aus alten Wehrmachtsbeständen, sogar zwölf Koffer!

In der Küchentür stand Michail Pjatjal und musterte die weggehenden Plennis. Unter ihnen ist der Mörder Baschas, dachte er verzweifelt. Man sollte sie alle töten, alle, diese deutschen Schweine. Er schaute mit Absicht weg, als Peter Fischer ihm zuwinkte. Er hatte Pjatjal die Trompete geschenkt, die Julius Kerner hinterlassen hatte, und dazu zehn Pakete Eiermanns Schnellpudding, was Pjatjal zu Tränen rührte. Aber jetzt, in der Stunde des Abschieds, zuckte das russische Herz Michails. Er dachte an Bascha und an Peter Fischer, und da er im Zwiespalt war, ob er zurückwinken sollte oder nicht, ging er in die Küche und warf die Tür hinter sich zu.

Ein Hauptmann von der Transportkolonne trat in das Viereck zu Worotilow.

»Sind wir fertig, Brüderchen?« fragte er leise. »Die Kerle müssen von Stalingrad heute noch weiter! Sie werden mit den Plennis der anderen Lager nach Moskau geschickt! Es eilt, Brüderchen ...«

»Sofort!« Worotilow drehte sich herum. Er sah noch einmal die Reihen entlang ... Peter Fischer ... Emil Pelz, der Sanitäter ... Hans Sauerbrunn ... Karl Eberhard Möller ... Karl Georg, der Gärtner, der noch gestern an der Baracke stand und weinte ... Dr. Schultheiß, der große, hagere, blonde Arzt, dessen Janina unter einem Steinhügel am Rande der großen Wälder an der Wolga schlief ... Dr. von Sellnow, klein, drahtig, böse, sehr nervös, immer um sich blickend, als suche er etwas ... Sie alle gingen nun fort ... und es wurde einsam im Lager ohne sie. Es war, als gingen Brüder fort in ferne Länder, wo man sie nie wiedersah.

Worotilow schluckte. »Lebt wohl!« sagte er laut. »Und vergeßt nicht in der Heimat, daß ihr frei wurdet durch die Gnade des großen Stalin, des Vaters aller Völker!«

Die Plennis schwiegen. Sie sahen zu Boden. Worotilow brach ab und wandte sich um. »Lassen Sie die Kolonnen in Gruppen zu 50 abrücken zu den Wagen. Das Lager absperren, damit keiner mehr mit den Zurückbleibenden in Kontakt kommt!«

Dann eilte er mit langen Schritten in die Kommandantur.

Er hatte gerade die Mütze vom Kopf genommen und den Schweiß vom inneren Lederband gewischt, als die Tür aufgerissen wurde. Dr. von Sellnow stand im Zimmer. Sein Blick war starr.

»Wo ist Fritz?« sagte er laut.

»Welcher Fritz?« fragte Worotilow unnötig.

»Dr. Böhler!«

»Ich nehme an, im Lazarett.«

»Warum ist er nicht bei uns? Er wird doch auch entlassen!«

Worotilow schaute an die Decke. »Nein«, sagte er leise. Sellnow begriff nicht sofort den Sinn dieses Neins. Es war so ungeheuerlich, so plötzlich, so unfaßbar, daß er eine Weile erstarrt dastand, ehe er zusammenzuckte wie unter einem Schlag.

»Sie haben mir gesagt, daß Dr. Böhler mit uns entlassen wird!« schrie er verzweifelt. »Sie haben mich belogen, Worotilow! Sie wußten, daß er bleibt! Sie haben es gewußt! Und ich muß gehen ... ich lasse ihn allein zurück ... Dr. Schultheiß geht auch ... er glaubt auch daran, daß Böhler mit uns geht ... Sie Schuft, Sie, Sie asiatisches Tier!«

Worotilow duckte sich, aber er sprang nicht vor. Er sah dem tobenden Sellnow ins Gesicht und sagte leise: »Dr. Böhler stand als einer der ersten auf der Liste. Aber seine unbegreifliche Starrköpfigkeit, seine übertriebene Pflichtauffassung zwangen mich, ihn wieder zu streichen. Und wofür? Für einen Dreckskerl, für ein Nazischwein, einen SS-Schergen!«

Sellnow sackte zusammen. »Er muß in Rußland bleiben. Warum gerade Böhler? Und ich ... ich ... ich ...« Plötzlich schrie er auf und schnellte vor, ein Körper, der wie ein Geschoß wirkte. Er klammerte sich an den Rock Worotilows und schrie ihm ins Gesicht: »Ich bleibe auch! Ich gehe nicht früher, als bis er geht! Ich bleibe zurück!«

Worotilow löste sich aus seinen Händen. »Es geht nicht, Sellnow«, sagte er fest. »Wer auf der letzten Liste steht, muß gehen, ob er will oder nicht!«

»Dann werde ich einen umbringen!« schrie der Arzt. »Dann müßt ihr mich hier halten!«

»Auch dann nicht! Sie werden nach Moskau geschafft . . . das ist der Befehl! Und wenn Sie hundert Menschen töten . . . Sie kommen nach Moskau, weil Moskau Ihren Namen hat und Sie zu sehen wünscht! Ganz gleich, was jetzt hier geschieht!«

»Ich werde mich wehren!« Sellnow wich zurück.

»Dann wird man Sie gewaltsam in den Wagen stecken! Sie kommen in die Heimat, ob Sie wollen oder nicht! Der Befehl aus Moskau steht über allem . . . und über einen Befehl haben wir nicht nachzudenken. Wir gehorchen!«

Der Arzt drehte sich um, er riß die Tür auf und rannte aus dem Zimmer. Draußen bei den Wagen suchte man ihn bereits . . .

Markow stand mit den Listen in der Hand vor Dr. Schultheiß und brüllte ihn an, wo Sellnow sei. Als er ihn aus der Kommandantur kommen sah, schoß er auf ihn zu und zog ihn am Ärmel zu den Wagen. »Dawai!« schrie er. »Dawai!«

»Ich gehe nicht ohne Dr. Böhler!« Sellnow riß sich los und stürzte zu Dr. Schultheiß, der bleich vor dem Wagen stand, auf dem er verladen werden sollte. »Er muß hier bleiben!« keuchte Sellnow. Sein Gesicht war verzerrt. »Er darf nicht mit . . .« Er klammerte sich an Dr. Schultheiß wie ein Ertrinkender. »Mein Junge . . . er verläßt uns . . . unser Chef, unser Fritz . . . Er bleibt in Rußland . . . an der Wolga . . .« Dann brach er zusammen und wurde von zwei anderen Plennis aufgefangen, die ihn in den Wagen hoben.

Zögernd, wie ein Schlafwandler, stieg Dr. Schultheiß hinter ihm ein. Vom Führerhaus her schimpfte ein Russe, weil es so langsam voranging. Leutnant Markow rannte von Wagen zu Wagen und ließ das Gepäck nachwerfen. In der Nähe des Zaunes standen in Gruppen die Zurückbleibenden und starrten auf die Kameraden, die ihnen durch den Draht noch einmal zuwinkten. Ihre Gesichter waren hart, kantig, von Leid gefurcht. Stumm sahen sie zu und rauchten die Zigaretten, die man ihnen aus den Paketen der Abfahrenden gegeben hatte. Verlorene am Rande der Steppe . . .

Emil Pelz und Karl Georg kamen über den Platz gehumpelt. Sie schleppten zwischen sich den glücklichen, vor Freude laut weinenden Walter Grosse. Große, harte, schwielige Hände streckten sich ihnen entgegen. Walter Grosse wurde auf den Wagen gehoben. Jetzt war er einer der ihrigen, ein Plenni, der nach Hause fuhr, zu Frau und Kindern, ein Mensch, der der Hölle entkam, dem man das Leben neu schenkte.

Im Lazarett arbeitete Dr. Kresin. Sein mächtiges Gesicht war eingefallen und grau — er sprach seit Stunden kein Wort. Terufina Tschurilowa, Erna Bordner und ein neuer Sanitäter hielten die tobende Kasalinsskaja fest; sie fesselten sie mit dicken Stricken ans Bett und kämpften mit ihren Beinen, die verzweifelt in die Luft traten.

»Laßt mich!« schrie die Kasalinsskaja. »Laßt mich los! Ich bringe ihn um, ihn und mich! Und Worotilow und dich, Kresin, du Scheusal, du Lügner, du Schuft, du Hund! Alle, alle habt ihr mich belogen! Ihr wußtet es!« Sie trat der Tschurilowa vor den Leib. Stöhnend brach sie zusammen. »Werner!« schrie Alexandra. »Werner! Du darfst nicht gehen! Laß mich nicht allein! Werner! Werner!« Schaum trat auf ihre Lippen, ihr kräftiger Körper zuckte in wilden Krämpfen.

Dr. Kresin zog eine Spritze auf. Dann beugte er sich über den gefesselten Arm und stieß die Nadel in die Vene. Evipan. Das beruhigte, das gab ihr Schlaf und stundenlanges Vergessen. Als er die Nadel herauszog, rannen Tränen aus Alexandras Augen. Dr. Kresin atmete auf. Sie weint, dachte er. Wenn sie weinen kann, ist die Macht des Schmerzes gebrochen.

Er dachte an Janina und das einsame Grab, um das die Wölfe heulten. Da legte er die Spritze auf den Tisch und verließ schnell das Zimmer. Später stand er am Fenster seines Sanitätsraumes und sah hinüber zu den Wagenkolonnen. Auch er empfand die Einsamkeit, die ihn nun umfing. Ich gehe in den Süden, dachte er. Ich melde mich fort! Warum hat mir Gott die empfindsame russische Seele gegeben . . .?

Die ersten Wagen fuhren an. Die Motoren heulten auf und übertönten die Rufe, die hinüberflatterten zu den Gruppen der Zurückbleibenden, die hinter dem Draht standen und sich gewaltsam bezwangen, nicht vor Schmerz zu schreien.

Arme winkten durch die Sonne . . . Worotilow stand am Fenster und winkte zurück . . . selbst Markow war sehr gedrückt und hob grüßend die Hand, als Karl Georg, sein Blumenfeind, an ihm vorbeifuhr. »Grüß mir Blummen in Deutschland!« schrie Markow zu ihm hinüber.

Durch die Wälder rauschte ein warmer Wind. Er trieb den letzten Schnee von den Zweigen. Das dunkle Grün der Tannen stand herrlich vor dem Blau des Himmels. Auf den Wachttürmen lehnten sich die Rotarmisten über die Holzbrüstung und winkten. Es war, als nähmen nicht Gefangene Abschied, sondern beste Freunde trennten sich nach vielen gemeinsamen Erlebnissen.

Die ersten Wagen rollten über die Straße, Stalingrad zu. Sie bogen in die Kurve ein und verschwanden hinter dem Wald. Die letzten Wagen wurden noch beladen. An der Rampe eines Wagens kauerte Dr. von Sellnow. Schultheiß und Peter Fischer hielten ihn fest. Er hatte den Versuch gemacht, aus dem Auto zu springen. Jetzt lehnte er an dem eisenbeschlagenen Holz und blickte zurück auf das Lager.

Ein hoher Zaun aus Draht, so lang, daß man glaubte, er umspanne die ganze Steppe. Dazwischen wie dunkle Klötze die Wachttürme. Scheinwerfer, Maschinengewehre. Die Kommandantur, die große Küchenbaracke. Das große Lagertor, das die Nummer trug und einen Spruch von Stalin. Die Postenhäuser ... dann die langen Baracken der Plennis ... Block an Block ... der lange, neue Bau des Lazaretts mit dem hohen steinernen Sockel ... Dort, das vierte Fenster von rechts, war das Zimmer von Dr. Sellnow ... Dann kam der Raum für Dr. Schultheiß. Dort, die drei großen Fenster, das war der OP! Und dort . . . wo die Blumen stehen, da wohnt Alexandra Kasalinsskaja ... Alexandra ... du schwarzes Biest, du Weib, wie kein zweites, du wilde Katze ... Wie feig war ich, wie elend! Ich habe dich verlassen ohne Abschied ... wie ein Dieb stehle ich mich weg ... und ich weiß, daß du mich geliebt hast mit aller Kraft... Verzeih mir... Alexandra... verzeih mir... Ich habe eine Frau und zwei Kinder... seit acht Jahren warten sie auf mich... Die große, schlanke, blonde, kühle Luise, die Aristokratentochter. Ich gehöre nun einmal zu ihr... ich kann es nicht ändern... Darum verzeih, Alexandraschka, und laß mich gehen zu Luise und den Kindern... Vergiß mich... ich werde dich auch vergessen...

Sellnow starrte hinüber auf das Lazarett. Dort, dieses Fenster... das mit den gerafften Gardinen aus Verbandmull... das ist das Zimmer Dr. Böhlers. Dort muß er weiterleben... Jahr um Jahr, in der Steppe, bei seinen kranken Plennis, die ihn lieben wie einen Vater... Dort wird er sitzen und nach Hause schreiben: Wartet, haltet aus! Auch ich komme einmal! Verliert nicht den Mut und den Glauben... Gott wird mich wieder zu euch bringen, ihr Lieben... Und er hätte mit uns fahren können, er hätte an unserer Seite sein können, wenn er nur dieses einemal sein Arzttum verleugnet hätte, statt sich dem Befehl des Kommissars zu widersetzen.

»Fritz!« schrie Sellnow. Er streckte beide Arme nach dem Lazarett aus. Seine Stimme überschlug sich. »Fritz!« Dr. Schultheiß und Peter Fischer hielten ihn fest. Weinend wie ein Kind lehnte er an der Rampe und sah das Lager verschwinden im Schnee, in der Steppe, in den Wäldern, im Blau des strahlenden Himmels, der den Frühling brachte.

Die Räder mahlten. Der Boden war schon weich und schwankte unter den schweren Wagen. Dreck spritzte hoch. Die Fahrer fluchten.

Auf dem Eis der Wolga standen die Kolonnen der Plennis und sprengten die dicken Schollen oder stießen die festgeklemmten Klumpen hinaus in das schon freie, strömende Wasser. Sie hielten mit der Arbeit ein und winkten den Heimkehrenden zu. Gute Fahrt, Kameraden! Grüßt die Heimat! Die Mutter! Die Braut! Den Vater! Die Frau! Die Kinder! Vergeßt uns nicht, Kameraden! Schickt uns weiter die Pakete ... sagt es allen ... Wir leben nur noch, wenn ihr uns ernährt ... wir sind am Ende unserer Kraft ... Vergeßt es nicht, Kameraden! Vergeßt es nicht!

Die 683 auf den Wagen winken zurück. Auch die Posten mit den Maschinenpistolen vor der Brust winken kurz herüber. Dann arbeiten die Kolonnen weiter ... ihre Sprengschüsse zerreißen die Stille der Steppe ... das Eis der Wolga kracht auseinander und treibt in großen Schollen langsam nach Süden.

Es ist Frühling, Kameraden! Und wir fahren nach Deutschland.

Die 683 auf den Wagen singen. Sie singen mit Tränen in den Augen. Ein Transportoffizier, der das Singen verbieten will, bekommt hundert deutsche Zigaretten. Da lacht er und wendet sich ab. Laß sie singen, denkt er. Wir haben auch gesungen, als wir aus deutscher Gefangenschaft zurückfuhren. Wir haben die Bilder Stalins auf die Kühler der Autos gebunden und rote Fahnen geschwenkt. Laß sie singen, Brüderchen Leutnant.

Dr. Schultheiß blickte zurück auf die Straße. In der Ferne zog sich das dunkle Band der Wälder hin. Dort lag, nahe am Rande der dichten Tannen, das Grab Janinas. Sie war an ihrer Liebe gestorben, als sie sah, daß sie zusammenbrechen würde unter der Unerbittlichkeit des Schicksals. Jetzt lag sie allein in der Öde Rußlands, ein kleiner, zarter Körper, der so heiß wurde, wenn er liebte. Und Dr. Schultheiß wußte, daß er seine Jugend und sein Herz zurückließ in dem kleinen Grab am Rande der Wälder.

Langgezogen rollte die Kolonne durch die Schneelandschaft, Stalingrad entgegen.

Hans Sauerbrunn und Karl Georg aßen schon wieder. Wer weiß, ob man uns ins Stalingrad nicht filzt, sagten sie sich. Und was man in sich hat, kann keiner nehmen! Sie hatten sieben Lagerverlegungen durchgemacht, und jedesmal standen sie ärmer da als zuvor.

»In vier Wochen können wir in Deutschland sein«, sagte einer. »Wenn alles glattgeht.«

»In vier Wochen?«

»Oder in sechs! Wir sind ja am Ende der Welt! Und nach Moskau müssen wir auch noch. Sagen wir ruhig sechs Wochen, Jungens, was macht das schon?«

Vier oder sechs Wochen ... wenn es nur keine Jahre mehr sind. Sechs Wochen ... und dann bei Muttern! Auf dem Sofa! Und ein Glas Bier! Das zischt, wenn es durch die Gurgel läuft! Und dazu eine Stulle dick mit Butter und Gehacktem, schön mit Zwiebeln und Ei und Salz und Pfeffer! Und das Radio spielt ... es ist mollig warm in der Stube ... und Mutter läuft um einen herum und kann es noch gar nicht fassen, daß der Alte wieder da ist. Aus Rußland ... nach acht Jahren! Und dann in der Nacht, im Bett ... Mensch, Justav, ick kann nich weiterdenken ...

Was sind da sechs Wochen ...?

Als der letzte Wagen aus dem Lager rollte, trat Major Worotilow in den Operationssaal. Die Schwestern Martha Kreutz und Ingeborg Waiden standen neben Dr. Böhler, der sich im weißen Mantel, aus einem alten Bettuch geschneidert, über den narkotisierten Patienten beugte. Er blickte kurz zur Seite, als Worotilow eintrat, und arbeitete dann weiter.

Einen Augenblick stand der Major verblüfft in der Tür, dann zog er sie schnell zu. Der Geruch von Äther, Blut und Eiter drang auf ihn ein. Wie immer spürte er ein Würgen im Hals und zwang den Ekel nieder. Langsam trat er näher.

Zwischen den blutigen Abdecktüchern sah er einen aufgetriebenen, vereiterten Unterleib. Dr. Böhler war gerade dabei, mit einer langen Pinzette den Kern eines Geschwüres aus dem Muskelgewebe zu lösen. Worotilow schluckte.

»Sie sind weg«, sagte er leise.

Dr. Böhler sah auf und nickte. »Fiel es Werner schwer?«

»Sehr. Ich habe ihn mit Gewalt wegbringen lassen.«

»Das war gut von Ihnen. Ich danke Ihnen, Worotilow.«

»Sie haben keinen Abschied genommen ...«

Dr. Böhler beugte sich über das Operationsfeld. »Dieser Unterleibsabszeß ist wichtiger. Der Mann wimmerte vor Schmerzen ... ich mußte ihm helfen ...«

»Helfen!« Worotilow faßte den weißen Ärmel Dr. Böhlers. »Wann denken Sie einmal an sich?«

»Nachts ...« Die Pinzette tastete nach dem Eiterherd. »Nachts bin ich schon seit Jahren zu Hause in Deutschland ... Die Tage sind nur eine Unterbrechung meiner Träume ...«

Wortlos verließ Major Worotilow das Zimmer. Als er die Tür schloß, hielt Dr. Böhler einen Augenblick inne.

Zum erstenmal zitterte das Instrument in seiner Hand ...

Drei Jahre später — in einer sternklaren Winternacht — betrat auch Dr. Böhler bei Helmstedt an der Zonengrenze den Boden der Heimat. Er kam als einer der letzten aus der Steppe an der Wolga, und er sprach ein paar ergriffene Worte des Dankes. Die Fackeln loderten durch die kalte Nacht ... der Jubel von Tausenden Menschen hatte die Heimkehrer umbraust ... nun stand Dr. Böhler da, hager, schlank, mit lichtem Haar und schmalen Lippen.

Er hatte eine so tiefe Sehnsucht nach Ruhe, nach Schlaf, nach Vergessen, nach Freude, nach Liebe, nach stillem, arbeitsreichem Werktag.

Als er aus dem Omnibus stieg und sich umsah, stürzte Sellnow in seine Arme und schluchzte vor Freude. Er war der erste, den er begrüßte — dann erst küßte er seine Frau und sein Kind, stumm, ohne Worte, weil ihm die Kehle zugeschnürt war und das Herz zuckte. Wie leblos ließ er sich in die Mitte nehmen und zum Lager geleiten, wo Dr. Schultheiß stand, der große, schlanke, blonde Junge mit den Kinderaugen, die noch in die Ferne blickten, als suchten sie das Grab Janinas an den Wäldern der Wolga. Er drückte seinem Chef stumm die Hand. Jetzt sind wir alle da, dachte er. Das ganze Lazarett ... Emil Pelz wartet in der Schreibstube des Lagers, er wollte nicht herauskommen, weil er Angst hatte, loszuheulen ...

»Sie sehen gut aus, Jens«, sagte Dr. Böhler leise. Dann schwieg er wieder, weil er spürte, daß er nicht weitersprechen konnte.

Er mußte an das Lager denken. 5110/47 an der Wolga, nahe den Wäldern, aus denen im Winter die Rudel der Wölfe brachen und sich hungrig gegen den Drahtzaun warfen, bis die Posten auf den Türmen sie erschossen.

Heute wie vor Jahren, dachte er, heute und morgen und ewig, so lange die Erde sich dreht, wird der Wind der Steppe über die Ebene an der Wolga streichen, wird der Schnee hereinwehen von den dichten Wäldern, werden hungrig die Wölfe heulen und wird das Eis auf der Wolga krachen, wenn sich die Schollen gigantisch übereinandertürmen. Es wird einen blauen Himmel geben und einen dumpfen, bleiern grauen, aus dem der Schnee rieselt wie im Märchen. Es wird den Fluß geben, den ewigen Strom von Mütterchen Rußland, die Wälder, aus denen die Axthiebe der Holzfäller klingen; der Jäger im Lammpelz wird durch die Büsche streichen und seine Fallen stellen, und der Bauer wird seinen Traktor über die Felder führen und den Samen in die fruchtbare Erde legen.

Und Himmel und Sonne, Schnee und Wind, Wälder und Fluß werden

den Flecken Steppe umgeben, auf dem einmal ein langer Zaun aus Draht stand, unterbrochen von hohen, hölzernen Wachttürmen, einem großen Tor vor hingeduckten, langen Baracken . . . Block an Block . . .

Das Lager Stalingrad.

Das Lager 5110/47.

Werner von Sellnow sah zu Dr. Böhlers Frau hinüber, die mit glücklichen Augen zu ihrem Mann aufschaute. »Geben Sie ihm doch einen Kuß«, sagte er lachend. »Ich fürchte, er glaubt noch gar nicht, daß er endlich zu Hause ist . . .«

HEYNE BÜCHER

Heinz G. Konsalik

Seine großen Bestseller im Heyne-Taschenbuch

Die Rollbahn
01/497 - DM 5,80

Das Herz der 6. Armee
01/564 - DM 5,80

Sie fielen vom Himmel
01/582 - DM 4,80

Der Himmel über Kasakstan
01/600 - DM 5,80

Natascha
01/615 - DM 5,80

Strafbataillon 999
01/633 - DM 4,80

Dr. med. Erika Werner
01/667 - DM 4,80

Liebe auf heißem Sand
01/717 - DM 5,80

Liebesnächte in der Taiga
01/729 - DM 6,80

Der rostende Ruhm
01/740 - DM 4,80

Entmündigt
01/776 - DM 4,80

Zum Nachtisch wilde Früchte
01/788 - DM 5,80

Der letzte Karpatenwolf
01/807 - DM 4,80

Die Tochter des Teufels
01/827 - DM 5,80

Der Arzt von Stalingrad
01/847 - DM 5,80

Das geschenkte Gesicht
01/851 - DM 5,80

Privatklinik
01/914 - DM 4,80

Ich beantrage Todesstrafe
01/927 - DM 4,80

Auf nassen Straßen
01/938 - DM 4,80

Agenten lieben gefährlich
01/962 - DM 4,80

Zerstörter Traum vom Ruhm
01/987 - DM 4,80

Agenten kennen kein Pardon
01/999 - DM 4,80

Der Mann, der sein Leben vergaß
01/5020 - DM 3,80

Fronttheater
01/5030 - DM 4,80

Der Wüstendoktor
01/5048 - DM 4,80

Ein toter Taucher nimmt kein Gold
01/5053 - DM 4,80

Die Drohung
01/5069 - DM 5,80

Eine Urwaldgöttin darf nicht weinen
01/5080 - DM 4,80

Viele Mütter heißen Anita
01/5086 - DM 4,80

Wen die schwarze Göttin ruft
01/5105 - DM 4,80

Ein Komet fällt vom Himmel
01/5119 - DM 4,80

Straße in die Hölle
01/5145 - DM 4,80

Ein Mann wie ein Erdbeben
01/5154 - DM 5,80

Diagnose
01/5155 - DM 4,80

Ein Sommer mit Danica
01/5168 - DM 5,80

Aus dem Nichts ein neues Leben
01/5186 - DM 4,80

Des Sieges bittere Tränen
01/5210 - DM 5,80

Die Nacht des schwarzen Zaubers
01/5229 - DM 4,80

Alarm! Das Weiberschiff
01/5231 - DM 5,80

Bittersüßes 7. Jahr
01/5240 - DM 4,80

Engel der Vergessenen
01/5251 - DM 5,80

Die Verdammten der Taiga
01/5304 - DM 5,80

Das Teufelsweib
01/5350 - DM 4,80

Im Tal der bittersüßen Träume
01/5388 - DM 5,80

Liebe ist stärker als der Tod
01/5436 - DM 5,80

Haie an Bord
01/5490 - DM 5,80

Niemand lebt von seinen Träumen
01/5561 - DM 4,80

Das Doppelspiel
01/5621 - DM 6,80

Die dunkle Seite des Ruhms
01/5702 - DM 5,80

Das unanständige Foto
01/5751 - DM 4,80

Der Gentleman
01/5796 - DM 5,80

Wilhelm Heyne Verlag München

HEYNE BÜCHER

Seine Erfolgsromane beschäftigen den Leser noch, wenn er sie längst gelesen hat. Menschen in Grenzsituationen sind das Leitthema des deutschen Bestseller-Autors

Hinrich Matthiesen

der mit jedem seiner Bücher mehr begeisterte Leser findet. Denn seine mit großem menschlichem Engagement geschriebenen, konfliktgeladenen Romane gehen unter die Haut.

Als Heyne-Taschenbücher sind bisher erschienen:

DER SKORPION
Band 01/5248 - DM 4,80
In diesem ungewöhnlichen Roman rächt ein Vater die grausame Vergewaltigung seiner Tochter.
Ein Thriller, der sofort zum Bestseller wurde.

MINOU
Band 01/5344 - DM 4,80
Eine Liebesgeschichte und ein Kriminalroman zugleich! Hauptpersonen der Handlung: ein Gymnasiallehrer und seine Schülerin.

TAGE, DIE AUS DEM KALENDER FALLEN
Band 01/5414 - DM 4,80
Auch eine Grenzsituation, diesmal an der deutsch-deutschen Grenze. Dort steht ein Mann auf dem Wachturm. Doch eine Erinnerung macht ihn unfähig zu schießen.

ACAPULCO ROYAL
Band 01/5471 - DM 6,80
Den Tod vor Augen stürzt sich ein Mann ins Leben. Ein Roman von Rang – mit der Spannung eines Thrillers.

BLINDE SCHULD
Band 01/5545 - DM 5,80
Mit der abenteuerlichen Flucht eines Mannes, der erpreßt wird und anschließend selbst Jagd auf den Erpresser macht, schlägt Matthiesen den Leser in seinen Bann.

TOMBOLA
Band 01/5579 - DM 6,80
Das Leben – ein Glücksspiel. Zwei Freunde haben bei der Tombola des Lebens zwei Lose gezogen. Eine totale Niete für den einen? Das große Los für den anderen? Es scheint so. Doch dann werden die Lose erneut gemischt...

DIE VARIANTE
Band 01/5883 - DM 7,80
Hinrich Matthiesens großer Roman um die Identitätskrise eines fünfzigjährigen Industriellen, der das Unabänderliche seines bisherigen Lebens gegen das Abenteuer Freiheit tauscht.

DIE IBIZA-SPUR
Band 01/5946 - DM 6,80
Der durch seine psychologischen Romane bekannte Autor hat sich diesmal wieder einem ungewöhnlichen Thriller-Thema gewidmet.

»Zum literarischen Markenzeichen wurde der Name Matthiesen nicht zuletzt durch die Kunst, in eine pralle Handlung Aussagen zu verweben, ...die ein Nachhören erzwingen, auch wenn man meint, die Entwicklung der Story kaum erwarten zu können...«

DEUTSCHE TAGESPOST

Wilhelm Heyne Verlag München

Heyne Taschenbücher.
Das große Programm von Spannung bis Wissen.

HEYNE BÜCHER

Allgemeine Reihe mit großen Romanen und Erzählungen

Heyne Sachbuch
Heyne Reisebücher
Heyne-Jahrgangsbücher
Religion und Glaube

Heyne Jugend-Taschenbücher
Das besondere Bilderbuch

Cartoon & Satire
Heyne Ex Libris

Das besondere Taschenbuch

Neue Literatur
Heyne Lyrik

Heyne Biographien
Heyne Geschichte

Heyne Filmbibliothek
Heyne Discothek

Heyne Ratgeber
Heyne-Kochbücher

kompaktwissen

Blaue Krimis/
Crime Classic

Der große Liebesroman

Romantic Thriller
Heyne Western

Heyne Science Fiction und Fantasy

Bibliothek der SF-Literatur

Jeden Monat erscheinen mehr als 40 neue Titel.

**Ausführlich informiert Sie das Gesamtverzeichnis der Heyne-Taschenbücher.
Bitte mit diesem Coupon oder mit Postkarte anfordern.**

Senden Sie mir bitte kostenlos das neue Gesamtverzeichnis

Name

Straße

PLZ/Ort

**An den Wilhelm Heyne Verlag
Postfach 201204 · 8000 München 2**